女人是歌

董艳菊　著

北方文艺出版社

·哈尔滨·

图书在版编目（CIP）数据

女人是歌 / 董艳菊著. -- 哈尔滨：北方文艺出版
社, 2025. 6. -- ISBN 978-7-5317-6656-8

Ⅰ. I247.5

中国国家版本馆CIP数据核字第20252EQ827号

女人是歌
NÜREN SHIGE

作　　者 / 董艳菊

责任编辑 / 富翔强　　　　　　　　　封面设计 / 邓小林

出版发行 / 北方文艺出版社　　　　　邮　　编 / 150008

发行电话 /（0451）86825533　　　　经　　销 / 新华书店

地　　址 / 哈尔滨市南岗区宣庆小区 1 号楼　网　　址 / www.bfwy.com

印　　刷 / 三河市中晟雅豪印务有限公司　开　　本 / 710毫米 × 1000毫米　1/16

字　　数 / 287千　　　　　　　　　　印　　张 / 21

版　　次 / 2025 年 6 月第 1 版　　　　印　　次 / 2025 年 6 月第 1 次印刷

书　　号 / ISBN 978-7-5317-6656-8　　定　　价 / 89.80元

目 录

第一章　离婚

太阳出来了，出来了，

女人该歇了，该歇了，

女人歇不得，歇不得，

她背上有小孩呢！

月亮出来了，出来了，

女人该歇了，该歇了，

女人歇不得，歇不得，

她身边有男人呢！

山歌在梦中回荡，雄浑，苍凉。

1986年秋天。

寂静的村庄，被雄鸡一声声高亢、洪亮的啼鸣唤醒。天空渐渐泛白，农家屋顶升起袅袅炊烟。各种牲畜的声音交织在一起，像一首乡村交响乐：鸭子"呱呱"，山羊"咩咩"，毛驴"欧啊欧啊"地叫着……

鸡叫三遍的时候，小媳妇豆苗再也躺不住了，悄悄从炕头爬起来。她看看身边熟睡着的一大一小两个男人：炕梢是大她三岁的丈夫郭保喜，挨着丈夫的是三岁的儿子郭亮。爷俩看上去都有些疲惫，没什么精神。

郭亮是豆苗从朝阳村嫁到大利村一年后，也就是她二十二岁那年冬天出生的。

山沟的冬天黑得早，破旧的偏房里只点着一盏昏暗的煤油灯，土坯墙壁使得屋子里更显黑暗。棚顶的角落挂着白霜，冒着丝丝冷气。屋里唯一暖和的地方就是火炕。豆苗，也就是林凤鸣，希望自己将来住的屋子亮亮堂堂，所以给儿子起名叫"亮"。她轻轻地给小亮掖好被子，然后悄悄拿起棉袄走到外屋。

豆苗拖着疲惫的身子，在一把旧木凳上呆坐了好半天，才慢慢穿好外衣。人们常说，丈夫是女人的依靠，孩子是家庭幸福的根源，按理说，豆苗该知足了。可昨天下午，一家人在院子里给玉米棒子扒皮，准备上到苞米楼子时，看着一家老小都穿着带补丁的衣服，她心里便起了波澜。她不满足于现状，她想过更好的日子：一天能吃上一顿细粮，夏天能住上带玻璃窗户的大瓦房，一家人都能穿上没有补丁的衣服。她暗下决心，一年四季辛勤劳作，一定要想办法过上好日子。

豆苗其实叫林凤鸣，那是她上学时的学名。在娘家时，看着她长大的邻居宋婶一直叫她小名"豆苗"。后来介绍对象时，这个小名也就传到了婆家。

可天有不测风云。林凤鸣的妈妈似乎不服山沟里的水土，下放到农村没几年就开始生病，小病拖成大病，一病就是十多年。她嘴上从不像姥姥那样嫌弃农村，与丈夫林崇山恩恩爱爱。但在林凤鸣上高一那年，妈妈还是离开了人世。豆苗是家里的老大，记事早。她知道爸爸林崇山对妈妈有多好。爸爸每天都比妈妈起得早，先把火生着，再喊妈妈起来做饭；水缸里的水总是挑得满满的，从不让妈妈担水；脏活累活，都一个人扛着。逢年过节，爸爸还会给妈妈写歌词，妈妈做饭的时候，就开心地清唱着爸爸为她编的情歌。

妈妈总是幸福地笑着。可山沟里的风寒，最终还是带走了妈妈。

妈妈临终前最后一句话是："凤鸣，妈对不起你爸，病了这么多年，拖累他了。咱家困难，你爸是偷偷卖血供你上县里高中的。你帮爸爸照顾好姥姥，照顾好弟弟、妹妹……妈对不起你！"

听到爸爸卖血供她上高中，林凤鸣震惊又悲伤，哭着答应了即将离世的妈妈。妈妈的嘴唇由苍白变成青紫。林凤鸣被人拽了出去，说是女孩子家胆子小，见不得死人的脸，人死了就不是人了，阴阳两隔。

后来，尽管爸爸林崇山不同意，林凤鸣还是坚决不让爸爸再去卖血供她上学。她是家中的老大，决心与爸爸分担，一同养家。答应妈妈的事就得做到，在妈妈的头七那天，林凤鸣就辍学了。那天晚上，看着自己那双常被姥姥夸奖的纤纤玉手，林凤鸣悄悄地哭了，泪水浸湿了一大片枕巾。墙上，还挂满了她的三好学生奖状，那是学生在学校的最高荣誉啊！从小学一年级的大班长，到高中的团支部书记。她的理想是考上白求恩医科大学，像邻居宋婶那样，穿着干干净净的白大褂，给小孩儿看病，解除他们的痛苦，做个白衣天使。到时候，她学好内科，还能给妈妈看病……她无声地哭了很久很久。十七岁的少女梦破碎了，她的大学梦夭折了，姥姥回城的愿望也夭折了。

林崇山安葬了妻子后，把林凤鸣叫到跟前，郑重地说："闺女，上大学是一家人的希望，是改变命运的唯一途径，爸爸不许你退学。"

林凤鸣态度坚决："爸，我答应了妈妈，就一定做到。"

"答应妈妈那是权宜之计，不是正确的选择。"

"不，我决不允许爸爸再卖血供我上高中、考大学。爸，我能上高中就很幸运，很知足了。村里好多女孩小学没毕业就务农了。"

林崇山伸出胳膊说："你看，爸爸多么强壮。再说，让你回学校去，我还能多挣一些工分。"

林凤鸣抓起爸爸的胳膊，紧紧抱在怀里："爸，我是铁了心不上学了。以前不知道你卖血供我们仨上学，现在知道了，我是家中老大，一定帮你养家。"

林凤鸣最终还是辍学了。

豆苗身上穿的那件红色毛衣，是结婚时姥姥送的。姥姥说："本打算等你上大学时送你。现在结婚了，你就带到婆家去吧，把日子过得红红火火。"说着，姥姥就哭了。姥姥白皙的脸上，泪珠清晰可见，一串串地往下流。

姥姥伤心得很，一是因为凤鸣结婚离家，成了外姓人，自己不能天天看到她了；二是因为凤鸣嫁到农村，意味着要干繁重的体力活，吃不好、穿不好、住不好，像是跳进了火坑。况且，自己这辈子恐怕再也回不去城里了。

姥姥哭了很久很久，最后抽噎着，用一方干净的白色手绢边擦泪边说："凤鸣，姥姥这辈子再也住不到楼房了……再也吃不到自来水了。"

豆苗没住过楼房，不知道楼房有什么好。但她知道自来水。上高中时，在县城学校用过。水从一个铁管子里流出来，什么时候用，一拧水龙头，干干净净的水就哗哗地流出来。用多少接多少，不像农村，要费劲地从几十米深的水井里打水，再从屯子中间挑回来，而且十天半月就得淘洗水缸，清理缸底的污垢。哪像自来水那么省事省力。

豆苗那时也抱着姥姥哭。她知道姥姥最疼自己，姥姥哭是因为怕自己在农村受罪。姥姥一辈子没下过地干活，偶尔出家门到村子里转转，还会迷路，常常是屯里的人给送回来。

豆苗知道农村活儿累。既然不念书了，自己落在了农村，再也进不了城，那就过好当下，帮爸爸撑起这个家。还有一个原因，是她心里的秘密：她喜欢上了大利村的郭保喜。郭保喜的一句话，能让她在心里高兴好几天。干活时想想他，就不觉得那么累了，还会偷偷地笑。有这些就足够了。二十刚出头的豆苗，把爱情看得比天大，原来想得真好。可现在她伤心了，原来想象中的爱情与现实中的爱情，简直是天壤之别。婆婆并不知道豆苗和郭保喜吵架的事。

就这样折腾到后半夜，豆苗才迷迷糊糊睡着。此刻，她坐在凳子上，又看了看自己变得粗糙的双手，手掌上还有水泡破了结痂的地方。这更坚定了豆苗要发家致富、改变命运的决心。她要把农村的日子过得像姥姥描述的城里生活一样好。

豆苗有孩子要喂奶，饿得快，肚子开始"咕咕"叫了。她揉了揉有些红肿的眼睛，收回思绪，起身准备做饭。这是婆婆分给她的活儿，是她分内的事。

她先麻利地舀了半盆玉米面和好，又"刷啦刷啦"洗了一大盆土豆，估摸着够一家十多口人吃的量，就都放进大锅里，加好水，盖上锅盖。想起该烧火了，她快步出门去抱柴火。

院子里那棵老榆树已经步入了深秋。夏天浓绿的叶子都已泛黄。枯叶、小树枝儿被秋风吹落了一地，有些还摇曳着落在茅草屋顶上，像是在看豆苗的笑话。豆苗没心思理会这些，扫院子是跛子叔公（丈夫的叔叔）的活儿，那也是婆婆分配的。豆苗停下脚步，抬头望了望，也不知道自己想看什么。光秃秃的树枝真难看，干裂的树皮更难看。

老榆树夏天遮风挡雨的风采荡然无存。豆苗在娘家生产队当先进、当劳模，身披大红花的风采，似乎也消失了。老榆树虽然看着丑，可树干粗壮，活得倒是硬朗，有种威严的劲儿。

豆苗当家的决心已定。"老榆树，你就做个见证！"豆苗在心里默默起誓，"我豆苗，以林凤鸣的大名起誓，十年之内，我要在这里摆宴席，住新房，穿新衣，脱贫奔小康！"

豆苗并没有感到失落，只是心里有些烦闷和迷茫。昨晚提出分家的事，她明明认为是正确明智的选择，却没有得到丈夫郭保喜的支持。郭保喜第一次如此强烈地反对她的建议，并且态度异常坚决。这次吵架绝不是那种"小两口吵架不记仇，床头吵床尾和"的小打小闹。两个人都急眼了，谁也不肯让步。一向熄灯就往豆苗被窝里钻的郭保喜，昨晚一躺上炕，就把身子转了过去，显然心里也别扭着呢。

今天天气还好，就是微微有些冷风。冷风吹进豆苗嘴里，在她咽喉处刮了一下，溜进了肚子里。她打了个激灵，反倒精神起来。今天，她要按计划行事。

豆苗身上那件红色的毛衣，在萧瑟的深秋里格外显眼。她像一只斗志昂扬的小公鸡。她用双手捋了捋生孩子时剪短的头发——这是她下决心时习惯性的动作。

豆苗走路一向麻利，她"劲叨叨"地抱了一大抱柴火，转身往回走的时候，突然看到婆婆正在那边喂猪、喂鹅。

豆苗停下脚步,平复了一下情绪,随后叫了一声:"妈,起这么早?"

她婆婆不到五十岁,却已经头发花白,红褐色的脸庞看上去更显苍老。婆婆用沙哑的声音应答:"习惯了,还是你起得早呢!"

婆婆又问:"保喜还没起来?"

豆苗说:"让他再睡会儿吧,昨天累了,又睡得晚。"

婆婆一边把猪食倒进猪槽,一边说:"喊他起来割猪草去,农村哪有不累的活儿。"

豆苗嘴上答应着,心里却想:昨天下午不是刚割了两大捆灰菜(一种猪草)吗?有什么急的?割多了放着也蔫了,猪还不爱吃。再说,昨晚跟保喜吵架,睡得晚,就让他再睡会儿吧,自己的男人自己疼。

婆婆又叹了口气:"唉,一大家子人,拖累你了。"

这么一说,豆苗反倒不好意思了,忙说:"妈,不拖累,一家人,应该的。"

婆婆说:"保军去挑水了。"

豆苗心想:二弟先起来挑水了?看来婆婆处事还算公平。她抱着柴火快步往屋里走。

她想到婆婆其实更不容易。三十二岁守寡,一个人拉扯着这么一大家子人生活:炕上瘫着一个奶奶婆(丈夫的奶奶),家里有个瘸腿的小叔子,还有一个哑巴小姑子,自己又生了六个孩子,还送走了一个。郭保喜是老大,下面除了刚辍学的二弟郭保军,还有三个正在上学的孩子。婆婆才五十出头,头发就都花白了。豆苗嫁过来三年,没听屯里人说过婆婆年轻时有什么不正经的事。倒是听说,先前有个伐木的师傅,曾经爬上院里的大榆树,站在上面往院子里扔过冻豆包和玉米面干粮,有时还会抓些野鸡、野兔扔进来。最后,听屯里人讲:"你婆婆没答应那男人,觉得不能拖累人家,不能让人家跟着她一起养活这一帮孩子,替她扛一辈子活儿。就托人带话,回绝了人家。"单凭这一点,豆苗就在心里敬重这位守寡多年的婆婆。再说,婆婆也没有为了自己个人的幸福,撇下一大家人跟那男人跑了。婆婆吃苦耐劳的样子,在豆苗心里是高大的,有时她甚至觉得,婆婆比最疼爱自己的姥姥还要伟大。

中华民族贫穷苦难的时候,是不是有很多像婆婆这样,把苦水咽到肚子里,默默无闻、勤劳坚强的女人支撑着一个个家?"妇女能顶半边天",这话真对!

豆苗是个心地善良的女人,在敬佩婆婆的同时,也觉得自己应该让婆婆少操心。

可是，冷静理智地想想，要想做成一件事，必须忍受小的痛苦，才能换来长远的幸福。纵观历史，哪一项革新不是伴随着牺牲？豆苗在娘家时，总喜欢到爸爸的书架上找些书看。她上学时，也是个天不怕、地不怕的大班长。

豆苗决心已下，心中豪情万丈。一定要改造这个家庭的面貌。先让自己小家分出来单过，然后再带领全家致富。总之，一个家庭的富裕，往往需要很多人付出代价，甚至带着血和肉的印记。

昨晚，豆苗收拾完一家人的碗筷后，没有像往常一样，与大家坐到大屋子里唠嗑，而是悄悄拽了拽郭保喜的衣角，从哑巴姑婆怀里接过孩子，三口人早早地回了西屋。

"干什么？神神秘秘的？"郭保喜问豆苗。

"你把门关上。"进了西屋，豆苗说。

"想那个了？快让我亲一口。"郭保喜得意地问。

"美得你。"豆苗把睡着的郭亮放到炕梢，又拿了被子给他盖上。孩子的被面是婆婆用多年攒下的布头拼凑成的，花花绿绿的很好看。被里子是豆苗用一件从娘家带来的旧布衫改的，棉花是姥姥给的。在那个吃咸盐都要靠借的年代，这已经算是奢侈了。

豆苗又拿了她和保喜的被子铺好，抬头看看正要脱鞋上炕的郭保喜，轻声说道："喜子，你跟妈说，咱们分家吧！"

郭保喜刚脱下一只鞋，闻言转过头看看豆苗："分家？分什么家？"豆苗的话让他有些糊涂。

豆苗把郭保喜拽到炕头坐下，拉住他那双又粗又壮的大手，慢慢说道："喜子，咱屯好几家都分家了。咱们也分出来单过吧。"

郭保喜这才明白豆苗的意思，他抽回手，开始脱衣服，嘴里说道："咱家不分。"

豆苗见郭保喜不同意分家单过，也不生气，笑眯眯地看着他，继续说："开春时生产队就分地到户了。公家都分了，分家肯定有好处……"

郭保喜打断豆苗的话，口气坚决地说："不分家！睡觉。"说着，他不高兴地躺下了。

豆苗也有些不高兴，但还是坐在炕沿上，不甘心地又说："喜子，你听我慢慢跟你说。分家，咱也不是不管家里的事，咱还尽义务、尽责任。咱要是挣了钱，也往家里交点儿，供弟弟妹妹上学。"

郭保喜闭着眼，只听不语。

豆苗接着讲："你看，老叔（丈夫的叔叔）腿瘸，但还能干点零活。哑巴姑（丈夫的姑姑）也能下地干活。二弟保军也毕业了，也能干活，是个壮劳力。可玉英、玉杰、宝国他们三个还在上学，都得伸手要钱。咱奶瘫在炕上，吃药也得花钱。结婚那年没有小亮，咱俩多干活，不买穿戴，还能帮家里多挣点工分。可现在有小亮了，总不能还这么一大家子挤在一起，永远过穷日子吧！"

郭保喜开始还不出声，看到豆苗分家的态度如此坚决，也急了。他猛地坐起来说："我是家里老大，是挑大梁的！我不帮着妈养活这一大家子人，他们怎么办？我爸去世得早，就能把这么重的担子全扔给妈一个人？我姐是怎么送人的？就是怕饿死！为了养活我！你就是嫌贫爱富！"

听到"嫌贫爱富"这四个字，豆苗像被针扎了耳朵一样难受，感到十分委屈，她忍不住哭了起来："我嫁到你家图什么了？就图这几间破草房？马架子搭的棚？一到冬天，墙角旮旯儿都结着白霜，离开被窝脸都冻得疼！我图你家那'三吊三、六吊六'（指微薄的彩礼或家产）了？"

郭保喜听豆苗这么一说，心里也有些愧疚。他们家确实是村里最穷的人家。当年豆苗过门儿，一分钱彩礼都没要，生产队里就出了辆马车，去了三个人就把她接来了。还是豆苗娘家条件好，陪送了铺盖、脸盆、暖瓶这些嫁妆。

郭保喜放缓了语气，去哄豆苗："好豆苗，我错了，我说错话了。你别哭了。"

豆苗依旧抽泣着。

郭保喜知道豆苗善良，心眼儿好，又趁机说："那谁带孩子呢？小亮不是一直哑巴姑帮咱带着吗？"

豆苗又仗义地说："那行，把哑巴姑也接过来，咱们一起照顾奶奶，照顾孩子。"

"那你觉得奶奶会同意吗？哑巴姑会同意吗？咱妈能干吗？"郭保喜一连串地反问。

豆苗一时想不出更好的主意，用手使劲按着头，好看的长睫毛上还挂着泪花。

郭保喜又说："豆苗是最好的媳妇，从没嫌过我家穷，还给俺生了个大胖儿子。"

豆苗不说话了，分家的念头有些动摇。她觉得自己提出分家，确实有些自私，考虑不周。婆婆当年都没扔下这一大家子人跟别人跑了……

"穷，我不嫌。当初就是觉得你能干，想跟你奔个好日子。现在村里都兴分家，我也不是头一个提出来的。"豆苗的语气低了许多，没了刚才的底气。

这时，炕梢的小亮醒了，嚷嚷着要尿尿。郭保喜跳下地，拿了个罐头瓶子给小亮接尿。

豆苗心疼儿子，吵架归吵架，生活归生活。她搂着小亮先躺下了，只是把小亮的铺盖放在了她和郭保喜中间，自己躺到了炕沿那边。

郭保喜倒完小亮的尿回来，一看豆苗把小亮放在中间隔开，知道她还在生气。他年轻火力旺，不愿离开豆苗的身子，便把自己的被褥抱到炕沿，硬挤着豆苗躺下。

豆苗知道保喜不站在自己这边，不支持自己，但也做出了让步，说："不分家也行，那我要当家！"

这一下，郭保喜彻底炸了，他吼道："反了你了豆苗！我妈当了一辈子家，我们这一大家子人才没饿死！家她当得好好的，日子过得好好的，你凭什么当家？你这是想争权？"

"我争权？好，我就争权！要么分家，要么我当家！"豆苗也来了气，把自己的铺盖又挪到了炕头，远离郭保喜。

郭保喜干脆下了炕，坐到了地上的木凳上。

两人就这么低声吵着，吵到半夜，谁也不敢大声，怕惊动东屋的婆家人。幸好，婆婆去干儿子邵明德家劝架，回来得很晚。累了一天，干了一天的活儿，到了半夜，郭保喜和衣躺在炕梢儿，身子背对着豆苗。豆苗在炕头喂完孩子奶，脱了上衣躺在炕沿这边。

豆苗翻来覆去睡不着。一家人血脉相连，不能丢下谁不管。奶奶婆瘫痪在床，可当年是她力主留下了保喜的命；哑巴姑虽然不能说话，但能干活，帮忙看孩子、照顾奶奶婆；婆婆当年没跟人跑，担起了一家人的生计，操持着这个家，吃苦耐劳，任劳任怨。自己真要分家出去单过，还不被屯里人戳脊梁骨，唾沫星子淹死？自己的良心也过不去。

但是，这个家，她一定要当！

开春的时候，豆苗回娘家给姥姥过生日。听说爸爸种的白瓜子和向日葵卖了好价钱，就带回了些种子，想把自家的山坡地也种上这些经济作物。

婆婆说："豆苗啊，人得先吃饱饭，种那玩意儿不是正经营生。"结果，家里的地还是都种了玉米和水稻。偏偏那年天旱缺水，庄稼长得不好，收成很差。

到了秋天，反倒是豆苗娘家爸爸种的白瓜子和向日葵，拿到集市上卖了高价，收入超过种玉米、水稻好几倍。用卖来的钱买了口粮，家里一下子还添了两辆崭新的自行车：一辆永久牌的给了弟弟林致远，另一辆凤凰牌的给了妹妹林凤萍。看着那乌黑锃亮的车架子，闻着散发着橡胶味的轮胎，豆苗眼馋得不行。弟弟致远抱着小亮，不停地按着车铃。"丁零零"的车铃声逗得小亮咧着嘴直笑。

爸爸说："凤鸣，本来还有点钱，想给你们姐仨一人买一辆，回娘家骑着也方便。可转念一想，就算给你买了，你婆家小叔子、小姑子那么一帮人，还不得他们骑？就怕再因为一辆自行车闹矛盾。"

豆苗撒娇说："得了，嫁出去的女儿泼出去的水儿。你就疼我弟和我妹吧。多给我姥姥买点好吃的就行。以后我挣钱了，我自己买。我不光买自行车，我还要买拖拉机呢！"

豆苗从来不在娘家人面前说婆家穷的事，她知道爸爸是明白人，都看在眼里。爸爸把自己新做的上衣给了郭保喜，因为郭保喜的衣服上补了好几块补丁。豆苗爸爸又给外孙小亮扯了块儿新布，还买了一包蛋糕。

弟弟林致远却有些不平，觉得爸爸这样做，就像当年让姐姐辍学一样，又委屈了姐姐。他心疼姐姐，说："姐，我上班不用出什么力气，宿舍离单位也近，可以走着去。自行车我暂时用不着，你和我姐夫先骑回去。你就跟你婆家人说是借我的，他们知道是我的东西，也不好意思总动。你平时锁上，就留着你自己骑呗。"林致远一直觉得姐姐学习那么好，却因为要供自己上学而辍学，心里始终对姐姐怀有愧疚。

可是豆苗最终还是没有骑弟弟的自行车。尽管她觉得自行车能带来很多便利，但她觉得自己已经是郭家的人了，总回娘家拿东西，就像是从别人家拿东西一样，感觉像是在占便宜。

从娘家回来，豆苗虽然没要自行车，但改种白瓜子、向日葵的决心却更加坚定了。来年一定要种！豆苗给郭保喜算经济账："一斤白瓜子两块五，一斤葵花籽一块六，一斤玉米才五毛钱，这得翻几倍？再说，咱家那山坡地种玉米产量本来就低。"

郭保喜傻乎乎地笑着说："可村子里祖祖辈辈都这么种啊，多少年了，一直没变过。"

豆苗紧绷着脸，态度坚决地说："所以说，要想致富，就得改变！"

还有一次，豆苗看园子里的豆角成熟了，想着一家人吃了一冬天的咸菜，就摘了一筐，想做顿新鲜的给家人尝尝，却被婆婆拦了下来。婆婆说，这是早豆角，得先拿到集市上去卖，能卖个好价钱。等别人家的豆角都下来了，不值钱了，咱家再吃。这话把豆苗说得脸通红。

还有，就是给儿子小亮断奶的事。

豆苗从书上看到，小孩子吃母乳最好吃到一周岁左右。过了一周岁，母乳就没什么营养了，应该断奶。现在小亮已经三岁了。儿子两周岁时，豆苗就决定给小亮断奶。可婆婆总说："金水银水不如妈妈的奶水。保喜当年一直吃到五岁，后来有了保军，他还跟着吃了一年。最后是他自己不好意思吃了，才断的奶。"

豆苗觉得婆婆那是老观点，坚决要给小亮断奶。一天，她拿了一个鸡蛋给小亮煮了吃。婆婆看见了，就说鸡蛋要攒着卖钱，给玉英、玉杰、保国买本子、买笔用。

豆苗这次真急了，直接跟婆婆吵了起来，大声说："我一年到头为这个家起早贪黑地干活，嫁到你家三年了，还穿着从娘家带来的旧衣服！我都快成奴隶了！孩子吃个鸡蛋都不行吗？"

那天晚饭豆苗没做，也没出自己的屋子。郭保喜过来给她传话，说妈妈知道自己说得不对了。但豆苗之后却再也没有给孩子煮过一个鸡蛋。

豆苗一连三天没去大屋吃饭。保喜怎么劝都没用，后来还是玉英、玉杰两个小姑子硬把她拽了出去。

在饭桌前，婆婆略显亲近地说："豆苗是好媳妇儿，又聪明又能干，是有福气的媳妇。你看，嫁到咱家来，正好赶上分地，就给你们两口人分上了地。"

郭保喜私下里示意豆苗搭句话，可豆苗心里不痛快，说不出来，就装作只顾着给小亮喂饭。哑巴姑先吃完了饭，把小亮抱走了。

婆婆见豆苗不吱声，又接着说："你看前院老宋家，分地的时候两房儿媳妇都没孩子。等分完地了，两房儿媳妇都生了孩子，结果两个孩子都成了黑户口，没分着地。"

二弟保军觉得这话不中听，插嘴道："分地跟生孩子是两回事吧？分不着地还不兴人生孩子了？"

豆苗婆婆狠狠地瞪了保军一眼。

豆苗听了，倒忍不住乐了。

婆婆这是当面讨好她，说好话呢。豆苗的气也消了些，站起来给婆婆盛了一碗汤。婆媳关系算是暂时和好了。

保军又说："妈，以后我大嫂自己的事，你就听她的，让她自己做主吧。我大嫂有文化，见过世面。"

婆婆乐呵呵地说:"行,行,以后我不瞎管了。"

豆苗也笑了。但是,想要当家做主的心,却在她心里彻底生了根。

豆苗刚把灶膛的火生起来,郭保军就挑着水进来了。豆苗忙起身掀开水缸盖。郭保军倒完水,看了一眼豆苗,问道:"哭了?……跟我哥生气了,还是跟咱妈?"

保军跟豆苗同岁,都属虎,豆苗比保军大十天。他们平时相处,既像叔嫂,又像姐弟。保军有时开玩笑说:"嫂子就是我亲姐。"这样一来,豆苗就觉得自己该尽到姐姐的责任。保军的衣服,豆苗也会主动拿来帮着洗一洗,尽管也就是一件上衣、一条裤子——在那个年景,谁家又能有几套换洗衣服呢。裤子上有破口,豆苗也会细心地给缝补好,就像对待玉英、玉杰和小保国一样。尽管婆婆说过,保军大了,该自己洗衣服了。保军有时赶不上大家一起吃饭,豆苗也总会把他的那份饭菜放在锅里温着。

"不是跟咱妈生气。"豆苗盖好水缸盖说。

"那就是跟我哥?为啥呀?"保军追问。

豆苗欲言又止。

"说呗?"保军又看看豆苗,眉毛往上一挑,"我哥他也不敢惹你呀!"

豆苗笑了,对保军说道:"你哥现在可有主意了,态度还坚决着呢!"

"啥事呀?还怕我知道?"保军态度温和,抿着嘴笑着问。

"不怕你知道,这事儿全家早晚都会知道。"豆苗反倒鼓起了勇气。

保军把水桶放下,一手拿着扁担,倚在门框上说:"那你先跟我说说,我给你评评理。"

"我要分家!我要当家!"豆苗与保军面对面站着,像宣战似的说。

"你要分家?你要当家?"保军的表情一下子严肃起来,反问道,"豆苗,你说明白,到底是想分家,还是想当家?"保军一着急,直呼起豆苗的名字。

豆苗被保军这么一问,缓和了口气,轻声说道:"保军,我不瞒你。开始,我是打算分家来着。可后来听你哥说了他小时候的事,我就改变主意了,不分了。你哥不同意,我也觉得分家确实不太对。但是,我还是想当家。"

保军真诚地说:"嫂子,是我家拖累你了。你要真想分家,也不算过分,你们三口人的小日子肯定比现在强多了。"

"不是那么分的,我想的是带着奶奶和姑姑一起过。"

保军又朝豆苗看了看,忍不住大笑起来。随后,他在门槛上坐下来,说:"带哑巴姑姑看孩子？带瘫巴奶奶？又得端屎又得端尿的。嫂子，你这叫什么分家……"

"可一想到把三个上学的弟弟妹妹扔给你们，我心里也过意不去。特别是玉杰、玉英，还有小保国，跟我多亲啊。"

"那我呢？"保军脸红了，直视着豆苗的眼睛追问道。

豆苗往灶膛里添了些柴火，并没有看保军。"你和咱叔，我不担心，你们都是能干活的，就是得多干点儿。"

"咱妈吃苦耐劳，勤俭持家，这都没错。但是要想发家致富，我看咱妈的观念太落后了。保军，我也不怕你生气。我嫁到这个家来，没嫌过家穷，也不怕家里人多，也从没把妈当外人。可是咱这么一大家子人，总这么过穷日子，能行吗？现在国家政策好了，允许个人发家致富。咱妈总说省钱省钱，节约节约，可一个盆里，要是不往里放东西，光省能省出多少来？只有想法子往里挣钱，才能把盆装满。"豆苗没看保军，自顾自地说着，把昨晚跟保喜讲的道理又跟保军说了一遍。

她起身，拿起菜刀，用刀背刮着菜板。豆苗爱干净利落的习惯，是受了姥姥的影响。穷日子归穷日子，但一定要讲究卫生。姥姥教过她，切完菜，一定要把菜板刮干净，这样能少生细菌。可她婆婆却不是这样，切完菜，菜板就不管了，还说："乡下人，哪有那么多讲究。"豆苗看婆婆不愿改变，也就不再多说，只是自己悄悄地把这些活儿都做了。玉英、玉杰两个小姑子十分赞同，总说大嫂做的饭干净、好吃。后来，婆婆就把做饭的活儿，全都分给豆苗了。

保军收回目光，强压下想要拥抱豆苗的冲动，恢复了平静，说："嫂子，我支持你当家。我去跟妈说。"说完，他提起水桶，快步走了出去。

豆苗看着保军略显单薄的背影，心里有些疑惑不解：丈夫保喜都不同意自己当家，小叔子保军怎么这么快就同意了，还主动表态支持自己？看来，自己的决定是对的。

吃早饭的时候，豆苗想找个机会挑明当家的事。她看看保喜，又看看保军。保喜似乎忘了昨晚的事，只顾低头啃着干粮，对豆苗的眼色视而不见。

保军朝豆苗摇了摇头，示意她别急，然后自己一下子站起来说："妈，今天我说件事，我嫂子要当家！"

保喜一听，立刻放下手里的干粮，朝保军吼道："保军，你瞎说啥呢！"又回头瞪着豆苗，"你咋还跟保军说了呢？我看你是嫌家里太太平了是吧！"

豆苗也不示弱，干脆把碗筷一放，站了起来。她不理会保喜的话，眼睛直视着一脸木然的婆婆，声音洪亮地说："妈，我要当这个家！"

保喜又吼豆苗，想阻止她继续说下去。

豆苗却坚持着说："昨晚我跟保喜说了，保喜不同意。可我今天还是要说，这个家，从今以后，就由我来当……"

保喜没等豆苗把话说完，猛地站起来，抬手就给了豆苗一个响亮的耳光。郭保喜人高马大，力气又足，豆苗白皙的脸上立刻浮现出几道清晰的、涨红的手指印。结婚三年，这是保喜第一次动手打豆苗。

全家人都愣住了。豆苗捂着火辣辣的脸，跑进了西屋。她早就料到丈夫郭保喜不会帮她说话，但绝没料到他会当着全家人的面，给她一个大嘴巴子。

郭保喜打了豆苗，豆苗疼的不是脸，是心。

保军见哥哥动手，也急了，冲着保喜喊："哥！你干吗打我嫂子？这一家人拖累嫂子到什么时候？我同意我嫂子当家！要么，你们就分出去单过！"保军气得饭也不吃了，把干粮往桌上一扔，气鼓鼓地朝大门外走去。

保喜转向他妈，急忙解释："妈，你别生气，我没同意，是豆苗自己瞎说的。"

婆婆重重地放下筷子，没吱声，但满脸怒容。

玉杰、玉英起身想去西屋安慰嫂子，却被她们妈厉声喝住了。

豆苗婆婆语气坚定地说："有我在，这个家谁也别想当！谁也别想分！你们几个都给我听好了，这个家，还是我说了算！除非我死了！"

玉英、玉杰相互看了看，小声说："我们上学去了。"小保国年纪太小，还不明白发生了什么事，也懵懵懂懂地跟着两个姐姐走了。玉英背着书包出门时，故意撞了大哥保喜一下，用眼神示意他回西屋去看看。

哑巴姑朝着郭保喜"啊！啊！"地比画了两声，也抱着小亮进了西屋。

跛子叔一直低头吃饭，这时看看人都走得差不多了，咧咧嘴笑了笑，自言自语道："嘿，就我吃得慢！"说着，端着自己还没吃完的菜碗，去了他妈，也就是豆苗的奶奶婆那屋。

西屋里，豆苗从哑巴姑手里接过孩子。她想到昨晚预料到的最坏结果，为了实现当家的目标，为了逼迫保喜同意她当家，逼迫婆婆放权，她决定使出最后一步带有破坏性的计划，一个会让自己受辱、让娘家蒙羞的计划——离婚！当然，是假离婚！

第二章　回娘家的路

"离婚！"对，这本是她当家计划里的一步棋。

豆苗没有哭闹，反而异常冷静，甚至有些阿Q式的精神胜利法：战斗的号角已经吹响，青春的热血正在沸腾，小康生活的美景就在眼前。在婆家这边，自己虽然孤立无援，但脚步不能停，当家的计划不能变，自己要像个勇士一样，为目标勇往直前。丈夫郭保喜打的那一巴掌，脸上火辣辣的疼，但她并不在乎，她要一步步实现自己过好日子的计划。豆苗感觉自己像只火红的凤凰，正要"扑啦啦"地飞起来。

"郭保喜，你打得好！那腻腻歪歪的所谓爱情，别在我这儿浪费时间，绊住我的脚！"豆苗越发坚定了自己的信念。打定主意后，她让哑巴姑把儿子小亮背到自己背上。小亮还不到三周岁，但豆苗觉得，此刻自己背上的是她的一切，是她全部的动力。她可不像村子里的有些妇女，离了婚就把孩子抛下，自己干干净净地去追求幸福。她这个当妈的，没那个心思。

哑巴姑站在一旁，默默地看着豆苗忙碌，嘴里说不出话。豆苗快速地收拾着自己的几件衣服，打了一个小包袱。这些都是结婚时从娘家带来的东西，她把包袱放进同样从娘家带来的脸盆里。三年来，在郭家，她似乎只多了一个孩子。炕上的被子太大了，她没拿。再说，她还会回来的，这只是假离婚！

哑巴姑这时看明白了豆苗的意图，急得"啊！啊！"直叫，用手比画着想去拽豆苗，眼泪都流了出来。豆苗知道哑巴姑善良，从小就帮着照看小亮，一把屎一把尿地伺候着，跟孩子感情深厚。但此刻，她不能理会，不能心软。哑巴姑见拦不住，就跑到屋外去拽郭保喜。郭保喜看看他妈没发话，自己也不敢动。

豆苗心里有点慌了，有些没底，但事已至此，没有回头路了。她端着脸盆，背着孩子，朝大门走去。那单薄的身影，在秋风中显得有些凄凉和可怜。

郭保军一直站在大门外土墙边，见豆苗出来，连忙走上前劝道："嫂子，你别回娘家。我哥打你是不对，让他给你赔礼道歉。"保军以为豆苗只是因为挨了一巴掌，在赌气。

豆苗绷着脸，不说话。

保军抢过她手里的脸盆，真诚地说："嫂子，你要当家，这想法是对的。你聪明，脑子活，我信你。你等会儿，我再想想办法，去劝劝妈，咱们慢慢来！"

这时她觉得，婆婆从她进门那天起，似乎就一直把她当成一个干活的外人，从来没有真正地接纳过她。干活，是永远干不完的。即使生了男孩，即使夜里要起来喂三四遍奶，第二天照样得早起做饭，不能耽误家里三个学生（玉英、玉杰、保国）上学。豆苗年轻，喂奶本就休息不好，喜欢睡觉，想多睡一会儿，那是不可能的，一天能睡上五个小时就不错了。奶水少了，想吃个鸡蛋补补身子，婆婆绝不答应，说鸡蛋要攒着卖钱，只肯给她舀一勺猪油拌饭吃。她觉得自己真是受尽了委屈。

豆苗赶着牛车，走了好几里路，心情才渐渐平复下来。其实也不是她在赶牛，更多时候是她牵着老牛的缰绳在前面走。她开始反思：自己刚才都干了些什么？不就是为了让这一大家子人过上好日子，才想当家的吗？原本计划好的假离婚、争夺当家权，怎么就演变成了打架、真离婚了呢？自己怎么就成了孤家寡人？

二十五岁的豆苗，第一次感到如此迷茫。

她回头看看来时的路，没有郭保喜的影子。又走了一段儿，还是没有看到郭保喜。她就这么走走停停，停停走走，一次次回头张望，但始终没有看到郭保喜追来的身影。此时此刻，她多么盼望郭保喜能追上来啊！她心里已经不生郭保喜打她那一巴掌的气了，她已经原谅他了。见不到郭保喜，豆苗越发伤心，眼泪止不住地流。郭保喜不在身边，她感觉没了主心骨。小亮又太小，什么都不懂。背上的小亮似乎也越来越沉，她的两个肩膀开始酸疼。再次回头看看那条空荡荡的山路，还是没有郭保喜的人影。看来，保喜是真的舍得她，真的没有追过来。豆苗这一次真的相信，郭保喜是无情的，他一定不会追来了。她用力擦干眼泪。

豆苗越发后悔自己刚才的冲动和鲁莽。感觉自己就像一个输红了眼的赌徒，万一赌输了怎么办？郭保喜那么愚孝，凡事都听婆婆的话。自己这步棋，本是为了奔向脱贫致富而设计的最具破坏性的一步险棋，是不是走得过于大胆了？刚才，郭保喜打自己那一巴掌，也许只是一时情急，自己也不该那么计较。可回想这三年多来，保喜是不是并没有自己想象中那么爱自己？用什么来衡量呢？是不是自己在情窦初开的时候，就被他轻易拿捏住了？还是他郭保喜早就知道自己娘家不要彩礼，算计着能占到便宜？郭保喜当时说是婆婆让他问彩礼的事，她那时没多想。现在想来，婆婆当家，一定是觉得捡了个大便宜。如果当时自己娘家坚持要彩礼，也许，他婆婆就不会同意这门亲事了，或许就会退而求其次，找个模样难看、脑子也笨的女子。

秋日的阳光照在豆苗脸上，火辣辣的。她抬头看看天上的太阳，估摸着快到晌午了。她第一次感觉回娘家的路是那么长，那么累。以前每次都是郭保喜陪着，两个人有说有笑，感觉半天就到了。可这次，眼看快晌午了，还没走到一半。

回到娘家该怎么跟家人说呢？怎么能把这么坏的消息告诉姥姥听？

豆苗完全没有了往日回娘家时那种急切盼望的心情和快乐劲儿。老牛走得很慢，破旧的木板车发出"吱嘎吱嘎"的响声。她不再吆喝老牛，任由它慢悠悠地走着。她解开背孩子的背带，感觉两个肩膀顿时轻松了不少。她把刚才在背上昏昏欲睡的小亮抱在怀里，又把身上那件碍事的红毛衣脱下来，扔进脸盆里，只穿着一件白底蓝花的紧身小布衫。

弯弯曲曲的山路上，空无一人。孤零零的豆苗好想大哭一场！真的好想放声大哭一场！想着想着，豆苗真的又一次哭了起来。

从记事起，她印象最深的就是最疼爱她的姥姥。姥姥常常把自己的大裙子改成小裙子给她穿，把她打扮得花枝招展。小伙伴们都喜欢找她玩，像对待小公主一样凡事都让着她。上小学时，全校大概就只有她一个人穿裙子，老师和同学都羡慕她。在那个年代的农村，人们连件没有补丁的衣服都很少见。姥姥常说："我们凤鸣长大了是要进城的，要当电影明星！"直到十七岁那年，妈妈去世，自己辍学，她的命运才彻底改变，仿佛从云端的仙女跌落到了凡尘。

她刚进生产队时，男劳力一天挣十分工分，妇女挣六分。她才十七岁半，不满十八周岁，只能算半个劳力，一天只挣四分。她只干了两天，就不服气地找到队长理论，保证能跟队里其他大妈大婶干一样的活儿，要求挣六分。那双刚离开学校、握笔写字的纤细的手啊，很快就磨出了一层又一层的血泡，晚上疼得钻心。那时候，她心里开始埋怨妈妈，是妈妈让她把上学的机会留给了弟弟。她跑到妈妈的坟前哭了一场又一场。可哭归哭，事实已经无法改变。每当看到爸爸内疚的眼神，她就明白，当时家里那么贫困，确实供不起三个孩子都去镇上读中学。自己是长女，爸爸妈妈选择让她退学，也是无奈之举。既然自己跟队长保证过了，就得做到。于是，她咬咬牙，找来布条把手缠上，一天不落地坚持下地干活。

繁重的农活，并没有耽误豆苗的成长发育。到了十九岁，她已经出落成一个端庄、灵巧又漂亮的大姑娘。即使是干农活，她的衣服也总是收拾得干干净净，梳着一条乌黑油亮的长辫子，人见人爱。因为平时乐于助人，常帮大家写个家信什么的，她的人缘特别好。后来，她被选为妇女队长，再加上记工员的身份，每天能挣到八分工分。当妇女队长不能脱产，她只能利用收工后的时间记账。

爸爸那时总夸她能干。姥姥却总是唉声叹气地说："出大力的人能有多大出息。"弟弟林致远、妹妹林凤萍，常常会帮她核对账目。那时候，自己虽然累，但心里是多么幸福啊！

人人都夸她漂亮又能干，自然少不了各村小伙子的追求。那时候交通不便，也没什么娱乐活动，最大的消遣就是看场露天黑白电影。每次去看电影，她从来不用自己提前去占地方，总有许多年轻的小伙子争着抢着为她献殷勤，可她一个也没看上。

说起婚姻，还真是缘分天注定。月老早就把红线牵好了，把人配好了对。

豆苗当妇女队长干出了名气，成了先进典型。有一次，她在公社召开的表彰大会上，代表朝阳村领奖时，认识了大利村的先进代表郭保喜。就那一眼，她就喜欢上了这个长相憨厚、身材魁梧的小伙子。当时郭保喜胸前戴的大红花下面别着的纸条上写的是"郭保军"，林凤鸣还以为是公社干部写错了名字。她当时并不知道，郭保喜是替他弟弟郭保军来开会的。可她就认定了郭保喜。于是，一场现代版的"小二黑结婚"就上演了。劳累贫困的生活，并没有阻挡爱情在年轻人心中萌发。她差不多一个星期就会给郭保喜写一封信，郭保喜也会隔几天就翻山越岭，走三十多里山路来看她。她怕保喜走得远、走得累，每次都会迎出去八九里地。而郭保喜送她回家时，却总是坚持把她送到家门口。两人仿佛有说不完的话。

豆苗当时也提了自己的条件：必须等弟弟致远考上大学才结婚。郭保喜就等了她三年。当时保喜说："豆苗，别说三年，等一辈子我都愿意等。"一晃三年过去了，弟弟顺利考上了大学，妹妹也上了高中，父亲林崇山还被选为朝阳村小学的校长。豆苗也到了该出嫁的年龄。那时候的爱情，就是纯粹的真感情，没有什么物质条件的附加。可当豆苗第一次到保喜家时，还是愣了老半天。一家人住的是生产队的房子，除了人多，几乎一无所有。破旧的泥土房，炕上躺着年事已高、瘫痪在床的奶奶；保喜妈不到五十岁，却是一脸沧桑，头发花白，穿着打补丁的旧衣服；家里还有一位说不出话的哑巴姑姑，一位腿脚不便的跛子叔叔；下面还有弟弟保军、保国，妹妹玉英、玉杰。豆苗记得最清楚的是，窗户上钉的是塑料布，风一刮，就"哗啦哗啦"地响。郭保喜告诉豆苗，他家是全村欠生产队统筹款、农业税最多的人家。

豆苗那时满心爱着保喜，觉得只要能跟保喜在一起就行，哪怕是天当被子地当床。恋爱中的女人，眼里看到的再苦的日子，再破的房子，都像是开满了玫瑰花的童话城堡。

保喜还说了与其他追求她的小伙子不同的话："豆苗，咱俩结婚后，我多干活。你不是一直想考大学吗？你就安心在家看书复习。你要是考上了大学，我挣钱供你！"豆苗当时感动得一塌糊涂！一下子抓住郭保喜的手，把自己的身子紧紧靠到他宽阔的胸膛上。就为了这一句话，豆苗彻底认定了郭保喜。

郭保喜脸上带着幸福的笑容说："豆苗，你真好！没嫌弃我家穷。"接着又小心翼翼地问，"我妈说，现在结婚，都时兴要'三金'（金戒指、金耳环、金项链）？娘家还会要彩礼？我妈让我问问你……"

豆苗说："我也跟我姥姥说过这事。我姥说，'三金'就不要了，在农村戴着干活也不方便。彩礼咱家也不要，现在农村家家户户都不容易，你婆家条件也不宽裕。"

郭保喜又问："那你爸爸呢？"

豆苗说："我爸更开明。他说，咱家不要彩礼。结婚是两个人过日子，两个人能知疼知热、好好过日子，比什么都重要。将来日子好了，喜欢什么再自己添置。"

豆苗啊豆苗，别的姑娘出嫁都讲究要点彩礼撑门面，她却什么也没说，什么也没想，就这么跟着郭保喜嫁了过来，成了他的"革命伴侣"。这边朝阳村生产队奖励了她两把锄头，那边大利村生产队奖励了郭保喜两把镰刀，就算作他们的结婚贺礼了。

那时还有点文艺青年情怀的豆苗，甚至为此写了一首诗：翻山越岭遇知音，为我筑成大学梦。革命伴侣情谊深，一生一世永不分。

终于看到前面的黄沙场了。这个沙场，大致位于娘家和婆家之间山路的中点。到了这里，回娘家的路就走完了一半，仿佛已经能看到娘家村子的轮廓，豆苗顿时来了精神。沙场不大，是在这座山脚下开辟出来的一小块平地。娘家村和婆家村的人，哪家需要用沙子，都会到这个沙场来拉。沙场边上有一条清澈的小溪，溪水甘甜可口。以前每次跟郭保喜一起回娘家，他们都会在这里歇歇脚，喝点水。

豆苗的心情豁然开朗起来，正应了那句古诗："山重水复疑无路，柳暗花明又一村。"仿佛眼前不再是弯弯曲曲的难行山路，而是一条通往幸福生活的康庄大道。

就在这时，豆苗听到身后传来"突突突"的拖拉机声。她回头一看，是婆婆的干儿子邵明德开着拖拉机朝沙场这边过来了。她赶紧吆喝老牛："往里！往里！"可老牛好像没听见似的，依然慢悠悠地走在路中间。豆苗抱着孩子，慌忙跳下牛车，手忙脚乱地想去推老牛的屁股，让它靠边。

糟糕！慌乱之中，她脚下一滑，连人带牛带车一下子都滑进了路边的小溪里！

怀里的小亮被这突如其来的变故吓得哇哇大哭起来。豆苗顾不上自己，转过头朝越来越近的拖拉机大声喊："快停车！快停车！"

邵明德仿佛没听见，拖拉机继续往前开。豆苗抱着孩子，慌忙爬上岸躲到路边，暂时顾不上去管陷在溪水里的牛和车。直到拖拉机离牛车只差几步远的时候，邵明德才不慌不忙地停下车，熄了火。三十多年前的农村人啊，一年能见几回拖拉机？豆苗刚才真是吓坏了，还以为拖拉机的速度跟火车一样快呢。

豆苗见邵明德的拖拉机总算没撞上牛车，这才长长地嘘了一口气，放下心来。心里却忍不住骂邵明德："你个缺德带冒烟儿的！"

"哟，小媳妇这是要回娘家呀？"邵明德手扶着方向盘，坐在驾驶座上，笑嘻嘻地问。

"关你啥事？赶紧过来帮我把牛车弄出来！都怨你！"豆苗没好气地说。

豆苗把牛车赶到溪边一块宽敞的地方，让老牛喝了点水，又用手捧了些溪水给小亮喝，自己也喝了几口。她给小亮洗了把脸。

豆苗从脸盆里拿出几个奶豆（一种小零食）给小亮吃了。突然，肚子"咕咕"叫了起来，她这才觉得饿了，想起早上生气走得急，忘了带干粮。以前每次和保喜回娘家，都会带上干粮，走到这里歇脚的时候吃。就在那小溪边的石头上，两个人总是有说有笑的。可现在，只剩下她一个人了。她怕被邵明德看她笑话，还好邵明德只顾着在那边装沙子，没朝她这边看。

过了一会儿，邵明德开着装满沙子的拖拉机，朝着豆苗娘家屯子的方向开走了。

豆苗赶紧把牛车赶上了路。她在路边的山坡上拾到一些掉落的山核桃，用石头砸开吃了几个，又捡了一些。她看看没地方放，就把脸盆里的包袱拿出来，把山核桃装在了盆里。

回娘家的路怎么这么长啊！豆苗第一次觉得时间过得如此之慢。她把结婚这三年多的事情，在脑子里仔仔细细地回想了一遍。她的善良，让她最终还是百分之百地原谅了郭保喜。她又想到守寡多年、辛苦拉扯着一大家人过穷日子的婆婆；想到瘫痪在炕上、却总是把别人给的一块蛋糕，自己舍不得吃，一定要留给她的奶奶婆。豆苗每次都只掰一小块，喂到小亮嘴里。

过了晌午，豆苗快到娘家屯子的时候，邵明德的拖拉机又迎面开了过来，原来他已经送完沙子回来了。他停下车，从驾驶室里拿出一包还热乎乎的毛花（点心）和一包饼干递给豆苗。这时，正好有一个骑着自行车卖冰棍的人路过。邵明德问豆苗："给孩子买根冰棍不？"在婆家的时候，婆婆偶尔也会用鸡蛋换两根冰棍回来，给瘫痪的奶奶婆和小亮吃。小亮年纪小，每次只吃一半，剩下的一半就归豆苗吃。豆苗舍不得吃，就给保喜吃。保喜就非逼着豆苗先吃一口，他再吃。一根小小的冰棍，一家三口分着吃完。豆苗想到自己身上一分钱也没带出来，就摇摇头说："谢谢，孩子怕凉，不买了。"

邵明德却叫住了卖冰棍的，给豆苗买了两根。

豆苗推辞不要："小亮睡着了，不吃。你自己吃吧。"

邵明德说："豆苗，我平时爱开玩笑，你别往心里去。农村就这样，不说不笑不热闹。干那么累的体力活，再没个玩笑开，死气沉沉的，那还让人活不活了？你吃吧，不吃就扔了。我走了。"他不再看豆苗，似乎觉得自讨没趣。

豆苗回头看看邵明德那难得郑重其事的样子，接过了冰棍，说了声谢谢。

邵明德这才又开口问："跟保喜吵架了？"

豆苗掩饰道："没有。就是想姥姥了，回娘家看看，住几天。"

邵明德抿嘴一笑，说道："豆苗，你糊弄小孩子呢？回娘家有带口粮的吗？有这么回娘家的？再说，你娘家条件那么好，你弟弟吃'红本'（指有正式工作，拿工资），挣公家的钱，你姥姥手里肯定也有'箱子底'（指积蓄）。"

豆苗不作声了。这时小亮醒了，豆苗拿了一块小饼干喂给他。

邵明德又说："两口子在一起过日子，哪有不吵架的？孩子还这么小，吵完了就拉倒，好好过日子呗。以后有啥我能帮上忙的，你就吱声。哦，对了，刚才我遇到你们娘家村子里的人了，我让他给你爸捎个信儿，让你爸来接你一下。你一个女人家赶着牛车，怪不安全的。"

邵明德转身走了几步，又想起什么似的，转回来说道："等会儿进村子，头一家就是个小卖店。你进去给你爸买上两瓶酒，再给你姥姥买点好吃的，这才像个回娘家的样子。别让你姥姥和你爸跟着着急上火。老人常说，'会当媳妇两头瞒，不会当媳妇两头传'。"他抛出了一大套过来人的"真理"。

豆苗听进去了，嗯嗯地答应着。

邵明德从上衣口袋里掏出一卷零钱，数出一些递给豆苗。

豆苗迟疑了一下，还是接了过来。她抱着孩子，笨拙地数了数，说："我借你十块钱，过两天就还你。"说着，把多余的零钱递还给邵明德。

邵明德笑了一下说："你婆婆可是出了名的铁公鸡，她能给你钱还我？"

豆苗脸红了，抢白道："你要是信不着，那就算了，我不借了！"

邵明德一边接过零钱，一边笑着说："行了行了，算我多嘴。你慢慢赶路，小心点，别让老牛车再掉到沟里去了。"

豆苗也被他逗乐了，说："邵明德，你真是个乌鸦嘴！"

邵明德像是打了胜仗似的哈哈大笑着，那双贼溜溜的眼睛，又在豆苗鼓鼓的胸前扫了一下，然后才跳上拖拉机，开车朝婆婆家方向走了。

豆苗本来觉得邵明德这次挺够意思，像个乐于助人、怜香惜玉的正人君子，可见他临走时那眼神，又气不打一处来。看着邵明德开着四轮拖拉机远去的背影，她在心里暗暗说道："有啥了不起的？等将来我挣了钱，也给我家保喜买台新的拖拉机！"

都到这个时候了，豆苗心里想的还是怎么脱贫致富，还下意识地把这个致富的梦想寄托在郭保喜身上。她似乎还没完全意识到，郭保喜或许只是一个安于现状的人，并没有她那样长远的目标和改变命运的决心。

豆苗慢慢地吃着邵明德给的干粮，脑子却一刻也没闲着："一个外人都能想到我和孩子饿了没有，你郭保喜能想不到？就不能追上来给我送点干粮？"这么仔细一想，她好像品出点儿别的滋味来。"郭保喜，你到底有没有真正爱过我？你爱的，是不是只是我的脸蛋和身子，只是满足一个男人的生理需要？难道一直以来，都是我一厢情愿地爱着他？"当初，保喜信誓旦旦地说要好好帮她复习考大学，她也确实迷恋他身上那股强烈的男子汉气息。可是结婚以后，特别是生完小亮，他再也不提考大学的事了。有一次，豆苗还特意逗他，说："喜子，要不我跟玉英一起复习，我俩都去考大学吧？"

郭保喜当时憨笑着说："哪有结了婚还考大学的？再说，孩子都有了，还考什么大学？安心过日子得了。"

那一刻，豆苗心里咯噔一下，恍然大悟，敢情保喜当初也是哄着她的。不过，事已至此，生米都做成了熟饭，再提那些过去的事也没用了。要想好好过日子，就必须改变现状。豆苗从来不是一个遇到困难就退缩颓废的人，她是那种越挫越勇的性子。她一定要当上这个家，一定要实现脱贫致富的目标！

夕阳西下，落日的余晖洒满五彩斑斓的山峦，像一幅壮丽的油画。豆苗抱着孩子，心里仍然幻想着郭保喜的身影会突然出现在山路上。

"当家！我一定要当家！"豆苗暗下决心。她不会因为与郭保喜的感情纠葛而放弃自己的人生目标。自己不是"铁姑娘"吗？她不断地鼓励自己，一定要去实现那个致富的理想。

深秋时节，天空那么蓝，白云那么干净，路边的枫树叶子红得那么耀眼，那么执着。豆苗眼里看到的，仿佛都是五彩缤纷的美景！心里想的，也全是未来过上好日子的美景！

第三章　扎根婆家

有能力的女人，走到哪里都自带一种亲和力，让她在人群中熠熠生辉。

豆苗赶着牛车慢慢走着，迎面遇到了骑自行车来接她的父亲林崇山。豆苗强忍着泪水，叫了一声："爸！"

林崇山什么也没说，支好自行车，抱起小亮，亲了亲外孙，又递还给豆苗。然后，他把自行车放到牛车上，替豆苗赶着老牛，朝朝阳村走去。

这次回娘家，豆苗感到与以往大不相同。不再是荣归故里，也不只是探望亲人。先前有郭保喜陪着，婆家那边，婆婆会亲自送到大门口，叮嘱豆苗多带件衣服——尽管豆苗只有一件外衣，还嘱咐早些回来。豆苗明白，婆婆其实是盼着她和保喜早归，好多干些家里的活计，但她仍觉得那是婆婆的关心与疼爱，心里充满感激。而娘家这边，向来是没人接的。

可是今天，姥姥走出了大门，远远地站在那里，手里依然拿着那方白手绢。豆苗的脚步异常沉重，心情糟糕透顶，仿佛喉咙里堵了一块咸盐。泪水在眼眶里打转，她本想装出高兴的样子，声音却沙哑不堪，只唤出两个字："姥姥！"便再也说不出其他话，抱着孩子扑进了姥姥怀里。

姥姥瞬间明白了一切，说道："凤鸣受委屈了！快进屋。姥姥怕你饿，饭菜都做好了，等你老半天了。"

豆苗随姥姥进了屋，立刻闻到了葱油饼的香味。每次豆苗回来，姥姥都要做葱油饼。在那个许多人温饱尚未解决的年代，姥姥给做细粮，真算得上奢侈。

林崇山把牛车上的粮食卸进仓库，拴好了老牛。他一进屋就对豆苗说："以后可不能再往家拿东西了啊！你婆家那么困难。"

豆苗狼吞虎咽地吃着姥姥烙的饼，仿佛想把在婆家三年穷日子里受的委屈，连同郭保喜那个用力的耳光，一并咽下去。眼泪滴落在葱油饼上。她没吱声，装作没听见，把所有委屈狠狠地吞进了肚里。

姥姥是过来人，心思剔透，早就看出外孙女受了委屈。见外孙女掉泪，她心疼不已，便拿着白手绢，朝豆苗爸比画了两下。豆苗爸见了，似乎明白了什么，看看低头只顾吃饼的豆苗，又说："在婆家受了委屈就回来，爸养得起你。不要他老郭家一分钱的东西。愿意带孩子住多久就住多久。"豆苗这才停下嘴，使劲咽下口中的饼，缓了口气说："爸，你说啥呢。我就是饿了，忘了带干粮。"

娘家是三大间房。东屋为大，姥姥住着。姥姥的衣服多，光睡衣就有春夏秋冬好几套，装衣服的箱子、柜子把炕沿堆得满满当当。地上放着一张大桌子，是学习桌。以前林凤鸣和弟妹学习时，姥姥就在旁边看着。林凤鸣没出嫁时，和妹妹凤萍住在东屋的小间。父亲和母亲住西屋，弟弟林致远住西屋的小间。中间是厨房。如今，姥姥有了放在地上的组合柜和衣柜，炕上宽敞了许多。但凤萍还是坚持自己住东屋的小间。

晚上，豆苗带着孩子住进了姥姥的屋子。以往都是妹妹凤萍换到姥姥屋，她和保喜一起住凤萍那屋。现在凤萍住到镇上的中学，只有星期天才回来，那小屋便空着。从前，保喜在她身边，跟她亲热时，总是盼着黑夜快点来临。保喜那时猴急得很，总抱怨白天太长，夜晚太短。可现在，豆苗反而觉得夜晚来得太快了。她用手轻拍着小亮，孩子睡着了，她的眼睛却睁得大大的。黑夜中，她什么也看不见，只盼着天快点亮。夜深人静，豆苗依旧毫无睡意，这一天经历了太多的变故。

豆苗起身走到院子里。这次回来，她对郭保喜的爱恋淡了许多。她清楚地意识到，郭保喜只不过是带她从一个山沟翻过一座山，到了另一个山沟，生活并未有丝毫改变。他那高大强健的身体，不过是一副好皮囊，头脑简单，安于现状，不思进取。

豆苗忽然回过味来。姥姥在她出嫁时哭得那般悲伤，原来是凭借人生的经验，预见到了更艰苦的日子在等着她，并非她所幻想的爱情那般美好，以为有爱便能拥有一切。生了小亮之后，她不再有考大学的梦想。她明白，郭保喜的臂膀是靠不住的，只有依靠自己，才能打拼出一片新生活。

月亮升起来，院子显得格外空旷宁静。夜风吹过，带来一丝寒意。豆苗在院子里坐了很久很久，打了两个喷嚏，感觉身上发冷，才回到屋里。

姥姥关着灯，坐在炕上望着院子，不时擦着眼泪。看到林凤鸣回屋，才放下心，叹了口气，悄悄躺下。

豆苗睡得正香，隐约听到爸爸喊："凤鸣，快起来，保喜来了。"

豆苗不敢相信自己的耳朵，心里一阵欣喜，一骨碌从炕上爬起来，才发现天已大亮。姥姥早已去厨房做饭了。她之前蒙蒙眬眬听到鸡叫三遍，还以为只是鸡叫两遍呢。她穿好衣服,下地开了门,揉着眼问:"爸,你说保喜来了?在哪儿呢?"

"在大门外,好像来了好一阵子了,可能是半夜来的。早上我去开大门,就看见保喜在那儿坐着呢。让他进屋,他也不进,只是让我喊你出去。"

豆苗皱了一下眉头,说:"爸,你让他回去吧,说我不见他。"

"凤鸣,这就是你的不对了。小两口吵架是常事,见了面说开了就没事了,往后还得好好过日子。保喜大老远走来的,都到咱家门口了,还能不让进屋?别任性。"林崇山教育着大女儿。

豆苗心里高兴起来,泛起一丝甜蜜。她猜想,一是保喜心里有她,二是婆婆可能同意放权让她当家了。"爸,你给我看着点小亮,他睡醒了别让他爬掉到地上,我去见保喜。"豆苗一边说着,一边乐呵呵地往外跑去。

郭保喜胡子拉碴,一下子像是老了十岁,身上还穿着昨天早上那件带补丁的外衣。以往回娘家,豆苗总要让他换上结婚时那件没补丁的外衣。

豆苗有些心疼,嘴上却冷冷地问:"你来干啥?"

"豆苗,昨天打你是我不对,你跟我回去吧!"

"咱妈同意让我当家了?"

"你赶车走了,我没跟妈说你要当家这事儿,怕妈再生气。"

"那你回去吧,我不跟你回去。"豆苗说着便往院子里走。

"你打我一顿还不行吗?"保喜大声说。

豆苗站住,没回头,坚决地说:"除非让我当家。"

"豆苗,你是铁了心不跟我回去了?"

"对,不回去。怕你再打我。"

郭保喜撒腿就跑,再也不提老牛和车的事。

林崇山追出一百多米,边跑边骂:"小王八羔子,有胆量你站住!"

郭保喜还是不停地跑,跑远了。

林崇山气呼呼地回来,质问豆苗到底怎么回事。

豆苗只好一五一十地说了,但还是隐瞒了郭保喜打她耳光的事,只说是自己想当家主事,把日子过好。

"你婆婆当了一辈子家,不容易。别争了,跟保喜好好过日子。缺啥少啥从家里拿。在家安心住几天,过几天我送你回去。"林崇山是个明事理的父亲。

吃过早饭,豆苗的气消了些,又想起过日子的事。她说:"爸,俺村邵明德拉沙子挣钱，我也想给保喜买台拖拉机。"

豆苗爸爸乐了："这样才对，日子得往前过。那好，你找邵明德打听打听，一台旧拖拉机得多少钱？"

"爸，我想买台新的。你别向邵明德打听，这是抢人家生意。你让致远从县里农机所问问。"豆苗的精明，随了她姥姥家的商人智慧。

豆苗帮姥姥收拾完碗筷，抱着孩子跟姥姥在院子里摘辣椒。她跟姥姥说："姥，这辣椒叶子也能腌咸菜。"

"能吃吗？"姥姥问。

"能吃。我婆婆就摘辣椒叶，用开水焯了，再用辣椒油拌着吃，挺好吃的。还有地瓜秧、角瓜花，也能做着吃，很好吃。就是那南瓜梗也好吃呢。"

姥姥笑了："凤鸣，你把你婆婆家勤俭持家的好传统带到娘家来了。你婆婆家是正经过日子的人家。"

豆苗乐了，说："我婆婆很能干。我起来，她就起了，有时比我还早。"

"你婆婆是能吃苦的人，支撑一大家子确实不容易。"姥姥的心思是劝豆苗不要动离婚的念头。老辈人是不轻易离婚的，讲究认命。嫁鸡随鸡，嫁狗随狗，女人的地位似乎总是男人给的，一辈子就依靠男人，特别是像姥姥这样的传统女性。

"我婆婆对我也挺好的，有活儿她都抢着干，有很多好的地方。"

"那你还闹啥离婚？"

"我不是真要离婚，是为了当家，想把那个穷家过好，不是跟婆婆闹别扭。"

豆苗打起喷嚏来，也许是昨晚在院子里着凉了。

"我生小亮那会儿，家里就煮了八个鸡蛋，都给我一个人吃了。"

"咱家不是送去五十个鸡蛋吗？我记得清清楚楚，怕破了，还在筐底下放了草。"

"我没舍得吃，让我婆婆拿到集市上卖了。卖鸡蛋的钱，给玉英、玉杰、保国他们仨交学费了。"

"生孩子，坐月子，是女人的头等大事，营养跟不上会落下病根，孩子奶水也不足。你婆婆也真是的，那是咱娘家送去的。"

"姥，我婆家太穷了。这山沟里没有来钱的道儿，我奶奶婆还要天天吃药。当时没钱交学费，一家人直犯愁，说不让玉英、玉杰念了，只让保国念。姥，我就是少吃几个鸡蛋呗！保喜跟我说了家里的情况，是我让卖的，这才保住了玉英、玉杰上学。"

"凤鸣，你是善良的孩子，识大体。"姥姥哑摸着嘴，想起了自己生孩子时多少人伺候，吃了多少好东西：鸡肉、鱼肉、排骨……生个女孩都像立了大功似的。

豆苗有些歉意地说："姥，是因为我妈治病欠了很多钱，妈怕她走了，爸爸一个人养活一大家子太难，才让我辍学跟爸挣工分。不然我那时是能考上大学的，像致远一样有工作，吃供应粮，接您进城。"

姥姥便不再说什么，又拿出她那方白色的手绢擦眼睛。

沉默了一会儿，姥姥又问："保军也能挣钱了吧？"

"嗯，保军今年想跟林场的人上'木帮''倒套子'（伐木运输）。我婆婆不让，怕离家太远，有危险，不安全。"

"保军多大了？你婆婆把一家人都拢在身边受穷。"

"跟我同岁，属虎的，虚岁二十五，今年本命年。我把结婚时的红布腰带扯了一半给他。"

"保军又不是你男人，扯块红布给他当腰带，犯忌讳。"

"犯忌讳？可是也没钱买布挂红啊！我婆婆也没说啥，还夸我大方呢。保喜那条红布腰带给小亮做小袄了。"

姥姥笑了："把娘家的东西都给了婆家，真成一家人了。"

"姥，犯啥忌讳？"

"犯忌讳就不说了，现在你们年轻人也没这么多讲究。"姥姥没告诉豆苗，那红腰带是用来拴住自己男人的。又问："保军处对象了没有？"

"我婆婆托媒婆介绍了一个，姑娘长得不错，也相中保军的长相了。可人家来相看门风，一看嫌我婆家穷，不干了。"

"穷还能扎下根，谁不是三穷三富过到老？这姑娘家也太嫌贫爱富了。我那时还是娇小姐呢，穿金戴银，绫罗绸缎的衣服好几箱子。

"你们这个家早晚得分开。按理说，你跟保喜应该出去过，给保军腾地方。"姥姥说道。

"保喜也不同意分家。"

"接亲那天我见过保军一次，有模有样的小伙子，个子不矮，还挺机灵，长得比保喜文雅一些，好像也比保喜开通。"姥姥接着说。

"保军也支持我当家，还说帮我做婆婆的工作。"

"你跟保喜的弟弟妹妹关系还都挺好。"

"姥，你说保喜还会来找我吗？"豆苗担心地问。

"会，男人年轻时都离不开媳妇。"姥姥笑着说，慈爱地看着豆苗。

"他能听我的话，选择站在我这边吗？"

"这个难说。我看保喜凡事都听你婆婆的。今早来要牛要车，还不是你婆婆让的？"姥姥猜到豆苗婆婆是个看重东西的人。

"今年山上核桃可多了，下午我上山捡核桃。姥，你给我看着小亮。"

豆苗又想起什么，说："姥，你借我十块钱，我让人给邵明德捎回去。我从他那儿借了十块钱，这一闹腾，在娘家待多长日子还不知道呢，别欠人家时间长了。"

姥姥笑了："凤鸣，姥姥跟你打赌，十天你都撑不过去，你的心思还在婆家呢。"

豆苗也笑了，可是笑得一点儿也不轻松。

接下来发生了一件让豆苗伤透心的事情。

郭保喜被豆苗爸爸打跑后，想到没要回老牛和牛车，空手回家怕他妈骂，心里不甘。他并没有走远，而是在村子里躲了起来。看到林崇山上学校去了，就又回到村里。他一直躲在大门外，看到豆苗背着背筐出去了，才溜进屋来。他骗豆苗姥姥说是想看孩子，姥姥便把孩子交给了他。姥姥想到这是外孙女婿上门，就忙着去做饭。

郭保喜说："姥，我不饿，在村头小卖店买了'毛华'（一种零食）。我带小亮去接接豆苗。"

姥姥信以为真，把被子给小亮包上。"保喜，姥说几句。凤鸣是好孩子，干活儿也是把好手。当不当家那是你们老郭家的事，可不能让豆苗受委屈了。你是她丈夫，是她的依靠。"

"行，姥，我听你的。"郭保喜嘴里应着，心里却盘算着："把孩子抱走，看你豆苗还不听我的！"

不多时，豆苗捡满了一筐核桃，坐下砸皮。

秋天的天空格外透明好看。抬头从树的枝丫间望去，仿佛那树是从干净的天空倒着长出来的。对面一根软枣藤，爬到了一棵很高的水曲柳树上，那藤条竟有能力爬得那么高，一直爬到了树梢，也许是它的本能，就像要升到天空一样。聪明的豆苗够不着树上的果子，但她可以爬到树上摇落藤条，总会有一些果子掉下来。这个时节很少有软枣子了，但残留的都很甜。豆苗还看到核桃树落光了叶子，不时有其他树的叶子在秋风中挣扎着落下。

时节总是在摧残那些不应留存的东西。春天好看的红花，被夏天的绿叶所代替；夏天的浓绿，又被秋天的寒霜无情地掠走；人们还在为秋天丰收的美景惊叹时，天空又飘来了片片白雪，染白了山川大地；你正感叹这冬天好干净啊，却又有春风拂过。四季轮回，人生变幻，优胜劣汰，不留痕迹。

豆苗啊！你被保喜宠着的日子，终究因保喜的目光短浅和打骂而被替代。

看保喜是孝顺，选择站在婆婆那一边。那么，他是不是真的爱自己？这件事像一面镜子，照出了豆苗那颗一直深爱保喜的心，也照向了保喜。他是否"君心似我心"？豆苗再一次开始审视自己，不再是那个怀着年轻姑娘狂热之心的自己了。

在这秋风中，爱渐渐变得轻飘飘的。爱情这东西还真怕细品，一旦冷静下来，仔细琢磨，也就变了味儿，不再那么纯美。豆苗的心思不在头顶的天空，也不在秋天的落叶，而是在保喜身上。

豆苗闻到地上的落叶被秋雨浸透后发霉的味道，干呕起来，呕得眼泪都流了出来。忽然觉得脚脖子传来一阵针扎似的痛。她以为被蛇咬了，慌忙低头查看。原来是一大群蚂蚁，正发疯似的围攻过来，仿佛要把她的肉身啃噬成一堆白骨。

豆苗"腾"地站起来，一边抖落爬到身上的蚂蚁，一边寻找原因。原来是自己把手筐放到了蚂蚁窝上，压塌了蚁巢，触动了蚂蚁的根本。弱小的蚂蚁尚且会反抗，那郭保喜家，又岂是能让一个外人轻易动摇的堡垒？

豆苗好像明白了什么，赶紧赔罪道："蚂蚁小主们，对不住，对不住！我把核桃皮堆起来给你们当新家。可千万别像《西游记》里的妖怪一样出来折磨我。不知者不怪，千万放我一马。"

在这偌大的林子里，有点阴森森的感觉，豆苗后悔上山没找个伴儿。她不敢多想，背起背筐，把用布衫包着的蘑菇放进手筐里，匆匆下山。也许是心里发毛，走得急，一脚踩到被烂树叶盖着的石头上，"咣叽"一下，摔了个前趴，背筐里的核桃"哗啦啦"撒了一地。

豆苗趴在地上，看着撒出的核桃，终于忍不住哭了起来。哭归哭，核桃还得捡。豆苗爬起来，看看手筐里的蘑菇还在，便开始捡核桃。捡着捡着，骂起郭保喜来："保喜，你个二流子，盲流子！这么不心疼媳妇！不跟你过了，让你打光棍儿！"骂过了，哭过了，还得下山回家，得快点回去看儿子小亮。看看满满一背筐的核桃，豆苗又骂自己贪心。自己体重才一百斤，这核桃也快一百斤了，还有手筐里的蘑菇。这次豆苗捡了一根棍子拄着走，好像轻快了许多。

日落偏西，豆苗满脸汗水地回到家，头发上还沾着树叶。姥姥心疼地给她舀水洗脸。刚洗完脸，豆苗问："姥，小亮睡着了？"

"没有啊，不是保喜抱着接你去了吗？你们走岔了？"

听姥姥说保喜把孩子抱走了，豆苗一下子瘫坐在地上。她的嘴唇被山风吹得干裂出血，脸上汗水混着灰尘，头发蓬乱地粘着松针。她茫然地瘫坐了好一会儿，问姥姥保喜走了多久。姥姥说总有两个时辰了。豆苗放下背筐，拿起镰刀就往大门走去。

姥姥一下子明白了，追到大门外喊："凤鸣，你可千万别干傻事！"却没能拦住发疯似的外孙女。豆苗朝着朝阳村南头大利村的方向跑去，她姥姥则往朝阳村北头学校的方向跑。

姥姥急着去学校找女婿林崇山，还好半路遇上了。

豆苗爸放学后，也到山边扛了一捆柴火回来。他知道了豆苗的事，开了仓库门，骑上自行车就去追豆苗。

"爸，你帮我把孩子抢回来！"豆苗极度伤心，强忍着泪水，哽咽着说。

"上车，爸带你去！你得听爸的，别干傻事。郭保喜还真是个混账东西！怎么不去山上迎迎你，反倒弄出这一出来！"林崇山抢下豆苗手里的镰刀。

林崇山父女俩追到沙场。邵明德正在那儿装沙子，远远看到郭保喜坐在那里，他大概是打算搭邵明德的拖拉机回大利村。郭保喜猛一抬头，见豆苗和林崇山追来，慌慌张张地抱着孩子往邵明德这边躲。

邵明德看明白了，停下装沙子的铁锹，老远就喊："林叔，豆苗！喜子还说呢，一会儿坐我车回你们朝阳村儿，说孩子小离不开妈。"又低声对保喜说："你这事做得可不地道！赶紧把孩子给豆苗还回去。豆苗是啥样的女人？天不怕地不怕的，你敢惹她？"

郭保喜一时没了主意，怂了起来。但他听劝，马上听了邵明德的话，随着邵明德一起朝豆苗这边迎过来。保喜不知怎么搭话，只是把小亮往高处掂了掂，抱得更紧了些，让自己的脸靠近小亮的脸，几乎要贴上，摆出一副他受了气、受了委屈的可怜相。

豆苗"噌"地从自行车后座跳下，冲到保喜面前，两眼喷着火，凶巴巴地喊道："跑啊！说话呀！你哑巴了！"不等保喜回话，一把夺过孩子，像是为了省去吵架的力气，狠狠给了郭保喜一个大耳光。

邵明德上前把豆苗推开，又故作轻松、笑嘻嘻地说："这是穆桂英打杨宗保，没舍得真打。"

郭保喜也没敢还手，朝林崇山说："爸，我错了，这次我真错了。"

林崇山说："唉，看你这孩子挺老实的，怎么做出这样的事？我还想着过个三五天，把凤鸣娘俩给你送回去呢。"

豆苗说："爸，你别跟他废话，咱回去，我姥该惦记咱俩了。"

豆苗扭头又对邵明德说："今天还不上你钱了。"

邵明德嬉皮笑脸地对豆苗说："还真是假生气，还记着这事儿呢。不要了，算我孝敬林叔的。"

豆苗没好气地说："少贫嘴！有你啥事？"她没给讨好她的邵明德面子，直接怼了回去。

邵明德也不生气，还是嬉皮笑脸地套近乎："豆苗，你别生气了。去车上好好给孩子包包，这秋天傍晚凉，别冻着。"

林崇山把郭保喜叫过来，语气沉重地说："保喜，凤鸣打你也是不对。你先回家待几天，都冷静冷静。"

"爸，没事，我一个大男人，打两下算啥。我听你的。"郭保喜窝窝囊囊地说，这时完全没了气焰。他又想跟豆苗说点什么，张了张嘴，又闭上了，拽了拽豆苗的衣角。其实，保喜舍不得这么俊俏的媳妇。

邵明德给郭保喜递了个眼色，意思是让他跟豆苗回娘家。

郭保喜恍然大悟，朝林崇山说："爸，我也跟你回朝阳村去吧。看家里有啥活儿，帮着干干。致远在县里上班，也不总回来。"

"不用你显勤快！以后别进我娘家门！"豆苗正在气头上，气恼地喊着，然后叫爸爸林崇山骑车走。豆苗生气保喜敢做不敢当，躲在外人身后，听邵明德的话。人长得又高又壮，就是脑子缺根弦儿，一有事就没主意，总听别人的：在家听婆婆的，在外听邵明德的。

快半夜的时候，豆苗抱着孩子坐在自行车后座上才回到娘家。她姥姥一直开着灯等着。豆苗喊了一声："姥！"强忍着没让眼泪流下来，抱着睡着的小亮，进了里屋。姥姥端来饭菜，豆苗一口没吃，和衣躺下了。

豆苗病倒了，身子滚烫，发起了高烧，大声喊着梦话。她被姥姥叫醒。

"姥，我要跟郭保喜离婚，真离婚！"豆苗坐起来，脸烧得通红，第一句话就说要真离婚。她姥姥没回话，下地去给豆苗端来一碗热水，拿了片药，豆苗听话地吃了下去。

姥姥坐到她身边，像她没出嫁时那样把她搂在怀里，轻声说道："凤鸣，女人啊，一旦嫁了人，就是自己的命了，是好是坏都是命。老辈人的婚姻都是包办的，有的连面都没见过。可是嫁过去，就得认命。你们这代人命好，兴自由恋爱，能找个自己喜欢的。保喜人还是不错，孝顺，能干，就行了呗，哪有十全十美的。"

"姥，你看他今天那样抢孩子！"豆苗依然很伤心，很生气。

"你们没分开过，保喜肯定也想孩子，也想你。小夫妻哪有不吵架的？磨合磨合就好了。听姥姥的，在家待几天，就让你爸把你送回去。"

"我不回去！"

"那你跟保喜开始打架是为啥？"

"我想当家，把日子过好。"

"还是为了这个呀，不是真要离婚呀！生气归生气，过日子归过日子。"

豆苗不再吱声。想想确实是自己要当家，为了把婆家的日子过好，才起的矛盾。现在闹得适得其反，自己还跟保喜动了手。自己有错，却又不知错在哪儿。

外面轰隆隆地打起雷来，突然下起了雨，屋子里也凉了起来。

豆苗虽然在姥姥怀里，但因为气恼，还怨恨着郭保喜。因为最亲的人对她的不理解，生出一种悲凉的感觉。她对保喜的眷恋少了许多，不像下午在山上捡核桃时，保喜的影子总在脑子里晃悠。

"姥，我身上冷。"豆苗躺下，姥姥给她盖严实了被子。豆苗说："姥，你也躺下吧！他家的事与我无关了，我再也不管了。"

"唉，十月打雷，遍地是贼！不是好年景啊！"姥姥一边自言自语，一边下地给豆苗又重新倒了碗热水。"凤鸣，姥姥不说了。你愿在家待几天就待几天，姥姥不撵你。可你得前前后后好好想想，好好想想。"

冷飕飕的感觉一阵阵袭来，豆苗有些哆嗦。姥姥是从旧社会过来的人，女人三从四德的思想已根深蒂固。豆苗知道姥姥是为自己好，但她不认为女人就该低人一等。

早上，爸爸用自行车带着豆苗打针回来时，豆苗给她姥姥带来了一个不好不坏的消息。去卫生所的时候，卫生员和医生都在。那医生给她听了听前胸后背，说高烧好治，就是一时着凉了。接着又说，但这药不好下，都怀孕两个来月了。医生这么一说，吓了豆苗一跳。豆苗以为这个月没来例假是干活累的，以前就有过两个月并一个月的情况，没想到这么快就怀了二胎。她想起昨天上山闻到烂树叶干呕的情形。

她姥姥不懂计划生育这些事，倒是蛮高兴的，说又多一个曾外孙。致远还没结婚，等这个生了，就把小亮放这儿她带。又说："姥给你煮鸡蛋，一天一个。"三十多年前，一个鸡蛋是多么奢侈的营养品啊！豆苗看着抱着小亮的姥姥，哭了："姥，我还没孝敬您呢，我不吃，留着给您吃。"

豆苗的心沉了下来，一点儿没有怀小亮时的喜悦劲儿。

"凤鸣，桌上有你一封信。拉沙子那个姓邵的给你捎来的，说是你小姑子、小叔子他们写的，让他拉沙子时给捎来的。"

"邵明德走了？"

"没走吧？在屯子里卸沙子呢。来的时候我看他车上拉着一车沙子。"

"姥，给我拿十元钱，我还给他。"

昨夜的秋雨给空气添了些寒意，太阳出来后，又升腾起浓密的雾。豆苗抱着孩子去找邵明德还钱时，远远看到邵明德在那儿卸沙子，浓雾包裹着他。邵明德站在拖拉机的车斗里，一锹一锹地卸着沙子，来回晃动的身影，让豆苗想起了什么。她忽然觉得那身影与梦中向自己招手的那个人那么像，百思不得其解。

邵明德说："豆苗，你坐我车回去吧。玉英、玉杰都说想你。小保国还说礼拜天坐我车来接你。"

豆苗就问："我妹妹、弟弟都好吧？"

邵明德双手握着锹把，支在胸前，居高临下地看着豆苗，没有回答她的问话，反而说："小媳妇真好看，从上面看更好看。"

"你正经点儿！还你钱。"豆苗不想与他纠缠，把十元钱扔进车斗里，转身往回走。

"哎哎，开玩笑呢！保喜说明天来接你。"邵明德也不生气，仍然嬉皮笑脸地说。

豆苗停下脚步，想说什么，但想了想还是没吱声，自顾自地回去了。

邵明德在后面大声喊："豆苗，要是真离婚，我接着！"随后传来一阵大笑声。

邵明德的大笑声让豆苗心里发毛，她怀疑自己身上哪点不妥，让他如此轻狂。

豆苗低头审视了自己一番，确信自己没有什么引人淫笑的地方，才放下心来。她有点口干舌燥，使劲咬了一下嘴唇，随即干脆地回敬道："下辈子排号去吧！"骂完邵明德，她心里反倒轻松了许多。

豆苗打开信，看到是玉英的笔迹，写的却是玉杰、保国三个人的口气：

大嫂，见字如面！

我们三个都非常想你，你早些回来吧！我们需要你。

好大嫂，你为我们这个家付出很多，为弟弟妹妹也付出很多。你把坐月子的鸡蛋卖了供我们上学，我们一辈子也忘不了！我们都知道，都记着呢，将来我们有出息的那天，都会报答你。二哥好像劝了妈好久，说到你当家的好处。妈嘴上没同意，但也没再说什么了。二哥和叔上山砍柴，摘来好多软枣子。二哥不让我们吃，用篮子挂起来，说给小亮留着。姑姑想小亮了，比画着让我把小亮接回来，奶奶骂了大哥，大哥哭了。星期天我们三个去接你，坐邵大哥的拖拉机。这是我们仨写作业时商量好的。

好大嫂，等我们接你！多穿衣服，别感冒了。

妹妹：玉英 玉杰

弟弟：保国

豆苗看后五味杂陈。三年朝夕相处的郭家一大家子人，虽然姓氏不同，却早已是一家人。这个季节山上都下了霜，软枣子是稀罕物，一家人竟都没舍得吃。

豆苗看完信，又摸了摸保军给小亮做的小木枪，心里骂道："保喜，你个混蛋！就你是不懂我的人！"她摸摸肚子，恨这个孩子来得不是时候。

她看着姥姥家的鹅，想起自己家的五只大白鹅，谁去给它们采菜呢？玉英、玉杰、保国三个人都上学，谁起早做饭呢？奶奶婆的尿垫换了没有？豆苗那种纯良、善意油然而生。

还没等到星期天，郭保喜又来了。豆苗觉得与郭保喜无话可说，连自己又怀了孩子这事，也没再像怀小亮时那样高兴地告诉他。她知道保军和跛子叔拉柴火得用牛车，便让爸爸把牛车套好，让保喜自己赶回去。

保喜蹲坐在大门口不走，也不提婆婆放权不放权、当家不当家的事。他从怀里掏出两个鸡蛋，也不知道是自己带来吃的，还是给儿子小亮的。随即又从外衣兜里拿出一只小木头鹅，胖墩墩的肚子，还用烧红的铁丝烫了两个黑眼睛，活灵活现的。豆苗知道，这是会些木匠活的保军做的。在家的时候，小亮的玩具多是保军给做的，像小木枪、小狗拉车什么的，小亮也喜欢腻着二叔抱。

郭保喜只嘟嘟囔囔地说了一句："妈住院了。"

"啊？妈住院了？真的？"自己婆婆不是一向硬朗吗？豆苗从认识婆婆那天起，就把她当作自己的妈妈。再说豆苗也不是没良心的人，想想自己生小亮时，婆婆忙前忙后，尽管日子贫穷，家里的好吃的都紧着她吃。现在事情虽闹到这地步，但当家的意义似乎也淡了。她觉得还是应该去看看婆婆。

善良的豆苗，跟保喜骑上弟弟致远的那辆自行车，去了镇上的医院。

婆婆一见豆苗来医院看她，就流着泪拽住豆苗的手，说："豆苗啊！你是咱家的大媳妇，也是好媳妇。我是想等把饥荒还完了，再让你当这个家。"

婆婆这么一说，豆苗觉得自己误会了好心的婆婆，不好意思地说："妈，是我年轻不懂事，气着您了。"

"你看我这一天，身体时好时坏的，也只能让你来当这个穷家了。苦了你了，孩子。"这时，婆媳俩反倒心贴心了，婆婆在豆苗身边哭了起来。

"妈，咱不说这个，好好治病，安心养病。"

"我怕下不了手术台……"

"能！能的！妈以前不是说过，嫁到老郭家的女人最刚强吗？我和保喜、小亮都陪着您！"

三口人围在婆婆身边，忽然有种交代后事的感觉。

"呸！呸！"豆苗可不想让婆婆这么早离开，不能说这么不吉利的话。她要婆婆健健康康地活着，看着她把家治理得井井有条、奔向小康的那天，让婆婆享享福。她豆苗可是在老榆树面前发过誓的。

豆苗劝婆婆说："我姥说了，人要照顾好自己的身体，多活一天，就多看一天世上的风景，多看到一些未知的事物……"

她婆婆说："你姥多有福气，活得多精致，就没看她穿过带补丁的衣服。"

娘俩聊得很亲近，豆苗觉得一股热流涌上心头，冲到脑门，脑子一热，说话就直了，如同喝了酒般放出豪言壮语："妈，我也是看您太辛苦了。您放心把家交给我，再难我也能挺得住，一定把这个家当好！一定带一家人致富奔小康，五年内过上好日子！"豆苗立下铮铮誓言，如立军令状。此刻，她心中仿佛建起了新的大瓦房，有了比邵明德家那台还新的拖拉机；玉英、玉杰拿着大学录取通知书，像弟弟致远一样把她抱起来；连保国也得了三好学生奖状。

婆婆放心地笑了，让保喜把小亮放到她病床前。她好像忘了病痛，略显精神地说："豆苗，进了咱老郭家门的女人就是最刚强的。保喜的爷爷是单传，是'两股捧一股'（意指家族人丁稀少，责任重大）；生了保喜的爸爸，也是单传。保喜的爷爷那时候是有名的大地主，可他就爱耍钱，结果输了一百多垧地，一下子什么都没有了。可是你奶奶婆什么也没说，就带着保喜的爸爸逃荒到关外，一路讨饭挺过来的，当时还带着折了腿的叔叔。你那个瘸子叔，不是咱家人，是一个长工生的孩子，是你奶奶婆收养的。你奶奶婆是多么刚强善良的一个女人啊！"

"妈，您也刚强，带着这么一大家子人。我向您学习。"这句是豆苗的掏心窝话。

婆婆把豆苗拽到耳边，低声说道："豆苗，我想回家了。这病治起来没个头绪，你看这一瓶一瓶打着白水（指输液），花着不少钱呢。命由天不由人。我把当家的事交代给你，那我什么时候走都放心了。"

"妈，看您说的！咱治好了再回去。我回我爸那儿借钱给您治病。"

豆苗，原来是如此深爱着这一家人。他们的勤俭善良、吃苦耐劳，深深影响着她。也许她在争夺当家权的同时，不经意间流露出的，正是这份责任感。或许，在这个不善言辞的家庭里，血浓于水的情感，早已将他们牢牢地黏合在一起。贫穷和苦难使他们更加相互温暖，这已经胜过千言万语。她看看小亮，看看婆婆——婆婆的血脉，已延伸到孙子身上。

婆婆流泪了，泪水在红黑的脸上一道道淌下，然后又笑了。她叹了口气，很心疼地看看豆苗的手说："你也可以和保喜分出去过，这一大家子人就不再拖累你们了。"

"妈，我不分家！我要带着一大家子人过上好日子，绝没有二心！"豆苗是当过队里干部的人，一下子就表了决心。也许更多的是亲情的召唤，是责任感，是那个奔小康的梦想，不允许她有片刻的迟疑。

豆苗听到心里只有一个强有力的声音：带一家人奔小康，让一家人过上好日子！

邻床的人看了就问："郭大娘，这是你女儿？"

"不是，儿媳妇！"

那人又看看豆苗，似乎不是不相信自己的耳朵，就是不相信自己的眼睛。但豆苗坦坦荡荡，她说的都是表里如一的真心话。

第四章　豆苗打井

十天后，豆苗跟保喜一起把婆婆接出了院。

豆苗当家了，她的脑袋瓜就不闲着了，她要建立一种新的治家模式。婆婆省吃俭用是对的，但钱是挣来的，不是省出来的，必须勤劳致富。郭保喜、郭保军一到冬闲就在村里打扑克、玩小麻将，这不行，男人得出去挣钱，得找到挣钱的门路。一大家人闲待一整个冬天，从十月中旬到来年清明，足足五个多月，能不穷吗？

豆苗在饭桌上宣布了一件事："从今天起，我不叫豆苗了，叫大名林凤鸣！"她希望自己像从山林里飞出的大鸟，"扑棱棱"地使劲飞，飞得高，飞得远。目标是五年内脱贫致富奔小康：盖大瓦房，穿没补丁的新衣服，过上顿顿有肉吃的好日子。

她的话逗得一家人都笑了起来。玉英、玉杰跑过来搂住她的肩膀给她加油，最小的保国带头鼓掌。亲情在这个贫穷的大家庭里流淌。保军说："大嫂，这得有个仪式！"说着，跑到他和跛子叔那屋，拿出藏了多时的半瓶白酒，给豆苗、跛子叔、瘫痪的奶奶婆各倒了一点。保喜不喝酒，婆婆手术刚好，也不能喝。豆苗其实也不会喝酒，但这次她喝了！奶奶婆笑着说："我大孙媳妇有这派头，一定能当好家！"

婆婆也说："凤鸣，全家人都支持你！"

保国这时歪着小脑袋说："我大嫂喝酒脸红了，真好看。"

一家人都看向豆苗，她的脸，像结婚那天刚进郭家时一样美丽动人。

婆婆发话："吃完饭，玉英、玉杰收拾碗筷，以后晚饭都由你俩收拾桌子。"

豆苗忙说："妈，我当家归当家，活儿还是我干，她俩得学习。"

保喜说："听妈的，妈这是向着你呢。"

玉英、玉杰倒是爽快地答应了，她俩跟大嫂关系好。

豆苗真的当起家来了，而且总把计划摆到桌面上说，有点民主集中的意思。

林凤鸣说："趁天气还没上冻，咱们打些'崴草'（一种韧性好的草），和些黄泥，再让邵明德给捎回些黄沙。（不能光用黄泥，那样会裂，这是爸爸林崇山告诉凤鸣的）把猪圈扩大一下。今年老母猪生的小猪，都自己养着。先给猪盖房子，过两年，咱家也盖大瓦房，各有各的屋子。咱盖六间大瓦房，让全村人都羡慕咱！"

全家人都眼睛放光地看着凤鸣。在贫穷堆里生活惯了的人，是多么渴望过上富裕日子。此刻，凤鸣仿佛就是那棵金灿灿的摇钱树，能哗啦啦地往下掉钱。

玉英说："那我二哥娶媳妇就不愁了！"保国跟着喊："我要自行车！"

邵明德送沙子来的时候，朝着林凤鸣嚷嚷："豆苗，我这是给保喜'拉帮套'的！"（"拉帮套"意指男人入赘或依附女方生活，此处邵明德是开玩笑）

林凤鸣知道他在开玩笑，但也顶了回去："我家保喜能干，用不着你拉帮套！咱也不欠你的，要脚钱给脚钱，要东西给东西。"

保喜一边和保军在车上卸沙子，一边偷偷地乐。

保军小声骂邵明德："狗嘴吐不出象牙！活该我大嫂怼他！"

邵明德被林凤鸣撅了回来，一时无话，为了掩饰窘态，也拿起铁锹上车卸沙子。

保军戏谑地说："邵哥，你歇会儿。怎么，让我嫂子给说灭火了？"

邵明德自嘲道："说不过你嫂子，她是半拉大学生，又当过村干部。我这嘴啊，就爱'勾芡'（指说话不着边际，添油加醋）。"

林凤鸣知道邵明德家不种地，都是买粮吃，就让保喜拿了一沓子煎饼，装到邵明德车上。是的，林凤鸣不是占人便宜的人。

邵明德这次真不好意思起来，连忙拒绝："豆苗，豆苗，我真不是小气的人！刚才嘴贱，跟你开玩笑呢！"

林凤鸣语气温和了些："行了，知道你说笑话。以后用到你的地方多着呢。以后叫我林凤鸣，大名。"

临走时，邵明德又恢复了常态，见保军、保喜都在那儿归拢沙子，又冲保喜喊："保喜，你媳妇倒贴着对我真好！"

只是这次他吃了亏。凤鸣抢过保喜手里的铁锹，铲了一锹沙子，跑前几步，朝着邵明德扬了过去。邵明德像淋了一场沙子雨，从头到脚都是黄沙。他怕凤鸣再扬第二锹，连忙加大油门开跑了。

保喜埋怨林凤鸣："你看你，还动上手了。"

保军却说："他这是活该！"

十一月，天变冷了，下起了大雪。广播里的天气预报说气温降到了零下三十二度。

林凤鸣决定先把公粮交了，卖了钱再把国家的统筹款、农业税交齐。

林凤鸣说："国家现在也穷，咱家有劳动力，不能欠公家的钱。"

郭保喜有些舍不得："干了一春一秋，挣这点粮食……"

林凤鸣逗他："别急，等咱们国家富裕了，统筹款、农业税或许就不用交了。现在就别心疼了。"

"媳妇，就爱听你哄人，想得可美了！自古皇粮国税哪有不交的？不过你当家，听你的。"郭保喜把林凤鸣搂住，亲了一下。

林凤鸣看看破旧的草房，信心满满地说："喜子，现在咱把钱交国家，等国家富裕了，没准真就不要了呢。或许，有一天，咱种地，国家还给咱老百姓发钱呢！"

"媳妇，你就做梦吧！"郭保喜笑得前仰后合。

林凤鸣选了个好天气，指挥着把最好的粮食装上牛车，让保喜、保军拉到公社粮库去卖。

婆婆看着装上车的是上等好粮，脸上的表情有些不好看，凑上前想说什么。郭保军发现了，赶紧把他妈拉进屋里，说："妈，你既然放手让我大嫂当家，就别掺和。我大嫂一定有她的道理。"郭保军把他妈推到奶奶炕上，"就跟我奶奶唠嗑吧。大冷天的，别出去了。"

他妈妈眼睛眯成一条缝，说："保军，你最懂事。现在对妈妈好，将来一定对媳妇好。"

晌午时分，郭保喜、郭保军从粮库卖完公粮回来。保军拿着粮站开的票子，高兴地说："哥，咱今年卖的是一等粮！这八袋粮就多卖了四十多块钱！咱只是搭了点儿人工，筛了筛玉米瘪粒，筛剩下的瘪粒还能喂猪。多卖四十多块钱，这可是我嫂子精打细算的功劳！得给我嫂子扯块布料做件上衣。"

保喜说："你嫂子不让乱花钱！"

保军说："那咱给她买条围巾。我嫂子原来的围巾都给了玉英、玉杰上学戴了。"

保喜想了想，同意了。哥俩赶着牛车，朝供销社走去。

在供销社柜台前，方巾一块八，长条巾两块钱。保喜选了红色的方巾，说："你嫂子喜欢红色，方巾能包头，防冻又耐脏。"保军却选了白色的长条巾，说："我嫂子爱干净，不爱包头。"兄弟两人争执不下。那女营业员能说会道，看着哥俩争执，就说："不如都买了，换着戴呗。"

保军说："哥，咱俩打赌，看我嫂子喜欢哪条，谁输了，谁天天挑水！"

保喜说:"行!你嫂子是我老婆,我还能输给你?"

回来后发生了一件小事,在家里闹了个小尴尬。

婆婆听说验的是一等粮,多卖了四十多块钱,高兴地说:"凤鸣,你当家当得好!"

保喜把两条围巾拿出来给凤鸣看。凤鸣以为是给玉英、玉杰买的,就叫她俩过来。保喜拦住,说是给她买的。

保喜问:"凤鸣,你喜欢哪条?"他让林凤鸣自己选。

林凤鸣不知其中的缘故,依照自己的喜好,一下子选了那条白色的,说自己有红毛衣,配红色有点顺色,白色的干净好看。

保喜一下子生气了:"白的有什么好?家里活多,白的容易埋汰!你爱干净,总得洗,费水费肥皂!"

保军却洋洋得意,十分高兴,说:"哥,我赢了!"

林凤鸣这才知道了打赌的事,笑了起来,对保军、保喜说:"喜子,二弟,你俩都赢了,都不用挑水了。"她把玉英、玉杰叫过来,把这两条围巾分给了她俩,把自己之前的旧围巾要了回来。玉英、玉杰都争抢着让林凤鸣戴新的。两个妹妹嬉笑着,把两条围巾都给林凤鸣围上了,林凤鸣被围得像个唱大戏的花旦。

林凤鸣认真地说:"我当家不是为了往我自己身上捞好处,也不是为了少干活。我要把咱家过成村里数一数二的,要致富奔小康!"

奶奶婆笑着说:"凤鸣,有我当年的肚量。"

婆婆也格外高兴,说:"你嫂子是个合格的当家人。"

保军假装生气地说:"嫂子,这我不干!明明我赢了不用挑水了,这不还得我挑?"

凤鸣就大声宣布:"刚才我说了,你俩都不用挑水了!我宣布一个决定:保喜、保军,你俩三天后去林场上班,当临时工!咱挣钱打井!"

全家人都惊呆了。真的假的?凤鸣,你有多大能耐?能去林场当工人?还能挣到现钱?

林凤鸣当家后,一心想着致富。她知道冬闲时保喜、保军都闲着没事,就悄悄去公社找了原来的妇联主席魏大姐。魏大姐现在是公社主任,她丈夫在林场当场长。魏主任了解凤鸣婆家的情况,乐意帮忙。偏巧今年林场采伐量大,正缺人手,就通知了林凤鸣。

婆婆感叹道:"哎呀,凤鸣真是个能人!我托了好几个人想让保军去林场,都没成。保喜结婚了,我倒不指望他去,他去不去由凤鸣决定。"

跛子叔公说:"可惜我的腿瘸了,什么也干不了,光吃闲饭。"

林凤鸣笑着说:"叔,您别急。我让我弟致远给问着,看哪个单位有轻巧的活儿适合您。再说,叔,您也干了那么多家务活,看看那劈好的柴火,一垛一垛的,村里人都羡慕呢。我看咱叔还会编'土篮儿'(柳条或藤条编的筐),咱们就在家编土篮儿。"

"凤鸣,好多人都会编土篮,可去哪儿卖?能卖出去不?"叔公担心地问。

"能!我跟我爸说了。我爸去问了朝阳村的石场。他们装石碴子就用土篮,是那种不带提梁的,叫'筐头儿'。咱家这边山上榆树条多,正好割些来。明天就套上牛车上山,趁保喜、保军两个壮劳力在家,多割些榆树条儿回来。"

叔公高兴起来:"凤鸣,我这瘸子还有用了!"

"叔,有用!我叔手艺可好了。以后咱家盖大瓦房,盖完房子给叔找人介绍个媳妇!"凤鸣很认真地说。

林凤鸣为自己构造的"宏伟蓝图"感到有些吃惊,用农村人的话来说,这简直是在"吹牛皮"。可她就是这么乐观。一家人都被她描绘的景象逗得乐呵呵的。

"盖大瓦房,那得需要多少钱?"但一想到这是奔头,是目标,小康生活这个念头就在林凤鸣心里扎了根。自从知道国家提出这个口号,凤鸣就在想小康生活是什么样子。

林凤鸣常常坐在老榆树下发呆。她想象的小康就是:人人住上大瓦房,穿上没补丁的衣服,吃着上顿饭还余着下顿饭的。还能给上学的玉英、玉杰带上煮鸡蛋、咸鸭蛋,给这两个小姑子做新衣服穿。哈哈,这大瓦房就是奔小康的宏伟蓝图,起步阶段,目标必须清晰,一定得去奋斗!

林凤鸣此刻好像一个演讲者,就像上学时,在学校操场上代表学生发言;或者是在生产队当妇女队长时,去公社开代表会,身披大红花,光荣地站在领奖台上一样。豪情万丈,话语激昂,感动自己,也感动听者。此时,她又像一个独自站在宽大舞台上唱独角戏的演员,可是全家人都信了,林凤鸣自己也信了。她说的每一句话,就是当家人的话,就是这个家的方向。家人们觉得凤鸣的话,指引出了一条光亮的路。穷怕了,饿怕了,凤鸣说的大瓦房、新衣服、吃饱饭,是实实在在贴着他们生活的愿望。他们当然要信,那是他们心中向往了太久的好日子。

保军第一个站起来说："大嫂英明！"一家人都笑了起来，屋子里顿时热闹起来。

北方冬闲的时光，被聪明的少当家人林凤鸣安排得满满当当。农村人有的是力气，只是缺少指引方向的人。她给这个原本懒散贫穷的家注入了新的活力，奔小康的大门似乎已经打开。说完这些在心里计划了好几天的话，林凤鸣心里亮堂极了，仿佛自己长成了一棵大树，能为家人遮风挡雨；不，更像一只巨大的飞鸟，一家人都依偎在她的羽翼下，她浑身充满了力量。

婆婆关心地问："凤鸣，你好像累瘦了。把小亮的奶断了吧。"这次，是婆婆主动提出让林凤鸣给小亮断奶，而不是像先前那样坚持要喂到五岁。

这时，郭保军突然提出一个现实的问题，担心地问："我跟我哥都去林场了，家里的水谁挑？"

"当然谁当家谁挑呗！"林凤鸣没有说自己怀孕的事。

"我不同意！就我自己去林场，让我哥在家挑水！"郭保军急急地说。

林凤鸣说出了自己的计划："保军，我知道你心疼嫂子。但是，家要富起来，都得拼一拼。我算了算，你和你哥干两个月的林场活儿，这个冬天干回来，就把过年的钱和打井的钱都挣出来了。过了年开春，等水位沉到最低的时候，咱家就打井。不出正月，咱们家就能吃上自己家的井水了！"

保喜担心地说："媳妇，那现在就得你挑水了。你挑半桶，多跑几趟。"

"放心吧。我当姑娘时，在生产队就是妇女队长，干活儿都是冲在前头。那两筐土，比两桶水还沉呢。我先自己挑着。冬天用水少，就只挑人吃的，猪啊牛啊，咱们就化雪水喂。"

林凤鸣耐心地说服了保喜和保军。接下来的三天，一家人都忙活起来。保喜、保军跟着叔公上山割榆树条。凤鸣则和婆婆、哑巴姑姑一起，给保军、保喜做玉米叶鞋垫，缝绑腿。

临去林场那天晚上，保军在屋里吹了好半天口琴，琴声哀怨婉转，带着点离愁别绪，不像往日那般欢快。凤鸣问保喜："听这口琴声，保军不太高兴啊！他是不是怪我狠心，大冬天把你俩支使到山上去林场干活？我知道，山上很冷，很遭罪。"

郭保喜回答："不能。这是多好的挣钱机会。他一个大小伙子，无牵无挂的。倒是我，会想你。"

第三天早上，林凤鸣早早地准备好干粮，送走了保军和保喜。

傍晚时分，天下起了鹅毛大雪，那沙沙的落雪声，伴着呼啸的风声，让人揪心。

林凤鸣把小亮哄睡着，坐在炕边编织围脖。线是用自己的红毛衣拆下来的，又加了些开司米线。她想快点织出两条围脖，一条给丈夫保喜，一条给小叔子保军。家里一下子少了两个主要劳动力，活儿还是那么多，自己一定得坚持住。而且，自己在家好歹有热炕头，保喜和保军却在冰天雪地的山里。"自己是不是太狠心了？"这个念头在林凤鸣心中一闪而过，随即她又安慰自己："为了生活，为了奔小康，没办法，起步阶段都得奋斗。"只是这种辛苦，在林凤鸣心里似乎并非理所当然，让她对亲人怀着一丝愧疚。

早上天刚蒙蒙亮，她就起来扫雪。刚扫出一条过道，跛子叔公就出来了，婆婆和哑巴姑姑也跟着出来，就连奶奶婆也在那块仅有的小玻璃窗后笑眯眯地看着她。

林凤鸣说："妈，您别干了，进屋看着小亮吧！炕头上还暖和些。冬天吃两顿饭，我们扫完雪再做饭也赶趟。玉英、玉杰、保国上学的早饭，我已经做好了。"

婆婆说："这么大的院子，大家一起扫快。昨晚看你的灯亮了好久，惦记保喜了？"

"妈，没有，我织围脖呢，想快些织完，托人给保喜、保军捎去。"

"妈年轻过，懂！女人守空房不容易。"

林凤鸣觉得婆婆这话里有话，心"咯噔"一下，婆婆一定是指昨天下午杨思哲帮她挑水的事。

杨思哲是林凤鸣的中学同学，现在在县医院工作。昨天他来卫生院检查工作，顺便下乡到各村卫生所看看。在村头看到林凤鸣一个人吃力地挑水，就帮着挑了回来。

杨思哲中等身材，脸上戴一副黑框眼镜，上身穿着棕色的优质皮夹克，宽大的毛领衬得他的脸有些清瘦；下身是一条裤线笔直的黑色西裤，脚上是锃亮的黑皮鞋。杨思哲虽然长相普通，但在当时的农村，穿戴得如此干净利落，也算仪表堂堂，在那个年代很是惹眼。

当杨思哲挑着两桶水进院时，婆婆正在院子里喂小鸡，看到后紧跟着进了厨房。婆婆这个年纪的人，脑子里还是"男女授受不亲"的老观念，不赞成男女之间过多交往。她见林凤鸣与杨思哲有说有笑，又恰逢保喜不在家，心里颇为不满，脸色很难看。倒完水后，杨思哲说医院的车还在大井那边等着，便与林凤鸣告别。林凤鸣礼貌地把他送出屋子，婆婆也紧跟了出来。林凤鸣看着杨思哲迈着富有弹性的步子走出院子，刚想转身进屋收拾水桶，蓦地看到婆婆依然站在屋门口，朝大门那边望着。

林凤鸣随口说了句："人就是该吃哪碗饭，上学时他还没我学习好呢。"

婆婆不太高兴地接了一句："吃'红本'（指拿工资，吃供应粮）的就是比出大力的强，穿得溜光水滑的。长得可不如保喜敦厚，白脸书生似的。"

林凤鸣听后一愣，当时并没多想。她之前也是抛头露面的女人，没把男女之间的交往往龌龊的地方想，只当杨思哲是同学，出于同情帮了个忙。

林凤鸣马上回了一句："妈，您放心，以后我不让别的男人帮我挑水。我跟小亮等保喜回来团圆。"

婆婆装作若无其事的样子，说："等保喜、保军挣回钱就好了，你不说正月打井吗？"

"妈，是这么打算的。眼下就得我挑水，一家人不能没水喝。"林凤鸣也有些生气了。

今天早上婆婆又用"女人守空房不易"的话来敲打她，林凤鸣就更不高兴了，冷笑着怼了婆婆一句："如今这年头，想守就守，不想守别人也管不着！"

婆婆听了，木然地站了一会儿，装作很冷的样子说："哟，我忘戴手套了。"转身进了屋。

北方的寒冷冻不住男人的血性，路途遥远也挡不住男人想女人的心。过了一个星期，保喜就从林场跑回来了，只把保军一个人留在了那里。

林凤鸣见到保喜，又是惊喜又是生气。她怪保喜耽误了两天工，就是为了回来跟自己亲热。保喜辩解说是担心凤鸣管不住家，回来看看，还说是保军催他回来的，并说保军给小亮做了新玩具。

保喜拿出保军用冬青木做的小刺猬。一块巴掌大的"老牛肝"（东北山里树上长的木疙瘩，不知学名）上，扎满了一排排绿油油的冬青叶，用一根光滑的小木棒挑着。小亮见了，"咿呀咿呀"地笑着玩。

凤鸣试探着问保喜："保军没嫌遭罪吧？"

"没有。那天下大雪，队长没让伐木，保军就帮着伙房劈柴火，队长喝着酒高兴，还给保军多记了一个工。"

凤鸣心里稍稍安慰了些。婆婆当家时，从来没有在冬天把谁支使出去挣钱，更别说让他在冰天雪地的大山林里住窝棚了。她笑着说："保军没嫌遭罪就好。你哥俩也好有个帮衬。以后可不许再往回跑了。"

保喜搂着凤鸣亲昵地说："我天天想你,想着想着就睡不着。"

林凤鸣跟保喜说了他同学杨思哲帮忙挑水、婆婆不高兴的事。

保喜一下子坐起来,盯着林凤鸣的脸问:"你俩上学时谈过恋爱没?"

"看你说的!没有,那时才多大。"

"真的?"保喜不放心地又问。

"真的。我成熟得晚,那时候天天光知道学习,一心想考大学,把我姥接到城里去。"

郭保喜在林凤鸣脸上没看出什么异样,又重新躺下。这次他没伸胳膊搂凤鸣,而是双手交叉垫在脑后,把头支起来,看着幽暗的屋顶,认真地说:"凤鸣,你是我郭保喜一个人的,心里不许想别人。"

林凤鸣当时很高兴,趴在保喜宽厚的胸前,亲了他一下说:"我林凤鸣就是你郭保喜一个人的。"

林凤鸣给保喜定下规矩,必须等林场的活儿干完再回来。她连夜把没织好的围脖赶织完,第二天一早就送保喜回了林场。

日子一天天平静地过着,倒是不缺米面油盐。

但是,还是发生了一件令人胆战心惊的事。

一进腊月,东北天寒地冻,人们穿上厚厚的棉袄、棉裤、棉鞋,像个笨重的"豆包",活动都不灵便。林凤鸣的身孕已经三个多月了,她依然每天挑水。邵明德倒是来过两次,说是保喜临走时托付他,求他帮忙照看点儿。林凤鸣看他嬉皮笑脸的样子,都给撅回去了。

"豆苗,保喜可把你交给我了!你想保喜的时候就找我!"邵明德两手揣在袖子里,斜靠着门框说。

"滚一边去!我不叫豆苗了!你狗嘴里吐不出象牙,就下辈子排号吧!"林凤鸣也不生气,骂邵明德的话反而让一家人都笑了起来。

邵明德也不生气,"嘿嘿!我这嘴不讨喜,'豆苗'叫惯了。"又转身朝她婆婆说:"干妈,保喜走时真告诉我来照看着点儿,家里有啥出力的活儿就喊我。省得剩下一门子杨门女将。"

玉英接过话:"明德哥,俺家门上又没挂杀猪刀,没事就来俺家坐坐呗。"声音轻柔,很好听。

邵明德得意地对林凤鸣说："看看！玉英多懂事！欢迎我常来。"

玉英红着脸低下头，不再言语。

邵明德又说："我可不敢总来，你嫂子太厉害。想'拉帮套'，都说下辈子排号。"一家人又是哄堂大笑。他也不走，倚着门框，眯着眼看林凤鸣，又没话找话地说："豆苗，你那件红毛衣呢？你穿红色的好看，看着就舒坦。"

"哎，我跟你说了，不叫豆苗了，叫林凤鸣！就是林子里飞出凤凰！红毛衣拆了，给保喜打围脖了。看着我穿着素净，你就别看了呗。"

"我说真的呢！不信你问玉英？"

"我穿得好看，也是给我家保喜看的，你看啥？"

"豆苗……不是，我叫习惯了……凤鸣，说真的，你要是还穿着红毛衣，我天天来看你，帮你挑水，给你家干活儿。"

"妈，您听听！您这干儿子，竟敢调戏良家妇女！"

"明德，你又找凤鸣骂你。"婆婆这时倒没多心，满脸笑意。

一家人都被逗笑了。邵明德给奶奶婆带了蛋糕，给婆婆带了苹果罐头。他一来，全家总是欢声笑语不断，好像真成了一家人似的。他拿出几块水果糖，把小亮从哑巴姑姑怀里哄过来，一边给小亮剥糖纸，一边说："凤鸣，把你家小亮给我当干儿子吧，赶明儿长大了好孝敬我。"

"不行！我家小亮有亲爸。俺家就这一个儿子，不认干亲。"

"看你小气的！再生一个呗！要不我给你种一个！"

"滚边儿去！小心我挠你！你的种都是稗子，长出来也是草！"

"挠几下也行！让这么漂亮的小媳妇挠，那多解痒！来，干爸亲一个！"小亮瞅着邵明德，反而笑了。农村就兴这个串门子，东家长李家短地聊上一阵，漫长的冬夜，也就在这欢声笑语中度过了。

林凤鸣让玉英和哑巴姑姑去仓房，给邵明德装了一盆儿黏豆包。

临走，邵明德还不忘逗林凤鸣一句："凤鸣，给我留门，我半夜来！"

林凤鸣一边让叔公送邵明德出大门，一边回嘴："半夜来，我把你当鬼给剁了！给徐亚琴（邵明德媳妇）送去，让她喂狗！"

数九隆冬，天气越发寒冷，气温降到了零下三十二三度，水洒到地上立马结冰。到大井挑水的人，不小心把水桶里的水洒出来一点儿，井沿很快就结了厚厚一层冰。此时井沿已经冻起了一个大冰包，挑水的人时常滑倒。林凤鸣虽有三个多月的身孕，仍然坚持自己挑水。自从那次婆婆对她同学杨思哲帮忙挑水表示不满后，林凤鸣就再也没让任何村里人帮忙，连邵明德也没用过。她要让郭保喜在外头安心干活。

可这一次，她刚挑起两桶水，脚下一滑，重重地摔倒了，水桶摔出去老远，在地上骨碌碌地滚着。林凤鸣的肚子正好磕在冰包上，只感到一阵剧痛。她趴在冰上，血水很快从棉裤里渗出来，将冰面染红了一大片。一同挑水的男人们看到那红红的血，都吓坏了，围在林凤鸣周围，不知道该怎么办，七嘴八舌地议论着。有结过婚的男人说："这老郭家婆子也真是的，儿媳妇怀着孕，还让来挑水！八成是小产了！这挑水，哪是女人干的活儿！"来挑水的男人们都不再打水了。有两个男的跑去告诉了她婆婆，有的出主意说："这人命关天啊！得赶紧去医院！快去找邵明德，只有他家有拖拉机！"其他几个男人不敢轻易扶林凤鸣起来，只是脱下自己的棉袄，垫在林凤鸣的上身下面。

很快，听到了拖拉机的"突突"声。第一个赶来的还真是邵明德。他开着拖拉机赶到井边，一下子跳下车，小心地把林凤鸣抱上拖拉机。村里有两个男人跟着上了车，接上闻讯赶来的婆婆，一起把她送到了镇医院。

林凤鸣被直接推进了手术室。她流产了。医生说，还好来得及时，大人没事。

婆婆说赶紧找人往林场给保喜捎信儿，林凤鸣阻止了。婆婆又说给你娘家捎个信，林凤鸣也说不用，"不能让我姥姥担心。致远在县里上班，凤萍还没放假。这已经到医院了，不会有什么危险了。"

邵明德脸色很难看，在林凤鸣病床前来回踱了两圈，终于忍不住，这次板着脸问婆婆："干妈，凤鸣有身孕你还让她挑水？多危险啊！这是两条人命！我咋跟保喜交代？"

婆婆似乎也很心疼凤鸣，低声说："凤鸣也没说怀孩子的事，我也不知道……"

林凤鸣接口说："这也省心了，计划生育这么严，本来也没打算要。不用跟保喜说，是我自己没做好避孕。"

邵明德更生气了，对着林凤鸣吼道："不要是不要，那也得到医院做手术！这要是大人有个三长两短咋办？你的命不是命啊？这要是大出血咋办？"

林凤鸣第一次看到邵明德生气的样子，又觉得自己刚才看到那么多血也吓晕了，身体虚弱地小声说："对不起，大冷天的让你跑一趟。我没事，农村女人皮实。"

"凤鸣，不是这么说！我跟保喜这关系，你咋不让我帮你挑水呢？你怕村里人说闲话？哎！俺邵明德再浑，也知道朋友妻不可欺！赶明儿挑水我全包了！一直到保喜他哥俩回来！"

林凤鸣心里骂自己看错了邵明德，嘴上却说："邵明德，我咋没看出你有这么高尚的觉悟。"心里却想，村里人爱东家长西家短地扯闲话，自己还真得处处小心。邵明德被她气得用手指着林凤鸣半天说不出话来，最后无奈地一拍大腿，朝婆婆说："干妈，我打饭去！"

杨思哲来病房看林凤鸣了。

林凤鸣正打着点滴，见杨思哲拎着东西进来看她，有些意外地问道："你怎么知道的？"一边挣扎着想坐起来。

杨思哲一手扶了扶眼镜，一边温和地说："有个同事告诉我的。"

林凤鸣有些疑惑："我不认识你同事啊。"

杨思哲解释说："她是这里的护士，那天下乡见过你，就是我帮你挑水那天。她在车上没下来，认识你，你不认识她。"

"哦，是崔莹护士吧！"林凤鸣看看杨思哲，好像明白了什么，随即问道："她是你的对象吧？是个好姑娘，长得也好，工作也热心。"

杨思哲不好意思地说："还不是。她刚参加工作，等过一年半载的再说吧。"

林凤鸣劝道："先处着呗。你俩都在医院工作，以后想办法调到你们县医院，一同上下班多好。"

"凤鸣，听崔莹说，你是挑水摔倒的？这多危险！以后怀孕了可别再干这么重的活儿了。"杨思哲岔开了话题。

婆婆在一边插嘴说："咱农村活儿多，女人都这样，哪有怀孕不干活的？我怀保国那会儿，都快生了还在院子里忙活呢。"凤鸣知道婆婆说的是实话。婆婆这辈人，正赶上国家最贫穷的时候，女人遭受的苦难更多，一步步走过来，能勉强活着已是万幸。她们甚至不知道女人的幸福是什么模样，就是简简单单地活着，繁衍下一代。

杨思哲很不高兴地看了婆婆一眼，说道："您老那是什么年代？现在是什么年代？过去能跟现在比吗？国家都提倡保护妇女儿童的合法权益了。"又转过脸对凤鸣说："现在国家搞计划生育，你已经生了一个男孩，别再怀孕生孩子遭罪了，多爱惜自己的身体。"

林凤鸣赶紧说："嗯嗯，我听你的。这次出院就上环儿。"

杨思哲扶着林凤鸣躺下，说小产也要好好休息两周。他还要下乡，叮嘱林凤鸣把他带来的麦乳精和鱼罐头都吃了。

杨思哲走后，婆婆嘀咕道："这城里人就是金贵，哪个女人不生五六个孩子……"

林凤鸣什么也没说，心里却听进了杨思哲的话。在崔莹来拔针时，她把婆婆支出去，悄悄问了崔莹关于戴节育环的事。林凤鸣有好多事要干，不能再因为怀孕生孩子的事躺在医院里了。问完这些后，她又对崔莹说："崔莹，杨思哲是我同学，上学时我是班长，他是学习委员。他人性格好，聪明，家庭条件也不错。你俩挺般配的，要早点办喜事，可别让别人抢了去。"

崔莹问："杨思哲跟你说我俩的事了？"

林凤鸣说："没说。是你把我流产的事告诉他，他来看我，话赶话聊到的。你这么好的姑娘，他也动心了。我给你俩当介绍人怎么样？"

崔莹脸红了，轻声说："我也不知道他心里怎么想的。他是县医院的大夫，我只是个刚工作的镇医院护士，怕他嫌弃我。"

林凤鸣笑了："爱情不是看物质条件的，是相互喜欢。他喜欢你，你喜欢他，就行了。我是过来人，我懂。"

崔莹不好意思地说："我现在也不知道杨思哲心里怎么想的。他应该能明白我的意思，可就这么不冷不热的。"她问林凤鸣该怎么办。

林凤鸣说："写信！大大方方地告诉他你的心意。为了自己的幸福，就要勇敢些。爱情里不分谁主动谁被动。你多跟他亲近些。"

崔莹和林凤鸣，两个女人很快成了好朋友。

腊月二十八那天，保喜、保军从林场回来过年了。

林凤鸣看着两鬓长满胡子的郭保喜，又看看保军冻伤的脸颊，两人身上的衣服裤子都刮破了好几处口子，就知道哥俩在林场遭了多少罪，心里很是自责和难过。可当保军把一沓十元面额的票子递给林凤鸣时，她又觉得自己的决定是对的。

保喜急着去看儿子小亮，保军也说想小侄子了，就一同去了奶奶婆屋里。小亮正在奶奶炕上和哑巴姑姑玩"嘎拉哈"（用猪或羊的膝盖骨做成的玩具，一种东北地区的传统游戏）。看见一脸长胡子的保喜进来，吓得赶紧爬向姑婆，然后转过头，愣愣地看着他。保喜上前要抱，小亮就吓哭了，他完全不认识这个胡子拉碴的爸爸，不让他抱，一抱就哭。保军对小亮笑呵呵地说："亮亮，还认识二叔吗？"小亮先是愣愣地看着，然后露出刚长出的小牙儿，咧咧小嘴笑了。保军伸手抱起他，小亮没有哭。凤鸣就说："保喜，你这两鬓胡子长得像个土匪，孩子能不害怕？我都害怕。"

吃晚饭的时候，林凤鸣高兴地宣布："我们郭家有自己的钱了！这是保喜、保军挨冻受累挣回来的，记头功！妈，您收着。"林凤鸣把钱递到婆婆面前，婆婆却不接。

林凤鸣解释说："我当家归我当家，干什么事听我的，但是我不管钱。"

婆婆不知想到了什么，眼圈一红，反而抹起了眼泪，停了停说："你这孩子，当家就管钱呗，哪有当家不掌钱的？怎么花，你说了算。"

林凤鸣认真地说："妈，我当家是让大家把活儿干好，把日子过好，不是把着钱为自己随便花。您拿着，我不管钱。"

奶奶婆笑了起来，说道："凤鸣啊，赶明儿八成是个干大事的人。过去管钱的都叫账房先生，现在叫会计。那些老总、老板、大官儿还真都不自己管钱。"说得一家人都笑起来。

婆婆把钱递给奶奶婆，说道："我也不管钱了，这么多钱我也害怕弄丢了。我也看出凤鸣是啥样的人了，我放心。如果你不愿意管钱，就放到你奶奶这儿吧。你奶奶有文化，会记账，天天也不出屋，还能给看着。"

林凤鸣说："那就由我奶奶管钱吧！我说一下这钱的用途：这是一千零五十块钱。先不还借我娘家那两百，用我叔编筐挣的钱还我爸。过年咱家省着点花，这钱就留着正月打井用。过了初五就算过完年了，正月初六到正月初十，咱家打井！"

家里人都同意了。婆婆又附和着说："以后的事就都听你大嫂的。"这时，婆婆才算从心里真正同意打井了。林凤鸣很高兴，她终于改变了婆婆安于现状的思想，让家里人都有了穷则思变的意识，这样才能带领家人往致富这条路上走。

林凤鸣其实心里不是滋味："唉，真不容易啊！自己差点儿闹到离婚的地步。"

林凤鸣又歉疚地说："弟弟妹妹们，我保证，来年过年，给每人都发红包！把今年的一同补上！"

小保国从记事起就没自己拿过钱，好奇地问："啥是红包？"

玉杰说："就是压岁钱。"

小保国马上说："大嫂，我不要红包！咱家打井，你就不用去挑水，也不会住医院了！"

保喜、保军这才知道林凤鸣挑水流产的事。保喜埋怨了凤鸣一顿："你逞什么能？自己怀孕了就让玉英、玉杰她俩抬水呗！万一有个三长两短，小亮咋办？"

这时，屋里忽然停电了。

那时候电力供应不足，一到年节，农村常常要提前一两天停电。还好，家家户户都备着蜡烛和羊油灯。那时候老人们不叫蜡烛，叫"洋蜡"，有红色和白色的。

婆婆从地桌抽屉里拿出洋蜡，可是没有火柴。保军起身去厨房找，没找到，就问："大嫂，你把火柴放哪儿了？"林凤鸣说："灶坑边上老地方有没有？"保军说："没有。我把两个锅台的灶坑都摸遍了。"

林凤鸣也起身去厨房找，结果一头撞在正蹲在灶台前摸索的郭保军身上。林凤鸣被绊倒，头重重地磕在了灶台边儿上。

"豆苗！豆苗！"保军连喊两声，他一着急就脱口叫出林凤鸣刚嫁过来时的名字。保军挣扎着爬起来，摸索着去拽林凤鸣。林凤鸣感到前额剧痛，忍着痛爬起来，摸到了锅台上的火柴盒。她摸黑划着一根火柴，微弱的光亮照亮了两人的脸。保军看到林凤鸣的额头正往下流血，吓坏了，一下子伸手捂住林凤鸣出血的地方，把她半搂在怀里，惊慌地说："哎呀，豆苗，你出血了！"一边拥着她往外走，一边大声喊："我大嫂磕倒了！都磕出血了！"

保喜听到喊声也惊得站了起来，玉英跑到奶奶炕上拿来了布条和棉花。

林凤鸣连忙说："没事，没事，就破了点皮。"

保喜问保军："怎么弄的？出这么多血？"

保军十分内疚地说："都怨我！是我把我大嫂绊倒的。我蹲在灶坑前，不知道大嫂会进来。"

林凤鸣说："不怨你，是我走路快，毛毛愣愣的。我早上随手把火柴放到灶台上了，没放到灶门口的老地方，也不知道会停电。"

婆婆又让玉英去奶奶屋的火盆里弄了些香灰。这时保军才松开手，看到林凤鸣左边额头发鬓处有一道约一厘米长的口子，还在流血，赶紧让玉英给包上。

玉英担心地问："大嫂，你不会破相吧？"

林凤鸣笑了，说："破相也没招儿了。只要你大哥不嫌弃就行。嫌弃也晚了，都结了婚生了小亮了。"

一家人都笑了起来。只有保军没笑，也没说话，看看林凤鸣发鬓间包着布条的额头，很快地吃了几口饭就出去了。林凤鸣看到保军的样子，就说："保军，我没事儿啊，别多想。"

正月初六，林凤鸣依照计划开始张罗打井。村子里来了二十多个男人帮忙，六七个女人帮着做饭。凤鸣派玉英、玉杰坐邵明德的拖拉机去镇上买菜。出发前，玉英还朝林凤鸣借了件红衣服穿。

正月初八早上，井终于出水了！有经验的老人又让往下多挖了一米深，才开始砌井壁石头，下铁管儿，回填土。

正月初十，林凤鸣一家人终于吃上了自己家的井水。凤鸣看着一股股从新井里抽出的清澈井水，不由得想到自己流产时从裤腿里流出的血水。这打井的代价，让凤鸣心里五味杂陈。

还好，很快就立春了，天气渐渐变暖，万物复苏，林凤鸣的心也跟着热乎起来。

郭保军用邵明德的拖拉机去朝阳村送"筐头儿"，把卖筐的钱交给了林凤鸣。

她心情好了许多，欢快地哼起了爸爸当年写给妈妈的那首《四季歌》：

夏天我盼你，你没来，路边的杨柳排成排。树叶飞满天上去，（阿妹叫你来，你就来。）白天盼，黑夜盼，你没来……

接下来，她想干什么呢？能找到新的致富路吗？

第五章　林凤鸣借款买拖拉机

正月十五那天，林凤鸣带着保喜，背着小亮回娘家。按北方的风俗，出嫁的姑娘正月十五要回娘家躲灯。林凤鸣先还了向爸爸借的两百元钱。

吃饭的时候，林凤鸣跟爸爸林崇山说："爸，我想给保喜买台拖拉机。"

"这事儿行啊。你手里有钱了？"爸爸一边跟保喜喝着酒一边问。

"没有。"林凤鸣坦白地说。

"现在有多少？还缺多少？"爸爸放下酒杯问。

"现在一分没有，不过我打算种完地就把牛卖了，估计能卖一千五。"凤鸣吃着姥姥给做的葱油饼，语气很平常。

"凤鸣，你就是不知深浅，咱家能买起拖拉机？爸，你别听她的，咱喝酒。"保喜从林场回来后学会了喝酒，他完全不知道林凤鸣的计划，也习惯了安闲的生活。这次家里打了井，他不用挑水了，觉得省了好大力气，很是知足。他说："爸，您是不知道，俺家打了井，村里人都羡慕着呢。"他自己先端起酒杯喝了一大口，"爸，日子得慢慢过不是？不缺吃不缺穿就行呗！"保喜虽然会喝酒了，但酒量不行，半杯下肚就有了醉意。他已经很知足了：媳妇漂亮能干，儿子聪明伶俐。

林凤鸣却与郭保喜想法不同，她不知足。她想盖大瓦房，想让全家都过上好日子。她给爸爸和保喜分别倒了碗热水。

弟弟致远在县城上班没回来，妹妹凤萍先吃完饭，抱着小亮出去玩了。姥姥觉得这是大事，自己不便插嘴，只是听着，一句话也不说。凤鸣自己也拿了一个酒杯，脱鞋上了炕。"爸，我也陪你喝一杯。"林凤鸣并不理会保喜的话，自己倒了一杯白酒——北京二锅头，48度。

保喜放下还剩半杯的酒杯，说："那你陪爸喝，我头晕，我躺会儿。"说着顺势在林凤鸣身后躺下了。

她爸爸说："凤鸣啊，现在你在婆家当家，有压力是好事，但也要量力而行，要不缓缓再买？"

林凤鸣急了："爸，爸，不能这么想。这不像盖房子，早一天住晚一天住都行，房子又不生钱，只是让人舒服点儿。人挺一挺，缓缓也行。可买拖拉机不一样，那是挣钱的工具，用它来钱快。"她见爸爸不吱声，又说，"您是老师，我记得荀子有篇文章叫《劝学》，里面有句话我记得最清楚：'君子性非异也，善假于物也'，古人都说，干什么都得借助工具。这句话对我影响很大。现在国家政策好，鼓励人致富，咱们得抓紧机会。爸，您一定得帮我，一定得支持我。"

林凤鸣这番话，倒像她是爸爸的老师了。她爸爸笑了，林崇山被女儿说得来了兴致，高兴地说："凤鸣，你说得有道理，爸支持你！"

姥姥也乐了，只说了一句："呵呵，有你太姥爷的派头。"

"太姥爷？"凤鸣问。

"就是你姥姥的爸爸。人可好了，我见过，会做生意，又有学问。你这说话打动人的样子有点像，急脾气也像，你太姥爷做事就有股雷厉风行的劲儿。"林崇山说。

"那我姥爷呢？"林凤鸣问。

"你姥爷稳当，但脑子好使，是你太姥爷选的接班人，又把你姥姥许配给了他。"姥姥接过凤鸣递来的酒杯，笑呵呵地抿了一口。

郭保喜闭着眼睛听着凤鸣和岳父的对话，偷偷乐。心想："凤鸣啊凤鸣，你真是痴人说梦。新的拖拉机得多钱？咱家连个轱辘都买不起。就是邵明德那台旧的，也得五千块呢。"忍不住插嘴道："爸，你也喝多了？她吹牛，你怎么还顺着她呀？"

林凤鸣跟她爸爸碰了一下杯子，说："谢谢爸爸！有爸爸支持，这事儿一定能成！"她借着酒劲儿，又像个演说家一样，为实现自己的计划努力着。过好日子的念头每天都在她心里翻腾。养鸡？养猪？"家藏万贯，带毛的不算"，自己又没有养殖技术，万一遇上鸡瘟猪瘟咋整？最后，她选择了搞运输——林凤鸣相信自己的直觉，相信自己的选择。

郭保喜不吱声了，依旧闭着眼睛听着，像睡着了一样。他听见姥姥说："凤鸣，我去看看小亮。"保喜有些憋不住笑，心想："哼，凤鸣，怎么样？姥姥都不爱听你吹牛了。吹牛又不顶吃不顶穿。"

凤鸣对姥姥说："姥，您跟我宋婶说说，她十里八村认识的人多，给保军介绍个对象吧。我家保军长得一表人才，人也能干活，错不了。"姥姥笑着答应着出去了。

爸爸问："自家人，谢啥！凤鸣，既然你决定买拖拉机，就从头说说你的打算。让我怎么帮你？我也不是银行，拿不出那么多钱。另外，买了拖拉机，干什么活儿？能不能养得起？要买油，要交养路费、保险费等。保喜会开吗？这些你都考虑到了？"

这次郭保喜哼了一声，在心里嘲讽道："凤鸣，怎么样？爸都帮不了你，刚才说支持你，那是哄你高兴呢。"

"好！爸，我慢慢跟您讲。"凤鸣把一杯酒都喝干了，像是下了莫大的决心。"爸，现在信用社可以搞三户联保，每户能贷款一千块。您有威信，就找三家信得过的人家联保，贷款都让咱用，借他们的名义。或者干脆从他们手里借过来，咱给他们利息。"

"嗯……那也不够啊？致远那儿有两千，我跟他说说，先拿来给你用，凑够五千。"林崇山觉得凤鸣这个计划可行，"那你先买个旧的吧。"

凤鸣说："嗯。我在我们村也找三家联保，不过我没威望，只能各贷各的，各用各的。贷来的钱就够交养路费、保险费，买柴油什么的。养拖拉机手里不能没钱。保喜、保军在林场挣的钱，都打井、过年花没了。我家玉英、玉杰、保国上学还得用钱呢。"

"那谁开？保军、保喜谁会开？"

保喜听到这儿，一下子坐了起来，他觉得林凤鸣不是在吹牛皮了。"爸，我会开！我给邵明德开过好几次。那玩意儿，是个男人就会开，说句玩笑话，绑块大饼子，狗都会开！"保喜扭过身，紧挨着林凤鸣重新坐到桌边，随即又担心地问："那上哪儿找活儿？邵明德有时候都没活儿干呢，他都干多少年了，熟人肯定都找他。"

林凤鸣瞥了保喜一眼说："你不装睡了？活人还能让尿憋死？"

郭保喜喝了一口酒，嘻嘻地笑："刚才真有点儿晕，这酒劲儿大。"

林凤鸣慢条斯理地讲："活儿，我早就搭好了线。我跟黄九铺砖厂的何大柱厂长说了，那厂长也当过劳模，我认识。他说了，要是咱家买了拖拉机，这趟沟里几个村子的拉砖活儿都给咱留着。还有厂子里倒黄土、倒炉灰的活儿，也匀一些给咱。"

"那咱不是顶了邵明德的活儿了？"保喜问。

"这个厂长也说了，邵明德人活络，摊子铺得大，厂子一有活儿，他的车总不在家，耽误厂里的事。何厂长说，你要是买了车，就要以砖厂的活儿为主。厂子本来也想再买台拖拉机，但又得多操一份心。再说，现在买砖的老百姓家里都不富裕，都是买一半赊一半，他手里也不宽绰。"凤鸣顿了顿又说，"听他话里话外的意思，是对邵明德不满意。我猜他给咱的价钱，肯定比单趟活儿的价格低，但咱离厂子近啊。保军、保喜都能开，咱是两个人盯一台拖拉机，起点儿早，贪点儿黑，多干几趟呗。"

郭保喜赶紧讨好地说:"咱有的是力气,出力不怕!保军比我灵巧,他练练就会。我俩顶一台车,一定比邵明德挣得多!"他又给岳父倒满了酒,看看瓶里还有一些,就给凤鸣都倒上了。一斤酒,二两的杯子,正好岳父两杯,媳妇两杯,他一杯。

林凤鸣看也没看酒杯,接着说:"现在你看,靠着国家的好政策,人人都想过好日子。就咱村,多少家盖房子的?不怕没活儿干。你看邵明德这几年的日子过得,村里头一份儿盖大瓦房的,不是三间,是四间!他家地都不种了,他媳妇就看家做饭带俩孩子,还开了个小卖店。"

酒快喝完的时候,林崇山高兴地说:"我尽力多给你贷些款,咱争取买台新的拖拉机!新的比旧的耐用。"

"爸!爸!真的?"林凤鸣喊爸的声音有点儿高,带着意外的惊喜。她也想买台新的,谁不知道新的好?可手里没钱,就是计划买旧的,她还在心里合计着怎么跟爸爸开口呢。林凤鸣站起来,绕到林崇山的身后,搂住爸爸的脖子,像小时候那样。她哽咽着,说不出话,眼泪却止不住,哗啦哗啦地落下来。

林凤鸣被这巨大的父爱打动了,爸爸的话让她的心潮起伏。她知道爸爸会帮她,只是没想到爸爸会提出一个和她内心渴求完全一致的目标。她庆幸自己有这样的爸爸,有这么懂自己的亲人。

林凤鸣看到爸爸比她结婚前苍老了许多,体会到妈妈去世后,爸爸为他们三个孩子付出的无私辛劳,以及对姥姥亲妈般的照顾。爸爸为人师表,也确实是她学习的榜样。爸爸长得一表人才,完全可以不用这么孤独,然而爸爸默默承受着,坚持不再续弦,一定要等致远、凤萍都成了家才考虑自己。

"爸什么时候诳过你?"林崇山因为喝了酒,提及往事很是感慨,也许这是作为父亲压在心底的愧疚,"你下学早,帮爸还饥荒,为了供致远、凤萍上学,帮家里干了多少活,比个小伙子都累。细皮嫩肉的女孩子家,肩膀都压出了血印子。怕一家人挨饿,跟我上山割蒿子秆,雪地里刨苞米,在雪地里扑腾一天,棉裤都湿到腰,我看着那个心疼啊!唉,那几年没办法呀!"

林凤鸣趴在爸爸的肩上说:"爸,咱不说过去了。您看我现在跟保喜过得不也挺幸福嘛!"

郭保喜赶紧溜缝儿说:"可不!凤鸣要是上了大学,还当不了我媳妇呢。"他看到林凤鸣默默流泪，好像懂了她为什么一定要先借钱买拖拉机。

"哎，爸心里有数，能帮的一准儿帮你。"林崇山一口把杯里的酒喝干。又对郭保喜说："你看看墙上那些奖状，都是凤鸣在家时得的。凤鸣就是个人才，让家给耽误了，下学就当小子用。"看爸爸说话的样子，心里一定很难受，"俺凤鸣上学时比致远学习还好，就是让家给拖累了。"

郭保喜跳到地上收拾桌子碗筷，心里乐开了花。他色眯眯地盯着林凤鸣喝得发红的脸，低声说："媳妇，你真能耐！从没钱说到爸同意帮你买旧拖拉机，又从旧的说起，一杯酒的工夫，就让爸同意买新的了。酒真是个好东西！"

林凤鸣仰着脸问保喜："夸我呢？还是夸酒呢？"

林崇山觉得自己喝高了，要回自己屋躺会儿。林凤鸣赶紧下地，要给爸爸穿鞋。郭保喜忙说："媳妇，我来！我跟咱爸对脾气，咱爸待见我。"他给林凤鸣抛了个媚眼儿。他太佩服这个又漂亮又聪明的媳妇了，心里美滋滋的，举动就亲昵了些。

妹妹凤萍抱着小亮先回来，随后姥姥也进了屋。姥姥高兴地说："你宋婶儿答应给保军介绍对象了。"又问，"你爸同意给你借钱买拖拉机了？"

林凤鸣搂着姥姥，异常开心地说："姥，同意了！我爸还同意买新的呢！他答应多帮我借一些钱。"

"姥也帮你！凤鸣就是能干事的人。"

入夜，林凤鸣想，如果买了拖拉机，把牛卖了，将来自己家不种地，活计少了，保喜会不会也像邵明德那样，一直玩扑克玩到出正月？她还听说，有几次邵明德当着很多人的面打了他媳妇，把茶杯都摔了，还不是因为耍钱惹的祸。她知道保喜可没有邵明德那股精明劲儿，保不齐会把挣来的钱都输掉。想着想着，又觉得自己想多了，想远了。等回过神儿来时，屋子没有那么黑了，她能看见自己的手了。她攥起拳头，又松开，只觉得手又粗糙了些。年前弟弟致远给买回来的大宝雪花膏，她没舍得抹手，只抹脸了。林致远一直这样，自己省吃俭用，总会或多或少地给林凤鸣这个姐姐买些东西。还好，致远穿公家的衣服，吃商品粮。

说到底，年轻的林凤鸣从没经历过这么大的事，要做这么大的主。借这么多钱买拖拉机，压力太大了。

姥姥说今年两个二踢脚都是双响，是个好兆头。她想，明天早上得去找宋婶算算。

宋婶儿外号叫"宋大仙"，这是老百姓口口相传给她的"美誉"。她会看小孩病，一看一个准。有一回，小亮五天不吃不喝，人都蔫了。当地卫生院的大夫没看好，让转去吉林儿童医院。一家人都吓坏了，婆婆说是吓着了吧，让凤鸣回娘家村子找找"宋大仙"。林凤鸣本来不信迷信，但看孩子这样不见好转，又没什么好办法，就半信半疑地把孩子抱了去。宋婶摸了摸小亮的肚子，笑着安慰林凤鸣："没事，不是大毛病。"只见她起身，兑了点儿肥皂水儿，拿了一个去掉针头的注射器，往小亮屁股眼儿里打进去，然后嘱咐她看着小亮拉大便，就跟没事人一样去看别的病人了。林凤鸣当时还心里嘀咕：能行吗？结果，不到十分钟，孩子就拉了好大一堆，拉完就要吃的，病好了。从那以后，林凤鸣就相信宋婶是"大仙"了。走的时候，宋婶叮嘱说，这是便秘结症，孩子不大便可是大事，火炕容易上火，以后要注意。宋婶人缘广，心地善良，有钱没钱她都给看。快五十岁的人了，看上去比实际年龄年轻好几岁。林凤鸣没出嫁时，她姥姥一做好吃的，就让林凤鸣给宋婶送去，把她当自己姑娘一样。宋婶总是把家里收拾得干净利落，自己穿戴也端庄。她姥姥说宋婶是个特别干净利索的人，但又说太干净了不好，容易孤单。宋婶好多年都是一个人，是挺孤单的。

她早早地来到宋婶家，她知道来宋婶家看病问事的人多。十里八村谁家有个什么大事，都爱找宋婶算算。宋婶看见林凤鸣来了，放下手里的活儿，笑着把林凤鸣引进自己干净的里屋。

林凤鸣说明来意，说买拖拉机是大事，想让宋婶给好好算算。宋婶就笑了，温和地说："凤鸣，你也信宋婶是'大仙儿'？"

"信！信！看您供着观音菩萨，就一定灵验。"

"凤鸣，那是给老百姓看的。他们相信老祖宗传下来的佛教，几千年了，算是一种精神慰藉。在这文化落后、缺医少药的偏僻山村，无论大人、小孩，他们病了，我看着都心疼、可怜。我会尽力帮助他们。我说我不是什么'大仙儿'，他们也不信。我也捂不住他们的嘴，就由他们说去吧，由他们传去吧。"

林凤鸣也笑了，说："宋婶，我以前也不信什么'大仙儿'，可自打您给小亮看好病，我婆婆就在村里到处说您这'仙儿'灵。"

"今天就告诉你实话吧，下放之前，我是省城一家大医院的儿科主治医生。来到这儿闲着没事，就看些心理学的书。本来也该回城了，可这山沟里太需要懂医的人了，特别是那些不会说话又生了病的孩子。想想就留下了，这里更需要我。再说，我与你家也相处得很好，跟你姥姥算是个伴儿。"说这些时，宋婶有些害羞的样子，不自然地搓了搓手，那双手还真是又白又纤细，像极了她姥姥的手。

林凤鸣知道宋婶说的是真的。以前总听人说宋婶是"大仙儿"，林凤鸣心里有些抵触，不太愿意来她家。只是知道宋婶时常上山采药材，在自家自留地里种些黄芪、百合、桔梗什么的，有时候药材就晾在娘家院子里，爸爸也在星期天帮着采，或者帮着晾晒。

林凤鸣好像想到了什么！"是跟姥姥是个伴儿？还是跟爸爸是个伴儿？"对了，从没见过宋婶的男人。她赶紧道歉说："宋婶，是我唐突了，您别跟我一般见识啊！"

"凤鸣，不用道歉，在我眼里你还是个孩子。"宋婶温和地说。

宋婶是真正的医生，并不会算命占卜，林凤鸣感觉到自己来时的那点念想破灭了，有些失望，起身想回去了。宋婶却挽留她再坐会儿。

宋婶笑着说："为什么大家都说我是'大仙儿'，算得准呢？其实我只是说出了他们心中的愿望。他们来找我，是要一份肯定，我只是帮他们坚定了自己的目标而已。"宋婶给林凤鸣倒了一茶缸热水。"其实我不说，他们也会去做的，这也许就是卜卦算命的奥秘吧，我也就当是陪他们娱乐一下。"

林凤鸣转而高兴起来，不失时机地说："哈哈，宋婶，那您就当娱乐，给我算算买拖拉机这事儿呗！"

"你这孩子，鬼精鬼精的。好吧，你姥姥昨晚来问金子是不是能换钱，我问她换钱干什么，你姥姥说是给你买拖拉机。我就猜你今天或者明天，临回婆家前，准会来我这儿讨主意。"宋婶看着凤鸣，露出欣赏的眼光，"凤鸣，你没有那种'嫁汉嫁汉，穿衣吃饭'，靠男人过活的思想，婶儿就佩服你这一点。你姥姥说你当家了，那么一大家子人，是得找出路挣钱。婶儿就告诉你，买拖拉机这事是对的，将来你也一定会成为一个了不起的人。因为你心中有目标，这跟村里其他小媳妇不一样。"宋婶儿停了停，接着说："有了目标，就算遇到问题、遇到困难，你都会想办法解决。因为你就是朝着目标奔跑的人，没有什么能阻挡你。所以，算不算，你都会去买，也都会去做成。而且凭着你的智慧和这股勇敢劲儿，一定会做得顺风顺水。哈哈，婶儿这次又算准了吧？"

林凤鸣没有笑，心里很激动，眼睛湿润了。她看到宋婶儿的鬓角也像爸爸一样有了白发，但他们没有抱怨，没有仇恨，重新找到了生活的起点，默默地奉献着自己的能量。宋婶，一位大医院的主治医生，在这偏僻的农村，被人说成"大仙儿"，也毫无怨言，以一颗悲悯之心关照着身边的人。林凤鸣拉着宋婶的手，说："宋婶儿，您这是在鼓励我，像我的亲人一样。我也一定会像您一样坚强。"

"哈哈，婶儿要是收你做徒弟，都算是屈才了。婶儿是想收个徒弟，但你心气高，身上有股劲儿，是干大事的人，婶儿这小庙留不住你。"

"宋婶儿，您真不想回城了？"凤鸣想起宋婶说的是姥姥的伴儿那句话，她其实希望宋婶能和爸爸做个伴儿，爸爸太孤单了。不过，她隐隐约约听说宋婶儿城里好像有个儿子。

"回城？不了。"宋婶脸上的高兴劲儿一下子没了，她摇摇头，说到"回城"这两个字的时候，目光转向窗外，眼睛里有很复杂的东西闪过，像是藏着很痛苦的往事。随即又说："农村好，清净，人也朴实。"

林凤鸣当时太年轻了，没心思深究宋婶的往事，自己的事解决了就行。从宋婶家出来时，压在心里的石头落了地。看着刚刚升起的冬日暖阳，就像自己心中升腾起的美好希望。她深深地呼出一口气，这口气在冬天凝成白色的水雾，在她眼前散开时，金灿灿的太阳光正好照在她身上。林凤鸣心情无比舒畅，浑身充满力量，自言自语道："宋婶儿，借您吉言，我一定能做得顺风顺水！"

她不由自主地哼起了歌："妹妹你大胆地往前走哇……"

林凤鸣本来是不喜欢这首歌的，保喜爱唱，可现在却顺嘴哼了出来。她回头望了望宋婶的房子，房顶上正升起缕缕白烟，窗户玻璃被擦得锃亮，小院儿也被收拾得干净利落，还真有点清修的味道。

林凤鸣从娘家一回来，就着急忙慌地找家人开会。

第一件事是宣布林致远给跛子叔找了个打更的活儿。

林凤鸣说："叔，一个月100块钱，供吃供住。您以后也是拿工资的人了！"跛子叔高兴，奶奶高兴，家里人都替他高兴。那年头鸡蛋一毛一分一个，大米是五毛钱一斤，100块钱可不是小数目，一个正经劳动力累死累活一天才挣十块钱。这真是让人羡慕的好活儿啊！凤鸣接着说："从3月1号就开始上班，让保喜、保军去送您。先从奶奶那儿拿点儿钱，给您做身新衣服，买点零碎的日用品。有啥事就给致远打电话，我把致远单位的电话号写给您。"

五十多岁的跛子叔，用干瘪的手擦着眼睛说："侄媳妇还想着我这事儿？不嫌我这老头子吃闲饭，叔就知足了。别做新衣服了，给家里省省吧。"

林凤鸣说："叔，穿得体面点儿，说不定还能给您拐回一个老伴儿呢。您先干着，哪天要是不想干了，就让致远捎个信儿，或者往村大队部打个电话也行，就让保喜、保军接您回来，咱家就是您的家。"

第二件事，让保喜、保军去借邵明德的拖拉机，到学校的小操场练练手。

那时的农村民风淳朴，邻里之间借东西是常有的事，没那么多讲究。只要自己家有的，说一声就借给你，不是租借，更别提钱。家家都困难，都穷，但都有人情味儿，讲究互帮互助。今天你来我家喝顿酒，明天我去你家帮着盖个棚子；一家有红白喜事，全村子的人都去帮忙。住得远的、近的，也都是几步路的事。保喜知道要买拖拉机的事，保军还不知道，就问："大嫂，这是要干啥呀？"林凤鸣就卖关子，笑着说："你猜猜？等会儿再告诉你。"

第三件事，就是要把靠河边的那八亩多涝洼旱田，改成水田。

这时婆婆说话了："凤儿啊，那地从生产队那会儿就是旱田。种旱田吧，容易涝；种水田吧，又浇不上水。你看下边老王家不也那么种着呢。种旱田总比扔着强。咱改成水田，咋改呀？"

林凤鸣朝婆婆一笑，说："妈，您也猜猜我怎么弄水？咱用好的旱田地跟他家换，一亩换他家两亩涝洼地，咱把那片地都换过来，改成水田。"

婆婆急了，连忙说："那可不行！一亩换三亩咱也不干！"

保喜就说："妈，您别急，听凤鸣慢慢讲。"这时的保喜呀，在心里已经完全服了林凤鸣了。林凤鸣在郭家的地位，算是彻底立起来了。

"好！现在宣布一件大好事——咱家要买新拖拉机了！"

这话一出，一家人都像在云里雾里似的看着林凤鸣，真的觉得她是在说梦话，在吹牛皮。第一个回过神儿来的是保军："大嫂，你一定是有好办法了！"

保喜也说："媳妇，你快讲讲咱爸帮咱买拖拉机的事儿。"

凤鸣说："保喜，你来讲。我喝口水。"玉英、玉杰刚要起身去倒水，保国却从板凳上一跳而起，赶紧说："我去给大嫂倒水！"小跑一样过去了。

玉英就笑着说："哈哈，小保国可真能溜须大嫂！"一家人都笑了。

等保喜讲完，一家人才都信了。

林凤鸣接着说："妈，您明天就溜达着去找老王家换地。先别跟外人说咱家要买拖拉机的事。您都觉得一亩换三亩能行，咱一亩换他家两亩，他家肯定干。您说妥了，我就跟保喜去写换地协议。"

婆婆还是不放心："真换？换来那么多水田咱咋整？从哪儿弄水呀？"

“这回买了拖拉机，咱就自己买个水泵。到大河边挖个坑，用拖拉机带动水泵抽水。”

保军兴奋地说："大嫂，一亩水田能顶两亩半旱田呢！加上老王家那七亩多的地，咱家一共就有将近一垧半的水田了！"

婆婆也算过来了："哎呀，那还用算？太合适了！这得多打多少粮食啊！"

玉杰不服气，说："大嫂，您说翻几倍？"

凤鸣笑着说："我离开学校时间长了，算不清了，你姐俩回屋慢慢算去。保喜，把奶奶抱回屋，散会！"凤鸣从哑巴姑姑怀里抱过小亮，准备回屋去。

保国喊了一声："大嫂！我过完年要去镇里上初中了，到时候用拖拉机送我行不行？"

"行！等你考上大学，大嫂买台乌黑锃亮的小轿车送你去学校！"林凤鸣信心满满地回答。

"大嫂，一言为定！我大哥作证！"保国想了想又说，"不行，你俩一伙的，还是让我二哥作证！"

玉杰、玉英也凑热闹："我俩也作证！"

保国说："去去去，少溜须！到时候你俩早嫁人出门子了！"姐弟仨打闹着笑成一团。

是啊！我林凤鸣还怕什么呢？有宋婶的精神鼓励，有爸爸的资金支持，还有一家人的期盼和动力，我一定会成功的！主席不是说过嘛："世上无难事，只要肯登攀。"

第六章　林凤鸣初显商人潜质

清明节刚过，山渐渐变绿，路边的小草挣扎着从泛着新鲜泥土气息的土里钻出来的时候，林凤鸣买回了新拖拉机。那天，新拖拉机由邵明德帮着开进村子时，村里人仨一伙、俩一帮地凑在一起议论纷纷：这老郭家是烧了什么高香，祖坟冒青烟了吧？娶了这么能干的媳妇儿，又打井，又买拖拉机！看郭保喜坐在邵明德旁边，乐得嘴都合不拢了。林凤鸣和保军站在拖车上，给大家发糖块儿，分享喜悦。她婆婆和哑巴姑姑做了一大桌饭菜，请村里几个有威望的老人来喝酒庆贺。

邵明德把车一开进院子就跳下车喊："干妈！饭做好了吗？您儿媳妇可抠门了，我帮着提车回来，她也不请我下顿馆子（指饭店）。"

她婆婆听到拖拉机的响动，早就站在院子里等着了，也笑得合不拢嘴，高兴地说："我干儿子立功了，把拖拉机顺顺当当提回来！哎呀！这大红拖拉机真喜庆！快进屋吃饭。"又朝保喜说，"先去把你奶奶背出来，让你奶奶也看看，高兴高兴。从早上你们走了，她就一直念叨着什么时候回来呢。"

奶奶摸着崭新的拖拉机，激动得哭了："凤鸣啊！你真能干！我能在死前看到老郭家有今天这样，我就放心了。"

凤鸣赶紧扶着奶奶，说："奶，以后我还给您买大汽车呢！您好好活着，长命百岁。"

奶奶越发高兴了，说："你爷爷那时候再气派，也没有拖拉机呀！就是几辆大马车，雇了几个长工。这拖拉机好啊，不吃草不吃料，还能干这么多活儿！奶奶以后就给你们当好装钱的匣子喽！"

饭桌上，邵明德喝了一杯酒，高声说道："保喜，以后咱哥俩就比着干！你有好活儿吱一声，我有好活儿也吱一声，这大利村的活儿咱哥俩包了！"那声音高得在厨房里都能听见。他回头看时，瞥见站在一旁的林凤鸣，急忙说道："凤鸣，过来上桌呀！"邵明德放下酒杯，走过来拉林凤鸣，让她也上桌一起吃饭。

凤鸣说："这是规矩，请客吃饭女人不能上桌，得等男人吃完了再上。"

邵明德说："今天就破破例！你是老郭家的大功臣。你要不回娘家张罗钱，老郭家这辈子能买上拖拉机？"

林凤鸣赶紧说："你可别瞎说，我家保喜、保军都是能人，没有我也能买上。"

邵明德哼了一声："那就等猴年马月吧！凤鸣，你先把这杯酒喝了，讨个好彩头！"林凤鸣看看保喜，有些犹豫。保喜笑嘻嘻地说："你就喝吧，这拖拉机也是喝酒喝来的。"

凤鸣端起酒杯，故意用肩膀碰了保喜一下："烦人精！"

郭保军站起来，说："大嫂，买拖拉机你功不可没，我敬你一杯！"

玉英站在一旁，略显不高兴地说："明德大哥，你不能为了捧我嫂子就贬低我哥呀！将来开拖拉机的还不是我大哥和我二哥？"

邵明德借着酒劲儿，得意扬扬地高声说："你懂啥？没有鸡哪来的蛋？不还得先买个拖拉机吗？整个村子有谁敢买新拖拉机？我那台是生产队分的，我不爱伺候牲口才要的。"玉英瞪了邵明德一眼，不再作声了。

保军挨个给几位老人满上酒，特意给林凤鸣也倒满了，接过话说："我大嫂功劳最大！这事儿我以前想都不敢想，大嫂说买就买成了！大嫂，我代表老郭家谢谢你！"

林凤鸣干了保军敬的酒，脸蛋绯红，似乎也来了情绪，接着说道："我今天上了桌，也算破了女人不上客席的规矩，那我就把自己当男人了。今天咱顺顺利利把拖拉机买回来，首先得感谢邵大哥。接下来就看保喜、保军的了。国家让咱富，咱就得甩开膀子干！保军敬的这杯酒，我干了！"

这边，玉杰对她妈小声说："妈，大嫂喝了两杯白酒了，会不会醉呀？"

她婆婆还没开口，奶奶先动了动干瘪的嘴唇，十分自信地说："你大嫂不是一般人。就是醉了，也能等到客人走了再醉。"

她婆婆又问奶奶："妈，您说凤鸣买拖拉机的钱，真是她爸贷的款？我寻思着是她姥姥压箱底儿的钱。"

奶奶说："我们当老的，就只有支持的份儿。其他的事，孩子们有能力解决就由着孩子们去吧，咱们不操那份心了。"奶奶也是有文化、见过世面、过过大户人家日子的人。

从那边桌上传来林凤鸣高昂的声音："……总之一句话，我们要做脱贫致富的主人，不做贪图安逸、甘于贫穷的奴隶！"这句话好像很有感染力，几位老人也都抬头看向她。

邵明德已经喝高了："凤鸣！你就是咱们的带头人！"说着自顾自又喝了一大口，对保喜、保军说："过去，我是村子里的一等人，你们家不是。现在，大利村最穷的老郭家，也买上了拖拉机，也是一等人了！林凤鸣，我佩服你！咱们就是咱村的能人！"

郭保喜也喝高了，搂着林凤鸣的肩膀说："媳妇，你指哪儿，咱就打哪儿！"

"大嫂，我哥说得对！你指哪儿，咱就打哪儿！"保军是比较能喝的，英气勃发的脸上少了几分平日里的拘谨。他脸色微红，也自顾自地喝了一大口，凸起的喉结很明显地上下滑动，说出的话很是坚定，好像有使不完的力气。

"好！我就做这领头雁！咱们共同致富！"林凤鸣自信满满地伸出手。保军拍了上去，保喜拍了上去，邵明德也拍了上去；四只手紧紧叠在一起，像是立下了誓言，异口同声地说："致富奔小康！"

日子在忙碌中过得飞快。天气微冷时，砖厂也到了停工的季节。

林凤鸣拿着工票，跟着保喜、保军来到砖厂，找老板何大柱结账。他们先是找不到何大柱，他躲着不见面。到了第三天，林凤鸣品出味儿来了，对保喜、保军说："跟我玩藏猫猫？我小时候就会了。保喜、保军，咱们大大方方开车回去。你俩别露面，我一个人再悄悄转回来。你俩看好家就行。"林凤鸣就带着干粮来到砖厂，在那儿堵了两天，终于堵到了骑着自行车来的何大柱。

林凤鸣往他面前一站，两手往腰间一插，笑哈哈地说："何老板，常言道，躲得过初一，躲不过十五。你这跑得了和尚还能跑得了庙？你躲得过人，还能躲得过事儿吗？"

那砖厂老板何大柱臊得脸通红，很无奈地说："真不好意思！我不是想赖账，是我实在没钱给你们。老百姓拉走的砖都是赊账的，他们什么时候给钱，我说不准。所以，我都不好意思见你们。保喜、保军在这儿干得可好了，给我帮了这么大的忙。"

林凤鸣叹了口气说："唉，现在老百姓太穷了。有多少人家房子漏雨墙塌，等着盖新房啊！就像我家，一大家子人，都盖不起。我也是没办法，买车的钱是我爹帮我从信用社贷的款，我得按时还人家。我爸是老师，最讲信用，说一不二，我不能给我爸丢脸。"

何老板把林凤鸣让进办公室，拿出账本让她看。其实，何老板真是个实诚人，没有说假话。他的账本上，备注栏里几乎都用红笔标着欠账的金额。他给林凤鸣倒了一杯水，又打开另一个抽屉，从一个小盒子里拿出了一堆欠条。

"凤鸣，咱们也是熟人了，你看，我除了这些欠条，就剩下这满院子的砖了。"何老板无奈地说。

"何老板，这么说，您也没什么办法了？"林凤鸣想了想说，"那就这样吧，您把工钱给我们折算成砖吧，我们自己拉回去，帮着您卖砖，自己往回收钱。"

"啊？好好好！"何大柱十分感激，"早就听说你林凤鸣聪明，今天一见果然名不虚传！真能这样，我心里还好受些，也减轻了我的压力。"他又说："凤鸣，我让会计按出厂价给你核算完，开好砖票，你就告诉保喜、保军来拉吧。能卖多少算多少。如果你工钱折的砖卖完了，能再帮我卖一些就更好了。"

林凤鸣笑了起来，说道："何老板，这砖要是好卖，您不早就卖完了？还能压着这满院子的砖？我这也是没招儿了，买拖拉机欠着信用社的贷款呢，再拿不回钱，我都不敢回娘家了，怕我爸骂我。"

林凤鸣把工钱按出厂价折算成砖，开好砖票后，已经是晌午了。她在那儿讨了碗水，就着咸菜把带来的干粮吃完，就往回走。她边走边心里盘算着：还完信用社的贷款，自家盖房子用的砖还是富富有余的。她打算回去就跟家人商量，一起盖六间大瓦房。今年先把砖攒够，缓一年，再准备木料，挖好地基，后年开春，就能动工盖房子了，让全家人都住上宽敞明亮的大瓦房。

林凤鸣真是个天生的乐观派。她摸摸布兜里的砖票，仿佛已经看到了那六间整整齐齐、宽敞明亮的大瓦房。她抬头看看天色还早，想想这事办得也还算顺利，就想顺路拐到百货商店去买点儿新棉花，给奶奶和小亮做两个新尿垫子。棉花尿垫用久了，洗过之后会变硬，躺着不舒服。

在百货商店门口，她远远地看到了杨思哲和小护士崔莹。两人有说有笑，看起来很亲密。

杨思哲越发神清气爽了。林凤鸣心里微微动了一下，闪过一丝惋惜，但也只是一瞬间。曾经的白月光，如今也只是一种欣赏了。杨思哲帮助过自己，那是他人品纯良。那么自己也一定要活出一片天地来，才不辜负帮助过自己的人。想到这儿，她卸下了心里的包袱，再没有丝毫遗憾的感觉了，大大方方地迎上去打招呼："哈哈，这是谁呀？这么帅，把我们漂亮的崔护士都迷住了！"

杨思哲显出微微的羞涩，然后装腔作势地扶了扶眼镜，露出洁白的牙齿，反唇相讥："当年迷不住你，现在还是迷不住你。小护士我也没迷住，是我在追她呢。"

崔莹甜甜地笑着，说她和杨思哲正在买结婚用的东西。

林凤鸣故作惊讶地说："哈！发展得这么快呀！什么时候吃你俩的喜糖？"

杨思哲脸红了。那小护士一下子拉住林凤鸣的手，高兴地说："凤鸣姐，我们结婚你一定要来！你就是我们的红娘，得给我俩当证婚人！"

林凤鸣看看一脸窘相的杨思哲，乐呵呵地说："一定去，一定去！可我哪会干那个呀！不过我去帮着忙活忙活，干点儿零碎活儿还行。"

杨思哲问林凤鸣是不是专门来买东西的。

林凤鸣就把工钱换砖票的事儿学了一遍，她说："我这也是没办法，买拖拉机欠着信用社的贷款呢。"

杨思哲就说："你这样做是对的。国家正在出台致富政策，人们的生活正在改变。农村多少人家都是土墙草房，等他们解决了温饱问题，第一件想改变的事就是盖房子。你自己手里有砖票，别着急，慢慢卖，一定好卖的。我跟崔莹订婚，我父母拿出一些钱做彩礼，崔莹也没要，我俩都存着呢。如果你还信用社贷款不够，你先拿去用。"

林凤鸣转过头问崔莹："哎，你俩谁当家呀？你家杨思哲要把钱借出去，你同意不？"随后哈哈大笑起来。

"凤鸣姐，看你说的！我同意借给你，你是干大事的人！谁当家都借给你！"小护士崔莹爽快地回答。

杨思哲扶扶眼镜，抿嘴一笑，说："凤鸣，你还是上学时候的样子，凡事都自己硬扛着，不愿麻烦别人。要致富也得有本钱，运输工具是必备的，资金也是。买拖拉机这么大的事，宁愿去贷款，也不跟我们说一声。你就别逗崔莹了。"

林凤鸣收住笑容，对他俩说："你们上班挣钱也不容易，看着月月进钱，可也是处处都得花钱呀！我哪好意思张嘴借？这活儿是干完了，可钱还没拿回来呢，我更不敢借了。"

杨思哲问林凤鸣吃饭没，崔莹也拉着林凤鸣要去饭馆。林凤鸣都婉言谢绝了。

到了傍晚时分，家里人还没见到林凤鸣的影子。

婆婆问保喜："这眼看天都黑了，凤鸣还没回来。十多里路，也该走回来了。会不会跟那厂长打起来了？"

保军说："我大嫂那脾气，没准儿。要是要着钱了，一准儿早回来了。当时也没想到这些，那边都是厂子里的人，我大嫂就自己一个人，肯定吃亏。"

奶奶说:"凤鸣是聪明人,打架她倒不会。就是要着钱了才最危险,万一再遇上个劫道的(指抢劫的),凤鸣可是舍命不舍财的主儿。保喜、保军,你俩还是赶快开拖拉机去迎迎。"

保喜一听这话,慌忙往外走,嘴里还发着牢骚:"她就是逞能!找不到厂长,就天天去堵呗,他还能总不见面?这下可好,让一家人都跟着着急上火!"

家里人开始担心林凤鸣的安全。保喜、保军开着拖拉机,沿着大路往砖厂方向折回去接人。

这边林凤鸣买完东西,想着尽快往家赶。她觉得走大路太远,就从收割完的旱田地里横穿过去,走了小路。结果,她和开着拖拉机沿大路去接她的保喜、保军哥俩走岔了。

地里的庄稼都已经收完,拉到了地头的场院里晾晒。光秃秃的大地一望无际。林凤鸣跨过田垄,循着小路往家走。她看到一村又一村的人在打场,有打水稻的,有打黄豆的,也有在晒苞米的。有认识林凤鸣的就跟她打招呼:"豆苗,干什么去了?"婆家这趟沟里的人,还都习惯叫她的小名"豆苗"。林凤鸣一边跟他们拉着家常,一边笑着往回走。有的人就说:"豆苗,走走你家保喜的后门,给我赊点砖行不行?等卖了粮就还钱。"

林凤鸣爽快地说:"行啊,行啊!乡里乡亲的,谁家还能用不着谁家?我先记个数,回头让保喜、保军给你送去。那你们卖了粮可得一准儿还我。"

林凤鸣还没回到家,这一路上就联系了十来家买主。有用三间房砖量的,有用两间房砖量的,还有一家要用四间房的砖量。总之,颇有收获,手里的砖票差不多都订了出去,粗略算算好像还不够卖。

保军、保喜迎到砖厂也没接到林凤鸣,又开着拖拉机回来了,家里人都急坏了。婆婆催着保喜去村书记李国忠家,想用大喇叭广播一下,问问村里有没有人见到林凤鸣。郭保喜说:"何老板说了,凤鸣在他那儿早就结完账走了,也没带钱。一个大活人,还能丢了不成?"他没动地方,抱着小亮在大门外张望着。

天麻麻黑时,林凤鸣才高高兴兴地回到了家。

保喜见到林凤鸣一脸高兴的样子,就鼻子不是鼻子,脸不是脸地说道:"你这是干什么去了?一家人都快急死了!有孩子的人了,还不急着往家回?"

林凤鸣也没计较,从保喜怀里接过孩子,径直走进了吃饭的屋子。她显摆似的把装砖票的布兜子往桌上一放,笑嘻嘻地对家人说:"猜猜我又做什么了?"

保军说:"大嫂,你平安回来就好!我哥都快急死了。我们去了砖厂,也没遇到你。何厂长说,你都把工钱核算成砖票了。"

"那你又干什么去了,才回来?"保喜还是一脸不高兴地追问。

婆婆也说:"凤鸣,你都换成了砖票,那咋还你爸的钱呢?欠了这么多饥荒。那何老板的砖要是好卖钱,能不把咱的工钱给了?"

"是啊!那我跟保军不是白忙活大半年了?"保喜又随着他妈抱怨了一句。

林凤鸣这时才感觉气氛不对,收起了脸上的笑容:"干吗?"她有些生气地说:"玉英、玉杰,摆桌子吃饭,我饿了!"赌气不再回答。

"你说!你到底干啥去了?"保喜又追问了一句。

奶奶发话了:"凤鸣平安回来就好。你们让她歇歇,吃完饭再唠。"

眼泪在林凤鸣眼圈里打转,她真是觉得有些委屈。从早上出去,到天黑才回来,在外面跑了一整天。在外面办事能那么容易吗?得说多少话,动多少脑筋!回来没有一句嘘寒问暖不说,你郭保喜干吗这么追着问?她索性把手中的干粮往桌上一扔,大声说:"郭保喜!你听好了!我干什么去了?我去百货商店给奶奶和小亮买了新棉花,做尿垫子。路上遇到了杨思哲和崔莹,他俩去买结婚用品,就多说了几句话。完了我就抄小路往回走,遇到打场的乡亲,就把手里的砖票都订了出去,在那儿说话耽误了时间。怨我没提前告诉家里一声,让大家担心了,是我不好!"林凤鸣抹着眼泪,抱着小亮回自己屋了。

保军埋怨保喜说:"哥!你这是干什么呀?我嫂子做事都是有道理的。你这么问,让她多伤心?快去道个歉,把我嫂子拉出来吃饭!"

婆婆却说:"这也太傲气了!问问还不行了?有点儿能耐,脾气倒不小。砖票能顶什么用?这兜里也不像有钱的样子。"她说着走过去翻了翻林凤鸣扔在桌上的布兜。

保军说:"妈!您少说两句!让我哥去喊我嫂子吃饭。在外面跑一天能不饿吗?刚才我嫂子还喊饿了呢。我奶不是说了吗,吃完饭再唠。"

婆婆不吭声了。保喜慢吞吞地放下手里的干粮,朝自己屋子走去。保军不放心地叮嘱道:"哥,你好好道个歉,今天是你的态度不对。"

哑巴姑姑把饭菜拨出来一份,重新放回锅里热着。她虽然不会说话,但耳朵好使,人也非常善良,她怕饭菜凉了。

林凤鸣到底是年轻,和保喜的感情也没什么隔阂,一会儿就抱着孩子随保喜出来了。

吃过饭，她让玉英取来纸笔，把这一路上十几家订砖的，按各家用砖量核算出来。"啊！这么多？"玉英惊叫起来，"大哥！二哥！你俩快来看看！"

"平均三间房按两万五千块砖算，十七家就是四十多万块砖！一天拉五趟，一车是1200块……能干多少天？"保军高兴地念叨着，"玉英，你除一下。"

林凤鸣在一边抱着孩子说："我在回来的路上，用小棍儿在地上算了算。四十多万块砖，咱们拖拉机一车能拉1200块，那就是三百多车。远道近道平均算，一天拉五趟，得干两个多月。咱自己家的车也干不过来。把邵明德也喊上，人家帮咱提车的时候，咱还欠着人家一份人情呢。那时候也说好了，相互帮衬着。"

玉英眼睛里露出欣喜的光芒，说："大嫂真能干！还讲情义！邵大哥一定高兴。等我放寒假了，就帮着装砖卸砖。"

"你得好好学习，考大学！像我弟致远那样，毕业了在城里有份好工作。"林凤鸣没同意玉英去干粗活。

林凤鸣接着算账："邵明德只挣运费，咱挣的是砖的差价和运费。厂长说了，按八分五一块砖给咱们。咱一车运费是15元，差价是18元，那一趟就能赚30多块钱。咱自己拉200车，给邵明德拉100车。到时候盖房子还得用水泥、沙子什么的，都得花钱。"

保喜听林凤鸣这么一算，又看看玉英算的账，转过身嘟囔了一句："天天起早贪黑地挨累，也见不到现钱。"

"哎，早晚都是咱家的钱。先把咱自己家的砖拉回来。别人家一看，也会有跟着买的。咱明天就去跟何大柱签个合同，把砖厂院子里的砖都包下来，都归咱卖！"林凤鸣谋划着，心里美滋滋的。她天生的商业头脑，也许是从姥姥、太姥爷那儿继承来的商人血脉，让她对挣钱的方法和认知，看得比别人远一些。

林凤鸣又对保军、保喜说："你们俩还得接着拉砖，我计划先把咱们家的砖拉回来。"她又对全家人说："这个冬天，咱们家都不会有冬闲了！"

婆婆和奶奶都说这是好事啊！保喜也说："媳妇儿，你这脑袋就是聪明，什么事儿到你这儿都能想出办法来。"一家人又都高高兴兴起来。

林凤鸣还没有意识到，自己身上商人的潜质，正在被生活的困难一步步逼迫出来。可是，人生哪有一帆风顺的？不都是在沟沟坎坎中走过来的吗？福兮祸所伏，危险如同洪水猛兽，正在一步步逼近她，死神也正在暗处张牙舞爪地等着她。百鸟之王的凤凰也会遭遇冰雹的拍打，也会经历狂风的吹袭，也会承受暴雨的淋漓。

冬月农历二十六那天，林凤鸣参加了杨思哲和崔莹的婚礼。在婚礼上，她认识了崔莹的表哥谢金元。

谢金元三十七八岁的模样，微胖，油头滑面，梳着一个大背头，身穿一件缎面棉袄，脚蹬一双锃亮的大皮鞋，看上去颇有几分老板的气派。说起话来也是口若悬河、滔滔不绝。林凤鸣问谢表哥在哪里工作，他就说："我这人爱自由，宁做鸡头，不当凤尾。我只给自己干活儿，给别人干太受拘束。"他滔滔不绝地讲起他的生意：把农民手中的余粮收上来，用汽车集中拉到粮库去卖，挣个差价。

林凤鸣问："谢老板，您是自己到农民家里去收粮吗？"

"不不，我就在每个屯子找个有文化、有能力的人给我联系。联系好了，我自己带着141解放大卡车去装。"

林凤鸣又问："谢表哥，您自己家有大汽车？"

谢金元连忙说："不不，我是雇的，给运费。"

林凤鸣觉得谢金元看着有点儿飘，但说话倒挺实诚，就多问了几句。

谢金元喝了杯喜酒，话也多了起来。他说："这样农民省了去粮库排队卖粮的罪，也省了工夫和运费。我就挣这个差价，两头都方便。"

林凤鸣对谢金元的话很感兴趣，就说："谢表哥，我们村好多粮食还没卖呢。我的砖都顶给他们了，他们说卖完粮就还我钱。谢表哥帮我个忙，把我们村的粮食早点儿拉走呗？我也好早点把工钱收回来还饥荒。"

"好说！你是崔莹的朋友，也就是我的朋友。你把粮食都归拢到你家，到时候我先派车去给你装走。"谢金元爽快地说，接着又问，"有装车的人吗？"

"有！我家人缘好，喊上左邻右舍几个人帮忙装车，保证没问题。"林凤鸣又担心地问，"还用跟着去卸车吗？"

"不用。粮库那头儿有装卸工。卖完了粮，三天之内我把钱给你送来，你多省心。"

林凤鸣的心热了起来，问谢金元："谢表哥，我是用砖票换的粮，不能让老百姓吃亏。您告诉我按啥价格跟人家核算？"

"价格比粮库低两分钱。玉米一毛八一斤，大豆五毛五一斤，水稻三毛六一斤。运费一分，再扣点儿损耗，粮库那头儿再走点人情，我就挣个五厘钱。"

林凤鸣说："那谢表哥，就这么说定了！我们村里有电话，到时候我给崔莹打电话，让她告诉您来车拉粮。"

谢金元晃了晃手里一个黑乎乎的家伙说："不用给崔莹打电话。这就是电话，叫移动电话，你没见过吧？叫'大哥大'。你直接给我打电话就行。"

散席的时候，谢表哥特意告诉林凤鸣，最好是先换成玉米和水稻。大豆属于油料作物，本地粮库不收，得拉到吉林市西关粮库去卖。那路途远，光运费就得两分钱，剩不下什么了，时间还长，得五天才能回款。实在没有玉米、水稻，再换大豆。价格就要低三分钱，如果没挑没拣、有杂质的，就得低五分钱。那是粮食局跟珠海那边的港口签的合同，质量要求高。

林凤鸣佩服地说："谢表哥，这里面这么多学问？我都听蒙了。大豆是黄豆吗？"

"大豆就是黄豆，粮库票子上都写大豆。"谢金元卖弄地解释道。

"哎呀，我也不懂，还以为大豆是芸豆呢，老人们都管芸豆叫大豆。我这真是长见识了。"

谢金元问林凤鸣会不会看粮食质量，林凤鸣说不会。谢金元好心地说："明天吧，今天太忙了。明天我到你们村里去一趟，把各种粮食的标准都告诉你。"谢表哥从兜里拿出纸笔，写了电话号码递给林凤鸣。

林凤鸣觉得真是遇到了福星，这是多好的事啊！老百姓用粮食换了砖票，既不用跑几十里地去粮库排队卖粮，又不用跑十几里地去砖厂买砖。她把砖票换成粮食，谢金元再帮她卖了变成钱。这样一来，元旦前就能把信用社的贷款还清了！

林凤鸣心里乐开了花，就仿佛天上掉下来个大馅饼。回到家就开家庭会议。这次，她婆婆第一个夸林凤鸣："看看！我选的当家人多聪明！"

一件小事，做的人多了，就会形成一股力量，可能是好的力量，也可能是坏的力量。林凤鸣用砖票换粮食的事，就像长了飞毛腿、遇到了顺风耳一样，迅速传遍了整个村子。还有几个外村想盖房子的人，也托了大利村的亲戚来找林凤鸣。大利村四百多户人家，只有邵明德家和村书记家是砖房，其余都是草房。很快，村里已经有四十多户人家来找林凤鸣换了砖票，外村的也有十来户。林凤鸣把手里的砖票换完了，又拿着跟砖厂何大柱签的销售合同，到会计室把砖厂剩下的砖也换了一大部分砖票出来。

村里的男劳力都忙碌起来了。大家往"老郭寡妇家"（这是村里人叫了几十年的称呼，指的就是郭保喜家）运粮食，或者在家等着卸砖。郭保喜的拖拉机拉砖，邵明德的拖拉机也拉砖。村里人把这当成了自己家的事，又赶上冬闲。村民们闲着也是闲着，三家一伙儿，五家一帮儿，没有工钱，却自发地结成互助组。男人们凑在一起相互帮工，没有哪个男人还闲着去赌钱了。就是那些暂时盖不起房子的男人，也被邻居喊去帮忙。有几个年轻的小伙子，特意坐在拖拉机上跟着玩儿，其实也帮着装砖、卸砖，混顿酒喝。女人们想到自家的茅草屋就要变成带玻璃窗的大瓦房了，也都不吃闲饭。她们把孩子交给老人看着，轮流做着"伙儿饭"。今天轮到你家做饭，四个菜；明天轮到她家做饭，就上六个菜，八个菜。大家暗地里较着劲儿攀比着，好像形成了一个不成文的规矩：盖两间房的人家做四个菜，盖三间房的上六个菜，要是盖四间房的，就一定得上八个菜。

在那个三十多年前的农村，连盐、酱油都要互相借用的年代，生活是多么贫穷啊！但善良淳朴的人们，却愿意把仅有的一点准备过年的好东西都拿出来，和大家一起分享。

三个女人一台戏。女人们凑到一起，总免不了要闲聊。聊来聊去，总要说到林凤鸣这个神奇的女人。"莫不是咱们村来了个小仙女儿？几十年都没敢想的盖瓦房的事，眼看着就要实现了！""你看看人家的名字，林凤鸣，'凤'不就是凤凰吗？给我们村带来好运了！"女人们在一起添油加醋地说着，最后一致认为，以后不能再叫"老郭寡妇家"了，就叫"林凤鸣家"吧！也有人反对，说是"郭保喜家"，或者"老郭家"。还有人反对，说这事儿是林凤鸣做的，不能算老郭家。最后大家说，那就叫"凤鸣家"。

林凤鸣家更是忙得不可开交，从早上天刚亮一直忙到晚上天黑。后来天黑得早，看不清秤了，甚至要扯上电灯，忙到晚上九点多钟。有用木爬犁运粮的，有用手推车运粮的，还有用牛车、马车运粮的。那场面，像极了没分生产队那会儿，真是一派热闹景象。

林凤鸣还请来了村书记李国忠帮忙过秤。她刚学会认秤，怕弄错了，亏了乡亲们。还好玉英、玉杰放了寒假，林凤鸣就让她们俩一起记账，同时让来送粮的乡亲自己也记一份。她跟着乡亲们往粮袋子上系布条，写上各家的名字，免得弄混了。她还要把一家一家的粮食按等级过完秤，记好账，分门别类地放好：一个要分等级，一个要分品种。品种好分，玉米、大豆、水稻，一看便知。就是等级有时候看不准，既不想亏了乡亲，又怕亏了自己。等人们都散去的时候，林凤鸣还要再算一遍账，统计一天的粮食数量，然后到村部打电话给谢金元。白天吃不好饭，晚上忙到

073

半夜，几天下来，人就瘦了一大圈儿。

粮食堆满了院子和菜园子，谢金元却迟迟没有派车来。林凤鸣只好在院子外面的大墙边也堆了一些，晚上让保喜、保军两人轮流看着。年轻的林凤鸣啊！一门心思地等着谢金元来车拉粮。一天三遍地往村部跑，给谢金元打电话。

谢金元在那头说得轻松："凤鸣，放心吧！定了这两天就去拉，先拉你那儿的。"

林凤鸣说："谢表哥，我统计了，得六车才能拉完。您一起雇两辆汽车来吧！"

"没问题！你找好装车的人就行。"

林凤鸣按谢金元说的，找好了十个人在家等着。可一天过去了，谢金元又来电话说，汽车在外地往回赶呢，活儿太忙，还得再等两天。漫长的两天又过去了，还是没有看到谢金元派来的汽车。

保喜对林凤鸣说："那个谢金元，不会是不要了吧？"

林凤鸣想了想，说："走！找他去！"她让保喜开着拖拉机，拉上她，先找到崔莹，然后一起去见了谢金元。

谢金元把他们请到饭店吃饭，还是笑呵呵地说："哎呀，有点儿小变动。你先把粮食看好，别丢了。粮库这两天因为卖粮的人太多，去年的陈粮还没出库，新粮没地方放了，暂时停收了。"

一听说粮库停收，林凤鸣急了："谢表哥！您应该早告诉我们一声啊！粮食都已经用砖票换完了，拉到我家院子里，称都过好了，都跟您说好了的呀！"

谢金元却不着急，依然笑哈哈地说："没事儿，就是早一天晚一天的事儿。冬天又不下雨，粮食搁那儿又不吃草不吃料，在外头放着呗。只要粮库一开库，咱们有关系，就能第一个送进去。你再看几天。"

崔莹也坐在旁边，林凤鸣不好再多说什么，也不好意思提定金的事。毕竟是请谢金元帮忙，只好叮嘱他等粮库开库收粮时，一定把自己的粮食放在第一位拉走。然后就和保喜开着拖拉机，先把崔莹送回医院，自己回家了。

林凤鸣啊！你真该长一双慧眼，去看清这世间的一切！

砖厂厂长何大柱在林凤鸣家等了小半天，非要当面谢谢林凤鸣，口口声声说她帮了大忙了。积压在砖厂里的砖卖出去了三分之二，明年开春就能按时开工了。何大柱买了四样礼（两瓶酒，两瓶罐头，两包蛋糕和两包糖块，这在当时是最拿得出手的礼物了），还特意给林凤鸣扯了一块上好的布料。

林凤鸣的脚冻得都快没知觉了，一边跺着脚，一边搓着手，对何大柱说："何厂长，咱们是互相帮忙，您何必买这么贵重的礼品来谢我？我这也正犯愁呢，您看，粮食还在院子里堆着呢。"林凤鸣心里很不是滋味，干点事怎么就这么难啊！孙悟空取经经历九九八十一难，一定是真的。

何大柱说："你就别谦虚了！从第一次打交道，我就看出你的能力了，还明事理。听说你有路子能卖粮，其他村好多人还上我们砖厂打听你，要找你用粮食换砖票呢。"

林凤鸣没有再答应何大柱用砖票换其他村子粮食的事。她心里乱糟糟的，凡事总得有个开头，可这个开头，到底好不好呢？送走何大柱，郭保喜的脸就一直阴沉着，没跟林凤鸣说一句话。

小保国倒是无忧无虑，笑眯眯地从火盆里扒出几个烧好的土豆，对林凤鸣说："大嫂，烧土豆可好吃了！我特意给你留的。"

林凤鸣用还有些麻木的手接过热乎乎的土豆，递给保喜，强装笑脸说："开饭吧！"

第七章　生死一线

北方有句谚语："腊七腊八，冻掉下巴。"这一年的腊月初八，林凤鸣终身难忘——这是将她逼上绝路的日子。

清晨，一家人刚端起饭碗，大门外传来汽车喇叭声。玉英侧耳听了听："好像有汽车来了。"

林凤鸣心里一紧，放下吃到一半的饭："这谢金元，怎么搞突然袭击？玉英、玉杰，快吃，吃完去喊咱们之前找好的那十个装车帮手。"她自己却没了胃口，把小亮塞给哑巴姑抱着，拿起账本便向外走。

刚迈出外屋门槛，迎面就走来一伙穿制服的人。为首一个年纪稍长的男人打量着她问："你就是林凤鸣？"

林凤鸣有些发蒙，木然地点头："我是。"

"这院子的粮食都是你收的？"

"嗯，是我拿砖票换的。"

"你这是非法经营，犯法了！东西我们工商局依法没收，你等候处理吧！"

林凤鸣如遭雷击，呆立当场，好半天才缓过神，失声喊道："保喜！保喜！"

郭保喜闻声出来，还没明白怎么回事，就被人抓住反剪了双手，要往外带。林凤鸣扑上去想抢回丈夫，却被一把推倒在地。那领头的人回头警告："看你是女的，今天不抓你，老实点！"

林凤鸣爬起来，挡在保喜身前，嘶喊道："这事是我做的，和我男人没关系！你们抓我！"

另一个黑瘦、大眼睛的制服人员厉声道："别不识好歹！我们科长照顾你，不然连你一块儿抓走！"说着，用力将林凤鸣拽到一边。

这时，保军也冲了出来，拦住那伙人质问："你们凭什么抓人？光天化日就敢随便抓人，还有没有王法？""他犯法了，非法经营！你再拦着，连你一起带走！"

眼看保喜被押上一辆白色小轿车，林凤鸣怕保军再受牵连，冲上去拦住他，对那些人喊："这是我小叔子，他什么都不知道！我是当家的，你们抓我！"

她婆婆跌跌撞撞跑出来，见儿子被抓，扑通一声跪倒在地，哭天抢地地喊着保喜的名字。玉英、玉杰、保国哭着去拉拽奶奶。院子里，两辆大卡车已经开进来，开始装粮。这时，里屋传来更苍老的声音，是她奶奶挣扎着爬了出来，嘶哑地喊："凤……凤……救人要紧！"

林凤鸣猛地冷静下来："保军，快把奶奶抱回屋！玉英、玉杰、保国，扶咱妈回屋！你们都别出来，看好奶奶和咱妈！我们没偷没抢，没杀人放火，不怕！我去给我弟打电话！"

她刚走到大门口，就听见玉英在屋里凄厉地喊："大嫂，不好了！妈没气儿了！"

林凤鸣魂飞魄散，赶紧跑回去。几人合力将婆婆抬到炕上，林凤鸣立刻给她做人工呼吸。一番按压施救，婆婆悠悠转醒，抓住林凤鸣的手，泣不成声："凤儿，无论如何要把保喜救回来！保喜是我的命根子，他要是有个三长两短，妈也活不成了！"

林凤鸣强忍着内心的剧痛和恐惧，哽咽道："妈，您放心，我就是拼了这条命，也要把保喜换回来！"

院子里，工商局的人监督着他们带来的人往车上搬运粮袋。抓走保喜的那辆小车早已不见踪影。林凤鸣不敢多看，绕过他们，快步跑向李书记家。

李书记正在吃早饭，见她神色慌张，问："凤鸣，来车装粮了？"

林凤鸣上气不接下气，先点头又摇头。李书记放下碗筷："我正要去找你呢！昨天有个叫谢金元的给村里打来电话，让我给你传个话，说你那些粮食让你自行处理，他要去南方做大买卖了。"

林凤鸣定了定神："那我先给我弟打个电话。"

李书记看出她神色不对，放下碗，也凑近了听。他平时很有分寸，谁打电话他都避开，但这会儿也跟着担心起来。

电话接通，林凤鸣语速飞快："致远，咱家的粮食被工商局没收了！你姐夫也被抓走了！我也不知道咋回事……你在县里熟人多，快托托关系，先把人弄出来！我婆婆都急晕过去了……你再帮我问问，这到底算犯了什么法？"她强忍着情绪，将用砖票换粮、委托谢金元卖粮的经过仔仔细细说了一遍。

电话那头的林致远沉声道："姐，你先别慌，千万别冲动，别跟工商局的人起冲突！照顾好自己和家里人。我这就跟领导请假，过去看看！"

林凤鸣连连点头："好，好……千万别跟咱爸和姥姥他们说啊！"

"知道了姐。你在电话旁等着，我尽快给你回话。"

挂了电话，李书记忧心忡忡地问："多少粮食？"

"六万八千多斤。"

"这么多？！"李书记倒吸一口凉气，"你自己投了多少钱？"

"我自己的工钱大概一万二，其余都是砖厂的砖票换的。本来想着卖了粮先把钱给砖厂何大柱送去，剩下的就挨家送砖。谁想到出这事……钱送不去，那砖票就成废纸了！"

"那你拉出来多少砖了？"

"也就拉了一万二千块钱的，好像还不到四家。这可是三十二户人家盖房子的粮啊！"

李书记抓起帽子："你在这儿等电话，我去你家看看！县工商局的徐局长我认识，我去跟他说明情况，看能不能通融一下。不行我再去镇里找王书记说说情。老百姓太苦了，经不起这么折腾啊！咱们村多少人家房子都快塌了，我天天提心吊胆！"

林凤鸣感激地："李书记，您快去！千万不能让保喜在里头挨打，救人要紧！"

"你先沉住气等电话！好歹今年是丰收年，大家能吃饱饭了，住房问题也该解决了……凤鸣，我一直觉得你是个能干大事的人，千万稳住！你要是有个好歹，这一大家子可就完了！"

林凤鸣含泪点头。

大约半小时后，林致远回电话："姐，我跟我们领导说了，他问了公检法几个熟人，都说不知道这事。领导说现在法律逐步正规，不会无故抓人。他跟县工商局的盛局长认识，先帮着问问具体情况。这事不光是你一家，牵扯三十多户呢！我们院长人很正直，也许能说上话。你继续等消息。"

这时，保国跑来，气喘吁吁地说："大嫂，邵明德开车把妈送到镇医院去了，玉英陪着。粮食装满两车拉走了，又来了两辆空车在装。二哥在院里看着呢。"

谢金元不是说不好雇车吗？林凤鸣心里又是一动，给谢金元打电话，打不通。她又打给崔莹。

崔莹听了情况，也说她表哥去了南方，具体不清楚。林凤鸣气得对着话筒骂道："谢金元你个王八蛋，你害死我了！"

中午时分，林致远再次来电："姐，县工商局的盛局长说明天让你带着用粮换砖的乡亲，找几个能说清情况的，去县工商局，他亲自接待。"

一丝希望似乎出现了。林凤鸣拖着沉重的脚步回到家。院子里，最后两辆卡车也刚好装满离开。院内院外，空空如也。她的心，也跟着空了。十几天来全家起早贪黑的忙碌，那些曾堆得比人还高的粮袋子，那些曾幻化成一沓沓人民币、一排排大瓦房的憧憬，此刻都已化为泡影，随风而逝。还欠着那么多债，这可怎么办？

她只觉喉头一甜，胸口剧痛，猛地喷出一口鲜血，洒在洁白的雪地上，红得刺眼。"大嫂吐血了！"保国惊叫起来。林凤鸣身子晃了晃，倒在地上。保军和玉杰急忙跑过来，围着她喊："大嫂！大嫂！"

林凤鸣被急切的呼喊声唤醒，茫然地看着围在身边的亲人，儿子小亮趴在她身上哭喊："妈妈，妈妈……"

她忽然想起什么，挣扎着坐起，声音嘶哑地问："咱家的口粮呢？"

在保军和玉杰的搀扶下，她跟跄着走向那个之前推搡过她、黑瘦大眼的工商人员，一字一顿，语气带着不容置疑的决绝："我——家——人——的——口——粮——呢？"

也许是被她眼中的拼命劲头和嘴角的血迹吓住，那人竟后退了两步。林凤鸣逼近一步："我犯法，用砖票换的粮你们拉走，我认！可我们家自己种的口粮，你们凭什么也拉走？还让不让人活了？！我跟你们拼了！"她红着眼，作势就要扑过去。

"停停！误会，误会！快卸下来！"这次，轮到工商局的人有些理亏了。

几人低声商量了一下，一个矮胖些、年轻点的人走过来问："哪些是你们的口粮？还认得出来吗？"

"白色长布袋装的就是我们自己家的粮！"保军抢着说。

"行，你们自己挑出来，卸给你们。我们这是执法，你们也别怪我们！"保军让玉杰把林凤鸣扶进屋，自己爬上车开始挑拣。

村里来看热闹的人越聚越多，围在院外七嘴八舌地议论。那些没拿到砖的人家开始躁动，有人喊："林凤鸣，你出来说清楚！"

"林凤鸣，你可不能骗我们！"

林凤鸣在玉杰的搀扶下再次走出来，面对一张张焦虑或质疑的脸，她强撑着，一家家解释、道歉，并把弟弟林致远带来的消息告诉大家：明天去县工商局说明情况。有人表示理解，愿意一同前往作证，证明是自愿用粮换砖票，且公家粮库当时确实不收粮；也有人不依不饶，认定这是林凤鸣和他们之间的事，找工商局没用，当初是林凤鸣拍胸脯保证的。面对后者，林凤鸣只能无奈回避。

傍晚，李书记回来了，带回的消息不算好：县局的徐局长避而不见。他只打听到郭保喜被关在镇工商所二楼，有吃有喝，但没人理睬，也没挨打。谢金元确实也被抓了，定性为倒卖粮食的主犯，但他趁着夜黑跳窗逃跑了。

冬日的太阳落得早，天很快就黑透了。工商局的人走了，换来的粮食也都被拉走了。围观的村民渐渐散去，那些等着林凤鸣答复的换粮户也只能带着忧虑和无奈离开。

林凤鸣拒绝了保军让她去医院检查的建议。此刻，强烈的内疚感淹没了她，是她让这个家陷入了困境，自己的身体仿佛已不重要。

邵明德开着拖拉机在门口停下，没有像往常一样进屋，只把保军叫了出去。他告诉保军，已经安排好老太太住院，得知林凤鸣吐血后，他环视了一下空荡荡的院子，低声叮嘱："看好你大嫂，寸步不离！我明天去镇上打探你大哥的消息。"

林凤鸣和衣坐在炕沿上，像一尊石像，从十点，到十一点，十二点……直到东方泛起微光。这一夜，她未曾合眼，心口的钝痛持续不断。

她想不明白。用自家的拖拉机和两个壮劳力干了一夏天，挣的是辛苦钱。去砖厂要钱，厂里没钱，给了砖票。砖票不能流通，还不了信用社贷款，只能换成粮食，想着卖到粮库换成钱，结果连这点功夫钱都没了。她一遍遍地想，想到头痛欲裂，用手死死按住太阳穴，稍稍缓解后，又用指腹揉搓着红肿的眼皮。

不能就这么认栽！活人还能让尿憋死？她骨子里的那股不服输的劲头又冒了出来。县里不行，就去市里！总有说理的地方！她戴上围脖和手套，推门走了出去。"大嫂！"保军一直守在她的门外，见她出来，轻声叫了一句。他显然也一夜没睡。

"你怎么也没睡？"林凤鸣用手搓了搓冻僵的脸，叹了口气，没等保军回答，晃了晃手里拎着的布兜，"我带了账本。你去给拖拉机加油、打火，接上那几个答应跟咱去县里的人。"

保军默默地去了。林凤鸣嘱咐哑巴姑看好小亮，又抱了保喜的棉被放到拖拉机后斗，还拽了些稻草铺上——天太冷了，得让乡亲们盖着脚取暖。

冬天的清晨，天亮得晚。林凤鸣把同去的几个乡亲叫齐，安顿他们在拖拉机后斗坐好，盖上棉被和稻草。她自己则坐到了驾驶座旁保军的身边，帮着看路。东北的三九天，寒风像刀子一样刮在脸上，冻得人直流眼泪。

保军劝道："大嫂，你坐到后边去吧，有被子能暖和点儿。我一个人看路就行。"

林凤鸣摇摇头，坚持坐在前面，神经紧绷，时刻留意着路况和安全。

刚到村口，拖拉机停了下来。邵明德站在路边，二话不说，把自己身上穿着的羊皮大衣脱下来扔给了林凤鸣，只低沉地说了一句："东西是身外之物，要得回要不回，人都要平平安安地回来。"

天色依然昏暗，林凤鸣看不清他的脸，拖拉机的轰鸣声也盖过了他部分话语，但"平平安安"四个字，带着沉甸甸的关切，重重地烙在她心上。

"他怎么会等在这里？难道也一夜没睡？"林凤鸣心里一动，这个平时有些油嘴滑舌的男人，心思却这么细。她穿上还带着邵明德体温的羊皮大衣，顿时暖和了许多。想说句感谢的话，邵明德却已转身快步消失在晨曦前的黑暗中，只留下一个模糊的背影。"他把大衣给了我，该多冷……"她心里想着，随即又把注意力转回到前方的路途。

天色渐渐放亮，远方县城的轮廓隐约可见。林凤鸣这才松了口气，坐回到后车斗，找了捆稻草坐下。一位乡亲把棉被角扯过来给她盖上脚。她想道谢，脸却冻得麻木，张了张嘴，没发出声音。她摘下手闷子，轻轻拍打脸颊，好一会儿才恢复知觉。

开了两个多小时，总算在上班前赶到了县城。看着车斗里一同挨冻受累的乡亲们，林凤鸣眼圈发红："对不住大家了，饭店我请不起了。咱们去小吃部吃碗面条暖和暖和吧。"

到了县里，离希望似乎近了些。林凤鸣觉得，只要把情况说清楚，粮食就能要回来。这时她才感到饥肠辘辘，想起自己已一天一夜水米未进。她在小吃部要的面条里加了一大勺辣椒，狼吞虎咽地吃完，感觉一股热气从胃里升起，脸上也冒出了细汗，仿佛力气又回来了。她领着乡亲们，径直走向县工商局。

县工商局的盛局长，中等身材，微胖，肚子凸显，脸上泛着油光，说话声音倒是很轻。他态度和蔼地接待了他们，真如林致远所说，看起来平易近人。林凤鸣像抓住了救命稻草，连忙拿出账本，将国有粮库拒收、百姓无处卖粮、砖厂欠薪以票抵账、她用砖票换粮救急的全过程，原原本本地向盛局长倾诉了一遍。

同来的乡亲们也纷纷作证，表示是自愿用粮换砖票。

盛局长听完，离开办公桌，招呼乡亲们坐下，亲自给林凤鸣倒了杯热水，叹了口气:"唉,昨天你弟弟和他们院长来过,我就在想这事……不好办呢。"

林凤鸣"呼"地站起来,急切地问:"盛局长,这粮食不能还给我们?"

"不是'你们',是你一个人。"盛局长语气一转,"我们下面的工作人员执法没有错。你这属于无证经营,过去叫'投机倒把',现在就算按新规定,你没办营业执照,就是没有经营权。"

林凤鸣刚要辩解,盛局长摆手打断:"你听我说完。这事是我们局里开会研究决定的,下面的分局都有任务指标。"

"盛局长!"林凤鸣声音陡然拔高,"任务不任务,那是你们工商局的事!你们把这么多粮食都拉走,让我怎么跟乡亲们交代?没有卖粮的钱,我拿什么还给砖厂?怎么给乡亲们拉砖盖房?"

保军在一旁不断小声提醒:"大嫂,小点声,这是在人家地盘上……"

林凤鸣哪里还顾得上,她猛地想起那个黑瘦大眼的工商人员,脱口而出:"昨天带队那个黑脸大眼睛的,是你家亲戚吧?你们这么干,能捞到什么好处?!"

盛局长脸色一沉,毫不避讳:"是我亲戚,怎么了?"

林凤鸣目瞪口呆,心彻底凉了。真的是亲戚?有提成?她明白了,再争辩下去毫无意义,粮食恐怕真是被他们内部消化了。"不行,得去市里!去吉林市工商总局!一定要把粮食要回来!那关系到三十多户乡亲能不能过好年!"

她抓起装账本的布兜,强忍着屈辱和愤怒,对保军说:"走!我们去火车站,坐火车去江城!找市工商总局!"

到了火车站候车室,林凤鸣才想起钱不够买车票。而且,盛局长的话也提醒了她,这事最终还是她个人的责任,不该再拖累乡亲们。

她决定自己一个人去江城,但保军坚决不放心,执意要陪同。来的乡亲里没人会开拖拉机,只好先把车存放在火车站附近。

林凤鸣给弟弟打电话,让他送些钱来,并帮忙买汽车票送乡亲们回大利村。林致远很快骑车赶到,听了情况,建议把拖拉机存到他单位车库,免得冻坏。他负责送乡亲们上车,又塞给林凤鸣二十块钱路费。

林凤鸣不忘嘱咐弟弟打听保喜的消息,又想到邵明德会开拖拉机,也许能帮着去镇上看看,便让一位同村的老乡把邵明德那件羊皮大衣带回去,自己回去时车斗里还有棉被。

安排妥当,林凤鸣和保军匆匆踏上了前往江城的火车。

林凤鸣从未出过远门，对姥姥口中的大城市——江城，既向往又陌生。火车驶过松花江大桥时，车轮与铁轨撞击发出不同寻常的"咣当"声。她睁开眼向外望去，不禁自语："这水怎么没冻？"

　　趴在小桌板上打盹的保军闻声也抬起头，同样惊奇地看着窗外冬天里依然奔流不息的江水。两人都没再说话，保军重新埋头休息，林凤鸣却望着窗外出神。高楼林立，街道整洁，行人往来穿梭，没有乡下的积雪和猫冬的景象。流动的江水，在冬日阳光下像一条银色的缎带。她的心绪复杂，既有对城市的好奇，更有对能否要回粮食的焦虑。胸口隐隐作痛，她疲惫地闭上了眼睛。

　　下火车后，在出站口旁的报刊亭，林凤鸣给村里打了电话。李书记说保喜还没回来，哑巴姑抱着孩子来问过，小保国也跟着来打听消息。她又给致远打了电话，得知乡亲们都已平安踏上回村的客车，邵明德的大衣也捎回去了。

　　江城市工商总局的大楼气派非凡，让林凤鸣和保军感到一丝渺小和不安。他们从一楼问到六楼，寻找局长办公室。一路上，遇到热心人询问缘由，林凤鸣便一遍遍重复讲述砖票换粮、粮食被没收的经过。每次讲述都消耗着她的力气，但也从一些工作人员同情的眼神和话语中汲取到微弱的力量。可惜，等他们找到六楼局长办公室时，局长已经下班了。

　　林凤鸣拿出仅有的三块钱，让保军去吃碗面条，说自己不饿。保军执意要一起去，林凤鸣摇头，保军便也说不饿。林凤鸣脱下棉袄夹在腋下，去卫生间洗了把脸，打起精神，准备下午面见局长。

　　下午，他们终于见到了市工商总局的局长。

　　林凤鸣再次将事情的来龙去脉——从镇工商所强行拉粮，到县局盛局长定性她为"投机倒把"，原原本本地又说了一遍。

　　市局局长听完，脸上露出一丝无奈的笑容，语气平和却不容置疑地告诉她："你的情况我们了解了。但是，从法规上讲，我们下属部门的处理并没有原则性错误。你确实属于无证经营，违反了工商管理条例。你还是回去吧，想想别的办法解决眼前的困难。"

　　这番话如同一记重锤，彻底击碎了林凤鸣最后的希望。她不知道自己是怎么走出那栋威严的大楼的。委屈、无助、愤怒、绝望……所有的情绪瞬间将她吞没。她像失了魂一样，漫无目的地向前走，一直走。

　　保军在后面叫了两声"大嫂"，她充耳不闻。保军心头一紧，快步跟上。

林凤鸣默默流着泪，脚步虚浮，只想耗尽身上最后一丝力气。死神，似乎正在向她招手。来市局之前，她没想过死，因为还抱着一丝希望。现在，希望彻底破灭，她开始思考，该如何结束这一切。她本想从工商局大楼跳下，死在逼死她的地方，但那里她上不去。那就投江吧，这流动的江水，能将她的一切痛苦和罪孽彻底洗刷干净，让她消失得无影无踪。

她走到了火车经过的那座松花江大桥上，徘徊着。最终，她趴在冰冷的栏杆上，失声痛哭，哭喊着："保喜啊，是我害了你……"突然，她双膝跪地，朝着家的方向，重重磕了一个头，撕心裂肺地喊道："乡亲们！我对不起你们！欠你们的，来世再还吧！"

保军见状，刚要上前搀扶劝解，却见林凤鸣猛地站起，翻身越过栏杆，纵身向江中跳去！说时迟那时快，保军一个箭步冲上前，死死抓住了林凤鸣的一只手臂，惊骇地嘶喊："豆苗！"

林凤鸣的身体悬在桥外，江风呼啸。她已存死志，大声喊着："放开我！让我死！我没法活了！我是罪人！我对不起乡亲们，对不起全家，对不起你哥！"

她用力挣扎，试图摆脱保军的手。郭保军却用尽全身力气攥紧，另一只手死死抓住桥栏的柱子，指甲嵌入冰冷的铁锈，渗出血迹。一个拼命求死，一个拼命挽留。生死，就在这一线之间。

地狱之门仿佛已在眼前敞开，林凤鸣眼中没有恐惧，只有冰冷而干净的江水。她闭上了眼睛，准备坠入这滔滔江水中，随波逐流。二十七年的生命，够了。两天来的打击与折磨，十多天的辛苦与期盼，最终化为泡影，压垮了她的意志。她觉得自己罪孽深重，唯有死亡才能赎罪。

是牙齿在打颤，还是喉咙里发出最后的告别？那只曾想高飞的火凤凰，再也无力睁开双眼。

"豆苗！你死，我陪你一起死！"郭保军在绝望中喊出了这句话。

这句话像一道惊雷劈入林凤鸣的意识。她猛地睁开眼，看到保军竟然松开了抠住栏杆的手，另一只手却更加用力地搂着她，准备和她一同坠落！她自己是罪人，可保军不是！她不能拉着他一起死！

"不！你不能死！你不是罪人！"

她的呼喊声被风声和坠落声淹没，两人同时掉入冰冷的江水中。

"我们一起活！都要活着！"落水瞬间的窒息感让林凤鸣呛咳着喊出这句话，

随即被冰冷的江水吞噬，失去了知觉。

但保军听到了，真真切切地听到了那句"我们一起活"！这给了他无穷的力量。他水性极好，年轻时曾是公社游泳比赛的健将。他一只手奋力托住林凤鸣的头，使她口鼻露出水面，另一只手划水，拼尽全力将昏迷的她拖向附近的桥墩。稍作喘息，再游向下一个桥墩。

桥上围观的人越来越多，惊呼声、加油声此起彼伏。"快报警！""谁有大哥大？""找绳子！"混乱中，竟有两名中年男子毫不犹豫地跳入刺骨的江水中，游过来帮助保军托举林凤鸣。

终于将她拖到岸边浅水处，林凤鸣依然昏迷。保军清理她口鼻中的污物，甚至用嘴去吸，然后毫不犹豫地口对口为她做人工呼吸。一番急救，林凤鸣终于有了微弱的呼吸，缓缓睁开了眼睛。

她看到保军紧紧抱着她，下意识地想推开，却浑身无力，不住地颤抖。

"连死都不怕，还怕我抱着你？！"保军大声呵斥道，声音里带着后怕的粗暴和一种原始的保护欲，反而将她抱得更紧。

林凤鸣无力地闭上眼，眼泪混合着江水从眼角滑落。

一时间，百感交集，所有的委屈、后怕、感激都化作汹涌的泪水。她张了张嘴，想说"对不起"，牙齿却不停地打颤，发不出声音。她再次无力地闭上了眼睛。

保军抱得更紧了，轻轻拨开她粘在脸颊上的湿发，然后将头转向一边，不再看她。

桥头甬道上又下来一些人，大家合力将冻得瑟瑟发抖的郭保军和林凤鸣抬上了江桥。

在保军怀里，林凤鸣渐渐感到了一丝暖意，身体不再那么僵硬。她虚弱地转头望向桥下的江水，那水波依旧荡漾着，仿佛要将一切带向远方。她无力地闭上眼，再睁开时，泪水已噙满眼眶。

有不明情况的路人议论："这两口子有啥想不开的，一块儿寻死？"

也有人指责保军："两口子吵架，男的就该大度点儿，非把媳妇逼得跳江才后悔！"

起初，郭保军只是默默护着怀里的林凤鸣，任凭旁人议论。后来实在听不下去了，才红着眼解释："她是我大嫂！不是我媳妇！家里的粮食让工商局给没收了！我大哥也被抓了！我侄子都快四岁了……"

善良的人们得知真相后，议论声变成了同情和唏嘘。几个女人开始抹眼泪，有人带头，十块、五块地往林凤鸣面前放钱。男人们也纷纷掏出钱来。一场见义勇为的救援，变成了一场自发的爱心捐助。等到救护车赶到时，林凤鸣面前已经堆起了一小堆零散的钞票。

一位干部模样的人放下一百元钱，语重心长地说："人只要活着，就有希望，问题总能解决。一道坎一道坎地过。国家政策会越来越好，老百姓的日子也会越来越好。要相信党和政府！"

一位闻讯赶来的记者记录下了这感人的一幕，报道了市民见义勇为、踊跃捐款救助落水妇女的事迹，但对女子投江的原因作了模糊处理。法律无情，人间有爱。这些素不相识的人，在自己或许并不宽裕的情况下伸出了援手。

这份恩情，林凤鸣铭记终生。以至于多年后她事业有成，依然会在每年的这一天来到江边，设立善款，回报当年救助她的善良的江城人。她常说："我的命是江城人给的！"

救护车终于来了，将郭保军和林凤鸣一同送往医院。

在医院安顿好后，郭保军感觉恢复了一些体力，心里始终惦记着林凤鸣，便支撑着下床，来到她的病房外。隔着门上的玻璃，他看到林凤鸣打着点滴，仍在昏睡。他就那样静静地站在门外，看着这个差点用命换回来的女人，心头像被什么东西揪着，又酸又疼。

他终于不得不承认，自己是爱上了这位大嫂。她的音容笑貌，一举一动，早已悄悄占据了他的心。

几天后，杨思哲在电视新闻里看到了关于江城大桥救人的报道，虽然信息模糊，但他凭直觉猜到了是林凤鸣，一路打听，找到了医院。

一见面，杨思哲就带着特有的温和揶揄口气说："林凤鸣同学，你可真行，每次进医院都这么惊心动魄。以后可别这么刚烈了，天大的事也有解决的办法，命只有一条啊！上学时那么聪明，怎么现在犯起傻来了？"

林凤鸣脸上露出不好意思的苦笑："上学时1+1=2，清清楚楚。可到了这社会上，1+1到底等于几？路又该往哪儿走？谁知道呢……"

杨思哲收起开玩笑的神色，认真地说："凤鸣，你这敢作敢当的性子，我佩服。但遇事要多动脑筋，别钻牛角尖。国家很多法规都在完善中，吃一堑长一智，不能总把路看死。你在江城住院，家里人照顾也不方便。我跟我们单位联系了，帮你办转院，转到咱们沿河县医院去吧，离家近，费用也低些，方便照顾。这事……致远还不知道吧？"

林凤鸣体会到这份深厚的情谊，含泪点了点头，挤出一个微笑："听你的，办转院吧。"

常言道：水到绝处是瀑布，人到绝处是重生。

从死亡线上挣扎回来的林凤鸣，又将面对怎样的命运呢？

第八章　人到绝处是逢生

林凤鸣转到沿河县医院的当天上午，郭保喜和邵明德一起来了。他俩一推开病房门，一股浓重的拖拉机柴油味儿便弥漫开来。

邵明德依然穿着那件羊皮大衣，身形臃肿得像一头大白熊，如同一面墙堵在林凤鸣的病床前。"你你你……"他的声音激昂又冲动，"你林凤鸣真行啊！以死抵债？你能抵得了吗？哦，对，你是想抵良心债！可你死了，良心还在吗？看看这胳膊，都打上石膏了！这脸也划了口子，破相了咋办？对对对，你死都不怕，还怕破相？……"邵明德像连珠炮似的数落着林凤鸣。

邵明德这通劈头盖脸的埋怨，林凤鸣听在心里却觉得很舒服。这番话真实、不虚伪，像亲人一样，字里行间充满了担心和牵挂。

对面病床的一位妇人听着邵明德的话太难听，实在听不下去了，忍不住插嘴道："你这男人，心怎么这么狠？媳妇都这样了，还在这儿数落挖苦！"

"我可不敢当她男人！喏，这才是她男人。"邵明德没好气地把郭保喜往前一推，自己则一屁股坐到了对面空着的床沿上。

郭保喜在镇工商所被关了三天，既没挨打，也没挨饿，只是录了口供，写了保证书，就被放了出来。他一进门就抓住林凤鸣的手，一句话也说不出来，只是哭："媳妇啊，你真傻呀！媳妇啊！你要是死了，我和儿子可咋办呀？"

这时，邵明德缓和了语气，说："那工商局的人，早就该把保喜放出来了。他们是怕保喜早出来，带着乡亲们去要粮闹事，肯定是等着他们把粮食处理完了才放人。"

林凤鸣没接邵明德的话，泪眼汪汪地看着保喜，哽咽着说："我没事，我命大，以后再也不想死的事了。"

"保军去看咱妈了，让你把伤彻底养好再出院。"保喜心疼地看着媳妇，"凤鸣，你咋这么傻呢？粮食没了就没了呗，咱俩慢慢挣，慢慢还。你好好的，小亮才能有个妈呀！你要是真死了，撇下我和孩子，可咋办？"郭保喜说着说着，竟扑在林凤鸣身上痛哭起来。一个高高大大的男人，在有外人在场的病房里，哭得那么伤心。

经历了生死别离的小夫妻俩，紧紧地抱在一起，放声痛哭。过了好一会儿才渐渐平复。

邵明德在一旁看着，也忍不住用手偷偷抹了抹眼泪。又过了一会儿，他才上前拉开郭保喜，说："哎哎，行了行了，你俩等回家再亲热去吧！"

郭保喜这才松开林凤鸣，站直了身子。

林凤鸣一只胳膊打着石膏，另一只手还打着点滴，行动不便。她让保喜帮她穿上鞋，坐了起来。

林凤鸣看着这几天为自家事跑前跑后、跟着着急上火的邵明德，说："邵哥，这几天把你折腾坏了。那天多亏了你的大衣。"

"还提这茬？我千叮咛万嘱咐，就是怕你想不开。嘿，可好，你还真照着我担心的来了！"邵明德语气里还有些埋怨。但他看看林凤鸣打着石膏的胳膊、打着点滴的手，还有脸上被划伤的口子，便没再往下说。

邵明德从羊皮大衣的口袋里掏出两张折叠着的红纸。

"我把我家的房契、地契都拿来了。我找信用社的信贷员打听过了，能抵押贷出三千块钱。你先拿着应急。"

郭保喜站在一边看着林凤鸣，一时不知该说什么。

林凤鸣连忙说："邵哥，你这是干啥？这是你的全部家当啊！我已经欠了乡亲们那么多了，不能再借你的。"

保喜也跟着林凤鸣的意思推辞："是啊，邵哥，这哪行？凤鸣不能要。"

邵明德虎起脸说："这个家我当得了！让你拿着，你就拿着！谁家还没个难处？相互帮衬着点儿呗！"

邵明德突然像是来了灵感，眉毛往上一挑："哈哈，怕还不上啊？我不怕！没钱还，你就以身相许呗！"

若是放在平时，林凤鸣肯定会伶牙俐齿地回击，但今天，看着邵明德那副洋洋得意的脸，林凤鸣却没有了往日的心情。她其实懂得，邵明德这副不正经的外表下，掩藏着的是真诚的情谊。自从那次在井边挑水摔倒，邵明德开拖拉机送她去医院起，林凤鸣对他就多了几分敬意。

林凤鸣默默地把房契、地契接了过来，什么也没说，又低下头，呜呜地哭了起来……

"这时候知道哭了？真是吓死个人！"邵明德收起了开玩笑的神情，"林凤鸣，我帮你，是看得起你这个人，看你是个能干事、不会被困难打倒的人。以后再也不能寻短见了！你一定要挺过这一关，带着你的家人把日子过好！"

邵明德停顿了一下，又郑重地说："买拖拉机那天，咱们哥儿四个就说过，要一起脱贫致富，过上好日子。你一定要担起这副担子！谁过日子没个沟沟坎坎？但咱得活着！只有活着，才能硬气地蹚过去！"

林凤鸣没理会他，依旧在哭。

"你姥姥家那边的人，都是做生意的，你有这个基因！我们是出大力的粗人，但我们一定陪着你。可你再也不能犯傻了！"邵明德有些激动，反复强调着不许林凤鸣再寻死，就像家长在教育犯了错误的孩子。

林凤鸣抬起头，止住了哭泣。她把嘴唇咬出了血印，用没打点滴的那只手轻轻抹去脸上的泪水，说道："放心吧邵哥，仅此一次！以后就是上刀山、下火海、滚油锅，我林凤鸣也不会再眨一下眼睛，绝不会再想到死！我一定干出个样儿来！"

邵明德点点头，他相信林凤鸣。他告诉她，李书记正在做村民们的思想工作呢，大家都不急着朝她要账，都答应缓缓。

保喜拿起毛巾想给林凤鸣擦脸，却不小心碰到了她脸上的伤口，疼得林凤鸣龇牙咧嘴。

"再有五天就能出院了。这两天我得好好想想，调整一下思路。杨思哲说得对，咱们想干事，首先得懂法守法，不能再吃这样的亏了。"

林凤鸣问起婆婆的情况。邵明德说："这个你放心。我打这儿回去就接我干妈出院。让保喜在这儿陪你，我和保军去接老太太就行。"

林凤鸣又开始惦记家里的事，惦记儿子小亮。邵明德说："家里一切都好，我去接保喜的时候都跟他说了。你别操心，好好养伤。"

临走前，邵明德长长地出了口气："唉！多悬啊！小亮差一点儿就没妈了！"

快到中午吃饭的时候，负责大利村片区的信用社信贷员赵英华和他们的陈主任，一起来到了林凤鸣的病房。

林凤鸣的心一下子提到了嗓子眼，"咯噔、咯噔"地跳个不停。她还欠着信用社的贷款，以为他们是来催还款的。

林凤鸣连忙坦诚地说："陈主任，赵同志，真是对不起！我今年的贷款还不上了。但我林凤鸣绝不赖账！等我过了这个坎儿，连本带息一定还上！"

那位中等个子的陈主任却笑了起来，语气温和地说："林凤鸣同志，别紧张，你有好事了！我今天来不是催款的，是代表信用社来帮你解决问题的。"

林凤鸣满是疑虑地看着这位陈主任。

"我从电视上看到你的事了，很佩服你的勇气，但是那种方式不可取啊。事后我了解到，你不是恶意欠款不还，是事出有因。你这件事很有代表性，我们信用社专门就你的情况开了一个特别会议，还请了镇里主抓经济的王玉坤副书记参加。"

"为我的事……专门开会了？"林凤鸣简直不敢相信。

"是啊！王副书记在会上说，摆脱贫穷，让老百姓过上好日子，这是我们党的最终目的。要讲究方式方法，要鼓励像你这样有能力的带头人，让他们先富起来，再带动身边的人一起富起来。无本难求利，我们信用社就要起到这个杠杆的作用。"

林凤鸣听不太懂陈主任讲的那些"杠杆"之类的词，但大概意思好像明白了。

陈主任接着说："最后会议决定，把你家的贷款期限延长两年，利息不变，不收罚息。"

林凤鸣一听这话，激动得猛地站了起来，完全忘了胳膊还打着石膏，疼得"哎哟"叫了一声。

"我们还找了砖厂的何老板做工作，决定给砖厂贷一部分款，让砖厂能有流动资金恢复生产。你家不是有台小拖拉机在他厂子干活吗？以后就用工钱慢慢还他。这样，之前给你开的那些砖票，就都能兑现给老百姓了。"

"啊！"林凤鸣惊喜地睁大了眼睛，感觉像在做梦一样。"这是真的吗？这是真的吗？"她脑子转得快，一下子想明白了：欠乡亲们的，原本就是用粮食换的砖票，现在粮食虽然被没收了，但她依然可以用砖票来还！乡亲们还是能用砖票换到砖，盖上新房子！

"我的救命恩人啊！"林凤鸣激动得热泪盈眶，往前抢了两步，"扑通"一声给陈主任跪下了。"陈主任，我林凤鸣在这里向您保证，一定在两年之内还清信用社的贷款！等我林凤鸣富裕的那一天，一定报答信用社！"

陈主任连忙上前拉起林凤鸣："林凤鸣同志，使不得，快起来！我们都是为人民服务，相信在党的领导下，日子一定会越来越好的。"

林凤鸣又仔细看了看陈主任的脸，看了看包片信贷员赵英华的脸。她要把恩人的样子牢牢记在心里，生怕自己跳江时摔出的轻微脑震荡留下后遗症，将来会记不清恩人的模样。（但后来，头疼的毛病还是时常发作，成了后遗症）

郭保喜在一旁有些没转过弯来，问陈主任："那我们给砖厂干活，工钱都抵了账，我们一家人吃啥呀？"林凤鸣赶紧打断郭保喜："这事回家我再跟你解释。"

陈主任接着说："老百姓家家都能盖上新房，日子安定了，就会把多余的钱存到我们信用社。我们的存款多了，也就能贷出更多钱给像你这样想带头干事的人。这样就形成了良性循环。对了，你父亲他们村我也去了，有几户看在你父亲的面子上，愿意给你做担保。"

"朝阳村你们也去了？我爸知道了？那我姥姥呢？"林凤鸣急切地问。

"哈哈，放心吧，你姥姥还不知道。不过你爸说了，等你出院，赶紧回去看看你姥姥。"

陈主任继续说道："你父亲家对面那个宋大夫，不知道跟你家是什么关系，把她在吉林市里的房契都拿出来了，说愿意为你做抵押。不过，市里的房子跨区域了，我们乡镇信用社办不了贷款。回去后，我帮你联系省联社问问，如果能办，就把钱贷给她。我们信用社这边先不急着收回你的贷款，你可以先用这笔钱选个项目，作为流动资金。"

"选个项目？"林凤鸣疑惑地问。

"对！现在国家鼓励个人致富，允许个人办工厂了。"陈主任肯定地回答。

林凤鸣听了这些话，觉得陈主任不仅救了她的命，还给她指明了一条活路。她暗怪自己太孤陋寡闻了，平时只知道埋头干活，根本不懂国家政策。"陈主任，太谢谢您了！"林凤鸣说着，脑袋又开始隐隐作痛。

"不用谢我，是小思哲求我来的。林凤鸣啊，你可真是个人物！有这么多人愿意帮你。"

林凤鸣说："陈主任，不是我有什么能耐，是大家心善。"

"不，林凤鸣，"陈主任摇摇头，"是人们对富裕生活的期盼。他们不想再过穷日子了。现在国家政策好，鼓励大家致富，他们都想把自己的日子过好，不愁吃不愁穿，住上宽敞明亮的大瓦房。他们把你当成了带头人、领头雁，是身边看得见、摸得着的能带他们致富的人。小思哲说你是个能人，我起初还有些犹豫，现在见了面，我相信你一定能带好这个头，成为咱们乡下人致富的榜样！"

林凤鸣又有些发蒙。一是自己真的能成为榜样、领头雁？二是这天大的好事怎么又跟杨思哲扯上关系了？

"哈哈，"陈主任看出了她的疑惑，"我是杨思哲的娘舅。不过你放心，这些决定都是我们开会研究决定的，不是我给他走后门。当然，如果不是小思哲求我，我也不会亲自到医院来告诉你这些，会等你出院后，由分片的信贷员去通知你。是他求我说，早点把这些好消息告诉你，能治你的心病，帮你重新树立信心，免得你再想不开，寻短见。"

林凤鸣眼圈又红了，一时不知道该说什么好。郭保喜在一旁轻轻拽了拽她。她才哽咽着说："谢谢陈主任，谢谢……大舅。"

"杨思哲啊杨思哲，你暗地里为我做了这么多，让我林凤鸣怎么感谢你才好！"林凤鸣躺在病床上，思绪翻滚。

下午，林凤鸣的病房又热闹了起来。

李国忠书记带着村里六七户人家的当家人，一起来看望林凤鸣了。起初，林凤鸣以为他们是等不及她出院就来要账的，心里一阵悲凉，深感世态炎凉。她甚至有些埋怨他们：当初是你们排着队主动来找我换砖票的，都觉得用不好卖的粮食换砖票划算，要不然我也换不了那么多粮食！三十多户，占了全村想盖房人家的百分之八十五！现在真是墙倒众人推啊，还把村里最大的官儿李书记都请来了！

不过，此时的林凤鸣已经不怕了。有了信用社陈主任给的定心丸，有了镇党委领导的关注，她心里有了底气。她面无表情地看着他们，等着他们开口逼债，想听听他们会说出怎样难听的话来。

没想到，他们一开口却说，自家的房子还能再撑个一两年，暂时不盖也行。他们说着，纷纷把手里的砖票递过来，异口同声地说，先把砖票还给林凤鸣，等她缓过劲儿来再还粮钱，他们不着急。

啊！原来是自己错怪了这些善良、淳朴的乡亲！林凤鸣又是一阵感动，忍不住抱着李书记哭了起来。

林凤鸣猜想，这一定是好心的李书记做通了大家的工作。他亲自带这些当事人来，就是为了让她放下思想包袱，减轻压力，别再有轻生的念头。

林凤鸣哭过之后，擦干眼泪下了床。她让乡亲们都坐到她的病床上，先是郑重地给大家鞠了个躬，然后说："大伯、大叔们，谢谢你们这么信任我！我也有个好消息要告诉大家。砖票你们都拿好，还跟原来一样，等我出院了，就让保喜、保军开拖拉机把砖拉到你们家去！"

"凤鸣，这是真的，还是假的？"

"凤鸣，你脑子没摔糊涂吧？那么多粮食换的砖，欠了那么多，你一下子拿什么还啊？"

"凤鸣，你可不能跟我们放空炮啊！"

来的乡亲们七嘴八舌地议论起来，显然不太相信。

林凤鸣就把信用社陈主任的话，一五一十地跟大家又说了一遍。最后还补了一句："我是嫁到大利村的媳妇，你们要是不信我，就问保喜，你们可是看着他长大的。"郭保喜也连忙从头到尾仔仔细细地把情况又解释了一遍。

乡亲们这才放下心来，纷纷说："凤鸣，我们信保喜，也信你！你俩是咱村第一个买新拖拉机的人，是能人！"

林凤鸣也不计较乡亲们话里可能掺杂的些许客套和虚伪，只是乐呵呵的。

李书记笑着说："这下好了！我还琢磨着回去再挨家挨户动员动员坡上西头那几家呢，这回可省了我的事了！"

李书记他们还没走，镇工商所的人也来了，带头的正是那个黑脸大眼的于永泽。

林凤鸣一看到他，心里就把他当成了敌人。林凤鸣恨得牙齿咬得"嘎嘎"响，眼睛里几乎要喷出火来。"你们来干什么？还想把我逼死在医院不成？我不想见你们，滚出去！"

李书记也识趣地带着乡亲们往病房外退去。

"林凤鸣同志，你先消消气。这次我们是来跟你谈事的，是好事。"那个黑脸大眼的于永泽却很平静地说。

"好事？看我没死成，想让我死第二回？"林凤鸣怒气未消，用难听的话呛着他们。她不想见他们，更不想听他们说话。

"你不想听，我也得说。这是工作任务，我说完就走。"于永泽公事公办地说，"我们局里开了大会，镇里的大书记也参加了。书记指示我们工商部门，一定要做好管理和疏导工作，要适应新形势，采取新管理办法。"

"我们在会上，专门讨论了你的情况，同时也向市局做了请示，决定给你办一个个体工商户执照。"

"个体工商户？"林凤鸣第一次听说这个词。但听到镇里的一把手书记都做了指示，她心里的抵触情绪消减了一些。信用社开会，请的是镇里分管经济的二把手书记；现在工商局开会，连一把手书记都惊动了？他们可都是大忙人啊！林凤鸣知道，她在生产队当标兵那会儿，见到的政府领导个个都很忙。

于永泽继续说："你算是咱们镇在乡下的第一个个体工商户。有了工商执照，你以后就可以光明正大地做买卖了。我们相信，你一定能成为一个好商人。"

林凤鸣脑袋有些疼，但她听明白了：办了工商执照，以后做买卖就是合理合法的了。

"等你出院了，就带着户口本、村里开的介绍信来办。我叫于永泽，他叫秦勇。到时候找我，或者找他都行，我们一定带着你找相关工作人员把手续办好。"

林凤鸣听得有些晕乎乎的，脑袋也越来越疼。

仅仅几天的时间，事情发生了天翻地覆的变化。林凤鸣感觉自己像是从天上掉到了地下，又从地下被抛回了天上。不但没死成，反而活得越来越有希望，前路似乎也越来越清晰了。

于永泽和秦勇走后，林凤鸣平躺了一会儿，稍作休息。然后，她让郭保喜去找杨思哲来，她要立刻办理出院手续。

"事儿太多了，我不能再住院了！"林凤鸣一见到杨思哲就急切地说。

杨思哲坚决不同意："不行！就算不拆石膏，你也得再打两天消炎针。你这头疼也没好利索，光靠止疼片维持可不行！"

林凤鸣急急地说："我们村里有卫生所，到时候让保喜拉我去卫生所打针就行了。你把药给我开出来带回去。"

杨思哲还在犹豫。

"我真有好多事要干，没时间耽搁了！这眼瞅着就要过年了！求求你了，思哲！"

杨思哲无奈地说："那好吧，办明天的出院手续。明天打完最后一针再走。"

杨思哲转身准备出去。

林凤鸣像是想起了什么，喊住他："杨思哲！做好事不留名，学雷锋啊你！"

杨思哲一时没反应过来，疑惑地看着林凤鸣。

"谢谢你……还有，替我谢谢大舅！"林凤鸣无限感激地说。

杨思哲这才明白过来，有些腼腆地笑了笑，看看一旁的郭保喜，对林凤鸣说："你知道了？我本来没想告诉你。以后遇事多往开处想，可别再干傻事了。"

林凤鸣感激地点点头。此刻，她对杨思哲再也说不出任何玩笑话来。

她出院回到家的时候，父亲和姥姥都来了，是邵明德和保军接来的。

林凤鸣抱着姥姥，又哭了一场，千言万语堵在喉咙，却一句话也说不出来。

邵明德从自家抓来一只大公鸡，嚷着要给林凤鸣炖鸡汤补身子。

林致远也从县城赶了过来，张罗着请大家去饭店吃饭。

之后的日子里，人们路过郭保喜家时，时常能看到林凤鸣挎着打着石膏的胳膊，坐在门口那棵大榆树下，一个树墩上，望着远处的天空发呆。

"凤鸣，想啥呢？"有村民走过，大声问一句，然后又小声嘀咕："唉，林凤鸣怕是摔傻了。"

对于那些议论，她也懒得去解释。她只是不愿意总在屋里闷着，她喜欢看冬日暖阳。冬天的暖阳，照在身上，真好！

西院夏奶奶家的曾孙子二离，今年七岁，前些天去后山坡滑爬犁，不小心把胳膊摔坏了，也打着石膏。他时常跑来跟林凤鸣唠嗑。

"郭婶，你的胳膊还疼吗？"

"二离呀，婶儿的胳膊不疼了。你的胳膊还疼不疼啊？"二离长着一张白净的小脸，眉清目秀的像个小女孩，特别可爱。他比儿子郭亮大三岁，时常跟着夏奶奶到林凤鸣家串门，跟小亮一起玩儿。

夏奶奶家，虽然只有一老一小两个人支撑着门户，却是村里人人敬重的军烈属，就像古代的杨家将一样，是满门忠烈。夏奶奶的儿子在抗美援朝战争中牺牲了；她的孙子夏铁军、孙女夏红红都是由国家抚养成人的，十八岁那年被部队接去参军。后来，夏铁军又在一次抗洪抢险中牺牲，只留下这个遗腹子，大名叫夏继成，小名叫二离。二离的妈妈因为思念丈夫过度，生下二离还没满月就撒手人寰了。夏红红还在部队工作，每年会回来探亲一次。村里人在感叹夏家命运多舛的同时，也对这户为国家做出巨大牺牲的人家充满了敬意。

保喜、保军兄弟俩经常帮夏奶奶家砍柴、挑水，干些力所能及的重活。夏奶奶有一次跟林凤鸣的婆婆念叨，说自己年纪大了，怕是陪不了二离长大成人，有意想认林凤鸣做二离的干妈。但林凤鸣的婆婆觉得，凤鸣已经有了一个儿子，再认干儿子心里犯忌讳，就一直没答应，只是推托说，二离的姑姑不是在部队上嘛，等二离到了十八岁，部队自然会派人来接他去当兵的。

林凤鸣却全然不忌讳这些。她觉得二离从小没妈太可怜了，家里有点儿好吃的，总会立马给二离送去；用零碎布头给二离纳鞋垫；二离生病了，她也总会跑前跑后地照顾。二离幼小的心灵得到了温暖，对林凤鸣也产生了深深的依恋，在他心里，林凤鸣就像自己的妈妈一样，只是曾祖母告诉他要叫"郭婶"。二离时常和小亮一起玩抽冰猴（一种冰上游戏），两个小男孩天真烂漫，十分可爱。

林凤鸣活过来了，肉体和精神，都彻底活过来了。

林凤鸣把当初一起凑钱买拖拉机的"致富四人组"——郭保喜、郭保军、邵明德和她自己，又召集到了一起，还特意邀请了李国忠书记参加。她提出要继续寻找致富的出路。同时，她建议保喜、保军、邵明德三人，将两台拖拉机合并起来使用，人歇车不歇，轮流开。趁着春节前后的冬闲时节，起早贪黑，先把各家换出去的砖票都兑现了，等开春砖厂正式开工后，再各干各的，分开算账。在合并期间，她提议请李书记来负责记录工时和分配工钱。

"哈哈，林凤鸣，你太多心了！你的算账水平足够了，还信不过？你是怕我邵明德信不过你？"邵明德一眼就看穿了林凤鸣的心思。

"邵大哥，古话说得好：亲兄弟，明算账。越是亲近的人，越要把账目记清楚，免得日后产生误会。心里要是有了隔阂，相处起来就不舒服了。咱们从一开始就把账目弄得清清楚楚、明明白白，谁心里都没疙瘩，才能心往一处想，劲往一处使。咱们一定要干出些名堂来！"邵明德坚决不同意让书记记账，说林凤鸣拿他当外人。

李书记笑了，先是认同了林凤鸣"亲兄弟明算账"的说法，然后提议道："凤鸣，你看这样好不好？每台拖拉机拉砖的时候，在收回来的砖票上签个字，用的是谁的拖拉机就写谁的名字，是谁开的车也写上谁的名字。然后都拿到你这里来记账。记完账后，你也让保喜、保军、邵明德在你记的账上签个字确认，然后再把砖票交给砖厂。"

邵明德这才勉强同意了，但他还是打诨说这是"脱裤子放屁——多此一举"，差不多就行了，哪能分那么清楚。他和李书记一起从林凤鸣家出来时，又开始贫嘴："凤鸣，这回我可真是给你'拉帮套'（指旧时东北地区男子入赘或帮寡妇支撑家业）了，干脆我就住你家得了！"

林凤鸣也不生气，回敬道："不知好歹！我家有事的时候你跑前跑后的，现在这是想让你多挣点钱，住我家？我烧开水烫死你，把你当肥猪给炖了！"

李书记在一旁笑话邵明德："哈哈，邵明德，你的嘴皮子可说不过凤鸣，还是消停点儿吧！"

林凤鸣胳膊上的石膏拆下后，换上了夹板，用红色的布带吊在胸前。她不顾伤势未愈，就开始挨家挨户地串门，说着好话，赔着笑脸，拍着胸脯下保证，总算把所有拿着砖票的人家都安抚妥当了。

两台拖拉机开始了黑白交替、昼夜不停的运砖工作。

拖拉机的"突突"声，卸砖时人们的喧闹声，以及各家准备盖房、喜气洋洋的欢笑声，又给这个一度沉寂的山村带来了勃勃生机和活力。遭受了重大打击之后，林凤鸣并没有消沉下去，反而像石头上的苔藓，太阳一晒就萎缩，但只要遇到阴雨天气，就能重新焕发生机。她展现出了顽强的生命力。

她牢牢记住了：致富的步子，一定要迈在合法的道路上。

林凤鸣自己除了记账，也没闲着。她让玉英陪着，带着还未痊愈的伤胳膊，去了镇里，找到了工商所的于永泽和秦勇，正式办理了营业执照。她给自己的买卖起了个名字，叫"大利村金谷收购部"，这个名字既结合了村名，也与粮食有关。她要永远记住自己跌倒的跟头与获得的重生，永远记住这片土地上那些朴实、善良的人！

第九章　初始致富路——种黑木耳

春天的暖阳融化了冻土，蛰伏一冬的万物开始复苏。小河里的冰排消融殆尽，飞鸟在刚刚泛绿的枝头欢快跳跃，农民们也打开了紧闭一冬的门窗。家家户户忙着备耕：晒种、催芽、盖大棚……一派热闹的景象。一年之计在于春，时令不等人。

林凤鸣的身体完全康复了，胳膊活动自如。幸运的是，脸上的伤只是皮外伤，没有留下疤痕。致富四人小组里的三个男人都在拉砖，她倒像个闲人。可离心中富裕的日子还远着呢，林凤鸣怎能让自己清闲下来？

她借来弟弟致远的自行车，每天骑着去县农科所学习种植黑木耳的技术。课间，林凤鸣去看望跛子叔。

跛子叔起初很高兴，说挣到钱了；可后来却哭了，说想家，想小亮。

"叔，咱辞工回家。您等着，我去找致远跟人说去。"林凤鸣理解老人的心情。

"凤，这不好吧？其实这工作挺好，清闲，还有工资，要不先干着？"跛子叔知道林凤鸣说到做到，有些犹豫。

"叔，没事，家里人都惦记您呢。咱辞了。"林凤鸣让弟弟致远去辞掉跛子叔的门卫工作。

她对致远说："致远，你别嫌麻烦，也别不高兴。叔腿脚不好，当时我只想让他清闲点儿挣点钱，没考虑到老人家一辈子没离开过家，会孤单、想家。是我考虑不周。"

林致远笑了："姐，你这个家当得可真够累的。我一两天就去给您办好，坚决执行姐的命令。"

林凤鸣给弟弟致远竖起了大拇指。

一天晚饭时，保军、保喜回来了，兴高采烈地谈论着街上抓奖的事。

保喜在饭桌上说："村里好多人去抓奖，我也挤进去抓了十块钱的。"

"那你抓到什么了？"林凤鸣笑着问。

保喜傻笑："就抓到一顶帽子。"

"保军没去抓？"林凤鸣问。

保军说:"我可没那手气。我哥非拉着我去,十块钱就抓了一把梳子。"她把梳子递给林凤鸣。

林凤鸣转手给了哑巴姑姑:"我这短发也用不着,给咱姑。"她乐呵呵地问,"有抓到大奖的吗?是不是骗人的?"

"有,不是骗人。现场看到有人抓到电饭锅,有抓到洗衣机的。"保喜回答,"好多商店里的东西都有,还有一个最大奖是电视机呢。回来的路上,看到好多小媳妇都去抓奖。凤鸣,明天你也抱着小亮去抓十块钱的。"保喜兴致勃勃地说着。

她奶奶说:"抓彩票过去就有,肯定是卖家划算。"

她婆婆也说:"那得多大的财运,凤鸣你可别听保喜的。"

林凤鸣笑了笑说:"明天是星期天,我决定,每人发四块钱,都去抓奖。一是全家人热闹热闹,开春散散心;二是冲冲霉运。一会儿去奶奶那儿领钱,不愿意抓的,可以找人替。但这钱只能用于抓奖。"

小保国喊道:"大嫂真好!"

玉杰、玉英笑着对视一眼,一齐给林凤鸣竖起大拇指。

"凤,我不去了,我腿脚不好,我看家。"叔公对林凤鸣说。

"我也不去了,不方便。"她奶奶说。

林凤鸣似乎感觉到了什么,转脸看向婆婆。

她婆婆说:"我在家喂猪,也不去。"

"哈,小的赞成,老的不赞成。不行,少数服从多数,明天都去,家里锁门。用拖拉机拉着去,再用拖拉机拉着回来。就一上午,走时把猪喂好。"林凤鸣拿出了当家人的权威。

保军说:"大嫂,你终于恢复自信了。"这句话一出,林凤鸣眼圈一红。

她奶奶赶紧说:"凤说的对,都去,都去。把我抱到拖拉机上。到时候,保军背着我。"林凤鸣平静下来。

"我和小亮的八块钱不抓,给保喜、保军各四块。你俩今天抓的奖都是脑袋顶着的,那明天一定会抓到脚底下蹬着的,一准儿抓个自行车回来。"林凤鸣风趣地对家人说。

"我今天抓过了,手气不行,都给我哥抓。"保军看着林凤鸣说。

"我的四块钱也给保喜抓。"她婆婆说。

林凤鸣只是想听听放鞭炮的响声,想把心中的晦气与委屈都崩跑。

天遂人愿！她奶奶婆抓了一个电熨斗，跛子叔抓到一个带着大红牡丹花的脸盆，保喜在抓到第六块钱的时候，真的抓了台永久牌自行车，玉英、玉杰、保国也都抓到了几毛钱的小东西。一家人好开心，好高兴。

特别是她婆婆，非说保喜抓到的自行车是用她的那四块钱抓的。保军却说："是我大嫂的那份！因为先用的是小亮的四块钱，然后是我大嫂的四块钱，您的还没用呢，您的钱交了领奖时的鞭炮钱。"林凤鸣给保军使了个眼色，说："就是咱妈的那份钱，我的那份领奖放鞭炮了，我爱听响。"全家人都被逗乐了。

旁边有一个抓到电饭锅的人，说家里已经有了，想就地卖掉。林凤鸣就买了过来，比商店便宜五块钱。

林凤鸣重新拾起了一家人的欢快心情，觉得真是满载而归！

掌握了黑木耳种植技术的林凤鸣，开始行动起来。

她先是找到大队李国忠书记，借用了大队院子的场地；又找到公社林业站的人，批了二十立方米的松木杆；然后找了十个小姐妹帮忙，一起干了起来。

保喜与邵明德的两台拖拉机，把这次定的32家的砖票拉完后，林凤鸣当着李书记的面分了账，然后大家就各回各家干自己的活儿了。

邵明德拿出500元给林凤鸣，说是答谢。林凤鸣说："得得，我不能跟你扯上半毛钱关系。"在场的人都大笑起来。邵明德觉得没面子，这钱他本不打算拿回，就换了个说法："凤鸣，哪天我跟你私奔了，看你还说有没有关系。这钱孝敬我干妈。"邵明德把钱塞到她婆婆手里。

"行！行！我跟你私奔的日子是星期八。"林凤鸣爽快地答应着。

李书记笑着说："邵明德，凤鸣告诉你是星期八。我就警告过你，别跟凤鸣斗嘴，你不是她对手。你偏不听。"

林凤鸣问李国忠书记："林业站批的二十立方米松木杆是从哪儿砍伐呢？"

李书记说："这是咱集体的林子，只要是咱村村民正当使用，大队就支付。去北坡砍吧，北坡的树直溜，年头少，长得细，根数多，出数，你搭架子也正合适。南坡的留着今年批给盖房子用，今年咱村都要盖新房了，得用不少。"李国忠书记又补充道，"一家一户批五立方米，超过部分要计费的。"

林凤鸣连声说："一定一定，应该的，这都是大队部的大力支持。场地我现在是借用，等干好了场地也交钱。"林凤鸣当场表示会补交超出部分的费用，只是现在手里钱紧，先记账，等种的木耳卖出钱来，一定先拿出来给村里。林凤鸣总能把没钱的事办成,这真是她的本事。

邵明德对林凤鸣说:"凤鸣,要不把这分的钱你先用着?"

林凤鸣拒绝道:"不了,邵哥,说正经的,你已经帮了我很多。各家有各家的日子,都用钱。你家的房照,还在帮我抵押贷款呢,我林凤鸣这辈子都欠你的。"

林凤鸣说正经话的时候,邵明德反倒没词儿了。

李书记看看林凤鸣,又看看邵明德的态度,就打圆场说:"我看你俩家关系也挺好,要不算邵明德入股得了?"

林凤鸣说:"李书记,今年不行,我不能再把风险转嫁到别人身上,只能我一个人担着。今年算是试验,如果成功了,明年村里有想入股的,我一定让他们入股,一定带着大家。我林凤鸣知道感恩,一定报恩。"

她婆婆从大棚里薅了小白菜、小菠菜,给李书记一份,给邵明德一份。他们家都没有水田地,不搭塑料大棚,园子里的菜要晚些时候才能长出来。

林凤鸣跟保喜商量了一下,对李书记说:"李书记,看天气挺好的,我们明天就找人去砍伐,您派人检尺吧。"转过头,又对邵明德说,"邵哥,你明天再帮我们一天工,两台车,一天就能拉完。连砍带拉,一天就能利索了。这天也要热起来了,得抢时间。"

"凤鸣,我说我是拉帮套的,你还不承认。"邵明德又想占林凤鸣的便宜。

"保喜,一会儿你去牛棚给他拿副套子,给他套上,让他嘚瑟。"林凤鸣聪明,伶牙俐齿,邵明德打嘴仗,真不是她的对手。

邵明德吓得赶紧跑了出去,边跑边回头朝林凤鸣喊:"明天几点上山呀?"

林凤鸣说:"六点在我家出发。你的拖拉机得帮忙拉人,到山上七点露水也落了,正好砍伐。"

太阳偏西的时候,呼啦啦十多个男人,随着两台拖拉机的突突声来到了大队部的场地。林凤鸣早已等在那里。那时候没有手机,上山的人与家里等候的人联系不上,只能各自估摸着时间。

卸完车后,林凤鸣招呼大家到家里吃饭。正吃饭的时候,李书记的老婆来找他,说家里的羊在山上吃草时被绳子缠死了。李书记放下酒杯,要先回家看看。

林凤鸣赶紧拽住李书记,胸有成竹地说:"李书记,一会儿我和保喜去帮您拾掇,您和我李婶在这儿安心吃饭,吃完再回去。"

李书记夫妇觉得凤鸣的话有道理。在这么多人面前,他也不能为了一只羊就离席，还是早点吃完饭回去再收拾。他的孩子们都在市里上班，剩下老两口在村里，跟林凤鸣家走动得比较近，一直把保喜、保军当自己的孩子看待。田地里的活儿什么的，保喜、保军一直帮着收拾。林凤鸣嫁过来以后，把两位老人当作干爹干妈一样伺候，两家人走得更近了。李书记有意让保喜接他的班，当村里的干部。

席间，林凤鸣说："今天大家都辛苦了！都多吃点。还有一点小事，刚才你们也听说了，一会儿我跟保喜上李书记家帮着收拾羊去，谁家想吃新鲜羊肉的，到李书记家去买。"邵明德看一眼林凤鸣，显摆地说："我买五斤，我家有冰箱。"

其他人，你一斤，他半斤的。吃饭的工夫，林凤鸣就把李书记家还没收拾的一只羊给卖掉了。把李婶高兴得不得了，对林凤鸣说："好闺女，一下子把我发愁的事都给解决了。我还愁呢，想着天气热了，吃不掉怎么办？送人吧，我还舍不得呢。"惹得两桌子人哄堂大笑。

林凤鸣看看正喝酒的邵明德说："没事，李婶，以后怕坏的东西就送邵大哥家的冰箱保存。村子里就他家有冰箱。"

邵明德看看林凤鸣说："保喜，看看你家凤鸣，嫉妒了不是？"

"您误会了邵大哥，我嫂子是夸您富有，羡慕您呢。"保军接过邵明德的话茬。

"凤鸣，你就是当商人的料。"

"凤鸣，赶明儿我家卖不掉的公鸡你帮着卖了。"

"我家还有一袋子红小豆，吃不了了，凤鸣也帮我卖了。"

…………

林凤鸣说："谁家用我帮忙的？尽管拿来，我可以在这个铺子里给你们代销。而且这回绝对不会被没收，咱是有执照的人了。明天就让我家保军做个黑板，挂到大门上，谁家有什么东西要卖的，自己写到黑板上，放到我的铺子里，卖完后我再通知大家来拿钱。"

到了李书记家，保军、保喜把羊皮扒下来，将羊肉卸好后，李书记不知道该卖多少钱一斤。林凤鸣说："我有办法。这只活羊多少钱？把羊肉过秤，按活羊的价格平均算出羊肉的价钱。"

李书记说："这个我知道，羊一般出40％的肉，七十斤的羊能出二十八斤肉。"

林凤鸣说："长知识了，那就卖两块五一斤。"

林凤鸣对李书记说："李书记，您把广播喇叭打开，我喊两嗓子，把羊头、羊蹄子、羊皮也都卖掉吧！"

夏天晚上八点多钟，正是老百姓从田地里收工、吃完饭休闲的时候。林凤鸣在广播里喊："乡亲们，乡亲们，告诉大家一个好消息，李书记家宰了一只羊，还有部分羊肉没有卖完。另外还有羊蹄子、羊头、羊皮，谁家想买的可以现在到李书记家来买。谢谢大家啦！"

羊肉一份一份地卖完后，已经是晚上九点多钟。活羊价格是七十元，林凤鸣一拢账，多卖出六元钱。李婶非常高兴，说是卖了秋天的价格，还省了四个月的放羊工夫，把羊下水都送给了林凤鸣。

木耳场开工了。

林凤鸣指挥男人们在大队的场地上搭架子。她按照事先学好的技术，设计架子的长度、宽度，并预留出用于浇水和采摘的过道。邵明德收了车也过来帮忙。

女人们在屋里按照林凤鸣教的样子装菌袋，然后放在蒸锅里高温消毒。

林凤鸣则起早贪黑地接种菌苗，每天只休息三四个小时。快要干完的时候，林凤鸣晕倒了。有人喊："来人哪，林凤鸣昏倒了，快来人！"

郭保军正扛着装着菌袋的铁筐往蒸锅那儿去，听到喊声，立马放下铁筐，第一个冲过去，把林凤鸣抱起来就往外跑。保军以为林凤鸣是中毒了，因为接菌室是用甲醛消毒的，他担心是甲醛残留的原因。郭保喜在外面领人搭架子，听到喊声跑进来，从保军怀里接过林凤鸣，往大队卫生所跑去。

林凤鸣渐渐苏醒过来。

大夫说她这是劳累过度，加上营养不良引起的，卧床休息两天就好了。

林凤鸣哪里肯休息，打完针就回到接菌室继续把剩下的菌苗接种完。保喜心疼媳妇，在一旁劝阻。她笑着对郭保喜说："喜子，这事耽误不得。我能挺住。"

"老话咋说的？你就挣钱不要命。媳妇，别为了挣钱把身体搞垮了。"

"嗨，你别担心，我真能挺住。排除万难，拼命挣钱！"

第十天的时候，林凤鸣来检查菌袋发酵情况，发现没什么变化。她急了，带着两个菌袋，一个人跑到县里学习班去找讲师。讲师告诉林凤鸣，菌种没有变化，但也没感染杂菌，只是菌室内温度太低。这个问题难不住她。山上有的是柴火，找人捡来就是；自己家也有红砖。于是，林凤鸣带着家人围着墙边搭起了炉子。只用了一天工夫，炉子就搭好了。她和保喜一班，保军和跛子叔一班，两班倒，黑白不停地烧炉子，室内的温度很快就上来了。

真神奇呀！刚刚一个月的时间，那些装好的菌袋就变成了一个个白白胖胖像蚕宝宝一样的东西，非常好看。

这一天，林凤鸣又把人召集来。她让人们学着她的样子，把这些菌袋都挂到搭好的架子上，从上到下，一串一串地用白塑料绳绑好，并让保喜带人把买来的遮阳布盖上。没过几天，白色的菌袋上就长出了一朵朵黑木耳。

林凤鸣就让人们采摘了两桶木耳，一家分一小盆儿，让大家尝尝鲜。她还在自家门前的小黑板上写出了广告：出售鲜木耳，现摘现卖，晒干后泡发食用。

郭保喜、郭保军又回到砖厂干运输去了。林凤鸣则带着村里几个妇女采摘木耳。她婆婆、姑姑、二离的曾祖母有时也过来帮忙，场面热热闹闹的。

林凤鸣又成了村子里男男女女茶余饭后谈论的话题。

"林凤鸣种黑木耳成功了！"

"这小媳妇可真了不得，真的用木屑种出木耳来了！"

"哈，说是给工钱，我们都没指望，工票我都没拿，还当笑话看呢。"

"可不，我家也当是帮忙。粮食的事遭了那么大灾，人家也没差事，砖都给拉到家了。"

"这黑木耳挺贵的，平时都舍不得吃，过年才买上二两。现在坐在家里就能吃到了，她真是个能人。"

"吃着口感还真挺好，比街里卖的出数。今年咱们都盖房子，木耳好配菜，家家都留二斤吧，就顶工钱了。"

"我也听说，街里卖的掺假，一斤能泡发出一斤半，没有凤鸣卖的出数，价格还便宜。咱们就买凤鸣的吧。"

…………

林凤鸣每天领着家人起早贪黑地摘木耳、晒木耳，又给一些帮忙的人顶工钱换木耳，忙得不亦乐乎。第一批摘下的木耳，除去顶工钱的，晒干后装了十多袋子，有300多斤。按市场批发价30元一斤算，就收获了一万多块。林凤鸣的脸上洋溢着笑容。

保喜和保军从砖厂收工回来，开着拖拉机赶回来帮忙。

"媳妇儿，你真是个能人。"保喜说。

保军递给林凤鸣一顶太阳帽："大嫂，摘木耳时戴着点。"

林凤鸣看看保喜，迟疑地接过来："你买的？嗨，戴帽子费事，披个毛巾就行。"

"砖厂的女工都戴，怕把脸晒坏。你就戴吧，保军加油时特意在商店买的。你现在是咱家的宝儿。"郭保喜可高兴了。

保喜把晒干的木耳装到拖拉机上。

保军说："大哥、大嫂，今晚我看着场子，换咱叔回家睡觉。"

林凤鸣说："你和你哥累一天了，都回去吧，我换咱叔。"

保喜看看林凤鸣说："今天就让保军看一晚上吧，明天我看着。"

"大嫂，白天再雇上几个人吧，别把你累坏了。"郭保军建议道。

"能省就省点吧，实在忙不过来再说。等第二批旺季的时候再说吧！对了，保喜，我让你问砖厂的工人有买的吗？"

"保军问了。"保喜用下巴指了指保军。

"大嫂，能卖一袋子。明天就带二十斤去吧。"

"行，今晚就让保军顶替咱叔。我回去拿好秤，一斤一斤装好，明天带到砖厂去。卖出去才是钱啊！"

林凤鸣与郭保喜正要开着拖拉机往家走，邵明德来了。

邵明德说："来买两袋子木耳，别的村子有人托我捎带的。"

林凤鸣对保军说："你去仓库给邵哥拿两袋子吧，我们先回家了。"

邵明德看了林凤鸣一眼，一本正经地对她说："不差这三五分钟，等我过一下秤，把钱直接给你。"

"不是让你捎带的吗？等你把货给他们，把钱收齐了回来再给我吧！"林凤鸣心知肚明，知道这是邵明德在帮她卖木耳。一个大男人能细心地想到这些、做到这些，还真是有心了。

她看看邵明德平静的脸，觉得奇怪。邵明德没有了往日嬉皮笑脸的样子，说话客客气气，像变了一个人似的，她感到有些别扭。

"我这儿有钱，先垫上吧。一是一，二是二，省得记账。"邵明德没有看林凤鸣，就像一个陌生人买东西一样。

林凤鸣想到邵明德那天开玩笑时自己给了他脸色，觉得自己不对劲，不自然地笑了笑："邵哥，还是回来再给吧。"

"嗨，邵哥，就按我大嫂说的，回来再给。你帮我家忙，还这么见外。"保军顺着林凤鸣的话，笑着对邵明德说。

林凤鸣看着保喜，什么也没说。

"媳妇，那我也去帮保军拿吧！这木耳是漂货，一堆里拿两大袋子也不好拿。"

郭保喜也不好意思了。他知道邵明德是在帮着卖木耳。

聪明的林凤鸣看看郭保喜，猜到了什么。

邵明德坚持让保军过完秤，一共四十一斤。邵明德把一千二百三十元递给林凤鸣。林凤鸣退还三十元，对邵明德说："邵哥，我没给你分装，会掉秤的。你这是帮忙，留出一斤掉秤的分量。"

"是啊，我大嫂说的对。"保军附和一句。

邵明德迟疑了一下，把三十元钱接了过来。转头对保军说："这一阵子活多，告诉我干妈，过几天去看她。"

郭保喜木然地看着，没有搭话。

李国忠村书记去镇里开会。会上，主管经济的王玉坤副书记讲到要树立农民致富的典型，特意提起了林凤鸣："李书记，你们村林凤鸣种的黑木耳怎么样？"

"王书记，很好啊！第一批采摘就收获了300多斤，就是一万多块。听林凤鸣讲，第二批会更好，要收获700多斤，还有第三批末尾的200多斤，春天这一期就算完事儿。她还说秋天气温比春天气温更适宜，秋天的木耳比春天的还要好些。抛去本钱，她家今年就能收入五万多块钱。"

"五万？哈哈，农村出万元户了？这是好事，这是典型，我们要树立好。下午我们就到现场去看看，学习学习。"会后，王玉坤书记请示汇报了县里。县里一位主管经济的副县长联系了电视台的人，带来了六个人，下午一齐来到林凤鸣的木耳场参观。

林凤鸣不知道这些，正在干活。看到两辆面包车停下来，吓得脸色苍白，慌忙跑过来："李书记，我已经跟镇工商局的徐局长说了，他说我办理了执照，可以经营木耳呀！这怎么又来人了呢？"

李书记笑起来："凤鸣，你误会了。今天来是参观、学习的，你是致富的榜样。来，我给你介绍，这是镇里的王玉坤副书记，主管经济的；这是咱们县里的盖县长，主管经济的。"

"王书记好！听说信用社的贷款就是您批的，我还没来得及去谢谢您呢。"

"林凤鸣同志，我不是批了，是说要给予适当的支持。支持立项好、带头致富的人。"

"林凤鸣同志，你好！"盖县长伸出手。

"县长怎么是女的呀？"林凤鸣愣头愣脑地说。在场的人都笑了起来。林凤鸣因为正在干活，手脏，在身上蹭了蹭，不好意思起来。

"林凤鸣同志，听说你当姑娘的时候就是劳动模范，这次你又是婆家这个村带头致富的模范，要向你学习呀。"

"盖县长您夸奖了。我没有那么高的境界，就是想让一大家子人住上大瓦房，过上吃喝不愁的好日子。"

"嗯，好啊！这种淳朴的思想，正迎合了我党号召老百姓发家致富的方针政策。人人都寻求致富的路子，我们当父母官儿的就好干工作了。"

"盖县长您放心，我今年是自己边干边摸索经验，当作副业。如果成功了，明年我就带领我们村的妇女，让她们家家都种上木耳，形成规模，做成主业。"林凤鸣脑瓜一热，又是豪言壮语。

"哦？你想让全村的妇女都跟你种木耳？这还是有较高境界的呀！你不怕她们抢你的门路？"

"不怕。如果我们整个村子都种木耳，将来让全国都知道我们大利村这儿种黑木耳，他们都来我们这儿购买，那该有多好啊！"

林凤鸣一时冲动，口无遮拦地说出这么庞大的计划。在场的领导们都高兴地鼓起掌来。电视台的人要给林凤鸣照一些新闻照片，最后又与在场的领导合影。林凤鸣本来就晒得发红的脸更红了，放出异样的光彩。

盖县长临走时对林凤鸣说："林凤鸣同志，作为带头致富的女人，你的胆量和勇气是最可贵的。很多人都在观望，不肯迈开步子。我要把你的实际经验好好地整理整理，好好地推广推广。"

林凤鸣含着热泪说："盖县长，只要不没收，不犯法就行。要我做什么，我一定努力去做。"

第二批黑木耳还没采摘的时候，有几天空当。林凤鸣拿了四斤干木耳，把攒够的五千元钱还给杨思哲。

杨思哲还在手术室给病人做手术，没有出来。林凤鸣坐在他的办公室等他。连日的劳累，让她坐在椅子上迷迷糊糊地睡着了。

林凤鸣梦到了去世多年的妈妈。妈妈在一个宽敞的院子里，那里开满了七彩缤纷的花，或者更准确地说，是人民币。林凤鸣想伸手去拾，却突然发现这些人民币忽悠悠地离自己越来越远。她看到妈妈表情严肃地看着她，似乎想说点什么，可林凤鸣不管怎么努力，始终听不见。她拼了力气抓到手里一把，却发现是自己种的木耳，而这些木耳也都离她远去了。

林凤鸣在梦中叫着："我的木耳，我的木耳……"

林凤鸣醒来的时候，看到杨思哲正站在自己面前。

杨思哲微笑着看着林凤鸣说："木耳老板在做什么美梦呢？睡着了还想着木耳啊！"

"不好意思，睡着了。我把这五千块钱还你。"

"不急不急，你先还别人的。"

"个人的都还了，就剩信用社的贷款了。好借好还，再借不难嘛。这木耳给你二斤，麻烦你给大舅捎去二斤。你给大舅递个话，让大舅放心，下批木耳卖完就可以还一部分贷款。"杨思哲用自己的水杯给林凤鸣倒了杯水。

"林凤鸣，你是个能人。我看了县电视台的新闻，你成了名人了，盖县长都表扬你。"

"杨思哲，你不知道，车进院子时我都吓坏了，还以为又在什么地方违法了，是来没收的呢。"

"一朝被蛇咬，十年怕井绳。凤鸣，我真佩服你敢想敢干的性格。上次粮食被没收的事对你打击挺大的，看到你现在这样我就放心了，替你高兴。"这句话，杨思哲说得特别真诚。

林凤鸣听了，心里很感动。

"种黑木耳算是成功了，我心里也踏实了。这批三百多斤，下批预计七百多斤，还有个第三批二百多斤，然后就等秋季了。"

"销售怎么样？"杨思哲担心地问。

"第一批卖得还好，大家帮忙，现在还剩50多斤吧！"

"那你回去等我电话。我抽空联系一下我们医院的医生，看他们买不买；再让崔莹联系一下他们院的护士，争取尽快都变成钱。"

"哎哟，那多不好意思。杨思哲，你帮我太多了。"林凤鸣也开始有点"油腔滑调"了。

"没事，你这黑木耳不掺假，他们买着也放心。对了，我有个天津的大学同学，每年我都给他寄一些黑木耳、榛蘑，那边人喜欢东北的这些东西。我帮你问问，也许第二批能帮上点儿忙。"

林凤鸣告别杨思哲，在回来的公共汽车上，心里一直担心着自己的那个梦。她努力地回忆，也只是记得几个碎片：妈妈严肃的表情、忽悠悠的人民币、远去的木耳。

林凤鸣拿着余下的钱去信用社，把邵明德家的房契、地契赎了回来。到家后，她派郭保喜去找邵明德，如果邵明德没在家，就跟他媳妇说，他们四人小组要庆祝黑木耳种植成功。林凤鸣为人处世考虑得比较周全，在她心里，邵明德是仗义的人，也是她的恩人，她不想给邵明德惹麻烦。

林凤鸣把邵明德的房契和地契递给他，认认真真地说了一句："邵大哥，我永远记住你的恩情。以后你有什么事，在我林凤鸣这儿都好使。"

邵明德不是一个小肚鸡肠的人。上次郭保喜找他，哥俩说开了之间的误会，他又开玩笑地说："这房契、地契都还了，这回撇清关系了，想拉帮套也拉不成了。"

一家人都笑了，林凤鸣没笑，又重复了一遍："邵哥，危难时你帮我家，我林凤鸣永记在心。"只有经历过灾难的人，才能体会危难时帮助自己的人那份深情厚谊。林凤鸣眼里噙着泪水。

"林凤鸣，没劲了。不过说真的，我看你种黑木耳挺成功的，是个致富的门路。明年我也投点钱，算上一股。你嫂子在家也是闲着，跟我叨叨多少次了，要出来干点活。"

"行，邵哥，我答应你。只要你相信我，我就不会拿二心对待任何人。李书记那天也跟我说了，屯子里有不少人想种，明年咋干，我们再具体计划。我现在是想销路的问题，第一批这些都是朋友帮忙卖出去的，将来那么多咋办？扩大销售市场，开拓销售新路是个不容回避的问题，必须解决。我同学杨思哲给我打听了，说天津市场好。第二批货出来时，我和保喜准备去趟天津。"

正当林凤鸣满怀信心，对未来充满希望的时候，灾祸再一次降临。

第二天下午，天气突变，狂风大作，天空骤然昏暗，黑压压的，明明是下午，却像晚上一样黑，令人心惊肉跳。随即，暴雨夹杂着冰雹倾泻而下。那冰雹有鸡蛋黄那么大，噼里啪啦地砸向地面。风灾雹灾不但把四周的庄稼苗都砸倒冻坏了，林凤鸣家挂木耳的架子也被刮倒了，一片狼藉。

林凤鸣跑到现场，望着眼前的一切，似乎感到了灭顶之灾，眼里掠过绝望的光。她大声喊道："老天爷啊！你开开眼吧，别再祸害我了，帮帮我林凤鸣吧！"说话间，感到一阵天旋地转，心口一疼，又吐了一口鲜血，倒在了地上。保喜、保军、哑巴姑、跛子叔，还有一些邻居，他们都在现场，看到林凤鸣吐血倒地，慌乱地一起把她抬上拖拉机,送进了镇里的医院。

崔莹怀孕了,肚子微微隆起。她来看林凤鸣。

"凤鸣姐,你这又怎么了?我听说木耳场遭灾了。可你想想,什么都是身外之物,只有自己的身体最重要。你想开点。"

林凤鸣笑着说:"没事,我这人就这样,不稳当。脑袋一热,口号漫天;心口一热,鲜血一地。"同病房的人都憋不住笑了。

崔莹嗔怪道:"你还在这儿说笑呢。我打电话跟杨思哲说了,他说你这是第二次吐血了,他很担心你,让我劝你去县医院好好检查检查。"

"没事,我就是一时着急。谢谢你家杨思哲。崔莹,你是不是觉得我爱吹牛,像个大喇叭,什么事也干不成?"

"凤鸣姐,你不是爱吹牛的人,我和杨思哲都不这么认为。你干的都是正事,只是事出有因。你听听我家杨思哲对你的评价。"崔莹把林凤鸣的点滴瓶往外挪了挪,"杨思哲说,林凤鸣就是这样一个人,先喊出口号,这口号就是她要去实现的目标。一般人可能觉得她疯,她傻,不看好她。但她是有头脑的人,有超前想法的人。她一门心思带着家人致富,那么贫穷的家,她都不嫌弃,像个勇士。现实生活中常常缺少有这种冲劲儿的人。就凭这一点,早晚有一天,她一定会成功。我们贫穷的国家想真正富裕起来,就需要这样的带头人。"

林凤鸣感动了,用另一只手揉了一下眼睛。

"杨思哲还说,我们这些上班的人,都没有这股劲儿了。我俩能帮你什么,就帮帮你,你不要客气。就当家里人一样,像你弟致远一样。"

林凤鸣沉默不语,眼泪还是止不住地流下来。她感激任何帮助过她的人。

崔莹为了让林凤鸣高兴,开了句玩笑:"凤鸣姐,是不是我家杨思哲还爱着你呀?"

林凤鸣擦掉眼泪,笑道:"是啊,要不你把杨思哲还给我吧,给我当随身医生。我就不用来医院住院了,省得跑这么远,省得耽误时间。"

"凤鸣姐,原来你这么有野心啊!嘻嘻,我可得把我家杨思哲看住了。你天天想着挣钱,自己吃了上顿没下顿的,把我家杨思哲拐去也饿瘦了,我们娘俩可心疼。"

林凤鸣情绪好了起来,指着崔莹的肚子说:"你俩挺有速度啊。"

"嗯,七月份的预产期。是个女孩儿。"

"现在就知道是女孩儿了？"林凤鸣惊讶，看看同病房的人，压低声音说，"你们医院有方法先知道是男孩儿女孩儿？"

崔莹点点头，开玩笑地说："长大给你家小亮当媳妇。"

"啊！好呀，那我就高攀你家了。回去跟你家杨思哲说，定下儿女亲家。"

"那你这婆婆可得好好保重身体，再去挣钱。"崔莹轻轻拍拍林凤鸣的肩膀，转身出去了。

镇里主管农业的王书记以及保险公司的一些工作人员来到大利村，检查庄稼的受灾情况，意外地看到了林凤鸣木耳场的灾情。王书记问陪同的村支书李国忠："林凤鸣种的木耳保险了吗？"李书记回答："没听说。"人们还没有认识到保险的重要性。保险公司的工作人员发出了可惜的感叹声。

林凤鸣在医院躺了两天，惦记着木耳场的事，打了两天点滴，非要回家。

这次她很平静。她感受到了致富梦想与残酷现实之间的差距，但日子还得一步一步往前过。她告诉家里人："把这些菌袋都拉到后山小树林扔了吧。还好，我们只是受灾了，但我们知道了种的木耳是成功的，这条路没错。我们把现场清理完，上秋再赶一批。只是可惜今年白忙活了，挣不到钱，只能保个本。这期间，我们挖地基，盖房子。村中好多家都盖完了，咱们家也抓紧盖吧。"

邻居二离的曾祖母拿着一盒麦乳精来看林凤鸣，说这是二离的大姑从城里给邮来的补品，她喝了一盒，挺好喝的，这盒给凤鸣拿来，让她补补身子。她宽慰着凤鸣说："凤鸣啊，天灾人祸避免不了。钱财都是身外之物，你别太难过了，身子最重要。二离他大姑给我的生活费，还有政府发的抚恤金，我攒了两千块钱，你先拿着应急吧。"

林凤鸣含着眼泪，坚决不接："您家老的老，小的小，就指着这点钱过日子，我怎么还能再刮您的呢？"

"凤鸣，你就别跟我见外了。俗话说，远亲不如近邻。平时，你也没少照顾我们祖孙俩。保喜、保军帮着干活，俺二离的衣服，不都是你给做的吗？特别是去年冬天二离发烧打针，都是你一直陪着。我还想让二离认你当干妈呢！"

林凤鸣觉得二离的曾祖母是军烈属，又是邻居，帮衬着是应该的。至于让二离认自己当干妈，这个想法她从没想过，一下子羞红了脸。她不敢做主，连忙说道："夏奶奶，使不得！使不得！"

她婆婆接过二离曾奶奶手里的麦乳精，笑着说："这是好事啊！二离长大是要回部队的。跟小亮成了哥俩儿，小亮将来当兵也方便。"她婆婆转过脸对林凤鸣说，"凤，你就应了吧！你看看邵明德不也是我干儿子吗？跟保喜像亲兄弟似的，有点事儿也相互帮衬。"她婆婆对林凤鸣认干儿子的态度转变，令林凤鸣很高兴。

二离的曾祖母看到婆婆应允了，接过话说："凤鸣，你婆婆说得在理。再说，二离没事就跟小亮玩，也像亲哥俩似的，将来也有个伴儿。"二离的曾祖母随她婆婆坐到炕沿儿上。

林凤鸣没有表态，取了两个碗，给二离的曾奶奶倒了碗水递上。她懂得婆婆的小心思，那是冲着二离曾奶奶手里的两千块钱。但她真的被老太太的善良感动了。林凤鸣正犹豫着，二离很懂事，拽着林凤鸣的衣角大声叫："干妈！"

林凤鸣心里一震，想到去年冬天二离生病发烧时，自己坐在旁边看着他，一对小眼睛盯着自己，不肯睡觉，那没妈的样子怪可怜的。她俯身拍拍二离的肩膀，终于答应做二离的干妈。

过了几天，保军扛了一捆猪草回来，进大门就喊："大嫂，大嫂，有好事！"原来，保军上山割猪草时，看到扔到山上的菌袋都长出了木耳芽儿。

林凤鸣对婆婆说："妈，我和二弟先上后山看看。保喜买电线回来，你告诉他往后山去。"林凤鸣放下手里的活计，让保军骑着自行车带着她赶往后山。

韩赖子在林子里放牛，远远地看到郭保军骑着自行车带着林凤鸣往林子这边来，鬼祟地笑了一下，连忙隐蔽起来。

林凤鸣看到，她那些白白胖胖的"蚕宝宝"又活过来了，都长出了指甲盖般大小的木耳芽。她蹲下仔细查看，发现这些木耳芽因为在林荫的自然环境中生长，比在院子里人工挂袋、人工浇水的质量还好。袋子虽然破了，但有营养成分的菌丝还在。"老天爷呀！你开了这么大的玩笑！"林凤鸣一下子瘫坐在地上，埋头放声大哭起来。

韩赖子半蹲着身子，听到哭声，悄悄往这边挪动，感到莫名其妙。

郭保军看到林凤鸣哭得这么伤心，一时不知如何安慰。他就蹲在林凤鸣面前轻声说："大嫂，大嫂，你别哭了，你刚刚出院，注意自己的身体。"

林凤鸣的眼泪从捂着脸的手指缝里流下来，保军心里也跟着难过。撒娇爱哭的女人惹人怜爱，而为事业、为磨难而哭的女人则让人心疼。

朝阳初升，林荫间有阳光洒落下来。偶尔有晨露滴落在林凤鸣蓬乱的头发上，郭保军犹豫着用指尖轻轻拂去，心跳得异常厉害，心中泛起爱怜。但他终究还是没有足够的勇气把林凤鸣拥在怀里。他的动作太轻，沉浸在痛苦中的林凤鸣并没有察觉。

过了一阵儿，林凤鸣停止了哭泣，把头从交叉的双臂中抬起，望着保军："二弟，你又救了我一次。"

韩赖子眼睛一眨不眨地望着林凤鸣与郭保军这边。他侧耳听了一会儿，只听到林凤鸣止住了哭泣声。林凤鸣跟保军比画着什么？说着什么？韩赖子试图蹲着往前靠近些，却被藤条刮住。他用脚踹了踹，慢慢移动身子，再站起来时，保军与林凤鸣都不见了。

保军盯着林凤鸣看，眼里闪过一种异样的光彩，慌忙看向别处，改口叫道："大嫂，你答应我，今后有多么大的灾难，咱一家人一起扛着，你一定得保重自己的身体。"

听到这句话，林凤鸣内心感觉到一种说不出的滋味，或者说是一种不一样的温暖。"嗯，不会再有第二次寻死的想法了。"林凤鸣局促地挪开了一些，与保军保持了点距离。她的心中想到要怎么样去改变这残酷的现实。"二弟，你发现得太及时了！我先在这儿等着，你骑车回家把家人都用拖拉机拉来，把盖房子的人也拉来。说干就干，把这些破袋子排开，还要管理一下，应该还能收回一些木耳的。"她仿佛又看到了金灿灿、五彩缤纷的钞票。

韩赖子听了半天没动静，想一探究竟。他从地上拾起一根树棍，咳嗽着往林凤鸣这边走。走近了，看到只有林凤鸣一人在扶起木耳菌袋。郭保军已经从那头穿出林子，朝家的方向走了。韩赖子赶紧也从这边穿出林子。

郭保军在下山的半路上，碰到了刚从山下赶来的大哥郭保喜。

"咋回事？刚才遇到韩赖子放牛回去，说看到你大嫂跟你在树林里哭呢。"郭保喜的脸色很难看。

"谁瞎说的？咱家扔掉的菌袋都长出木耳芽了，我嫂子看到就哭了。我劝了几句，现在好了。我嫂子让我回去喊你拉人来，带上镰刀把杂草割掉，就在树林里重新摆开。"

"这韩赖子也没说明白。嗯——你回去拉人，拿镰刀，我骑自行车去看看。"保喜恢复了常态的表情。

保军心里好慌乱，还好，刚才自己没有抱哭泣的林凤鸣。不过，当时自己多想把林凤鸣，他的嫂子，搂在怀里，让这个外表瘦弱、内心强大的女人在自己怀里哭泣，给她一个肩膀，给她一份力量。保军心里明白，自己对大嫂确实有一种别样的感情，这种感情在心里阻挡不住。他想，等林凤鸣的木耳从种到收再到卖，一切理顺了，自己就离开家。

保军望着大哥保喜骑着自行车往山里去，为自己暗恋大嫂感到深深的内疚。

林凤鸣带人把这些扔掉的菌袋重新摆放好。她有了一个新的认识：以后就把菌袋放到地上，不用再搭架子了。她自己又摸索出了一条经验。

还有好事呢，信贷员赵英华来找林凤鸣。

林凤鸣说："陈主任不是说贷款两年吗？你们不用害怕，我林凤鸣肯定要还的。这次木耳场遭灾了，上秋我们还种。这条路迈开了，来年还贷款一定没问题。我的家人也支持我，跟我一起干，把贷款还上。"

信贷员赵英华笑了笑："林凤鸣，你误会了。你看看这两位是保险公司的人。你在我们信用社贷款时，陈主任叮嘱了一句，说你这是第一次种植，缺少经验，有风险，就给你保了个意外险。你看看你贷款的票据。他们是来跟你商讨一下理赔的问题。"

"啊，保险了？"林凤鸣瞪大了眼睛，跑到奶奶婆的屋里找出贷款票据。她看到了一千块钱的保险收据，这才想起贷款时确实有保险这一项，只是当时没太注意。

这件事之后，林凤鸣都一直坚持购买保险。她觉得国家的恩情也得报答呀！

在种黑木耳的致富路上，林凤鸣终于摸索出了一套经验。

第十章　外面的世界

郭玉英高考落榜了。她待在家里，既不想复习重读，也没有显得特别失落。

当家人林凤鸣有意安排她去爸爸林崇山的学校当民办教师，告诉她暂时是民办教师，三年后就可以考取正式编制；或者让她跟宋婶当徒弟，学一些治疗儿童常见病的本领，以后就在宋婶的卫生所工作。平时可以住到林凤萍的房间，吃住有姥姥照应，周末林凤萍回来时，她再骑自行车回家。

对于林凤鸣的一番用心安排，郭玉英当场拒绝，表示不愿意离开家，甚至有些生气地指责林凤鸣。玉英说，看着是为自己谋划前途，其实是为了减轻家里的负担，把钱看得太重。还说一个好的当家人，就应该让一家人团聚在一起，让亲人们欢声笑语，享受生活，而大嫂林凤鸣所谓的致富梦想，是强加给家人的。

郭保喜急得脸红脖子粗地数落玉英，只有保军拽着玉英的胳膊，不让她顶撞大嫂。

林凤鸣想起当初给跛子叔安排工作却让他离开家的情景，心里很是内疚。玉英已经是十九岁的女孩子了，有权利选择自己的人生，不必非听她这个当家人的。她当家是为了让家人过上好日子，而不是强迫每个人选择生活方式。

她婆婆这次却一反常态地支持林凤鸣，把郭玉英骂了个狗血淋头："咱家没有一个吃'红本'（指有正式工作编制）的，都没有文化。你将来当上个老师或者当个大夫，出息了，也是为咱家争光啊！你自己有了好工作，也能嫁个好人家。你大嫂说得多好啊！你不领情，不懂事，还顶撞你大嫂，真是长大了，翅膀硬了！我怎么辛辛苦苦把你们拉扯大的，养出你这么个白眼狼！"她婆婆说着反倒哭了起来。

"反正我就不离开大利村！"郭玉英跑了出去，保军跟着追了出去。林凤鸣也觉得是自己过于主观，没有征求玉英的意见，便也跟着撵了出去。

在大门口，保军拽住了玉英："玉英，大嫂嫁到咱家来，一个人辛辛苦苦为一家人谋划过上富裕日子。你看看咱家现在变化多大？六间大瓦房，两幢厢房，顶得上十间大瓦房了，这大院多气派！在村里那也是数得着的了，村里人都说，邵明德家都比不上咱家了。"

玉英不作声，往院子里看了看。"所以，二哥，我才不愿意离开家。你不也是不愿意离开家吗？先前给你介绍的对象家条件多好，你都不去。"

"说什么呢？我跟你不一样，我是男人，得帮咱家把饥荒还完。玉英，你这样顶撞大嫂是不对的。大嫂又没有强迫你，只是给你安排了一条好的出路。你不同意就好好跟大嫂说嘛，赶紧去给大嫂道歉。"

林凤鸣跟着赶上来，听到了这番话，先跟郭玉英道了歉："对不起，玉英，我没有考虑你的感受。在家也挺好的，我们家盖了六间大瓦房，日子也比以前好了。保军，你跟玉英好好谈谈，我去劝劝咱妈。"

林凤鸣劝住了婆婆。正好家里的活儿也多，这件事就算翻篇了。最后，玉英还是接受了林凤鸣的建议，答应去复读。

林凤鸣开了家庭会议，把六间大瓦房的住处重新安排了一下：东边两间，由奶奶婆、婆婆、玉英、玉杰住；中间两间，由保喜、林凤鸣、孩子、哑巴姑姑住；西边两间，由跛子叔、保军、保国住。她还说了，这只是暂时的安排，等保军结婚再给他安排新房。

东侧两间厢房：一间做厨房和餐厅，一间当收货的小仓库。西侧两间厢房：一间当拖拉机车库，一间当存货的大仓库。院墙底下用石头和砖砌，上边加工成木板栅栏。郭家大院像模像样地盖了起来。林凤鸣把玻璃窗户擦得干干净净，大院子也用红砖铺了起来。村里的姐妹们都很羡慕，时常过来找林凤鸣唠家常。从此，林凤鸣精明、能干的名声也传了出去。

秋季木耳培菌期开始了，林凤鸣统计了一下数量，比春季多出近乎一倍。她异常忙碌，先是正式招了十名女工，或者叫短工吧。每天按劳付酬。那些原本只有在秋季卖粮或者过年时才能见到现钱的妇女乐翻了天。每个人都打扮得干净利落，再配上林凤鸣给她们发的蓝色工作服，真像是上班的一样，干活都格外卖力气。玉英此时成了林凤鸣最好的帮手。邵明德的媳妇儿徐亚琴也过来帮忙，她不算在招工的人里，不像其他工人那样按时来、按时走，一天只来干三五个小时。玉英跟她谈得来，总在她身边转悠，很是亲近。

因为两家的关系从林凤鸣嫁过来之前就很好，林凤鸣并没有多想玉英跟徐亚琴亲近的原因。邵明德因为媳妇在这儿干活，来场地的次数也多了起来，偶尔带些水果来，东家的李子，西家的葡萄。邵明德总是给在菌室接菌的林凤鸣单独送一兜儿。林凤鸣说："谢谢邵哥，我没有时间吃，你给嫂子和玉英她们拿过去吧。"邵明德却说:"她们有她们的,怕你吃不到,这是我单给你拿的。"

邵明德这么一说,林凤鸣一个也没吃,直接拿到现场分给了其他女工。

这一切保军都看在眼里。他感到邵明德和自己一样,心里也爱着大嫂,只是无奈地把那份爱隐藏起来,转化为另一种形式交往。都说女人爱男人源于心里的崇拜,男人爱女人源于同情、怜悯。可现实中,男人同样是从心里的崇拜和敬佩开始的。同性最理解同性,好女人谁不爱?何况林凤鸣还是个漂亮又能干的好女人。

保军无奈地用力捶了一下墙,痛苦地用手捂住自己的眼睛。他听到自己狂躁的心就要跳出来了。

守望的幸福,对——守望的幸福。他觉得自己比邵明德幸福多了,每天都能看到林凤鸣,感觉到她的气息,感受到她的一颦一笑,朝夕相处,在"一个家里"。他会吹口琴给她听,尽管她不知道他是为她吹的。他喜欢听林凤鸣叫他"保军",但她通常认真地叫他"二弟"。郭保军自己回答她时,也有微妙的不同:林凤鸣叫"保军",自己是"哎",声音里透着开心;林凤鸣叫"二弟",自己回答是"嗯",透着闷闷的不乐。

林凤鸣太忙了,完全没有感觉到郭保军应答的变化。同样,郭保军也并不一定要林凤鸣知道自己的内心。暗恋!苦恋!也是男人的一种幸福吧。

郭保军心满意足地望了望接菌室。

郭保军使劲地干起活来。他总是先把二十筐从蒸锅里拿出的菌袋,搬到林凤鸣接菌室的门前摆放好,等待林凤鸣第一声喊:"保军!"他会秒回:"哎,在呢。"

林凤鸣就把脑袋探出来,把接好菌苗的铁筐一筐一筐传递出来,再把门前没接的菌袋一筐一筐搬进去,然后看都不看他一眼,就把屋子重新封闭上。有时也会说:"二弟,你给我拿点水来。"说着,把一个空水瓶递出来。保军这时只能看到她伸出来、戴着消毒手套的手和穿着消毒白大褂的胳膊,脸还在那封闭的屋子里。保军一颗年轻男子的心就会怦怦地跳上一阵子。

林凤鸣家的拖拉机因为还在砖厂干活,只有起早贪黑抽时间过来往山上树林里拉菌袋,白天大多绑在场地的架子上。邵明德看到这种情况,也在白天出车回来后,主动过来帮忙,或早或晚地跟着往山上拉菌袋。玉英也随着他的拖拉机跟着上山卸菌袋,而且总是找到机会跟邵明德待在一起。

忙碌的人们,谁也没有注意到一个十九岁、情窦初开的大姑娘的心思。

林凤鸣秋季种的木耳获得了大丰收。吊袋木耳节约地方,好管理;地上木耳不怕风灾。总之，她闯出了一条种黑木耳的成功之路。

县里的记者来了两次，林凤鸣种植黑木耳的新闻，就在地方电视台循环播放了一周。但实际问题也来了：这么多木耳上哪儿去销售呢？她想到了杨思哲说的那个天津的同学。

林凤鸣是雷厉风行的人。从未出过远门的她，从杨思哲那儿要来了他同学的电话，跟保喜一人背了一袋木耳，又用小布袋装了一兜煎饼，带着疙瘩咸菜，坐火车去了天津。他们从家走时，木耳是称过的：保喜两袋四十斤，林凤鸣一袋三十斤，加上带的五斤干粮，坐火车不超重。林凤鸣说不能占公家便宜，再说出门在外就得守规矩。没有出过远门的夫妻两人，似乎想得很周全。

在火车上，郭保喜问林凤鸣："媳妇，咱是不是太冒险了？万一不行呢？"

"喜子，我也不知道行不行。可我们总得找到销路啊。人工木耳冲击木段木耳，这本身就是一个进步。我小时候吃的都是木头上长的木耳，现在用玉米芯、稻草、木屑种，是不是经济了许多？价格便宜了一倍，口感又好，看着也好。别担心，一定会卖得好的。退一步讲，就是卖不出去，我们也就损失点路费。"

郭保喜与林凤鸣到了天津站，已是夜晚。他俩随着熙熙攘攘的人流出了站。哎呀，一下子开了眼界：灯火通明，五颜六色的街灯把整条街照得如同白昼。人来人往，好不热闹，比乡村的白天还要繁华。同时，两个人也蒙了，不知道该往哪里走。保喜埋怨林凤鸣："我说给杨思哲的同学打个电话让他来接，你偏说这样不好，太折腾人家，非要等到明天早上再打。现在咋办？"

"我们先找个旅店住下，把木耳袋子放下，明天早上再给杨思哲的同学打电话。我来时，致远告诉我住离车站远点的地方，那样会便宜一些。"林凤鸣似乎很有主意。"往哪边走？"保喜扛着两袋木耳问。

"看看地图。"林凤鸣把自己背的一袋木耳放下，从小布包里拿出玉英的地理书。

"怎么样？"保喜也放下袋子。

"大意了，地图太笼统，看不出哪儿是哪儿，完全对不上号。喜子，听天由命吧，就往人多的地方走。"

有人过来搭讪："大姐，住店吗？我们店便宜，住店便宜。"

林凤鸣对郭保喜说："这天津人还真好，比我大那么多还叫我大姐。我们就听他们的吧，跟他走。"

夫妻两人随着他们上了一辆中巴车。车子开了很久，才在一个地方停下来。他俩刚下车，就在旅店门口看到有人吵架。原来是一个住店的男人跟旅店老板娘吵架，吵着吵着，出来两个人把那个住店的人打得满脸是血。林凤鸣害怕了，偷偷拽了一下保喜的衣服："这不是黑店吗？咱们不能住啊！"

保喜说："可是坐人家车来的，不住也得住下。你看门口那人被打的，强龙压不住地头蛇，别吱声。"

两个人提心吊胆地住了下来。林凤鸣说："没事，咱们有杨思哲同学的电话。如果遇到黑店抢咱们的东西，就让杨思哲的同学来救咱们。"还是林凤鸣心眼儿多。

两人躺了一会儿，都没有睡着。林凤鸣说："喜子，这店咱不能住了，明天还不知道管咱要多少钱呢。一会儿咱就走。"

郭保喜同意了，担心地问："咱拿着这么显眼的袋子，能出去吗？这是地下室，连个窗户都没有。"

"我看了，这是地下二层，往上走到一层就有窗户。他们的人只守在门口。等后半夜，咱把袋子从一层的窗户扔出去。你先出去，门口的人问，你就说我肚子疼，出去给我买点儿药。然后你转到这旅店后边的窗户这儿，我把木耳袋子扔出去，就去找你。"林凤鸣镇定地说，像个经验丰富的老手。

郭保喜照林凤鸣的话做了，很顺利地来到旅店后边的窗户下。林凤鸣的心怦怦直跳，但还是把木耳袋子从地下二层一袋一袋地扛到一层，从窗户扔给了窗外的保喜。林凤鸣打定主意，如果被发现，就让保喜在外面打电话找杨思哲的同学来救，怎么也得保住这三袋子木耳。话是这么说，做起来还是心惊肉跳。林凤鸣把第三袋木耳扔出窗外后，好半天腿都使不上劲，大汗淋漓地倚在墙上。

只一会儿工夫，林凤鸣咬紧牙关重新站好，慢慢走到旅店门口的柜台。还好，只有一个女的在那儿。林凤鸣就说："同志，我去找我男人。他说是给我买药，这么半天还不回来，是不是迷路了？你看我都疼出汗了。"柜台的人看看空着两手、又出了一身汗的林凤鸣，迷迷糊糊地也没深究，就放林凤鸣出来了。

林凤鸣看看身后没有人追来，绕到旅店后边找到郭保喜。两个人总算是从旅店逃了出来。

林凤鸣说："喜子，我们再往远走走，然后拐到胡同里躲起来等天亮。这城市的夜不黑，怎么这么吓人呢。"

两个人扛着袋子又走了一阵子，天已经蒙蒙亮了，街上有了早起走动的人。折腾了一夜，又饿、又惊吓、又疲劳的林凤鸣实在走不动了，对保喜说："就在那早点摊儿坐下来歇会儿吧。我们还有煎饼，买上两碗豆浆，吃完就给杨思哲的同学打电话。"

七点多，杨思哲的同学就来了。他是个很热情的人，说一直在家里等电话。他要领着林凤鸣他们去吃早饭，林凤鸣说吃过了。于是他把郭保喜、林凤鸣领到一个正规的旅店住下，又把他们带到一个批发木耳的市场，叮嘱他们有事就往他单位打电话。他说："在家千日好，出门事事难。一定不要客气，就把我当成杨思哲一样对待，有事我一定会尽心尽力帮忙的。"

可是，林凤鸣与郭保喜走了两天，一斤木耳也没卖出去。林凤鸣带来的都是大片的人工木耳，而天津市场上卖的则是一小片一小片的木段木耳。他俩发愁了！

郭保喜打了退堂鼓，对林凤鸣说："媳妇，咱俩背回去吧。就算搭个车票钱，也算知道了外面的世界不是咱的世界。再说，小亮扔家里好几天了，也会想妈妈的。"

这么一说，林凤鸣心里一酸，哭了起来。停了一阵，又说："喜子，既然出来了，不到最后一定不要放弃。今天我们把木耳泡一些，让他们看看我们泡好的木耳比那个木段木耳好多少。再试验最后一天。"

郭保喜耐着性子，暂且答应了林凤鸣的意见。第三天，林凤鸣把泡好的木耳拿给批发市场的经销商看，耐心地给他们讲解。因为这是新兴的东西，被人认知需要一个过程，所以还是没人买。郭保喜回到旅店吵着非要回家。林凤鸣说："这旅店的钱今天已经交了，你就再等我半天。"林凤鸣自己堵着气，又把木耳背到了附近一所大学的大门口。

那门卫是一位上了年纪的同志，闲着没事，走出来跟林凤鸣搭话。

林凤鸣就拿了一个泡好的木耳让他尝了一下。他说口感不错，很好啊！"我儿子就是这个大学食堂的管理员，我打个电话，你上他那儿去，看看能不能留下。"

林凤鸣就按他的话，把木耳背到了食堂。他儿子让厨师尝了林凤鸣泡好的木耳，又问了价钱，说："这还不用到市场去买了。"就把林凤鸣的三十斤木耳都留下了。林凤鸣感激地说："你们在就餐的时候，能不能帮忙宣传一下？我还有两袋子没卖出去。在市场上他们不认人工木耳，卖不动。看看有没有老师要买的？"她还拿了一斤木耳，送给那管事的作为辛苦费。那食堂的师傅说："别费那事了。看你一个女同志，大老远从东北来，货真价实。我问一下我师弟他们学校买不买？如果没买，你去他那儿，他是那儿的大厨。"

果然，可以卖到他师弟那所学校的食堂。太幸运了！林凤鸣高兴得想哭！

林凤鸣留出一斤木耳，送给了门口的大爷，说："吃水不忘打井人，这是上学时候学的课文。今天如果卖不出去，就得背着回家了，连吃饭、住店的钱都没有了。大爷您是我的贵人。"

林凤鸣拿到钱回到旅店，保喜一听全卖了，还是三十五元一斤，一下子把林凤鸣抱起来，一阵亲热。"媳妇儿，这么能干啊！那我们明天退房，溜达溜达就回家。"

林凤鸣兴奋得满脸通红，说："行，听你的。我们留下一斤样品。这次来不是玩的，是来卖东西的。家里还有那么多呢，我们一定要打开销路。我们还年轻，玩儿的日子在以后呢。我们溜达的时候再联系一些销路。这次算是幸运。"

林凤鸣给杨思哲的同学打电话辞行的时候，他告诉林凤鸣，他大姐方慧在山东威海，一直做着小杂货的生意，比如核桃仁、松子仁、辣椒面、白芝麻、黑芝麻什么的。"她跑船。早上坐船去日本、韩国，过几天装上日本或韩国的丝巾、口红、假发再来。这靠海的地方发达着呢。反正你带来的木耳也卖出去了，不拿什么东西，我建议你去那儿看看。"

林凤鸣满心欢喜地说："我去！麻烦你告诉你姐姐一声，我们那儿也有山核桃和松子。"

郭保喜与林凤鸣产生了分歧：林凤鸣坚持买票去威海，郭保喜则坚持买票回家。

林凤鸣说："喜子，我也想家，我也想小亮。可是家里那么多木耳卖不出去，来年怎么种啊？"

郭保喜说："有货不愁没客。早卖一天，晚卖一天算啥？卖不出去就搁着呗，又不吃草不吃料的。我们在天津遭的罪你还没受够啊！到威海又是个新地方，还不知道又会遇到什么情况呢。"

两个人谁也说服不了谁。最终，林凤鸣一个人带着一斤木耳样品去了威海，郭保喜则回了家。

林凤鸣在威海码头看到了往船上大包小包带货的商贩。他们在忙碌中有说有笑，人们的包里仿佛装满了人民币那样喜悦。林凤鸣被这种气氛感染了，在港口溜达着，边等候杨思哲同学的大姐。

后来，她买了一些小礼物，给两边的亲人。她给奶奶婆、婆婆和姥姥买了珍珠项链，给爸爸、弟弟、妹妹们买了丝巾和围脖。看着韩国和日本的东西那么精致，林凤鸣很是感慨。她特意给杨思哲和崔莹、李书记都买了一些小礼物。想了想，又决定给邵明德买了两袋虾米。

杨思哲同学的姐姐方慧，是个有商人底子的人。见了面，热情地带着林凤鸣吃了一顿海鲜。她还特意讲了中国农副产品卖到日本、韩国的一些情况，劝说林凤鸣年纪轻轻的就不要死守田园，应该出来闯一闯，挣现钱，捞外快。林凤鸣笑着说，自己有一大家子人呢，放不下他们。随即说了自己这次来就是为了卖人工木耳的事。方慧姐很爽快，她说："木耳你们那儿不是最优产区，最优先的是黑龙江。但是黑龙江的价格比你高。你把你的样品给我看看，如果质量可以，先给我发200斤来。"

林凤鸣激动得不行。她跟方慧还讲起自己家乡山区的松子、榛蘑、山核桃等。方慧饶有兴趣地听着，说："靠山吃山，把山里的好东西都收上来，那是纯天然的好东西，烂在山里多可惜。将来不忙的时候，我要到你那里去看看。"两个人像亲姐妹一样，亲近起来。方慧让林凤鸣住到她家里。

林凤鸣就用方慧家的电话往李书记家打了一个长途电话。她知道保喜还没有到家，就让保军准备好200斤木耳，等明天保喜回来，一起去邮局照这个地址邮寄过来。

方慧姐说："要做买卖，就得自己家安个电话才方便。还有，你不要在邮局寄，去铁路货运邮寄。黑龙江那边都是铁路运输，能减少成本。"

林凤鸣说："家里有电话真方便。回去就申请安上，不知道那小山沟给不给安？"

方慧姐说："嗨，多花点钱应该还是能办到的吧？要不买个手机也行。"

方慧姐掏出了一个玲珑小巧的黑色东西，在客厅里边走边打电话。林凤鸣第一次见到手机，先前只见过崔莹表哥的"大哥大"。这次林凤鸣真是开了眼界了。方慧姐说，这是韩国的三星小翻盖手机。林凤鸣说，等将来自己挣到钱了，也买一个手机。方慧姐说："我们国家发展也快，很快就会有电信网络覆盖，手机也会很快普及。我们是个大国，将来会超过日本、韩国这些小国。"

林凤鸣在大姐家还看到了彩色电视机。

方慧姐问林凤鸣："要不你跟我去国外走一趟？"

林凤鸣想想自己兜里没有那么多钱买船票，再说出来这么多天，孩子太小，也惦记家里，就说："谢谢大姐，以后吧，我先回去。"大姐说："那我把货款先给你拿一半回去，等货到了以后，我再给你拿另一半。"

林凤鸣笑着问方慧："大姐，你不担心我吗？"

方慧也笑了，说："我会看人。你骗我这点小钱有什么意思？如果卖得好，你的货我就全包了。我客户多着呢。现在国家政策好，我马上要开一家外贸行了。"

林凤鸣心里那个羡慕啊！自己不懂生意，今天算是见着真正的生意人了。自己现在还在为解决基本生活奔波，什么时候能像大姐这样，敞亮地做个生意人呢？

林凤鸣被方慧姐的品行深深感动，眼泪汪汪地告别了她。她买了回家的硬座车票。

郭保喜一个人先到家了，把卖木耳的钱交给了奶奶。除了小亮亲热地喊着爸爸，家里人都对郭保喜开了"批评会"。

"你们是夫妻啊！要相伴一辈子的亲人。凤鸣是为了全家呀！"奶奶埋怨保喜。

"一块儿出去的，怎么不一块儿回来？小喜子，你这是太任性了！你想家，凤鸣能不想家吗？能不想孩子吗？那么多木耳，她不得想办法卖出去吗？亏你还是家里的老大，怎么没有个老大的样子？凤鸣比你还小三岁呢。"婆婆见郭保喜一人回来，问明了原因，开口就骂，"她一个女人自个儿去威海，你怎么就不跟着去？凤鸣又没出过远门。你呀，你呀，小喜子，你从小就是我太惯着你了！吃了饭，赶紧买火车票去找去！"保军问："你和大嫂吵架了？"

"没有。她自己非要去威海，听风就是雨，八字还没一撇的事，不肯跟我回来。"

"不跟你回来，你就陪着她呗！看到不行也就死心塌地跟我回来了呗。你拿的这是什么理？"婆婆又开骂。

玉英说："大哥，是你不对。就是生气也不能把我大嫂一个人扔外边。"

玉杰、保国都点头，保喜不作声了。

"妈，大哥刚从外面回来也累了。吃完饭我去车站看看，有去威海的火车票吗？我去找大嫂吧！"保军心里好生惦念。这几天看不到林凤鸣，他就心里不踏实，原想着好在有大哥陪着。现在大哥却把林凤鸣一个人撇在威海，自己回来了。

"行，凡事依着你大嫂，她做事一定有她的道理。你陪着就是。她和你大哥在一起也会吵起来的，再不回来咋办？就你去。"

其实，郭保喜一个人在火车上的时候就后悔了。来的时候夫妻二人相互依靠，说着话，现在一个人孤孤单单的。再说，凤鸣自己一个人，万一又遇到黑店咋办？他真的有些担心林凤鸣。

"不用保军去找，吃了饭还是我去。我一会儿去李书记家，给杨思哲同学的大姐打个电话，看看凤鸣联系上她没？"

保军看看婆婆，他心里想去找林凤鸣，想让婆婆安排自己跟着去。

"保喜去也行，自己的错，自己认。快吃快去！"婆婆催促道。

保军听后，有些失落。他最担心林凤鸣，嘴上又不便说出来，就说："大哥，那你就快点吧，这次千万跟我大嫂一起回来。"

家人正说着，李书记来送信，把林凤鸣打电话的事告诉了他们。"我看凤鸣挺着急的，就过来通知你们。凤鸣让明天早晨就去车站托运过去。还有，凤鸣嘱咐，让过完秤再喷上一些温开水，怕木耳干，托运时碎裂。"

"妈，你看她多能干？是不是不用去找了？"郭保喜半是佩服半是吃醋地说。

郭保军听了郭保喜的话，皱了一下眉，无可奈何地看看郭保喜，怼道："你命好，摊上个能干的媳妇。那你一会儿随你李叔过去打个电话问问吧！听听凤鸣的意见，去，还是不去？"

第二天，郭保喜与郭保军去车站办理完托运，保喜高高兴兴地去邵明德家打麻将了。他妈让玉英去喊他回来到车站接林凤鸣，保喜不回，说还有两圈没打完。婆婆只好让保军去车站接林凤鸣。

郭保军正和跛子叔在搓稻草绳，准备上山割柴捆柴用。听了之后说了一句："大哥真有点不像话了。"撂下手里的活儿，推出自行车，告诉玉英再给大嫂找件厚衣服带着。

林凤鸣走出出站口，只看到郭保军来接站，有些不高兴地问："保军，你大哥干什么呢？"保军怕林凤鸣难过，撒谎说："大哥去给人家拉一趟货，没在家。"林凤鸣心里稍稍安慰了些，问家里人都好吧？保军回答说："没事，都好着呢。"

保军骑着自行车带着林凤鸣往家回。

林凤鸣小心翼翼，很有分寸地只用手拽着保军一点点衣服。上坡的时候，两个人一同下了自行车。开始两人都没吱声，接着林凤鸣说："二弟，将来你也到外面看看，真的是不一样，很开眼界。"

保军转过头，看看林凤鸣，说："等以后吧，家里的事安定一些。现在我出去也不放心呢。"他又问，"大嫂，这次出门还顺利吧？"

"哈，有惊有险，也有收获，回去给你们讲。"

"你的嘴唇都有血痂了，是上火了吧？疼吧？"保军略带关心地问。

"唉，没事，吃海鲜吃多了，回去抹点香油就好了。"又走了几步，林凤鸣说，"二弟，你这么细心，将来找个媳妇儿，一定很有福气的。"

"大嫂，说什么呢？我不找，这一大家子人挺好的。再挤进来一个外人咋办？"

"哈，我不也是外人吗？我托人帮你介绍。咱家现在大瓦房也有了，不低气。"

保军在心里想："林凤鸣，我跟你就是一见心动，一定是上辈子没好够，这辈子才让我陪在你身边的。"嘴上却淡淡地说："以后再说吧。下坡了，你抱紧我，别甩下去。"

"自行车太慢了，过年咱家买辆摩托车。"林凤鸣说。

"摩托车？我看到过，速度好快，像火车似的。要好多钱吧？"保军的声音透着年轻男人的欢快。

"没事，过年还完贷款咱家就买。有着急的事，用着方便。"

"你总是有超前的想法，我佩服。"

"我在城里看到了，人总是不断往高处想的。没自行车时盼着买自行车，有了自行车又想换摩托车，将来还会有小轿车。"

"嗯，我们一起好好干，争取在村里第一个买摩托车，第一个买轿车。"

"对，先买摩托车。保军，到时候骑着它找个对象回来，让咱妈高兴。"

"买摩托车是为了让我找对象？你也急着让我找对象？"保军的声音低沉下来。

"当然。现在农村不是兴要'三金'（金耳环、金戒指、金项链）吗？咱有大摩托车更气派。"林凤鸣顺着自己的想法高兴地说着。

郭保军不吱声了，他心里好委屈，生着闷气，快速地蹬着自行车。

林凤鸣只比郭保喜晚几天到家，却是带着预付货款回来的。

林凤鸣从哑巴姑婆怀里抱过儿子小亮，亲了又亲。看到小亮手里拿着一个小木猴，故意问："这小猴是谁做的？这么乖巧。"

小亮转身用小手指着郭保军："叔。"林凤鸣随即以小亮的辈分，教小亮叫："啊，二叔，叫二叔。"小亮还是说："叔。"在场的家人都被逗乐了。

保军轻轻摸摸小亮的小脑袋瓜，抿嘴笑了一下。拍拍手，小亮就从林凤鸣怀里扑向保军。

"哈，还是跟二叔好啊！那找二叔去吧。"林凤鸣松开小亮，忙着坐下来，觉得有好多话要跟家人讲。

家里人都围在林凤鸣身边，听她讲天津的事，讲威海的事。每个人都收到了礼物。大家说大哥还没带礼物回来呢，大嫂却带着这么多礼物，我们都跟大嫂好了。

第二天早上，林凤鸣带着礼物去李书记家串门，顺便问了安电话的事。

林凤鸣人逢喜事精神爽，她觉得自己有使不完的劲。

林凤鸣挂牌收购山核桃、野蘑菇、松子。

大利村和朝阳村有几家人，听说林凤鸣种木耳挣钱了，都要跟着她种。林凤鸣说："你们种的量不大，第一年要考虑到各种风险。我就把菌袋直接卖给你们吧，你们自己管理，自己收货，自己去卖。如果卖不出去再找我。但咱们的价格要统一，不能一人一个价，那样会乱了市场，吃亏的是我们自己。如果谁不守规矩，以后我就不卖他菌苗。"

林凤鸣与各家签了协议，让他们交了菌种的订金。她有了足够的资金来扩大黑木耳菌种的种植规模。又出现了一个新问题：本地的木屑不够用了。

林凤鸣一边让郭保军出去联系别的乡镇的木制品厂购买木屑，一边回县里找讲师请教方法。开始没找到人，听说下乡了。林凤鸣就想到了盖县长。盖县长了解情况后，派秘书开车带林凤鸣去找讲师。讲师说，可以用稻壳粉、玉米芯等代替不足的木屑。

邵明德在家玩了几天，没看到郭保喜来玩儿，就溜达着过来找。开了屋门喊："凤鸣，相好的，快出来接我！"婆婆就乐了："你这是又找骂呀？都没在家，忙着发货呢。"

"干妈，这大冬天的，都去哪了？"邵明德疑惑地问。

"保喜、保军出车了，说是拉稻壳粉。凤鸣上火车站了，早上骑着自行车带着两大袋木耳走的。玉英和你叔在木耳场呢，说是还得搭个火炉子。"

"这家伙，干大了呀！今年得带着我了吧？"

"这我可做不了主，回来你跟凤鸣说吧！她说都得签合同。"

"我还用签合同？去年我说入股，凤鸣就说让我等一年，怕没经验，受损失。哈！这出了一趟门，回来就要大干一场，不带我了？"

"明德，你一准儿有面子。我告诉你啊，保喜在你那儿玩麻将，凤鸣生气了，你可别再找保喜去了。保喜要再去，你就劝他回来。"

"干妈，这大冬天闲着干啥呢？干了一春带一夏的，累得够呛，还不歇歇？男人嘛，玩玩就玩玩了。我要有事干，也不玩了。"

"呀，你可别这么说。凤鸣就是不让玩。喜子要再玩啊，凤鸣都说要去你家掀桌子了。"

邵明德说："嗯，凤鸣有这个劲儿。干妈，我听你的，不让喜子去玩儿。"

奶奶婆对邵明德说："现在国家让个人致富，就不能游手好闲了。你也跟凤鸣学学，一个女人家都挑起大梁了。你看看这大瓦房盖得多好。"

邵明德略感惭愧地说道："奶奶，我听您的。我这脑袋也聪明，不闲着了。干妈，您娶的这个儿媳妇就是个活宝贝，是个钱袋子。他们都忙外头，家里有啥活儿没？我帮着干干。"

"不用。我告诉你的话记住了啊！不许让喜子去玩了。"

"行，干妈，我吃完晚饭再来。"邵明德走到院子，看到林凤鸣收的山核桃在院子里堆着，又趴到仓库门上看看，库里也有不少装好的山核桃。他心里真的羡慕起来。

邵明德回到家就对他媳妇说："明天咱家也不'放局'（指提供场所供人赌博）了，去跟林凤鸣种木耳去。"徐亚琴小声嘀咕道："这又抽哪股风？"

邵明德耳朵尖，还是听到了："我抽什么风？你看林凤鸣种木耳、卖木耳，去天津、去威海的，他们一家能干活的都挣钱呢。光靠拖拉机暖和天挣点儿钱，天冷就闲着。再说，别的村子也有买拖拉机的了，活儿越来越少。你就是目光短浅，锅台边儿转！"

徐亚琴就不敢吱声了。等邵明德进了里屋，她才在外屋又叨咕了一句："林凤鸣好，也轮不到你呀，有郭老二跟着呢。"

一个玩麻将的就问徐亚琴："郭保军跟他大嫂有一腿？"

徐亚琴瞅瞅里屋的门关着，小声说："韩赖子说的。去年夏天他在后山放牛，亲眼看到林凤鸣跟郭老二在后山小树林里哭来着。郭老二一准儿捞着他嫂子身子了。"

"这林凤鸣看着一本正经的，原来跟着他哥俩啊！"

玩麻将的、玩扑克的一边打着牌，一边捕风捉影地编排着林凤鸣的风凉话，传出一阵阵不怀好意的笑声。

女人跟女人怎么就这么大差别呢？抛开外表美不美、好看不好看不说，这脑子里的东西也差着一大截呢。

邵明德在炕上躺了几分钟，他真的感觉到无聊，就起来对外面玩麻将和扑克的人说："明天我家不放局了，你们就都别来了。"在这儿玩麻将、玩扑克的人面面相觑，以为是说林凤鸣和郭保军的话被邵明德听到了呢。

邵明德吃了晚饭来到郭保喜家的时候，郭保喜一家人正在吃饭。

郭保喜以为他是来找自己玩麻将的，慌忙给邵明德使了个眼色。邵明德乐了，自己搬个凳子坐到一边儿："我今天找你媳妇儿，不找你。林凤鸣，你这发了财了，就把我撇一边了？"

林凤鸣开始也以为邵明德是来找郭保喜玩麻将的，没搭理他。听他这么一说，就问："啥事儿？有话就说，有屁就放，别搁那儿说些不着边际的话。"

"我明年也种木耳。今年开春你说没经验怕有风险，上秋你又说怕没销路不好卖。是怕我跟你抢生意啊？"

林凤鸣乐了："我这种木耳来钱慢，没有你放局来钱快。怕你不稀罕挣这点辛苦钱。"

"得得，我说不过你。明年我就是要跟你种木耳了。你都签了好几家合同了，就不想着我？也忘了四人致富小组了？"

玉英在一边想说什么，被林凤鸣阻止了。

"你家行吗？你家嫂子没出过力，你又忙着开拖拉机，有人手吗？"林凤鸣仍然不松口。

邵明德急了："怎么不行？你别管那些。忙的时候我让我小姨子她们过来，我弟弟也喊来。你给我弄5000袋行不行？"

"不行！"林凤鸣认真地说。

玉英又想说什么，林凤鸣还是不让说。

"凤鸣，你成心的吧？"邵明德有些生气了。

林凤鸣故意大声问："你家有那么大地方吗？你家的地不都包出去了？"

"我家园子大，就搁园子里。"

"你家园子也就能放3000袋啊！再说，木耳最怕感染，不能放园子里。"

"我不管，就种5000袋。"

"下决心了？"林凤鸣逼着邵明德问。

邵明德抬起头看看林凤鸣，疑惑地问："啥意思？我邵明德吐个唾沫就是钉！"

"我要的就是你这句话。玉英，告诉他吧。"

"邵哥，我大嫂是个感恩的人，第一个想到的就是你家的事。我大嫂说种木耳成功了，要给邵哥家带一份。我们备料时就多备出了5000袋的料。"

保军接着说："我大嫂量过你家园子，知道你家没地方摆放，特意挨着大河边的水田地那儿，给你家留出了5000袋的地方。咱们两家在那儿打井浇水，两家各出一个人看着。算入股也行，算单干也行。"

邵明德一拍大腿乐了："林凤鸣，你够意思！怎么不早说呢？"

"早说怕你不乐意干呀。一玩起麻将来，就玩得昏天黑地的。"

"林凤鸣，你小瞧我了！今天就记住了，我不玩了！干妈您监督！"邵明德跑到婆婆身边坐下，那亲昵劲儿跟亲儿子似的。

林凤鸣知道，邵明德是个感恩的人。刚过门时听保喜讲过邵明德认干妈的事。

玉英给邵明德倒了一杯热水，低着头递过去。

"那我也给你签个协议啊？"邵明德一边接过水，一边故意问林凤鸣。

"不用，你是四人致富小组的，特殊。"

这下邵明德就美滋滋起来，把玉英倒的水放下，站起来："我回家给你取料钱去。凤鸣，还是你跟我铁。"

"一边儿去！到时候忙了、累了，别骂我就行。"林凤鸣说这话的时候，瞥了一眼郭保喜。

郭保喜似笑非笑地说："再坐会儿呗，咱谁跟谁。我媳妇都给你安排好料了，一准儿有你的。"

邵明德一扬手，头也没回地说："取钱去！这么大一摊子，哪儿不用钱？"

林凤鸣脑子活络，又去了长春、江城的小杂货批发市场。在春节前，陆陆续续把木耳都卖掉了，仓库里也收了一些山核桃和松子。

林凤鸣说："不种木耳的人家可以砸核桃仁。把山核桃按斤发给村民，回收核桃仁。我负责道东的人家，玉英你负责道西的人家。保喜、保军负责用拖拉机发核桃。"

她婆婆担心地问："凤鸣，这么多核桃仁能卖出去吗？"

"能，这是好东西。我给方慧大姐邮走五十斤了。威海能有销路往国外去，大连也应该会有买家销往国外的。再说，冬天也不会坏掉。等我种完木耳就去大连看看销路。等天气转暖时，咱也买个冰箱。"

她奶奶婆满脸笑容："咱凤鸣随了她姥姥家的人，有个做买卖的脑瓜儿。"

第十一章　掩藏起来的那份爱

大年正月初二，林凤鸣让郭保喜开着拖拉机回娘家。车上拉着木耳菌种，她想在娘家村子里做些宣传。她就像荒草地上的一点火星，要在贫穷落后的山村中点燃希望。

林凤鸣刚到娘家，那些她没出阁时的小姐妹听到拖拉机的动静，就抱着或领着孩子来看她。她们都羡慕林凤鸣的变化真大。

"凤鸣，你找了那么穷的婆家，现在过得都比我们好。"

"凤鸣，你就是个能人，上学时候你就聪明。"

"凤鸣，你一下子让你们村三十多户盖上了瓦房，比咱村的瓦房都多。"

……………

林凤鸣说："现在国家政策好，就是想让我们过上好日子。我们有手有脚有脑袋，干吗非要过穷日子？别安于现状，一定要行动起来。男人们挣钱，我们女人也不能落后。'嫁汉嫁汉，穿衣吃饭'，这些老话儿咱们可不能再听了。咱们得听毛主席的，'妇女能顶半边天'。种木耳，是守家在地的活计，努努力就能挣到钱，补贴家用。"

林凤鸣给她们细讲了种植黑木耳的方法。初四她要回去的时候，又签下了一万袋菌苗的合同。

林凤鸣带着礼物去看望宋婶，她希望这位慈爱的女人能和爸爸早日结合，成为一家人。宋婶却说："你爸爸说等今年凤萍高考完再说。"

林凤鸣说："我爸倒是沉得住气，就不想想您一个人过日子有多孤单？凤萍考不考大学也不影响你们结婚，还是早点把事办了，早晚有个照应。"

宋婶温柔地笑着说："依你爸爸吧，就等凤萍高考完。"

凤鸣又说："宋婶，我跟我爸说了，就定今年。等我闲下来，回来帮我爸把房子翻盖好，秋天就给你们张罗办喜事。"

宋婶说："你真是个能干又热心的孩子，我没看错你。"

整个正月都在忙碌中度过，林凤鸣收获颇丰，还清了砖厂的钱，她觉得身子都轻快了不少。

林凤鸣到江城边上的梅河口学了砸核桃的技术，还了解到山核桃可以用手工机器来砸。她到铁匠铺打制了一些砸核桃的机器。

可是，林业站稽查科的人来了，要没收林凤鸣家院子里的山核桃，连村民手里的也要一并没收。林凤鸣拿出工商局发的执照跟他们理论。

稽查科的人说，山核桃是种子，必须要有调拨手续才能经营。

"种子？现实是山核桃要是不捡下山，被松鼠啃过之后，都在山上烂掉了，我这是变废为宝。如果是种子，那一棵山核桃树上结几百个核桃，可你们到树下看看，有几棵核桃树长出来了？你们这是强词夺理，鸡蛋里挑骨头！我肯定不服气，我要上镇里找王书记，上县里找盖县长！"

保军跟在旁边，紧张地对林凤鸣说："大嫂，你想开点，这次你一定得想开点。"

"放心，这次我有底气。"林凤鸣非常冷静，立刻往镇里、县里打电话。

这一次，惹恼的是村民。村里那些捡了山核桃的、给林凤鸣砸核桃仁的村民都跑了出来。出来最多的是靠手工作坊维持生计的女人，她们一边喊着自家有力的男人，一边手拉手挡住了道路。

"林凤鸣，你别怕，我们跟你一伙的！"

"林凤鸣，你别担心，我们不让他们拉走！"

"我们捡山核桃不犯法！"

…………

女人们七嘴八舌地嚷嚷着，手拉手站成一排；男人们则开始搬石头、横木头，设置路障。稽查科有几个年轻的男人冲过来，要强行抢道，把一个妇女推倒在地。这妇女的男人就在边上看着，眼见自家女人吃了亏，乡野村夫的血性一下子上来了，嘴里喊着："土匪啊，打女人了！"接着，他就不管不顾，拎起一根棒子朝着那稽查科的人腿上就是一棒，一下子把那个年轻人打倒了。

稽查科的人一看打人了，立刻把镇派出所的人叫来。派出所的人说只管打人的事，其他事他们不管。于是，把稽查科被打的人和打人的村民嘎子都抓上警车带走了。

嘎子回头对他媳妇说："没事，打他咱不吃亏。"

一村人向着一村人，七大姑八大姨连着亲，村民们情绪激动起来，骂声四起："你们这帮戴大盖帽的，不知道老百姓的苦！我们捡点山核桃维持生活，你们凭什么不让我们过好日子？……你们吃皇粮的，不去创造价值，倒来剥削我们这些劳动者……"

天渐渐黑下来，稽查科的人看拉不走山核桃，只好把拉货的车停到一旁，开着小车走了。村里的男人们又加固了一些石头和木头路障，才把女人们叫回家做饭。

有女人高兴地喊着："林凤鸣，我们胜利了！"

林凤鸣微笑着，感激地朝他们点点头，心里却明白这只是暂时的，并非最终的解决办法。而且，她想到嘎子是因为自家的事才被抓走的，于是叫郭保喜开了拖拉机，先去派出所把人捞出来。

邵明德白天出车，回到家听说了这事，也开着拖拉机奔郭保喜家来了。他心里嘀咕："小姑奶奶，你又惹事了？"他真怕林凤鸣再出什么事。

"你大嫂也被抓走了？"邵明德一到郭保喜家，见到郭保军就问。

保军告诉他："不是我大嫂，是嘎子，他打人了。我大嫂跟着去的，这次，我大嫂非常冷静。"

邵明德仍然不放心，就在林凤鸣婆婆那屋跟保军、跛子叔聊天，和屋子里其他村民一起，等着林凤鸣他们回来。玉英本来和她妈、她姑在炕上坐着逗小亮玩儿，看到邵明德来了，赶紧爬起来下炕，从外屋给邵明德洗了一盘苹果端上来。

派出所的人说，不管什么理由，打人就是不对，罚款500元，不服可以上法院去告。

林凤鸣说："是林业站的人先动手推倒了嘎子的媳妇，林业站那人也得交500块钱，否则这500块钱我们不交。"

派出所的警察抬头看看林凤鸣，无可奈何地摇了摇头。拿出笔录让嘎子签字，林凤鸣说："这事因我而起，我签，我交罚款。"

就这样，派出所收到了两边各500元的罚款，两个人都被放了回来。

村子里的人都聚在郭保喜家等消息，七嘴八舌地猜测着。李国忠书记抽着烟，一言不发。林凤鸣把嘎子完好无缺地领了回来。

玉杰和保国在叔叔那屋学习，听见林凤鸣回来了，都跑过来围在她身边。

"凤鸣这500块钱拿得仗义。"李国忠书记听嘎子说完经过，对身边的村民说。

镇政府和县政府的领导听林凤鸣解释："我有工商局和税务局的手续，但我不可能一下子知道那么多规定啊。"

他们考虑到这是老百姓的事，也没有批评林凤鸣，反而安慰她说："我们了解情况后会尽快解决。你一定要劝说乡亲们，不要情绪过激，别再出现打人事件。"

最后查明真相：原来是镇里承包百货、收购农副产品的老板在捣鬼，他家有亲戚在林政科。林业站领导并不知情。因为这老板经营不善，收不上来山货——都被林凤鸣占了天时地利，在山下就给收购了，而且林凤鸣还就地加工，哪儿还有他的份儿？核桃仁变成了钱，核桃皮变成了烧柴。

市里通知镇里，镇里进行协调。林凤鸣去林业站补办了一些手续，货最终没有被拉走。林凤鸣又去工商局增加了"籽仁加工"的项目，在经商的道路上逐渐成熟起来。

三八节那天，郭保军送给林凤鸣两个手串，一个是用暗红色的崖柏木做的，另一个是用小的、清白的扁担胡子木头做的。

林凤鸣心里猛地一惊，想到了爸爸的嘱咐，连忙说："我不要，我成天忙里忙外的，戴不上。"这手串精致灵巧，她其实非常喜欢，但看看保军，又故作冷漠地说："我也不喜欢这些东西，你给玉英、玉杰她们吧。"

结果玉英和玉杰都笑了起来："大嫂，我们都先拿到了。二哥给全家人都做了，连咱奶咱妈都有。"

郭保喜急忙说："哎呀，这是保军的手艺，打磨这个得费好多时间。今天是妇女节，你可别扫他的兴了，快收下吧，不喜欢就放柜子里呗！"

"我不要这些不值钱的东西，要戴就戴金的。你看邵明德媳妇都戴金耳环了，拿这些东西糊弄我干什么？"林凤鸣狠狠地说了这些话。话一出口，她心里就难受极了。保军是她的救命恩人，她从来没用这么恶劣的语气对过他。

林凤鸣看到，保军羞愧到了极点，脸色非常难看，拿着手串快步离去。

郭保喜叫住郭保军，把手串从保军手里抢过来，硬是拽过林凤鸣的胳膊给她戴上。林凤鸣没再说什么，用眼角的余光看着郭保军因呼吸急促而起伏的背影。

她心里愧疚，默默走出饭厅，不敢回头看，怕看到保军那真挚的眼神，怕自己流出眼泪。

躺在炕上的时候，保喜问林凤鸣："媳妇，今天你的态度不对，你怎么能那样对保军呢？二弟是一番好意。"

提到保军送手串的事，林凤鸣心里就一阵阵难受。听郭保喜这么一说，她赶紧掩饰道："本来就是嘛，整些破木头疙瘩有什么用？我要戴就戴金的。"

"好好好，我知道你心气高，要戴金的，要跟邵明德媳妇比。那你也不能当着二弟的面那么拒绝他，让他下不来台啊。"

"行了，我知道了。今天累了，快睡觉吧！"林凤鸣转过身去，在心里默默地说："二弟，对不起，真的对不起。我是为你好，希望你能理解，别太难受。"

第二天早上吃饭时，保军一直低着头，有意避开林凤鸣的目光。

林凤鸣心里也难受，派活时故意说："保喜，你哥俩……"而不是像往常一样叫："保喜、二弟……"

一天吃晚饭时，小保国说："我们上课老师讲了人工呼吸。"他扭头问保军："二哥，大嫂跳江溺水那次，你救大嫂的时候是怎么做人工呼吸的呀？"

郭保军的脸"刷"地一下涨得通红，窘迫得非常难看，气恼地把筷子拍在饭桌上："吃饭也堵不住你的嘴！"放下手里的碗，匆匆离去。

小保国莫名其妙地看看全家人，觉得很委屈：不就是个人工呼吸吗？就是对着嘴吹气呗。玉英狠狠瞪了小保国一眼。郭保喜看看林凤鸣，对小保国说："你二哥救你大嫂，是情急之下才做的人工呼吸，你以后不许再问了。"

她婆婆也批评小保国："记住，以后不许问。"

小保国就低眉顺眼地说："妈，我今晚去你屋睡觉。"

"咋了？大半小子了还跟妈睡？"

"我怕我二哥教训我。"

第二天早上，林凤鸣起来抱柴火做饭，没有看到平日里早起的郭保军，只有跛子叔公坐在敞开的门口抽烟。

林凤鸣问："叔，起来了。保军还睡着呢？"

跛子叔没说话，轻轻摇摇头，长长叹了口气："唉！走了。"

"走了？去哪儿了？"林凤鸣心里一慌，把手里的柴火扔下，快步走向跛子叔与郭保军住的房间。林凤鸣急急忙忙到他们屋里去看。

平日里，保军卷在炕上那整整齐齐的被褥不见了。林凤鸣心跳到了嗓子眼儿，在墙角地上找到了三个揉皱的纸团。第一张纸上写着"大嫂"，被揉成一团扔在那儿；第二张写着"林凤鸣"，也是团一团扔在那儿；第三张写着"豆苗"，同样被揉成一团扔在那儿。林凤鸣不知道是先写的"大嫂"还是先写的"豆苗"，但结果都一样——郭保军是想给自己写封信。她又看到摆在窗台上的牙具也没了。

林凤鸣恍然大悟：郭保军离家出走了。

林凤鸣傻傻地站在那里。"保军，你这是去哪里了呀？你怎么就这样走了呢。"

无声的眼泪慢慢流淌下来，"都是我不好，害得你这么尴尬，让你心里背了这么重的包袱。"

林凤鸣心事重重地把那三个纸团——抚平，然后折起来，悄悄地攥在了手里。

"你走了，把流言蜚语一个人都扛走了，你以为我的日子就会好过？我的心里会好受吗？当然，眼下这确实是最好、最快消除流言蜚语的方法。"这时，她忽然明白了：保军的心里不仅仅是亲情，还有一份深藏的爱恋。五年来善意的陪伴，危难时舍命相救，这次又为了保全自己的名誉而牺牲，选择离开家。种种往事，历历在目——这是世上难得的知己，只是不知道这份情愫从何而起。

奶奶婆身体不适，躺在炕上对林凤鸣说："凤鸣啊，我这身体越来越不行了，这账啊，我看还是你接过去管吧，现在全家人都信任你。""奶奶，我整天跑东跑西的，又心粗，还是您管着吧！"

"如果你实在管不了，就让玉英管吧。保军要是不走，他细心，我本来想让保军管的。他俩文化都够。"

"奶，您一定能长命百岁的。我这就让保喜拉您上医院，咱好好检查检查。咱有钱了，就用最好的药。"

"唉，老病根了，我自己的身子自己知道，油尽灯枯，怕是日子不多了。这么些年也把你们拖累够呛了。我呀，看到咱家大瓦房盖起来了，日子过好了，我就知足了。凤鸣，你是好孩子，把这个家当得好。"

"奶，这是一家人的功劳，都是大家出的力。现在国家政策好，允许个人做买卖。再说，孩子还是我姑和我妈给看着，我才能抽出身。是我姑和我妈的功劳大。"

"嗯，我知道。奶奶说的是你指挥得好，这就是当家人的责任。你善良心宽，不嫌你叔瘸，不嫌你姑哑，把一家老的小的都带着，奶奶放心了。你扶奶奶起来，奶奶有事跟你说。"林凤鸣把奶奶扶起来，让她靠在自己怀里坐着。

奶奶让玉英拿把剪刀来，"把我的枕头剪开。"

"奶奶，您这是干什么呀？"林凤鸣听她姥姥说过，剪枕头不吉利。

"没什么，保喜爷爷留下来的东西在枕芯里头。"

玉英帮奶奶剪开枕头，从里面拿出一个小红包。奶奶让玉英打开，取出来一根金条和一张写着字的纸条。纸条上写着："治家根本勤与俭，败家之祸赌与淫。郭家当家人，牢记。"

林凤鸣看着奶奶干瘪的脸，稀疏花白的头发，鼻子一酸，流下泪来。人老了，不都得是这样吗？这么一大家人，奶奶年轻时该吃过多少苦啊！她哽咽着说："奶，我当家，您说什么我都答应您，您尽管说。"

奶奶婆满眼无助，看看在场的人，似乎觉得难以开口，最后像是下了很大决心，慢慢说道："我想要一个红松木的棺材。"

"嗯，奶，我跟保喜去林业站买，早点买回来让您看，让您高兴。"

奶奶忽然抓住林凤鸣的手，像是害怕极了的样子，干瘪的眼窝里涌出泪水，声音颤抖："凤鸣……"

"奶，您说。别怕，有我呢。"

"我怕死了去炼人炉，去火葬场爬大烟囱……我害怕死了被烧……"

"哎呀，妈，现在都得火化。"凤鸣婆婆在那儿接话。

奶奶婆捂着嘴哭了起来。一家人都沉默了。

看到奶奶婆那痛苦的样子，林凤鸣实在受不了："奶，我答应您，不去火葬场。"

家里其他人都惊愕地看着林凤鸣，保喜使劲拽了她一下。

"奶，您放心，我一定不让您去火葬场！我说到做到！"林凤鸣下了决心，又肯定地说了一遍。这一遍，如同誓言。

奶奶婆默默地流着泪，用尽最后的力气点了点头。她相信这个敢作敢当的孙媳妇。

晚上，郭保喜跟林凤鸣生起气来："你怎么能答应咱奶呢？这事你怎么能办到？去年，村里一家人被人举报了，都埋了一个月了，最后还是让人挖出来，拉去火葬场炼了。"

林凤鸣说："我就答应奶奶了。看到奶奶那么痛苦，我心里难受。我怎么着也得想办法把这事给奶奶办到。"

"吹牛！"

"找找人，交点儿罚款呗。"

"就你能，说得轻巧。"郭保喜真的跟林凤鸣生气了。

林凤鸣不再吱声，心里却打定了主意。

第二天，林凤鸣早早起来去了李书记家，苦苦哀求。李书记说："咱这儿还没有买坟地的先例，谁家死人占了块地就占了。那后山荒地是归林业站管的。"

林凤鸣就骑着自行车直接去了林业站。

林业站的人听说要买荒山当坟地，跟李书记说的一样，没有这个先例，自然没

137

人答应。林凤鸣走出林业站的大院，没法回家交代，坐在门口的台阶上犯起愁来。

林业站墙边栽着松树，长得郁郁葱葱。树影从早上长长的，变得越来越短。

林凤鸣灵机一动，有了主意，快步折了回去。

站长问："你怎么又回来了？你就是说破大天，再表达你的孝心，我们肯定也不会批地给你的。别浪费时间了，快回去吧！"

林凤鸣急匆匆地说："站长，您先别撵我，听我把话说完。我这回不买坟地了，我承包荒山，我栽树！"

站长站起来，惊喜地说："这是好事啊！我们正鼓励把荒山都栽上树，这也是响应国家号召。给你批了！下午就开会研究。哈哈，有觉悟，有思想！"站长给林凤鸣倒了杯水，回头又有些担心地问："林凤鸣，你还是回去跟你家人商量一下吧。栽树前期是没有收入的，得十年到十五年才能见效。好多人家都不愿意承包，我们正愁着这么多荒山没人包呢。"

"不用商量，我当家，我说了算。"林凤鸣想都没想，态度坚决。

林业站的站长对她也算熟悉，林凤鸣种木耳就是买林业站的木屑，打过几次交道。

站长说："好！我早就听说了，你头脑灵活，胆识过人，不是寻常女人。你确定要承包荒山？不过，承包荒山得办手续，我们派人给你量面积，办林照，还得交承包费。"

林凤鸣高兴极了，说："行，我交钱。你们派人去测量吧，那我先回去了。"

林凤鸣出了林业站的大院，忽然笑自己脑袋缺根弦儿：来时是跟家里人保证要买坟地的，结果坟地没买成，反而跟林业站站长许下了承包荒山的计划。她用手理了一下头发，"唉，车到山前必有路，就这么办吧。"

她想想好久没去看崔莹了，就拐过去看望崔莹，给她家孩子买了两包奶豆和一件小衣服。

崔莹一见林凤鸣，就亲热地上前拉住她的手，说："哎呀，你这木耳大老板怎么来了？大忙人，不去挣钱了？"

林凤鸣简单说明了来意，是顺路来看她。崔莹说："再过两个月，我也要调到市医院去了，你再来看我就得到那儿去了。"

林凤鸣说："那真好，你和杨思哲也好有个照应。这有孩子了，不比单身的时候。"

崔莹说："我表哥来信了，说他在南方呢。特意让我跟你道个歉，说南方个体户干得都非常好，将来北方也一定会像南方那样的。"

林凤鸣说："那事也不能全怪表哥，现在国家政策变化快。当时就是那个形势，国家也是一步步摸索着走。你问问表哥那边有什么好买卖，也跟我们这边说一声。"

"凤鸣姐，我发现你这人还真不记仇。当初遭那么大灾，起因不就是表哥惹的事嘛。"

"哎，当时咱们都是为了好，谁能想到那么多呢？告诉表哥，那事过去了。"

晌午，林凤鸣骑着自行车，汗流浃背地回到家。郭保喜正坐在院子的大树下，看样子是在生闷气。

"你干啥去了？一走一上午，也不说一声。"郭保喜起身跟在林凤鸣身后。

林凤鸣没搭理他，直接走到东屋，拿起水瓢舀了一瓢凉水，"咕咚""咕咚"喝了个痛快。然后快步进到里屋，高兴地告诉奶奶："奶，您说的事我给您办妥了！林业站明天就来给咱量地办林照，咱自家就有坟地了！"

郭保喜跟着林凤鸣进了屋，本来想发一通脾气，听林凤鸣这么说，就问："真的假的呀？林业站卖给咱坟地了？"

林凤鸣瞪着眼睛看他，朝他眨了眨眼。"真的，林业站答应了，明天就来人给咱量地，办林照。我把后山的荒山承包下来栽树了。"

郭保喜一高兴，又把林凤鸣抱了起来。

林凤鸣推开他："滚一边去吧，生气去吧！"奶奶婆、婆婆和姑婆都笑了起来。

回到自己屋里，郭保喜问："你刚才眨眼睛干啥？"

林凤鸣回话："坟地没直接批下来，我把后山的荒山承包了栽树，地是咱家的了，咱自己做主。"

郭保喜把林凤鸣放下，担心地问："媳妇儿，那包山得花老鼻子钱了，咱上哪儿弄去啊？"

林凤鸣说："把咱家房子抵押了贷款，等卖了木耳再慢慢还。"

郭保喜又问："那栽树要二十来年才能成材呢，也不合算啊！"

林凤鸣说："我不光栽普通的树，我要栽松树和核桃树，我还要在林子里种些药材。"

"哈哈，你这脑袋瓜是怎么长的？"郭保喜也是聪明人，他也看到了承包荒山十几年后的前景，就说："媳妇儿，你好好干吧，大干一把！将来就是要饭，我也不怨你,我跟着你一起要饭!"

林凤鸣知道自己选择承包荒山是对的,只是心里还缺乏些底气,听郭保喜这么支持自己,撒娇地说:"去你的,你这个臭嘴。"

郭保喜耍贫嘴:"不臭,是香嘴。"说完,在林凤鸣脸上狠狠地亲了一下。

林凤鸣说:"眼前紧巴点,过个十年二十年,这肯定是一笔巨大的财富,是为咱们后代积累的财富。到时候就是郁郁葱葱的山林,结着满满的松子,满满的核桃。"

夫妻二人乐呵呵地去跟婆婆说。

婆婆听说要把房子抵押出去,一下子变了脸。"凤鸣,这好不容易盖起的大瓦房,哪能抵押给银行呢?万一赔了,不就什么都没有了?一大家子人住哪儿?咱不能欠那么多债呀!有多少钱就花多少钱,这是骨气。你看我一辈子不就是这么过来的吗?"

"妈,这承包荒山,谁先承包谁合适。林业站能给优惠,要从长远看。"

"这可不行!你年轻,岁数小,不知道其中的风险。凡事都有天灾人祸。你听妈劝!万一赔了呢?唉,放着安稳日子不过,又折腾啥?"

"妈,这怎么是瞎折腾?"林凤鸣还想说什么,被郭保喜拦住了。

林凤鸣被婆婆这种保守、落后的思想困扰着,但她又不想跟婆婆闹僵。

可是,自己在林业站,当着站长的面,已经一口答应了。

林凤鸣这回又坐在自家院子的大榆树下犯愁了。

天空中飘着几朵懒散的云,自由自在地游走。

郭保军不在家,奶奶婆病重,谁能去劝说婆婆?"保军二弟,你在哪里?快回来帮帮嫂子吧。"林凤鸣眼角不知不觉涌出了泪水。

"找说客!"林凤鸣看到院子里的拖拉机,猛然想到了一个人:邵明德。

想到解决方法,林凤鸣一下子来了精神,跳起来冲进厢房把自行车推出来。她朝屋里喊:"保喜,我要回趟娘家,你跟咱妈说,吃饭的时候别等我了。"没等郭保喜答应,林凤鸣骑着车子就出了大门,她要去找婆婆的干儿子邵明德来劝说婆婆。

华城某大建筑工地。

郭保军戴着黄色的安全帽,干起了木匠活。刚刚支起一排楼板的模板,他突然发现不对劲,坚持要查看原图纸。

郭保军与其他人看图纸,发现问题,避免了事故。木工班的人为郭保军庆功。

夜晚,工棚里,保军翻来覆去睡不着:凤鸣,你好吗?

林凤鸣骑车来到邵明德家。正巧邵明德媳妇徐雅琴在院子里收拾晾晒的衣服。

"雅琴嫂子，邵哥在家没？"

邵明德媳妇用轻蔑的眼神看着林凤鸣，眼皮都没抬一下，用厌恶的口吻问："啥事啊？"她不喜欢林凤鸣，怕这个又漂亮又能干的女人把邵明德勾走了。

邵明德听到是林凤鸣的声音，快步从屋子里出来。

"凤鸣，来找我呀？哈哈，这回送上门来了！快进屋。"邵明德又是那副嬉皮笑脸的样子。林凤鸣骂他："真该让雅琴嫂子把你嘴缝上，没个正经！"

邵明德说："快说吧，啥事？你这大忙人登门，一定有事。"

林凤鸣把自己想承包荒山的事当着雅琴的面说了。雅琴听她说的话里没有一句卿卿我我，没有一个暧昧的字眼，便抱着衣服躲回屋里去了。

"行，这是好事，从长远来看，百利无一害。我也承包一些。"邵明德一口答应，"我吃过饭就去。"

"我找你这事，不能让我婆婆知道是我让你去的。我先回娘家，再让我爸帮我想想办法。"

"嗯，你躲出去更好。我先跟干妈唠家常，从别的话题慢慢往上引。"

林凤鸣又叮嘱了几句，最后说："完事了往朝阳村打电话。我等你好消息。"

邵明德站在院子里看着林凤鸣离去的背影，自言自语："这还是女人吗？"雅琴从屋子出来，带着醋意说："走了，还看啥。"

邵明德瞪了徐雅琴一眼："快做饭！吃完饭我去干妈家。"

林凤鸣骑车到大利村与朝阳村分界的沙丘时，骑累了，便坐下休息。因为刚才上坡是推着自行车走的，裤脚上粘了一些"黏人草"（苍耳），她用手一个个摘下来。

山坳里的风清爽宜人，吹干了林凤鸣额头上的汗水。她静静地想了一会儿，婆婆那饱经风霜的脸庞浮现在脑海，她对婆婆的怨气完全消散了。

她忽然想明白了，婆婆是对的：当家人不能想干什么就干什么，一定要给家里人留下后路，不能让家人担惊受怕。

林凤鸣就是这样的女人，一旦预见到希望，就会满心欢喜，豪情万丈。她就是那种脑子一热，浑身就有使不完劲的人。

"回家跟爸爸说，跟姥姥说，他们一定支持我！"

她重新推起自行车骑上，因为骑得急，在黄沙路面上打滑，趔趄了一下。

邵明德用他那油腔滑调的嘴，费了好大的劲儿，劝了好久，婆婆才终于答应把房照分开，只把林凤鸣和郭保喜住的那两间瓦房抵押了。

林凤鸣抵押贷款贷了两万，又从娘家借了四万。距离十万还差一大截呢！林凤鸣觉得事在人为，总能想到办法。

她在屋里来回踱步，停一会儿，好像想到了什么，似乎想把那根金条当掉，但嘴里又自言自语："不行，不行。"然后又开始来回走动，把她婆婆看得心烦。

"凤鸣，你别恨妈。"婆婆的眼里有一丝愧疚。

"妈，您做得对。就这么办。万一有什么闪失，我和喜子就住下屋仓库去。您管好小亮就行。"

"你不生妈的气？"婆婆的语气很低微。

"妈，我真的不生气。以后有什么大事，我还得跟您商量，得留后路。"

林凤鸣从心里乐意接受婆婆的建议。她婆婆眼里噙满了泪花。

"好媳妇！"郭保喜搂住林凤鸣的肩膀。

玉英、玉杰也都跟着高兴起来。哑巴姑婆领着小亮，"啊啊"地跟着笑。

林凤鸣把后山挨着各家坟地边上开始的五十垧荒山承包了下来，签了三十年的承包合同。

林凤鸣一下子拿不出十万块钱，就跟林业站站长商量："我先交六万定金，等秋天卖了木耳再给两万。其余的晚一年还清。"

站长说："林凤鸣，你种木耳也需要钱。你就先交两万定金，留四万买树苗和雇人栽树。剩下的四万，你分两年给齐。我用我二十年的党龄为你作保，我相信你不会跑的。"

郭保喜看到能赊账，赶紧帮腔："她跑了，山还能跑了？我跟我媳妇一定还上！"

林凤鸣眼里噙着泪花，感激地对站长说："行，站长。那我按银行的利息再给您补偿点。"

站长哈哈一笑："利息就不用了。实话告诉你吧，我们林业站把你承包荒山的事向乡镇党委汇报了。党委专门为你的事开了会，书记还特意表扬你，建议把你树立成典型。我们这儿太穷了，好多荒山等着人承包，可人们都光看着，没人有胆量出来包，也没人愿意拿现钱去干十多年不见回头钱的事。你这一带头，就好了。我们林业站理应给予合理的照顾。"

郭保喜满是得意地说："媳妇，真有胆量！"林凤鸣说："我傻大胆呗。"

站长笑了："林凤鸣，你不是傻，你是有经济头脑，有超前的意识和胆量。县里的盖县长在电视讲话时，一直把你当致富的榜样，你是个女能人。多几个你这样的带头人就好了。十年树木，百年树人，这是为子孙后代造福的事。之前我们林业站看管那么严，村民们还是有乱砍盗伐的。这样都承包下来，国家的山林变得一片翠绿，多好啊！到时候我这个站长，也能安心退休了。"

林凤鸣更加激动了，眼泪挂在脸上，说："谢谢站长，谢谢党委王书记，这么支持我，我一定好好干！站长，您是个好领导，是个办实事的领导。我只去了一趟林业站，这么快就解决了问题，真的让我感动。你们都留下来在我家吃饭吧。"

站长说："饭就不吃了，单位有伙食。树苗有什么问题就到站里来找我，我可以从市林业局再帮你联系。林凤鸣同志，你一定得带好这个头。"

林凤鸣态度坚决地说："我林凤鸣也以党性保证，保证把荒山变青山，变成宝山！不过，这个季节栽树已经晚了，成活率低，只能等到秋天再栽。过几天闲下来，麻烦站长安排个人给规划规划，哪个山头栽核桃树，哪个山头栽松树。"

"没问题，不怕麻烦。我给你配个技术员。前期的投入肯定没有收获，也会遇到好多困难，你一定要有信心。郭保喜，你得多多支持你媳妇。"

村里有几家看着林凤鸣承包了那么多荒山，也想跟林业站递申请，学着林凤鸣种核桃树、松树。但最后算来算去，都打了退堂鼓。林凤鸣就顺势，一分现钱没多花，又多包了两个山头，一直到了沙场，快要与朝阳村接壤了。

邵明德也想包一片荒山，可他的媳妇徐雅琴死活不让。把他弟弟们都找来，硬是把邵明德拖了回去。

徐雅琴说："咱家是俩姑娘，整那荒山干啥？多少年才能见效？咱开小卖店挺好的，冬天时再放几张麻将桌，放着省心日子不过。"

邵明德想想自己没有儿子，也就听了媳妇的话，没有承包荒山。

林凤鸣有自己的事要忙。她跟保喜找了村子里的老人，在靠近路边的山头划出了一片地，作为郭家的祖坟。

林凤鸣让郭保喜开着拖拉机，把奶奶婆拉到山上。林凤鸣在拖拉机车斗里抱着奶奶，指给她看："奶奶，这一片山以后就归咱家用了，您满意吗？"

奶奶婆眼泪汪汪地说："好地方啊！前面临河，后面靠山。你这孩子，大事小事都记得这么清楚。我一个快死的老太太，你还这么上心。"

"奶奶，您是咱家的功臣。"

"唉，说是有功之人，可也没养过你。你嫁过门来，倒反过来孝敬我，不觉得我是累赘，真是心善啊！喜子，记着你媳妇的好吧。"

郭保喜搂着林凤鸣的肩膀说："奶奶，我一辈子对她好，要是不好就遭报应。"

"哎呀，瞎说啥？山上风大，咱们赶紧带奶奶回去吧！"林凤鸣嗔怪道。

奶奶婆瘦弱的身子倚在林凤鸣怀里，林凤鸣用一条薄被给她盖好，紧紧地抱着。

奶奶婆叮嘱道："凤鸣，奶知道你每天忙忙碌碌，很辛苦，觉得自己有好多事要干。但是当家人就是这个样子，是全家人的依靠，家里每个人的事都是你的事，就是为了让别人过得好。"

奶奶婆因为说话急，咳嗽起来，过了一会儿又说："有时候，回头想想，自己过得好吗？甚至连考虑自己的时间都很少。人生没有那么长，很短的。可这是你的信念和你的选择。保喜爷爷去世后，我经历过郭家的兴旺和衰落，甚至到过一家人乞讨的日子。保喜妈妈能干，可是没文化，没有经济头脑。一大家子要吃要穿，我还病着，你婆婆非常不容易，你一定要善待你婆婆。郭家虽然一直贫穷、衰败，但我在你身上看到希望了，你一定要挺住，把家当好。"

"奶，您支持我很多，是我的精神支柱。我听您的话，一定善待婆婆，带领一家人过好日子。山上风大，咱回家再说吧。"林凤鸣看到奶奶婆身体虚弱，说话都没什么力气，却还在极力想把话说完。

"当家人就是一个蜡烛，耗尽了自己，照亮了家人。奶担心的是你的性格，你一直忘我地做事，现在年轻还好，老了会落下一身病痛，以后凡事悠着点儿。"

奶奶婆吃力地抬起手，摸了摸林凤鸣的脸，"凤鸣，你一直努力善待身边的每一个人，不论是郭家的家人，还是娘家的家人。你注定是干大事的人。

林凤鸣抱紧奶奶婆，止不住地流着眼泪点头。

"奶只希望你别失去生活的乐趣，保护好自己的家庭。我死后，将我埋在这山坡上，奶在那边看着你快快乐乐的。"

林凤鸣失声痛哭："奶奶，咱去城里大医院看看吧！"

奶奶婆说："人老了，就怕'久病床前无孝子'那句话。我算是有福气的了，你婆婆是个孝顺的人，十几年一直这么伺候我。你姑，你叔，也一直跟着伺候。奶奶知足啊！"

林凤鸣说："奶，我是小辈，嫁给保喜，就是老郭家的人，就该孝敬您。您还给了我这么多鼓励呢。"

"唉，奶多想陪你走得远些！……多想……"

林凤鸣好一阵难过，眼泪吧嗒吧嗒地流下来，滴落在奶奶婆花白的头顶。

只过了三天，奶奶婆就走了，脸上挂着安详的微笑，看起来很幸福，很知足。

林凤鸣没能找到郭保军，无法通知他奶奶婆去世的消息。郭保军没能见到奶奶最后一面，成了她心里的一个遗憾。

林凤鸣找了民政局的人，说明了奶奶的遗愿。民政局的人说："火葬在农村还没有完全普及，你那地方属于山区，也算情况特殊。又是你家自己承包的荒山，我们也是睁一只眼闭一只眼。你交些罚款吧！"

林凤鸣主动交了罚款。她想办法买到了一棵大红松树，又找了村里的木匠，做了一口独板、大天盖儿的红松木棺材。按照奶奶的遗愿，把奶奶婆土葬在了自家坟地里，就在能望到郭家大院的那片高坡上。

林凤鸣觉得，奶奶婆在另一个世界一定会保佑她，让她在致富的路上披荆斩棘，勇往直前。

第十二章　购买第一辆农用汽车

一天吃午饭的时候，电话铃响了起来。

林凤鸣以为是生意上的事，放下碗筷走过去接。

"嫂子。"电话那头传来一个女人的声音，听口音是大利村的人，只有那边的人会这样称呼她。而且，村里很少有人叫她"嫂子"，大多直呼其名。打电话的是村里的王美静。她问："我郭哥在家吗？你跟他说我找他。"

"在，你等着，我去喊他。"林凤鸣喊郭保喜过来接电话。

"郭保喜，我家拉化肥的牛车掉到化肥库边的沟里了，弄不出来，你快点儿开拖拉机过来给拽出来呗！"林凤鸣听着有点别扭，这哪是求人的口气？

郭保喜看看林凤鸣，有些不耐烦地回话："化肥库那么远，你就近找个拖拉机拽出来呗。""郭保喜，你这没良心的！我还求过你啥了？等了半天没截着车，才用公用电话给你打的！"

林凤鸣看看郭保喜，说道："人家王美静是遇到难处了，你就跑一趟呗。"

"真烦人。"郭保喜嘀咕一句，还是开着拖拉机去了。

林凤鸣知道王美静这个女人。那是郭保喜在炕头被窝里搂着她时讲的。

王美静和郭保喜是小学同学，两人同岁，在一个村子长大，谈过两年对象。后来郭保喜在劳模会上认识了林凤鸣，就把王美静给甩了。王美静后来嫁给了村里一个叫冯大彪的男人，冯大彪比她大六岁。婚后王美静生了一个女儿后，身体一下子胖得滚圆。不过她倒是很能干活，一百斤的核桃袋子，自己扛起来就走。林凤鸣见过她，是她和她妹妹王美玲往林凤鸣这儿送核桃仁的时候认识的。

林凤鸣和郭保喜每天带着村里二十多个男人，早出晚归地清理承包的荒山上那些零星的杂树。自己的林子，就像自己身上的肉，投了那么多钱，一定要好好管理，尽管眼下还见不到效益。

林凤鸣指挥着，把清理下来的杂木，用自家的拖拉机和邵明德的拖拉机拉回来，堆放到学校的空场地上。她说，这些树枝子可以加工成木片、木屑，留着秋季种木耳时备用。她还从城里买了削片机，让韩赖子和跛子叔带着四个工人把枝丫加

146

工、烘干。

星期天，早上吃饭的时候。"妈，我二哥干什么去了？这么长时间不回来，我可想听他吹竹笛了。"保国问。"我也想二哥了。"玉杰说。玉英踢了玉杰一脚。

"干吗踢我？我就是想二哥了，想听他吹笛子。"玉杰端着饭碗，坐到了原来郭保军的位置上。

玉英瞥了一眼林凤鸣，扭头看着她妈，掩饰说："妈，二哥是出外头挣大钱去了，是不是？"

她妈装着没事，自顾自吃饭，像是随口说道："那可不？你二哥上外头挣大钱去了，怕咱们朝他要，自己攒钱娶媳妇呢。"

接下来，饭桌上没人再吱声。大家好像都忌讳在林凤鸣面前提起保军的事。可林凤鸣是当家人，总该有个态度。

林凤鸣对郭保喜说："快到奶奶百天祭日了，我们去找找保军吧。奶奶没了，他还不知道呢。""好啊，我跟你去。"郭保喜爽快地答应了。

"你跟我去？那拖拉机在砖厂的活儿就扔下了？我本来打算和玉英去的。"

"扔不下，回来再加班呗。媳妇，咱俩出去也有个伴儿。"本不愿干体力活的郭保喜，因为郭保军的离开，自己一个人顶着拖拉机的活儿，虽然林凤鸣给他雇了个跟车的力工，但他还是想跟林凤鸣在一起，出去溜达几天。

林凤鸣想了想，勉强答应："好吧，那下周我们就一起去。你跟何大柱请个假，我把家里的事交代给玉英。如果砖厂的活儿脱不开身，就让玉英去找邵明德替几天班。"

"唉，找找也好。在外面也不知道怎么样了，从小没出过远门。"婆婆的话没直说，但意思很明确。她先前也在林凤鸣面前念叨过几次，只是看到林凤鸣起早贪黑地忙碌，才没说出让去找保军的话。

林凤鸣跟郭保喜先后去了江城市、长春市，在两个大城市的工地上打听有没有一个叫郭保军的木匠。结果找了六天，一无所获。

因为没找到二弟郭保军，两人都不开心，就在小酒馆喝了一瓶白酒。回到小旅馆，两个人却吵了起来。

郭保喜借着酒劲儿说："你当我是木头人，是傻瓜吗？林凤鸣，你的心里一定有别人了！"

林凤鸣委屈地说："我没有啊！你也看到了，我离邵明德远远的。"

"没有？本来我是不相信村里的传闻的，可你这一门心思地找保军，不就是心里有鬼吗？"

林凤鸣伤心透了，也不想再说什么。她无奈地从地上站起来，可她心里痛苦，身体冰冷，林凤鸣耐着性子，低声说："喜子，我真没有。"

"没有？"郭保喜又来了精神，"没有你那么怕韩赖子干啥？你对他那么好干啥？你不就是为了堵他的嘴吗？韩赖子一定是看到了你趴在保军怀里哭！你为了掩饰，不让韩赖子乱说，才那么怕他！"

"你好？你跟王美静早就发生关系了！"林凤鸣歇斯底里地喊出这句。

郭保喜一愣，似乎酒劲儿全消了。他用陌生的眼神怔怔地看着林凤鸣，说了声："停战，睡觉。"

林凤鸣反而清醒了。当时自己太单纯了，太天真了！她越发痛苦，无法入眠，直到后半夜三点多才迷迷糊糊有了点睡意。

早上，郭保喜喊醒林凤鸣，他好像没事人一样，说："媳妇儿，咱去当地公安局报个失踪吧？"

林凤鸣说："那不成登寻人启事了？好像二弟出了什么事似的。他那么大的人了，想开了，一定会回来；他要是不想回来，我们出来寻他，也就是让妈心里好受一些。这跟大海捞针似的，上哪儿能找到啊？就算找到了，他愿不愿意跟咱们回去还两说呢。我们回家吧。"

郭保喜把脸凑到林凤鸣跟前，盯着她的眼睛问："真不找了？"

"不找了，家里事那么多。你什么意思？"林凤鸣记着昨晚的吵架，心里还是一阵阵发凉。

之后，林凤鸣与郭保喜吵架的次数越来越多，两人时不时就开始争吵。

虽然说都是为了过日子、做生意的事，但是你说东，他说西；你抱怨，他顶嘴。林凤鸣开始焦虑，整夜失眠，脾气也越来越坏，体重从109斤掉到了95斤。

她也想念保军那轻快的口琴声。生活的碎片，还有那次保军救她命的情景，时时浮现在眼前。还有，她想起保军离家出走时留下的那几个只有称呼的纸团。想到二弟保军，林凤鸣心里就一阵阵难过。她担心保军在外面吃得饱不饱？衣服脏了谁给洗？袜子破了洞谁给缝？

一切都源于自己在后山的哭泣。自己那时候为什么哭呢？应该笑啊！扔掉的东西失而复得，应该大笑才对！可当时她就是哭了。老天爷跟她开了那么大的玩笑，谁能知道她当时那种完全绝望后，又意外看到希望的心情？那种被痛苦折磨到极点后的巨大转变，没有亲身经历过的人，怎能体会？

林凤鸣的心中有一种不祥的感觉：自己是不是已经不爱郭保喜了？

到了七年之痒。林凤鸣把自己住的房间分成了两部分：东屋依然是卧室，有火炕，用来睡觉；西屋装成了办公室。郭保喜虽然照办了，买了办公桌、办公椅，心里却不同意，不高兴："你能做一辈子生意啊？最终还是得过日子。多此一举，又花钱。买货的人没有办公室也照样买货。"

林凤鸣说："来买货的老板总得有个地方谈事吧？装个办公室怎么了？再说，谈生意的时候，也方便按照我的想法来。"而郭保喜有他的小算盘，就是怕花钱。

林凤鸣去县医院找她同学杨思哲。杨思哲诊断她是焦虑症，还叮嘱她一定要注意休息，别把头疼病引发了，如果发展到神志不清，那就不好治疗了。林凤鸣开玩笑说："那不就是精神病了吗？"杨思哲没回答。他给她开了安眠药，先让她调理好睡眠。杨思哲又说，他们医院马上要开中医科室，到时候让林凤鸣过来些中药调理调理。林凤鸣从县医院出来，拐到法院她弟弟林致远那儿，把自己的困扰跟弟弟说了。

林致远已经结婚，媳妇是一位律师，家境挺好，婚事都是女方家张罗的，婚房是林致远单位自建的团购房。他理解姐姐的处境，就劝说道："姐，你会经历很多事，不要急着对抗，要想办法缓解、顺应形势。我知道你是个不甘于现状、敢拼搏的人，可老是随着自己的性子来，身体也会吃不消的。回朝阳村吧，在咱姥姥身边待几天，好好歇歇。你整天忙碌，好久没回娘家了吧？我想咱姥姥一定也想你了。"

是啊，在大利村郭家，她是一家人的顶梁柱，自己不能停下来；可回到朝阳村姥姥家里，她就是姥姥的娇宝宝，姥姥是她的天。姥姥把她搂在怀里，听姥姥说温柔的话，那是多么幸福的事。

林凤鸣自问，是不是自己只是个乡村妇女，没有足够的头脑去思考，总是异想天开地想把事情做大？以前经历的一波又一波的事，是不是都说明自己没有应变现实的本事？她冷静地对自己说，一定要老练起来，像个聪明人一样应对一切。"致远，你多留意这两年的政策，有什么动向一定先告诉姐。"

林致远就给林凤鸣推荐了两份报纸：《人民日报》和《吉林日报》，建议她劳逸结合，在办公室多看看报纸。

林凤鸣说："那还不如我自己去山上待几天呢。"

林凤鸣规划着家里的未来，她的"野心"在膨胀。

"野心膨胀"——郭保喜就是这么骂林凤鸣的。他是个贪图安逸的人，随遇而安，似乎对林凤鸣忙碌的生活充满敌意。他的观点是：有吃有喝，又有大瓦房住，就行了呗，非得追求什么大富大贵？有什么不知足的？"林凤鸣，你自己野心膨胀，把咱家弄得乌烟瘴气的，还把整个村子都弄得乌烟瘴气的！"

"我把村子弄得乌烟瘴气的？你瞎说！"

"你看看！家家户户的女人都忙着抢着砸核桃，都不给男人做饭了！我去小卖店买烟，听见几个在那儿喝酒的男人都抱怨，说家里的娘们儿光顾着砸核桃，饭都不做了！这都是你带的头！"

"好啊！谁规定只有女人做饭，男人就不能下厨房？你看城里面，男人女人都做饭。就咱们农村，都是女人做饭，男人闲着抽烟、喝酒、打麻将！我就是要让男女平等！把你们这些男人都饿死了，我们女人也能自立！"林凤鸣毫不退让。她这才发现，自己跟郭保喜过了七年多，真的不了解这个男人。他骨子里懒散、懒惰，寻求安逸，没有长远眼光。可那时，自己为什么就那么一心一意地爱着他呢？是被他高大健壮的外表迷住了？还是环境变了，人也变了？

"女人砸两个月核桃就能挣一千多块钱。从开春忙到秋后，种半垧地，还卖不到一千块钱呢！砸核桃一年四季都能干，刮风下雨、阴天下雪都不耽误，还能忙里偷闲。在屋里风吹不着，雨淋不着，哪个女人不愿意？男人就不能体贴女人，帮着做做饭吗？大部分人家，都是男人主动来领核桃，那就是对女人的支持！"

郭保喜吵不过林凤鸣，就转而攻击道："来谈生意的都找你谈，都不找我！一问都是'老林家'的，没人说是'老郭家'的！你看看我的地位哪儿去了？"

"地位是自己闯出来的！你成天跟邵明德去镇上打彩票，人家找你干吗？"

"你说反了！我是没事干，才去打彩票的！"

…………

林凤鸣真的是"野心膨胀"。她把村里废弃的小学校买了下来，四万平方米的场地，花了八万块钱。钱不够，赊账，欠着。林凤鸣又背上了买小学校的八万块钱债务。

农村地方多的是，那废弃的学校也没人买，跑了和尚跑不了庙，地方在那儿摆着呢，学校同意林凤鸣欠一年。一年后林凤鸣要是不给钱，学校再收回来，校长也不怕。林凤鸣又一次做了没钱先办事的大胆决定，她的经济头脑在飞速运转。

"欠着人家钱心里能舒服？没有钱就先别买呗！"郭保喜对林凤鸣的做法很生气。

"哼，我就买了！我要成立加工厂，我要把村里的妇女都招到那儿去上班！我还要在那儿弄个食堂，让妇女们在那儿吃饭，把你们这帮大老爷们儿扔在家里！要是自己不做饭，就让你们饿死！"

郭保喜说不过林凤鸣，抬起脚踢了她一脚。林凤鸣也不示弱，随手拿起一个碗，朝着郭保喜扔过去。郭保喜用手一挡，手背被打破，流出血来。

林凤鸣一看到出血了，赶紧找布条给他包扎。郭保喜却一把将林凤鸣紧紧抱住。"疼吧？"林凤鸣内疚地问。

"不疼！天天在我身边，打我才好呢。"

"瞎说！我可没有时间天天在你身边。"

林凤鸣从郭保喜怀里挣出来，说："去你的！八万，欠林业站的；八万，欠学校的；爸爸家两万，宋婶家两万；还有信用社贷款两万。一共二十二万多！"

林凤鸣自己也呆住了，"我一下子怎么欠了这么多钱？"身子一下发软，靠在了郭保喜身上。她做事一直往前看，很少回头算计。当家人的步子迈得太大了。林凤鸣闭上了眼睛。

"不怕，媳妇，我跟你一起还。"郭保喜一下子抱住林凤鸣的腰，认真地说。

突然他笑了："媳妇，你傻呀？没欠那么多。那四万不是还在玉英那儿放着呢吗？"

林凤鸣语气缓和下来，说："从娘家和宋婶那儿借的四万块钱先不还，学校的钱也先放一放。我要先买台汽车。现在光收上下两个村的核桃，规模不够。我要把整个镇里的核桃都拉到咱家来砸仁儿。你没看到妇女们的干劲儿吗？种完木耳就回家砸核桃。你不当家就别管那么多了，是我欠的钱，他们找我要，你别怕。"

"我也不是害怕他们朝我要钱，我是觉得欠着别人的钱不好。咱一步一个脚印走多好，别太冒进了。"

"喜子，你没看这两年村里的变化多大？村里有几台拖拉机了？四台！活儿能有多少？所以说，咱得趁机把咱这拖拉机连同拉砖的活儿一起卖了，还能卖个好价钱。我再给你添上点钱，咱们买个半截脸的农用汽车。"

"你要买农用汽车？你从哪儿听说的？"

"咱俩找保军那次我看到的！打听到他们是从白山那边买的。拖拉机拉货速度太慢了。""你找保军那会儿，就有买汽车的念头了？"

林凤鸣看着郭保喜，用力地点点头。

天亮了，太阳升起来了，公鸡打鸣了，林凤鸣又充满了干劲，走出了家门。她脑子里有太多的事要做，而且，一定要去完成，去实现。

春城某大建筑工地。郭保军仍然在春城一个大建筑工地干木工活儿。吃饭的时候，看到饭盒里有木耳炒白菜，他自己端着饭盒躲到一边，看着菜里的木耳，呆呆地站着：凤鸣……你好吗？你种的木耳怎么样了，一切顺利吗？家里人都好吗？那些谣言平息了吗？

"郭子，发什么呆？想媳妇了？你长这么俊，明天给你介绍一个！"赵工长喊道。

郭保军回过神，微笑着回话："是啊！离开家这么久了，想我奶，想我妈！唉！想……想家里人。"

"郭子，下午老板找你去他办公室，坐工地的面包车去。"

"找我？啥事呀？"郭保军端着饭盒走向赵工长。

"你小子走运了！我把你发现图纸里的数字'8'印成了'3'，导致尺寸差了五米的事告诉老板了。影印的数字不清楚，刚下料就被你发现了，减少了多少损失！否则我就得挨剋，整个木工班二十多人都得跟着挨罚！"赵工长是个大个子，红脸膛，大眼睛，为人正直。

"谢谢工长，赶巧了，不算啥。"

下午，在老板办公室。鲁老板打量着穿得干干净净、一表人才的郭保军，问了问他家里的情况和婚姻状况，最后让会计拿来一万块钱奖励给保军，并让他做监工。

人要是走运，真是挡都挡不住。郭保军回到工地，把这一万块钱拿到赵工长面前。

赵工长说："你小子算有良心。我知道你家里的情况，给大家买条烟，剩下的钱汇回家里去吧。"

郭保军把自己这几个月的工钱也取了出来，一并汇回了家里。

夜晚，皓月当空，月光皎洁。

郭保军正巧住在工棚最里间靠窗的位置。他因为白天给家里寄了钱而有些兴奋。想到家里人，最终还是想林凤鸣的事想得最多。他在心里诅咒了自己千万遍：

她是大嫂！她是大嫂！可还是情不自禁地千万遍地想她，想她的音容笑貌，想她的点点滴滴。他越发明白这"相思病"，绝不是女人的专利。白天，他专注工作，过度的劳累能让他暂时忘记一切。可是到了夜晚，特别是月朗星稀、明月高悬的夜晚，他的思绪就飞回了家乡。他想念亲人，更想念林凤鸣，并且沉溺在这些回忆中不能自拔，甚至乐在其中。他常常安慰自己：大嫂林凤鸣，这样一个漂亮、难得的完美女人，就让她留在记忆里吧。结果，没过几天，或者只是一个白天，看到某样东西，居然又想起了大嫂，那些安慰自己的话，瞬间又失效了。

就在郭保军汇款的同一天，林凤鸣决定带着四万块钱和郭保喜去白山市买农用车。出发前，林凤鸣与郭保喜选了个日子，到山上给奶奶婆上坟，向她"汇报"想要做的事。在林凤鸣心里，总觉得奶奶婆是最懂她的人。那天，点燃的黄纸被山风卷起很高很高，林凤鸣觉得，这是奶奶婆同意她去做这件事了。

临出发前，婆婆看着这么多现金，叮嘱说："喜子，凤鸣，你俩把钱分开拿。万一遇到小偷、抢劫的，还能留下一半。"

郭保喜大笑着，不以为意地说："哎呀妈呀，啥年代了，还像您说的那么邪乎？现在治安好着呢。"

林凤鸣却说："听妈的，出门在外，不能大意。咱们带的是现钱，不得不防。咱俩坐车、走路都装作不认识，隔开点距离，不远不近，但要能相互看到。"

"哈哈，那不成地下组织接头了？"

"少开玩笑！这钱怎么来的，一定不能有任何闪失！"林凤鸣抢白郭保喜。

"那把邵明德也找上？再把李书记也找上？跟致远说一声，多去几个人？"郭保喜提议。婆婆不言语，只是看着林凤鸣。

"喜子，多一个人，多一份费用。如果真遇到了事，那是人家的地盘，强龙压不住地头蛇，好虎架不住一群狼。就咱俩去，时时小心，钱别外露，别让人盯上。"

"凤鸣说得对，多一个人多一份费用。别上饭店吃饭，自己带煎饼，带咸菜疙瘩，自己带水。把钱绑到腰上。"婆婆依然不放心地嘱咐。

第一次买农用车的经历，二十年后回忆起来，林凤鸣在大课堂演讲时，还当笑话讲。但当时确实是提心吊胆。

"姐妹们，朋友们，那时候我觉得真是十分紧张，十分神秘。我和我丈夫一前一后地走着，既不说话，也不看对方，只用眼角的余光留意着彼此。我们先在一个公安局门前坐下——在我们心里，公安局的警察永远是保护咱老百姓的。那时候，刚有110报警电话，可是还没有手机，连传呼机都没钱买。我让郭保喜先进去看车的时候，把他身上的钱都放到了我这儿。我拿了一本书，站在公安局大门口假装看书。"

"林老书记，您是不是怕买车那儿有小偷？"有学员提问。

"是啊，买车就得带现金啊！小偷肯定在那儿转悠。那时候，可不像现在治安这么好。"

"等郭保喜看好了车，再回来找我时，我们才一起去交钱。现在多方便啊，有银行转账，有电汇转账，国家进步了，给老百姓带来了多大的便利，治安也好了！我们要感恩国家啊！"

"买完车，我俩才敢去小吃部吃饭……"

买完汽车，在回来的山路上，林凤鸣与郭保喜听着车里自带的录音机。放着的磁带是思浓、思雨的《双双飞》，两人那个高兴啊！

林凤鸣笑逐颜开，含着泪水说："喜子，我俩有汽车了！"

"嗯！我媳妇是大能人，是能挣钱的大宝贝！以后我全听你的！"郭保喜的双手紧紧地握住方向盘。

夜晚，林凤鸣与郭保喜为了省钱，就在车斗里睡觉。那农用车只有一排座位，两个人只能侧身睡，早上起来的时候，胳膊都麻得不会动了。

郭保喜看看林凤鸣凌乱的头发，大笑："媳妇，你的头发像鸡窝！"

林凤鸣捋着头发，朝汽车的后视镜里看看，也大笑起来。又看看郭保喜："哈哈，你的胡子长出来这么多，像土匪！"

那时还没有高速公路，他们走的是崎岖泥泞的山路。从那尔轰、暖木条，走国道，走乡道，一遇到岔路口，林凤鸣就跳下车问路，生怕走错。一直开到天黑，就不敢再往前走了。

林凤鸣对郭保喜说："这车比咱家的拖拉机快多了。喜子，咱不着急，平安到家就好。"因为是新车，郭保喜开得又不太熟练，两人走了两天才到家。

家里，小亮正在炕上玩儿。满炕的玩具：木枪、木车、木鹅……都是郭保军在不同时期给小亮做的。小亮看到爸妈回来了，撒娇地跑到林凤鸣怀里。

婆婆和姑婆张罗着去做饭。林凤鸣看着那些木制玩具，蹲下来一件一件地收到炕上的一个纸箱里。当看到那只胖胖的木头鹅时，她停了下来，在心里默默地说："保军，你在哪儿呀？过得怎么样？"

第十三章　意外

林凤鸣和郭保喜开着农用汽车回到村里，再次引起了不小的轰动。

第二天，人们啧啧赞叹着，纷纷围到林凤鸣家，想讨教致富的门道。

"凤鸣，你得给我们当头儿！"汪艳华说。她是和林凤鸣同年嫁到大利村的姐妹，个子不高，胖墩墩的，说话嗓门儿有点大。一群年龄相仿的大利村媳妇也跟着围住了林凤鸣。

"对，就让凤鸣当妇女主任！"

"她在娘家村子就是妇女队长，还是党员呢。"

"咱村现在的妇女主任有名无实，自己跑到外头挣钱去了。"

"就让林凤鸣当妇女主任！"

媳妇们七嘴八舌，一致推举林凤鸣当妇女主任。汪艳华转过身，又围住了正抽着烟袋的李国忠书记。

李书记早就有意培养林凤鸣接替自己当书记，可林凤鸣几次都推辞了，总说让郭保喜当。眼下这情形，林凤鸣不能不给李书记面子，也不能驳了这些小姐妹的面子。

李国忠书记心里有了数。他眯着眼睛，不慌不忙地站起来，对大家说："凤鸣啊，大家选你当妇女主任，可不是我指定的。这是你们自个儿选的，是自发的，我就不多言了。不过，还没到换届时间，还得等两个月，你就先代理两个月妇女主任吧！"老书记心里乐开了花。

他暗自嘀咕："呵呵，早晚得把你推上书记的位置，带着全村人走上富裕路。这担子，你是卸不下来喽。"

"李书记，这……有点突然。全屯坡上坡下二百多户，整个大利村可有四百多户人家呢。"林凤鸣确实有些犹豫。

"是啊，李书记，凤鸣这担子太重了，怕是干不了。"郭保喜也担心起来。

林凤鸣推说自己事多，想找借口，但还是被这群小姐妹拥着去了李国忠书记家。李书记当即通过村里的大喇叭，宣布了林凤鸣当选村妇女主任的消息。

汪艳华又提议："姐妹们，都回家做菜去，一人一个拿手菜，一小时后到凤鸣家吃喜酒！"呼啦一声，姐妹们笑着闹着散去了。

男人们则更干脆，围着郭保喜，开上新车去村里的小卖部买啤酒。离得近的则跑回家搬桌子、拿凳子。

小卖部的邵明德媳妇徐雅琴问："你们买这么多啤酒，谁家办喜事呢？"

"雅琴姐，你还不知道啊？凤鸣家买汽车了，大伙儿上她家吃喜酒去！"

"哼，这女人还真能折腾，种木耳，收山货，还嫌不够她干的。"徐雅琴撇撇嘴。

"雅琴姐，钱多还怕咬手啊！"有人笑着回道。

男人们都抢着付钱，没带钱的就让徐雅琴记账。

郭保喜从后面赶过来，不同意："今天我家办喜事，我来付钱。雅琴姐，记我家账上，回头我把钱送来。"

吕强拦住他："郭哥，算啦！大家去你家吃饭，就是图个热闹。谁不知道你家是'隔着门缝吹喇叭——名声在外'啊！改天等你发大财了再请我们。"吕强是郭保军的发小，个子不高，人挺能干，已经结婚了，有个八个月大的男孩儿。他是最早用粮食换砖票、第一个跟着林凤鸣种木耳的人。郭保军在家时，他总来找保军玩儿。

男人们呼啦啦地把啤酒抬上车。这时，邵明德正好开着拖拉机回来，问明了情况，便对徐雅琴说："给我拿两瓶罐头，我也去凑个热闹。"

徐雅琴满心不乐意，但还是照办了。

"再把那散装白酒拿上一桶。"邵明德吩咐道。

"你搬家啊？什么都往她家倒腾！"徐雅琴没好气地说。

"你说啥？你识好歹不？"邵明德有点急了，"凤鸣帮咱种木耳，跟你要钱了？数你的犁耙片子，就知道翻旧账！"

徐雅琴被噎得没话说。邵明德又说："拿酒！"

徐雅琴拿了个最小的白色塑料桶装的酒，没好气地放在柜台上。

"这五斤的，够谁喝？拿十斤的！"邵明德瞪了她一眼，"你看村里这些年轻人，都围着凤鸣转，那是想让凤鸣带着他们挣钱呢！你这没见识的！"

徐雅琴站着没动。邵明德把她推到一边，自己从柜台里拿了十斤一桶的酒，连同两瓶罐头一起装进一个塑料编织手提兜里，快步往林凤鸣家赶去。

徐雅琴追出来，把一封电报递给邵明德："郭保军的。"

邵明德接过来一看："一万四？没听喜子说啊。保军在外面干什么活儿，汇这么多钱？"

"那是外面钱好挣呗。还不是给他嫂子挣的。"徐雅琴酸溜溜地说。

"你少胡说！"邵明德抢白道，"凤鸣是老郭家的当家人，电报不写她写谁？"

林凤鸣家院子里，男人们已经摆好了桌子，女人们也陆陆续续端着菜过来了。林凤鸣拿了一大沓叠好的煎饼放到两张桌子上，招呼大家坐下。

邵明德当着大家的面，把电报递给林凤鸣，盯着她的眼睛说："凤鸣，保军来消息了，给家里汇钱了。"

"保军来电报了？"林凤鸣惊喜万分，强忍着没让眼泪掉下来。她接过电报看了一眼，对邵明德说："邵大哥，麻烦你快给我婆婆送去。"

"大嫂，"吕强这时凑过来说，"你家都买汽车了，就把那台拖拉机卖给我吧！你跟保喜大哥商量商量，我好把钱给你送来。"

林凤鸣爽快地说："行啊！那砖厂的活儿也一并给你吧。以后咱家的活儿你也帮着干点儿，我这汽车上山不方便，拉树苗、往山上送肥料什么的都得用拖拉机。你记好工时，都给你算工钱。"

有人故意逗趣："吕强，你跟大嫂啥关系啊，这么好的活儿都给你了？"

吕强一边跑到他媳妇卢颖身边，让她赶紧回家取钱去，一边回头喊："不告诉你！"逗得大家哈哈大笑起来。

李国忠书记接过话茬，笑着说："吕强跟保军是发小，当初一起去迎的亲，他不叫大嫂叫什么？你们不也都叫凤鸣姐嘛。"

邵明德站起来喊："吕强，你小子别小心眼儿，还怕你大嫂变卦呀？打发卢颖回家取钱去！先喝酒！"

这时，郭玉英走到邵明德身边，侧着身子小声对他说："德哥，跟我嫂子说说，把砖厂的活儿给你干。"

"你嫂子是什么人，她心里有数，别争了。"邵明德眼睛望着林凤鸣那边，头也没回。玉英自觉没趣，讪讪地走开了。

邵明德挨着郭保喜坐下，张罗着给大家倒白酒。

玉英把邵明德带来的鱼罐头打开，分装在两个盘子里端上来。从邵明德身边经过时，她有意无意地碰了邵明德一下。林凤鸣看在眼里，几不可察地皱了一下眉头。

林凤鸣请李国忠书记先讲几句。

李书记端起酒杯，清了清嗓子说："凤鸣让我先讲，那我就不客气了。过去咱村分四个生产队，我是大队书记；现在合并成大利村，我叫村书记，其实就是换了个叫法。刚才，妇女们推选凤鸣当妇女主任，这事儿我得先说两句。这个妇女主任，不光要管咱本队的妇女，其他三个生产队的妇女也要管。咱们大利村，坡上坡下共426户人家，进城的有24户，还剩下402户。先前的妇女主任有名无实，从今往后，凤鸣就要把这工作真正抓起来。俗话说，妇女能顶半边天，在家里更是顶梁柱。凤鸣的担子重啊！"

李书记说着，看了看林凤鸣，继续道："家里的生意要管，村里的妇女工作也要管。大家要支持她，保喜更要支持！来，大家鼓个掌，给咱们的新任妇女主任加加油！"

掌声过后，李书记又端起酒杯："凤鸣买了咱们镇上第一台农用汽车，带了个好头，大家都要向她学习！赶上现在党的政策好，大家都开动脑筋，想法子往致富路上奔。今天，我代表大利村全体党员和402户老百姓，敬凤鸣一杯！"

林凤鸣听到李书记的话，赶紧站起来："哎呀，李书记言重了，我可不敢当。"她端起杯子，举到半空中，对着李书记和众人说："是党的政策好，只要咱们肯出力，家家户户都能过上好日子。我林凤鸣有幸被大家信任，定会有一分热，发一分光，绝不辜负李书记和乡亲们的期望。从入党那天起，我就有责任、有义务为党和老百姓做事，这个觉悟我到什么时候都有！"

话音刚落，院子里响起一片热烈的掌声，还夹杂着几声响亮的口哨。

林凤鸣看到满院子的人，不论男女老少都望着她，目光里充满了期待和信任，她一时有些窘迫，脸颊微微发烫，仿佛又回到了几年前刚嫁到郭家时的情景。一股热流涌上心头，她觉得自己仿佛真的成了大家的主心骨。林凤鸣深吸一口气，将杯中白酒一饮而尽，大声说道："我一定尽我所能，带着咱们大利村的乡亲们，早日脱贫致富！""好！好！"人群沸腾起来。

"凤鸣姐，我们都跟着你干！"女人们更是激动地喊着。

林凤鸣的话，像一颗种子，播撒在这些山沟里女人们的心田，点燃了她们对富裕生活的渴望之火。女人们行动起来，整个家庭就有了活力；家家户户动起来，村里的风气也跟着好起来，人人心里都憋着一股劲儿，厌弃了过去的懒散……

另一桌有个男人站起来，大声问："今年咱村木耳大丰收，是谁的功劳？"

"林凤鸣的！"众人齐声回答。

"好！那咱们都满上酒，共同敬凤鸣一杯！祝她发大财，也带着咱们发点小财！"

林凤鸣连忙举杯回应："谢谢大家的信任，咱们共同发财！今天咱们是吃喜酒，但我还得说点正事：明天开始收木耳、送货，每家得出一个人帮忙，负责打包、过秤、看管。木耳收上来在发走前，得有两个人看着；送货的时候，也要有两个人一起去。木耳卖多少钱，就给大家分多少钱，我林凤鸣不赚大家的差价，但这运费得大家一起承担。"

"凤鸣这样做，好不好？"有人问。

"好！"

"凤鸣姐，仗义不仗义？"

"仗义！"

这热热闹闹的场面让林凤鸣感到由衷的开心，但兴奋之余，她也感到了沉甸甸的压力。肩上的担子更重了。

李书记看出了林凤鸣的顾虑，郭保喜和邵明德也都关切地望着她。

"好样的，凤鸣！是干大事的人！"李书记赞许道，"凤鸣啊，先前你们成立的'致富四人组'就很好。现在保军出门了，我看这个模式还得继续，可以把吕强、汪艳华也拉进来，成立个'五人致富小组'，怎么样？"

"李书记，这……这太突然了，我都没想过。光是老郭家这个家，我都当得很吃力了。"林凤鸣是真的犹豫了，脸涨得通红。

"凤鸣，你就带头干！你是正组长，我给你当副手！咱们一起努力，把大利村干出个名堂来！"邵明德借着酒劲儿，自告奋勇地说。

邵明德不由分说，把吕强、汪艳华喊到这桌来，当场请李国忠书记作证，宣布"五人致富小组"正式成立。

酒席散后，邵明德跟着大伙儿晃晃荡荡地走了。玉英对林凤鸣说："大嫂，我去送送大家。"

郭保军汇来的一万四千块钱，电报上写明了收款人是大嫂林凤鸣。

"妈，妈！二弟来电报了！"林凤鸣回到屋里，高兴地把电报念给婆婆听。一家人都又惊又喜。

电报上说得很明白，汇来的钱是交给大嫂贴补家用的。她婆婆听完，立刻说：

"凤鸣，快把钱取出来给你用吧，你现在铺了这么大摊子，正需要钱。"

林凤鸣摇摇头："妈，这是二弟在外面挣的辛苦钱，不容易。我看还是让玉英取出来，先给他单独存着，留着将来娶媳妇用吧。"

婆婆点点头，眼里泛起了泪光。

"凤鸣，你等等。"婆婆转身从炕柜里拿出另外四间房的房契，塞到林凤鸣手里，"去把这四间房也抵押了。等木耳款收回来，先把欠你爸和你宋婶的钱还上。"

"妈！"林凤鸣一把抱住了头发花白的婆婆。她明白，婆婆一辈子省吃俭用，操持着这个大家庭，事事都小心翼翼。现在到了用钱的节骨眼上，她却主动拿出房契来支持自己，这份信任和支持，让林凤鸣心里暖烘烘的，眼睛也湿润了。

第二天，天刚蒙蒙亮，林凤鸣就被院子里大黑狗的叫声吵醒了。她看看身边睡熟的郭保喜和小亮，轻手轻脚地穿衣起了床。

刚打开院门，就看见吕强带着一个衣衫褴褛的女人站在门口。

"她是谁？吕强，这是怎么回事？"林凤鸣惊讶地问。

吕强挠挠头说："不知道。天不亮的时候，我和二彪守着场院里的木耳堆，看见那儿有动静，还以为是偷木耳的呢。过去一看，是个女的，吓得躲到咱们院子里来了。看她穿得破破烂烂的，但又不像小偷。问她什么，她也不说，我们不知道该怎么办，就把她送到你这儿来了。"

这女人看起来三十多岁，低着头，瑟缩着身子，一副惊恐不安的样子。头发凌乱，身上的衣服本就打着补丁，又被刮破了好几道口子，露出里面的棉絮。林凤鸣打量着她，第一感觉这女人像是从家里逃出来的。

林凤鸣让吕强先回场院那边去，叮嘱他别声张。然后，她把这陌生女人领进了婆婆的屋子。

她给女人打了盆温水让她洗脸，又回自己屋拿出两件干净的旧衣服给她换上。换上衣服后，看得出那女人长得挺秀气，五官有点像朝鲜族人，只是神情依然怯怯的。

林凤鸣温和地对她说："你别怕，我不是坏人，我们一家子都不是坏人，村子里也没有坏人。你是被人贩子拐来的？还是跟家里人吵架跑出来的？"

女人低着头，不回答。

林凤鸣又用手比画着问："你饿了吧？"

陌生女人迟疑了一下，点了点头，但还是不开口说话。

林凤鸣心里嘀咕，难道她像姑婆一样是哑巴？不过，能听懂话就好。她转身去厨房，给女人做了一碗热腾腾的鸡蛋汤，又拿了两张煎饼给她。

　　看着陌生女人狼吞虎咽地吃完东西，神色似乎放松了一些，林凤鸣又尝试着问她家在哪儿、从哪里来，可她依旧紧闭着嘴唇，一言不发。

　　林凤鸣让哑巴姑婆过来跟她打手语，想看看能不能沟通。但陌生女人既不说话，也似乎完全不懂手语。

　　这下林凤鸣彻底没辙了。看着她的长相，她越发觉得这女人可能是朝鲜族人。于是，她赶紧让郭保喜去坡下找个会说汉语的朝鲜族人来问问情况。她觉得这女人挺可怜的，想帮帮她。

　　郭保喜一边嘟囔着"就你爱多管闲事"，一边还是披上衣服出门去了。

　　"唉，这女人真可怜！"林凤鸣心里想着，想安排她在婆婆的炕上先休息一下。

　　但陌生女人却不肯，反而拽着林凤鸣的衣角，用手指了指门口，又指了指自己的嘴，比画着似乎还想要吃的。

　　林凤鸣心想，也许她只是个逃荒要饭的吧。于是，她又去拿了几张煎饼，找了两件自己不穿的旧衣服，然后回自己屋，从抽屉里拿出一些粮票——先是拿了地方粮票，想了想，觉得不妥，又换成了全国粮票，再数出200块钱，用布包好，一起递给那女人。

　　"你先等等，"林凤鸣说，"我丈夫去找会说朝鲜语的人了。等弄明白是怎么回事，我才能更好地帮你。"

　　女人似乎听懂了林凤鸣的话，眼神复杂地看了她一眼。突然，她对着林凤鸣深深鞠了一躬，然后抓起林凤鸣给她的东西，转身就匆匆忙忙地跑了。

　　等郭保喜找来坡下的朝鲜族人时，那女人早已跑得不见了踪影。

　　坡下的朝鲜族人听说了这事，猜测说："看样子，八成是从北边跑过来的。那边生活太苦了，好多人都想方设法往中国跑。咱们这里离边境近，隔三岔五就有偷跑过来的，来了就不想回去了。不过啊，也有从咱们这边想办法去那边的……"

　　林凤鸣当时正忙着验收各家送来的黑木耳，准备发货，很快就把这件事抛在了脑后。她怎么也没料到，多年以后，她会和这个神秘的朝鲜族女人再次相遇，并且结下了一段生死之交。这当然都是后话了。

　　在林凤鸣的带动下，大利村几乎家家户户都开始种木耳，俨然成了一个木耳专业村。

收获后木耳，量大的农户，林凤鸣得开着车一家家去过秤、记账、收货；量小的，她就让李国忠书记通知大家自己送到她家院里来，由玉英负责记账、收货。

她反复叮嘱帮忙的玉英、汪艳华和卢颖："一定要先过完秤再喷水、打包！不能喷太多水，稍微潮点就行。"这样既能防止木耳因为太干而在运输途中碎裂，也能避免因为喷水过多而导致货到地方时分量不足，引起纠纷。

收来的木耳堆满了院子，她还要开着汽车一趟趟拉到镇上的火车站，联系货运，统一发货。

这些天，林凤鸣把郭保喜指挥得团团转，像个上满了弦的陀螺。

其实，林凤鸣比郭保喜累得多。白天一起拉货回来后，郭保喜可以歇着了，她却不能停，还要和玉英一起清点家里的存货，核对账目，联系客户，安排发货。晚上，等一切忙完，还要去哑巴姑婆那里把儿子小亮接回来照看。又要忙生意又要带孩子，她就像个不知疲倦的铁人。连轴转了半个多月，整个人明显瘦了一圈。

这天，林凤鸣按账给大家结清了这批木耳款，刚想喘口气歇歇，没想到吕强和卢颖、汪艳华和二彪（汪艳华丈夫）几个人，像约好了似的，提着水果、糕点来看她。

他们感激地说："凤鸣姐，这次多亏了你！帮我们代发木耳，一点儿差价没赚，还自己搭工夫、搭汽油，真是太谢谢你了！"

邵明德借着学开车的名义，几乎天天都往林凤鸣家跑。

郭保喜乐得多了个免费的帮手，家里抬抬扛扛的重活儿也有人搭把手了。邵明德干活比瘸子叔有力气，加上他也没对林凤鸣表现出什么不轨的企图，郭保喜跟他渐渐熟络起来，隔三岔五就留他在家里吃饭喝酒。

家里人也不再因为缺少人手而时常念叨郭保军了，日子似乎又恢复了往日的平静。但意外还是发生了。

这年夏天雨水特别大，接连下了好几天暴雨，村边的小河河水猛涨。堆放在河滩边晾晒的木耳菌袋，有不少被汹涌的洪水冲走了。林凤鸣家和邵明德家都损失不小，据估计，两家加起来至少损失了三分之一的菌袋。

邵明德的媳妇徐雅琴为此跟邵明德大吵了一架。

"我就说这林凤鸣没安好心！"徐雅琴在家里对着邵明德嘟囔抱怨，"她自家的菌袋都放山坡高处了，偏把咱家的放在河边！这下可好，辛辛苦苦弄的，大半让水给冲跑了！"

“你少在那儿胡说八道！”邵明德没好气地打断她，“当初选地方的时候，是你弟弟大海自己挑的河边那块地，说是离河近，浇水方便！凤鸣压根儿就没去，是瘸子叔帮着放的！是你弟弟自己耍小聪明，那地方也是咱家先挑中的！再说了，咱家又没有山林地，你好意思把菌袋放到保喜家的山上去？”

徐雅琴就是嘴碎爱抱怨，被邵明德一顿抢白，立刻就不吭声了，赶紧给丈夫端饭、倒酒，不敢再多嘴。

其实，邵明德心里也疼得滴血。那么多菌袋，可都是钱啊！但他嘴上却硬撑着，嘟囔着说自己没那个靠种木耳发财的命。

没想到，几天后，林凤鸣竟然领着县里保险公司的人上门来了，说是来核实损失，进行理赔。

邵明德和徐雅琴都愣住了：自家压根儿就没投保险啊！哪来的理赔？

林凤鸣笑着解释说，凡是跟着她一起种木耳的农户，她都按照当初发的菌袋数量，替大家统一买了农业保险。她说上次经历过风灾，可是吃过大亏的，不能再在同一个地方摔倒。

邵明德听了，心里五味杂陈，狠狠地瞪了还愣在一旁的徐雅琴一眼，低声喝道：“还不快给人家倒水！”

林凤鸣见状，哈哈笑着打圆场：“嫂子，天儿热，先给我拿根雪糕吃，凉快凉快。我知道，我家冲走的少，你家冲走的多，我这不也怕你心里埋怨我偏心，上火嘛。”

徐雅琴这才反应过来，脸上挤出笑容，连忙小跑着进屋，拿出几瓶汽水和一盘雪糕招待保险公司的人。

这天夜晚，林凤鸣跟郭保喜、玉英一起在灯下仔细算账：木柞片、核桃仁、加上这批发走的黑木耳，几项收入加起来……

“差不多能把欠林场那十万块还清了！”林凤鸣松了口气，“学校和我爸那边的钱，也能先还上一部分。”

玉英在一旁兴奋地说：“大嫂！把我二哥汇回来那一万四也算上啊！这样一算，咱家就只剩下八万六的饥荒了！大嫂，你可真厉害！这才多久啊！”

林凤鸣却摇摇头，认真地说：“你二哥的钱不能动。那是他在外面辛辛苦苦挣来的，家里先不花，给他单独存起来，留着将来娶媳妇用。咱们手里得留点儿活动钱周转，学校和我爸那边的钱不着急，等秋天收了山货再还也不迟。”

坐在一旁的婆婆听了，连连点头，满眼赞许地看着林凤鸣：“凤鸣啊，这个家让你来当，真是当对了！"说着，她从炕柜里拿出林凤鸣前几天给她买的水果，自己一直没舍得吃，此刻却一股脑地塞给林凤鸣，非让她吃不可。

玉英在一旁看着，假装吃醋，对她妈撒娇道："妈！到底大嫂是你亲闺女，还是我是你亲闺女呀？"

郭保喜在一旁抢过话茬，笑着说："谁能挣钱，谁就是咱妈的亲闺女！"

一家人都笑了起来。

这期间，关于林凤鸣担任妇女主任和代理书记的事情，也有了进展。

李国忠书记正式向镇党委递交了报告。报告中说明：大利村原妇女主任长期在外打工未归，导致该职位事实空缺，村里妇女工作无人负责；在此情况下，村民自发推选党员林凤鸣同志担任妇女主任。同时，李书记也恳切地提出，自己年事已高，精力不济，希望组织能够批准林凤鸣同志接替自己，先代理村党支部书记一职，并表示愿意全力支持和帮助她开展工作，待到下次村级换届时，再按照组织程序进行正式选举和任命。

镇党委接到报告后进行了讨论。主管组织的王书记表示，林凤鸣同志年轻有为，敢想敢干，带领群众致富的事迹突出，确实是一位难得的好苗子，是时候让她挑起更重的担子了。他个人非常赞同李国忠书记的提议。不过，他也强调，干部的任免必须严格按照组织程序来办。

最终，镇党委研究决定：同意大利村村民的推选结果，任命林凤鸣同志为大利村妇女主任；同时，考虑到李国忠书记的实际情况和大利村的工作需要，同意由林凤鸣同志代理大利村党支部书记职务。正式的任命和选举，将在下次村级换届时，由镇党委派专人下去进行考察谈话后，按规定程序完成。

第十四章　闹剧

傍晚，郭保喜高高兴兴地从镇上回来了。

一进门，看到林凤鸣脸上的伤和红肿的眼睛，他吃了一惊："媳妇儿，你这是咋了？"见林凤鸣闷着头不高兴，他心里一阵心疼。林凤鸣没吱声。

"妈，凤鸣这是咋了？谁欺负她了？"郭保喜又扭头问他妈。

"哼！你自己问她！谁敢欺负她？她在外头有人帮衬着呢！"婆婆阴阳怪气地说。郭保喜听得一头雾水："到底咋回事？玉英呢？玉英！"

玉英从自己屋里出来，眼神怯怯地看了林凤鸣一眼，才吞吞吐吐地说："是……是邵大哥来咱家，他媳妇徐雅琴说我大嫂跟他……她就带着娘家人来，把我嫂子给打了……"

郭保喜还是不信："邵明德不是经常上咱家来玩嘛，他媳妇咋今天就找上门了？他一天到晚也没啥正经事。"

"徐雅琴指名道姓地骂你媳妇！"婆婆在一旁不满地补充道。

"骂凤鸣啥？凤鸣咋惹着她了？"郭保喜追问。

"妈！"玉英急了，打断婆婆的话，"那是徐雅琴自己瞎猜疑！不关我嫂子的事！我嫂子光明磊落，他们说的那些，都是没影儿的事！"

林凤鸣始终低着头，既不回答，也不辩解，面无表情地干着手里的活。她心里已经打定了主意，无论如何要护着玉英。这件事，对家里人也不能说。可是，接下来该怎么解决呢？

郭保喜越想越不对劲，把林凤鸣拽到自己屋里，劈头盖脸地质问起来。

"你老实说！你是不是真跟邵明德有一腿？"郭保喜满脸怒容，眼睛瞪得溜圆，"我他妈的……是不是让人戴绿帽子了？"

林凤鸣依旧沉默，不回答，不辩解，平静地整理着东西。她不能说出玉英的事。她不擅长撒谎，更不知道该怎么去圆这件事。

林凤鸣深深地叹了口气，无奈地摇了摇头。作为当家人，自己应该早点发现苗头，阻止玉英干傻事。玉英怀孕的事，迟早是瞒不住的。现在该怎么办？

"你们俩是什么时候开始的？你什么时候跟邵明德搞上的？"郭保喜见她不说话，更是认定了她心里有鬼，是理亏不敢吱声，逼问得更紧了。

　　"郭保喜！你还有完没完了！"林凤鸣终于忍不住爆发了，"玉英不是都说了吗？是徐雅琴瞎歪歪！"

　　"哼哼！徐雅琴是矮，可心眼儿多着呢！当年就是她给邵明德下了药，才赖上他的！她那么怕邵明德，今天敢带人来闹，肯定是抓到你俩什么把柄了！"郭保喜认定了自己的猜测。

　　"随便你怎么想！反正我没做对不起你的事！"林凤鸣说完，转身就要去炕上睡觉。郭保喜一把拽住她，气急败坏地说："你说清楚！到底有没有这回事？"

　　"郭保喜！"林凤鸣也来了脾气，甩开他的手，"我对天发誓！我林凤鸣没做过任何对不起你的事！我忙得脚打后脑勺，哪有那闲工夫去瞎搞？！"她瞪着郭保喜，"我是什么样的人你不知道？邵明德他敢勾引我？我拿刀剁了他！"

　　郭保喜被林凤鸣这一顿抢白，气势顿时弱了下去，愣了半晌没说出话来。随即，他又嬉皮笑脸地凑过来，钻进了林凤鸣的被窝，撒娇地说："老婆，我这不是心疼你嘛……邵明德那小子，看着人五人六的，其实就是个阉割了的货，我怕他？"

　　林凤鸣却毫无睡意，睁着眼睛望着黑漆漆的屋顶。玉英的事该怎么办？那个邵明德，当年做的肯定是假绝育手术，就是为了蒙骗村里人。他是有妇之夫，玉英又怀了他的孩子，这事要是闹大了，是要出人命的！今天幸亏自己挡着，不然徐雅琴那帮人还不把玉英打个半死？看玉英跟邵明德那黏糊劲儿，是铁了心要跟他的。可徐雅琴怎么办？她还有两个孩子，她那么怕邵明德，肯定不会主动离婚。但这毕竟不是旧社会，不能容忍一夫多妻啊！自己给村里妇女开会，总是讲怎么挣钱，怎么把日子过好，却从来没讲过作风问题……这真是个难题，一个摆不上台面的难题。

　　林凤鸣辗转反侧，怎么也睡不着。

　　然而，一波未平，一波又起。几天后，郭家发生了一件更令人震惊、也更伤风败俗的事——郭玉英卷走了家里所有的现钱，跟邵明德私奔了！

　　徐雅琴也瞬间明白了过来，脸色惨白，突然一屁股坐到地上，撒起泼来："林凤鸣！说！你把玉英和邵明德藏到哪儿去了？！"

　　"嫂子！真的不是我安排的！我一点儿都不知道啊！"林凤鸣焦急地去拉她。

　　邵明德的两个女儿，焱焱和森森，被眼前的情景吓坏了，哇哇大哭起来。

　　"你这个当家的！你得给我做主！"徐雅琴赖在地上不起来，态度又来了个一百八十度大转弯，"今天你要是找不回邵明德，我们娘仨就让你养活！"

郭保喜也急眼了："这关我媳妇啥事？是你自己没看好邵明德！他跟谁走的还不一定呢，你少在这儿瞎歪歪！"说着，上前一把将徐雅琴从地上提了起来。

婆婆这时也明白了事情的原委，赶紧穿好衣服从屋里出来，没好气地喊道："都别吵了！先去找人！等玉英回来，看我不打死她！"

林凤鸣一边让姑婆照看好小亮，安抚住焱焱和森森，一边扶着失魂落魄的徐雅琴，让保喜赶紧开车，三人一起去镇上的火车站找人。

汽车上，徐雅琴不再哭闹，只是目光呆滞地嘀咕着："邵明德肯定早就跟玉英勾搭上了，八成就是你上次去天津卖木耳的时候……凤鸣啊，我还以为你不在家，邵明德去你家也就是串个门，不会发生啥事……这倒好，玉英这个小妖精又勾搭上我家邵明德！邵明德可真有本事，连黄花大闺女都睡……"

"你少在那儿放屁！给我下车！"郭保喜听不下去了，猛地一脚踩下刹车。

林凤鸣赶紧劝住保喜："先找到人再说！现在吵有什么用？也别说谁对谁错！"然后又转头劝徐雅琴："嫂子，一个巴掌拍不响。玉英还是个孩子，刚出学校门，心思单纯，从小又没爹……你也别那样说她。焱焱、森森还小，你得在孩子面前给邵明德留点面子。再说，你总得让保喜好好开车去找人吧？"

徐雅琴这才不吭声了，扭头望着窗外。她的头发凌乱，脸上的泪痕和灰尘混在一起，眼神空洞，看上去呆呆傻傻的，十分可怜。林凤鸣一向自立自强，看到这种依附男人而活、失去男人就失去一切的女人，心里既哀其不幸，又怒其不争，但此刻更多的是同情。她伸出手，轻轻帮徐雅琴理了理散乱的头发。

没过一会儿，徐雅琴却突然抓住林凤鸣的手，哽咽着道歉："凤鸣，妹子，对不起，嫂子真是冤枉你了。你大人有大量，别跟我一般见识。这次……这次只要能把邵明德找回来，咱俩就认个干姐妹，行不？"

林凤鸣被徐雅琴这突如其来的转变弄得哭笑不得。她从小被姥姥宠爱，长大了又受人尊敬追捧，实在无法完全理解徐雅琴这种长期生活在自卑中、靠讨好男人来获取安全感的复杂心理。林凤鸣心里一阵惆怅。她不知道该如何安慰身边的徐雅琴，更不知道回去该怎么跟婆婆交代。

车到半路，遇到了骑着自行车追来的徐雅琴的几个弟弟。郭保喜停下车。

"姐！我姐夫呢？"大海探头看了看车后座，没看到邵明德，又扒着车窗问徐雅琴。徐雅琴摇摇头，没说话。

"郭哥，我姐夫呢？"大海又问郭保喜。

"腿长在他自己身上，他去哪儿我哪知道？你给我工钱让我看着他了？"郭保喜没好气地顶了回去。

"凤鸣姐，"大海转而对林凤鸣说，语气诚恳了许多，"昨天的事……真是误会了，对不住！我当时喝了点酒，脑子不清醒。改天我一定登门，给您磕头认错！"大海是个直性子，意识到错就真心道歉。

"都过去了，一点皮外伤，没事。"林凤鸣的声音很低，显得有些疲惫无力，"把自行车放后面车厢吧，先回村再说。"昨天被打，今天玉英又出走，身上的伤还在隐隐作痛，这些她都能挺住。可是，玉英和邵明德私奔这件事，该怎么收场？

她长长地叹了口气，这个家，真的太难当了。

到了村口，搭车的村民们都下了车。徐雅琴却没动。

"嫂子，要不你先回家歇歇？焱焱、森森还在我家呢，我一会儿给你送过去。"林凤鸣不知道该怎么安慰她。徐雅琴先是点点头，又摇了摇头。

一进院子，就看到焱焱、森森和二离正跟小亮在院子里玩耍。徐雅琴一言不发地走过去，扯过自己的两个女儿，强行把她们按倒在地，自己也跟着跪了下来，对着林凤鸣说："焱焱！森森！快！叫干妈！"

"嫂子！你这是干什么？！快起来！吓着孩子了！"林凤鸣大惊失色，连忙去拉徐雅琴。

"林凤鸣！你今天不答应，我们娘仨就不起来！焱焱、森森以后就认你当干妈了！"徐雅琴执拗地说。

"我答应！我答应！我多了两个好女儿！"林凤鸣情急之下，只好先答应下来。

婆婆听到动静，从屋里出来，劈头就问："玉英呢？"

林凤鸣看了郭保喜一眼，十分为难地说："妈，玉英……玉英去找保军了。她说保军在外面挣得多，她也想出去长长见识。"

"真的？"婆婆将信将疑。

"真的！不信你问保喜。"林凤鸣赶紧给郭保喜递眼色。

"是真的，妈。"郭保喜连忙顺着林凤鸣的话往下编，"玉英说了，等她挣了钱就往家里寄，帮她大嫂还饥荒。她是怕您不让她去，才没敢跟家里说。"

婆婆听了，没再发脾气，只是叹了口气，自言自语道："唉！这当的什么家！把人都当走了……"

168

"妈！你咋能埋怨凤鸣呢？是玉英她自己⋯⋯"郭保喜忍不住辩解。

"保喜！"林凤鸣立刻喊住他，不让他说出真相，然后转过身，赔着笑脸对婆婆说："妈，保军和玉英都是出去长见识去了，好事！总窝在这个小山沟里，能有啥大出息？"

婆婆没再说什么，转头问徐雅琴："雅琴，你刚才让孩子给凤鸣下跪是干啥？"

"哦，"林凤鸣抢着回答，"我跟雅琴姐商量好了，我们认个干姐妹，孩子们就认我当干妈。"她一边说，一边赶紧岔开话题，吩咐郭保喜："对了，保喜，你去趟学校，把咱叔和韩叔都喊回来，让削片机先停一下。中午都到咱家吃饭！再把李书记和他老伴儿也接来！"她强作镇定地安排着一切，心里却乱成了一团麻。

汪艳华和二彪这时也赶来了，关切地问到底是怎么回事。林凤鸣摆摆手说没事，让他们赶紧帮忙做饭，去院子里摘点新鲜菜，冰柜里还有肉。

汪艳华还是不放心，又悄悄凑到林凤鸣耳边问："凤鸣，到底咋回事啊？"

"焱焱、森森认我当干妈了，咱们吃顿喜酒！"林凤鸣极力营造出高兴的气氛，搪塞道，"不信你问你大姑姐去？"心里却在暗暗叫苦："老天爷啊，能瞒一时是一时吧！邵明德！你干的好事！"这一刻，林凤鸣对邵明德原有的那点感激之情，已经荡然无存，只剩下满腔的愤怒。如果邵明德现在出现在她面前，她真想把他撕碎了！

"哈哈！那敢情好啊！"汪艳华果然信了，笑着说，"邵明德认你婆婆当干妈，焱焱、森森又认你当干妈，这可真是两辈子的缘分啊！这喜酒必须得好好吃！"

徐雅琴这时站起来说："我先回家看看，小卖店没人看着不行。"

"大姐，那你一会儿回来的时候，记得拿几瓶好酒来！"汪艳华在她身后喊道。

徐雅琴没吱声，默默地走了。

"艳华，你陪你大姑姐回去一趟吧，"林凤鸣掩饰着说，"我看她脸色不好，可能是晕车了。"

"没事儿！"汪艳华大大咧咧地说，"她就是个财迷！一回到家，看到钱，卖上东西，立马就好了！我还得赶紧回去帮忙炒菜呢！"

半小时后，郭保喜把李书记夫妇接来了，韩赖子和跛子叔也都到了。二彪忙着往院子里搬桌子、摆凳子。林凤鸣找了个机会，把李书记拉到一边，将玉英和邵明德私奔的事，以及自己的猜测，原原本本地告诉了他，想请李书记派几个人出去找找邵明德，看能不能把他劝回来。

李书记听完,沉默了半晌,抽了一口烟袋,才缓缓开口:"凤鸣啊,老话说得好,'管天管地,管不了赌,更管不了嫖啊'。邵明德是啥人,你还不清楚?他就是个花花肠子!这些年,他身边缺过小媳妇吗?咱村的,外村的……他就是个不安分的主儿!他是计划好的,你找也找不到,找到了也劝不回来。"

李书记顿了顿,又叹了口气:"唉,要说这邵明德,长得确实一表人才,咱大利村也就数他和保军模样最周正,个头不高不矮,脑瓜子也灵光。这些年,他心里一直觉得徐雅琴配不上他,屈了他。他对这门亲事不甘心,更不甘心自己没儿子。计划生育是能管住他不多生,可管不住他想要儿子的心啊!但愿……但愿他这次跟玉英是真心的吧。"

林凤鸣默默地听着,心里也凉了半截。看来,这事也只能顺其自然了。

小姑子玉杰拿着一个带碎花图案的笔记本跑了过来,神秘兮兮地对林凤鸣说:"大嫂!你看!这是我姐的笔记本!我刚才收拾书架看到的!我姐……我姐真的是跟邵明德私奔了!"玉杰也发现了真相。

林凤鸣连忙捂住玉杰的嘴,示意她小声点,千万不能让婆婆知道。

等玉杰走后,林凤鸣翻开了那本笔记本,里面是玉英的日记:

3月3日 晴

杨柳吐绿,春意盎然。我腹中悄然孕育着新的生命。这真是一个充满希望的季节,万物复苏,生命萌动。我想写一首诗:

站在远处默默地欣赏你,我的心充满了爱慕;

依偎在你身边深深地爱着你,我的心充满了眷恋。

我爱的人啊,

我不知道该如何选择,才能让你展露笑颜?

望着你踏着晨露远去的背影,闪耀着希望的光芒;

盼着你披着晚霞早些归来,我愿为你拂去一路风尘。

岁月将见证我爱你的真心,纵使刀山火海,亦无所畏惧!

3月5日 晴

德哥,你说过,大城市有高楼大厦,有霓虹闪烁,那是我向往的地方。我们离开这里吧!离开这个让我窒息的地方!你就是我的空气,只有感受到你的呼吸,我才能活下去;只有依偎在你身边,我才能找到真正的快乐。

你还记得吗?九岁那年,我鼻子流血不止,是你像抱小妹妹一样抱着我跑去卫生所。躺在你温暖的怀里，我一点也不害怕，反而觉得好安心，好有力量。那时候我就偷偷对自己说，长大了，我一定要嫁给你。可是，这句话我一直没敢对你说出口，而你，也没有等我长大……后来，我上了初中，你却和徐雅琴结婚了。听到消息的那天，我躲在被子里哭了好久好久……

你总把我当成小孩子，每次来我家，都给我和弟弟妹妹买好多好吃的。可是，你对我的好，我每一次都牢牢记在心里。你帮我家干活，帮我大嫂解决困难，我都看在眼里，记在心上。

夜深人静，林凤鸣躺在炕上，又想起了离家出走的郭保军。她知道，保军是为了不连累自己，为了保全自己的名声才选择离开的。是自己没能阻止这一切的发生。

"保军，"林凤鸣在心里默默地说，"我林凤鸣这辈子，虽然与你错过了青梅竹马，避开了情窦初开，但我们永远是一家人，是一辈子的亲人。等到将来我们都老了，苍颜白发，依然是亲人。二弟，嫂子盼着你早点找到自己的知心爱人，早点回家来。"

林凤鸣摸了摸自己的额头，还好，没发烧。

我是一只凤凰，注定要"唧唧"鸣叫着，飞向高空，行至远方！我林凤鸣绝不会被这些儿女情长所羁绊！

她转头看看身边鼾声如雷的郭保喜，又看看睡在旁边的小亮——孩子胖乎乎的小手露在被子外面，一只手里还紧紧攥着保军给他做的那只木头鹅。

睡意全无。唉！感情这东西，真是天底下最麻烦的事。

第十五章　当选村书记

日子在忙碌中飞逝，一晃便是大半年。看似平平淡淡，对林凤鸣而言，却是人生路上的一个重要转折。

林凤鸣暂时搁置了玉英与邵明德的事，先将焱焱、森森和二离都送进了镇上的小学。学校没有校车，林凤鸣便主动承担起接送任务，用自己的汽车将坡上、坡下村里没有摩托车家庭的孩子们一并捎上。一路上，年纪稍大的玉杰和保国会照顾年幼的孩子，孩子们也都听话乖巧。考虑到天气变化，她还特意搭建了一个简易的车棚。林凤鸣分文不取，但淳朴的村民们过意不去，时常主动来帮她卸货、装车，算是义务帮忙；林凤鸣也少不了请大家喝酒。村里人讲究人情往来，今天我帮你，明天你帮我，人与人之间的关系未被金钱完全衡量。这片青山绿水滋养了他们质朴的情怀，邻里守望，团结互助。

二离的奶奶、焱焱和森森的姥姥成了林凤鸣家的常客，她们常来帮着哑巴姑婆做饭、照看小亮。特别是焱焱、森森的姥姥，看到林凤鸣待两个孩子视如己出，心里感激，也总是主动招呼徐雅琴的弟弟们过来帮忙装卸车。林凤鸣见徐雅琴的大弟弟大海（就是曾动手打过她的那个）干活肯出力，便安排他去了跛子叔的削木片厂上班。农忙时干农活，农闲时去削片，一个月也能挣到一千块钱。

虽然实行了包产到户，各家过各家的日子，但因为林凤鸣号召大家一起种木耳，需要几家合伙协作，今天这家装袋子，明天那家运料、搭棚子，村里人还是经常聚在一起，热热闹闹的，颇有当年互助组的景象。最忙碌的当属林凤鸣，村民们不是向她请教种木耳的技术，就是往她家仓库送核桃仁儿，或是来取核桃。

林凤鸣这个致富小组的带头人，做得名副其实。

大利村的风气为之一变，打麻将等赌博的现象不见了，村民们个个都为发家致富而忙碌，都因为找到了致富门路而拥护林凤鸣。老人们在家带孩子做饭，年轻人则跟着林凤鸣砸核桃、种木耳，各司其职，井井有条。

就连韩赖子，也在林凤鸣的削片厂干活，一天工都不耽误。下了工，就常跟跛子叔一起在林凤鸣家吃饭。

村里人打趣道："韩赖子，你是赖上林凤鸣家了？还是看上林凤鸣的婆婆了？"

韩赖子得意地笑笑，说道："我是给林凤鸣家打工，挣现钱。你们眼气啥？"话虽如此，林凤鸣却看出韩赖子真的变了，干活像给自己家干一样卖力。于是，她每月比其他工人多给他开二十元工钱。

林凤鸣留意到韩赖子会主动帮婆婆圈鸭子、大鹅，还会抢过婆婆手里的猪食桶帮忙喂猪。她心里暗自高兴：婆婆苦了大半辈子，韩赖子也是个光棍，两位老人若能走到一起，相互有个依靠，也是一桩好事。她便在适当的时候，特意在婆婆面前夸赞韩赖子，还开玩笑说："妈，我看韩叔是个能干又有头脑的人！要是能成咱家人就更好了。"

婆婆脸一红，装作没听见，并不搭话，赶紧岔开话题问起玉英的事，问有没有消息，保军有没有来信。

恰逢村里换届选举。在村民选举大会上，老书记李书记主动让贤，提名林凤鸣担任大利村书记，村民们一致表示拥护。林凤鸣推辞道："我还当妇女主任就行。现在是国家政策好，加上乡亲们自己努力才有今天的结果。还是让李书记继续当书记吧，他老人家威望高，能带好大家。我做好妇女工作就行了。"

林凤鸣心里对徐雅琴喝药自尽的事始终耿耿于怀，深感自责。徐雅琴头七那天，她还由二彪和汪艳华陪着去上了坟。

镇上的驻村代表却不同意："不行，这有选举法规定，是村民选举大会选出来的。选了你林凤鸣，你就得担起这份工作。你是党员不是？是党员就得服从党组织的安排。不能只顾着自己开汽车挣钱，要带领大家共同致富，管好村子。你看村民们情绪多高涨，都坚决拥护你。"见林凤鸣还在犹豫，驻村代表又补充道，"李书记快七十岁的人了，为党工作了一辈子，你就让他歇歇，安度晚年不好吗？"

1992年7月，林凤鸣正式当选为大利村党支部书记。

吕强当选为村委会主任（大队长），汪艳华当选为妇女主任兼会计。

林凤鸣上任后的第一件事，就是成立了大利村幼儿园。她请了村里没考上大学的高中毕业生回来当幼儿教师，按年龄分了三个班：豆豆班、苗苗班、果果班。林凤鸣笑嘻嘻地请李书记和二离的太奶奶两位德高望重的老人担任名誉园长，她说："根红苗正，李书记负责品德礼貌教育，二离奶奶负责后勤伙食。"幼儿园自负盈亏，不以营利为目的，由汪艳华兼任会计出纳。这一举措，彻底解放了村里的妇女劳动力。

有老人来接送孩子时对林凤鸣说："凤鸣书记，赶明儿再给咱们这些上了岁数的办个养老院吧。"林凤鸣笑眯眯地回答："大爷、大妈、叔、婶子，你们是夕阳红，还得发光发热呢！60岁正年轻，70岁是壮年，80岁才能考虑进养老院。"老人们听了都笑呵呵地说："我们能活到80岁吗？"林凤鸣便更大声地回应："你们一定长命百岁！到时候我给你们办百岁宴！"说完，她骑上摩托，一踩油门便跑远了——她心里清楚，现在村里还没能力办养老院。

林凤鸣的口号是：大利村的孩子不能比镇里的孩子差，要争取年年多出大学生。妇女们对林凤鸣越发崇拜和敬佩。老人们依旧叫她"凤鸣"，但年轻一辈渐渐改口称呼"凤鸣书记"。

林凤鸣家里家外、村里村外，整日忙得不可开交。她跟婆婆说："妈，以后家里的活我可能要少干些了。"婆婆非常支持："没问题，家里有我呢！你放心忙村里的事。"但随即又叮嘱，"你得想法子把玉英和保军快点给我找回来。"

婆婆似乎也来了干劲，时常去设在小学校园里的削片场帮忙干些零活儿，与韩赖子见面的机会也多了起来。婆婆还主动建议，说削片场缺人手，让林凤鸣再雇两个村民，工资由韩赖子来记。

林凤鸣顺水推舟："妈，这事您就跟韩叔做主，多操些心吧。"

她婆婆听了高兴地说："哈，我倒成了给儿媳妇打工的人了。"

削片场因为多了两个像大海一样能干的年轻工人，生意越发红火起来。

买了新车后，郭保喜开着也高兴，干活不像以前那么拼命了，常常跟着林凤鸣一起下乡去收核桃、收山药材。保喜说林凤鸣比以前更漂亮了，两人吵架的次数也少了很多。

其实，林凤鸣并非只知道赚钱。她骨子里也有浪漫和有趣的一面，只是一直被沉重的婚姻责任所束缚。她的责任心太强了。

一天，韩赖子叫住林凤鸣，说有来卖树枝的村民反映，她承包的那片荒山，被雨水冲出了一条大沟。

林凤鸣对保喜说："那沟会越冲越大，不能让水土流失加重。你带几个人用乱石去填一填。"

过些日子，她说："保喜，走，我带你到山顶看看。"

两人上山查看红松的长势。林凤鸣和郭保喜都是山里长大的孩子，把汽车停在山下，很快就爬上了山顶。从山顶俯瞰，一片郁郁葱葱的林海映入眼帘，红松树都长到一人多高了，树间点缀着野菊花。山风拂过，送来清爽的花香和松油的芳香。

林凤鸣眼尖，一下子看到近处一棵树上结了一对松果。她欣喜地喊道："喜子，快看，结松塔了！"

"是啊，媳妇，真的结松塔了！"郭保喜也兴奋不已，拉着林凤鸣走近细看。"像小孩刚长出的门牙一样，真好看！"

"快看看，还有没有其他的。"

两人在林地里快速穿行。林凤鸣脚步轻快地走在前面，身材魁梧的保喜跟在她身后。从这个山头走到那个山头，林凤鸣早已汗流满面，汗水浸湿了鬓发；郭保喜也是汗流浃背，气喘吁吁。他喊道："媳妇，你慢点儿，等等我！你属山狸子的啊，走那么快！"过了一会儿又喊，"快歇歇吧，累死我了！"林凤鸣看着落在后面的保喜，笑着不作声，双手扒开面前的树枝，继续快步前行。郭保喜又贱兮兮地喊："好媳妇，等等我唉！"林凤鸣这才停下脚步，两人在山间小道旁的一块石头上坐下。

林凤鸣穿着一件杏黄色的衬衫，保喜穿着海军衫。在蓝天白云的映衬下，两人仿佛一对热恋中的青年男女。林凤鸣说："喜子，我数过了，阳坡的树大概有八成都结塔了，阴坡的还不多，看样子得晚一两年。我们成功了！我们得抽空去林场看看老场长，他给的树苗真是一等一的好苗，比普通的品种结果早了两年。"

这三十垧的松林，让林凤鸣心潮澎湃，热血沸腾。"我们成功了！"她站起来，朝着山谷大声呼喊。山谷传来回声："成功了——"

林凤鸣拽起郭保喜，两人一起对着山谷呐喊："我们成功了！我们成功了！"

林凤鸣认识许多山野菜。

婆婆丁、猫爪子、广东菜、山胡萝卜、刺老芽，还有山糜子、老牛铧（大蓟），以及许多能清热解毒、通络化瘀、疏肝理气的药材。

郭保喜赞叹道："媳妇，你咋啥都懂呢？"

林凤鸣解释说："我娘家邻居宋婶，是中医药大学的儿科主任，小时候我去她家玩，都是她教我的。她认识好多山里的药材。"林凤鸣采了一些黄蒿，保喜问："这玩意儿干啥用？"林凤鸣说："这也是宝贝，能降血压、降血脂。给咱妈采些回去泡水喝。山里的宝贝多着呢，在农村住真好。"

白云悠悠，天地辽阔。层层叠叠的松林染绿了山川。这无边的绿色，涤荡了林凤鸣心中积压了半年的郁闷。天生我材必有用！山上的这些宝贝，不能让它们白白浪费掉。林凤鸣忽然望着郭保喜，若有所思，不再说话。

"媳妇！"保喜发现林凤鸣走了神，喊了她一声，"你咋了？"

"别说话，让我静一静。"林凤鸣的目光投向远方。

一个宏大的计划瞬间在林凤鸣脑海里形成——开办一个食品公司！把大利村加工的核桃仁做成月饼或其他成品销售，把山野菜打包卖到城里去。要派人出去学习，要招聘技术工人。

食品公司的蓝图，已在她的脑海中反复勾勒，激荡不已！

可是，还欠着买小学的钱，还欠着娘家的钱……建食品厂一定需要更多的资金。

郭保子高，不小心碰到了树枝，几只马蜂立刻朝他飞来，狠狠地蜇了他几下。郭保喜疼得嗷嗷直叫。

林凤鸣起初以为郭保喜是故意逗她，自顾自往山下走。后来听见郭保喜的叫声越来越凄厉，才回过头。只见一群马蜂正围着郭保喜打转、叮咬。她大吃一惊，急忙大声喊："喜子，快趴下！快捂住脸！"一边喊着，一边赶紧掉头往山上跑。她跑到郭保喜身边，把他拽倒趴在地上。过了好一阵子，马蜂才渐渐散去，飞回蜂窝。郭保喜的脸上已经被蜇了好几处，鼓起了大包。他见林凤鸣心疼自己了，便又装腔作势地"哎呀！哎呀！"喊个不停。

林凤鸣赶紧拿出刚刚采的山菜"滑尖子"，用石头砸碎了给郭保喜敷在脸上。说也神奇，郭保喜感觉疼痛立刻减轻了不少，不那么钻心了。郭保喜一下子了脾气，他抓起一把干枯的野草，缠在木棍上，点燃了火，要去烧那个马蜂窝。

林凤鸣想拦也拦不住。马蜂窝很快着了起来，连带着松树枝也被点燃了。林凤鸣自小在山沟里长大，深知山上风大，一旦起火，火势会迅速蔓延。

"郭保喜，你要干什么？你是小孩子吗？还跟马蜂较劲！"林凤鸣吓坏了，赶紧脱下外套，和郭保喜一起使劲扑打火焰。好在是夏天，而且今天风和日丽，火势没有蔓延开，只烧着了两棵松树。

两人脸上都沾满了灰烬，好看的衣服也被烧出了几个洞。

林凤鸣气得不再说话，用力踢了郭保喜一脚。

"你是小孩子吗？三十多岁的人了，还去招惹马蜂……"骂着骂着，林凤鸣看到郭保喜像个犯了错误的孩子似的低着头，不敢吭声，她反而笑了。想当年，郭保喜对她说："豆苗，我家穷，但我会对你好，听你话。"那不就是像个大男孩一样憨直可爱，自己才喜欢上他的吗？她转过身，拉了郭保喜一下，说："没跟你生气，我也没时间生气。走，咱俩拐到奶奶坟前，跟奶奶汇报汇报。然后回家吃饭，下午还得送木片去，收了钱好还学校的账。"林凤鸣是真的不生气了，只是她心中的计划，暂时还不想对郭保喜说。

林凤鸣又想起一件事，对郭保喜说："喜子，这片林子得雇人看着了。你先去定做一些木牌，写上'禁止烟火'。我再用广播跟大家讲讲护林防火的重要性。"

郭保喜见林凤鸣的态度转变这么快，先是一愣，随即满心欢喜，蹲下身子，非要背林凤鸣下山。林凤鸣这次没有推脱，顺从地趴在郭保喜宽厚的背上，对着他被蜇肿的脸轻轻吹着气。

林凤鸣采了一大把绚烂的野花，恭敬地放在奶奶的坟前。

两人磕了三个头，站起来。林凤鸣对着坟茔说："奶奶，咱家以前穷，但咱不能认穷。今天跟您汇报两件事。第一，我要建个食品厂，把咱山里的好东西，像山野菜什么的，都卖到城里去。第二，山核桃仁是好东西，可光卖核桃仁太可惜了。我要把它做成月饼，做成其他食品，进行深加工，提高它的经济价值。奶奶，我要挣大钱，将来给村里盖养老院。奶奶，您在天上监督我，保佑我遇到困难不后退。"

郭保喜也随着林凤鸣磕了三个头，嘴里念叨着："求奶奶保佑我媳妇心想事成。"

吃午饭的时候，林凤鸣注意到婆婆坐下时似乎有些费劲。她关切地问道："妈，是不是在削片厂累着了？要不您在家歇歇吧？"婆婆摆摆手说："没事，就是老毛病犯了。干点活儿就腰酸腿痛的。卫生所的去痛片没了，这两天没吃药。"林凤鸣看到婆婆红肿的脚踝，想到婆婆为这个家操劳了一辈子，心里一阵难受。她没有亲妈，从嫁给郭保喜那天起，就把婆婆当作自己的亲妈一样看待，感情上早已是亲密的母女。

林凤鸣立刻骑上摩托车去镇医院给婆婆开药。在医院里，她恰巧碰到了杨思哲。

"林凤鸣，听说你当上大利村的书记了？恭喜呀！"杨思哲因为刚提拔为副院长，加上新药研制成功，显得精神焕发，步履轻快而有节奏，浑身散发出成功男性的潇洒魅力。

林凤鸣心中闪过一丝不易察觉的喜悦，但转瞬即逝。她收敛起情绪，深吸一口气，平复了呼吸。岁月的磨砺早已把她锤炼成一个肩挑重担的铁人，那些年少的男女情愫早已淡去。她笑着回应："你这大院长的消息还真灵通。我也就是马马虎虎干着，李书记年纪大了，让我帮着管管村里的事。"

"林凤鸣，你也别谦虚。上学那会儿你当班长就很有组织能力，我一直很看好

177

你。"杨思哲脸上微微泛红，露出一口皓白的牙齿，略显做作地扶了扶鼻梁上的金丝边眼镜。

"得，打住！有你这么夸人的吗？把多少年前的老谷子都翻出来了。你这是来镇里检查工作？"林凤鸣岔开话题。

"不完全是。我和我的老师最近新研制出一种中药，是通经活络、治疗风湿的。通过临床试验，患者反馈效果很好。我们正准备在各个乡镇卫生院开设专门的门诊。你来医院是？"杨思哲关切地问，目光从林凤鸣的脚下移到她的脸上。

"我挺好的。我是来给我婆婆开点去痛片。"林凤鸣拿出刚开好的那瓶去痛片给杨思哲看。

"唉，农村很多老人都这样，常年劳作，落下各种疼痛的毛病，都硬挺着。实在不行了就开点去痛片，也不去医院好好检查病因。我们这次在县医院和各乡镇卫生院开设门诊，就是专门针对风湿骨痛的。你最好带你婆婆来检查一下，老吃去痛片容易上瘾，副作用也大。"

"我听村里人说过，好像县医院有一种治腰腿痛的药，打一针就不痛了。"

"哪有那么神奇的药？打一针就不痛的那是封闭针，只能缓解一时，顶多管半年，治标不治本。我们推广的是中药外敷，配合烤电、针灸这些综合疗法。"杨思哲很有耐心地向林凤鸣解释。

林凤鸣顺势说道："那我娘家朝阳村，就是宋婶那个卫生所，你也去推广推广呗。"

杨思哲一下子认真起来："我们目前的计划只在乡镇卫生院一级推广，村级卫生所怎么办，还没开会研究决定。"

林凤鸣感觉再说下去可能会涉及工作安排，急忙转换话题："看你大院长挺忙的，我就不打扰了。哪天休息，带上崔莹到我们家来吃饭，现在正是采山菜的好时候，我给她多采点儿。"说完，她戴上摩托车头盔，发动车子，突突地走了。

林凤鸣就是这样一个和时间赛跑的人，连说话都带着急匆匆的劲儿，仿佛一门心思都扑在了挣钱上。

她接下来要做的事情太多了：要找镇里的王书记协调，向土地局申请建厂用地；要找信用社主任谈贷款；还要找相关部门咨询食品厂厂房的规划设计……她甚至不完全清楚具体该找谁，流程该怎么走，但她认定了方向——建食品厂！这想法在别人看来或许是天方夜谭，是空想，但她决心要干。她想去原来镇上的国有食品厂学习经验，可惜，那厂子早已解体。她听到了一个好消息，也听到了一个坏消息：随着国企改革，一厂又一厂的工人下岗了，有点头脑的自己干起了个体，开了店、开了铺子；但更多的下岗工人失去了生活来源，他们习惯了按部就班地工作，一下子不知该如何自己谋生。所以，好消息是，如果她建厂，招工应该不成问题。林凤鸣隐隐约约记得小时候食品厂的样子，可惜那时她太小了。她只记得姥姥让她去打过酱油、买过大酱的那个酱菜厂。

她骑着摩托车来到酱菜厂旧址，向门卫打听原来的厂长。门卫说，听说早就搬到青岛去了，现在这里是一家私人开的格瓦斯饮料、汽水厂，跟原来的酱菜厂一点关系都没有了，老工人都解散了。

国营大厂都没了？林凤鸣心里说不出的失落和难过。

那位门卫倒是酱菜厂的老职工，看出了她的心思，安慰道："有啥可难过的？你看镇上那么大的葡萄酒厂，不也卖给个人了吗？听说卖了两千万？光是那里亚洲最大的橡木桶地下酒窖，还有储藏了数十年的葡萄原汁，恐怕都不止这个价吧？那可是一万多人的国有大厂啊！还是省里特批的重点企业呢。现在就是这个形势，谁知道将来归个人是对是错呢。你想建食品厂，我看你就大胆干！我看你像是个能干事的人，说不定就是当老板的料。哈哈，等你当上老板了，我给你介绍几个手艺好的老工人。"

林凤鸣知道他说的那个葡萄酒厂，以前还有自己的电视台呢。她一个同学的妈妈就在那厂里当会计，那时候她家的生活条件特别好。有一次，同学妈妈还领着林凤鸣到地下酒窖去玩，看到了好多好多巨大的橡木桶。有工人正在往外倒一种原浆葡萄酒，她们俩调皮，用手指蘸了一点尝尝，又酸又涩，根本不像成品葡萄酒那么好喝。

林凤鸣带着满心的失望回到了家。她反复思量：一没钱，二没人，这厂子怎么建？可她就是想干，就是想把山里的好东西加工好卖出去。她坚信这条路没错——必须行动起来，不能光坐着空想。她的大脑又开始飞速运转，寻找解决办法。

她拿起电话，打给了崔莹的表哥，想问问他认不认识南方愿意来投资的人。在内心深处，林凤鸣已经原谅了崔莹的表哥，或许可以说，她本身就是一个心胸宽广的人。

林凤鸣再一次转动她那充满经济头脑的"马达"，开始寻找突破口。接下来，她能成功地建成这家食品厂吗？

第十六章　林凤鸣建食品厂

婆婆正在院子里剪小葱的根须。农村人都知道，地里的小葱长到一定时候需要拔出来，剪掉老根须，重新栽种才能长得更好。婆婆放下手中的剪刀，看着儿子，这次却坚定地站到了儿媳这边："我相信凤鸣。你看村里跟着凤鸣种木耳的人，哪家没挣到钱？那些没人要的烂树枝子，在她手里都变成了钱。我和你韩叔、大海他们几个在削片厂干活，谁不夸你媳妇能干？就连你韩叔都一个劲儿地夸她有头脑。韩叔说，那些外村来送树枝子的人，都知道咱们村的林凤鸣是个能挣大钱的主儿，看着都眼红。都说咱老郭家祖坟上冒青烟了。喜子，你听听，你听听！有这个人气在，我看凤鸣干啥都能成！没看削片厂又新招了三个工人吗？"

郭保喜还是将信将疑，嘟囔着："我看还是先把这小葱栽完再说吧。"他拿起两个土篮子，把婆婆剪好根须的小葱装进去，挑起来往菜园走，一边走一边喊林凤鸣拿镐头跟上，又喊婆婆再拿一个土篮子，把长成的菠菜、茼蒿都拔出来，好给小葱倒地方。

林凤鸣很庆幸能得到婆婆的信任。其实，在这个家里，她感觉自己一直扮演着引领致富方向的角色。从奶奶（指郭保喜的奶奶）到婆婆，再到丈夫保喜、小叔子保军，家里的许多事情都离不开家人的大力支持。她勇敢地挑战并改变着农村固有的生活模式和落后的致富观念。在村子里，她甚至已经到了一呼百应的地步，成为许多人心中致富梦想的领路人。那些起初还在观望的人们，也渐渐自觉不自觉地开始助她一臂之力。许多同龄人更是成了她坚定的追随者。黑木耳种植的成功，使她在村里，甚至镇里都具备了相当的影响力。

镇里的王书记也曾公开夸奖她："林凤鸣同志是咱们镇的领头羊，有思想，有魄力，是带领群众致富的好榜样！"

林凤鸣骑上摩托车，赶到镇里向王书记汇报情况。

一天早上，赵子还起床后说自己半边脸麻木了，嘴也歪了——竟然得了面瘫！

郭保喜私下跟林凤鸣说："甭管他，让他歪几天再说！"

林凤鸣却表现得十分着急和关切，立刻把表弟带到了宋婶的卫生所。林凤鸣知道这种病多半是受了风邪所致。宋婶擅长中医针灸，治疗面瘫很有经验，一扎一个准，她亲眼见过宋婶治好过类似的病人。起初，赵子还看到那长长的银针，心里害怕，也有些不信任，拒绝接受治疗。林凤鸣只好打电话向杨思哲求助。杨思哲说："那你把他带到县医院来吧。"

杨思哲检查后说："在我们县医院，治疗方案也是以针灸为主。朝阳村的宋医生医术很好的，她是省里大医院的老专家，因为热爱乡下的百姓，才一直没回城里。在她那里治疗效果是一样的。"听院长都这么说了，赵子还只好不情不愿地回到宋婶的诊所接受治疗。林凤鸣亲自陪了他三天，赵子还的面瘫很快痊愈了。

林凤鸣仅用了一个星期，就把驾照考了下来。

那天路考结束后，教练好奇地问："你这女学员学得真快，以前开过车？"

林凤鸣笑着说："五年前，我家有拖拉机。"

教练说："拖拉机跟轿车可不一样。"

林凤鸣又说："我家现在有农用汽车。"

教练恍然大悟："哦，怪不得，还是你聪明。"

林凤鸣哈哈一笑："不是我聪明，是我胆子大！"

考科目二（场地驾驶技能考试）那天，还发生了一段小插曲。通常考试时，教练会在旁边给学员小声提示口令，可偏巧那天，主考官是一位新上任的中队长，作风严谨。他看到有教练在场外"作弊"，很是生气，当场就把所有教练都驱逐出了考场。没了主心骨，学员们一下子慌了神，大部分人都跟着教练离开了考场。偌大的考场瞬间变得冷冷清清。那位中队长拿着喇叭一遍遍地喊："还有没有考科目二的学员？"

林凤鸣因为家里有点事耽误了，恰好来晚了。她一看到空荡荡的考场，不明所以，还以为自己错过了时间，赶紧小跑着冲进去，一边跑一边急急忙忙地举手，大声喊："我考！我考！还有我没考呢！"

那位中队长是个很要面子的人。刚才考场冷场，他心里也挺尴尬，毕竟是新官上任，弄得有点下不来台。突然看到有人主动要求考试，像是来了救星，连忙快步走到林凤鸣面前，上下打量了她一番，语气温和地说："你别慌，听我的口令进行操作。"

林凤鸣心想：你是主考官，还亲自给我喊口令？她莫名其妙地看了看这位主

181

考官。

林凤鸣熟练地上了车，按照口令操作。刚把车稳稳地倒入库中，还没等她下一步动作，主考官就说："停！可以了。"

林凤鸣一愣，不知道自己哪里出了差错，下了车，准备发挥她的伶牙俐齿，跟考官求求情，看能不能给一次补考的机会。

没想到那考官却说："你合格了。去等着拿驾照吧。"

林凤鸣简直不敢相信自己的耳朵，用手拍了拍自己的脸，确认这不是在做梦。这时她才看到，远远的考场大门外，她的教练正带着一大批学员朝这边张望。

考场的大喇叭响了起来："各位学员请注意，平时练车要认真，跟教练好好学技术。今天的考试，需要大家独立完成。刚才这位女学员，就考得非常好，希望大家向她学习！"

林凤鸣走到教练面前打招呼。

教练惊讶地问："合格了？"

林凤鸣点点头："合格了！"

教练由衷地赞叹："你这胆量，是真的大！"

林凤鸣又是哈哈一笑："这次纯属运气好！"她心里却默默加了一句："我现在正在干的事儿，可比考驾照的胆子大多了。"

听闻林凤鸣顺利通过，其他学员也鼓起勇气，纷纷跟教练说："教练，我自己进去考吧！"

林凤鸣后来知道了事情的原委，忍不住朝着那位中队长的方向喊了一句："榜样的力量是无穷的！"

那位年轻帅气的中队长听到了，微笑着朝林凤鸣挥了挥手，算是回应。

当表弟把崭新的轿车钥匙递给林凤鸣时，她并没有立刻开上路。她先是在自家宽敞的院子里小心翼翼地开了足足三圈，然后又谨慎地练习了一个月，才敢把车开到公路上。

农村人爱聊家长里短。婆婆最高兴听到的就是别人夸赞林凤鸣。同样，她自己也逢人便夸儿媳妇能干。大利村的人都说："老郭家的，你们家真是祖坟冒青烟了，娶了这么个能干的媳妇，又会做生意挣钱，又能当家主事！"

婆婆听了，嘴上却说："那是我家保喜有本事，娶了个女老板回来。俺家凤鸣可孝顺了！你看，这身新衣服就是她给我买的。我过生日，也都是凤鸣想着给我操办。说句实在话，比俺那亲闺女都孝顺。"婆婆本想直接说比玉英强，可话到嘴边又咽了回去。这玉英一走大半年，连封信都不来。知道家里安了电话，打个电话能费多大工夫？就算你在外面打工，给我寄个几百块钱回来也行啊，让我在你大嫂面前也长长脸。真不如保军懂事，一个小伙子都知道往家里汇钱。虽然凤鸣让把钱都存起来，说是留着给保军娶媳妇用，但那也是保军顾家的表现啊。

婆婆眼珠一转，话锋又转了回来，马上补充道："当然啦，主要还是俺家小保喜憨厚老实。凤鸣一进门，喜子就把家交给她当了。"

村里人又会接着说："老林家的婆婆，你就显摆吧！不过话说回来，我们去别的村走亲戚，也跟着显摆呢！都说俺们村的女书记林凤鸣正在建大食品厂，没准儿将来还能招咱们去当工人呢。到时候，咱们也穿上工作服，领工资，从土里刨食的农民，变成吃商品粮的工人！"

其实，林凤鸣打心底里感激婆婆。婆婆和哑巴姑婆一起，把小亮照顾得很好，也把家里打理得井井有条。有一次她回娘家，宋婶悄悄告诉她："你婆婆托我劝劝你，让你别太累了，别光顾着挣钱，把身子累垮了。她说，'我是看着凤鸣长大的，待她跟亲闺女一样。凤鸣回娘家来，你宋婶可得替我好好劝劝她。'"就凭这份真心实意的关怀，林凤鸣对婆婆充满了感激。

第十七章　短发女孩鲁博

　　郭保军对大嫂林凤鸣那份炽热的情感，依旧在他心中涌动。他时常会不自觉地想起林凤鸣的模样，想起她喊他的样子："保军，把那松木杆扛到这边来！""保军，叫咱叔吃饭！""保军，你的意见呢？"……想着想着，嘴角会不由自主地浮起一丝微笑。每当回忆起与林凤鸣共度的时光，他的心跳就会加速，一种温馨的幸福感油然而生，这份感觉并未随着时间的流逝而减退。相反，他在心底默默地珍藏着这份爱恋，并将其化为动力，想着要从经济上帮助林凤鸣把这个家撑得更好。他下定决心，要多挣钱，多攒钱。离开家的日子越长，他对林凤鸣、对家人的思念就越深。岁月的长河似乎并未冲淡那份纯粹而真挚的情感，直到他撞上了一个短发女孩儿……

　　清晨的微光中，郭保军的身影已在空旷的工地上忙碌。恰巧，老板鲁总来工地取材料，看到有人这么早就在干活，便问值班保安："那是谁？怎么这么早就来上工了？"

　　保安回答："报告鲁总！那是郭保军。他一直都是这样，比别人来得早，走得晚。就说'五一'放假那几天，不是下大雨嘛，他一个人愣是把那十多吨水泥全都搬到了高处。要不是他，那地方低洼，水泥肯定得被水泡了。"

　　"哦？还有这事？他放假没出去转转？"鲁总朝郭保军的方向望去。

　　"没有，他哪儿也不去。头发都是自己剪，天再冷也用凉水冲澡。他还自己用工地的废料做了些垫板，把水泥都垫高了，这下再也不怕水泡了。"

　　鲁总点点头，又问："他家里人有来看过他吗？"

　　"没有，也没见他收到过家里的来信。"

　　"这小伙子来多久了？"

　　"快两年了吧？"

　　鲁总若有所思。因为上次图纸出错的事，他对这个叫郭保军的小伙子有点印象。他让保安把郭保军喊过来。

　　郭保军总是坚持每天换洗工作服，看起来自然比其他工人要精神利落些。他小

184

跑着来到鲁总的车前。

鲁总下了车，用带着几分欣赏和关切的目光上下打量着郭保军。

"郭保军，我记得你小子。怎么这么早就来干活了？"

"鲁总早！您也这么早？"郭保军有些腼腆地笑了笑。

"哈哈！我这是自己的工程，哪还分什么早晚。"鲁总五十出头，正是精力充沛的年纪，看起来十分精明强干。他接着问："这么拼命干，是家里遇到困难了？"

"不是。俺们农村人，就是闲不住。再说，这也不累，都是些零碎活儿。"郭保军没有说出心里话。他只是不想让自己停下来，感情上的煎熬让他无法忍受清闲。

"行了，我今天还有事要忙。明天上午九点，你到我办公室来一趟。"鲁总说完，便上车离开了。

保安开玩笑地说："郭保军，你小子要走运了！"

"走啥运啊，能给我发点奖金就不错了。"郭保军也笑着回应。

郭保军心里深藏着对林凤鸣的爱意，以此为动力拼命工作。他既盼望着能收到家里的消息，又害怕家人知道他的行踪，特别是林凤鸣。他知道，如果大嫂知道他一个人在外面，一定会想方设法让他回去。林凤鸣就是这样，护着家里的每一个人，是个真正的好当家人。

他想起有一年，镇里组织报名去韩国渔船上打工，他觉得自己水性好，想去国外挣点"外快"，好快点帮家里改善条件。但林凤鸣坚决不同意。她说："国外的钱是那么好挣的？我去过威海，坐过船，见过真正的大海。那海水茫茫一片，望不到边儿。你在内陆长大的，水土不服怎么办？万一生病了，上哪儿看去？再说，万一遇到个黑心老板，他能为你一个人返航？能给你好好治病？钱可以慢慢挣，现在国家政策这么好，咱们就在国内好好干，一样能挣钱。"

郭保军当时还想坚持，林凤鸣又去说服了婆婆。她对婆婆说："妈，您看，您一个人把我们这一大家子都拉扯大了，我们现在年轻力壮的，还怕过不上好日子？"最终，出国打工这事，硬是被林凤鸣给搅黄了。

为此，郭保军心里还生过林凤鸣的气，觉得她小题大做。但林凤鸣却像没事人一样，照常安排他干活，照常喊他吃饭，一点没计较。郭保军甩了好几天的脸子，爱答不理的，林凤鸣也始终没生气。后来，村里传来消息，说镇上真有个出去打工的人生了重病，老板不肯返航，结果人死在了船上，家里人正在打官司呢。还有的说，在海上作业，环境潮湿，得了很严重的皮肤病。听到这些，郭保军才后知后觉

185

地意识到林凤鸣当初的顾虑是对的，甚至觉得她简直像个能掐会算的"大神"，当初支持她当家真是做对了。他有几次想找机会跟林凤鸣道个歉，可林凤鸣总是不给他这个机会，似乎有意回避。郭保军这才明白，林凤鸣当初并非不生气，只是把委屈埋在了心里，为了顾全大局，为了家庭和睦，才没有跟他一般见识。想到这里，郭保军越发觉得林凤鸣是个能成大事的女人。他甚至还偷偷地想：凤鸣一定是舍不得骂我！一定是！这样想着，心中便会涌起一股甜蜜而温暖的潜流。

郭保军像是被一种无形的力量捆在了工地上，日复一日，从不离开。下了班也不去街上闲逛，对工地上的任何女人都视而不见。有几个女工主动向他示好，他都无动于衷，也很少露出笑容。女人们看到这个年轻帅气的小伙子对女孩毫无兴趣，便在私下里窃窃私语，都认为他"有毛病"。保军听到这些议论，也从不辩解，只是埋头干活，停工了也自己找活干。渐渐地，人变得又黑又瘦。

工友们常拿他开玩笑："哎，郭保军，你小子以前是不是没干过活啊？怎么天天就待在工地上？"

"保军，你是看上工地做饭那老太太了，还是想当劳模啊？这可是私人老板的公司，不评劳模的。"

"哎，保军，不给加班费也干活，是想给老板当上门女婿？……"

谁能想到，郭保军后来真的成了鲁总的女婿。

鲁老板时常站在售楼处二楼的玻璃窗前，静静地观察着工地上的郭保军。他并不认为这个小伙子是个傻子。自从上次郭保军指出了图纸上一处微小的错误之后，鲁老板就开始留意这个做事细心认真的年轻人，心里越发地喜欢和欣赏。起初，鲁老板以为郭保军拼命加班是为了多挣工钱，贴补家用。他也知道保军把之前获得的奖金连同几个月的工资都寄回了家。但他后来问了会计，会计说郭保军从未申请过额外的加班费。鲁总便猜测，这小伙子或许是为了报答那一万块钱奖金的恩情。再加上保安提到的，只有郭保军家里从未有过信件来往，这让鲁老板心里更加疑惑和好奇。

在鲁总的办公室里，鲁总详细地询问了郭保军家里的情况。他得知郭保军有一个非常能干的大嫂当家。鲁总又不露声色地问起了郭保军的个人生活，知道他因为家境贫寒，尚未成家。

鲁总说："国家政策好，我们是赶上了好时代。但我们不能一直停留在最初的阶段，要有长远的眼光。企业要发展，就必须提高自身水平，必须建立起自己的精英团队。你很有潜力，也有头脑，跟普通的农民工不一样。我看好你，也希望你能一直留在我的建华公司，为公司出力。将来，你也可以拥有自己的建筑公司，自己当老板。"

郭保军被鲁总的赏识和点拨深深触动，仿佛一下子找到了人生的方向和动力。他主动向鲁总借了几本建筑方面的专业书籍，利用闲暇时间开始自学。

就在郭保军离开鲁总办公室的那一刻，他撞上了自己的"桃花运"。

他刚拉开门，就和一个正要推门进来的短发姑娘撞了个满怀。

短发姑娘惊喜地叫道："咦，你是那个'找水哥'！"

郭保军也想起来了，这个开朗活泼、眼睛大大的姑娘他确实认识，是在大利村的山上遇见的。那天，郭保军带人清理承包林地的杂树，这个短发姑娘正跟着一群美术学院的学生在山上写生。他们把水忘在了山下的车里，口渴难耐，便向郭保军打听附近有没有水源。郭保军告诉他们，百步之内，就在自家的林地里有一处山泉。当时还闹了个笑话，郭保军起初把她当成了男生——她的头发剪得跟男生一样短，甚至比他的还短，是个标准的平头。直到听她开口说话，才知道是个女孩子。郭保军心里还纳闷：这城里的女孩儿，怎么打扮成这样？要知道，村里的玉英、玉杰都梳着长长的辫子，就连大嫂林凤鸣，虽然也是短发，但好歹也长及嘴角。

短发姑娘当时不相信这荒山上会有泉水，觉得山上除了长树还能有什么？她显然不懂"山有多高，水有多高"的道理。她还跟郭保军打赌，赌注100块钱。郭保军觉得她很无聊，便没好气地说："你们城里人就是心眼多，不爱相信人。我们农村没坏人，你怕啥？"说完，生气地走了。

短发女孩儿看看四周确实无人，抱着姑且信之的态度往山上走去。没走多远，果然就在郭保军所说的"百步之内"，发现了一处清澈的泉眼，泉水还被人用石头围砌了起来。短发女孩儿想找郭保军道个歉，却没再见到人影。

"哦，是你呀。来工地写生？"郭保军脸上依旧没什么表情地问道。

短发姑娘俏皮地一笑，说："啊？不是。我是来跟鲁总汇报一下，他'包养'我这么多年，今天我总算毕业了，特来让他高兴高兴。"

"包养？你是？"郭保军愣了一下，没再往下问。心想：看你这头发就知道不是什么正经姑娘，原来还是个被包养的。

"嗯哼，鲁总包吃、包穿、还包零花钱呢！"短发姑娘似乎很得意，自顾自地说着。

郭保军认定她是被鲁总包养的情人，不愿多说，转身快步离开。

短发姑娘却在他身后喊道："找水哥！上次打赌你赢了！我们找到山泉水了，水特别好喝！我该请你吃饭呢，还是直接给你100块钱赌注啊？"

郭保军没有回答，径自走远了。

办公室里，鲁总对短发女孩说："鲁博，你就别一天到晚没正形了。你看你，把人家那么正派的小伙子都给弄得不好意思了。怎么不在家多睡会儿懒觉？"

"老头儿，谁胡闹了？你看看，这是什么？"鲁博自豪地把一本崭新的毕业证书拍在了鲁总的办公桌上。

"哈哈！好！毕业了就好！你妈早就说了，今天晚上在华润大饭店给你摆酒庆祝！"

"刚才那小子……在你这儿打工？"鲁博好奇地问。

"怎么，你俩认识？"鲁总露出微笑，眼睛眯了起来，试探地问。女儿长大了，做父母的心思都一样。

"也不算认识。不过上次在山里，是他帮我们找到了山泉水。"鲁博把郭保军帮忙找水的事绘声绘色地讲了一遍。

"那……你觉得他人怎么样？"鲁总继续试探。

鲁博反问："我们总共就见过那一面。老头儿，你到底什么意思？"

鲁总："没什么意思，就是觉得你毕业了，也该考虑考虑个人问题，早点结婚了嘛。"

"哎呀！我的亲爹呀，您怎么这么世俗！我还没享受够自由呢。"

"就你这么一根独苗，还说老爸世俗？我看郭保军这小伙子就挺不错的。"

"呆头鹅一个，我不喜欢。"鲁博撒娇地说。

傍晚下班时，有人通知郭保军，晚上去参加鲁总为女儿举办的毕业庆祝宴会。

宴会大厅富丽堂皇，宾客们衣着光鲜，一看便知非富即贵。郭保军穿着自己最好的衣服，仍旧感到有些局促不安。当他看到那个短发女孩儿——此刻穿着漂亮的裙子，戴着精致的项链和耳环，正亲密地挽着鲁总的胳膊时，他心里嘀咕：这城里人可真够开放的，包养女人都这么明目张胆，还带到这种场合来。可当司仪隆重介绍说这位就是鲁总的千金——鲁博小姐时，短发女孩儿落落大方地向大家鞠躬致意，郭保军这才猛然反应过来：原来她就是鲁总的女儿！

席间，郭保军没怎么喝酒，找了个借口提前离席，到大厅外等候同来的工长。

不一会儿，鲁博也换了一身运动装走了出来。看到郭保军，她又提起打赌给钱的事。郭保军出于礼貌，夸赞她刚才穿女装很漂亮。鲁博却说，她从小就习惯穿男装了，刚才在典礼上穿裙子纯粹是为了应酬，为了让父母高兴。

“唉，你说我爸妈也真是的，从小就把我当男孩子养，说男孩皮实。长大了倒好，非让我穿裙子、穿高跟鞋，我别提多难受了，一点儿都不喜欢！”鲁博对着郭保军抱怨起父母来。

郭保军只是微笑着听着，并不搭话。鲁博说得多了，保军才讷讷地说了一句：“其实……都挺好看的，穿男装也好看。”

鲁博像是遇到了知音，立刻兴奋起来。两人互相介绍之后，鲁博又说：“我也不喜欢城里，太闹腾了。哎，还是你们农村好，青山绿水的。嗯……大利村，对吧？郭保军，下次你回家的时候，带我一起去玩呗！”

那次宴会之后，鲁总似乎有意无意地，经常安排郭保军和鲁博在一起。

郭保军心中那份对林凤鸣炽热而隐秘的爱情，终究还是在现实面前逐渐退却。不久之后，他与鲁博闪电般地结了婚。

当郭保军第一次牵起鲁博的手那一刹那，他的脑海里还是不可避免地闪过了大嫂林凤鸣的身影。但当他看到鲁博——这个对爱情充满憧憬、全心依赖他的女孩儿，甜蜜地依偎在自己身边时，他扭过头，没有说话，心中百感交集。他明白，自己内心深处那段长久而苦涩的单恋，或许真的该结束了。一段新的感情，或者说一种新的人生，正在他面前展开。这就是姻缘，或许就是命运吧。在农村，有很多相爱却不能在一起的人，最终选择了私奔。但他没有，他甚至从未向大嫂表白过心迹。他一直努力抑制着那份不该属于他的爱。

如同雏鸟初次啼鸣，带着青涩的懵懂。

他轻轻地叹了口气，在心里默默地说：豆苗，愿你幸福！一丝泪水悄然浸湿了眼眶。

“嗨！郭保军，你不至于幸福到流泪吧？”鲁博的问话惊醒了他。他连忙用手背擦去泪痕，随即说道：“鲁博，我想……我想跟你爸请个假，回趟家，把我们结婚的事告诉家里人。”

“好啊！我这就去跟爸说！我跟你一起回去！对了，以后别‘你爸你爸’叫了。”鲁博是个通情达理、性情爽快的姑娘。

林凤鸣的“永丰食品厂”在土地手续办妥、设计图纸到位后，几乎没有经过什么"筹备"阶段，就立刻动工了。林凤鸣说："边干边筹备！咱现在兜里有钱，还怕啥？钱虽然不是万能的，但关键时候是真好使！"工厂建设雇用的瓦工、力工大多是本村的村民，其他的技术工种则由镇里分管农业的副镇长协调，从邻近村镇招募而来。

她用村里的大喇叭广播招工："老少爷们儿，叔叔大爷，兄弟姐妹们！好消息！好消息！永丰食品厂招收临时工啦！工期三个月，保证不耽误大家秋收！……"她还特意把保险公司的人请到村里，为每一个参与建厂的工人都购买了意外伤害保险。她开玩笑说，自从上次保险公司赔付了被大风刮倒的木耳大棚之后，她就觉得这保险真是个好东西，离不开了。

就在工厂建设进行得如火如荼的时候，林凤鸣突然收到了郭保军拍来的电报，说他要带着新婚妻子鲁博回家！这个三年来杳无音信、只知道按时寄钱回来的小叔子，终于要回来了！林凤鸣攥着电报，呆愣了许久，巨大的喜悦瞬间淹没了她。她立刻放下手头所有的工作，开始忙着安排人打扫卫生，采购年货（虽然离过年还早，但她想让家里显得喜庆丰盛），准备隆重迎接郭保军和新弟媳的归来。她这才意识到，保军恐怕还不知道家里的巨大变化，甚至不知道家里早就安上了电话。

一家人都沉浸在喜悦之中。她的婆婆看着那封电报，尽管上面的字一个也不认识，却激动得哭了起来。

林凤鸣作为当家人，周全地安排这一切本是分内之事。但实际上，她盼望见到郭保军的心情，比家里任何一个人都要强烈和复杂，以至于她自己都有些心神不宁。一会儿跑到车前却发现忘了拿车钥匙，一会儿出门买东西又忘了带钱包。她害怕被家人看出异样，便极力掩饰，故意在婆婆面前抱怨："妈，您看看，建厂这事儿把我给忙糊涂了，现在丢三落四的。等保军和他媳妇回来，我要是有哪里照顾不周到的，您可得多帮我兜着点儿，千万别让新弟媳挑理。人家可是城里大老板的闺女呢！"好在婆婆和家里其他人也都忙着准备迎接郭保军，没人注意到一向精明干练、记性极好的她，为何会突然变得如此"丢三落四"。

家里洋溢着热闹和欢喜的气氛。林凤鸣和郭保喜开着新买的轿车去火车站接人。

车子开到村头那座小石桥时，桥头有一段路坑坑洼洼的。林凤鸣并没有换挡减速，车子猛地颠簸了一下，坐在副驾驶座上的郭保喜没防备，头一下子磕在了车窗框上。

"你开这么快干什么？着什么急！"郭保喜捂着头，没好气地朝林凤鸣喊道。

"我就是想着这段路不好，快点冲过去算了。"林凤鸣将她那敢闯敢拼的性格也用在了开车上。

"这是土路！又不是在河里开船，还冲过去？"郭保喜依旧气呼呼的，"早跟你说让我开，你非说要自己练练手。有你这么练车的吗？新手开车哪个不是小心翼翼、慢慢开的？"

"这桥……我早晚得把它修了。"林凤鸣像是自言自语，又像是下定决心。

"啥？你说啥？你修桥？"郭保喜惊讶地转过头。

"对！等我有钱了，我就修桥！"

"修桥是公家的事，得村里出钱修。可村里哪有那笔钱？李书记说了好几年要修，最后不也泡汤了？你现在是书记，也不能自己说了算，私自动用公款吧？"

"谁说是村里公家修？我是说，等我将来挣了大钱，我自己掏钱修这座桥！"

"林凤鸣！你这食品厂还没建完呢，怎么又把修桥的事给揽身上了？还说要自己修！"郭保喜撇着嘴，觉得妻子真是异想天开，忍不住跟她争辩起来。

秋日的阳光透过车窗，暖暖地照在林凤鸣的脸上，她的脸颊被晒得红扑扑的，眼神却异常坚定。

在火车站站台上，林凤鸣与郭保军时隔三年再次相见的那一刻，仿佛有千言万语梗在喉头，却又不知从何说起。两人都从对方的眼中看到了那份深藏已久的、日思夜想的牵挂与担忧。彼此的心都在剧烈地跳动，即使隔着几步远的距离，似乎也能清晰地听到对方的心声。

林凤鸣心里明白，假如当初郭保军没有选择离开，在年轻人那份浓烈而冲动的爱意驱使下，会发生什么，她真的无法预料，甚至不敢去想自己是否会放任自流。每当她和郭保喜吵架、感到委屈的时候，她多么渴望能有一个人倾诉。以她那敢说敢干的性格，说不定真的会像玉英一样，不顾一切地和郭保军私奔。但那样的结果必然是这个好不容易凝聚起来的大家庭彻底破碎，四分五裂。一失足成千古恨。想到这里，她从心底里感谢保军当初的离开，感谢他保全了自己，也保全了整个郭家。

郭保军看着林凤鸣，她的脸被风吹日晒得有些黝黑，但依然焕发着勃勃生机，那双明亮的眼睛里似乎噙着泪光。他心中那份被强行压抑的情愫再次难以抑制地汹涌起来。在家朝夕相处的那些日子，那些画面，原以为随着时间的流逝会渐渐淡忘,可此刻一见面,反而变得更加清晰了。他终于明白,原来是林凤鸣身上那股子敢拼敢闯、永不服输的劲儿,早已在他心里深深扎下了根,并一直影响着他,支撑着他。

林凤鸣上下打量着郭保军,声音带着一丝不易察觉的哽咽,随即又恢复了开朗的语气,大声说道:"看看!看看!咱家保军现在可变成城里人了!穿着风衣,多帅气!哎呀,真是帅!怪不得城里人都爱穿风衣呢,原来这风衣有魔力呀!"她的玩笑声在微凉的秋风里,带着一股浓得化不开的思念味道。

郭保喜也上前拍了拍弟弟的肩膀,说道:"保军,你小子可算回来了!一走这么久也不给家里来个信,家里人都特别惦记你!"

郭保军怔了一下,迅速控制好自己的情绪,连忙说:"我一个大小伙子,在外面能有啥事。大哥、大嫂,这些年你们在家辛苦了。对了,我……我结婚了。"他拉起身旁鲁博的手,介绍道,"这是我媳妇,鲁博。哎,家里变化可真大,都买上轿车了!大嫂,你可真了不起!"郭保军把身后的鲁博轻轻往前推了推。

林凤鸣和郭保军都心照不宣地接受了现实,也清晰地认识到,从今往后,他们之间只能是、也必须是亲人的关系。

郭保喜却一把拉过弟弟,带着责备的语气问:"你到底咋回事?一走三年多,信儿都没有一个!结婚这么大的事,也不跟家里说一声?怎么能这么草率!"

鲁博赶紧解释:"大哥,这事主要是我爸做的主,您别怨保军。"说着,她踮起脚尖,当着郭保喜和林凤鸣的面,在郭保军的脸颊上响亮地亲了一下。

郭保军顿时有些尴尬,下意识地咬住嘴唇,赶紧用左手捂住了被亲的半边脸。

林凤鸣见状,亲切地上前拉住鲁博的手。忽然间,她注意到自己的手又黑又粗糙,大拇指的皮肤上甚至还有几道因干裂而结痂的黑色纹路,摸上去硬邦邦的。而鲁博的手,白皙、丰润,胖乎乎的,一看就是养尊处优的手。林凤鸣心里掠过一丝难为情,赶紧松开手,转而接过鲁博手里的行李。

鲁博却毫不在意,反而直率地说:"大嫂,您这手一看就是干过好多好多活儿吧?都快赶上男人的手了!"

"可不嘛!想当年上学的时候,我这手也白白净净、细皮嫩肉的。我姥姥总说,我长了一双好命的手。现在看看,整个就是一双挨累受苦的命!"林凤鸣自嘲地开着玩笑,惹得鲁博哈哈大笑起来。

回家的路上,坐在后排座位上的鲁博一直亲昵地拉着郭保军的手,时不时还凑过去在他脸上亲一下。郭保军虽然没什么回应，但鲁博似乎也并不在意。

林凤鸣从后视镜里看到这一幕，心里感到很是安慰。

"保军，"她在心里默默地对他说，"我们俩，用咱农村老百姓的话说，就是错过节气了。头伏的萝卜二伏的菜，赶上了节气，萝卜才能长成好萝卜，白菜才能长成好白菜，各自都能长得好好的。可要是在该种萝卜的季节种了白菜，那白菜肯定得烂在地里；要是在该种白菜的节气种了萝卜，那萝卜就只会'穿心'（指萝卜中心空洞，长不好）。晚种不行，早种也不行。这都是老天爷定好的，强求不得。"她真心实意地在心里祝福着保军：你终于找到属于自己的幸福了。

林凤鸣兴高采烈地对鲁博介绍着沿途的风景："现在是秋天，下了霜，秋风一扫，叶子都落得差不多了，看着是有点萧条。不过你看那山上的红叶，还有那五花山（指秋天色彩斑斓的山林），也挺好看的。要是夏天回来就好了！夏天雨水多，那草啊、树啊，都是翠绿翠绿的，特别美！"

鲁博似乎和林凤鸣一见如故，非常投缘，高兴地接过话茬："大嫂，我知道咱们这儿山区很美！我跟保军就是在这儿认识的。那时候我来实习，跟着我们画院的卢教授，还有一帮同学一起来的。那真是一片一片绿油油的庄稼连着一座座青山，天蓝得像洗过一样，飘着雪白的云彩，美极了！我们当时光顾着看美景，都忘了带水。后来还是保军给我们找到了山泉水。那时候我还叫他'找水哥'呢。我太喜欢农村了！"

林凤鸣听了哈哈大笑："是吗？那你们俩的缘分可真是奇妙啊！当初给食品厂选址的时候，市里考虑到环保因素，建议把厂址批在山里。可我怕破坏了这自然美景，硬是没同意。你现在看，这金黄的太阳照在五彩缤纷的山林上，天显得那么蓝、那么高远。傍晚的晚霞才叫美呢！哦，对了，你是美术学院的高材生，是画家，肯定比我更懂得欣赏美景。鲁博，你看左边那座山，看见那一片红松林没有？那都是咱家承包的！承包期三十年。这才种了七年，大部分都开始结松塔了！"

郭保军听到这里，惊喜地问："真的？都结松塔了？"

"嗯！大部分都结了。"林凤鸣和郭保军的话匣子一打开，似乎就没停过。

郭保喜坐在旁边，听着弟弟和大嫂聊得热火朝天，心里有点不是滋味，忍不住插话道："媳妇，你跟鲁博显摆这些干啥？人家可是房地产大老板的千金！"

"哎，大哥，您这话说的，是怕我将来跟你们争家产啊？"鲁博心直口快地回应道，"保军早就跟我说了，家里是大嫂当家。我爱听大嫂说这些，这能看出咱家的家风，是正经勤快人家。不像有些人，没啥生活目标，懒懒散散的，那就是庸人！"

郭保军怕鲁博的话顶撞了大哥，赶紧转换话题，问道："玉杰和保国现在是住校，还是每天通勤？"

林凤鸣回答："平时都住校，晚上有晚自习。周六周日才回来。今天知道你们要回来，特意让他们请了假，我跟接送学生的车打好招呼了，一会儿就该到了。"

鲁博凑到郭保军耳边，小声说："我喜欢大嫂，不喜欢大哥。"

郭保军"嗯嗯"了两声，低声说："先有大哥，才有大嫂。"

林凤鸣从后视镜里瞥见了这小两口的亲昵动作，抿嘴笑了。她大概已经猜到了鲁博说了些什么。

回到家，婆婆、哑巴姑婆、跛子叔公早就在家门口等着了。玉杰和保国也请假从学校赶了回来。

韩赖子也过来帮忙张罗饭菜，还亲自下厨，吹嘘说他做的红烧肉是大利村第一，是跟县里大宾馆的厨师学的手艺。

郭保军一见到韩赖子，顿时怒火中烧，沉下脸喝问道："你怎么在这儿？！"

林凤鸣赶紧上前打圆场："保军，家里变化真的很大。韩叔现在帮着在木片厂管事呢。今天特意过来帮咱妈做菜。先吃饭，有话回头再说。"郭保军虽然余怒未消，但还是听从了林凤鸣的劝说，暂时压下了火气。

鲁博则像个好奇宝宝，仰头看着院子里那棵巨大的老榆树，天真地问："大嫂，院子里这棵榆树好大呀！得有多少年了？"

林凤鸣朝婆婆扬了扬头，笑着说："这你得问咱妈。我嫁过来的时候它就在这儿了，具体多少年我也不知道。"

婆婆接口道："当年我跟你奶奶选这块地盖土坯房的时候，这树就在了。那时候还矮小得很，现在看看，怎么也得有四五十年了吧？后来你大嫂盖这新房，院子扩建了，也没舍得把它砍掉。"

鲁博赞叹道："真好！等吃完饭，我一定要把这棵老榆树画下来。"

婆婆又说："这树有灵性，总有喜鹊落在上面报喜。就说昨天吧，就有一对喜鹊在树上叽叽喳喳叫个不停，我就知道有喜事要来。这不，今天保军就领着媳妇回来了。"说着，婆婆又叹了口气，"唉，就是不知道玉英现在怎么样了……"

郭保军这才知道，原来妹妹玉英也离家打工去了。他这才意识到，没有了玉英帮忙，大嫂林凤鸣一个人里里外外要张罗多少事情。他不由得转头看向林凤鸣，而林凤鸣此刻正忙着给韩赖子倒酒。保军不明白，大嫂为什么对这个声名狼藉的韩赖子如此尊敬，甚至像对待亲人一般。

"你这一走倒是轻巧，家里啥事不管！这些年都是我跟你大嫂受累！"郭保喜在一旁对着弟弟发牢骚。

鲁博赶紧说："大哥，您放心，这回我跟保军回来了，我们俩都是家里的帮手！听说大嫂正在建食品厂，我们肯定都能帮上忙！"

席间，保军注意到母亲总是主动给韩赖子夹菜，神态间似乎还有些不自然。他疑惑不解地看向林凤鸣。

林凤鸣察觉到他的目光，微笑着轻轻点了点头。保军瞬间明白了母亲和韩赖子之间可能存在的关系。他张了张嘴想说什么，林凤鸣却几不可察地摇了摇头，阻止了他。

饭后，林凤鸣开着车，带着鲁博和保军参观了村里的木耳种植基地和削片厂，最后来到了正在建设中的永丰食品厂工地。

鲁博看着热火朝天的工地，对保军说："保军，你看大嫂这食品厂建得跟咱们工地规模差不多。我回去跟我爸说说，以后进材料什么的，让我爸帮忙联系，肯定能拿到批发价。"

林凤鸣笑着说："那多麻烦，离得那么远，运费都合不上。现在资金还能周转开，以后真遇到困难了，我再开口求援。"

保军看着眼前初具规模的厂房，心里感慨万千，问道："大嫂，家里的钱真让玉英都带走了？那家里这一大摊子事，你是怎么撑过来的？玉英就算出去打工，也不至于把家里的钱都拿走吧？"

"打什么工！她是跟那个邵明德私奔了！"坐在副驾驶座上的郭保喜，冷不丁地冒出这么一句。

林凤鸣猛地一脚刹车，厉声喝道："保喜！"

"怕啥！咱妈又不在跟前！"郭保喜带着几分酒劲儿，满不在乎地说。

"大嫂，你跟我说说，玉英到底是怎么回事？"郭保军急切地追问。

还没等林凤鸣开口，郭保喜就竹筒倒豆子似的，把玉英怀孕、跟邵明德私奔的事情原原本本地全说了出来。

"邵明德是谁呀？"鲁博只听保军提起过有个妹妹叫玉英，从未听说过邵明德这个人。

"这个王八蛋！我早就看他总往咱家跑，没安好心！"郭保军气得骂道。但他下意识地隐瞒了邵明德曾经三番五次骚扰林凤鸣的事情。

"玉英去年才刚出学校门，那么幼稚单纯，一定是邵明德花言巧语把她给骗了！我饶不了他！"保军气得攥紧了拳头，"邵明德不是有媳妇吗？玉英怎么能这么糊涂？！"

"他媳妇喝农药死了，死前还把两个闺女托付给你大嫂了。"郭保喜继续"爆料"。

"这都哪儿跟哪儿啊？！邵明德拐跑了玉英一个大姑娘，他媳妇死了，还把孩子扔给我大嫂养？这不明摆着欺负咱老郭家吗？！等我见到他的！"保军气愤难平。

林凤鸣叹了口气，开口说道："二弟，这事……你先别管了。说到底，还真是咱家玉英自己的事。开始的时候，我也骂邵明德不是东西，缺了大德，拐走了咱家玉英。可是后来，玉杰把玉英写的日记拿给我看了……玉英从九岁起就喜欢上邵明德了，那时候就想着长大了要给邵明德当媳妇。这是玉英埋在心里多少年的心愿，我们……谁也阻挡不住。"

"九岁？！"保军愣住了，他隐约回忆起玉英小时候确实生过一次急病，好像就是邵明德帮忙送到卫生所的。从那以后，玉英就一直把邵明德当作救命恩人看待。

林凤鸣接着说："玉英现在也是成年人了，有自己的选择。她心里有她的结。其实……有时候想想，我挺佩服玉英的勇气的……"林凤鸣没有再说下去。她想说的是："玉英抛开了世俗的眼光和束缚，勇敢地追求到了自己想要的爱情，为爱而活，也算是一种潇洒。"

郭保军瞬间明白了林凤鸣话里的深意，心中猛地一震，默默地转头看向车窗外，陷入了沉默。

鲁博单纯的脑子里还无法完全理解这些复杂的恩怨情仇，只是怔怔地听着。她从后座拍了拍林凤鸣的肩膀，说道："嗨！大嫂，这么说您现在养着三个孩子？您可真是个女英雄！"随即又转头对郭保军说，"玉英是咱妹妹。等我回去跟我同学说说，他们来自天南海北的，看看能不能想办法帮忙打听打听她的下落。"

林凤鸣被鲁博的单纯和善良逗乐了，心里暗想：鲁博这样快乐单纯，保军能找到她，真是找对人了。保军心思太重，活得太累，缺少快乐，有鲁博在身边，或许能

196

让他未来的生活多些阳光和轻松。

林凤鸣轻轻吁出一口气，岔开了话题，开始讲起当初为食品厂选址时遇到的一件奇事。

"……那天中午啊，我跟你大哥开着车，沿着山路到处转悠，想找一块既宽敞、交通又方便、风水还好点的地方建厂。开车大概走了一遍，也没找到特别合适的。我俩就把车停在离家近点的地方，顺着一条小路爬上了附近的山顶。站在山顶上一看，果然发现现在这块地儿比较开阔平坦。下了山，我俩都挺累的，就想找个树荫凉快地方歇歇脚。刚往南边走了没几步，就看见一只漂亮的野公鸡，扑棱棱地扇着翅膀从树林里飞走了。在咱这农村山里，看见野鸡倒也不算稀奇。我跟你大哥就在一棵大树底下歇了会儿。我觉得口渴，就想到对面不远的小河沟边找点泉水喝。你们猜怎么着？"

"您的水瓶子也忘在车里了？"鲁博抢着问。

"哈哈，我们农村人进山一般不带水。这山上山下到处都有泉水，又清又甜，可口得很。"林凤鸣轻松地笑着说，"我在泉水边上，遇到了一条'长虫'。"

"啥是长虫？"鲁博扭头问郭保军。

"就是蛇！我们这儿管蛇叫长虫。"郭保军耐心地给鲁博解释。

"当时可把我吓了一大跳！"林凤鸣继续说道，"那长虫看见我，好像也受了惊吓，一下子就把头竖了起来！我仔细一看，是条'野鸡脖子'（一种颈部有鲜艳环纹的毒蛇），红红的脑袋，就那么摇晃着，死死地盯着我。我听老辈人说过，野鸡脖子是咱们这一带最毒的蛇，要是被它咬伤了，不及时救治，是要死人的！我吓得站在那儿一动也不敢动。我爸以前跟我说过，长虫会追人，你要是跑，它就追着咬，被咬伤的人可多了。"

车子又颠簸了一下，林凤鸣皱了皱眉："等我有钱了，这条路非得好好修修不可！"

鲁博紧张地追问："大嫂，那后来呢？那长虫咬着您没有？"

"要是被咬着了，还能在这儿给你们讲故事吗？"郭保喜坐在副驾驶座上，没好气地回了一句。

"蛇毒是很厉害。咱姑姑的嗓子，不就是当年为了救一个被蛇咬伤腿的军人，用嘴吸毒液才弄哑的嘛。"保军也在后座跟鲁博解释道。

"我当时吓得赶紧对着那长虫作揖求饶，嘴里念叨着：'长虫大神，您行行好，行行好！我不打您，您也别追着咬我。凡事都讲个先来后到，您先来的，您先喝水，我喝您剩下的就行。'"

"哈哈！大嫂，您真逗！那蛇哪能听懂您说话呀！"鲁博被林凤鸣讲得又紧张又想笑。

"是听不懂，可我也害怕呀！吓得我都不敢出声喊你大哥过来。真怕一出声惊动了它，它扑上来咬我。我俩就在那儿大眼瞪小眼地对峙着。你大哥等了一会儿，见我没回去，听这边也没动静，就开始喊我。我还是不敢应声，生怕惊动了那蛇。你大哥不知道我这边出了什么事，就更加大声地喊我。那长虫好像听到了喊声，又开始摇晃它那红脑袋，但还是不肯低下头，非常警觉。我更是不敢动了，连顺着脸颊淌下来的汗都不敢擦，就那么僵着。不过，动物终究是动物。那长虫看我一直不动，也没有要攻击它的意思，估计以为我是个木头桩子吧，这才慢慢转过头，慢悠悠地爬走了。你大哥远远地看见了，跑过来还后怕地说：'哎呀！刚才多悬啊！那么大一条长虫！'等长虫爬远了，我这腿一软，差点瘫在那儿了。"

这次轮到保军笑了："大嫂，我可从没见你怕过什么东西。你一向都是天不怕地不怕的！胆子大得很！"

"哈哈！那次是真的害怕了，主要是那长虫出现得太突然了！后来你大哥把我扶起来，我说再坐会儿缓缓。再后来我一琢磨啊，这地方，刚看见野鸡落下，又碰见长虫喝水，这野鸡是凤，长虫是龙，龙凤呈祥啊！这肯定是块宝地！所以，当下就决定把厂址选在这儿了。"

鲁博听得入了迷，感叹道："是够惊险的！不过听着也确实是天意。大嫂，我看咱家这食品厂将来一定能挣大钱！"

郭保军听到鲁博替自己说出了祝福的话，心里一暖，伸手将她揽在了怀里。

林凤鸣从后视镜里看到这一幕，嘴角露出一丝欣慰的笑容。

第十八章　哑巴姑婆的虐心情缘

小亮原本就跟二叔郭保军亲近，此刻更是吵着要跟二叔二婶睡在一个炕上。林凤鸣本想阻止，哄着他还是跟小叔保国睡。小亮却撒着娇躲在保军身后不肯。婆婆见了，便说："凤鸣，你也别管了。咱农村还真有这个风俗，新婚第一夜，得有个'童子男'睡在新媳妇的炕上，说是'压炕'，能讨个吉利，将来第一胎准生小子。你那时候结婚，是保国睡的炕角，后来还真就生了小亮这个男孩。这回保国长大了不合适了，就让小亮跟他二婶睡一炕吧。"

夜里，林凤鸣辗转反侧，难以入眠。她默默地想：林凤鸣啊林凤鸣，你这辈子真是多灾多难啊！也许是自己步子迈得太快、太急了？可转念一想，自己是响应国家号召，带领大家致富，走的路子没错啊！对！我林凤鸣再也不是当年那个受了委屈只会跳江寻死的小媳妇了！在家里，我是顶梁柱；在村里，我是第一书记，全村老少都看着我呢！我是一只凤凰，是一只能承载重任的大鸟！林凤鸣在心里默默地给自己打气。

身旁的郭保喜早已睡熟，鼾声均匀地传来。那沉稳酣畅的呼吸声，反而奇妙地安抚了林凤鸣烦乱的心绪。她忽然觉得，身边这个有时显得没心没肺的丈夫，其实也挺好的。婆婆总说保喜是有福之人，看来还真没说错。

"明天，明天我一定能想出办法！"秋夜微凉，她掀开自己的被子，悄悄钻进了郭保喜温暖的被窝。贴着丈夫宽厚而温热的身体，她感到一种踏实的慰藉，蜷缩着身子，慢慢地睡着了。

"凤鸣！凤鸣！你醒醒！你咋了？"郭保喜惊慌的大声呼叫将林凤鸣从噩梦中唤醒。她感到一阵虚脱般的疲惫，脸上早已泪痕斑斑。

她惊魂未定地回忆着梦中的情景：自己手脚被死死捆住，脚上还坠着一块沉重的石头，被人狠狠地扔向漆黑的山涧。下面是无尽的黑暗，什么也看不清。她拼命挣扎，却动弹不得。嘴巴没有被堵住，她想大声呼救，却发现周围有许多模糊的人脸在冷漠地看着，她的喊声似乎卡在胸腔里，发不出任何声音。就在这时，仿佛一道闪电划破黑暗，在一刹那的光亮中，她清晰地看到了保军和鲁博！保军朝她扔下了一根绳子——那是她唯一的生还希望！她的身体似乎也变得轻盈起来，向上漂浮。她拼命想抓住那根救命的绳子，可手脚被捆得死死的，根本无法动弹。身体再次不受控制地向下坠落，无边的绝望瞬间将她吞噬，她放声大哭……

被郭保喜喊醒后，林凤鸣心有余悸，一种不祥的预感攫住了她。她猛地掀开被子，跳下炕，跑到办公室就给郭保军和鲁博打电话，完全忘了时间还很早，城里人可能还没起床。

幸运的是，电话竟然接通了。原来，鲁博因为怀孕后胃口变化，饿得早，此刻正在客厅吃饼干垫肚子呢。鲁博接完电话，听明白了情况，立刻进屋喊醒了郭保军。平日里，鲁博吃完这顿"早早点"后，通常还要再躺下睡个回笼觉，睡到八点多才和郭保军一起起床。郭保军被喊醒，还以为鲁博身体哪里不舒服，一下子就坐了起来。听鲁博讲了大嫂打电话来借钱救急的事，郭保军沉默了片刻，没有立刻吱声。倒是鲁博，二话不说就开始换衣服，还催着郭保军赶紧换衣服，一起去找她爸爸想办法。郭保军看着妻子，心中充满了感激——感谢鲁博的通情达理，感谢她如此体谅和顾念自己的家人。

福祸相依，有时候困境也能带来转机。郭保军和鲁博真的立刻赶到了鲁总的办公室，准备向岳父开口借钱。

没等郭保军酝酿好措辞，鲁博就抢先开口了："爸，我从小到大，是不是挺独立的，好像……从来没开口求过您什么事吧？"鲁总被女儿这没头没脑的话问得一头雾水。看女儿女婿一大早就跑来，神色又不像吵架的样子，便关切地问："这么着急忙慌的，出什么事了？"

鲁博便将来龙去脉说了一遍，然后走到父亲身边，急切地说："爸，我大嫂这个人我见过，那是个特别要强的人，非常爱面子，不是万不得已，绝对不会开口求人。今天早上她这么急地打电话来借钱，一定是遇到天大的难处，实在没办法了！"

依照郭保军的性格，他是无论如何也开不了口向人借钱的，更何况向刚结婚不久的岳父开口。但是，他知道，就像鲁博说的，大嫂林凤鸣一定是走投无路了，才会给他打这个电话。大嫂是多么要强的一个人啊！她现在在事业上遇到了坎坷，多么需要家人的支持！

郭保军抬起头，用充满恳切和期盼的目光看着岳父，语气沉重地说道："爸，求您……帮帮我家里。"

可爱的鲁博则在一旁"煽风点火"，极力地向父亲描绘着大嫂是怎样一个能干大事的人，人品如何如何好。她抱着父亲的胳膊撒娇，眼睛却看着丈夫那为难又恳切的样子。她深爱着郭保军，不愿看到他如此窘迫，便喋喋不休地继续说道："我大嫂办事特别靠谱，眼光也好！她早就承包了那么多荒山，提前栽上了松树，现在都结松塔了！她还带领全村人种黑木耳致富，后来还被村民们一致推选当上了村书记！群众的眼睛是雪亮的，他们都了解大嫂，信任大嫂……"

鲁总故意板着脸，逗女儿："哦？照你这么说，你这位大嫂还挺有人缘的？"

鲁博立刻回答："爸，是真的！我大嫂不光有人缘，还有'天缘'呢！"鲁博一着急，也猜不透父亲的心思，干脆坐到父亲对面的沙发上，绘声绘色地讲起了丈夫郭保军曾告诉她的，关于大嫂种木耳时遭遇风灾的故事。

鲁博讲完，得意地问："爸，您说，我大嫂这是不是有'天缘'？硬是让她自己闯出了一条新路！"

鲁总听完，终于忍不住哈哈大笑起来，指着女儿说："好你个丫头！人缘、天缘地替你大嫂说好话，我看你这胳膊肘现在就开始往婆家拐了！行了行了，我虽然还没见过你这位好大嫂，但冲着她当初倾其所有、风风光光地给你们办婚礼这份情义，我也愿意帮她一把，把这个食品厂建起来！你们俩，现在就给你大嫂打个电话，把需要的钢材型号、数量再确认一遍，看看能不能跟咱们工地现有的材料对上。"

鲁总之所以答应得如此爽快，并非完全相信了女儿女婿的一面之词。女儿新婚宴尔，和女婿正是蜜里调油的时候，自然会帮着女婿说好话。他这样做，更多的是为了给女儿在婆家撑腰，树立女儿的地位——他要让郭家知道，他这个当岳父的是多么宠爱鲁博，并且有足够的能力支持他们。言下之意就是：那你郭保军以后也得对鲁博好，不能亏待了我的宝贝女儿。

郭保军感激涕零，连忙说道："谢谢爸爸！我大嫂说了，等她的贷款批下来，马上就归还！"

"都是一家人，说这些就见外了。再说，咱们工地的建设要等到明年开春才开始，现在主要是室内装修，这些钢材暂时也用不上。"鲁总故意说得轻描淡写，怕伤了女婿的自尊心。郭保军心里明白，岳父这是在给他台阶下，暗自佩服岳父真是个大气、仗义的人。他怀着无比真诚的感激，又对岳父重复了一遍："爸，您放心，我大嫂言出必行，到期一定归还！"

说来也巧，林凤鸣急需的方钢、角钢型号，竟然和鲁总工地库存的完全一致！

鲁总当即拍板："正好，我也该抽空去见见你的家人，会会亲家，也亲眼见见你这位能干的大嫂。保军，你带路。鲁博就在家好好养胎吧。"鲁总是个豁达果敢的人，说干就干，亲自开车，带着一百万现金，又安排了两辆大卡车装载钢材，日夜兼程地赶往大利村。

路上，鲁总对郭保军说："你大嫂现在肯定急坏了。她想赶在冬天前把厂房建完是对的，时间不等人。咱们就帮她抢抢时间。"

保军感动地说："爸，我替我大嫂……感激您一辈子。"

鲁总笑着拍拍他的肩膀："这话，你该对鲁博说，要对她好一辈子。"

林凤鸣接到郭保军打来的确认电话，得知岳父不仅同意借钱，还亲自押送钢材和现金过来，激动得差点跳起来。挂了电话，她再也控制不住情绪，抱着婆婆放声大哭："妈！您生的儿子可真争气！鲁博……鲁博真是个好样的！"

婆婆也红了眼圈，拍着她的背安慰道："是咱老郭家的门风好，娶的媳妇个顶个的好！凤鸣啊，你真是咱老郭家的好媳妇，能扛事！我看这鲁博，也是个好样的！"

"妈！我们……我们都随您！"林凤鸣一句话，把婆婆也说哭了。

车队一到大利村，林凤鸣立刻让郭保喜带着工人们去卸车、清点钢材，自己则热情地将鲁总和同来的司机让进屋里休息、吃饭。刚一落座，林凤鸣就拿出纸笔，对鲁总说："鲁总，我先给您写个借条。"

鲁总这是第一次见到林凤鸣。眼前的这个女人，穿着朴素，言行举止却透着一股子与众不同的干练和魄力，让他暗自佩服。他摆摆手，拒绝了写借条的提议。

鲁总说："林大嫂，想赖账的人，写了借条也未必还钱；真心想还的人，写不写借条都一样。鲁博总跟我说你是个干大事的人，今天一见，果然名不虚传。我相信你！好好干，带头把日子过好比什么都强！"

林凤鸣第一次感到有些局促，面对这位慷慨相助的长辈，一时竟不知道该说什么好。

鲁总又关切地询问，是否需要让保军暂时留在家里帮忙。

郭保军下意识地转头看向林凤鸣，他心里是真的想留下来帮助家里——帮助大嫂渡过难关。但林凤鸣想都没想，就干脆地回答："不用不用！保军一定得回去！鲁博刚怀孕，身边离不开人照顾。鲁博可是咱们老郭家的大功臣！鲁总，您这次真是帮了我的大忙了，是我的大恩人！"林凤鸣那么聪明，怎会看不出保军的心思？

但凡事不能只考虑自己。这次鲁总肯如此仗义出手，保军在其中一定也使了很大的劲儿，她不能让保军为难，更不能耽误了鲁博。

林凤鸣诚恳地对鲁总说："雪中送炭，远胜锦上添花。鲁总，您这份恩情，我林凤鸣记下了！"

送走鲁总和郭保军后，林凤鸣第一时间把这个好消息向镇里的王书记做了汇报。

王书记在电话里高兴地说："林凤鸣啊，我说什么来着？你的好运气，是跟你自身的人格魅力分不开的！好好干！等你的食品厂正式开业了，我给你联系县电视台，好好宣传宣传！你就是咱们市第一个白手起家的女民营企业家！"

林凤鸣声音洪亮地向书记保证："请王书记放心！我绝不给政府抹黑！绝不给女人掉链子！"

这场突如其来的资金危机，在那个令人不安的噩梦的点拨下，在林凤鸣的人格魅力感召下，最终得以化解。勇敢的林凤鸣处理完食品厂的燃眉之急后，把家里的事情暂时交给郭保喜打理，自己则带着两名采购员，亲自赶赴黑龙江购买木屑。当时有传闻，说黑龙江那边民风彪悍，做生意有时会遇到麻烦。但林凤鸣毫无畏惧，她必须尽快解决原料问题。那时候，网络不发达，信息相对闭塞。林凤鸣采取了一个很有效的"笨办法"：每到一个地方，就先去当地的工商局打听木制品厂的消息。这一招果然奏效，让她以最快的速度联系上了货源，并顺利地将一车车木屑运回了大利村。

为了寻找足够优质且价格合理的木屑，林凤鸣几乎跑遍了半个黑龙江省，从边境口岸绥芬河，到佳木斯，再到小兴安岭林区的伊春……

黑龙江的公路上常常有限速80公里的标志，林凤鸣开车时一点也不敢含糊。还有许多地方没有修高速公路，道路坑坑洼洼，极其颠簸。几天下来，她的腰被颠得生疼，晚上疼得只能趴着睡觉。同行的两个采购员都私下里称她为"铁人"。

就在伊春市下属的一个小镇的木制品厂里，林凤鸣意外地揭开了一个埋藏了几十年的秘密——关于哑巴姑婆终身未嫁的秘密！

那天下午，林凤鸣照例安排发走了两车木屑。她本想开车离开这家木制品厂，赶往下一处。可车子刚启动，就被一辆迎面开进院子的白色越野车挡住了去路。一个年轻人从驾驶座上跳下来，快步跑到副驾驶座旁拉开车门。车上下来一位穿着藏蓝色西装的中年男人，中等身材，微微有些发福。他对那个年轻人低声说了几句，年轻人便跑过来，客气地邀请林凤鸣下车稍等。这时，正在送林凤鸣出院子的这家木制品厂的老板，也快步迎向了那位中年男人。走近了，林凤鸣才看清，那中年男人缺了一只左胳膊，左脸靠近耳朵的地方还有一道明显的疤痕。尽管身体有残疾，但他的眼神明亮而有神采。经过木制品厂老板介绍，来人名叫张斌，也是开木制品厂的。因为他的厂子离公路较远，林凤鸣之前考察时没有选定。张斌老板非常客气，执意邀请林凤鸣去他的厂子看看货。

开车半小时后，林凤鸣跟随张老板的车子来到了一个挂着"和顺木制品公司"牌子的大院。下车一看，这家厂子的规模比刚才那家大得多，工人们正在热火朝天地加工木材。林凤鸣远远看到院子里堆放着一堆堆的阔叶硬木材，心里一阵高兴。她是行家，知道用阔叶硬木的木屑培育出的黑木耳，颜色乌黑厚重，富有光泽，口感也好，卖相自然就好，客户最喜欢这种。

"哈哈！看这堆积如山的木材，张老板真是实力雄厚啊！"林凤鸣由衷地赞叹道。

"林老板过奖了。我这厂子是离公路远点，但离林区近，进原料方便，木料价格也相对便宜些。这地方原来是国有林场的场院，我复员后就在这儿上班。因为在部队立过功，单位一直比较照顾。后来兴搞个人承包，我就把这厂子包下来了。"张老板虽然身体残疾，但精神矍铄，说话声音洪亮，态度谦和有礼。他把林凤鸣让进了办公室。

"您这厂子真不错，规模大，管理得也好。听您刚才说，您当过兵？"林凤鸣真心实意地夸赞。

"是的，参加过对越自卫反击战。我这伤就是在战场上留下的。"张斌说着，把他办公桌上摆放的一张与战友们的合影拿给林凤鸣看。

林凤鸣看到照片，觉得张斌离开部队这么多年，还把与战友的合影郑重地摆在办公桌上，可见他是个重情重义的人，心里顿时生出几分好感。再加上张老板给出的木屑报价，是她这几天遇到的最低的，当即便拍板定下了他厂里所有的库存木屑，并与张老板互换了名片，留下了联系方式。

张老板也是个热心肠的人，主动询问林凤鸣还需要多少木屑，表示可以帮忙联系其他厂家。两人越聊越投机，便拉起了家常。

"听口音，林老板是吉林江城的？"张老板问。

"嗯，我家是江城下面沿河县的。"

"哦？是县里的？"

"不是县里的，是农村的，沿河县大利村。"

"啊？！大利村？！"张老板听到"大利村"三个字，猛地从办公椅上站了起来，神情激动，急切地问："你是大利村的姑娘？从小在那儿长大的？"

"不是，我是从邻村朝阳村嫁到大利村的媳妇。"林凤鸣看张老板这反应，猜到他一定去过大利村。

"您在大利村有亲戚？张老板您去过大利村？"

"没有亲戚。我们部队当年在那儿驻防过三个月。"张老板的情绪稍微平复了一些，给林凤鸣的茶杯续了些热水，沉思了片刻，又开口问道："大利村村边……有一棵大榆树……那家姓郭的人家，林老板认识吗？"

"哈哈！那可太巧了！我就是老郭家的媳妇！您认识我婆婆一家人？"

"天底下……真有这么巧的事！"张斌的眼神里充满了难以置信，他紧紧盯着林凤鸣的眼睛，迟疑地问，"那……林老板……认识一个叫……郭青莲的女人吗？"他不确定林凤鸣说的老郭家，是否就是他三十多年前认识的那个老郭家。

"郭青莲？那是我姑婆，不是我婆婆。"林凤鸣脑子飞快地转了起来。她听婆婆提起过，姑婆年轻时是为了救一个被毒蛇咬伤的解放军号兵，用嘴吸毒血，才伤了嗓子变成哑巴的。

"你姑婆叫郭青莲？她……她出嫁了？也在大利村？"张老板带着一丝不易察觉的期盼，小心翼翼地追问。

"我姑婆没嫁人，她是个哑巴。"林凤鸣看着张老板的神情，开始疑惑他和姑婆之间到底是什么关系。

"郭青莲……一直没嫁人？她……她是个哑巴？！"张老板似乎觉得这和自己记忆中的信息有很大出入。他猛地转身，打开身后的保险柜，从里面取出一个有些陈旧的笔记本。他小心翼翼地从笔记本里抽出一张泛黄的老照片，递给了林凤鸣。

这是一张黑白的二寸照片。林凤鸣只看了一眼，就认出了照片上的人正是自己的姑婆郭青莲！照片上的姑婆年轻、美丽，充满着青春的活力！标准的瓜子脸，一双明亮的大眼睛，高挺的鼻梁，两道弯弯的长眉毛，嘴角下方还有一颗小小的美人痣。她笑盈盈地对着镜头，两条又黑又粗的长辫子垂在胸前，身上穿着朴素的方格子土布上衣。那是一种未经雕琢的、天然淳朴的美。

"对！这就是我姑婆年轻的时候！"林凤鸣肯定地说。

"她……她怎么会变成哑巴了？她虽然没什么文化，但我记得……她很会唱山歌，声音清脆甜美，可好听了……"张斌的声音带着困惑和难以置信。

"具体我也不太清楚。我奶奶在世时说过，好像是为了救一个被毒蛇咬伤的解放军战士，她用嘴巴吸毒汁，嗓子才坏掉的。"

"青莲救的是我……是我！我害她变成哑巴了？！啊！这一切……这都是我的罪过啊！"张老板瞬间崩溃了，之前的沉稳荡然无存，他激动地用那只仅存的右臂用力捶打着自己的胸膛。"我一直以为……我以为她早就嫁人了……那么漂亮、那么善良的姑娘，一定嫁给了一个好人家……"张老板的语调变得无比哀伤，那残缺的身体似乎被汹涌而出的痛苦和悔恨填满。

林凤鸣看到他的眼里瞬间涌满了泪水，他用那只独臂的衣袖胡乱地擦拭着，反而让她这个旁观者感到一阵尴尬，不知该如何是好。

张老板的情绪稍微平复了一些，整个人却仿佛一下子苍老了许多。他沉默了良久，才慢慢地开口，向林凤鸣回忆起那段尘封已久的往事。

"那年，我们部队奉命驻防在你们沿河县的大利村。我是部队的号兵，每天早上出完操，我都会沿着大利村西边那条小路，爬到附近一个叫'小碰子'的小山包上去吹号练习。我母亲是市文工团唱京剧的，我从小就在团里长大，耳濡目染，自己也会唱几段京剧。有一天，连长通知我，说要准备准备，晚上跟地方生产队的老百姓搞个军民联欢晚会。也就是在那天晚上的联欢会上，我认识了你姑婆郭青莲。她当时穿的就是照片上这件红格子的土布上衣，一条蓝布裤子，脚上一双手工缝制的绣花布鞋。裤子的膝盖处还打着补丁，但这一切都掩盖不住她的美丽。那双水汪汪的大眼睛，弯弯的眉毛，还有那两条乌黑油亮的粗辫子……说话的声音像百灵鸟一样清脆动听。我那时候年轻，从没谈过恋爱。连长介绍说'这是生产队的女社员代表郭青莲同志'时，我当时就觉得头晕目眩，热血直往上涌，就那么傻傻地盯着她看，紧张得半天说不出一句话来。你姑婆看了看我，脸也一下子红了，害羞地低下了头。

节目开始后，我唱的是《智取威虎山》里杨子荣打虎上山那段，郭青莲唱的是《红灯记》里李铁梅'穷人的孩子早当家'那段。我们俩唱完，台下的部队官兵和生产队的老百姓都热烈地给我们鼓掌。不过，我们部队有纪律，那时候士兵是不允许和地方女青年谈恋爱的。所以，那次演出之后，我和郭青莲就再也没有单独见过面。我曾经偷偷跑到村口那棵大榆树下等过几回，希望能再见到她，但都没等着。

可世上的缘分啊，有时候就是那么奇妙，是注定的。有一天早上，我去小碇子山上那块大石头上练完号下山，正巧碰到郭青莲背着满满一背筐野菜从树林里走出来。我俩都一下子站住了，互相看着对方。她额头上都是汗珠，打着补丁的裤腿也被清晨的露水打湿了。这次，是我先开口打了招呼。

我说：'郭青莲同志，你真能干，这么早就来采野菜了。'

她抿着嘴笑了笑，随即说道：'张斌同志，你吹的号真好听！我刚才在林子里采菜的时候都听到了。我当时就猜一定是你，果然是你！'我看到她脸颊红扑扑的，眼神里充满了喜悦。

我当时心里也乐开了花，快步走到她跟前，把手里的铜号递给她看，然后不由分说地把她背上的背筐抢过来，自己背在了肩上。

我们就那样并排走着，随便说着一些话。我说我曾经去村口大榆树下找过你，没看到。她说她也曾经去过我们连队驻地附近张望过，也没看到我。说到这儿，我俩都忍不住笑了起来。

那时候正是夏天，山上的草长得又嫩又绿，特别茂盛，踩上去软绵绵的。树木也枝繁叶茂，绿得逼人眼。天是那么蓝，云是那么白。我说：'你们这农村可真美啊！'

走到山下，路两边就是生产队的庄稼地。我只认识玉米、大豆、高粱这些。郭青莲就指着地里的庄稼告诉我，哪个是谷子，哪个是糜子。她说：'你刚才说的那不是谷子，那是糜子。'她还告诉我谷子和糜子的区别：谷子的秸秆是光滑的，糜子的秸秆上长着细毛。说着，她还跑到地边，折了一小段秸秆拿给我看。她又说，谷子脱壳后是小米，糜子脱壳后是黄米。她还告诉了我哪个是荞麦，哪个是线麻……她虽然没什么文化，但懂得可真不少，还会编谜语让我猜：'三块瓦，盖个庙，里头住个白老道。'我猜不出来，她就又跑到地里，摘了一棵荞麦回来，剥开荞麦籽让我看里面的白仁儿。

从那以后，我们俩就常常能在山路上'巧遇'。她说：'真巧，你还是来吹号啊？'我说：'真巧，你还是来采菜啊？'后来有一次，她红着脸、低着头羞涩地承认：'其实……我是特意来听你吹号的。'于是，我练号的时候，她就在不远处静静地听着；我练完了，她也会唱山歌给我听。

有一次她说：'你穿这身绿军装真好看！'我就把军装脱下来让她穿上试试，等快到山下时我再换回来。青莲穿上我的军装，别提多美了！那一刻，我在心里暗暗发誓：等我将来复员或者提干了，一定要回来娶青莲当我的新娘！

还有一次，我们俩在一起说话，被一个下地干活的老乡看见了。那老乡就打趣地问：'青莲，这是你对象啊？'青莲大大方方地回答：'不是。他们部队有纪律，不让搞对象。'那老乡就说：'那等他复员或者提干了，不就能搞了吗？'青莲的脸'腾'地一下又红了，小声说：'我不知道……'

我当时就抢着对那位大娘说：'大娘，等我提干或者复员了，我一定来大利村向青莲提亲！到时候，一定请您喝喜酒！'

那老乡笑着说：'我看你俩挺般配的！我听过你们俩唱歌，那真是天生一对！'

后来，村里的生产队长也知道了这事，还特意找到我，很严肃地跟我谈话。他说：'青莲是我们大队的文艺骨干，你俩都爱好文艺，可以互相帮助，互相学习。但是，你一定要遵守部队的纪律！等你将来条件允许了，再正大光明地来娶我们青莲。到时候，我用队里最好的大马车，披红挂彩，亲自给青莲送亲！'

就这样，我和青莲虽然没有明确关系，但彼此心里都认定了对方。刚到部队那会儿，我是很想家的。可认识青莲的那段时间，我每天都过得特别幸福，连想家的次数都少了很多……"张斌的声音里，充满了对往昔岁月的眷恋和难以言说的哀伤。

林凤鸣在一旁静静地听着，心情也跟着沉重起来。她觉得自己此刻显得有些笨拙，张斌把二十多年前的事情记得如此清晰，那种深沉的情感，是她用尽高中所学的所有词语也无法准确表达的。她不忍心打断张斌的讲述。

"……直到有一天，我被毒蛇咬伤了。"张斌的声音变得低沉。

"那天，我比平时早一些练完了号，就想去小砬子山下找青莲。我看到路边草丛里开着几朵漂亮的蓝色小花，就想走过去采几朵送给她。刚拐过一堆乱石，突然觉得右脚脚踝处像被针狠狠扎了一下似的剧痛！紧接着就看到一条大蛇飞快地爬走了。我心里一惊，知道是被蛇咬了，赶紧大声喊青莲的名字！

青莲当时就在附近林子里采野菜，听到我的呼喊声，立刻就跑了过来。

很快，我被蛇咬的伤口就开始红肿发黑。我当时就慌了，不知道该怎么办。青莲也没遇到过这种情况，也不知道该怎么办。我让她赶紧回部队驻地喊军医。可她说，听村里老人讲，被毒蛇咬了，伤口上有两个明显的牙印，那毒性就很大，必须得先把毒汁吸出来才行！说完，她立刻就趴在地上，要用嘴帮我吸毒血！我吓坏

208

了，怕她中毒，死活不让她吸，可她根本不听，完全没考虑自己的安危！吸了几口之后，她又迅速解下腰间的镰刀，割下自己衬衫的一只袖子，撕成布条，紧紧地绑住了我的大腿根部，让我躺着别动，她去找人来救我。

山下正好有放马的社员，她骑上马，飞快地跑回村里，很快就把我们连队的卫生员找来了。卫生员给我打完针，其他的战友也闻讯赶来了，七手八脚地把我抬回了连队。可就在这时，青莲却因为吸入毒血，一下子晕倒了！

我把情况跟卫生员说了，卫生员检查后说，青莲这是二次中毒，比我当时的情况更危险！连队的军医也赶来，对青莲进行了紧急抢救。我跟连长请了假，一直守在她的病床边。等到第二天凌晨天快亮的时候，我已经完全没事了，可青莲却还在发高烧，昏迷不醒……我知道，我的命是她救回来的！就在这时，部队突然接到紧急命令，要立刻开拔转移！我是最后一批走的战士，走的时候，我只知道她已经醒过来了，却不知道……不知道她因为吸毒血伤了嗓子，变成了哑巴……我甚至……没能跟她见上最后一面，说声谢谢……"

张老板深深地叹了口气，声音哽咽："后来……我在战场上受了伤，成了残疾人。我没有再给青莲写信，我不能……不能拖累她。我以为……像她那么好、那么漂亮的姑娘，肯定早就嫁人了。我只能在心里默默地祝福她……"

林凤鸣听完，心里也是百感交集，轻声说："我姑姑……她一直跟着我们过日子呢。和我婆婆住在一起。"她本想劝慰张老板几句，说过去的事就让它过去吧，人各有命。

可张老板的情绪却更加激动起来："可我不知道她一直没嫁人！我更不知道她为了救我变成了哑巴！"他无法原谅自己当年的"不告而别"，更无法面对这个残酷的事实。他眼神坚定地看着林凤鸣，说："我要去见她！你带我去看青莲！"

张老板从痛苦的回忆中回过神来，立刻拿出电话本，联系了一个叫"四通"的配货站，让他们尽快安排车辆。然后又告诉自己的司机，准备立刻动身，去吉林沿河。他带着歉意对林凤鸣笑了笑，说："林老板，按规矩，我的客户谈成生意后，我一般都会留他们多待一两天，招待一下，带他们四处看看。可我现在……实在太着急见青莲了。这次只能抱歉了。"

林凤鸣连忙说："您千万别这么说。以后您就叫我凤鸣吧，我叫您张叔。"

林凤鸣再次被张斌的行动力所震撼。他一个电话，竟然在短时间内就调来了四辆大型挂车，并迅速组织了四组工人同时装车。原本预计还需要两三天才能装完的木屑，竟然在当天傍晚就全部装车完毕。这使得林凤鸣比原计划提前了两天踏上了返程。

回到大利村时，哑巴姑婆郭青莲正在院子里晾晒刚拔回来的大葱。林凤鸣跳下车，喊着"姑姑"，把路上特意给她和婆婆买的好吃的递过去。张斌也从后面的轿车里下来了。

郭青莲抬起头，看到林凤鸣，脸上露出笑容。可当她的目光移到林凤鸣身后的张斌身上时，整个人如同被雷击中一般，瞬间僵住了。她手中的葱散落一地，嘴里发出急促而含混不清的"啊！啊"声。她一把将手中的东西塞回给林凤鸣，然后像个年轻的女孩儿一样，不顾一切地朝着张斌飞奔而去。她跑到他面前，伸出颤抖的双手，举在半空中，喉咙里发出更加凄厉的"啊！啊"声——她是哑巴，无法用语言表达此刻心中翻江倒海的情感。

张斌看着眼前苍老了许多、却依旧能看出年轻时美丽轮廓的青莲，声音颤抖地喊道："青莲！我……我来晚了！"他伸出那只仅存的右臂。

郭青莲一把抓住张斌那空荡荡的左边衣袖，放声大哭起来……三十多年的等待，三十多年的牵挂，三十多年的期盼，在这一刻化为汹涌的泪水。这突然的重逢，这迟来的相见，又岂是语言能够表达的？张斌紧紧搂住痛哭不止的哑巴姑婆，泪水也模糊了他的双眼，他一遍遍地重复着："对不起……青莲……对不起……我不知道……不知道你是这样啊！"

林凤鸣站在一旁，早已感动得泪流满面。她明白，这两个饱经沧桑的老人，从未忘记过彼此。三十多年的光阴，在他们重逢的这一刻，仿佛只是弹指一挥间，那些深埋心底的情感，依旧炽热如昨。

吃过晚饭，一家人围坐在一起闲聊。婆婆看着依偎在张斌身边的哑巴姑姑，终于忍不住，向张斌讲述了当年他离开后发生的事情。

"……你们部队是夜里突然撤走的，村里人事先都不知道。等到第二天，我婆婆（指郭保喜的奶奶）带着青莲去你们连队驻地找你的时候，才知道你们已经走了。青莲当时就坐在地上哭了。那时候，她说话就已经不太清楚了，声音嘶哑。我婆婆开始还以为只是急火攻心，过几天就能好，可谁知道，后来就……就彻底说不出话，变成哑巴了。

那之后，青莲就像丢了魂一样。天天站在村口那棵大榆树下，朝着你们部队离开的方向远远地望着。一站就是一天，从早上太阳出来，一直站到晚上太阳落山。

210

开始几天，我婆婆和我还会陪着她。可农村的活计多，地里的农活也忙不过来，后来也就不总陪她了。她还是每天早早起来，把自己梳洗得干干净净，然后就去村口站着。村里有些年轻的小媳妇不懂事，看她那样，就学着你们部队吹号的样子，用手比画着，嘴里模仿着'嘀嘀嗒，嘀嘀嗒'的声音逗她：'青莲，你这是等那个吹号的解放军回来娶你呀？'她也不生气，就'啊！啊'地笑着回应。

就这样大概过了十多天。突然有一天，下起了大雨，天都黑了，青莲还没回家吃饭。我婆婆让我去找她。我那时候正怀着孕，肚子已经显怀了，人也懒怠，开始有点不情愿去，还跟我婆婆抱怨：'让她淋着呗，淋湿了自己就知道回来了。天天那么傻站着，人家那个当兵的就算提干了，还能回来要她一个哑巴？就算人家张斌自己愿意，他家里人能同意吗？没听说人家父母是城里剧团的？'我婆婆就说：'话不能这么说。你给她送块塑料布去（那时候农村没有雨伞，下雨都披塑料布挡雨）。'其实我婆婆也是心疼我，看我怀孕辛苦，故意找个借口让我出去溜达溜达，换换心情。

我就自己披了一块塑料布，又给青莲拿了一块。可是，我到村口一看，根本没人！我赶紧跑回来告诉婆婆。婆婆一听，感觉不对劲，立刻就去生产队部，让队长用大喇叭在村里广播找人。后来有社员说，看到青莲一个人朝着小砬子山那边去了。队长一听不好，赶紧领着几个年轻力壮的村民去找。结果……"

"啊！啊"一直默默听着的青莲姑姑突然激动起来，从张斌身边站起，伸手阻止婆婆继续往下说。

"青莲，你别拦着！这事必须得让张斌知道！得让他知道你是怎么活过来的！"婆婆却坚持着要说下去。

张斌也站起身，把情绪激动的青莲轻轻拉回自己身边，柔声说："青莲，你让大嫂讲完。大嫂，您说吧。"

婆婆叹了口气，继续说道："……结果，大家在小砬子山脚下找到了她。她躺在那儿，口吐白沫，人事不省。生产队的豆腐倌（做豆腐的人）有经验，一看就知道，她一定是喝了做豆腐用的卤水了！大家赶紧把她抬到卫生所抢救……"

"青莲……青莲……你……你当时怎么那么傻啊！我还以为……以为你那么漂亮、那么善良，肯定会嫁给村里最好的小伙子呢……"张斌满心愧疚和心疼地对青莲说。

"也许是她命不该绝吧。"婆婆接着说，"打针、灌肠、灌绿豆水……折腾了大半夜，总算是把人抢救回来了。可我……我因为又急又气又累，动了胎气，结果小产了……就是保喜前面那个没保住的孩子……等青莲醒过来，我当时心里有气，就没好气地对她说：'你要是死了，等将来张斌回来上哪儿找你去？我的孩子都没了，你就当是替我还债赎罪吧！好好活着！'从那以后，青莲就像变了个人似的，不再去村口傻站着了，开始跟着大家去队里挣工分，干活还特别卖力，年年都是满勤。晚上收工回来，也不闲着，就坐在炕上，用白线纳鞋底，勾那种缝在军装领子上的白衬领。还搓麻绳，做布鞋……

又过了三年，直到保喜出生，她才渐渐不做那些了。开始帮我带孩子，脸上也慢慢有了笑容。后来，我婆婆也托人给她介绍过几个对象，人家都不嫌弃她是哑巴，说这种后天造成的哑巴不遗传，不影响生养。可她就是不肯，谁说跟谁急。就这样，一年又一年，一直耽搁下来。直到后来保喜和凤鸣结了婚，生了小亮，她年纪也大了，可能心里也慢慢看开了，才把那些年攒下的白衬领都拆了，纳好的那些布鞋底也就都给了保喜穿……"

婆婆的讲述平平淡淡，像是在说一件久远而平常的往事。可听在众人耳中，却都感到无比的心酸和沉重。张斌早已将青莲紧紧搂在怀里，泪流满面。林凤鸣也忍不住擦着眼泪，对郭保喜说："咱姑姑这一辈子太苦了！她真是个值得我们所有小辈尊敬和学习的人！以后，我们都要加倍对咱姑姑好！"

过了几天，张斌找到林凤鸣，对她说："凤鸣，你是这个家的当家人。我想……带你姑姑离开几天，回我那边处理一下厂子的事情。处理完了，我们就回来，在这边定居。"

林凤鸣听了，高兴地说："哈哈！张老板，您现在可是我姑父了！我是小辈，凡事您做主就行！"一句话把屋子里的人都逗乐了。

哑巴姑婆青莲手里牵着小亮，旁边还围着二离、焱焱、森森几个孩子。孩子们手里都拿着张斌给的红包。林凤鸣心里清楚，小亮是哑巴姑姑一手带大的，小亮就是姑姑的心尖子，祖孙俩亲着呢。

林凤鸣又对张斌说："您和我姑姑的故事太感人了。至于将来定居在哪边都行，您跟我姑姑商量着来。吉林、黑龙江都是东北，离得也不算太远，生活习惯也都差不多。现在日子越过越好了，也不用粮票了，口粮也都够吃。只要我姑姑后半生能过得幸福，比什么都强。"她明确表示了支持。

张斌郑重地说："凤鸣，你放心，我一定会对你姑姑好的。我不想再和青莲分开了，所以处理完那边的事情，我一定带她回来。我们……一定会好好珍惜剩下的时光。"

"见了面，我就相信您是个好人，这点我放心。可是……您在那边的厂子怎么办呢？"林凤鸣还是有些担心张斌的生意。

张斌坦然地说："有得就有失吧。我也没有孩子，厂子就交给我侄子打理吧。你姑姑不愿意离开这个家，我听她的，遵从她的心愿。"

林凤鸣爽快地说："那好！等您回来后，您和我姑姑的新房，我一定给您收拾得妥妥当当！"她说着，从口袋里拿出一沓事先准备好的钱，递给张斌，"我姑姑一辈子没自己管过钱，也不会花钱。路上如果她看上什么喜欢的东西，您就帮她买一下。"

张斌急忙推辞："钱我不能拿！但我保证，你姑姑喜欢什么，我都会给她买，绝不会委屈了她！"

"姑父，您先别急着拒绝。"林凤鸣坚持把钱塞给他，"我知道您肯定不会委屈我姑姑。但是现在，我不能让我姑姑花您的钱，我姑姑她自己有钱！这些年她跟着我们，我们一直替她存着养老钱呢。等你们办完结婚登记手续，我再把我姑姑的养老钱正式交给您。我姑姑跟您在一起，图的就是相互有个照应，晚年能过得幸福。"林凤鸣一番话说得合情合理，张斌只好收下了钱。

那几天晚上，林凤鸣注意到哑巴姑姑和张斌住的屋子里的灯，总是亮到很晚才熄灭。三十多年的牵挂、思念与等待，两位饱经沧桑的老人一定有说不完的话要互诉衷肠。唉，这也是他们用半生的等待和真情，最终修来的幸福团圆吧。

林凤鸣开始跟家人商量张斌和姑姑回来后的住处问题。她跟郭保喜说："要不……咱俩先搬到削片厂那边去住，把咱这屋腾出来给姑姑和张斌叔住？"

没想到，婆婆却在一旁有些忸怩地说："那个……你韩叔……让我搬他那儿去住。他说，那年凤鸣给拉的砖，把他那房子修得挺好的……"往日里说话嗓门洪亮的婆婆，此刻的声音却低得像蚊子哼哼。

林凤鸣立刻明白了，朝婆婆抛了个媚眼，开玩笑地说："哎哟！看来今年咱们家真是好事连连啊！等我姑姑他们回来，干脆把您和我韩叔的事儿也一起办了？"当着儿子郭保喜的面，婆婆的脸顿时羞得通红。

林凤鸣又像是自言自语地说："现在生活条件好了，大家都不愁吃不愁穿了，可这老年人的晚年生活和情感需求，还真是个值得关注的问题。"她想了想，提议道，

"那这样吧，回头我跟韩叔商量一下，让他搬过来住您这屋，把韩叔原来的房子腾出来，好好收拾收拾，给我姑姑和张斌叔住。这样安排最好，都离得近，相互也有个照应。等日子选好了，比如'十一'国庆节，我给你们这两对老人一起张罗办个喜宴！热热闹闹、名正言顺地操办一下！房子先这样将就住着，等将来我有钱了，一定给你们都盖上漂亮的大楼房！"

婆婆听了这个安排，满脸高兴，连连夸赞林凤鸣会办事："凤鸣啊！这个主意好！这个主意太好了！这样一来，我没离开老郭家，你姑姑他们也能有个独门独院儿，住着也舒坦，不别扭。"

早上，一家人吃过早饭，一起为姑姑和张斌送行。

哑巴姑姑坐上张斌的轿车，对着林凤鸣不停地比画着，示意她放心，自己会照顾好自己。可她的眼泪却像断了线的珠子一样，不停地往下掉。孩子们站成一排，挥着小手，送别他们亲爱的哑巴姑奶。林凤鸣赶紧上前安慰："姑姑，您放心去吧！这儿永远是您的家！我和保喜养您老！小亮还等着您回来给他做好吃的呢！小亮就爱吃您蒸的鸡蛋糕！您和我姑父早去早回啊！"

张斌在一旁，心疼地用手绢为青莲擦拭着眼泪。

就在车子即将启动的时候，小亮突然挣脱开大人的手，跑到车前，拽着青莲的衣角哭闹起来，不让她走："我不让我姑奶走！妈妈！你快点把我姑奶抢回来！"

在场的大人们都被小亮的天真逗乐了，原本伤感的离别气氛也缓和了许多。

林凤鸣耐心地蹲下身，对小亮解释："小亮乖，姑奶不是不回来了，她是去张斌爷爷家串门，去几天就回来了。等你放学回家，姑奶就给你做好吃的了。"

小亮半信半疑地看着林凤鸣，抽噎着问："真的吗？"

林凤鸣表情非常认真严肃地说："妈妈向你保证！你姑奶一定会回来的！"

张斌的司机发动了车子，缓缓驶离了村庄。望着渐渐远去的轿车，林凤鸣长长地叹了口气，感慨道："唉，这两位老人跨越了几十年的爱情，真是太感人了……这份执着和坚守，现在的年轻人，未必能做得到啊。"

其实，灵魂深处相互吸引、相互拥抱的两个人，即使时空相隔，也从未真正离开过。他们早已把彼此深深地烙印在心底，填满了所有的空间，再也容不下其他人。那份爱，一定是无可替代的。他们相互守候着，即使山高水远，也终会迎来重逢的那一天。

致那段逝去的青春，也致这份迟来的、相守到老的爱情！

第十九章　智斗

　　林凤鸣坐在办公室里，看着汪艳华送来的账本，仔细计算着木耳菌包的成本。结果让她眉头紧锁——由于从外地购买木屑，成本竟然比用本地废料高出了两成。可她不想因此给村里种木耳的乡亲们涨价。而且，还有一个更严峻的问题摆在面前：眼下是秋耳生产季，转过年还有春耳。除了大利村本村，娘家朝阳村，以及其他邻村，也有不少人交了定金预定菌包。现有的木屑储备，根本不够用。与此同时，木耳的销售订单却源源不断地传来，芳慧大姐那边又接到了不少新订单，甚至还有来自韩国和日本的。种植技术没问题，销售渠道也畅通，可偏偏卡在了最基础的原料——菌苗所需的木屑上。这可怎么办？

　　挣钱的机会不会总是站在原地等着我们。林凤鸣敏锐的商业头脑，不允许她坐以待毙。

　　天刚蒙蒙亮，林凤鸣就开上车，准备去县里找农业站的技术员寻求帮助。

　　清晨的雾气尚未散去，弥漫在乡间不算宽阔的公路上，能见度很低。林凤鸣打开防雾灯，努力辨认着前方的路况。长时间保持一个姿势，脖颈有些酸痛，她便时不时地活动一下。因为时间太早，路上车辆稀少。她随手打开了车里的录音机，里面播放的曲子都是保国挑选的，这孩子从小就爱好文艺。收音机里正放着那首脍炙人口的闽南语歌曲——《爱拼才会赢》。

　　车子开到县委县政府大门口时，门卫告知还要等一个小时才到上班时间。

　　见到姐姐，林致远心疼地说："姐，你也太拼了，悠着点儿。很多事让你姐夫多跑跑嘛。"

　　林凤鸣无奈地笑了笑："唉，有些事，我能办成的，他去办就办不成。看着干着急，还不如我自己跑呢。"

　　林致远见劝不动姐姐，便转换了话题，严肃地说："姐，你现在摊子铺得这么大，算是真正的企业了。办企业就得有工人，工人也不一定都用附近村里的，将来你得有员工宿舍、食堂，还得有像样的办公室。"

　　"嗯，你的意思就是，我得把门面撑起来呗！"

"不光是门面。还得有正规的会计，要按时去国税、地税报税。"

"啊？还要报税？这么麻烦？"林凤鸣有些惊讶。

"姐，这是法律规定！你是企业法人代表，不光是家里的当家人、村里的书记了，更要懂法、守法经营。你抽空多给凤萍打打电话，勤问着点儿，她在工商局，懂这些。"

"哈！我不偷不抢，自己挣钱自己花，这还能犯法？致远，我看你是学法律学成书呆子了！"林凤鸣不以为意。

"姐！你可不能这么想！"林致远急了，"你是在国家的土地上挣钱，是谁给你提供了和平安定的环境让你做买卖？你就得照章纳税！这事你一定得记住，不能马虎！"

"照你这么说，我还得提高思想觉悟？那还得专门雇个会计？一个月得多花多少钱啊？"林凤鸣还是觉得有些不划算。

"姐，这不是多花多少钱的事！这是原则问题！你必须得重视起来，要学会规范化管理！"

"唉，姐就是个干实事的人，那些纸上谈兵的东西，我弄不来。"

"姐！你听我的！这方面可千万不能犯错误！"林致远语气十分坚决。

林凤鸣本来已经有些不耐烦，发动了车子想走。但听到致远最后那句"别再犯错误"，心里"咯噔"一下。当年自己冲动跳江、郭保军奋不顾身相救的情景又一次浮现在眼前。是啊，只有真正关心自己的亲人，才会这样不厌其烦地告诫自己。她默默地熄了火，重新从车上下来。

"致远，你说得对。"她认真地说，"那你帮我物色一个信得过的会计吧。现在厂里记账的是村里人，不是专业的。姐听你的。我不能因为自己不懂就不去做。我不懂，但我可以雇一个懂的人来做。咱们一定要遵纪守法，合法经营。"

林凤鸣这番话，让林致远欣慰地竖起了大拇指："姐，我就知道你一定能成功！你看，你现在已经有大老板的格局了！谦虚谨慎总不会错！"他转身进屋，拿出单位刚发的羊皮手套，递给林凤鸣，心疼地说："姐，你看你这手，都冻裂了。以后开车戴上手套，暖和点。"

林凤鸣笑着接过手套："你姐我这双手啊，是挣钱的手，不是拿笔杆子的手！"说完，试着戴上手套，发动车子，向县政府方向驶去。

农业站的技术员和林凤鸣早就认识了。听了她的难题，技术员提供了一个新思

216

路：南方有些地方已经开始尝试用稻壳粉碎后代替木屑作为食用菌的培养基料，效果还不错。技术员详细地向林凤鸣讲解了稻壳粉替代技术的原理和操作要点。

从政府大院出来，林凤鸣感觉心里的一块大石头落了地，整个人都精神了许多。此刻，清晨的浓雾早已散去，灿烂的阳光铺洒下来，照耀在道路两旁金黄的、等待收割的庄稼上，构成了一幅绝美的丰收图景。她心里忽然冒出一个念头：等回头一定要邀请鲁博来，画一幅这样生机勃勃的农村丰收画，就挂在永丰食品厂新建的办公室里！

回到村里，林凤鸣立刻去削片厂找到大海，安排他带几个人，去附近的粮食加工厂收购稻壳。

很快，大海带回了好消息：那些粮食加工厂的稻壳根本就没人要，平时不是扔掉就是就地烧掉，既污染环境又费工费力。听说有人要，老板们都非常高兴，说不要钱，只要你们自己拿袋子来装就行！

林凤鸣高兴得双手一拍办公桌，像个孩子似的欢呼起来。这叫什么？这就叫"踏破铁鞋无觅处，得来全不费工夫"！

大海他们也笑着说："凤鸣姐，这是好人有好报！"

"不，这是咱大利村的人有福气！"林凤鸣纠正道，"大海，你赶紧联系粉碎机。明天组织人去装稻壳。对了，人家老板虽然不要钱，但这份人情咱们得记下。你把每个加工厂的地址、电话、老板名字都详细记好，等咱们食品厂开工生产了月饼，一定给人家送去尝尝鲜！"

大海他们听了都笑："哈哈！凤鸣姐，做月饼的机器还没影儿呢，您这就开始预售月饼啦！您真是商业奇才！"

大利村的大喇叭又一次响彻云霄："村民们注意啦！大娘、婶婶、姐姐、妹妹们！手脚麻利、能干装袋活计的注意啦！明天开始，跟大海去粮食加工厂装稻壳！是临时工！需要十天左右！工钱每人每天六十块！有愿意干的，赶紧去大海那里报名！声明啊，声明！这是我林凤鸣个人雇工，不是村集体的活儿！"

大海私下对林凤鸣说："凤鸣姐，现在外面雇女工，一天也就给五十块，您给得有点多了。"

"这是临时工，又不给发工作服，多给点是应该的。再说，那稻壳外面有毛刺，扎人得很，这十块钱就当是给她们的洗澡补贴吧。"

"嘿嘿，咱村澡堂子洗澡才两块钱。这多出来的钱，够她们去县城洗桑拿！"大

217

海开着玩笑。

利用稻壳粉代替木屑的技术非常成功，菌苗原料短缺的问题总算解决了。

然而，食品厂这边的资金问题依然严峻。信用社最终只批准了100万的贷款。林凤鸣拿到钱后，第一时间就先把之前鲁总垫付的那100万现金还了回去。但购买钢材的钱，还是没有着落。林凤鸣感到非常抱歉和为难。鲁博和保军得知情况后，在电话里安慰她说："大嫂，您别着急。我爸那边资金相对宽裕，而且城里的银行多，贷款环境也好。现在国家鼓励发展房地产业，钢材的钱不着急还。"

林凤鸣听了，心里的大石头又落下来一半："那可真是帮了我的大忙了！我还一直纠结这事儿，生怕影响了鲁总那边的资金周转。"虽然钢材的钱暂时可以缓一缓，但她心里清楚，购买生产设备的款项还有六十多万的缺口。只能走一步看一步，再想办法了。但鲁总这份雪中送炭的情谊，她必须尽快偿还。

林凤鸣又跟鲁博提起了想请她画一幅农村丰收图挂在办公室的事。鲁博在电话那头笑了："大嫂，您可真是个浪漫的人！自己都忙得不可开交了，还有这份闲情逸致想着让我画画。不过您这想法真好！等我这边安稳些了，一定去！"

林凤鸣也认真地说："是真的！咱们农村的风景美如画！就说咱们村那个龙凤山吧，从远处看特别壮观。我一直想着，将来有能力了，就在那两山之间建个水库，那景色肯定会更美！对了，你现在怀着孩子，出来方便吗？身体吃得消吗？"

鲁博爽朗地笑起来："放心吧，大嫂！我这基因好着呢，结实得很！您也不看看他爹是谁！"鲁博说着，似乎还拉了拉郭保军的手。她被大嫂这份乐观和浪漫深深打动。

林凤鸣听着电话里小两口甜蜜的互动，也跟着笑了起来，便急着结束通话："那行，我就不打扰你们了。我先回去忙了，等着抱大侄子或大侄女，当大娘啦！"

林凤鸣回到家，意外地看到王美静正在厨房里忙活着做饭。

王美静见她回来，连忙说饭马上就好，等保喜去木片厂把人接回来就能开饭。

林凤鸣心里有些莫名其妙。

不一会儿，郭保喜开着车把跛子叔、韩赖子、婆婆等人都从削片厂接了回来。他看到林凤鸣的轿车停在院子里，便走过来说："媳妇，你回来了怎么也不呼我一声？"郭保喜低头看了看腰间的传呼机，确实没有收到林凤鸣的呼叫。

林凤鸣示意郭保喜跟她进屋，面无表情地问："是你找王美静来做饭的？"语气中带着明显的不快。

218

"啊，是我找的。"郭保喜理所当然地说，"咱姑姑不是还没回来嘛，咱妈一个人做饭也忙不过来。一个月给五百块钱，挺便宜的。找别人至少得六百。"

"雇人这么大的事，你怎么不先打电话跟我说一声呢？"林凤鸣心里更不高兴了。

"嘿！这点小事我还做不了主了？你要是觉得用王美静犯忌讳，那你就自己再重新雇人呗！"郭保喜也来了脾气。

林凤鸣强压下怒火，对着门口的王美静挤出一丝笑容："我不饿，你们先吃吧。"她听到厨房那边传来婆婆的笑声，似乎在夸赞王美静做的饭菜好吃。

林凤鸣独自坐在屋里，慢慢冷静下来。她仔细想了想，家里老老小小一大家子人，光靠婆婆和姑婆两个人操持家务、做饭确实太辛苦了。郭保喜雇个人来帮忙做饭，本身并没有错。自己刚才发那么大火，或许……潜意识里确实是有些介意王美静曾经是郭保喜的对象吧？姑姑毕竟要跟张斌叔一起过日子了，不可能再像以前那样天天守在这个家里。婆婆呢，又总是找各种借口往削片厂跑……这么看来，家里请个做饭的保姆，还真不是小事。

想通了之后，林凤鸣起身，也来到了厨房。

郭保喜看到她进来，怔怔地看着她，不知道她态度这么快转变，又想干什么。

林凤鸣环视了一下饭桌旁的众人，朗声说道："正好今天家里人都在，我宣布一件事。保喜雇王美静来帮忙做饭这事，做得很好！咱们家现在人多事忙，确实需要人手。平时在家里吃饭的大人有婆婆、跛子叔、韩叔，还有我和保喜。孩子们大部分时间在幼儿园和学校吃，只有周末才都回来。人多，活儿也重，咱们也不能亏待了美静。从这个月起，美静的工资按每月600块钱算。平时就美静一个人负责做饭，周末人多的时候，我婆婆和姑姑搭把手就行。"

"好！好！"郭保喜一听，顿时喜笑颜开，连忙拉着林凤鸣坐下，非要让她尝尝王美静做的饭菜。他完全没想到林凤鸣会这么快就想通了，并且还主动给王美静涨了工资。王美静因为意外涨了一百块钱工资，自然也是连声道谢。婆婆能从繁重的锅台活计中解脱出来，也乐得合不拢嘴。韩赖子想到以后能天天在削片厂见到林凤鸣的婆婆，心里也美滋滋的。

林凤鸣看着皆大欢喜的场面，只是浅浅地笑了笑。心想：多大点事儿啊！

那天晚上，二离的奶奶没有像往常一样过来串门。林凤鸣当时并没太在意。刚躺下没多久，就听到二离在院子里惊慌地哭喊："干妈！干妈！你快来啊！我奶奶……我奶奶不行了！"

林凤鸣和郭保喜心里一惊，急忙穿上衣服跑到二离家。只见二离的奶奶摔倒在厨房的柴火垛旁，显然是抱柴火时不慎摔倒的，已经不省人事。林凤鸣意识到情况严重，一种无力感瞬间袭来。她赶紧让郭保喜先守在这里，自己跑回家一边喊醒婆婆和韩赖子，一边给镇医院打急救电话叫救护车。然后又立刻给老支书李国忠打电话，并通知了村主任吕强。

这是林凤鸣第一次如此真切地面对死亡，一种莫名的恐惧紧紧攫住了她的心，压得她几乎喘不过气来。

老支书李国忠赶到后，看到林凤鸣脸色苍白、手足无措的样子，便避开她，和郭保喜、吕强等人低声商量了几句。大家一致决定，老人情况危急，恐怕经不起送往医院的折腾了，请求随救护车来的医生当场再做一次诊断。医生仔细检查后，遗憾地摇了摇头，确认老人已经没有生命体征，并记录下了死亡时间。

李书记让吕强过来把林凤鸣喊到一边，几人商量后，决定先通知二离远在外地的姑姑，告知老人病危的消息，暂时隐瞒了已经去世的事实。

林凤鸣强忍悲痛，对李书记和吕强说："二离奶奶是军烈属，她的后事，由村里来操办，所有费用都从村集体账上出。具体事情由吕强负责，我和李书记从旁协助。二离这孩子，暂时先由我婆婆帮忙照看着。"林凤鸣想了想，又补充道："我得去一趟县里，找武装部的领导汇报一下情况。"她立刻开车赶往县城，向武装部的刘刚副部长说明了二离奶奶不幸病逝的消息。刘副部长听后非常重视，表示会派两名工作人员代表组织前来参加葬礼。

按照当地的风俗，女人一般不参与白事（丧葬事宜）。但林凤鸣既是村书记，又是逝者的邻居，还是二离的干妈，许多前来吊唁的亲友和村民，遇到事情还是习惯性地来找她询问和商量。

林凤鸣安排郭保喜开车去市里的飞机场接二离的姑姑一行人。吕强问是否需要安排食宿，林凤鸣和李书记异口同声地说："安排！必须安排好！"

第三天，丧事有条不紊地进行着。

二离的姑姑是个通情达理的人，她对李书记、林凤鸣，以及武装部的领导再三表示感谢，感激大家把老太太的后事安排得如此周全妥当。她特别提到了吕强，说他跑前跑后，出了不少力。她决定将老太太的骨灰带回老家安葬，二离这孩子，她也要一并带走。她说，老太太在世时，祖孙俩没少给村里和邻居们添麻烦，以后不会再麻烦大家了。

可是，就在二离姑姑准备带孩子离开的时候，却突然发现二离不见了！大家找遍了屋里屋外，最后竟然在林凤鸣卧室的大衣柜里找到了他。二离哭得撕心裂肺，死死地抱着林凤鸣的大腿，说什么也不肯跟姑姑走。

"干妈！我不走！我不离开你！我不走！"二离用尽全身力气哭喊着，仿佛要把他从林凤鸣身边带走，就是要他的命一样。他哭得满头大汗，鼻涕眼泪糊了一脸。

林凤鸣看着怀里这个拼命抓住自己的孩子，心里像被什么东西狠狠揪着一样难受，眼泪也跟着掉了下来。二离这孩子，天天和小亮他们一起玩耍，朝夕相处，在她心里，早已把他也当成了自己的孩子。每次出门回来，给他买的好吃的、小玩意儿，都和小亮他们一模一样。也许，在二离幼小的心灵里，也早已把她当成了可以依赖的妈妈。她强忍着心酸，柔声哄着二离，说跟姑姑走，可以天天吃好吃的，穿新衣服。可二离只是拼命地摇头，什么也不要，哭得上气不接下气。"干妈！干妈！你别送走我！我会干活！我给你扫地！我给你看车！"他用尽全力地喊着，一只小手被掰开，另一只小手又死死地拽住林凤鸣的衣服。

一个如此弱小的生命，竟然能爆发出这样强悍的力量，深深地震撼了林凤鸣。

在场的其他孩子，看到这揪心的离别场面，也都跟着哭了起来。

林凤鸣终于被二离哭软了心。她一把将二离紧紧抱在怀里，抬起头，恳切地对二离的姑姑请求，希望能把二离暂时留在她家抚养，等孩子再大一些，懂事了，再把他送过去。这时，焱焱和森森也跑了过来，拉住二离的手，把自己亲手折的千纸鹤和用糖纸叠的一小罐头瓶的"心"，塞到了二离手里。小亮似乎也被刚才的哭闹吓坏了，此刻好像也明白了什么，跑过来拉着二离的胳膊，不停地喊："二离哥！二离哥！我跟你玩！"

面对这样的情形，二离的姑姑还能说什么呢？她只好同意了林凤鸣的请求，并拿出钱来要给林凤鸣作为抚养费。林凤鸣婉言谢绝了。

林凤鸣诚恳地说："您放心，我一定把二离当成自己的亲儿子一样看待。国家按月给烈士子女发放的抚养费够用了。您有这份心，就先替二离存着，等他长大了，能自己主事了，您再当面交给他。现在这钱，我不能收。"

二离的姑姑看向李书记，寻求他的意见。李书记点点头说："他姑姑，二离是烈士的后代，凤鸣这样做，既是出于她个人的感情，也代表了我们大利村全体村民的心意。我们有责任、有义务抚养好烈士的后代。你就听凤鸣书记的安排吧。"

就这样，林凤鸣又承担起了照顾烈士遗孤的责任。她的身边，一下子有了焱焱、森森、二离、小亮四个年幼的孩子。

一个星期天的上午，林凤鸣正在办公室里核对账目。

突然听到院子里传来孩子们的惊叫声："干妈！干妈！你快点出来啊！"声音里还夹杂着焱焱和森森带着哭腔的喊声。林凤鸣心里一紧，意识到可能出事了，一时间有些慌乱，扔下账本就快步跑了出去。"怎么了？！"

焱焱和森森一边哭，一边用手指着院子里的那棵大榆树。

二离则蹲在地上，看到林凤鸣出来，内疚地低下了头。

林凤鸣顺着孩子们指的方向抬头望去，顿时吓得魂飞魄散！只见她的儿子小亮，竟然爬到了那棵巨大的老榆树的最顶端！他正抱着一根看起来并不太粗壮的树杈，向下望着。深秋的季节，树叶几乎落尽，更显得那高度触目惊心。小亮身上穿着一件红色的旧毛衣，那是二离穿小了的，远远看去，就像一个挂在树梢上的小红球。

"我的天哪！"林凤鸣呆立在原地，好半天才回过神来。这孩子是怎么爬上去的？！她强作镇定，朝着树上的小亮喊道："小亮！你别害怕！慢慢下来！妈妈在下面接着你！"她起初以为，儿子小亮只是一时贪玩忘了危险，爬得太高下不来了。

"我不下！"树上的小亮却倔强地喊道，"你偏心！你对我不好！"

林凤鸣一头雾水，但此刻救孩子要紧，不是争论谁对谁错的时候。

"那好，你先下来，下来跟妈妈好好说说，妈妈怎么偏心了？怎么对你不好了？"林凤鸣耐着性子，强压下心头的火气和恐惧。她自己小时候也会爬树，但那顶端的细树杈，绝对承受不住她现在的体重。

而且，万一小亮真的在上面闹起脾气怎么办？时间在一分一秒地过去，孩子在高处待久了，力气会不会耗尽？

秋风吹过，摇曳着光秃秃的榆树枝条，偶尔有几截枯枝落下来，落在林凤鸣的脚边。她的额头上渗出了细密的汗珠。

小亮犟在那儿，就是不肯下来！

林凤鸣赶紧让焱焱和森森去喊郭保喜过来，又让二离去屋里喊婆婆拿被子。她自己则紧紧地守在树下，站在小亮的正下方，以防万一。

"小亮，妈妈答应你，以后一定对你好，再也不偏心了，好不好？"

"那你让二叔回来给我作证！"小亮提出了条件。

"二叔在城里呢，离得远。"林凤鸣急中生智，"要不你先下来，下来后咱们给二叔打电话，让他回来给你作证，好不好？二叔最疼你了，肯定最听你的话。"她用缓兵之计，希望能先把孩子哄下来。

小亮在半空中沉默着，不吱声。

林凤鸣的心提到了嗓子眼，她担心那细小的树杈支撑不了太久。

"小亮你看，妈妈也会爬树，妈妈自己就能爬下来。你能不能也自己爬下来？你先试着下到下面那根粗一点的树杈上，让妈妈看看小亮有多勇敢，好不好？"

"我能！二叔教过我！"小亮说着，试探着往下挪动了一小段距离，换到了稍粗一些的树杈上。

林凤鸣稍稍松了口气。

这时，郭保喜、跛子叔、韩赖子等人都闻讯赶了过来。

"小亮！你个臭小子！在上面作什么妖？！赶紧给我下来！"郭保喜一进院子，看到儿子挂在树顶，又气又急，张口就喊。

小亮似乎被父亲的吼声吓到了，抱着树杈又不敢动了，反而"哇"一声哭了起来。

韩赖子经验丰富，沉声说道："这样下去不行！孩子在上面待久了，手脚发软，真会出危险！大人又上不去那么高的细树杈。就算下面垫上被子，也只是防个万一，摔下来还是不得了！"

林凤鸣听出韩赖子话里有话，立刻说道："韩叔！现在咱们都是一家人，您有什么办法就直说！"

韩赖子看了看林凤鸣的婆婆，又看了看周围焦急的众人，终于下定决心，说："我看……只能用'套马杆'试试了！"

"套马杆？！"林凤鸣脑子飞快地转动着，"好！就用套马杆！韩叔，您来指挥！"

韩赖子立刻安排："找两根结实的大棚竹竿接起来，顶端绑个绳套。凤鸣，你会爬树，身子也比他们轻巧些，你上去，想办法用绳套套住孩子的一只脚就行！"

"好！就这么办！"林凤鸣立刻行动起来，"保喜、韩叔，你俩赶紧找铁丝把竹竿绑牢！咱家盖大棚的东西有的是！婆婆、跛子叔，你们在下面把被子铺好，随时准备接应！我现在就往树上爬！"

林凤鸣一边手脚麻利地往树上爬，一边朝着树顶的小亮喊："小亮不怕！妈妈也上来了！你抬起头，看看天上的云彩像什么？告诉妈妈！"她确实是个爬树的好手，很快就爬到了离小亮不远的地方。

可是，当她爬到距离小亮还有两米多远的时候，却傻眼了。头顶的树杈越来越细，根本无法再承受她的重量，甚至她现在所处的这根树杈，也已经到了承载的极限，再往上爬，不仅自己危险，还可能影响到小亮所在的那根树杈的稳定。

她心里顿时慌乱起来，急得不知所措。

树下的韩赖子经验老到，看到林凤鸣停了下来，立刻意识到了问题所在。他朝着树上大声喊道："凤鸣！你别再往上爬了！你自己先稳住！拿好杆子准备套！告诉小亮抬起一只脚！"

林凤鸣定了定神，对小亮喊："小亮！听话！韩爷爷要跟你玩'空中飞人'的游戏了！就像坐飞机一样！你听妈妈的话，慢慢抬起一只脚！"

韩赖子的话似乎起了作用，小亮好像听懂了。他顺着林凤鸣的引导，慢慢地抬起了一只脚。

林凤鸣看准时机，迅速将竹竿顶端的绳套牢牢地套在了小亮的脚踝上。"好！小亮最棒！现在慢慢往下退，退到妈妈能够到的地方，咱们就跟韩爷爷玩空中飞人！"有了这道"保险"，林凤鸣悬着的心终于放下了一半。小亮小心翼翼地往下挪动，刚退到林凤鸣伸手能够到的地方……

韩赖子立刻朝林凤鸣喊道："凤鸣！你自己注意安全！孩子交给我了！"说着，他和郭保喜一起用力摇晃手中的竹竿，小亮的身子随着竹竿的摆动，一下子离开了大榆树！郭保喜和韩赖子配合默契，倒换了几下，小亮就被郭保喜稳稳地抱在了怀里！眼看着儿子安全落地，林凤鸣紧绷的神经猛地一松，顿时感到一阵天旋地转，赶紧紧紧抱住了身旁的树干。

"凤鸣！你咋了？"韩赖子在下面喊道。

"凤鸣！你没事吧？"婆婆也焦急地喊。

郭保喜抱着小亮，也一起抬头紧张地望着树上。

林凤鸣在树上停留了片刻，定了定神，才慢慢地、安全地滑了下来。双脚一着地，她就再也支撑不住，瘫倒在了地上。

"干妈！干妈！"焱焱、森森、二离，三个孩子立刻围了上来，异口同声地叫着，小脸上满是关切。孩子们亲昵的举动，让林凤鸣感到无比的安慰和温暖。她伸出双臂，将孩子们紧紧地搂在怀里，就像一只疲惫的母鸡，用翅膀护卫着自己的小鸡。

"干妈，你的脸流血了！"焱焱和森森心疼地抚摸着林凤鸣的脸颊。这时，林凤鸣才感觉到左边脸颊火辣辣的疼，原来是在爬树时不小心被树枝划破了，脖子上也有几道划伤。

孩子们散开后，小亮扑进了林凤鸣的怀里。母子俩都忍不住哭了起来。"小亮，你是妈妈勇敢的山鹰，是妈妈的好孩子。"林凤鸣抱着儿子，耐心地开导他。她掰着手指头，一个一个地数给小亮听："小亮你看，你有妈妈、爸爸、奶奶、姑奶、跛子爷爷，还有二叔、小叔、二姑、小姑。在朝阳村，还有太姥姥、姥爷、致远舅舅和小姨。你数数，这是多少个亲人？"

小亮就掰着林凤鸣的手指头认真地数着："妈妈，是十三个！"

"对！整整十三个关心你、爱你的亲人！那妈妈再问你，二离哥哥呢？他身边有几个亲人？"

小亮想了想，小声说："妈妈……好像……就你一个亲人……"

"可妈妈也不是他的亲妈妈呀，二离哥哥不是妈妈生的。那你想想，二离哥哥可怜不可怜？孤单不孤单？他一个人，到了晚上天黑了，会不会害怕？"

小亮似懂非懂地点点头。"妈妈，我知道了。你总说要互相帮助。二离哥哥就是需要帮助的人，我要去帮他！"

小亮不再需要林凤鸣讲更多的大道理，他从妈妈怀里站起来，跑到蹲在大树底下、一直低着头的二离身边，拉起他的手说："二离哥哥，咱俩和好吧！以后，我就是你的亲弟弟！"

林凤鸣走过来，把两个孩子搂在一起，欣慰地说："小亮说得对！以后二离就是你的亲哥哥，你们俩就是亲哥俩！就像你爸爸和你二叔、小叔一样，要互相爱护，互相帮助！"

焱焱和森森也从婆婆身边跑了过来，天真而真诚地说："干妈！还有我们俩呢！我们俩给小亮当亲姐姐！"焱焱和森森虽然和二离同岁，只比小亮大两岁，但作为女孩子，她们似乎显得更懂事一些。

二离似乎也忘却了刚才的忧伤，怯怯地说："干妈，以后……以后你不要给我买新衣服了，先给小亮弟弟买吧。"

林凤鸣听到这话，恍然大悟！原来，这次小亮闹出这么大的事，根源竟然在这里！是因为前几天自己只给二离、焱焱和森森买了新衣服，而小亮穿的是二离换下来的旧衣服！她当时没多想，觉得小亮才六岁，还没上学，穿二离穿小的衣服大小正合适，也不浪费。现在回想起来，自己确实太武断、太粗心了，完全忽略了小亮作为一个男孩子的自尊心和感受！再回想起刚才那惊心动魄的一幕，她不禁一阵后怕，深刻地认识到自己的错误。

她把四个孩子都揽到自己面前，表情认真而严肃地告诫他们：

第一，以后对妈妈有任何意见，都要直接找妈妈说出来，不许憋在心里，更不许用危险的方式来表达不满。

第二，绝对不允许在没有大人看护的情况下，爬那么高的树，或者做其他任何危险的事情！

第三，妈妈作为当家人，要勤俭持家，这是咱们家的好传统，但妈妈以后也会更注意方式方法，尽量照顾到每个人的感受。

"好了，现在妈妈考考你们。"林凤鸣缓和了语气，"二离、焱焱、森森都上学了，你们说说，在学校里老师教的，什么是真正的'美'？"

森森抢先回答："干妈，老师说了，心灵美、语言美、行为美、环境美，这才是真正的美！"

"好！森森回答得真棒！"林凤鸣表扬道，"我们要做心灵美的人，而不是只看重外表穿戴。以后你们长大了，工作需要了，可以自己选择漂亮的衣服。但现在，小亮，你要记住，衣服是用来穿的，主要功能是遮蔽身体，保暖就行，干净整洁最重要。"小亮低头看了看自己因为爬树而弄脏的衣服，主动搜着林凤鸣的手说："妈妈，我这就找奶奶换件干净衣服去！要像二离哥哥、焱焱森森姐姐一样干干净净的！"

夕阳穿过云层，洒下柔和的金黄色光芒，映照在孩子们天真无邪的脸上。

林凤鸣看着眼前这温馨和谐的一幕，开心地笑了。只是，刚才过度惊吓和紧张，让她此刻感觉浑身发软，像是失去了水分的瓜秧一样，瘫坐在院子里，歇了好半天才有力气站起来走回办公室。

这天夜晚，林凤鸣严重失眠了。白天的惊吓让她心有余悸，而如何更好地教育这几个身世、性格各不相同的孩子，更是让她感到前所未有的压力。

小孩子的感受和大人的理解是不同的，他们敏感而直接，却不能像大人一样理性地分析和化解矛盾。她不知道白天的那番说教，孩子们到底听进去了多少，能不能真正理解。她一向主张博爱、公平，但简单地把自己的想法强加给孩子，效果不一定好。特别是儿子小亮，才六岁就敢用这么极端的方式来跟她抗衡！这次是侥幸没有出事，可万一呢？她不敢再往下想。现在国家计划生育政策抓得这么紧，家家户户基本都是独生子女。她作为村里的第一书记，更要带头遵守，绝不可能再生一个。尽管大利村因为历史原因，一直是全乡计划生育工作的"落后村"。

再想想另外三个孩子：二离因为身世的原因，性格里明显带着自卑和怯懦，遇事总是躲闪退让；而焱焱和森森姐妹俩，却又显得有些咋呼，爱攀比，甚至有点虚荣和娇宠……怎样才能因材施教，把这四个孩子都教育好？这可比做生意难太多了！

"唉……"林凤鸣叹了口气，"不管怎样，孩子们的安全是第一位的！当然，家庭的和睦团结也同样重要！"想着想着，她的思绪也渐渐朦胧起来。

第二天，天刚蒙蒙亮，林凤鸣就醒了。她习惯性地抬头看向窗外，目光落在院子里那棵巨大的老榆树上。一个念头瞬间爬上她的脑海：伐树！必须把这棵树伐掉！永绝后患！老榆树啊老榆树，对不住了！她立刻喊醒郭保喜："起来！伐树！"

这个决定立刻在家里引起了轩然大波，尤其是婆婆，反应最为激烈。

婆婆坚决反对："这棵大榆树是老祖宗留下来的！是咱家的'风水树'！不能伐！绝对不能伐！"

林凤鸣的态度也异常坚决："妈！我不能让孩子们再冒第二次这样的危险！这树今天必须伐掉！"

一时间，婆媳二人针锋相对，互不相让，说话的语气都带着一股子犟劲儿，气氛变得剑拔弩张。

郭保喜夹在中间，左右为难，不知该如何是好。

韩赖子站在一旁，也是一脸为难，插不上话。

婆婆气势汹汹地拿起电话，打给了远在城里的郭保军。她大概以为，二儿子会和她站在一边，反对伐树。

没想到，郭保军在电话里听完事情的经过后，却说："妈，玉杰早就跟我说了小亮爬树的事，太危险了！也就是咱家祖上积德，老天保佑，没出大事。现在家里是大嫂当家，我看这事就听大嫂的吧。您呢，就安安心心地跟我韩叔好好过日子，安享晚年。您把我们这几个孩子拉扯大，已经非常不容易了。您就听我一句劝吧。再说了，我大嫂那食品厂院里，不是还保留着好几棵大树吗？您要是想找地方凉快，就让我大哥开着轿车拉着您，领着您大孙子小亮，再抱着您未来的二孙子（指鲁博肚子里的孩子），去厂子那边转转，多好！"

婆婆打完电话后，脸上的表情明显平和了许多，不再激烈反对伐树了。林凤鸣见状，态度也立刻缓和下来，主动对婆婆说："妈，您放心，等深秋适合移栽的时候，我让人在院子里重新栽几棵好看的绿化树，比如黄榆树和梧桐树。树底下再种上些砬子香（一种本地野花）和野百合，保证比以前还好看。"

郭保喜赶紧把削片厂的几个年轻力壮的工人找了过来，用电锯很快就将那棵老榆树放倒了。令人意外的是，锯开树干后，大家发现树皮下竟然爬满了密密麻麻的白蚁，而树干内部早已被蛀空了！

韩赖子见状，连忙讨好地说："哎呀！我就说嘛！这是天意啊！这棵树早就空心了，本来也活不长了！老话说'树老心空必有问题'，这都快成树精了！还是凤鸣有先见之明啊！"

其实，在场的所有人里，最舍不得这棵老榆树的，或许就是林凤鸣自己。她曾在这棵树下发过誓言，许下过承诺。那时候，她需要这棵大榆树作为她决心和勇气的见证。

经历了小亮爬树的惊险事件后，林凤鸣打定主意：必须加强与孩子们的沟通和联系。她规定自己，无论多忙，每天都必须抽出时间和孩子们见一次面，聊聊天。每天放学，也尽量由她亲自去接送。玉杰和保国虽然上了高中、初中，需要住校，但她也要求他们，每周回家必须主动向她"汇报"学习和生活情况。

林凤鸣开始更用心地与孩子们"计较"起来，给他们立规矩，讲道理。这其中，饱含着一位母亲深沉厚重的爱与责任，也彰显了她内心深处女性的善良与关怀。然而，在商场上，面对形形色色的成年人，尤其是那些精明的商人时，她展现出的则是完全不同的另一面——那是智慧、魄力与胆识的较量。

这天，采购部经理高余来向林凤鸣汇报工作，带来一个棘手的消息：之前在河北厂家定制的那批生产月饼的机器，对方听说永丰食品厂这边资金紧张，可能需要赊账提货，竟然提出要涨价！

林凤鸣皱起了眉头："涨多少？"

高余回答："他们老板黄钰说了，如果要赊账提货，价格就要在原合同基础上上涨20%！他还放出话来，说如果我们不能接受，也可以不要这批机器，但之前付的那10万定金，他们是不会退的。"

"哼！"林凤鸣冷笑一声。这是看我们没现钱，故意拿捏我们？不定给我们？我林凤鸣也是正经做生意的人，还能欠你黄钰的钱不成？别说涨20%，就是涨30%，这批机器我也要定了！不蒸馒头争口气！我林凤鸣就是靠着信誉一步步干起来的，我说出去的话，吐口唾沫都是钉！

但转念一想，20%可就是十几万啊！黄钰啊黄钰，你这简直是趁火打劫！想黑我林凤鸣？好！那咱们就掰掰手腕，较量较量！看我没钱怎么照样把事办成！

林凤鸣心里清楚，对方之所以敢临时涨价，就是吃准了她讲信誉，而且急需这批机器，一定会接受条件。对方在签完合同、收了10万定金后，肯定早就开始生产了，说不定机器现在已经做完了。商人逐利，找各种借口多赚一些是他们的本性。但她也明白，她定购的这批机器并非通用的大路货，尺寸规格都是根据自己厂房定制的，除了她，还有谁会要？如果对方已经生产出来了，她要是真硬气一点，押着说不要了，宁可损失10万定金，对方恐怕最后还得反过来找她商量。

但林凤鸣不是那种轻易让人看扁的人。她的大脑飞速运转，开始琢磨对策。

她迅速制定了两套应对方案：

第一，如果对方坚持要涨价20%，她绝不做这个冤大头。就让高余经理去跟对方实话实说，就说我们老板是女的，没经验，摊子铺得太大，现在资金链断了，实在没钱了，连工人的工资都快发不出来了，这批机器我们只能忍痛不要了，定金我们认赔。她还特意交代高余，说话的时候要显得"熊"一点，演出那种万般无奈的样子，但又不能太过火，不能让黄钰觉得永丰食品厂真的破产倒闭、干不下去了，要让他感觉只是暂时周转不灵，最终还是会放心把机器交给他们。

第二，如果对方最终同意按照原合同价格执行，那么即使是赊账提货，她也一定会在约定的期限内，主动按照银行同期贷款利率支付利息，绝不占对方一点便宜。

她已经打定了主意：没钱，也要把有钱的事给办了！想单方面涨价？在我林凤鸣这儿，没那么容易！

林凤鸣端起桌上的水杯，将里面的水一口喝尽，嘴角勾起一抹自信的微笑。

几天后，河北厂家的销售代表如约而至，但依旧咬定要涨价20%。林凤鸣心里更加确定了自己的判断：黄钰最终一定会把机器赊给她的。她没有直接出面，而是让高余经理先带着那位销售代表去新建的食品厂工地转了转，展示了工厂的规模和潜力。同时，让高余转告对方，说林老板晚上亲自设宴款待。晚上，林凤鸣带着会计卢颖和另一位年轻的小会计孙娟，在高档酒店宴请了厂家代表。当然，购货合同也一并带上了。

酒桌上，林凤鸣一改白天的"弱势"，展现出了十足的"豪横"，使得整个气氛都有些压抑。

她端起满满一大杯白酒，对厂家代表说："X经理，今天怠慢了，我先干为敬，给您赔罪！"说完，一仰脖，一杯高度白酒就像变戏法似的见了底。紧接着，她又倒满一杯："俗话说好事成双，这杯我再敬您！"东北人喝酒讲究实在，用的是大杯，这两大杯白酒下肚，少说也有半斤。这可是52度的松花湖牌白酒，绝不是一般人的酒量。那辛辣的"粮食精"仿佛给林凤鸣注入了无穷的能量，她情绪高涨，眼神锐利，态度却是不卑不亢。

真应了民间那句形容女人喝酒的话：喝酒的女人不一般，一般的女人不喝酒，喝酒的女人喝的都不是一般的酒。

厂家的销售代表被林凤鸣这气势震住了，有些慌乱，连忙说道："林老板！林老板！您有话好说，您先说话！"

"好！我林凤鸣是个爽快人，那咱们就实话实说。"林凤鸣放下酒杯，目光灼灼地看着对方，"实不相瞒，我这边的投资人出了点意外状况，导致我现在确实无法一次性付清全部货款。但是，生意归生意，规矩我懂。你们可以追加利息，就按照银行同期的贷款利率计算，到期我本息一起付清！"——这是林凤鸣连干了两大杯白酒后说出的话，语气斩钉截铁，听上去她才是掌握主动权的甲方，她说了算。她脸上没有丝毫醉态，更没有半点献媚之色，话说得滴水不漏。

对方显然没料到会是这种情况，一时有些不知所措。几番眼神交流和低声商议后，对方开始让步，表示可以不涨价，但利息要按银行利率上浮计算。林凤鸣这边自然也不是省油的灯，双方你来我往，唇枪舌剑。那两位销售代表哪里是林凤鸣的对手，很快就招架不住，跑到包间外给他们的老总黄钰打电话请示。最终，结果完全按照林凤鸣最初的设想——双方重新签订了补充协议，约定按原合同价格执行，林凤鸣只需在规定时间内支付银行同期贷款利息即可。黄钰那边也同意按期发货。只不过，对方也提了一个附加条件，销售代表转达说："我们黄总……希望能有机会和林老板您见一面，认识一下。"

事后，在回村的轿车里，高余经理、会计卢颖，还有那个小会计孙娟，都对林凤鸣佩服得五体投地，七嘴八舌地说："林总，跟您出来吃饭，真是太威风了！太解气了！"

郭保喜开着车，从后视镜里看到林凤鸣红着脸，闭着眼睛靠在后座上，似乎是累了，又似乎是在回味刚才的"战斗"，他斜了一眼，表情复杂，似乎有些不屑，又有些说不清道不明的情绪。

五十台崭新的食品生产机器，就这样被林凤鸣在没有足够资金的情况下，硬是给"赊"了回来。

到了元旦前后，永丰食品厂生产的第一批月饼和各式糕点成功下线。为了去河北厂家拜访那位素未谋面的黄钰老板，林凤鸣特意去城里烫了头发，换上了一套高档的套装，精心打扮了一番。俗话说人靠衣装，这一打扮，更显得她气质出众，气场十足。她亲自挑选了十盒包装精美的礼盒，作为样品，也是作为谢礼，送到了黄钰老板的办公室。

"黄总！您厂里的机器可真是好啊！技术先进！我们用您的机器做出来的食品，在咱们整个吉林省，口味都算得上是数一数二的！这都得感谢您！感谢您去年那么有胆识、有格局，肯把机器赊给我们！现在虽然不是吃月饼的季节，但这是我们厂出的第一批产品，特意带来给您尝尝鲜。我还带了些我们做的其他糕点，您也看看，品尝品尝。"林凤鸣一见到黄钰，就立刻展现出无比真诚的感激之情。

黄钰老板脸上堆着笑，象征性地每样都尝了一点，连连点头说："好吃！好吃！品相也好！林老板您太客气了！当初……唉，说要给机器涨价也是不得已，我们厂里当时资金周转也确实困难……"两人心照不宣，看破不说破。

林凤鸣也赔着笑脸，谦虚地说："那当然主要还是仰仗您厂里的机器好啊！机器性能好，做出来的产品品相才能好。"

"不！不！"黄钰却摇摇头，"主要是林老板您人长得好，气质佳，所以生产出来的东西才这么完美！"黄钰那张保养得相当光滑的脸上，表情显得有些不太自然。他那副黑框眼镜后面的一双眼睛里，流露出一种男人对女人的欣赏目光。他说着，很自然地走近林凤鸣，伸手看似随意地搭在了林凤鸣的肩膀上。

林凤鸣心里顿时一紧，警铃大作！她下意识地抓紧了随身携带的那个大挎包的背带，包里放着一个沉甸甸的保温水杯。她心想：坏了！这是遇上色狼了！但我林凤鸣是谁？就算是真的饿狼扑上来，我也得先拔下它几颗牙来！一股热血直冲脑门，她差点就要条件反射地甩手给对方一个耳光，然后摔门走人。她林凤鸣绝不

231

是那种会为了生意而委曲求全、牺牲自己尊严的女人！看我怎么收拾你！哼！

但林凤鸣还是强行压下了心头的怒火，暂且忍住了。她没有立刻躲开黄钰的手，脸上依旧保持着镇定自若的微笑，迅速转移了话题："黄总，我刚才走到您办公室门口的时候，听到屋里面放的歌曲，真好听。您这套音响效果可真不错啊！"她听出那正是她自己也很喜欢的一首歌曲——《梅花赋》。林凤鸣的血脉里，或许真的继承了姥姥爱唱京剧的艺术基因呢。

"哦？林老板也喜欢听歌？"黄钰的手依旧搭在她的肩上，没有拿开的意思。

"嗯嗯，我特别喜欢这首歌里面的几句词儿："林凤鸣语气平静地念道，"'倘若风雨他日来，枝叶凋零，还有傲骨在；即便寒冷雪花飞，我伴梅花，报春来。'"

听完这几句词，黄钰的脸微微涨红了，他似乎明白了什么，讪讪地收回了手，微笑着走开了几步。他暗暗掐了一下自己的手心，让自己冷静下来。看向林凤鸣的眼神里，欣赏之意更浓了。说实在的，哪个生理正常的男人，能对眼前这样一位既漂亮又能干、还带着几分英气的女人不动心呢？更何况，这位大美女之前还是有求于自己的。

他定了定神，恢复了镇定，转换了话题，颇为客气地问："冒昧问一句，林老板是哪个大学毕业的高才生啊？"

"哦，我没机会上大学，就是个土包子。"林凤鸣坦然回答，随即反问，"您呢？"她没想到黄钰这么快就收敛了刚才那点不轨的心思，心里也暗暗佩服他的自控力。或许……刚才他那一下，只是在试探自己？

"我是浙江大学毕业的，以前在国有工厂做工程师，后来响应国家号召，自己出来承包了工厂。"黄钰的语气也变得平和而真诚起来。

"哦哦！原来黄总是名牌大学毕业的高材生，还是科班出身啊！难怪您这么成功！我就不行了，纯粹是土老帽一个，走到哪儿都带着一身土疙瘩气。"林凤鸣见对方恢复了正常，心里的紧张感也缓解了不少。

"林老板太谦虚了。现在国家政策好，只要肯努力，踏实肯干，都能过上好日子。其实啊，做生意跟学历高低没有必然联系。我看林老板您不仅人长得漂亮，头脑聪明，人品更是正直！将来一定能成就一番大事业！我们这次也算是不打不相识，通过生意往来交上了朋友嘛！"黄钰一语双关地说。

"哈哈！黄老板您可真会夸人！我看咱们是没打就相识了！"林凤鸣也客气地回应，言语间不失优雅。

"林老板，"黄钰诚恳地说，"为了表达我之前的歉意，也为了支持您的事业，我们公司决定，以后长期在您厂里定点采购一批糕点，作为员工福利发放。"黄钰这样做，确实是真心想帮林凤鸣一把，他看得出来，这是一个真正想干事、能干事的人。

"哎呀！黄总，您这可是又帮了我一个大忙了！"林凤鸣何等聪明，立刻就明白了黄钰的用意，知道他是出于善意。她想，能把生意做到这么大一个机械厂的老板，人品也一定是一流的。想到这里，她反而为自己之前的戒备和揣测感到有些不好意思了。来之前，她心里还盘算着，要用这批食品抵消一部分之前被黄钰强加的利息呢。现在看来，倒是显得自己小家子气，没有格局了。

黄钰一直将林凤鸣送到办公楼下，看着她朝着大门口走去。就在这时，林凤鸣却突然停下脚步，转过身，快步走回到黄钰面前，做出了一个出乎他意料的举动——她伸出双臂，轻轻地拥抱了他一下，然后在他的耳边轻声说："黄总，您是一位令人尊敬的商人，更是一位优雅的男子汉。"

黄钰还在为自己刚才的失态和冒失感到有些内疚，完全没想到会得到林凤鸣如此大度的原谅，更没想到会得到这样一位出色的女性如此高的评价。一股男人特有的仗义情怀瞬间被激发出来，他有些自鸣得意地说："林老板！以后在生意上遇到任何困难，尽管跟我说！包括资金方面！你这厂子刚起步，肯定不容易！"黄钰笑了笑，又补充道，"你放心，我绝无半点非分之想！我们只是朋友，记住，只是朋友！你到家了给我报个平安。"黄钰再次伸出手，与林凤鸣郑重地握手告别。

先前黄钰心里那点认为林凤鸣可能是"空手套白狼"的想法，此刻早已荡然无存。他甚至下定决心，要想办法把之前多收的那十几万利息钱，变相地补偿给林凤鸣。他为林凤鸣夸他是"儒雅的男子汉"而感到兴奋不已。

林凤鸣走出黄钰那气派的办公大楼，回头望了一眼，忍不住自言自语地嘀咕了一句："盖这么大的办公楼，真是浪费！还不如给工人们多盖几间宿舍呢！"

回到大利村后，林凤鸣立刻给黄钰打了个电话，告诉他，木耳厂这边还需要订购十几台木耳菌料自动装袋机。

黄钰接到电话后，二话不说，立刻叫来了厂里的总设计师，让设计师直接与林凤鸣对接具体的技术要求，并当场承诺，这批机器一定按最优惠的价格供应。

第二十章　接郭玉英回家

林凤鸣看到郭保喜在火车站出口等着接自己，很是开心。看上去郭保喜今天也是特意打扮了一番：黑色貂皮外衣在阳光下泛着光泽，配上黑色西裤和锃亮的黑皮鞋，一副大老板的派头，很是英俊。

刚坐进轿车，林凤鸣就朝郭保喜脸上亲了一口。郭保喜却说："开车呢！"林凤鸣一愣，心里像被泼了盆冷水，立刻坐直了身子，问道："没刷车呀？"

郭保喜回答："大冬天的，总刷车干啥？没事找事。"

"那可不是，不刷车就跟人不洗脸一样。"林凤鸣觉得郭保喜有些反常，但还是问起家里的情况："孩子们好吗？咱妈坚持针灸没？老寒腿有没有热敷？"郭保喜心不在焉地应着，转而对林凤鸣说："你坐车也累了，闭上眼睛眯一会儿吧。"这话听上去是关心，但林凤鸣觉得透着疏远。不过，她确实累了，便闭上眼睛，也合上了嘴。可她的脑子却飞快地转着：以前每次出门回来，不都是郭保喜先凑上来撩拨她，有时还弄得她脸颊发烫吗？这几天自己没在家，王美静可是在的，难道真发生了什么不该发生的事？

林凤鸣越想越觉得郭保喜的态度不对劲。她猛地睁开眼，正对上后视镜里郭保喜看过来的目光。四目相对，林凤鸣欲言又止。是啊，在没有真凭实据之前，这种事怎么能开口问？不但伤了自己，也伤了夫妻感情。再说，王美静拿什么跟自己比？郭保喜应该也看不上她吧。自己是成熟的当家人，凡事要慎行、慎言。

这一眼倒惊着了郭保喜，他的态度立马变了，关切地问林凤鸣："有心事呀？出门不顺利？"……反倒像是林凤鸣这边出了问题。接着，他的话多了起来："木片厂的枝丫材进得不多了，是不是停了？木耳场那边缺人手？王美静的妹妹离婚了，抱着一岁多的孩子回了娘家，想来咱公司上班？"

林凤鸣心里乐了：狐狸尾巴露出来了，你郭保喜那点小心思还想瞒我？不就是想给你的初恋王美静的妹妹王美玲安排个活儿吗？再说，同村住着，是给咱家干活，咱家又确实缺人手。心里没鬼，你犹豫什么？王美静都来了，还怕多一个王美玲？

于是，林凤鸣对郭保喜说："就这点小事，喜子你做主就行了。"

郭保喜看了看林凤鸣，没再继续说王美玲的事。

林凤鸣太不了解男人了，或者说，太不了解郭保喜骨子里的某些劣根性。有句话形容男人——家里有再好的食粮，出门见到不好的也想尝两口。她当时的大度，却为这个家埋下了祸根。

在家里的饭桌上，林凤鸣绘声绘色地讲起在机械厂智斗黄钰的事，末了笑着说："哈哈，人没丢，但在汽车上钱包丢了。"

"让你开轿车去，你非说费用大，坐火车，坐汽车。你也是老板了，也该有个老板的样子，这不也没省下。"郭保喜埋怨道。

婆婆问丢了多少钱。韩赖子劝林凤鸣别上火，破财免灾。玉杰看着林凤鸣，脸上挂着担忧。小叔子郭保国则皮笑肉不笑地说："大嫂，丢的肯定没有你挣的多。"

"哈哈，小偷把包还我了，还赔了我二百块钱呢！"

孩子们立刻七嘴八舌地让林凤鸣快讲讲经过。

"回来的时候，我刚上汽车，就被人挤到中间。我心想，这城里人就是多，坐个汽车还这么挤。当时只想着快点赶上火车回家。一个女孩挤到我跟前，她戴的纱巾很好看，还把纱巾撩到我的背兜上，我也没在意。过了几站地，就差一站到火车站了，这时又上来一些人，车里更挤了，有个男人使劲往我这边挤，我也没在意。可下车的时候，我突然发现背兜的拉链开了！这我记得清清楚楚，上车前，我把手机拿在手里，特意把背兜拉链拉好了的。"

"我立刻大声喊：'我钱包丢了！有小偷！快抓小偷！'都说做贼心虚，我这么一喊，那个戴纱巾的女孩拔腿就跑。后面挤到我身边的那个男的还使劲撞了我一下。我说：'这个人是小偷！'他就被其他人围住了，他跟人辩白：'我没偷！不是我！你们翻我身上，还我清白！'我根本没理他，直接去追那个女的。我是劳动人民出身，腿脚利索，她哪能跑过我？我告诉她，钱包里没多少钱，只有一个存折、一个小笔记本和车票。还没等她打开看，我就拽住了她的胳膊。"

"巧了，前面就是铁路派出所。'小妹妹，'我说，'咱进去说说，看公安同志怎么对付小偷。'"

"'姐姐，我求你了，你放了我吧！我是第一次！'她向我求饶，把钱包还给了我。我说不行，'你没说实话，刚才那个男的是怎么回事？''对不起，是我搭档。我俩都是第一次。你别报告派出所了。'我正想着，他们是两个人，我一个人，有点犹豫。她见我没吱声，是真怕了，掏出二百块钱，往地上一扔，跑了。"

"干妈真厉害！"

"干妈真能干！"孩子们起哄道。

林凤鸣接着说："我一想，这二百块钱不是我的，属于不义之财。看到车站有个乞讨的老人，就放到他的纸盒里了。我走出老远，还听见那老人喊：'老板发大财！好人一生平安！'"说到这里，林凤鸣收敛了笑容，对孩子们说："孩子们，记住，遇到坏人，先往人多的地方去。如果在街上看到穿制服的警察，第一时间向他们求救，保护好自己。钱财都是身外之物，生命最重要。我知道钱包里只放了点零花钱，大钱都放在衣服里头，用丝袜绑在腰间。我当时主要是为了追回车票。遇到小偷还是小事，要是遇到抢劫犯，那就相当危险了。等以后国家能跨省存取款就好了，那时出门就不用带那么多现金了。"

小保国说："大嫂，原来你是给我们上生活课呢。"

一家人正开心地听林凤鸣讲出差的经历，保军媳妇打来电话，说她同学在黑龙江某城市看到了郭玉英，瘸着腿，在一所大学门口卖烤地瓜。鲁博说，她同学认准了是玉英，但问她腿怎么瘸的，玉英只是抹眼泪，什么也不说，也不肯给家里打电话。鲁博快要生孩子了，不能出门。

林凤鸣立刻说："鲁博，你告诉我地址，我明天就跟你大哥开车去接她回来。你自己怀着孕，一定要多加小心。"

郭保军接过电话说："大嫂，你也别强求，如果玉英实在不肯回，我们再想办法看看怎么帮她。千万别让我大哥对玉英发火，这事先瞒着咱妈。"林凤鸣连连称赞保军想得周到，也感叹他成熟了许多。

林凤鸣连夜赶回厂里，开会安排了一下生产，准备第二天动身去接玉英。

回到家时，已将近午夜，林凤鸣疲惫不堪，衣服也没脱，拽过被子就躺下了。蒙眬中，她听到郭保喜说，他让王美静的妹妹王美玲去公司上班，打扫办公室。"王美玲离婚了，一个人带着孩子不容易。一个村长大的，帮帮她。"他让林凤鸣给王美玲定个工资。林凤鸣"嗯嗯"地答应着，发出了轻微的鼾声。

郭保喜暗自窃喜，他已经对王美玲动了心思。白天他摸王美玲手的时候，王美玲斜着眼睛笑了笑，并没有反对。那王美玲可比王美静耐看多了。虽然都生过孩子，王美静腰粗得像水缸，王美玲却越发显得苗条。王美玲的胸脯高高的，隔着棉袄都看得清楚。郭保喜转头看看身边的林凤鸣，有些愧疚地替她掖了掖被子。他一只胳膊支着脑袋，自我安慰道："哪个老板不带个小秘？我也不离婚。"

天还没亮，林凤鸣先醒了。她叫醒郭保喜，准备赶早去找玉英。

林凤鸣带了水和干粮，饿了就在车里吃一口。两人换着开车，当天晚上七点多，终于找到了玉英。

空旷的大街上，行人稀少。在一排被寒冬剥光了叶子的大杨树旁，幽暗的路灯下，他们看到了郭玉英。玉英头上包着还是从家里带走的那条毛巾，戴着一顶男人的帽子，穿得像个粽子，正给几个大学生模样的人称地瓜。然后，她朝着行人稀疏的方向喊着："烤地瓜——烤地瓜——热乎的烤地瓜——"林凤鸣慢慢地开着车从她的摊前经过，郭玉英并没认出来，也许她觉得开轿车的人不会买烤地瓜。玉英现在的样子，像极了年过半百的婆婆，与她自己的年龄极不相符，林凤鸣看着有些心酸。她对郭保喜说："怎么会弄成这个样子？从家走时带走了保军寄回家的一万多块钱，加上家里卖木耳的钱，怎么也够花五年的。"郭保喜生气地说："她活该！"林凤鸣立刻怼回去："喜子，玉英再怎么样也是咱妹子，不许你这么说，听到没？"郭保喜不再言语。

林凤鸣把车靠边停下，和郭保喜一同下车。车里25摄氏度的温暖与外面零下35摄氏度的严寒形成巨大的温差，让林凤鸣不禁打了个寒噤。还好，他俩都穿了最御寒的裘皮上衣。两人一同走向玉英。

"老板，我买一个地瓜。"林凤鸣掩饰着内心的难过，开玩笑似的对玉英说。玉英一愣，抬头看到郭保喜和林凤鸣，猛地扑向郭保喜哭了起来，过了一会儿才哽咽着问："大哥、大嫂，你们怎么来了？"

林凤鸣和郭保喜都惊呆了。郭保喜劈头盖脸地问："你的腿怎么瘸了？邵明德呢？"玉英低头不语。

郭保喜着急地又问："到底怎么回事？玉英你快说啊！"

林凤鸣看着玉英，不知道她和邵明德之间发生了什么，赶紧拽了拽郭保喜，示意他别再问了。

玉英也赶紧岔开郭保喜的追问，说："大嫂，从有人打听我那天起，我就知道家里人在找我，没想到你们这么快就来了。"她看到停着的轿车，随即问："你们开车来的？从谁家借的轿车？"郭保喜答道："咱家买的呗！还能从谁家借？村里还有谁比得上咱家！咱家现在可是上等户。"郭玉英将信将疑，重新打量了一下郭保喜和林凤鸣的穿戴，似乎相信了郭保喜的话，自言自语道："这两年，家里变化这么大。我还后悔把家里的钱都带走了，担心家里揭不开锅，你和我大嫂可怎么办。"

林凤鸣对玉英说："玉英，先不说这些。我和你大哥还没吃饭呢，这几个地瓜咱不卖了，自己留着吃。走，咱回家。"她把玉英拉进轿车里，让郭保喜推着卖地瓜的小推车跟着。

林凤鸣把车停在玉英的住处——一栋旧楼的阁楼。等郭保喜推着车赶来，三人一同上了楼。玉英拿钥匙开门时，林凤鸣忍不住问："邵明德呢？没在家看孩子？"

玉英没有回答，走进屋，打开灯，去外屋取了两个碗，给林凤鸣倒了一碗热水，停顿了一下，又给郭保喜倒了一碗。

林凤鸣看着郭玉英凌乱的头发、冻得干裂发黑的脸蛋，又心疼又着急："邵明德呢？孩子呢？你的腿是怎么瘸的？到底发生了什么？"

郭玉英机械般地摘下围巾，脱掉大棉袄，把没卖掉拿回来的地瓜放在桌上，示意林凤鸣吃，自己则坐到了脏乱的地铺上。

"玉英，你到底想怎么样？邵明德去哪了？"郭保喜吼了起来，"你要急死我呀？"

林凤鸣看看家徒四壁的屋子，再看看玉英过分消瘦的身体，语气缓和下来，轻轻拽了拽郭保喜。

"我知道你们会看不起我……反正我也是死过一回的人了，干脆都告诉你们吧。"玉英放低了声音。

林凤鸣把自己那碗水递给玉英，脱下了自己的上衣。

玉英开始讲述离家后的事。

"火车开动后，列车员把我大嫂给我的钱递给了我。我揣好钱，就站在车门口，等着下一站邵明德上车。开始，我提心吊胆的，怕邵明德反悔不来。还好，在下一站，我们约定的那个车站，我第一个就看到了邵明德。他一上车，就拉着我进了车厢。我问他后悔吗？他摇摇头，说：'玉英，我们回不去了。这事有些不光彩。你妈是守旧的人，一辈子守寡，容不下咱俩。你大嫂也是个厉害角色，也不能容我。'我打断他，告诉他，我大嫂把家里所有的钱都给了我，够咱俩生活好几年的。邵明德紧紧抱住我，我觉得他是那么爱我，我好幸福，心想就是死了也值了。邵明德说黑龙江的松木便宜，他可以倒卖松木，于是就带我到了这里。刚安顿下来后，邵明德跟人合伙倒卖松木，因为没经验，赔了一万多。我怕再赔下去，生孩子都没钱了，就不让他再干了。他也觉得我说的有道理，听了我的话。后来，他找了几个打零工的活，都没干长久，不是跟人打架，就是看不惯老板。眼看着花钱的地方越来越多，带来的钱越来越少，我俩开始吵架。邵明德开始后悔了，埋怨是我逼他私奔的，把好日子都给毁了。其实是他自己不适应这里的生活，游手好闲，不肯出力。偏偏这时候我生孩子，还生了个女孩儿。"

玉英说到孩子，痛苦地哭了起来。

"那孩子呢？"林凤鸣看看屋里，并没有孩子的踪影，"邵明德抱出去了？"

过了好一阵，玉英止住哭泣，说："死了。"

"死了？"林凤鸣和郭保喜异口同声地问。

玉英接着说："我生产的时候难产，邵明德当时对我挺疼爱的。偏偏我不争气，还是生了个女孩儿。"

"生女孩怎么了？那也是他邵明德的种！"郭保喜急了。

玉英继续说："可是……是个残疾的孩子，孩子是兔唇。邵明德回到家就变了脸，说这是报应。还好，孩子总算活到了满月。我俩还商量着什么时候给孩子做缝合手术。日子也就这么过着。有一天，他出去喝酒，晚上没回来给我做饭，孩子也一直哭闹。他回来时已经是第二天早上，我俩吵得很厉害。我问他干什么去了，他说打牌了。我跑去看钱，发现少了两千块，是他拿去赌钱了！我骂他，他开始没吱声，后来向我保证再也不玩了，要跟我好好过日子，还说要去打工挣钱，攒钱给孩子做手术。我在家带孩子，他出去工作，每天早出晚归的，我还挺高兴。可一个月下来，我问他开工资了没，他说没有，老板说要压一个月工资，我也没多想。直到有一天，我说零钱没了，让他把藏起来的那一万块钱拿出点来。他说，没有了，都输光了！这一个月，他根本没去打工，变成赌鬼了！他再也不是原来那个会挣钱的男人了……"

玉英用手捂住脸，说不下去了。林凤鸣把自己的水碗给她。

在一处汽车配件经销店的楼上，乌压压聚集着很多人。邵明德正用一个大瓷碗摇着骰子，忽地瞥见林凤鸣，端碗的手在半空中顿住。他灰暗的脸上闪过一丝惊愕，随即尴尬地挤出一抹笑容——用"皮笑肉不笑"这样难听的词来形容，都毫不为过。他心虚地问道："你咋来了？"声音干涩、嘶哑，十足的赌徒腔调。

林凤鸣看着满屋子呛人难闻的浑浊烟雾，开口便骂："邵明德，你还是不是人？你跑这儿来赌钱，倒是快活了，看把我家玉英糟蹋成什么样了？！赶紧跟我回去！”

邵明德早已没了在村里那股"小能人"的风光劲儿，一张苍白晦暗的脸拉得老长，强横地说道："当初，是玉英逼着我离开家的！我现在什么都没有了，还能干什么？"

"你混蛋！"林凤鸣几步冲到邵明德面前，怒目瞪着他，刚想说"玉英一个黄花大闺女，你白白占了便宜……"可见到一旁郭玉英那可怜无助的样子，话到嘴边又咽了回去，改口道："你倒还有理了？走，回家说去！"

"我什么都没有了，活一天算一天。你当你的大老板，当你的女企业家，别来管我！"邵明德重新坐下，一副得过且过的无赖样，全然无视林凤鸣，又开始摇晃手中的骰子。

"我当然管得着你！你的户口还在咱们大利村呢。不回是吧？好，我跟你赌！"林凤鸣说着，也在赌桌旁一屁股坐下。

"你赌？赌什么？"邵明德了解林凤鸣的脾气，可在他的记忆里，从认识林凤鸣那天起，就知道她为了一家人的生计日夜操劳，向来不碰纸牌、麻将这类东西。他疑惑地盯着林凤鸣，声音不由得小了下去。

林凤鸣猛地掀翻了赌桌，抄起一把不知是谁落下的切菜刀，"咣"的一声砍在桌腿上，厉声喝道："赌一只手！你输了，剁你一只手，跟我回去；我输了，也剁我一只手，我先前欠你的那点情分一笔勾销，从此咱俩两不相干，各走各路！"围观的人"呼啦"一下散开了些，郭玉英和一旁的郭保喜也惊呆了，一时不知如何是好。邵明德与林凤鸣四目相对，僵持不下。他太清楚林凤鸣的性子了，说到做到，当年为了活命连江都敢跳，难道还会吝惜这一只手？他猛地站起身，对着周遭围观的人双手一抱拳，大声说："各路朋友，对不住了！林凤鸣，你厉害，我服你了，回家！"

郭保喜这时才缓过神来，走过去推了推邵明德，说："徐雅琴死了。我媳妇现在给你带着俩孩子呢。"

邵明德霍地转过脸，惊愕、疑惑地望着林凤鸣，整个人像霜打了的茄子——一下子蔫了。林凤鸣说："看我干啥？这事还能有假？都到楼下那个面馆吃饭去，我还没吃饭呢。"

邵明德突然仰面长叹一声："啊！都是我的错！我不是人啊！"说着，十分痛苦地抱头蹲了下去。几个人都没有吱声。过了一会儿，还是林凤鸣先开了口："邵明德，过去的就让它过去了。是非对错都过去了，可眼下你不能自暴自弃呀。你到底是焱焱、森森的亲爹,得把当爹的责任担起来。保喜,拉他起来,吃面去。"

郭保喜在吃面的时候,把家里的事一五一十都告诉了邵明德。

邵明德幡然醒悟,"啪"地给了自己一个响亮的耳光,愧疚万分地对林凤鸣说:"凤鸣,对不住,我混蛋,我真不是个东西!"

林凤鸣说:"邵明德,我知道你脑子活泛,不是个笨人。回村去,跟玉英好好过日子,把焱焱、森森拉扯大,培养成人。俩孩子好歹也算有个亲爹在身边。"

邵明德下意识地看了一眼郭玉英。

玉英眼里再次涌出泪水,她摇摇头,哽咽道:"大嫂,是我当初没把握好自己,连累了大家,让家里蒙羞。孩子没了,我也彻底醒悟了。我不再爱邵明德了。只怪自己当时太年轻,太傻,活在自己编的那个童话里。以后,各过各的日子吧。"

"说这些干啥,玉英,你再好好想想。当初玉杰把你那本日记给我看的时候,我还打心眼儿里佩服你呢,说你这丫头真有勇气,为了跟自己喜欢的人在一起,真是啥都不怕。"林凤鸣劝道。

"大嫂,从孩子没了那天起,我的心就死了。这些日子,虽然还跟他住一个屋檐下,可我再也没跟他过什么。我不会再跟他在一起了。我现在腿也瘸了,不想再拖累任何人。您要是嫌弃我,我就不回去了,出去摆摊烤地瓜也能养活自己。"

"玉英,你说的这是啥话?你当年离家出走,你大嫂是怎么对你的,你忘了吗?"郭保喜忍不住替林凤鸣说话。

沉默。空气中只有吸溜面条的声音,每个人的心里却都像开了锅似的翻腾着。

"玉英,"林凤鸣开口了,语气沉静却带着不容置疑的份量,"老辈人说得好,人心头都有一杆秤,啥事做得,啥事做不得,自己得掂量清楚。这不是小孩子过家家,当初你们那是拆散了一个好端端的家,还闹出了人命的!村里四百多户人家,也不是没有男女之间明里暗里勾搭的,可谁像你们这样不管不顾地私奔?当初既然有那么大勇气选择跟邵明德在一起,就该承担起这份责任。哪能随随便便说分开就分开?任性也得有个边儿吧!"林凤鸣这是不许郭玉英跟邵明德分开。

"大嫂,我知道,当初是我太任性,跟疯了似的追求他。现在,报应来了。孩子就算真是生下来带残疾,那是老天爷的事,可也不该死啊!都怪我,是我自己作死,那么丁点儿大的孩子,竟被我失手摔死了,我却只摔断了一条腿,没死成。既然没死成,那就凑合活下去吧,但我不会再拖累任何人了。"玉英像是终于明白了,那种脱离了生活根基的爱情,终究不过是昙花一现。她一副心如死灰的样子,态度

241

异常坚决。

　　林凤鸣心里清楚，邵明德当初不过是一时冲动，占了玉英的身子，对玉英，恐怕谈不上有什么真爱。而玉英这个痴情女娃，从小就沉浸在自己编织的爱情童话里，现实自然会让她伤透了心。想到这儿，她缓和了语气，说："玉英，你跟邵明德的事，先放一放，不着急马上做决定。你也长大了，成熟了，等过上一段时间，你想怎么选择，到时候嫂子都依你。现在，先跟我回家，别泄气，往后的日子还长着呢。你得像咱妈那样，学着做个刚强的女人，咱们一块儿把日子往好了过。"

　　林凤鸣吃完面，擦了擦嘴，像是对玉英，也像是对邵明德说："我先跟玉英回她那出租屋收拾东西。保喜，你跟邵明德先去附近找个旅馆住下。把这一页翻过去，都别再提了。明天上午，我带你俩去买身新衣服，然后大大方方回村里。往后谁也不许再戳对方的脊梁骨，不许再说一句坏话。回去后就跟村里人说，我厂子缺人手，托人把你俩从外头找回来的。过几天，我先带邵明德回村安顿好，玉英你呢，先到保军那儿住几天，我再回去接你。"说着说着，她的语气又严厉起来，俨然是当家人的做派，替玉英和邵明德安排着一切。只是，编这种谎话，对林凤鸣来说，不啻于一种自我贬损——她那是非分明、坦坦荡荡的性子，向来容不得半点虚假。唉！眼下也只有这样，才能最大限度地保全玉英的名声，尽量减少对邵明德那两个孩子的伤害，就当这是个善意的谎言吧。

　　林凤鸣顿了顿，看向邵明德，像是在征求他的意见。邵明德早已没了往日的油腔滑调，只是默默点了点头。再看郭玉英，她脸上的表情冷得像三尺寒冰，直教人心里打颤。两年前望向邵明德时那含情脉脉的目光，如今已是荡然无存，一丝一毫都寻不见了。这眼神里，也许是恨吧——恨自己当初那般狂热盲目的爱恋，更恨邵明德对亲生骨肉的薄情寡义。

　　林凤鸣躺在玉英那简陋的床铺上时，已是深夜。冷风从门缝里丝丝地钻进来，寒意一阵阵袭来，困意也随之升起。她翻身起来，把自己那件裘皮大衣搭在薄被上，重新蜷缩起身子。窗外的月亮和星星，像是都沉溺在了无边的黑暗里，那些纷乱琐碎的往事，也渐渐模糊起来。

　　林凤鸣伸手关了灯。她在心里幽幽地叹了口气：饱满的爱情与冷酷的现实之间，鸿沟竟是如此巨大。没有亲身经历过的人，总是把爱想象得太过美好。唉，老话儿说得真没错——谈恋爱的时候，真得把两眼睁大大才行啊。

第二十一章　情裂与鸟事

回程的车上，气氛有些沉闷，郭保喜开着车，速度不像来时那么急了。车子先把玉英送到了郭保军在城里的住处。之后，郭保喜说自己有些困了，才换林凤鸣来开。当车子驶入大利村地界时，正好是晌午时分。

冬日的阳光照射在皑皑白雪上，有些刺眼。林凤鸣放下遮光板，习惯性地瞟了一眼后视镜，看到邵明德一直面无表情地望着窗外。也许，他在思念着家乡这片纯净的雪山、清新的空气，思念着他的两个孩子，还有他的父母吧。村子里的土路经过车辆碾压和冰冻，形成了一道道雪棱，车子在上面摇摇晃晃，颠簸得厉害。林凤鸣一边小心地开着车，一边又忍不住嘀咕："这条路，我早晚要把它修好！"

车子还没进村，远远地就能望见永丰食品厂的厂房了。蓝色的彩钢瓦屋顶，洁白的墙壁，在清冷的冬日里，显得格外醒目和壮观。高高的烟囱正冒着缕缕白烟。邵明德睁大了眼睛，仿佛置身梦中一般，喃喃自语道："这才两年多没回来，变化竟然这么大……林凤鸣，我当年就说你是个能人……"他半张着嘴，过了半晌，才又补充了一句，"一点儿都没错。"

林凤鸣当然记得他当年说过的话，也记得他说那话时轻佻放荡的样子，以及那得意的笑声："……林凤鸣你是个能人！你说你长得漂亮也就算了，还这么聪明能干，哪个男人见了能不想你？"然而，两年多不如意的生活，早已磨去了他身上的锐气和潇洒，榨干了他曾经的快乐和自信。

林凤鸣看着他如今落魄的样子，心里既觉得他可恨，又感到一丝可怜。

"那当然！我媳妇现在可是咱们村的大队书记了！"郭保喜其实并没睡着，听到邵明德的感慨，立刻沾沾自喜地夸耀起来，"管着全村五百多户人家呢！她说自己先富起来不算本事，要带着全村人一起致富！那能不是能人吗？"

"啊？都当上……全村的书记了？"邵明德低头看了看自己身上这件林凤鸣刚给买的高档呢子大衣，没再开口说出什么轻浮的玩笑话，只是低声说了句："官运、财运都来了……她这命格，是真旺夫啊！"

"邵明德，你再看看咱们村里现在的变化。"林凤鸣开口鼓励道，"原来那个荒废了好多年的粉条厂，我又带着村民们重新办起来了。就咱们这个屯子，两百多户人家，现在基本上都盖上了大瓦房。还有好几户搞起了多种经营，养牛的、养猪的、养鸡的，家家户户都憋着劲儿比着过好日子呢。你当初也是咱们致富小组的成员，可不能落在后面啊。现在国家政策这么好，鼓励咱们老百姓勤劳致富，咱们可真不能错过这个好机会。"

林凤鸣先把车开到邵明德家，帮他安顿好。临走时叮嘱他："你先好好处理家里的事。三天后，到厂里来熟悉一下业务，以后销售这块儿就交给你负责了。"

邵明德却推辞道："这……这不好吧？我跟玉英现在……也算是分开了，不是亲戚了。我还是干我的老本行，跑运输吧。"

林凤鸣告诉他："现在村里好多家都买了小汽车，你那拖拉机早就没人雇了。种地的各家各户也都有了小手扶拖拉机。国家号召全面推进农业现代化，我看咱们大利村是基本提前实现了。我厂里现在是真的缺一个懂管理、能跑外的人。"

邵明德听了，没再坚持，算是默许了。

"对了，你刚回来，家里肯定冷锅冷灶的，这几天就先在我家凑合着吃饭吧。"林凤鸣又叮嘱了一句。

"你那么忙，哪有时间做饭。我还是自己随便对付几口吧。"邵明德似乎还是有些顾及脸面。

"嗨！你这人！在你干妈家吃顿饭，还不好意思了？焱焱、森森不也天天在我家吃嘛。再说，现在也不用我亲自做饭了，家里雇了王美静专门做饭。"林凤鸣说话的语气带着亲戚间的熟稔和关切。其实她心里也希望，玉英和邵明德的关系能随着时间的推移慢慢缓和。一日夫妻百日恩，只要心里的那道坎能迈过去，日子总得往下过吧。

"你家都雇保姆了？"邵明德有些惊讶，"也是，都开上大公司了。那……那我就不跟你客气了。反正玉英现在在她二哥那儿住着，也见不着面，不然她肯定不让我去。"邵明德的性情似乎真的变了许多，说话的语气都带着几分唯唯诺诺。

"对了，村里的小卖店还开着，二彪和艳华两口子经营着。不过生意大不如前了。现在家家都有了手扶车，买东西方便，一般日用品都直接从镇里捎回来了。店里的麻将桌和牌局也早就撤了，现在家家户户都忙着挣钱呢，种木耳的、砸核桃的，谁还有闲工夫打麻将啊。晚上都回家看电视了，电视现在也是家家都有了。唉，你看我，跟你说这些干吗……这毕竟是你们家的事，你自己好好想想，跟家里人商量着解决吧。"林凤鸣说着，发动车子，往厂子方向开去。

林凤鸣刚回到厂里办公室，还没坐稳，厂里的生产经理就急匆匆地跑来报告，说厂里有四个男工人被林业派出所的人给抓走了！据说是为了"鸟"的事。

林凤鸣一听，心里咯噔一下，也顾不上疲惫，立刻又匆匆忙忙开车赶往镇上的林业派出所。

到了派出所一打听，才知道事情的原委。原来，进入冬季，大雪封山，山里的鸟雀找不到食物，就经常飞到永丰食品厂宽敞的院子里来觅食。开始只是一些麻雀，后来渐渐有野鸽子，前几天甚至飞来了好几只野鸡。厂里有四个嘴馋的工人看着眼红，就在厂区围墙外的树林里偷偷挂上了粘网，结果还真就捕到了几只野鸡。好巧不巧，这天正好赶上县林业局下来检查工作，被检查人员逮了个正着，人赃并获。

了解情况后，林凤鸣对派出所的工作人员说："同志，这事儿，于公，我是大利村的书记，村民犯了错，我有领导责任；于私，我是永丰食品厂的法定代表人，工人犯了错，我也有管理责任。你们要拘留就拘留我吧，先把他们四个放回去，他们家里还有老婆孩子等着呢。"她说着，就把自己的车钥匙递给了跟她一起来的郭保喜。

林政科的两位工作人员认识林凤鸣，说道："林老板，我们知道你仗义，有担当。但这事儿不能替。您先回去忙吧，这四个人我们得按规定处理，听候发落。"

林凤鸣一听急了："不准回去？那他们一家老小怎么办？他们是犯了法，可他们不知道那是犯法！你们林业部门平时根本就没下来宣传过，没普及过相关的法律法规，我们这些老百姓知道个啥？这也就是被你们看见了，要是没看见，那几只野鸡早被他们炖了吃了！不行，我得找你们领导去！"

林凤鸣表面上态度强硬，心里却也有些发怵。她走到一边，拿出手机，拨通了弟弟林致远的电话，把情况说了一遍。

林致远在电话里回话："姐，国家的《野生动物保护法》，早在1989年就颁布实施了。你厂里那几个工人捕捉野鸡，确实是违法行为。不过，听你说的情节，性质不算特别恶劣，而且是初犯。如果林业派出所这边不把案子上报到检察院，能够免于公诉的话，可能交点罚款就能放人了。但如果检察院决定立案，那法院就得依法判刑了。姐，你可千万别冲动做傻事，跟人家好好沟通，态度要好。"

林凤鸣嘴上答应着"知道了，知道了"，心里却还是吓出了一身冷汗。

245

她找到了林业站的站长。站长认识林凤鸣，也大概猜到了她的来意。但他作为执法部门的负责人，必须按程序办事，不能徇私枉法。

　　"哈哈，这不是林大老板吗？今天怎么有空到我这儿来了？是又想承包哪片荒山了？"站长笑着打趣道。

　　"站长，您就别拿我开玩笑了。"林凤鸣也挤出笑容，"我是来交罚款的。我是个直性子，有啥说啥，我就是来找您要人的。那几只野鸡不是还没吃呢嘛，都还是活蹦乱跳的。您看能不能……高抬贵手？他们都是拖家带口的庄稼人，真要是因为这事被抓起来，一家老小可咋办啊。他们都是我厂里的工人，这事我也有责任。"

　　"林凤鸣啊，你这个人还真是仗义。"站长说道，"我听下面的人汇报了，这事是那几个工人下班后自己私下里干的，跟你厂子本身没有直接关系。所以啊，你也不用交什么罚款。听说你前几天出门了，刚回来吧？坐下喝点水，早点回去休息吧。"

　　林凤鸣连忙说："站长，就算这事与我厂子没关系，可我还是大利村的书记呢！他们也是我们村的村民啊！说到底，还是我这个当书记的责任没尽到，没有及时给大家宣传普及法律知识。要不这样，您把那个什么《野生动物保护法》的宣传材料给我印一些，我带回村里去，好好组织大家学习学习，再开个村民大会，专门讲讲这事。我向您保证，绝对不会有下次了！"林凤鸣脸上始终带着笑呵呵的表情，语气却十分诚恳。

　　站长沉吟着，似乎有些犹豫。

　　"站长，"林凤鸣又耐着性子说好话，"法律上不是有'取保候审'这一说吗？您看这样行不行，我给他们做担保，再交点保证金，您先把人放回去。您这儿关着他们，也没地方吃饭睡觉，还得浪费国家资源不是？"

　　最终，站长松了口："好吧。那就按程序走。人，你先领回去。但如果检察院那边决定立案，将来法院开庭审理，该怎么判还得怎么判。"

　　林凤鸣连忙道谢，立刻去财务室交了2000元的保证金，总算把那四个工人领了回来。接下来的日子里，林凤鸣天天往县检察院跑，一边说好话，一边跟检察官"讲歪理"："同志啊，他们这就是典型的'犯罪未遂'嘛！那野鸡不是还没吃呢，我们都给放生了呀！法律是惩前毖后、治病救人的，是叫人改过自新的，您把他们都抓起来判了刑，地谁种去？……"她软磨硬泡，啥招都使上了。同时，她也说到做到，回到村里立刻召开了村民大会，认认真真地给大家讲解了《中华人民共和国野生动物保护法》的相关条款。

负责这个案子的检察官是一位快要退休的老同志，他小时候也跟着父亲上山打过山兔、掏过野鸡，那时候这些行为并不犯法。他考虑到这几个人确实是法律意识淡薄，并非恶意捕杀，情节也比较轻微，最终决定网开一面，对他们进行了批评教育，免予起诉。

　　一场风波总算平息了。林凤鸣回来后，又专门给全厂工人开了一次会，严肃地强调："咱们自家养的小笨鸡，难道不比那野鸡好吃吗？从今天起，我严令禁止任何人再捕捉野生动物！我已经跟林业派出所的领导打了包票，谁要是不听劝告，再犯这种事，我林凤鸣绝不再管！"

　　底下有个工人怯怯地说："林书记，我……我上次不是自己馋嘴想捉喜鹊。我是听老人说，喜鹊肉能治咳嗽，我……我是想捉只喜鹊给我爹治咳嗽……"

　　林凤鸣没好气地白了他一眼："有病就去医院看大夫！别说喜鹊了，就是乌鸦，以后也不准动！"

　　工人们都被林凤鸣这直率又带着点泼辣劲儿的话给逗乐了。

　　邵明德最终还是没有去厂里上班。他找到林凤鸣，说自己文化不高，也没学过企业管理，怕干不好影响了林凤鸣的生意，还是坚持想去给她看护那片承包的山林。邵明德说："我就住在山上，也算是……陪着你雅琴嫂子了。"

　　林凤鸣心里明白，这大冬天的，住在山上的窝棚里有多遭罪。邵明德原本是个喜欢热闹的人，现在却偏偏选择去那无人问津的山上。他这样做，无非是源于内心深处的愧疚。林凤鸣懂他的心思，嘴上却说："人死了，才知道她的好，可这世上哪有后悔药卖？焱焱和森森那两个孩子，还需要你这个当爹的多多照管呢。人啊，还是得顾着眼前的活人。你先去会计那儿支些钱，去看看双方的老人。雅琴娘家那边，要是骂你、打你，你也忍着点。"

　　林凤鸣说着，忽然想到了什么，离开办公桌，走近邵明德，关切地问："哎，不对劲啊？你这情绪……是不是徐雅琴娘家那边为难你了？"

　　邵明德这才吞吞吐吐地说出了实话："是……是焱焱和森森……她们不肯认我，不搭理我……"

　　"嗨！这事儿得慢慢来。"林凤鸣劝慰道，"孩子现在还小，等她们再长大一些，懂事了，自然会理解的。我回头再跟焱焱、森森好好说说，哪有孩子不认自己亲爹的道理？我看你啊，还是得先去看看你丈母娘，多走动走动。孩子都听姥姥的话，得从根儿上解决问题。该赔礼道歉的地方，咱们就得认。"林凤鸣说着，把写好的领

247

钱条子递给邵明德，她心里确实非常同情邵明德此刻的境遇。

林凤鸣又鼓励他说："不管你是决定到厂子里干，还是去看林子，或者像现在这样，想自己单干点什么，我都支持你！就像你当年支持我一样！别灰心！记住，焱焱和森森是你的责任，也是你重新开始的动力！"

邵明德真的听从了林凤鸣的建议，买了些礼品，硬着头皮去看望前丈母娘。他心里清楚，林凤鸣一直在帮他隐瞒着当初和玉英私奔的真相，这份善意的谎言让他感激，但良心的谴责更让他无法原谅自己。他的弟弟邵明礼，因为原来的轻工机械厂效益不好，已经买断工龄回家闲着了，怕哥哥一个人去吃亏，便陪着他一起去了徐雅琴娘家。林凤鸣也让大海（徐雅琴的大弟弟）请了假，跟着一同前往。邵明德一见到前丈母娘，二话不说，"扑通"一声就跪下了，磕了三个响头。那场面，真是说不出的凄惨和尴尬。但善良的雅琴娘，最终还是哭着把邵明德拉了起来，抹着眼泪说："都过去了……是雅琴命苦，不怨你……"邵明德也哽咽着说："娘……我以后还是您的姑爷……我一样孝敬您……焱焱、森森……她们还跟您亲……"也许是邵明德的态度足够诚恳，也许是徐家人本性善良，最终，雅琴娘家人并没有过分为难他。这场因冲动而起、以悲剧收场的荒唐私奔，总算在无声的泪水中，渐渐归于平静。

村里再次召开村民大会。会前，妇女们聚在一起叽叽喳喳，都说林书记现在是越来越漂亮，越来越像城里人了。

林凤鸣走上主席台，开始讲话：

"乡亲们，今天开会主要讲三件事。第一点，还是强调遵纪守法的事儿。前段时间发生的'野鸡事件'，想必大家都听说了。我再重申一遍，保护野生动物是咱们每个公民应尽的义务！以后大家伙儿不管干啥事，拿不准的，都先咨询咨询，问问清楚。我跟我娘家弟弟说了，他帮着联系了，为了方便大家伙儿学法、懂法，县法院专门开通了一条免费的法律咨询热线电话，每周二、周四下午有人值班。大家伙儿有啥不明白的法律问题，都可以打电话去问。"

"第二点，是关于种子的事。前几天我去镇里开会，会上提到了现在市面上出现了一些'转基因'种子。农业站的技术专家不建议咱们贸然推广种植。所以啊，我提醒大家，以后买种子，尽量还是到正规的、有信誉的种子商店去买，别贪图便宜，买了假种子、劣质种子，耽误了收成。"

"第三点，是关于在村里建养老院的事。我想着，能不能把咱们村五个自然屯里那些孤寡老人，或者子女确实无力照顾的老人，都集中起来，统一雇人照顾。这样既能让老人们安享晚年，也能让在外打拼的年轻人减轻些负担。"

这个提议一出，台下立刻议论纷纷，意见很不统一。

"那不行！把老人送到养老院去，那不是让人戳脊梁骨，说咱们做儿女的不孝顺吗？"

"我同意！老人上了岁数，就像小孩子一样需要人照顾。送到养老院，有人看管，有人照顾，我们也能更安心地出去干活挣钱。"

"我不同意！老人养了我们一辈子，等他们老了，动不了了，我们怎么能把他们扔到养老院去不管呢？"

"我同意！像我们两口子，起早贪黑地干活，回家还得照顾孩子，实在是没时间、没精力再照顾老人了。但我们可以交钱，尽到赡养老人的责任。"

…………

林凤鸣抬手示意大家安静，说道："父老乡亲们，大娘大婶，兄弟姐妹们！关于建养老院这个事，我知道大家想法不一样。这样吧，今天咱们先不讨论，也不做决定。我给大家伙儿半个月的时间，都回去好好考虑考虑，也跟家里人商量商量。下次开村民大会的时候，咱们再来商议这个事。这事啊，咱们得本着自愿的原则，不能好心办了坏事。咱们大利村干啥事，都得讲民主！"

"最后，还有一件事。"林凤鸣话锋一转，"咱们村现在是全镇公认的经济先进模范村，但咱们不能满足现状，还得继续想办法发展经济。我最近有个初步的想法，大家伙儿听听行不行：咱们能不能利用村里的资源，搞一个野鸡养殖场？我那片东山的承包林地，地方够大，环境也好，可以免费提供给大家使用。大家伙儿觉得这个想法怎么样？"

话音刚落，邵明德第一个举起了手，站起来大声说道："林书记！这个我干！我跟你干！"

林凤鸣看着邵明德这副重新恢复了生气，甚至有点张狂的样子，脸上笑着，心里却涌起一丝欣慰和酸楚：邵明德，总算是把你从过去的阴影里拉回来了，总算是让你重新振作起来了。想当年，你为了帮我，连自家的房照都押给了我。现在，我总算有机会报答你了。

会后，邵明德郑重其事地找到林凤鸣，正式提出要承包她的林地，用于养殖野鸡。

邵明德说："凤鸣，我看护林子这份活儿，你还得照样给我开工资。我思来想去，还不如自己搞个养殖场，自己给自己创收。当年我就想承包一片荒山搞养殖，是……是徐雅琴不让。现在，我自己拿定主意了！"

林凤鸣问他："你真的想好了？这可不是闹着玩的，你自己一个人恐怕干不过来。"

邵明德态度非常坚决："你放心，我早就跟我弟弟明礼商量好了。他也不打算出去找工作了，就留在家跟我一起干。野鸡这东西繁殖快，见效也快。等将来挣到钱了，我保证不白用你那片林子，该交租金交租金。"

林凤鸣见他主意已定，便点头同意了："那行，你先干一年试试看。如果真能干出名堂来，我就正式划一片林地给你，咱们去林业局把承包手续办了。对了……以前我随着玉英叫你大哥，现在……你看你跟玉英这关系……我以后还是直接叫你名字吧。"

邵明德有些不好意思起来，挠了挠头说："行，随便你怎么叫。"从那以后，他再也没敢在林凤鸣面前说那些轻佻的话了。

开春了，冰封的大地渐渐苏醒。干枯的树枝吐露出点点新绿，沉睡了一冬的小草努力地钻出黑土地，冰封的小河也开始欢快地流淌，空气中弥漫着湿润泥土的芳香。农民们打开了紧闭一冬的窗户，开始在院子里晾晒种子，准备迎接新一年的耕种。

郭玉英在电话里说想家了，想回来住一段时间。林凤鸣本想开车去接她，郭保军却在电话里说他送玉英回来。

"大嫂，"郭保军在电话里说，"还是我送吧。我也想回去看看家里人，姑姑、叔叔他们，都好久不见了。也想看看玉杰和保国。再说，你厂子那边现在肯定也离不开你。就这么定了，我送玉英回去。正好鲁博也想回去看看，我带着她们娘俩一起回去。"

林凤鸣听他安排得周到，便不再争执，笑着说："那行！你们回来，我给你们包酸菜馅儿饺子吃！——保军在家的时候，最爱吃这个了。"

郭保军开车进院子的时候，林凤鸣早早地就在院子里等候了。婆婆、姑姑、跛子叔、姑父张斌也都闻声从屋子里迎了出来。郭保军看起来精神焕发，英姿勃勃，比离开家时更添了几分成熟稳重和潇洒俊逸。林凤鸣看着他，满眼欣慰，抿嘴笑着，轻轻点了点头。郭保军小心地搀扶着抱着孩子的鲁博下了车。鲁博一见林凤鸣，就夸她比上次见面时更漂亮了，还嚷嚷着要给林凤鸣画像。林凤鸣则笑着说鲁博才是郭家的大功臣，给郭家添了个大胖小子，一定要亲自下厨给她做好吃的。郭玉英的精神状态看起来也好了很多，她一下车，就跑过来紧紧抱住了林凤鸣，眼里含着泪水，低声说："大嫂……我没事了……多亏了你当初找到我……谢谢你……没有怪我……"她这次回来，还特意带了一大包书，都是一些中外名著，比如《包法利夫人》《安娜·卡列尼娜》《乱世佳人》《茶花女》《骆驼祥子》，还有海子、普希金的诗集，泰戈尔的《飞鸟集》等。看来，她已经找到了新的精神寄托，正努力地从过去的痛苦中走出来。

婆婆只知道玉英是因为车祸伤了腿，并不知道期间发生的其他事情。一家人难得这样团聚，屋子里充满了欢声笑语，其乐融融。

林凤鸣依旧每天早出晚归，忙得不可开交。她要联系明星为产品代言拍广告，要去各大城市的商场洽谈设立专柜的事宜，几乎所有的心思都扑在了永丰食品厂的市场推广和销售上。她深知，工厂创办初期，凡事必须亲力亲为，才能打好基础。经过一段时间的努力，生意渐渐走上正轨，利润也相当可观，但林凤鸣整个人却明显瘦了一圈。

一天下着小雨，林凤鸣留在厂里处理事务。她走进郭玉英的办公室，看到玉英正伏案写着什么。见林凤鸣进来，玉英连忙用一本书将写的东西盖了起来。

林凤鸣笑着打趣道："哟！玉英，写什么秘密呢？还怕大嫂知道？我猜猜……是不是交新男朋友了？"

"大嫂！您说什么呢！"玉英脸一红，"我……我这辈子不打算再找对象了。我就是……随便写了一首诗，还没写好呢，怕您笑话。不信您看。"玉英说着，把稿纸递给了林凤鸣。

林凤鸣接过来一看，只见上面写着：

心路
街灯，渲染着夜色，
在昏暗中，如此静谧。
天空，广博无垠，
你，曾撞击了我的灵魂。
在你的眼里，

仿佛有两条路，伸向南方与北方。

它们疲倦着，

延伸着，

不知将伸向何方，

一片苍茫。

但，路的起点，是紧紧相连的，

如同扎根心底的思念。

这就足够好了。

那些层层叠叠的回忆，

能使他，能使她，

感到幸福，露出欢颜。

冰雪，终将消融，

心路，会变得干净、清晰……

　　林凤鸣也喜欢诗，读完这首略显稚嫩却饱含真情的诗句，她更能体会到郭玉英此刻复杂的心境。男人和女人，似乎都要为自己年轻时犯下的过错买单。亲手酿下的美酒，可以细细品味；而亲手酿下的苦酒，也只能独自饮下。

　　林凤鸣放下诗稿，对玉英说："玉英，听咱妈说，你这腿一到阴天下雨就疼得厉害。我给你买了些云南白药膏，还有一些止痛贴膏，你试试看管不管用。

　　"大嫂！"玉英看着林凤鸣从包里拿出的一堆药，眼圈一下子就红了，声音哽咽地说："您……您这么忙，还惦记着我这腿疼的事……谢谢您，大嫂……"

　　林凤鸣乐了，拍了拍玉英的肩膀，说："咱们是一家人，谢什么！看到你好起来，我们全家人都替你高兴！好好养着，说不定几年以后，咱们老郭家还真能出你这么个大诗人呢！行了，我不打扰你了，我去车间看看。"

　　林凤鸣刚走到门口，玉英却突然站起来喊道："大嫂！"

　　林凤鸣停下脚步，转过身问："怎么了玉英？还有事？"

　　郭玉英似乎终于下定了莫大的决心，咬了咬嘴唇，缓缓地说道："大嫂……我想跟你说……说大哥的事。"

　　林凤鸣闻言，重新坐了下来，点了点头，示意玉英继续说下去。

　　"我大哥……他……他跟王美玲好上了。"

林凤鸣听到这里，眼前一阵发黑，身体一软，一下子瘫倒在了椅子上。

"大嫂！您没事吧？"玉英看到林凤鸣脸色惨白，吓坏了，连忙上前扶住她，"大嫂，我……我想了好几天，觉得这事必须得告诉您！那个王美玲绝对没安好心！她肯定是冲着咱家的钱来的！现在她傍上我大哥了……"玉英还在不停地说着，"当时……我大哥也大声吼她了，让她少在那儿胡说八道，消停点儿！可她根本不在乎！临走的时候，还告诉我大哥，她明天不来上班了，让我大哥给她买身时髦的衣服，说她不能白给我大哥当'相好的'，得穿得体面一些！她不上班，一个人指望啥生活？明摆着就是想让我大哥养着她！"

林凤鸣缓缓地站起身，感觉浑身冰冷，四肢无力。她拿起桌上的车钥匙，摇摇晃晃地向外走去。玉英想拉住她，却没能拉住。林凤鸣踉踉跄跄地走到自己的车旁，刚拉开车门，突然感觉喉头一甜，胸口一阵翻江倒海，猛地喷出了一口鲜血！鲜红的血液喷洒在被雨水打湿的地面上，迅速晕染开来，染红了一片。雨滴落在血水上，溅起一朵朵细小的红色水花，看起来触目惊心，异常吓人。好在此时院子里空无一人。林凤鸣缓缓抬起头，眼神迷离地环顾了一下四周熟悉的厂房，然后钻进车里，发动车子，疾驰而去。

十多年来的生活片段，一幕幕在脑海中快速闪现：刚嫁到郭家时那破破烂烂的土坯厢房；为了争夺家里的主事权而假离婚；冬天去井边挑水滑倒导致流产；辛苦种下的木耳被大风刮倒；收购的粮食被工商局蛮横拉走；自己绝望之下跳江寻死……她忽然间体会到了，当初邵明德和玉英私奔后，徐雅琴内心该是何等的痛苦和绝望。她甚至有些"佩服"徐雅琴当初的决绝——竟然能狠下心抛下两个尚未成年的孩子，选择用死亡来解脱。而现在，这种令人不堪的背叛，竟然也发生在了自己身上！林凤鸣的脑海里，又响起了姥姥曾经说过的话："婚姻啊，讲究个门当户对。两个人不在一个层次上，想法不一样，看问题的角度不一样，就容易产生矛盾。天长日久，隔阂越来越深，这日子就过不下去了……"

林凤鸣咬紧牙关，重新发动了车子，调转方向，朝着朝阳村娘家的方向驶去。车轮碾过积水，在车后溅起高高的、浑浊的水花。

车子开到朝阳村村口时，林凤鸣停下车，对着后视镜，整理了一下凌乱的头发，擦干净了嘴角的血迹。她忽然想到，这样狼狈地回去，这桩丢人的丑事，该怎么跟姥姥说？又该怎么跟父亲和宋阿姨（宋婶后来和父亲林崇山在一起生活了，孩子们便改口称她为宋阿姨）开口？本来按规矩，回娘家应该带些厂子里新出的食品给姥姥尝尝，可她现在两手空空，心乱如麻，哪里还顾得上这些？她看到路边有一家小超市还在营业，忽然想起了十多年前，邵明德曾经说过的话："好媳妇，两头瞒。"也想起了那次邵明德借给她十块钱，让她给姥姥买点东西带回去的事。还好，超市里正好也经营着她厂子里生产的各种食品。

"哎哟！这不是林老板吗？下这么大的雨回娘家啊？你姥姥身体还好吧？"超市老板认识林凤鸣，看到她冒着大雨回来，关切地问道。老板心里大概在猜测，下这么大雨还急着赶回来，肯定是娘家出了什么急事，多半是和年迈的姥姥有关。

林凤鸣强挤出一丝比哭还难看的笑容，回答道："好着呢！姥姥身体挺好的。我从家出来的时候，还没下这么大雨呢。"

"哦，对对，这雨啊，就是一阵一阵的，过路雨。朝阳村下这么大，说不定你们大利村那边还没下呢。"老板一边说着，一边麻利地给林凤鸣包好了几样点心。他没收林凤鸣的钱，笑着说："林老板，您太客气了。这点东西算啥！等下次我去您厂里进货的时候，一起算账就行了。"

当林凤鸣把车开进娘家院子的时候，父亲林崇山和宋阿姨已经打着伞，焦急地等在屋门口了。林凤鸣心里一阵惊讶！他们怎么知道自己回来了？

看到父亲和宋阿姨快步向她走来，宋阿姨一把抓住她的胳膊，仔细看了看她毫无血色的脸，像是终于松了一口气，连声说："回来就好，回来就好……"

原来，在林凤鸣开车离开后不久，郭保军就心急火燎地从城里赶了回来。而郭玉英在给二哥打完电话后，还是没忍住，跑回家把事情原委都告诉了母亲。林凤鸣的婆婆这次没有像往常一样偏袒大儿子郭保喜，气得劈头盖脸地把他狠狠大骂了一顿。郭保喜自知理亏，跪在地上不敢起来。还是韩赖子把他拽起来，劝婆婆赶紧想办法先找到林凤鸣，看怎么平息这件事。偏巧这时，郭保军也赶回了家。兄弟俩一见面，郭保军二话不说，上去就给了郭保喜一拳，怒骂道："你真不是个东西！这么伤大嫂心的事，你也做得出来？！"

郭保军没见到林凤鸣，慌忙问妹妹郭玉英大嫂去了哪里。玉英哭着说，大嫂吐了口血，然后就开车走了，已经走了快三个小时了。郭保军立刻就猜到，林凤鸣很可能回娘家了。他了解林凤鸣的性格，知道她无论在什么时候，都不会做出损害家人名誉的事情。就像当年玉英和邵明德被堵在家里那次，她被徐雅琴误会、冤枉，甚至挨打，都硬是替玉英扛了下来。于是，郭保军立刻就往林凤鸣娘家打了电话。为了顾及大嫂的面子，他只含糊地说，林凤鸣和大哥吵架了，心情不好，可能回娘家散散心。林崇山在电话里说凤鸣还没回来，但话音刚落，就听到了院子里传来了汽车的鸣笛声。

林崇山不知道女儿女婿之间到底发生了什么事，但凭直觉，他猜想一定不是小事，所以一直焦急地等在门口。

因为下雨，屋子里显得有些阴冷潮湿。林凤鸣蜷缩着身子，躺倒在姥姥温暖的土炕上。父亲林崇山默默地抱来柴火，把炕烧得热热的。宋阿姨则给林凤鸣倒了杯热水，又找来一些安神、调理气血的中成药，让她服下。林凤鸣什么也没说，林崇山和宋阿姨也默契地什么都没问。看着躺在炕上脸色苍白、神情憔悴的大女儿，林崇山心里明白，凤鸣这次一定是受到了莫大的伤害和委屈。

姥姥坐在炕边，看着外孙女这副模样，心疼得直掉眼泪，自言自语地念叨着："唉……这日子穷的时候吵架，日子富了怎么还吵架……我的凤鸣啊，这是受了多大的委屈啊……我就说嘛，这婚姻啊，还是得讲究个门当户对……"

过了半个多小时，郭保军开着他的白色路虎车也赶到了。他是特意带着郭保喜，来给林凤鸣赔礼道歉的。郭保军心里只有一个念头：一定要劝住大嫂，千万不能让她想不开干傻事，更不能让她对婚姻彻底失去信心，不能和大哥离婚！这个家，不能没有林凤鸣！郭家，不能没有大嫂！

郭保军拎着大包小包的营养品进了屋，而郭保喜一进门，二话不说，就"扑通"一声给岳父林崇山跪下了。这突如其来的举动，反而把林崇山吓了一跳。

林崇山连忙对郭保军说："保军，快！快把你哥拉起来！两口子过日子，哪有舌头不碰牙的？快起来！"

郭保军听岳父这么说，心里立刻明白了：大嫂肯定没有把大哥出轨的丑事告诉娘家人！这份隐忍和顾全大局，真不是一般女人能做到的！大嫂啊大嫂！你总是把所有的苦难和委屈都一个人扛着，你……你这瘦弱的肩膀，能扛得住吗？他对林凤鸣的敬佩之情，又加深了一层。郭保军把哥哥拉起来，然后走到炕边，看着躺在炕上脸色苍白、毫无生气的林凤鸣——那个曾经那么刚强、那么风光靓丽的林凤鸣，此刻竟然被打击得如同大病初愈一般虚弱，他眉头紧锁，心疼地轻声叫了一声："大嫂……"

林凤鸣痛苦地摇了摇头，没有说话，眼泪却一下子涌满了眼眶，她迅速把脸转向了炕里。

宋阿姨给郭保军和郭保喜倒了热水，让他们坐下。林崇山则和郭保军聊起了他房地产公司的一些事情，想缓和一下气氛。这时，姥姥却突然开口问郭保喜："保喜！你到底怎么欺负我家凤鸣了？你看把我外孙女给气的！脸都白了！"郭保喜尴尬万分，支支吾吾地说："姥姥……就是……就是一点小误会……我这不是来给凤鸣赔礼道歉了嘛……我来接她回家……"

"你给我滚出去！我不想再见到你！"林凤鸣听到郭保喜这轻描淡写的话，积压在心头的愤怒和委屈瞬间爆发，她猛地从炕上坐起来，抓起枕头就朝郭保喜狠狠地砸了过去。

郭保喜伸手接住枕头，还是赔着笑脸说："老婆大人，我错了！我不是人！你打我吧！使劲打！"说着，还厚着脸皮把脸凑到林凤鸣跟前。

林凤鸣根本不理睬他，只是不容分说地指着门外，让他滚出去。

林崇山见状，赶紧上前批评林凤鸣，呵斥道："凤鸣！你像什么样子！这么多人看着呢！你得给保喜留点面子！"

郭保军连忙把郭保喜推到外屋，示意他暂时别再吱声。然后自己走回屋里，打圆场说："大嫂，我……我有点饿了。"

林凤鸣看看父亲，看看宋阿姨，又看看郭保军，胸中翻腾的怒火渐渐平息了一些，沉默着不再说话了。郭保军又对林崇山和宋阿姨说："林叔，宋阿姨，我们上午着急赶路，都没顾上吃饭。"

宋阿姨连忙说："我早就听凤鸣说要回来，特意做了她最爱吃的葱油饼。正好保军、保喜你们哥俩也来了，一起吃点吧。崇山，你快把炕桌放上。"郭保喜站在外屋门口不敢进来，岳父林崇山走过去把他拽了进来，按在了炕桌前。

郭保喜抓住机会，赶紧向林凤鸣表白："老婆，我……我以后一定一心一意跟你好好过日子！你大人有大量，就别跟我生气了，好不好？"

林凤鸣冷冷地看了他一眼，说："你别跟我说话，我现在不想跟你说话。"

郭保喜求助似的看向弟弟郭保军。郭保军狠狠地瞪了他一眼，那意思仿佛在说：早知今日，何必当初？活该！他转向林凤鸣，关切地问："大嫂，你感觉身体怎么样？要不要去医院做个全面检查？"

林凤鸣换了一种相对平和的语气回答："我没事。吃了宋阿姨给的药，感觉好多了。你那么忙，怎么还折腾回来一趟？"

"不折腾。现在路好走了，都是水泥路，开车也快。"郭保军像是闲聊一样，又说道，"听玉英说，你今年秋天也打算给咱们大利村修水泥路？"

林凤鸣猜到是玉英给保军打了电话，也明白保军这是在故意岔开话题，便顺着话茬说：“嗯，村里是有这个计划。我看看今年厂子效益怎么样，要是收入可观的话，我想个人出资把路修了。”

　　“那可是大好事啊！回头我跟鲁总也汇报一下，看能不能也争取让他给咱们村捐助一些。大嫂，”郭保军话锋一转，又劝道，“我大哥这次是真的知道错了，你就……给他一个改过自新的机会吧。这个家不能没有你当家，厂子里、村里也都离不开你。在这儿好好歇息几天，就跟我们一起回去吧。”

　　林凤鸣沉默不语。

　　林崇山一直不知道事情的真相，只当是小两口吵架拌嘴。也跟着劝道：“对对！回去，回去！吃完饭就回去！家里那么大一摊子事呢，两口子吵架是小事，别耽误了正事。我和你宋姨开车送你们。”

　　林凤鸣却摇摇头说：“爸，我想家了。我想在这儿多住几天，陪陪姥姥。”

　　姥姥一听，连忙说：“就是！平时忙得脚不沾地的，好不容易回来一趟，到屋里说不上几句话就又开车走了。这次就多住几天！”

　　林凤鸣勉强笑了笑：“看吧，还是姥姥最疼我。”屋子里一时没人再说话了。

　　过了一会儿，郭保军又开口对林崇山说：“林叔，咱们朝阳村跟大利村也就隔着三十多里路，可咱们这边山高林密的。前几年我听大嫂说，这边山上有黑瞎子（黑熊）出没。现在这山上还有吗？”

　　林凤鸣不知道郭保军为什么突然提起这个。

　　林崇山回答：“可不是有嘛！去年秋天，山上还有个拣蘑菇的老娘们儿让黑瞎子给舔了呢！吓得后来都没人敢上那片山了。”

　　林凤鸣听了，精神似乎好了一些，接过话茬说：“黑瞎子有啥可怕的？那是狗熊！真要让我遇上了，我一镰刀砍瞎它眼睛，再把它四个熊掌都砍下来，回家蒸熊掌吃！”

　　郭保喜听了，“扑哧”一声笑了出来，说：“那黑瞎子站起来比人都高，得有三四百斤重呢！”他本想说林凤鸣又在吹牛，但看了看林凤鸣的脸色，又假装咳嗽了一声，把后半句话咽了回去。

　　郭保军看着林凤鸣，意味深长地说：“大嫂，你一向是最勇敢、最坚强的。连黑瞎子你都不怕，那你还躲着什么呢？这世上还有什么人、什么事，是你治不服的？”——郭保军的意思是在暗示林凤鸣：那个王美玲算得了什么？根本不值得你为她付出这么大的代价，更不值得你因此而伤害自己。

一家人都被郭保军这番话逗笑了，气氛也缓和了不少。

林凤鸣当然明白郭保军的良苦用心。他是他，他大哥是他大哥。但她心里那道坎，依然难以迈过。不过，她还是改变了主意，对父亲说："爸，吃完饭我就回大利村了。回来看看你们，我就放心了。哎呀，差点忘了，车上还有给姥姥和你们带的食品呢，都是我们厂子新出的品种，拿出来大家尝尝。"

林崇山和宋阿姨坐郭保军的车先走一步，宋阿姨又给林凤鸣带了一些调理身体的中草药。本来林崇山想让林凤鸣坐郭保喜的车一起回去，但林凤鸣不同意，坚持也坐上了郭保军的车。

午后，雨过天晴，天空被洗刷得湛蓝湛蓝的，像一块巨大的蓝宝石，干净透亮。西边沙场那边的山顶上，竟然出现了一道绚丽的彩虹！特别好看。

回到大利村家门口时，正好赶上孩子们放学回家。他们虽然不知道家里具体发生了什么事，但也能感觉到气氛与往常不同。小亮一言不发地走到林凤鸣身边，默默地牵起了她的手。焱焱、森森和二离也围了过来，异口同声地叫着"干妈"。林凤鸣看着眼前这四个依赖着自己的孩子，再也控制不住情绪，眼泪瞬间夺眶而出。她蹲下身，将孩子们紧紧地搂在怀里。孩子们似乎也感受到了她的悲伤，跟着她一起哭了起来。过了一会儿，林崇山走过来，轻声说："凤鸣，别吓着孩子们。"林凤鸣这才止住哭泣，擦干眼泪，对家人宣布："走！今天咱们都去镇里最大的饭店吃饭！"责任与担当，让林凤鸣重新变得坚强起来。

林凤鸣回到厂里后，雷厉风行地做了几件事：

第一件事，她叫来几个工人，把郭保喜办公室里那张办公桌连同那套象征着"权威"的沙发，全都搬到厂区外面扔掉了。然后，把郭保喜的办公室重新安排在了离她自己办公室最远的一个角落里。

第二件事，她通知财务室，立刻给王美玲结清所有工资，将她正式开除，并严令禁止她再踏进永丰食品厂一步！

但转念一想，这种事情往往是一个巴掌拍不响，或许是郭保喜先招惹了王美玲也未可知。于是，她又补充交代了一句，让王美静转告她妹妹王美玲："我二弟郭保军在市里的建筑工地正好缺一个做饭的，工资待遇也还合理。如果她愿意去，就带着孩子跟郭保军去市里干活吧。"

王美玲被辞退时，正做着被郭保喜"包养"的美梦呢——幻想着以后不用干活

258

就有钱花，可以坐着郭保喜的轿车到处兜风，可以买各种时髦的衣服……她正对着镜子涂抹着鲜艳的口红，哼着小曲儿，突然被闯进来的姐姐王美静劈头盖脸一顿臭骂。

王美静指着她的鼻子骂道："你以为郭保喜是什么大老板？真正当家做主的是人家林凤鸣！没有林凤鸣，他郭保喜能有今天的好日子？我跟郭保喜是老同学，他那脑子我还不清楚？就是个糨糊脑袋！能做成什么买卖？他家这摊子生意，全都是林凤鸣一个人跑下来、谈下来的！郭保喜充其量就是头没脑子的公牛！人家林凤鸣这次是给你留着脸面呢！你赶紧给我收拾东西滚蛋！"

王美玲被姐姐骂了个狗血淋头，自知理亏，也不敢再多说什么，灰溜溜地收拾了东西，最终还是跟着郭保军去了市里的工地。

处理完这些事情后，林凤鸣从饮水机给自己接了一杯温水，独自坐在办公室里，开始冷静地反思自己与郭保喜这段持续了十几年的婚姻和感情。

从1983年冬天结婚，到1987年自己开始当家主事，她回忆起这些年来，每当自己和婆婆发生矛盾时，郭保喜的态度总是和稀泥，从未真正体贴和支持过自己。自从1990年自己不仅当家主事，还当上了村干部之后，郭保喜就更是乐得清闲，凡事不操心，每天早上都以看儿子小亮为借口赖在炕上不起床，越来越懒惰。还有那些早已让她难以忍受的生活习惯：郭保喜洗脸从来都是胡乱把水撩到脸上，然后用干净毛巾使劲一擦就算完事，好好的毛巾一下子就变得污浊不堪，用完还随手乱扔，从来不自己清洗，最后都得她来收拾，以至于她后来不得不严令禁止他再碰自己的毛巾；每天早上起床从不刷牙，只有在想要和自己亲热前，才会在她的提醒下去勉强洗漱一下；穿着皮鞋出门前从不擦灰，更别说打油保养了，这些事最后都得她来伺候；吃饭的时候，遇到好吃的、新鲜的菜，就一个劲儿地往自己碗里抢，吃相难看，吃完抹抹嘴就去看电视，从来不主动收拾碗筷，活脱脱一副被宠坏了的大少爷做派……还有，当年怀小亮的时候，郭保喜不顾她的身体状况，不节制性欲，甚至在临产前几天还非要同房，结果导致羊水早破……

回忆起这十多年来婚姻生活中的点点滴滴，林凤鸣忽然间有了一种恍然大悟的感觉：自己当初到底是爱上了怎样的一个人啊？！这次他婚内出轨王美玲，恐怕也并非偶然，而是他那随性放纵、只顾自己舒服、从不替别人考虑的本性使然！郭保喜这种不思进取、懒惰自私的性格，又怎会懂得珍惜感情、忠于爱情呢？！

林凤鸣对这段婚姻彻底失望了。她决心，要把"爱情"这两个字，从自己的生活中彻底剔除出去。

尽管林凤鸣努力想表现得坚强，但感情的重创还是压垮了她。那天晚上，她半夜发起高烧，说起了胡话。天亮后，家人赶紧把她送到了镇医院。镇医院的医生一看情况严重，说条件有限，不敢收治，建议立刻转往沿河市医院。

郭玉英看到大嫂病倒，后悔得肠子都青了。有些话可以说，有些事是万万不能说的！在医院陪护的半个多月里，她尽心尽力地照顾着林凤鸣，心里充满了愧疚。

杨思哲和崔莹夫妇也带着女儿杨雨涵来看望林凤鸣。林凤鸣看到崔莹手中捧着的鲜花，又看了看长得酷似父亲的小雨涵，苍白的脸上露出一丝笑容，开玩笑地说："哈哈！我未来的儿媳妇长得可真漂亮呀！"

崔莹也配合着开玩笑："那你可得快点好起来！出院后好多挣钱，给你儿媳妇攒足聘礼才行！"杨思哲却一点笑容也没有，只是轻声叮嘱："林凤鸣，事业再重要，也得注意身体。别太累了。"

弟弟林致远来看望姐姐时，几次追问她这次突然病倒，甚至吐血的原因。林凤鸣都只说是最近太累了，为郭保喜保留了最后的颜面。林致远看到郭玉英也在病房里，便没有再深问下去。

郭玉英总觉得是自己闯了祸，也许是良心上过不去，在医院陪护期间，变得更加沉默寡言，不是闷头看书，就是帮林凤鸣核对厂里的账本。

林凤鸣看她这样，反而安慰她："玉英，我看我们家将来真的要出个大作家呢！"

玉英苦笑了一下："大嫂，我现在……读书写字大概也就是我唯一的乐趣了。"

林凤鸣说："一个人喜欢干一件事，并且能沉浸其中，这可能就是天性吧。就像我，我就是喜欢挣钱，喜欢把日子过好。"

玉英似乎被触动了，情绪稍微好了一些，说："如果……如果我将来真的当了作家，大嫂，我第一个就写你的故事。"她顿了顿，又小心翼翼地问，"大嫂……你……你跟我大哥……还能和好吗？"

"说实话，玉英，我现在也不知道。"林凤鸣坦诚地说，"我现在满脑子想的，都是厂里的订单怎么拿下来，怎么能多挣钱。还有村里的那座桥、那条路，该怎么修……"她的内心充满了矛盾。理智上，她希望自己能够为了家庭、为了孩子，原谅郭保喜一次。可她那要强的性格，却让她无法接受，下意识地把所有的过错都推到了郭保喜一个人身上。或者……还有那个王美玲？王美玲在她眼里，不过是个跳梁小丑，根本不值一提。可……自己终究也只是个凡人啊！没有大海那般宽广的胸怀，心里的这口气，咽不下！这道坎，过不去！

郭玉英愧疚地低下头，轻声说：“大嫂……对不起……”

林凤鸣摇摇头：“玉英，这不是你的错。我甚至……应该感谢你告诉了我真相。至少，事情没有闹得更大，没有让我蒙在鼓里。这……也许就是我的劫数吧。”她看着玉英，反问道，“那你呢？你和邵明德……还能重新在一起吗？”

玉英的回答异常干脆：“不可能了。”她抬起头，看着林凤鸣，眼神复杂地说，“大嫂，我跟你不一样。你光鲜亮丽，有勇有谋，是真正干大事的人。很多男人都欣赏你，甚至……巴结你，心甘情愿地讨好你，乐意围在你身边找事干，乐意受你支配，跟你一起创业挣钱，甚至以能待在你身边为荣。也许……他们心里，都暗暗地爱着你。”

林凤鸣被玉英这番话逗笑了：“你看看你！说你跟邵明德的事呢，怎么又扯到我身上来了？还说了这么多！真是越来越有作家的腔调了！玉英却异常认真地说：“是真的，大嫂！我也是过来人，我懂！邵明德……他心里是爱你的！”

林凤鸣的脸色严肃起来：“别瞎说！”

“你先别打断我，大嫂！”玉英却不让她插话，“我知道，你从来都不是个轻浮的女人，你在家里的地位和威望，也没人敢轻易冒犯。也许你半个眼睛都没瞧上过邵明德，跟他之间清清白白。你和王美玲那种主动勾引我大哥的女人不一样。可是……你有魅力啊！优秀的男人，都会不由自主被你吸引，喜欢你，欣赏你！你看那个杨院长，他来看你的时候，那关心的眼神，嘱咐这、嘱咐那的样子……还有我二哥！上次我在他那儿住的时候，他反反复复嘱咐我，回到家一定要凡事多听大嫂的，多帮大嫂做事。还特意交代我，提醒大嫂开车别太快。临走的时候，他还特意去大商场，给你买了一套进口的高档化妆品！”

“哎呀！那是因为我们是一家人嘛！化妆品……化妆品他给咱俩买的是一样的！”林凤鸣的脸有些发红，略显心虚地狡辩道。提到郭保军，林凤鸣的心里确实泛起了一丝涟漪。她不得不承认，自己心里确实曾经对那个默默守护着自己、英气勃勃的小叔子动过心。只是因为道德的约束和家庭的责任，她一直将那份情感深埋心底，从未逾越雷池半步。

县医院的大门口，人来人往，车水马龙。

林凤鸣收回目光，岔开了话题，说：“现在生活条件好了，人们也都开始注重自己的身体健康了。"

玉英却突然又问了一句："大嫂，在你心里……有没有真正爱到深处的男人？"

林凤鸣沉默了片刻，坦言道："有啊！我欣赏很多男人身上的优点，我学习他们的勇敢和智慧。但是，我知道盐是咸的，黄连是苦的。人最终还是要穿衣吃饭，要活在现实当中。"

玉英听了，没再说什么，又重新拿起了书，默默地看了起来。过了一会儿，她像是自言自语，又像是对林凤鸣说，轻轻地放下书，说道："有些爱，就像是天边那轮皎洁的明月，只能遥遥相望，永远无法触及；而有些爱，则像是大海里曾经翻滚的波涛，最终都会慢慢归于平静。爱……或许也是有它自身的规则和轨道的吧。"

林凤鸣听了，不禁惊叹道："玉英！你可真是越来越有思想深度了！我看你真的很有文学天赋！加油吧！说不定将来真能成为一个了不起的大作家呢！"

姑嫂两人相视一笑，似乎在这一刻，彼此更加理解了对方，也感受到了一种同病相怜、惺惺相惜的复杂情感。

林凤鸣出院后，郭保喜为了讨好她，特意从村里找了一个手脚勤快的中年寡妇，来负责打扫她办公室的卫生。

但林凤鸣对此并不领情，依旧对他不冷不热。她把所有的精力都投入到了生意上。郭保喜私下里跟人抱怨，说林凤鸣现在变得越来越高冷了。

林凤鸣和郭保喜之间的隔阂越来越深，两人甚至到了同处一室也相对无言的地步。必须说话的时候，语气也冷得像对待陌生人。他们各吃各的饭，各睡各的被窝。也许只有这样，才能避免发生更激烈的争吵和冲突，才能维持这个家表面上的平静与平衡，才能不影响到生意和孩子们。

这样的冷战状态，持续了一个多月。郭保喜终于不耐烦了。他收拾起自己的行李，对林凤鸣撂下一句："得得得！你现在是能耐了！看不起我了是吧？嫌弃我了是吧？"然后就抱着行李，赌气跑到邵明德在山上的窝棚里去住了。他似乎完全忘记了是自己出轨在先，反而把所有的原因都归咎于林凤鸣的"冷漠"和"轻视"。他用这种方式，仿佛是在向林凤鸣宣战：我郭保喜离开你，照样能活！看你以后求不求我！

林凤鸣其实也一直盼望着，时间能冲淡一切，能让自己慢慢消除心理的阴影，重新接纳郭保喜。可她发现，自己就是那么脆弱，那道坎就是过不去。郭保喜这次赌气离开，她心里反而感到了一丝莫名的轻松。

尽管如此，林凤鸣心里还是惦记着郭保喜在山上的冷暖。过了几天，她买了一些副食品，又拿了一条厚实的羽绒被，开车送到了山上邵明德的看山房。她没有见到郭保喜，只看到炕上放着他那有些脏兮兮的行李，还有一条更脏的擦脸毛巾。邵明德和他弟弟邵明礼也不在屋里。她独自站在半山腰，默默地望了很久。眼前是连绵起伏的山峦，山上是长大了的、郁郁葱葱的红松。山风吹过，松涛阵阵。有几只邵明德喂养的野鸡，悠闲地飞落在不远处的空地上啄食。它们似乎并不害怕林凤鸣，只是一边低头啄食，一边警惕地抬起头看看她。它们身上华丽的羽毛，在刚刚升起的朝阳映照下，泛着五彩斑斓的光泽。林凤鸣试着朝它们走近了几步，它们这才扇动翅膀，飞向了茂密的山林深处，在远处的山坳里发出了几声清脆欢快的鸣叫。

　　林凤鸣顺着它们飞去的方向望去，又一次看到了那熟悉的、萦绕在山坳间的蓝色薄雾。那雾气如丝如缕，缓缓地向上升腾，渐渐变白，然后慢慢散去，最终消失得无影无踪……

　　姥姥在她小时候常常哼唱的那首古老的童谣，仿佛又在耳边轻轻响起。那时候，她只觉得姥姥是在思念早逝的姥爷，听着心里酸酸的。此刻，一阵阵山风吹打着她的衣衫，带来刺骨的寒意，她需要用力搂紧衣服，裹紧自己的身体。林凤鸣心中感到一阵前所未有的寂寥和茫然，泪水再次不受控制地涌了出来。她不想再见到任何人，默默地放下带来的东西，重新裹紧衣服，急匆匆地转身离开了。

263

第二十二章　选择

有些事可以选择，有些事却无从选择。人世间，本就充满了无奈和遗憾。

天刚蒙蒙亮，邵明德就跟郭保喜一同下了山，到林凤鸣家找她。他是来当和事佬的，准备厚着脸皮给郭保喜当说客，希望林凤鸣能原谅郭保喜。

邵明德一进院子就大声喊："干妈，给你送野鸡来了！"他还用塑料袋装了些榛蘑。听那欢快的声调，林凤鸣就知道他来干吗了。真是乌鸦落在黑猪身上——一对"黑人"。她不满意地说："嗨，你小点声，孩子们还没起呢。"她并没有直接跟郭保喜说话，接过邵明德手里的东西，进了厨房。邵明德跟郭保喜没趣儿地相互看了看，只好拐进了婆婆的屋子。韩叔正在洗脸。婆婆还不知道郭保喜一直在山上住，林凤鸣和玉英都瞒着她，只说厂里忙，在厂里住呢。

婆婆心疼儿子，大声把林凤鸣喊到她屋里。一见林凤鸣进来，就给她甩了脸子。"这男人哪有不犯错的？睡个女人也不是什么大事。再说，这要搁到过去，根本就不算事儿，三妻四妾的都正常。我也不护着喜子，可他当着你爸的面、全家人的面给你赔礼道歉了。我再捧着这张老脸，给你赔个不是。"

玉英这下急了："妈！你这是说的什么话！是大哥错了！你那是老观念，你不会教育孩子！我们都太任性了！"

婆婆愣愣地看着玉英，没再说话。林凤鸣没言语，拿了车钥匙，开车出去了。

玉英的话提醒了邵明德。邵明德说："喜子，咱俩都该长点儿脸，活出个人样来。干妈，我走了。"他也讪讪地回山里去了，连焱焱、森森都没看一眼。玉英望着邵明德的背影，自言自语道："哼，这男人在我大嫂面前倒都成人了。"

初秋时节，邵明德到公司办公楼找林凤鸣。献着殷勤地给她摘了些山葡萄和圆枣子，说是让她泡酒用。然后坐下来，掰着手指头对林凤鸣说："松树都长大了，结塔了，可树间的杂树也跟着长大了。榆树、穿天杨、桦树、枫树、核桃楸、紫椴、曲柳、黄菠萝，还有那些小灌木长得更快，都挤着松树了。我想在入冬之前来一次清林，你看看想留下哪些树种？"

林凤鸣开始以为邵明德又是来替郭保喜讲和的，没怎么搭理他。一听到要清林，她立刻高兴起来，说："好啊！我这几年光忙活公司这边的事，也没顾得上山上的事，都把清林这茬儿给忘了。快说说，你想怎么个清林法？"

邵明德看到林凤鸣高兴起来，接着说："榆树、杨树，还有那些灌木太碍事了，挡风，一定都得清除掉。紫椴、桦树、枫树、核桃楸、黄菠萝眼前还不打紧，将来也能成材，可以先留着。还有一些柞木、青冈也得清理。还有些树，长得歪歪扭扭的，形态不好，清不清？另外，我跟明礼两个人干不过来，得雇几个人。"

"嗨，又不是让你当力工的。你在山上就算一个人，光杆司令，那也是管理者。好，人员我给你解决，男工十个，女工十个。桦树、紫椴、枫树、核桃楸、黄菠萝都留下，留点阔叶树，山上也好看！杨树吸养分太快，尽量不要，你看着情况定吧，山边儿的就都留下。"林凤鸣打趣道，"形态不好的树，不必清，这人还有长得歪歪扭扭的呢。不过，你千万注意，有些树种是受国家保护的，千万不能大意给伐掉了。"她拿起电话，准备给高余经理打电话。

邵明德犹豫着，似乎想说什么。

林凤鸣问："邵明德，你是给我看林子的，有啥事尽管提。"

"我那批野鸡还没卖，手里没钱买割灌机，还要买油锯。"邵明德觉得在林凤鸣面前矮了半截。

林凤鸣拿出收据，开了两万块钱的条子递给邵明德，说道："去财会室领吧，不够再吱声。工人你记个考勤表，清林的活儿比食品厂这边累，干完活按外勤标准补发工资。对了，告诉工人们注意安全。你把身份证给我，我给你也先按公司员工买上保险。"邵明德掏出身份证，放到林凤鸣办公桌上，转身准备离开。

林凤鸣叫住他："你稍等一下，我让高经理给你带两箱食品上去。这个周日，我把焱焱、森森送你那儿待一天，你把手头的活儿安排给明礼，跟孩子们多联系，多沟通。"

"凤鸣，让你操心了。"邵明德站住，又补了一句，"你还是原谅喜子吧，你俩是打小一起长大的夫妻，还有儿子，还有这么大的家业。"他很真诚地劝着林凤鸣。

林凤鸣笑了："你果然是来当说客的。"

这时，高余经理匆匆来到林凤鸣办公室，脸色特别难看。

"林老板，有一件事我必须跟您说。"高余犹豫着。林凤鸣给高余倒了杯热水，把办公室的门关上，对高余说："什么事？慢慢说。"

"是这样，前一阵子，郭老板进来一批便宜的核桃仁，是过期的，有点哈喇味儿。他让瞒着您加工了。我当时也没跟您汇报，也没能阻止，就全部加工了。成品出来后，质检检查不合格，我没敢出厂。但也不知道该怎么办？"

林凤鸣"忽"地站起来，气不打一处来："还有这事？！你为什么不早汇报？"她知道高余是个谨慎的人，一定是郭保喜压着他没让说。她缓和了一下语气，接着说："一件也不能出厂！全部销毁！"

"啊！"高余瞪大了眼睛，"可不可以降价处理？这成本就十多万呢！"

"不行！砸自己牌子的事一点都不能含糊！咱们的食品之所以畅销，就是保证了质量。我有一次去长春咱们自己的专柜，一个大妈跟我说，就爱吃咱家的月饼，说月饼馅儿不粘牙，那核桃仁，吃着可香了，别家的就不行。她是坐了一个小时公交车专程来买的。为什么？因为咱们的月饼馅料都是一次性的，从来没有返工再利用的。做月饼的厂家那么多，有多少是把剩余的、过期的馅料返工，再做成新馅儿的？咱们厂绝不允许这种事发生！通知采购、销售和质检组长，马上开会！"

会后，林凤鸣私下找郭保喜深谈了一次。郭保喜也认识到了自己的错误，承认自己贪小便宜导致厂子蒙受了十几万的损失，并向林凤鸣做了保证。

林凤鸣在会上表扬了质检组，也表扬了高余经理。那批不合格的月饼最终全部被当成废料处理了。

这件事传开后，电视台还做了专访，在新闻节目里播出。食品厂一下子接到了好多订单。弟弟林致远打来电话，赞同林凤鸣的做法。父亲林崇山也表扬了她。只有婆婆听到损失了十几万，一个劲儿地说"白瞎了，对付吃呗"。张斌是做过老板的人，看得长远，一直夸林凤鸣做得对。

一天，邵明德跟郭保喜一起带着两个陌生人进了厂，来找林凤鸣。还没等邵明德开口，其中一个年龄大一点的男人"扑通"一声给林凤鸣跪下了，大声说："林老板，您大人有大量，放了我俩吧！"另一个却梗着脖子说："姐夫，你别求她！脑袋掉了碗大个疤！"林凤鸣莫名其妙地看着邵明德和郭保喜。

邵明德搬过来一把椅子坐下，得意地对林凤鸣说："这俩小子是偷松塔的，被我抓住了。我跟喜子做不了主，林书记你看咋办？送派出所？"

林凤鸣最讨厌游手好闲、不劳而获的人。现在国家鼓励个人致富，你不靠劳动所得，还干偷盗的勾当？看着又面生，心想一定不能轻饶。她厉声问道："你俩是哪个村的？知不知道这片林子是我个人承包的？"

年龄大的答道："宝山村的。知道是你家的林子，结松塔。"

"知道是个人的还偷？"林凤鸣在镇里开会时听说过宝山这个屯子，在大山深处，只有七户人家。

"林书记，是我们不对。"那人改口叫书记，"可也没办法啊。我们是猎户出身，没有地，就靠打猎为生。可现在法律管得严，这不让打，那不让卖的，手里没钱，孩子上不了学。孩子到镇里上学得走六十多里山路，就想着偷点松子卖了，买个摩托车。我大闺女都十一岁了，还没上过小学呢。家里还有个瘫痪的老娘，得买药吃。日子过得太苦了。"年龄大的说着，流下了眼泪。

林凤鸣听到孩子十一岁还没上小学，心里一震。大山里太闭塞了，没有挣钱的出路。各村都搞了包产到户，没有哪个村子愿意拿出自己的土地给外来户，也就没有村子肯收留他们。

"姐夫，你别跟他废话！哭啥？有个爷们样儿！她娘家弟弟是法院院长，看咱们穷，肯定得多判几年！"年龄小的那个态度依然很冲。

"哈哈，对我倒是门儿清啊！那法院是人民的法院，属于国家，属于共产党领导。怎么，就因为我弟弟是院长，你没钱，就能多判你几年？你要是不偷我的松塔，不被抓住，找不着你，那我就认栽呗。你偷个人的东西，还这么理直气壮？"林凤鸣态度缓和下来，慢慢坐下。

邵明德接茬道："林书记，你是雇我看山的，我得负责啊！他俩不是偷一次了，我先前没跟你说。那天我养的野鸡突然惊飞，我就知道来了生人。后来我去巡山，发现南山岗离我那儿最远的地方，有好几棵树的松塔都没了。我开始以为是咱们屯里谁弄点儿回去吃，没在意。可过了几天，又丢了，比上次还多。我就开始带着干粮，拿着镰刀在那儿蹲守。嘿嘿，总算把他俩抓着了！他俩也都交代了，一共偷了三次，还准备再偷一些，凑够买摩托车的钱。你也别跟他俩生气了，打电话送派出所吧。"

郭保喜这时也说话了："偷东西就必须送派出所！还卖了钱买摩托车？我家欠你的呀？怎么想的！"

年龄大的不断磕头求饶："林书记，您千万别把我俩送派出所！家里人都不知道我俩是偷的松子，我俩瞒着家里人，说是去山里捡的野生的。我家大姑娘天天用小棒槌砸松塔，不停地晒，说卖了松子就可以上学了。千万别送派出所，求求您了，饶了我这次吧！我郝老大以后给您当牛做马都行！"

"郝老大，你家有几个孩子？"林凤鸣问。

267

"仨，俩姑娘，一个小子。大的十一，老二九岁，最小的是个小子，七岁，超生要的这个小子。"郝老大如实回答。

林凤鸣点点头，把郝老大拉了起来。她知道超生是要罚款的，这家的日子一定很困难。"你呢？叫什么？有几个孩子？"林凤鸣又问那个年龄小的。

"我叫王强，就一个儿子，七岁。"王强站着，挺直脖子答道。

"偷盗是犯法的，绝不能再偷了。但我知道你们确实是生活所迫，这次就不送派出所了。"

王强先是不相信似的，看看林凤鸣，又看看邵明德、郭保喜，最后看看郝老大。

郝老大"扑通"一下又跪下了，给林凤鸣磕头。

郭保喜想说什么，被邵明德一把拽住了，意思是让他听林凤鸣的。

王强却并不领情，翻了一下眼睛，问林凤鸣："不送派出所？那你打算怎么处理我俩？"看得出来，王强仍然怀疑林凤鸣的动机，以为她会以偷盗之事要挟他们，逼迫他们做更划算的事，来谋取更大的好处。他听老人们说过，私了，一般都是不公平的。

邵明德当初抓住他俩时也很生气，就想直接送派出所。但了解到他俩家里的困难程度后，又有些不忍心，只好把人送到了林凤鸣这里。听到林凤鸣说不送派出所了，他暗暗佩服林凤鸣的善良。这时，他接过话茬说："还能咋处理？当长工呗，还林书记的人情。"

王强抢先说："就知道不会轻饶我俩！那也行，给你家扛三年活！"

林凤鸣笑了，问："为什么是三年？"

"判刑也是三年，还丢名声。扛活儿我俩不亏。"王强像是在跟林凤鸣讨价还价。但林凤鸣接下来的话，却让他心服口服。

林凤鸣表情严肃起来。穷人真的就是这么看待有钱人的吗？况且，自己也就算是在当地先富起来的一批人，跟郭保军岳父家几千万的家当比起来，又算得了什么呢？如果贫富差距真的越来越大，是不是就会分化出底层和上层两类人？甚至分出三六九等？国家不是说要让一部分人先富起来，然后带动大家共同致富吗？她有些忧虑地说："我没有这个权力扣押你们给我扛活。你俩写个保证书，保证以后不再偷盗，就回家吧。"

王强和郝老大听了这话，都吃了一惊。他们疑惑地看看邵明德，看看郭保喜，就像不认识林凤鸣一样，盯着她看了好半天。确认是真的之后，两人一同"扑通"

跪倒在地。然后又苦笑起来，说："我俩都是小学三年级没念完，认识几个字，但不会写保证书，只会写自己的名字。"

林凤鸣看看他俩，说："我来写，你俩签字就行。保证以后不偷任何人的东西。"

"我发誓！绝不再偷了！小强，你也发誓！"郝老大激动地表态。

林凤鸣把他俩拉起来，说："关键是孩子上学的问题。我这儿离学校近，开学后把孩子们送我这儿来吧，我这儿有班车接送。你们两家可以派个人过来照顾。如果你们愿意，也可以来我这儿上班，有工资的。"

郭保喜忍不住说："林凤鸣，你就这么便宜他俩了？还让他们来厂里上班？"

林凤鸣没理会郭保喜。郭保喜"砰"一声摔上办公室的门，赌气出去了。

"啊！林书记，林书记！这是真的？"郝老大和王强异口同声地问。

林凤鸣认真地点点头，对他俩说："我是这么想的，孩子上学是大事，别委屈了孩子。具体的事情咱们再商量。小学是国家义务教育，不用交学费。住在我这儿也不收你们任何费用。你们下班后还能跟孩子在一起。"

邵明德也惊讶了，愣愣地看着林凤鸣。焱焱、淼淼还在你家养着呢，还有烈士的遗孤二离。林凤鸣呀林凤鸣，你的钱也是辛辛苦苦挣来的，你的心到底有多大啊？刚才看到郭保喜摔门出去那一幕，他似乎明白了他们夫妻俩的差距在哪儿了——郭保喜始终是小农思想，没有林凤鸣那样的格局和胸怀。

王强被彻底感动了，双手一抱拳："林书记，您真是活菩萨！我服了！我哥俩以后全听您的！鞍前马后，绝不含糊！"

"嗨，别这样，搞得像过去的帮派土匪似的。"林凤鸣说，"回去跟家里人商量一下，先把孩子上学的事安排好，然后就来上班吧。厂里正好需要一位检修工和一名焊工，如果你们俩干得好，我可以安排地方让你们去培训，也不需要太多文化，认字就行。"林凤鸣最终选择了以德报怨，收留了郝老大和王强。

邵明德还真是个挣钱的好手。那个冬天，他养的野鸡卖了个好价钱。

年关将至，林凤鸣更忙了。也可以说，只有忘我地工作，才能减轻她内心的痛苦。主要是村里的事。她是党员，是村支书，职责所在。先是慰问军烈属，给五保户送去米面油等生活必需品。

然后是开全村广播大会。林凤鸣在广播里讲话："乡亲们，还是那句老话，春节期间，注意防火防盗。家家户户放烟花爆竹要注意安全，大人要看管好小孩。"

"今年最主要的一件事是：不许聚众赌博！大家都长点心，辛辛苦苦挣来的钱，是往后过日子的，别以为现在日子好了，手里有俩闲钱了，就瞎霍霍！当然，小小的娱乐不算，自己家来亲戚了玩玩也不算。大家自己管好自己。这事儿管到正月十六就算过完年。"

"还有一件热闹的事：村里要组织秧歌队，想参加的，到老学校村部的吕强、汪艳华那儿报名，打电话报名也行。计划初五、初六在咱们大利村扭，十五、十六去镇里参加各村的秧歌会演。人数不限，男女老少都可以报名，只要身体好就行。大队部给开工资，一天80块钱，从早上九点到下午两点，正好管两顿饭。最后，提前给父老乡亲们、兄弟姐妹们拜个早年：祝大家过年好！五谷丰登！六畜兴旺！家家户户多多挣钱！"

村民们有时候会取笑林凤鸣，说"林书记说大话，办小事"。可过一段时间，看到林凤鸣真的把事做成了，他们又会说"林书记说话算话，净办实事儿"，然后又一股脑儿地夸起林凤鸣来，扳着手指头数她当书记后为村里做的好事。

林凤鸣回到家，儿子小亮不知道是不是受了奶奶的唆使，还是孩子天性使然，哭喊着要找爸爸。原来，郭保喜陪邵明德从哈尔滨回来后，主动跟林凤鸣说，过年他替邵明德值班，让邵明德接焱焱、森森去他母亲家过年，他自己一个人在山上住。林凤鸣想到，这一定是邵明德做的工作，想以此来讨好她。可现在小亮吵着要爸爸，这可难住了她。

林凤鸣知道，她与郭保喜之间有着难以割舍的亲情。无论原谅与否，他都是小亮的爸爸。她翻出结婚证，那是她决定离婚时把上面的合照撕下来的。她下意识地把两个人的照片对在一起，仿佛它们本就是一张照片：前面是郭保喜，后面是她；再转过来，前面是她，后面是郭保喜——他们本就是一个人啊，是好是坏都注定要在一起。他的眼睛就是她的眼睛，她的身体，也仿佛是他的身体。林凤鸣幡然醒悟：男女一旦结婚，就是一个整体，共同建造一个家园，一个共同的归巢。同样，离婚，就是破坏一个家园，打破一切，代价实在太大了。恋爱时，缺点也能看成优点；可结了婚，缺点就随着柴米油盐的平淡日子被无限放大了。在乡下农村，也有吵闹打架、鸡飞狗跳的事，但轻易不兴离婚这套，老了，死了，也都守着过来了。她想起与郭保喜甜蜜的时候，想起郭保喜给她讲那些荒唐的笑话，想起他有时在身后偷偷看自己梳头……于是，她走到孩子们的学习桌旁，找出胶水，把那张撕开的照片重新粘好。

林凤鸣选择了原谅郭保喜。她从心里梳理好情绪，决定就当一切从头再来。她真是太天真、太善良了，原谅了郭保喜骨子里的自私、随性和愚蠢。

林凤鸣决定带着小亮去接郭保喜回家过年。山上暂时不留人看守了，亲情最重要。

林凤鸣把轿车开到山下停好，领着小亮往山上走。走一会儿，就带小亮歇歇。林凤鸣问小亮累不累，小亮说："累，可我想快一点见到爸爸。"小亮不肯停歇，拉着林凤鸣的手继续走。无奈之下，林凤鸣只好背起小亮。虽然小亮不重，但毕竟是上山坡，林凤鸣累得气喘吁吁，额头上渗出了汗珠。

远远地看到郭保喜正在用电锯锯烧柴，小亮就大声喊："爸爸！爸爸！"郭保喜猛然看到背着儿子的林凤鸣，把电锯一扔，大步跑了过来，对林凤鸣说："你怎么来了？山上这么冷！"一下子把他娘俩紧紧地抱在了怀里。小亮搂着郭保喜的脖子，说："爸爸，快点回家过年吧！"郭保喜的眼泪一下子就流了下来。过了好半天，他对林凤鸣说："媳妇，你记住，我郭保喜对着这大山发誓，这辈子再也不碰其他女人！"他紧紧地把林凤鸣搂在怀里。

林凤鸣把头深深埋在郭保喜的怀里，喃喃地说："你记住今天说过的话。"

郭保军打来电话，告诉林凤鸣，今年他不回来过年了，工程特别忙。接着又说，他和鲁总商量后，希望林凤鸣也能进城做房地产。"大嫂，"保军说，"现在国家实行房改，允许房子私有化，好多人都争着买自己的房，建自己的小家，这正是能挣大钱的好时候。"先前不善言辞的郭保军，这次给林凤鸣打了足足十分钟的电话。最后说道："你好好考虑一下，不着急，这是来年的计划。"停顿了一下，他小心翼翼地问道："你跟我大哥和好了吧？"

林凤鸣很快回复了与郭保喜和好的事，但对于进不进城，她却犹豫了，不知道该如何选择。她知道，这是保军在鲁总面前替她求情争取来的机会，她也知道，房地产行业正火热，做好了能日进斗金，自己可以迅速积累财富。可是，食品厂怎么办？村里的乡亲们怎么办？姥姥又怎么办？年前回去看姥姥时，她身体大不如前，耳朵已经近乎失聪，只能戴着助听器。林凤鸣问她愿不愿意去城里住楼房，姥姥摇摇头，说不去了，已经习惯住平房了。林凤鸣就找了瓦工，给姥姥改造了一间带室内厕所和洗澡间的屋子，弄得像城里一楼的格局。姥姥满意地笑了。

人的精力是有限的。食品厂这边，郭保喜还不能独当一面。如果自己进城去开辟新的领域，势必不能分心。

林凤鸣听到了一些好消息，也听到了一些坏消息。好多国营大厂都承包给了个人，一批又一批的国有职工下岗了。他们失去了生活来源，只能摆小摊，开小店，长远来看，前景并不乐观。这就像她小时候，大批知识青年下乡，涌入农村，农村有广阔的土地可以养活他们。那么，现在农村人都往城里挤呢？村里的工作，已经有一些年轻的小媳妇，听信了原来那个妇女主任的忽悠，不再满足于在家手工砸核桃，纷纷进城去挣"快钱"。妇女们进了城，又带走了一些年轻的男人。村里已经搬走了二十多户，举家迁往城市，留下了空房子。土地转包给他人，从眼前看，或许能挣到更多的钱，但从长远看，却影响了农村自身的持续发展。再过十年，二十年，农村会变成什么样？房子建好了，路修通了，桥架起来了，却抵挡不住人们涌向城市的速度。她是村支书啊！思想上要有这个觉悟，人活着不能只为自己。如果人都进城了，农村就会荒芜，而农村才是国家的根本。建设新农村，才是她应该带领乡亲们走的路。这样一想，沉甸甸的担子压在了林凤鸣的肩上。

爆竹声声，在空中回荡，这是一个热闹的年。林凤鸣的心却乱纷纷的！她来到窗前，望着夜空中不断升起的、色彩斑斓的烟火，真的好美，可她无心欣赏。今年是丰收年，老百姓过得开心安乐。她不是个慢性子的人，之所以反复考虑，主要是不知道该怎么向郭保军交代，毕竟这是他在鲁总面前为自己争取来的。

林凤鸣啊！她太难了！

最终，她选择了不进城——她在电话里这样回复郭保军，声音比平时高了一倍，仿佛在掩饰什么。"保军，你想想，农村多好啊！空气好，有新鲜的蔬菜吃，春天还能上山采刺老芽，夏天瓜果飘香，秋天还能采蘑菇、捡核桃，打圆枣子，还能爬树呢！这好山好水的我还没住够呢，就不去城里挤你们城里人了。你看看，我很满足现在的生活，体重都从110斤涨到125斤了！"林凤鸣的语气里，充满了对家乡山山水水的热爱和眷恋。

郭保军接到林凤鸣拒绝进城的电话，没有再劝阻。他在电话那头静静地听着，脑海里浮现出林凤鸣冻得通红的脸颊、清瘦的身体、因常年劳作而有些变形的手指，还有被山风吹乱的头发。他轻声说："我……我尊重你的选择。记住，以后有困难一定吱声。"他知道林凤鸣身上背负着沉重的责任，一直都是为他人着想，她放心不下一村子的乡亲，放不下身边的那些孩子。她的担当和胸怀，一直让他深深敬佩。

郭保军也听懂了"你们城里人"这句话里隐含的距离感。他深深地感受到，林凤鸣之所以固守农村，完全是被那份沉甸甸的责任心所牵绊。他也更清楚，林凤鸣一旦打定了主意，就不会轻易改变。他放下电话，走出豪宅，站在阳台上，望着窗外万家灯火、霓虹闪烁以及川流不息的车辆。回忆在脑海中翻涌：林凤鸣当年是说过要带领全家人进城住高楼的，可现在又说，不进城挤你们城里人，是什么让那个曾经那么爱挣钱的人改变了主意？难道是因为她还记着过去的那些流言蜚语，想要远离自己？郭保军叹了口气："唉，那都是多少年前的事了，是自己年轻冲动……人的价值到底是什么呢？也许吧，人各有志。有些事，终究是无法强求的。"

邵明德带着焱焱、森森过来，先给林凤鸣的婆婆磕头拜年。之后又把焱焱、森森带到林凤鸣面前，让两个孩子给干妈林凤鸣磕头拜年。林凤鸣说："别行这么大的礼，问个好就行了。"邵明德却有另一番说辞："养育之恩大于生育之恩。你这个干妈当得合格，对两个孩子的好，让我非常感动，待她们如同亲生。孩子大了，更应该懂得感恩这份养育之恩。以后就该她俩好好孝敬你。等哪天我没了，还得指望你这个干妈照看着呢。"

听到最后一句话，林凤鸣心里咯噔一下，觉得大过年的说这话不吉利。她随手拿起一个冻梨递给邵明德，说："把你这嘴冻上，省得胡咧咧！"然后把焱焱、森森打发到自己屋里去了。

刚刚过完年开始上班，邵明德就撺掇郭保喜一起种林下参。邵明德对郭保喜说："喜子，当初咱们那个四人致富小组，现在就差咱俩了。保军当了房地产商，成了大老板；林凤鸣也干得红红火火，还当上了村书记。你虽然跟林凤鸣是一家的，但还不都是借了她的光？你听听，外面一来客户，都是找'林老板'的；村里的人有事，都去找'林书记'。哪还有你说话的分儿？咱俩也得干出个样子来！我就一直琢磨着干点啥好。我那个哈尔滨的哥们儿，说现在往俄罗斯倒腾人参挺挣钱。你听说了吧？我看，咱俩就种人参！"

郭保喜听邵明德这么一说，觉得这个想法不错。反正食品厂这边也不太用得着他，正好可以跟邵明德一起种人参。林凤鸣发现，那段时间确实不时有男人往山里去，有步行的屯里人，也有镇上来的，还有开着车来的陌生面孔。林凤鸣一直以为是邵明德卖野鸡的事，从来没过问。

清明节前一天，邵明德来找林凤鸣。

邵明德说："林书记，咱们公事公办，私事归私事。山上的野鸡以后归我弟弟管。我跟保喜合伙种人参，你把咱们村的林地承包给我吧。"

林凤鸣说："我家的林地我能做主，你跟保喜种人参我同意。但村集体的林地，

273

我得先去镇里请示王书记，回来还得开村民代表大会讨论决定，不是我一个人说了算的。你既然叫我林书记，那咱们就得按规矩来，这事儿得回村部去谈。"

林凤鸣叫住正要离开的邵明德，问他："你跟玉英的事，真的就一点儿挽回的余地都没有了？"

邵明德很认真、很严肃地说："我已经对不起徐雅琴了。跟玉英那次……真的是个意外。我这辈子就是这个命，先是被徐雅琴和我妈下了药，后来又是玉英趁着我喝多了神志不清……现在我就想自己做主，再也不沾女人了。"

林凤鸣无奈地摇摇头，知道玉英和邵明德的事是真的无法挽回了。两个人都不再主动，她这个当家的大嫂，也无回天之力了。

没过多久，邵明德拿着签好的十年林地承包合同来向林凤鸣借钱。林凤鸣看着这个曾经有着"小能人"称号的男人似乎又被重新唤醒了斗志，却不知不觉地想起了玉英曾经说过的话："大嫂，邵明德是喜欢你的。"

第二十三章　山坳里的雾是蓝色的

山坳里的雾是飘逸的，带着蓝色的调子。远处深蓝，近处浅蓝。谁会相信呢？只有亲身经历过的人才相信，那雾里还夹杂着苦涩的味道。若不信，你便敞开胸怀，站在高处，俯瞰那不如意又充满无奈的生活。

故事讲到这里，不得不说说孩子们的事了。时光匆匆，人生亦匆匆。只要人生未完结，故事便会继续。人们期盼着，林凤鸣这个女人，最终会迎来怎样的结局？

时间过得真快。转眼间，邵焱焱考上了省里一所重点农业大学；二离（大名夏继成）当了兵；小亮也上了县里的重点高中，长成了大小伙子的模样，既有母亲林凤鸣的端庄俏丽和清晰的五官轮廓，又继承了父亲郭保喜的高大个子，是个标准的帅气男孩儿。有一次去他舅舅林致远那里玩，竟被法院新来的一个小女法官看上了，那姑娘红着脸，硬是托林致远院长介绍对象。林致远笑着说："我外甥才上高二呢，你得等他五年大学毕业再说吧。"

邵焱焱和二离谈起了恋爱。两人把这事告诉了干妈林凤鸣。林凤鸣说："等焱焱大学毕业，我就给你们操办婚礼。咱们不在二离部队那边安家，你得把他拐回来，在咱们这儿安家。"焱焱像个女兵似的，给林凤鸣敬了个军礼："干妈，保证完成任务！"林凤鸣又叮嘱道："二离是部队的人，凡事要听二离的。咱们是军嫂，可不能拖后腿。"后来，焱焱假期去看望二离时，带去了自家厂里做的月饼。结果，中秋节时，二离所在的部队就向林凤鸣的食品厂订购了上百万元的月饼。林凤鸣后来才知道，是二离向领导讲述了干妈待他如亲生孩子的往事，感动了他的领导。那位领导说："月饼咱们不缺，缺的是你那位当老板的干妈，她为咱们部队培养了一个好兵，更缺的是她那份善良与大爱的胸怀。我代表咱们部队谢谢她！"

后来，2008年5月12日汶川大地震后，林凤鸣以二离的名义，向灾区捐赠了一车上好的食品。

邵森森则去了刘老根大舞台，找到了在那儿已小有名气的小叔郭保国，当了一名二人转演员。郝老大的二女儿郝佳妮和郭亮都考入了省里的同一所大学。每逢周日或放假，两人便结伴回家，林凤鸣总会派车去接。郭玉杰从卫校毕业后，回到村里给宋婶当助手，撑起了朝阳村的卫生所。

林凤鸣的鬓角也悄悄爬上了银丝。玉英劝她："大嫂，你去染个头发吧，现在流行染发。你是咱们厂子的招牌，就像电影明星代言广告一样，得漂漂亮亮的，不能显老。"

林凤鸣不以为意，高兴地说："老天爷真公平，给了我家，给了我儿子，还给了我财运！"但最后还是拗不过玉英，姑嫂俩一同去镇上的理发店染了头发。回来时，惹得青年男子频频搭讪，中年男子驻足观望，老年男子也忍不住多看几眼。郭玉英打趣道："大嫂，咱俩成妖精了。"林凤鸣笑着回她："咱俩是精华。"

玉英把打印好的诗稿寄给了出版社，眼里闪烁着希望的光芒。林凤鸣鼓励她："就算自费，咱们也得出。这是精神食粮，可以传给后代，是光耀门楣的好事。"

姥姥去世后，林凤鸣跟父亲林崇山和宋阿姨商量，想接他们去自己家的楼房住。当初建楼时，她特意给姥姥和父亲都预留了房间。林崇山看着宋阿姨，想听听她的意见。宋阿姨说在这里住久了，很多老患者都离不开她，而且也住惯了平房。林崇山便告诉林凤鸣，他们就不搬过去了。

回来的路上，郭保喜和林凤鸣感慨万千。林凤鸣说，宋阿姨是省里大医院的儿科主任，却为了父亲，一直留在小镇，等了父亲好多年，父亲最终也没有辜负宋阿姨的感情，决定陪伴她度过后半生，把余生都交给了宋阿姨。老一辈的爱情，真的是太实在，太真挚了。

郭保喜淡淡地看了林凤鸣一眼，没有吱声。在他心里，总觉得林凤鸣这话又是在敲打他。沉默了一会儿，他说："林凤鸣，我可告诉你，我再也没跟其他女人好过。"

林凤鸣笑了，说："你想偏了。咱们都五十岁的人了，也别再弄那些风花雪月的事了。今年的人参都起出来了吗？"

郭保喜说："邵明德说阳坡的大部分都起了，背坡的还得再等一年。不过，他说今年的价格最好。钱到手才是真钱。"

林凤鸣说："这话没错。搞养殖种植都得看行情。今年咱家松子的行情就走低了，好在咱家自己加工食品能用上。外购的松子仁一斤就便宜了五块钱。今年算是丰收年啊！"

郭保喜又说："邵明德说想自己出去卖，不经过二道贩子。"

林凤鸣说："这事你跟邵明德再仔细商量商量。我没有这方面的客户。自己出去卖，是能多卖些钱，但也有风险。好在现在全国通存通取了，出门不用带大量现金。"

邵明德与郭保喜的人参卖了个好价钱，正准备回家报喜，给林凤鸣一个惊喜。

然而，就是一个夜晚，只是一个夜晚，改变了一切。在灯红酒绿的大街上吃完晚饭，邵明德提议再逛逛。两人都喝了不少酒。

冥冥之中，仿佛有歌声预兆着什么：一次更大的劫难，还是又一次到来……

街角不远处，正好有一家彩票站。郭保喜来了兴致，说："走，试试手气去！反正天色还早，回去也睡不着。"进去后，两人各买了100元的刮刮乐。没想到，郭保喜竟中了500元。他顿时兴奋起来，对邵明德说："老邵，你看我今儿个手气这么旺，咱找个地方搓几圈麻将或者玩几把牌怎么样？指定能赢！明天就得回去了，在家凤鸣那脾气，根本不让玩儿。这里人生地不熟的，还得你带着找地方。"邵明德知道林凤鸣平时管得严，不让郭保喜沾赌，此刻见他兴致勃勃，倒也有些同情，便点头答应了下来。

两人七拐八绕，来到一家地下赌场。赌场里人声鼎沸，喧嚣嘈杂。这两个曾在麻将桌上消磨过无数时光的男人，一踏进这地方，便觉热血沸腾，仿佛这才是他们能找到真正快乐的所在。

一天不回，两天不回……直到第七天，林凤鸣等来的却是一个所谓的"好消息"：他们订到了一批上好的俄罗斯山参，转手就能挣大钱，眼下只差二百万的本金，让林凤鸣火速带钱过去。

林凤鸣第一时间把这个天大的好消息告诉了家里人。婆婆一听，满脸堆笑，高兴得合不拢嘴："我就说我家喜子也是个能人，这回准能挣大钱！凤鸣啊，我看喜子这本事，往后一定能比你更出息！他……他没说啥时候回来吗？"

郭玉英却只是面无表情，幽幽地插了一句："邵明德那人，就好一口赌。别是赌钱输光了，编瞎话让大嫂送钱去，回不来了吧。"

话音未落，就被她妈没好气地骂了回来："玉英！闭上你那张破嘴！你就算再怎么恨邵明德，也别咒你大哥呀！看着你大哥出息了，能耐了，你心里不舒坦是吧？"

其实，不光是大利村，就是龙凤镇周边的其他村子，这些年也有不少农民靠着勤劳先一步富了起来。可人一旦兜里有了几个余钱，精神上要是空虚了，就容易沾染些坏习气，时不时地就想出去寻点刺激，上赌场豪赌几把。说也奇怪，好像那

277

些好不容易挣来的余钱，揣在兜里反而压得他们六神无主似的。非得进赌场痛痛快快地豪赌一阵子，把钱输个精光，两手空空地出来，反倒觉得一身轻松了。然后才会猛拍着脑门后悔不迭，捶胸顿足地发誓要痛改前非，好好实干，把输掉的钱再辛辛苦苦挣回来。这种歪风邪气，林凤鸣在村民大会上三令五申，不知强调过多少次要不得。只是，她怎么也没想到，这股歪风竟会刮到自家男人郭保喜和邵明德的身上。

玉英被母亲抢白了一顿，也没再还嘴，只是默默地一瘸一拐地走了出去。谁又能想到，她这无心的一句话，竟会一语成谶。这突如其来的变故，林凤鸣能扛得住吗？

林凤鸣当时还真以为这两人碰上了百年不遇的挣钱良机，一路上心里还美滋滋地盘算着：等他俩这笔生意做成了，挣回来的钱，正好可以投入到后续的山林承包和种植上，不光是人参，还可以再扩大规模，种些大榛子、木耳、药材什么的。她依着郭保喜电话里说的地址，带着银行卡匆匆赶到了约定的车站，却只有郭保喜一人来接她。林凤鸣心里"咯噔"一下，忙问："邵明德呢？"

郭保喜眼神有些闪躲，含糊其辞地说："哦，他……他正跟客户在一块儿谈后续的细节呢。你……你把钱带来了吗？"

林凤鸣道："不带钱我来干啥？这可是你跟邵明德好不容易才谈成的大买卖，我当然全力支持。"说着，她注意到郭保喜脸色蜡黄，眼窝深陷，一副萎靡不振、心力交瘁的样子。她猜想许是在外奔波，吃不好睡不好累的，心里不由涌起一阵心疼。她主动伸手挽住了郭保喜的胳膊，想给他些安慰。

就在这时，林凤鸣隐约感觉到，似乎有几个鬼鬼祟祟的人影在不远处跟着他们，空气中也透着一丝若有若无的紧张气息。郭保喜却不再多说什么，只是低着头，脚下步子迈得飞快。林凤鸣起初还以为是遇上了小偷，并没太往深处想，也赶紧加快脚步紧紧跟上。

可当郭保喜领着她七拐八弯，进到一间偏僻破败的空屋子时，林凤鸣立刻就觉得不对劲了。她心知不妙，当机立断，趁着对方还没来得及发难，飞快地用手机给玉英发了个定位信息过去。

几乎就在同时，就像电影里演的那样，突然不知从哪儿窜出来好几个凶神恶煞的彪形大汉，一把就抢下了林凤鸣的手机。那些人七手八脚地死死按住她和郭保喜的胳膊，用黑布蒙上他们的眼睛，然后粗暴地推搡着上了一辆早已等候在外的汽车。

汽车行驶了半个多小时，林凤鸣感觉车外的风声越来越大，空气也变得潮湿起来，似乎是到了水边。随后，她和郭保喜被人从车上推搡下来，脚下踩着的地面也变得晃晃悠悠的，好像是上了一条船。船又在水上颠簸了约莫半个钟头，他们才被人恶狠狠地摘去蒙眼的黑布。

林凤鸣心里升起一股强烈的不祥预感，她感觉后颈的汗毛都乍了起来。她还竭力安慰自己，也许是雪后天寒，江上的风太大的缘故吧。

待看清眼前的情景，林凤鸣的心彻底沉了下去。她和郭保喜果然是在一艘不小的船上。而眼前看到的，哪里是什么正经谈生意的办公室，分明更像是个黑社会窝点！七八个膀大腰圆、满脸横肉的打手凶神恶煞地围侍两旁，正中间太师椅上，大马金刀地坐着一个油头粉面、体态微胖的中年男人。那男人脸上横肉堆积，一双三角眼闪着阴鸷的光，嘴角挂着一丝若有若无的冷笑。看这架势，无疑就是这伙人的头目了。

林凤鸣强作镇定，把自己带来的、原本准备送给客户的那盒包装精美的食品厂糕点放到桌上，却没有看到邵明德的身影。她心里一沉，扭头厉声质问郭保喜："这到底是怎么回事？邵明德呢？"

郭保喜在她凌厉目光的逼视下，再也支撑不住，"扑通"一声给林凤鸣跪了下来，一把鼻涕一把泪哭喊着说："媳妇儿！我的好凤鸣！你……你可得救救我啊！我……我跟邵明德……我们俩……我们俩在这儿欠了人家足足二百万的赌债啊！"

"什么？！二百万？！"林凤鸣一听这话，只觉得眼前一黑，差点没气晕过去，"你这个混账王八蛋！"她抬起一脚，狠狠踹在郭保喜的胸口。她气得浑身发抖，五内俱焚，真想当场一刀宰了郭保喜这个不争气的混账东西！强压下心头的滔天怒火，她扭头对那个一直稳坐着的头目，尽量用平静的语气说道："他欠下的赌债，凭什么要我还？我一个子儿都不会给！让我回去！"

"哈哈哈哈！"那稳坐着的头目霍地站起身，踱到林凤鸣面前，上上下下、肆无忌惮地打量着她，阴阳怪气地笑道："这位女士，你这话可就说笑了。欠债还钱，天经地义嘛！"他话音未落，一摆手，立刻就有两个打手上前，左右开弓，死死钳住了林凤鸣的胳膊。

林凤鸣见状，心里彻底凉了。她知道，郭保喜既然敢伙同邵明德把她骗到这个叫天天不应、叫地地不灵的鬼地方，自己若是不乖乖交钱，今天恐怕是插翅也难飞了。罢了罢了，钱财终究是身外之物，人的性命才是最重要的。郭保喜再怎么混账，终究是自己孩子的亲爹，此刻眼巴巴地指望着她出手搭救，到底还是一家人啊！

"邵明德呢？他在哪里？"林凤鸣深吸一口气，抬眼直视着那个头目，冷冷地喝问道。她打定了主意，今天无论如何，也得先把这两个惹祸精囫囵个儿地带回去，等回到家，再跟他们好好算这笔总账！

那头目又是一摆手，立刻就有两个身材更为魁梧的壮汉应声而出，从旁边一扇紧闭的小门里，押出了一个被捆得像个粽子似的男人——正是容貌凄惨的邵明德。

林凤鸣定睛看去，只见邵明德早已不复往日那副油头滑脑的模样，浑身上下血迹斑斑，一张脸更是被打得肿胀变形，布满了青紫的血污，嘴角还淌着血沫子。她心里不由得一惊。没等林凤鸣开口，邵明德已经先看到了她，也是一脸错愕，沙哑着嗓子问道："凤鸣？你……你咋来了？"

林凤鸣没好气地瞪了他一眼，咬着后槽牙说道："还不是拜你俩所赐！这么大一笔'生意'，我这个当家属的，能不亲自来送钱捧场吗？！"

邵明德闻言，挣扎着朝郭保喜那边啐了一口带血的唾沫，破口大骂道："郭保喜！你这个孬种！咱们自己做下的事，就该咱们自己担着！把凤鸣拖下水算怎么回事？她一个女人家，跟这事有他娘的什么相干？！"邵明德虽然嘴上骂得凶，却连一句求饶的话也没说，但他此刻也是砧板上的鱼肉，除了任人宰割，又能如何？

林凤鸣没再理会郭保喜和邵明德之间的争吵。她心里还天真地以为，只要把钱乖乖交出去，对方多少还会讲点道上的信誉，放回这两个惹祸精。于是，她从随身的包里拿出银行卡，递给对方。看着对方将卡里的二百万悉数转走之后，她尽量让自己保持着最后一丝冷静，开口对那头目说道："先生，钱已经如数给你了。现在，是不是可以送我们上岸，放我们回家了？"

"哈哈哈哈！"那头目发出一阵刺耳的狂笑，"二百万？二百万对林老板您这样的大企业家来说，不过是九牛一毛，毛毛雨啦！你这位好丈夫，可是个有魄力的人，跟我们说了，你家底殷实得很！这不，后来他又玩儿了一把更大的，这次，欠下的可是一千万！整整一千万啊，林老板！"

林凤鸣和邵明德闻言，都如同五雷轰顶一般，彻底惊呆了！

郭保喜早已吓得魂飞魄散，又一次"扑通"跪倒在林凤鸣脚下，一边像小鸡啄米似的拼命磕头，一边涕泪横流地哀嚎道："媳妇儿！凤鸣！我的好媳妇儿啊！

我……我原以为手气好能赢回来的，哪知道越陷越深，欠的也就越来越多了……我不是人！我真不是人啊！凤鸣，求求你，你再回家去取钱救救我吧！我知道，一千万，你一定能想办法凑到的！咱厂子账上一时拿不出那么多，你就……你就先跟保军借！"

"郭保喜呀，郭保喜！你这个丧尽天良的畜生！你这是要把凤鸣往死里坑啊！"邵明德气得目眦欲裂，用尽全身力气朝郭保喜大声嘶吼，"这是咱俩自己造下的孽，就该由咱俩自己来顶！怎么能让凤鸣一个女人来替咱们扛？她肩上担着一大家子人的嚼谷，还是全村老少爷们的主心骨啊！你……你这么做，对得起她吗？唉……"

那头目不耐烦地一使眼色，立刻有两个打手冲过去，对着本就遍体鳞伤的邵明德又是一顿劈头盖脸的拳打脚踢。

就在这剑拔弩张、千钧一发的危急时刻，林凤鸣反倒出奇地冷静了下来。

她这一气一恨之下，脑子反而变得异常清明。很快，那些先前积压在心底的、关于郭保喜的种种不堪往事，此刻都如同电影快放一般，一幕幕清晰地浮现在眼前：记起当年郭保喜与村里那个骚寡妇王美玲勾搭成奸，自己被气得当场口吐鲜血，险些一命呜呼；记起他平日里是如何的懒惰成性、懦弱无能，凡事都只会躲在女人身后，从不敢出头担当；记起他是如何的眼高手低、夸夸其谈，说起大话来头头是道，真要让他干点实事却又一无是处，屁用不顶……

可转念间，林凤鸣也反思起自己这些年来，是否也有些急功近利、有些膨胀了，只顾着拉着全家老小，没日没夜地在高速的致富快车道上往前猛冲。她似乎从未真正静下心来，设身处地地考虑过郭保喜作为一个男人的自尊和感受。天底下哪个男人，会心甘情愿地承认自己样样不如老婆呢？他这次伙同邵明德出来瞎折腾，恐怕也是憋着一股劲儿，想要在自己面前证明一下他的"能耐"，想要扬眉吐气一回，就像婆婆平日里总在嘴边念叨、心里盼着的那样："看看，我家喜子总算出息了，这回可算是超过凤鸣了！"

邵明德还在心中暗自叹息，林凤鸣这样一个有情有义、有胆有识的好女人，命运为何会对她如此坎坷不公，让她屡屡遭受这般无妄之灾。就在他胡思乱想之际，却见林凤鸣猛地转过头，眼神如刀锋般直刺向那个一直冷眼旁观的头目，斩钉截铁地说道："一千万，我还！但你们必须答应我，在我回来之前，要好生照看我这两个人，不许再动他们一根汗毛！给我五天时间，怎么样？"

"哈哈哈哈！"那头目又是一阵张狂大笑，"林老板果然是女中豪杰，够爽快！不过嘛，你家的那点家底，我们兄弟早就摸得一清二楚了。你确实是你们当地响当当的名人企业家不假，可你那个食品厂，我没记错的话，好像是村民集资入股，集体共有的吧？你真能一下子拿出这么多现钱？"

"是吗？看来，你这是早就处心积虑，盯上我们家了？"林凤鸣嘴角勾起一抹冰冷的笑意，眼神中却燃烧着熊熊怒火，"我不管你是什么来头！今天我把话撂这儿，只要我还林凤鸣还有一口气在，这两个人，我就救定了！"

说时迟那时快，林凤鸣话音未落，猛地一个箭步上前，也不知哪来的力气，竟一把从旁边一个发愣的打手腰间掣过一把寒光闪闪的匕首，手起刀落，毫不犹豫地就朝自己白生生的大腿上狠狠扎了下去！

"扑哧"一声闷响，锋利的刀刃瞬间没入大半！刹那间，殷红的鲜血如同泉涌一般，汩汩地向外冒了出来，瞬间染红了她的裤腿！

这时，外面又急匆匆地冲进来几个打手，七手八脚地一拥而上，强行按住了还在试图挣扎的林凤鸣，夺下了她手中那把兀自滴着血的匕首。

"好！好一个烈性女子！你……你算是个真正的人物！我王老虎佩服你！"那头目强自镇定下来，深吸一口气，对林凤鸣沉声说道，"来人，先把林老板带出去，找个懂急救的，给她把伤口仔细包扎一下！记住，别给老子耍花样！林老板，明天一早，我就放你一个人回去取钱。希望你言而有信，不要逼我们撕破脸！"

在被拖到门口时，林凤鸣恍惚间看到一个正在角落里默默收拾卫生的中年女人。那女人一看到被架出来的林凤鸣，先是明显一愣，随即脸上露出了极为惊讶和关切的神色，失声低呼道："林……"便想慌忙朝她这边走过来。

林凤鸣此刻大腿上的刀伤疼痛难忍，加上失血过多，头也有些发昏，眼前阵阵发黑，并没有太在意那女人的异常举动，心里只想着，在这叫天天不应、叫地地不灵的贼船上，自己哪里会有什么相识的故人。

被重新关押起来的邵明德，辗转反侧，无法入眠。他脑海中反复回想着白天林凤鸣那股不顾自身性命、与恶徒以死相搏的刚烈勇气和决绝眼神，心中既是感动又是愧疚，更是翻腾着一股难以言喻的激荡情绪。他打定了主意，无论如何，一定要想办法逃出去！哪怕是豁出自己这条贱命，也决不能再连累林凤鸣这个有情有义的好女人了！

就在这时，门外忽然传来一阵轻微的、摸索着开门锁的声响。

三人心中皆是一凛。片刻之后，房门被人从外面小心翼翼地推开了一条缝。探头探脑溜进来的，竟然是白天在船舱外有过一面之缘的那个负责打扫卫生的中年女人。

她一溜进屋，便迅速反手将门轻轻掩上，然后快步走到林凤鸣身边，从怀里掏出一个小纸包，不由分说地就往林凤鸣手里塞，同时用极低的声音快速说道："这是……这是止疼药和消炎药，你……你快吃下去！能管点用！"

屋里的三个人都吃了一惊，面面相觑，不知道她葫芦里究竟卖的是什么药。

那女人见他们满脸戒备和疑惑，急忙摆着手解释道："我……我不是坏人！林老板，您……您可能早就不认识我了，可我还记得您！我永远都记得您的大恩大德！好多年前，我逃难到你们村，快要饿死了，是您……是您在自家门口，不仅给了我热乎乎的白面馒头吃，临走的时候，还偷偷塞给了我几张救命的全国粮票和一些钱……您……您就是我的救命恩人啊！"

说到这里，那女人话锋一转，急切地催促道："不说我这些陈芝麻烂谷子的破事了！林老板，你们还是赶紧想办法逃走吧！船码头那边，还停着他们平时备用的一艘小快艇，要是运气好，开足马力，用不了半个小时，就能开到中国的边境了！"

林凤鸣听了，心中虽然感激，却还是摇了摇头，对那女人说道："大姐，多谢你的这份好意，我们心领了。只是，我们萍水相逢，无亲无故，实在不能再连累你了。你快走吧，就当我们没见过。"

那女人一听这话，顿时急了，她似乎是彻底绝望了，重重地跺了跺脚，一咬牙，转身快步出去了，却给他们留下了一道虚掩着的房门。

邵明德见状，一下子来了精神，眼中重新燃起了希望的火花，连忙凑到林凤鸣和郭保喜跟前，让他们抓住这个千载难逢的机会，立刻设法逃走。

林凤鸣坚持认为，眼下最稳妥的办法，还是等明天一早，自己先回去想办法尽快凑钱，然后再回来赎人，尽量避免与这伙亡命之徒发生正面冲突，以免造成不必要的伤亡；邵明德则执意主张，不能再让林凤鸣回去冒险送钱了，那一千万简直就是个无底洞，就算把整个食品厂都卖了也未必够填。他认为应该趁着今晚夜黑风高，三人一起偷偷逃走，能逃一个是一个，总好过坐以待毙，任人宰割。

郭保喜却像是铁了心一般，认准了他那个宝贝弟弟郭保军就是他的救世主，翻来覆去就只有一个观点：他弟弟神通广大，一定会来救他的！

林凤鸣实在是被郭保喜这副死猪不怕开水烫的无赖嘴脸给气得不行了，忍不

283

住又痛骂了他一顿，骂他厚颜无耻到了极点，自己犯下的滔天大错，不想着如何弥补，却总想着把责任和烂摊子都推卸到别人身上！

林凤鸣腿上的伤口，因为失血和发炎，又开始剧烈地疼痛起来，甚至开始往外渗着淡黄色的血水。郭保喜见状，也顾不上再跟邵明德争执，连忙笨手笨脚地用双手紧紧按住林凤鸣的伤口，试图为她止血。

到了下半夜，接近拂晓的时候，林凤鸣开始发起高烧来，浑身烧得滚烫，神志也渐渐有些迷糊不清了。郭保喜彻底慌了神，手足无措，六神无主地望着邵明德，结结巴巴地问他现在该咋办。

邵明德当机立断，朝郭保喜递了个眼色，示意他配合自己。两人一不做二不休，索性将高烧昏迷、不省人事的林凤鸣手脚都用布条轻轻绑缚起来，免得她中途万一醒来激烈反对，再用一块破布团堵了她的嘴。然后，由邵明德将早已不省人事的林凤鸣小心翼翼地背出了那间如同地狱般的囚室。

万幸的是，那艘备用小快艇上的操纵装置并不复杂，甚至比邵明德以前开熟了的四轮拖拉机还要简单一些。邵明德手脚麻利地鼓捣了几下，马达的轰鸣声便在寂静的夜空中骤然响了起来。紧接着，快艇"嗖"的一声离岸，如同一支离弦之箭，朝着漆黑如墨的茫茫海面飞速射了出去。

邵明德一边高度紧张地驾驶着快艇在波涛间疾驰，一边不时地警惕地回头张望，所幸的是，并没有看到任何追兵的影子。郭保喜则紧紧地抱着浑身滚烫、陷入深度昏迷的林凤鸣，嘴里不住地带着哭腔喃喃自语着："媳妇儿……凤鸣……你可千万要挺住啊……你一定要挺住啊……"

快艇终于跌跌撞撞地冲上了中国这边的滩涂时，天色已经完全破晓放亮了。邵明德一把将快艇的操纵杆推到头，熄了火，然后转过身，用一种从未有过的郑重语气，对还处在惊魂未定之中的郭保喜说道："喜子，你给我听清楚了！林凤鸣……她是个顶天立地、有情有义的好女人，是个真正的女中豪杰！她这辈子，吃了多少苦，受了多少罪，经历了多少磨难，都从来没有被打倒过！可她今天，却差点被你这个不成器的混账东西给彻底打垮了！……说起来，我邵明德更不是个东西！当初……当初我被你小子三番五次的撺掇，利欲熏心，把你带出来走上这条邪道！……喜子，你给我记住了！从今往后，你他娘的要是还算个男人，就给老子好好长点记性，拿出点爷们儿样来，踏踏实实地过日子，一心一意地对凤鸣好，好好照顾她，把这个家撑起来！咱俩这条烂命，就算是捆在一块儿，也抵不上凤鸣的一根头发重要！喜子，你……你给老子记住了！"

说完这番话，邵明德毅然决然地转过身，重新跳上快艇，拉响了马达。在郭保喜惊愕不解的目光中，他驾驶着快艇，义无反顾地调转船头，又朝着来时的那片危机四伏的茫茫水域疾驰而去。

他不能走！他不能就这么一走了之，把所有的烂摊子和后患都留给林凤鸣一个人去承担！这条命，就算是丢了，也得由他邵明德一个人去抵！

林凤鸣迷迷糊糊地似乎听到了远处的海面上，隐约传来一阵声嘶力竭的叫喊声。那声音，听起来有几分熟悉，好像……好像是邵明德的声音！

"林凤鸣——好好活着——当好咱们孩子的干妈——当好大利村的顶梁柱，当好咱们全村人的主心骨——下辈子……下辈子我邵明德要是还能托生成人，我……我再来找你——"

声音越来越远，渐渐被呼啸的海风和拍岸的浪涛声所吞没……

再说郭玉英那边，她接到大嫂林凤鸣用手机发过来的那个莫名其妙的位置信息时，正看得一头雾水，百思不得其解。就在这时，她的二哥郭保军恰巧打来电话，焦急地询问大嫂林凤鸣的近况，说他从昨天开始就一直联系不上大嫂了，电话怎么打都打不通，心里有些不踏实。

郭玉英一听，心里也是"咯噔"一下，连忙把大嫂独自一人带了二百万现金出门，说是去跟大哥郭保喜他们会合，一五一十地跟二哥郭保军说了。

原来，郭保喜这个成事不足败事有余的混账东西，虽然瞒天过海地骗过了媳妇林凤鸣，没敢跟她说实话是自己因为赌博输光了本钱，还欠下了一屁股还不清的赌债，却并没有完全瞒住自己的亲弟弟郭保军。只不过，他在电话里也只是含含糊糊、避重就轻地说自己和邵明德在外面不小心惹了些不大不小的麻烦，被人给扣下了，让弟弟赶紧多带些钱过来赎人救急，却也并未敢把事情的全部真相和盘托出。

郭保军为人精明强干，深知自己那个大哥郭保喜是个什么德性，一听他那颠三倒四、语焉不详的叙述，就知道事情绝不像他说的那么简单。他不敢怠慢，立刻放下手头所有的事情，当机立断，从公司账上紧急提取了一千万的现金，又火速召集了手下最得力的四个保镖，连他自己和司机在内，一共六个人，分乘两台越野车，星夜兼程地朝着郭保喜在电话里说的那个偏僻的边境接头地点赶来。

果不其然，就在他们刚刚抵达还不到半个钟头，江面上便隐隐约约传来了一阵快艇马达的轰鸣声。

285

郭保军立刻带着两名手下快步迎了过去。

当他第一眼看到被大哥郭保喜从快艇上艰难抱下来的林凤鸣时，整个人都如同被一道九大惊雷给劈中了似的，瞬间僵立当场，浑身的血液都仿佛在刹那间凝固了！

看到林凤鸣这副奄奄一息、命悬一线的凄惨模样，郭保军强忍着几欲夺眶而出的泪水，只觉得自己的心，像是被一只无形的大手狠狠地攥住了，然后又被撕扯得粉碎一般，疼得几乎快要无法呼吸。然而，他终究只是默默地把自己颈上那条一直极为珍视的、温暖柔软的鲜红色羊绒围巾解了下来，动作轻柔却又带着一种不容置喙的坚定和熟练，小心翼翼地包扎在林凤鸣不断渗血的伤口上。

做完这些，他立刻打开了后排的车门，示意大哥郭保喜先把大嫂抱进去，平躺在宽大舒适的后座上。

郭保军并没有理会他大哥郭保喜那套"赶紧开车回老家，免得被人追上"的荒唐说辞，而是当机立断，沉声吩咐司机小王立刻掉转车头，用最快的速度，把车开向距离此地最近、医疗条件也相对最好的一家正规部队医院——救人如救火，大嫂的伤势危重，耽搁不得，必须立刻进行抢救，这才是眼下最最要紧的事情！

在医院，尽管医生用了最好的药，林凤鸣的高烧还是反反复复，折腾了一天一夜才终于退了下来。但她醒来后，神情木然！

郭保军把大哥郭保喜叫到外面，狠狠地给了他一拳："这是替我大嫂打的！"

郭保喜捂着流鼻血的脸，说："对！你跟你大嫂一伙儿！你给她戴红围巾！那是二十多年前，上山伐木头时她给你织的那条围巾的颜色！你那么大个老板，偏偏就喜欢戴红围巾！你怎么就那么爱操心？她发烧的时候都喊着你保军的名字！她都能想起二十多年前你跟她一起跳江的事！"

郭保军准备挥出的第二拳停在了半空，他愣了好一会儿。

他相信大哥说的是实话，可惜他没有亲耳听见。郭保军多么希望亲耳听到林凤鸣在昏迷中喊出他的名字。

郭保军慢慢平静下来，脸色却异常难看。郭保军没有跟郭保喜商量，直接决定先回家，同时报警，搜寻邵明德的下落。

大利村的早晨本是平和的，随着郭保军的两辆高档轿车驶入，顿时喧嚣起来。正是冬季包黏豆包的时节，院子里，韩叔和张斌正往一个大缸里装着刚包好的黏豆包。韩癞子隔着玻璃窗对屋里的保喜妈喊："老婆子！那是保军的车！保军回来了！"

　　屋里，保喜妈、他姑姑，还有几个邻居正围在炕上包黏豆包，盆子和装黏豆包的帘子铺满了炕面。北方的习俗就是这样，今天你帮我家包黏豆包，明天我再去帮你家包，就像摊煎饼、打场一样，许多活计都是这样互相帮忙完成的。她们一边干活，一边轻松地聊着家常，屋里热热闹闹的。有邻居羡慕地对婆婆说："你家保喜媳妇可真是个能人，这开食品厂挣老鼻子钱了吧？"保喜妈也不谦虚，甚至有些炫耀地说："我家保喜也会挣钱！这次跟邵明德出去，一定会挣大钱回来！这不，前几天还打电话让他媳妇去送垫底钱呢，听说要二百万！那么大的本钱，一定是笔大买卖，也一定能挣大钱，比他媳妇办食品厂来钱快多了！"保喜妈听到韩赖子的喊声，让邻居们先包着，自己满脸自豪地迎出了屋门。

　　冬季里的云彩本就不多，可今天却有了。天空中泛起一堆云，像极了一只受惊的大鸟，一只没有翅膀的大鸟。它的羽毛仿佛被飘零的雪花洗礼过，佝偻着，蜷缩着，显得可怜巴巴。风冷飕飕地从窗缝飘进来，带着凄凄凉凉的感觉。

　　在郭保军的车里，郭保喜抱着林凤鸣哭泣着说："媳妇，我一直都想做好，一直都想做好，那样才能配得上你。你那么优秀，那么漂亮，样样都那么出色，太出色了，完美得让我常常不知所措。我哪里都配不上你呀！"郭保喜哭得稀里哗啦。

　　"这回好了，我心里反而踏实了。你放心，我一定把你治好。一定好好陪着你，这辈子再也不做错事了。"他絮絮叨叨地说着，一边给林凤鸣理了理散落在脸颊上的头发，"你都有白头发了，一定是累的，以后不让你那么累了。这样也好，你就不必再嫌弃我了，也不用再顾及我的脸面，假装跟我恩爱了。你放宽心，我陪着你一起老，等你变成黄脸婆，我变成老头子，咱俩都长命百岁。"

　　看着郭保喜那虔诚忏悔的样子，郭保军觉得大哥好可怜。但他也气大哥，每次都那么任性地惹出事端，从不计后果，一旦出事，又后悔得要死。大嫂这么好的女人，被他折磨成这个样子。他什么时候才能像一个真正的男人一样，有担当、负责任地活着？唉，真是悲哀！

　　林凤鸣在省医院住院期间，尽管有玉英的精心照顾，还有护工帮忙，郭保喜还是三天两头往市里跑。他不再是口头上的悔过，而是付诸了实际行动。郭保喜开始喜欢上摆弄花了。大冬天的，时不时地跑去花店，有时买一支太阳花，那淡黄的颜色鲜亮夺目；有时买几枝百合，白得耀眼。他还把家里的君子兰、橡皮树、富贵竹侍弄得油绿发亮。

有一天，郭保喜拿着一枝红玫瑰，问林凤鸣喜不喜欢。林凤鸣只是木然地笑了笑。郭保喜一个大男人又哭了起来："媳妇呀！你快点好起来吧！我不怕你看不起我了！"他拉着林凤鸣的手贴在自己的脸上。林凤鸣看到郭保喜流眼泪了，不知道自己错在了哪里，像一个犯了错误、被老师批评的小学生，抬起另一只手，笨拙地给郭保喜擦着眼泪。

郭保喜爱着林凤鸣，但也只是这样爱着。厂子里面的事，他办不了，也没有能力去办，就一心盼着林凤鸣快些好起来。

玉英看到大哥的变化，说："大哥，你终于像个男人了。"说着，玉英也哭得稀里哗啦。

林凤鸣的父亲林崇山和宋阿姨来看望了她好几次，一直说想把她接回去由他们照顾。林崇山已经退休在家，有的是闲暇时间；宋阿姨又精通中医，这对林凤鸣的病情恢复都有好处。但是郭保喜不同意，坚决不同意与林凤鸣分开。他哀求道："爸，您老人家就给我个赎罪的机会吧！"那可怜兮兮的样子，让林崇山这位慈父也只好无奈地摇摇头，打消了念头。

郭保军那段时间开始有些丢三落四，不是手机落在车里，就是文件忘在家里。饭量大减，人也瘦了一大圈。妻子鲁博心疼地问："保军，你是不是工作太累了？压力太大了？还是因为大嫂病着，你不放心大哥管理厂子？大嫂是家里的顶梁柱，大事小事都自己扛着，确实很出色，但她也该给大哥一些机会。我觉得大哥会管理好的。"

郭保军哑然失笑，不知道该怎么回答。他不相信大哥能管理好食品厂，但这话又不能对妻子说出口。他真正担心的，只是林凤鸣，他无时无刻不牵挂着林凤鸣。他没叫司机，自己把车开到了空旷的郊外，从后备厢里拿出一个盒子，取出里面的口琴，在寂静无人的大地上，吹了好久好久……爱一个女人，是爱她美丽的容颜，还是爱她身上那股不服输的拼劲儿？这两者或许本就难以分开。即使能分清是哪一种，那深藏心底的爱，都是千真万确的。人生总有许多遗憾和后悔的事。他最后悔的一件事，就是那年村里开劳模会，哥哥郭保喜替他去了。正是那次劳模会，林凤鸣认识了他的哥哥，而不是他自己。他千万次地恨自己，就这样错过了林凤鸣这个女人，留下了一生的遗憾。

风吹干了他悄悄落下的眼泪，流逝的岁月却没能淹没他心中那份深沉的爱意。

杨思哲来看望林凤鸣后，建议转到沿河市医院，改为中医治疗，配合针灸、按摩等方法。他说，在林凤鸣熟悉的环境中慢慢调养，或许更有利于恢复。郭保军与大哥郭保喜商量后，同意了杨思哲的建议。

郭保喜带着林凤鸣去做针灸，抓药回来亲自煎给她喝。就连一日三餐，他都要亲自尝过凉热、咸淡才放心。那份无微不至的关心和照顾，连杨思哲都对他刮目相看。

但林凤鸣的病情依然没有好转，眼里还是没有往日那精明智慧的光芒，只有一片混沌和迷茫。一见到陌生的男人，嘴里就念叨着："我有钱……我有钱……我给你钱……"然后就在自己身上使劲地翻找，甚至把自己身上的衣服一件件往下脱。

郭保喜有时心情不好，也会忍不住怼林凤鸣："知道你有钱！我回来了！不用你拿钱赎我了！真是的，什么时候能好啊！"

林凤鸣似乎糊涂得更厉害了，使劲地咬着嘴唇，好像是为了让人相信她的话是真的。郭玉英一直寸步不离地陪在大嫂身边，她怕护工粗心大意，怕大嫂受委屈、遭罪。

第三个年头，五一节过后的一天早上，郭玉英给林凤鸣洗完脸，扶着她往外走，准备去散步。林凤鸣突然站在鲁博画的那幅画前不走了。面前是她熟悉的家乡山水，仿佛能闻到春风吹来的泥土芬芳。她目光转动，手指轻轻触摸着画上的景致，嘴里喃喃地说："龙凤山……树……雾……蓝色的雾……房子……"她断断续续地说着，声音却变得清脆起来，神态也渐渐明亮了。

郭玉英激动得一瘸一拐地往婆婆屋子跑，一边跑一边喊："妈！妈！韩叔！我大嫂好了！我大嫂好了！她认识东西了！"她又忙不迭地给在食品厂上班的大哥打电话报喜。

婆婆高兴得直流眼泪，却又哭着说："可惜啊！你二哥……永远看不到了……"

姑父张斌建议道："凤鸣刚醒过来，千万先别刺激她，保军去世的事先瞒着。"玉英和哑巴姑姑便轮流照看林凤鸣。玉英也因此有了一些时间，可以继续写她的小说了。

晌午，杨思哲院长开车来查看林凤鸣病情的时候，林凤鸣竟然清晰地叫出了他的名字。

杨思哲如今也已鬓角发白，成了个半大老头了。但这三年来，他一直坚持给林凤鸣做头部按摩，还给她配了治疗心脏和疏通脑血管的药物。

多年的同学，真挚的朋友，两人相对无言，眼里都噙满了泪水。

林凤鸣说:"亲家,谢谢你救治了我,给了我新的生命。"

杨思哲说:"凤鸣啊,虽说中医博大精深,但你的康复真是个奇迹!是你骨子里的正气旺盛,压制了邪气。说实话,到了第二年的时候,我都有些没底了。三年,凡事不过三,你这是应了老话了。这是孩子们的福气,也是大利村的福气呀!"杨思哲说话时,不自觉地带上了些当领导的腔调。

林凤鸣说:"是啊!我的任务还没完成呢!……"这么坚强的女人,说到这里还是哽咽了,说不下去了。

她把身边的玉英紧紧抱住,说:"这三年,我把玉英拖累坏了。"

玉英却开起了玩笑:"大嫂,你还记得当年我把家里的钱都带走了,你和我大哥追我到车站,我怎么耍赖歪缠你的事不?"

林凤鸣飞快地回答:"不记得。"她用手抹去眼泪,哽咽着说:"我只记得我糊涂的时候,我的好小姑子郭玉英,不离不弃地看护了我整整三年,一千多个日日夜夜……无微不至地照顾了我一千多天……"林凤鸣又说不下去了,只是紧紧地抱住郭玉英。

杨思哲感慨道:"中国女人真是善良,中国女人真是伟大。"

林凤鸣破涕为笑,说杨思哲又打官腔了。

第二十四章　建水库

　　北国的春日，总是姗姗来迟。但人们坚信，或早或晚，春天总会到来，于是都耐着性子盼望着。就在耐心快要耗尽的时候，枝头渐渐泛起了浅绿，春天终于还是来了。虽然晚了些，却并未减弱它的暖意。仿佛一夜之间，万物都充满了勃勃生机。天空中飞翔的鸟儿，叫声都格外动听；大地苏醒，河流欢畅。这天地间的生机，似乎也给了林凤鸣力量，使她重新焕发了活力。

　　孩子们听到林凤鸣清醒的消息，纷纷往家赶。二离从军分区请假回来，一进家门就把林凤鸣紧紧抱住，一个大小伙子，"呜呜"地哭了起来："妈！您终于好了！我太高兴了！在部队我一直惦记着您！"

　　邵焱焱也哽咽着说："咱妈是铁娘子，风吹雨打都不怕！"她已经长成了一个美丽端庄的大姑娘，性格也像林凤鸣，开朗、率真、敢做敢当。作为回乡的大学生，农大毕业后，她回到村里担任了妇女主任，正和二离谈着恋爱。

　　森森也出落得能说会道。借着小叔郭保国的关系，也圆了自己从小的梦想，去了刘老根大舞台，做了一名二人转演员，眼下正当红。她是随着小叔郭保国夫妇俩一起回来的，一进门就忙着给大家拿水果、倒茶。

　　郭亮走过来，拉过二离的手。郭亮念的是财经大学，毕业后就在食品厂帮忙，给父亲郭保喜当助手，正和郝老大的二女儿、还在上大学的郝佳妮谈着恋爱。

　　远在国外的郭辉和杨思哲的女儿也同时打来了电话问候。

　　弟弟致远和妹妹凤萍各自开车赶了过来。在林凤鸣生病的这三年里，林致远几乎每个星期天都雷打不动地来看望，他一直坚信，自己刚强的姐姐一定会醒过来。每次过来，他就给林凤鸣讲小时候的事，讲和姥姥在一起的往事。凤萍则总是带来各种好吃的，还和郭玉英一起给林凤鸣洗澡。真是血脉相连，患难见真情。亲人之间的关系，是上天注定的缘分，牢不可破。

　　姐，你当初咋那么傻呢？我姐夫那混蛋东西，你管他干啥？喂鲨鱼得了！"林凤萍的嘴，因为姐姐林凤鸣的清醒而打开了话匣子。这三年来，她为姐姐流了多少眼泪。姐姐当年是为了供她上学才辍学的，落到了农村，又嫁给了郭保喜这个不争气的男人。

　　郭保喜在一旁瞪着眼睛听着，一声不吭。

　　林凤萍见郭保喜不回话，又说："姐夫，现在有个新词儿，叫'渣男'。"

　　郭保喜眼睛也红了，过了好一阵儿，才高兴地说道："渣，渣，豆腐渣，还能当菜吃呢！你姐就爱我这个渣男！吃饭！吃饭去！郭亮，去订最好的酒店，咱们去沿河市里吃！"

　　饭桌上，林凤鸣先敬天敬地一杯酒，然后敬了在座的各位亲朋。酒过三巡，林凤鸣站起来说："通过这次生病，我反省了一件事：人在不能自理的时候，一定要有人照顾。也可以说，养儿防老。玉英膝下无儿无女，但叫我妈的孩子却有四个。我决定，过继一个孩子给玉英。"所有人的目光都投向林凤鸣，不知道她要把哪个孩子过继给郭玉英。林凤鸣却转过头，对坐在身边的郭玉英说："玉英，这四个孩子，随你挑。我绝不反悔。"

　　快五十岁的玉英，感激地望着大嫂，眼睛红红的，说："我听大嫂的。"

　　林凤鸣说："这四个孩子里，二离最有出息，参了军，在部队当上了团长；郭亮读了大学，学的是经济；焱焱离咱们最近，在村里当村干部；森森在大城市的刘老根大舞台当二人转演员。这四个都是好孩子，将来都不会错。"

　　玉英说："大嫂，你想得真周到，我真是服了你了。我不选男孩儿，男孩儿粗心。焱焱呢，随你，性子刚强，也是个女汉子，是干事业的料。我选森森吧。她会唱二人转，打小就爱蹦爱跳的，爱好文艺。我一个人也没什么乐趣，就让森森以后唱歌给我听，给我解解闷儿。"

　　林凤鸣看向森森，问她同不同意。

　　森森爽快地说："同意！那以后我就有两个妈妈了！"

　　林凤鸣说："从感情上是这样。但以后你得改口叫我舅妈，叫郭玉英妈妈。"

　　邵森森是邵明德的血脉，而邵明德又是郭玉英唯一爱过的男人。这或许真是顺应了天意。林凤鸣知道玉英的心思。也许其他人，包括邵明德的家人，也都心知肚明，这是森森最好的归宿。

　　林凤鸣的婆婆这时非要说几句。韩叔笑着看着她，把她的椅子往后撤了撤，方便她说话。都是七十多岁的老人了，两人相伴，一直恩恩爱爱的。林凤鸣的婆婆清了清嗓子，开始讲话："我不是当家人，可我是长辈。凤鸣这事做得好，非常好！可玉英没家产，森森跟着她不就亏了？她跟着玉英也没有家产呀？"

292

林凤鸣"咯咯"地笑了起来，说："妈，您还有当家人的头脑呢。郭保喜，你说吧。"

郭保喜说："妈，您是不知道，凤鸣早就把家产给四个孩子平分了。凤鸣说，虽然只有郭亮是她亲生的，那时候计划生育，她命中只有郭亮这一个孩子，但郭亮有兄弟姐妹的命。将来在社会上，他有哥哥姐姐帮衬，所以更应该善待这些不是亲生的孩子。您不用担心森森没家产，她跟郭亮都是一样的。这四个孩子，都是从小带大的，都有感情。再说，凤鸣是懂得感恩的人，她能亏待了玉英？您就放心当您的老太太吧。"

这场劫难过去，经历了整整三年。林凤鸣仿佛真是从天地间汲取了力量，开始勾画一件更大的事，整个人也更加忙碌起来。

村民们听说林书记病好了，都不约而同地涌到村支部院子里，为的是亲眼看看他们的主心骨林凤鸣书记是不是真的康复了。

村委会接到了镇里的通知：今年，有一个高标准农田项目要落在大利村的大河沿岸。林凤鸣看过工程图纸后说道："这么宽的河道，大部分时间都闲着，太浪费了，也就汛期那几天有点水。我早就琢磨着，要在咱们大利村的上游修建一座中型水库。"在场的村干部们听了都吃惊不小。

林凤鸣立刻去了镇里，找到了新来的主管农业的镇长，那是一位年轻的大学毕业生。林凤鸣把在龙凤镇西南角的大利村修建水库的构想详细说了一遍。镇长却说，这笔资金是高标准农田的专项资金，只能用于河道改造和平整农田，建水库需要另外申请项目，得等到明年，而且批不批还不一定。

林凤鸣脸上的笑容僵住了，她一跺脚，说："我自己想办法！"掉头就走。

年轻的镇长看着林凤鸣生气地离去，对前来汇报工作的副镇长郑立财说："建那么大的水库，得多少资金？是说说就能建成的？说着玩儿呢吧？据我了解，她家那个食品厂不是已经转为村民股份制了吗？她个人能有多少钱？她那精神病到底好利索没有啊？"

这位郑副镇长是本地的老干部，在镇政府工作了二十多年，当副镇长也有七八年了，跟林凤鸣很熟悉。按资历，他本是有望扶正的，可惜学历不够。他对这位空降来的硕士镇长本就有些看不惯，认为他是书呆子干部，不懂农村，对农村没感情，怎么能管好农村？他慢条斯理地说："她那不是精神病，是一时气急攻心，乱了心智。现在清醒过来了，一般人就比不上她的聪明劲儿了。她可不是一般的女人，

293

要想干成一件事，就一定能干成。她的那个食品厂，在咱们沿河市也是数得着的企业。当年那可是咱们市的头号新闻，她是著名的女企业家，第一人。市里的盖市长，镇里的王书记，大会小会都号召大家向林老板学习呢。别看她学历不高，可既有胆量，又有经济头脑，是个实干家。"

年轻的镇长听出这位老副镇长的话，不但不顺着自己的意思，反倒一个劲儿地夸起林凤鸣来，话里话外还似乎对自己的学历有所影射。他从眼镜下方翻了翻白眼，说道："那你负责监管着点儿，别闹出什么上访的事，给镇里添乱子。"

"行，我监管。不过，这位林老板的弟弟可是沿河市法院的院长，那林老板啊，做事既有分寸，又懂法。"郑立财副镇长的话里，依然带着一丝不易察觉的讽刺。

"听你这话，她还真能把水库建成了？她上哪儿弄那么一大笔钱？"这位年轻的镇长知道政府财政困难，从他上任这两年多，镇里的皮鞋厂、木材厂、酒厂、一个洗浴中心、一家木制品厂都相继破产了，特别是那个洗浴中心，还欠着农商银行三百万的贷款没还。税收上不来，镇政府是真的没钱啊！

郑立财副镇长也不接他的话茬，一边往外走，一边回头甩了一句："等着看结果呗！共产党不是讲究实事求是嘛！"镇政府办公室的走廊比较宽敞明亮，把他脸上那轻蔑的表情照得一清二楚。

林凤鸣心里窝着火，本想开车直接去市里找关系。但转念一想，这二十多年过去了，市里的一些老领导也是退的退，调走的调走。她想起弟弟说过的话：现在有些年轻干部，十分爱惜自己的政治羽毛，宁愿待在办公室里看文件，也不愿多干事，生怕惹出什么麻烦影响前途。"姐，你以后遇上这样的干部，也别生气。大多数干部还是好的，咱们的国家正在朝着好的方向发展。"她不想再去麻烦那些"大多数好的"干部了，仅仅这一位就让她气饱了。于是，她直接把车开回了大利村。

在路上，她也想好了对策：自力更生！郭保军之所以留给她五千万，或许早就料到她会遇到像今天这样的干部，怕她遇到困难坚持不下去，无法完成建设大利村水库的心愿吧？

"保军呀！你是不是早就知道我会遇到困难？怕我坚持不下去？完不成建水库这个心愿？"

林凤鸣打手机，通知下午开村干部会议。

修建水库，是她二十年前就有的设想，就是她承包荒山、栽种松树苗那年开始萌生的想法。现在，国家高度重视三农问题，把乡村振兴放在了首要位置，这正是建设家乡的大好时机，也是她了却多年心愿的时机。但她在会上直言，资金的问题，主要得靠咱们村自己想办法筹集，不能指望国家的拨款。大家原本高涨的情绪，一下子落了一半儿。

她让已经代理村书记的焱焱负责起草项目审批报告等相关材料。

林凤鸣又开始给自己、给大利村设立新的目标。她和吕强等村干部一起，早出晚归，联合下游的五个村子，共同规划旱田改水田的项目，希望能给村民们增加收入，让下游几个村子的旱田也能种上水稻，让家家户户都能吃上自己种的大米。下游几个村的干部们听了，都说这是百年大计，表示一定全力支持，百分之百支持！林凤鸣听了高兴得脑袋都快冒汗了。

林凤鸣回娘家看望年迈的父亲和宋姨。在饭桌上，林凤鸣一高兴，说道："爸，宋姨，我这两年可能得少回家了。要不，您二老搬到我那儿去住吧？"

父亲林崇山问："怎么了？又想开新厂子？钱挣多少算多啊？都五十多岁的人了，该消停消停了。"

林凤鸣说："爸，不是我自己开厂子，是给咱们大利村，也是给镇里建水库。"

"建水库？镇里能拿出那么多钱？"林崇山吃惊不小，疑惑地问。

林凤鸣就把省国土资源厅批复给沿河镇大利村的高标准农田项目的事跟父亲说了。"那一千万虽然名义上是改造河道和平整农田的，但这正好能和水库建设配套起来，省了不少事。有水库，没有配套的水渠也是不行的。"

林崇山问："位置选好了？"

林凤鸣说："选好了，就在原来沙场那儿。"

林崇山又问："那……朝阳村可就借不上光了啊！"

这句话提醒了林凤鸣。她放下筷子，似乎想到了什么，看着林崇山问："爸，我当姑娘那会儿，村里修的那条红旗渠还在不在？我记得当时是打了基础的。"

"在是在，不过荒废了好多年。后来有些石块被村里人盖瓦房的时候拆去砌地基了。要想恢复，就得重新修。目前只有向阳水库是真正造福老百姓了。朝阳村的地理位置不适合建水库。"

林崇山说的向阳水库，是龙凤镇东边的水库。龙凤镇有一条从南到北的主街，自然地把镇子分成了道东和道西两部分。大利村和朝阳村都属于道西的村子。向阳水库则在龙凤镇道东的东北角。道西这边的村子大多是旱田，只有靠大河边上改造了一部分水田，数量不多。

"朝阳村不适合建水库，但可以从沙场那边把水引过来啊！对！把红旗渠重新修缮好！那样就可以把朝阳村的旱田也改成水田了！对，沙场那儿地势高，正好可以分流！"

"凤鸣，那样可就太好了！以后再也不用从镇里买大米吃了！"一直没说话的宋姨这时插了一句。

林凤鸣快速吃完饭，说要上山去看看红旗渠的旧址。林崇山说他也要去。林凤鸣不让，说他都七十多岁的人了，在家待着吧。林崇山却说，自己还经常陪宋姨进山挖药材呢，腿脚好着呢。

林凤鸣约了朝阳村的梁向宇书记。朝阳村同行的几位村干部都被林凤鸣要修建水库的决心和魄力感染了。他们没想到，一个快六十岁的女人，对村里的事还这么执着，竟然要亲自去实地勘察。那条红旗渠，大部分已经毁坏了，只有在一些没有通路、车辆和爬犁都进不去的地方，还算保留得比较完整。

林崇山看到残缺不全的红旗渠，十分失望。他知道，如果女儿真要把这条水渠修起来，把朝阳村的一部分平地改造成水田，那将大大超出原来的预算。林凤鸣一定会倾其所有去做这件事。他不能让女儿多年辛苦打拼积累下的财富都耗尽，不能再一次剥夺女儿的幸福。他沉默了。

林凤鸣看出了爸爸的心思，知道爸爸对当年自己没能考上大学的事一直心怀愧疚。她乐观地说："爸，起码还有前人留下的印记，证明这条路是可行的。"她没有丝毫灰心，更没有打退堂鼓的意思。

林凤鸣回忆起当年人们是怎样把沉重的石块运进山里的：先用独轮车推，到了没有路的地方，男人们就两人一组，用粗杠子和铁丝套索，硬是把石块抬进去。

朝阳村的村支书比林凤鸣小了十岁，也是土生土长的朝阳村人，同样是个非常有责任心、肯干实事的书记。他当即表示，朝阳村也要出一份力，筹措二百万资金支持水库和水渠的修建。他说："我们村虽然比不上你们大利村富裕，但也有鹿场、养牛场、养羊场，村里还有几片松树林子，也到了二十多年的采伐期了，一定能凑出这二百万！能参与建设这样的先进典型工程，等我十年后卸任了，脸上也有光彩，心里也自豪！"

林凤鸣忽然觉得，土生土长的干部，对自己的家乡就是有着那么深厚的感情。朝阳村干部们的豪情壮志也深深感染了林凤鸣。她说："放心，我一定把水库的水引到朝阳村来！"她心里明白，这样做，预算肯定要大大增加，郭保军留下的那五千万，原本是有明确预算和规划的。

有几个正在附近采山菜的朝阳村村民认出了林凤鸣，围了过来。她们中有的人比林凤鸣年长，是她父亲那一辈的人；有的和林凤鸣同龄；还有一位比林凤鸣小的，她的脸曾经被黑瞎子舔过，留下了一大块难看的伤疤，因此没能去城里打工。她们看到林凤鸣回来，都非常高兴，围着她问长问短。她们都以林凤鸣为骄傲，有几户人家的男人还在林凤鸣的食品厂打工，关系自然更亲近一些。当初村里最早开始种黑木耳，也是林凤鸣引到朝阳村的。可以说，她们都是林凤鸣的"铁杆粉丝"。林凤鸣对她们也确实很亲近，临走时，把她们装满山菜的袋子都放到了自己的轿车上，帮她们拉回了村里。

回到大利村村部，林凤鸣立刻召集村干部开会，把自己的想法和下游村子的态度跟大家详细说了。

一周后，市国土资源局的工作人员把最终的规划图纸送来了。

"完美了！完美了！"林凤鸣站在巨大的村域规划图前面，兴奋地搓着手，"咱们的后代有福利了！孩子们有福了！"

修建水库的报告很快批了下来。林凤鸣代表郭家捐款四千万，下游五个村自筹了五百万，高标准农田项目批复用于修复水渠的一千万也已到位，朝阳村承诺的二百万也一次性打到了账上。

可是，接下来，涉及修建水库需要占用几户村民田地的补偿问题时，却卡壳了！

起初，林凤鸣在村民大会上公布要建水库的消息时，几个上了年纪的老村民大为震动。他们说自己当了一辈子农民，一直种的是旱田，心里早就盼着能种上几亩水田，吃上自己种的大米。几十年过去了，一辈子没离开过这山沟，人老了，这个念想也就淡了。没想到，偏偏是她这个头发都有些花白的女书记，要干这件大事，还能让他们在有生之年亲手种上水田！老人们说着说着，都激动地哭了起来。那份发自内心的感恩之情，着实令人感动。

带头支持的是于富叔。他的两个儿子都有出息，在市里的一汽轿车厂工作，大儿子还是工程师，买了带电梯的大房子，接他和老伴过去享清福。可于富叔在那儿只住了一个月，就说什么也要回大利村来。他说城里吃的菜不行，没味儿，还是在大利村能吃到自己种的新鲜菜。于是带着老伴又回来了。他说："早些年，我就想自己鼓捣点儿水田出来，但一个人没那么大气力，也觉得那是公家的事。后来就专

297

心过自己的小日子了，也不以种地为主，让老伴侍弄着地，我拿着大铲去工地干瓦工。一看到工地上的那些大铲车、大翻斗车，我就想，这要是能弄回来，把咱家那靠山的旱田改成水田该多好！可水从哪儿来呀？要是挖井吧，费用又不够。就盼着啥时候能建个水库。想啊，也就只能想想，喝点小酒儿跟工友们瞎白话白话，盼着哪个大老板能来投个资……"于富叔抹了一下眼泪，"凤鸣啊！你可真是做了件大好事！我把我家里那五万块钱都捐出来！"于富叔经常和林凤鸣的跛子叔一起下棋，关系熟络，就随口叫林凤鸣的名字。

林凤鸣忙说："于叔，您和我婶儿的养老钱可不能动。您孩子在市里花钱的地方多，您老两口又刚强，孩子们汇来的钱，您都给他们汇回去了，手头肯定不宽裕。再说，婶儿还常年打胰岛素呢。您放心，这水库我一定能建成！"

于富叔却坚持说这是大利村的百年大计，好说歹说，最后还是捐了两万元。到了下午，村部就挤满了前来捐款的村民，他们都说这是为了子孙后代。林凤鸣让邵焱焱和会计认真记好每一笔账。在这样激动人心的时刻，涉及占地的二十三户人家，也都顺利地签订了土地置换或者现金补偿的合同。

回到家后，林凤鸣沾沾自喜地把这事儿跟郭保喜说了。

自从林凤鸣病好之后，凡事她都会跟郭保喜商量商量。郭保喜也常常会发表一下自己的观点，林凤鸣有时听了也会点头表示赞许。这反而让心里一直有愧的郭保喜越发疼爱林凤鸣。他洗了些水果，端到林凤鸣跟前坐下。

"你这个小老太太啊，真是个干事的人！我原以为那二十三户人家，一定会出难题，真没想到这么顺利。真是老天不负有心人呢！"

"是啊！我也没想到这么顺利。这样的话，趁着我身体还好，一定能把水库建完。到时候，咱俩就出去旅旅游。方慧大姐邀请了好几回了，她都六十多岁的人了，还特意嘱咐，一定让咱俩去。"

郭保喜一高兴，又凑过去在林凤鸣脸上亲了一下。

在农村这个地域广博而人们思想相对狭隘的空间里，什么样的人都有，什么样的事都可能发生。人们会因为一些事、一些利益而聚集在一起，也会因为对这些事、这些利益的看法不同而表现出爱憎分明。他们既可爱，又可恨。

可谓人心难测，事情总会在转瞬间发生变化。修建水库涉及占地补偿问题，原本顺利签订合同的二十三户人家中，竟有七户起了"虎狼之心"，摇身一变成了顽固的"钉子户"。

有人开始私下议论："她林凤鸣承包了三十多垧林地。谁不知道那山上都是宝？有树能卖钱，松塔又能卖钱，林地里的药材也能卖钱。她凭什么不把林地包给咱们？她这是以权谋私！"

　　还有人说："她一个女的，能挣那么多钱？一定是贪了村里的！现在修水库，还不是想摆功劳？"

　　农村人爱串门，东家长西家短地一聊。说着说着，几户心里本就有些贪念的村民一合计、一鼓捣，一些原本支持的村民也开始动摇、后悔了。后悔自己当初头脑简单，别人一鼓动，自己一冲动，就把辛辛苦苦攒下的血汗钱捐了出去。钱这东西，到啥时候都是好东西啊！

　　于是，村民们分成了三派：支持派占70%，中间派占10%，反对派占20%。

　　支持派的情绪依然高涨，还是原来的话："人家林书记是为了啥？还不是为了咱们大利村能有水田，能吃上白花花的大米饭？人可得知道感恩，得记住林书记的好！"中间派，既没占地也没捐款，选择沉默不语。

　　反对派却忽地一下人心变了，态度强硬起来："人就活一辈子，怎么快活怎么活！你林凤鸣想出风头，想积德行善，你自己掏钱去做呗！"一股暗流开始涌动，正悄悄地向满腔热忱的林凤鸣袭去。

　　春日的风吹在身上并不冷，却让人感到寒彻骨髓。

　　这不，七户"钉子户"又聚在了李刚家，七嘴八舌地出着主意。似乎连当年承包荒山的事，也成了林凤鸣的罪状之一。

　　炕里面躺着一个老头，是李刚的父亲。他似乎听出大家是在说林书记的不是，便让儿子把他扶了起来。他是刚刚从村敬老院被接回来的，做了胃息肉切除手术，正在家休养。

　　"你们……你们在说林书记的不是？"李刚他爸声音虚弱，说话很慢，"林书记她家承包荒山的事我知道，那是三十多年前的事了。那时候她还是个小媳妇，还没当村书记呢。我还去帮她家栽过树苗。那时候山上就是荒山，土层薄得很，谁都不愿往里搭钱，根本没人愿意承包。那片林地是林业站的国有林地，不是咱们村里的集体土地。"他咳嗽了几声，平息了一下，又说，"你们算算，她才当了二十多年村支书。我还没老糊涂呢！"老头说完，又躺下了。

　　一时间，他们都觉得拿承包荒山说事这条路行不通，七户人家的当家人都不说话了。

过了一会儿，一个四十多岁、住在山坡上姓冯的当家人说："再想想别的。她当了二十多年的村支书，给村里修桥、修路，弄幼儿园、敬老院的，这里面肯定捞到好处了！做了那么多事，能没点私心？"说话的这个人，就是那个想入党，递交了两次申请书，但在党员大会上都没通过的冯姓村民。

当时在党员会上，副书记吕强就说，这个人私心太重，虽然在外打工多年挣了些钱回来，但从没为村里做过什么贡献，大家都不了解他，入党是件严肃的事，不能轻易通过。

李刚他爸不愿意听他们在这里议论林凤鸣老书记的是非，催着说自己想睡觉了。

这几个当家人听出老头儿是在往外撵他们，都觉得没趣，便讪讪地散了。约定好明天晚上去另一家继续开"小会"，商量着要写举报信，举报林凤鸣老书记。他们为了自己的那点小利益，开始不择手段，想要颠倒黑白了。

李刚送走他们，关上大门回来，听到他爸骂道："少干那缺德事！还让不让我回养老院去了？难道让你天天伺候我呀？"老头又让李刚把他扶起来，"林书记那么大把年纪了，一个小老太太，还想着给咱们大利村修水库，你们倒好，还在背后给人家使绊子！缺德不？明天不行，你跟你大舅去一趟吴麻子家。那吴麻子家是外来户，当时是李国忠书记看他们要饭的可怜，才让他落户咱们村的。他没有咱们大利村的户口，也没分到地。他家那几亩地是他自己开的荒，占的是村里的集体用地。后来他闺女考学出息了，他儿子又倒插门去别的村了，年头多了，也就没人再撵他了。"李刚他爸说多了，又是一阵咳嗽。

李刚有些心疼，又有些不耐烦："行了行了，你快闭上嘴吧，别啰唆了！我大舅家占的地多，咱家才二亩多地，还是三等地。前几年粮价低的时候，我都不爱种，这几年苞米价格上来了，我才重新种上。那我肯定得向着我大舅家啊，给我大舅壮壮声势！"

"你大舅还是个好人？你小时候，他卖给咱家那几头带病的猪崽子你忘了？到家才两天就全死了，一百多块钱呢！那时候一百多块钱是多少钱？我跟你妈去找他理论，他还不承认！他那批倒腾来的猪崽子，就没敢在咱们村里卖！因为这事，咱们两家多少年都没说话，直到你姥爷去世那次才缓和。你那时候小，不记事。"

李刚不再吱声了，给他爸拿了瓶鲜牛奶，插上吸管递过去，最后说："行了，还说我小不记事，我看是你老糊涂了。我那年都上小学三年级了，跟我大舅家二姐一个班。我妈当时还告诉我不让跟她说话呢。"

老头叹了口气："唉——可不是嘛，你今年都四十多了，该知道什么是好事，什么是坏事了。好事往前冲冲，过后人家会说你是英雄，够仗义；坏事跟着瞎起哄，人家只会讲究你是个无赖，缺德！做人可不兴这个！"人老了，在儿子面前说话也没了分量。可这老头年轻时是个肯吃苦、会过家的本分人，靠着一把子力气养活了一大家子，一辈子为人耿直。

"爸，我不去了。我大舅愿意争，就让他自己争去吧。他们要是再找我，我就说你刚做完手术，离不开人，他们今晚也都看到了。过几天你回敬老院了，我就去部队看我儿子去，顺便在北京玩几天。你孙子当兵，政审材料上，村里林书记给写得可好了，净说好话。咱家现在也是军属了，村里年年都想着咱，可不能再掺和这事儿了。"李刚被他爸这一骂，倒是醒悟过来了，开了窍。

七家"钉子户"，就这样自消自灭了一家。

大利村剩下的六户"钉子户"，却一刻也不想闲着。只是白天做事总觉得心虚，光天化日之下干这种见不得光的事，他们还欠着点胆量。

夜幕降临，犬吠声此起彼伏，宣泄着大利村平静表面下的暗流正在涌动。

六户人家还在不停地串联着，绞尽脑汁地想着对付林凤鸣书记的办法。

可这联合的效果反倒不好了。没过几天，六户又变成了四户。有两户人家看到李刚不再参加他们的"小会"了，私下嘀咕了一番，商量过后也觉得之前签订的补偿合同是合理的，自己并没吃什么亏，山地换成了平地，离家还近。庄稼人有句俗语："丑妻近地家中宝"，得知足了。于是也找了个借口，退出了"钉子户"的行列。

这下，最起劲儿、鼓动最厉害的就剩下吴麻子和李刚他大舅了。

这天晚上，几个人又聚在了李刚他大舅家。

吴麻子说："听我闺女讲，现在国家正重拳出击，反腐倡廉呢！林凤鸣当了二十多年的村支书，我就不信她没占过公家的便宜！"

恰巧，李刚的表姐（也就是李刚他大舅的女儿）一直在林凤鸣的食品厂上班，这天正好回娘家。她听着听着，忍不住来了脾气，甩着脸子说："爸！我在那儿当工人，可没觉得受什么剥削！厂子给我解决了就业问题，也给村里好多人解决了就业问题。还给我交了社保呢，我乐意在那儿干！再说，厂子早就是股份制了，我才去了几年啊！"

301

李刚他大舅骂闺女：“你个出了门子的人，别掺和我们爷们儿的事！真是没见识！过了这个村就没这个店了！能多要点钱，就得趁机多要点！你跟钱有仇啊！”

他闺女也气哼哼地说：“那也不能乱要啊！还把国家的反腐倡廉都用上了！一个没出过山沟的小老百姓懂什么？跟着瞎起什么哄！人家那是私营企业，是她自己的公司！这次修水库还是她自己出钱赞助的！我姑家小刚为什么不来了？他一定是想明白了！你们这都是怎么想的？”她闺女缓和了一下口气，指着窗户说：“爸，你难道忘了？咱家窗户对着的那根电线杆，你说犯忌讳，是不是你去找林书记，求着人家帮忙联系镇里的农电局，派人来给挪了十多米，挪到了房子的西头？你还没老到这事儿都不记得了吧？当时为了这根电线杆，你愁成什么样？你买了东西去谢人家，人家林书记是怎么说的？‘乡里乡亲的，应该互相帮衬’，还亲自把东西给你送回来了！”

她爸却说：“一码归一码！”

吴麻子主张去查大利村的账。这个主意，立刻给这剩下的四户“钉子户”壮了胆，增添了力量。吴麻子又说：“咱们文化水平低，就先写举报信，让上边派人来查！”

举报信很快就写好了，主要内容有两条：

第一条：村里搞新农村建设盖房子，是林凤鸣的小叔子郭保军承建的，这里面肯定有好处。她当书记，她小叔子才能揽上这活儿，这就算是以权谋私。

第二条：当年修榆江公路，用的就是大利村和朝阳村交界处那个沙场的沙子。那沙场的山头都给铲平了，得卖多少钱啊？这些钱都去哪儿了？村里除了建敬老院、幼儿园，买了辆送镇里学生的校车，就没干别的了。

很快，村干部五人（林凤鸣、吕强等）都被隔离审查了。

吴麻子得意扬扬地跑到县城，向在检察院工作的女儿报喜：“吴洋，林凤鸣那一伙人完蛋了！”

他女儿吴洋在检察院工作，而且还是一个科长。她听到父亲的话，惊讶地问：“爸！你不是就想多要点占地的补偿款吗？怎么扯到林凤鸣他们身上去了？那可是政府的最基层组织，说话别那么难听！”

吴麻子高兴劲儿还没过，继续说：“林凤鸣不当书记了，换了别人，咱们就能多要出来了！李刚他大舅说了，要是让李刚当上书记，他一准能多给咱们补偿！”

吴洋打断他：“爸！你瞎想什么呢？林凤鸣是老书记了，在村里干了二十多年，口碑一直很好，为村里做了不少实事。咱们村还是市里的先进典型呢！那天你打电话的时候我正忙，不太清楚细节，还以为像城里搞房地产开发，跟拆迁户闹矛盾呢。你不来，我还正想抽空回村里一趟呢。我找在政府上班的同学打听了，人家林书记这次是做公益，自筹资金建水库！你先在这儿住两天，等我周日休息，你跟我一起回大利村，去给林老书记赔礼道歉去！"

吴麻子这下一点儿高兴劲儿都没了，嘴里嘟囔着："那……那她自筹资金也不能让咱家吃亏呀……"声音明显小了下去。

他闺女说："爸，我想起一件事。你以前说过，咱家最早不是在大利村住的。那年闹饥荒要饭到了大利村，是李国忠老书记收留了咱们。咱们不是原住民，按理说没有分地的资格。咱家那几亩地，是后来自己开的荒。"

"哎哟！闺女！我……我把这茬儿给忘了！"吴麻子一拍大腿，"我这是岁数大了，年头多了，给忘了！咱家是外来户！当年韩赖子当小队长，他说社员们不同意收留外来户，其实就是他不乐意收。我在他家门口等了一晚上，他那是喝了酒，才把我领到大队部去的。还是李国忠当书记那会儿心善，他照顾咱们，才让咱们落了户。那地确实是开荒地。后来分地的时候，没分给咱，但也没往回收。林凤鸣当书记了，也一直没提这事儿。"

他闺女很孝顺，安慰道："爸，您也别太着急。这两天院里的案子多，我不能请假。等礼拜天，我一定陪您回村。"

检查组的效率很高，很快就查完了账目。事实证明：大利村建新房，郭保军确实只收了成本价。原因是：当时其他的开发商嫌利润低不肯干，是林凤鸣求着郭保军回村承建的。

至于卖沙场山头的事，确实存在问题：村部私设了"小金库"，这笔钱没有入村里的账。但是，这事发生在吕强代理书记期间，也就是林凤鸣犯"疯病"的那三年，与林老书记无关。

吕强坦白交代说："这笔钱，我们几个村干部商量好了，不能平分给村民，一定要等林书记清醒过来后，留着给村里干大事用。我们都相信林书记一定会好起来的，所以就一直保密着，就算是私设了小金库吧。但这绝不是我个人贪污。那个沙丘山头，我们后来还组织人复垦成了耕地，作为村集体的机动地。林书记这次主张修水库，需要占地补偿，这片地正好能派上用场。"

经过一周的调查核实，检查组确认吕强所说均是事实。

303

就在林凤鸣被审查期间，她婆婆在村子里做了一件轰动的大事。

那天，婆婆问儿子郭保喜："凤鸣张罗修水库的事怎么样了？"郭保喜忘了林凤鸣之前的叮嘱——"这事儿别跟咱妈和韩叔说，也别跟我娘家的人说，特别是致远，他是法院院长，事儿多，别让他跟着操心。喜子，你放心，我没事，过几天就回去了，正好休息几天。"

郭保喜随口说道："还怎么样？凤鸣被检查组带走了！我看这事儿就得黄！当初我就不太同意，捐那么多钱修什么水库！钱留着给孩子们多好，够花两辈子的了！她就是爱出风头！建什么水库？我看这次是非黄不可！"

林凤鸣的婆婆一听这话，立刻埋怨起儿子来："小喜子！你别跟着瞎掺和！凤鸣决定的事，都是正确的事，是积德行善的好事！捣乱的是那个吴麻子！我找他算账去！"七十多岁的老太太，还有当年那股泼辣劲儿。

郭保喜劝他妈："妈，您就别跟着掺和了。凤鸣的事是公家的事，不是咱们个人的事。"

婆婆立刻骂起了郭保喜："你个浑小子！村里的事不就是各家的事吗？咱们不是住在大利村？你赶紧上你厂子里去！跟玉英都去厂子里！我去找吴麻子去！"

林凤鸣的婆婆七十多岁了，在家里还是说一不二。前几日小女儿玉杰一家来看她，玉杰就因为倒了点剩菜，都被她妈好一顿数落。

这时，老伴韩叔也说话了："保喜啊，听你妈的。我陪着你妈去。家里人得支持凤鸣！"

正巧，哑巴姑姑和姑父张斌从新马泰旅游回来，带着各地的特色商品来看望林凤鸣的婆婆。听闻此事，也义愤填膺地表示要加入进去。

姑父张斌是当过兵的人，思想觉悟高。他说："一个国家，一定有英雄，也一定有为这个国家默默奉献的人。只要他们认为是对国家有益、对老百姓有益的事，他们就会不计个人得失，甚至把自己都搭进去。这样，一个国家才有希望。这是他们的格局，他们的胸怀。往大了说，他们是为国请命的人；往小了说，就是肯干实事的人。凤鸣和保军这次修水库的事，做得对！做得有意义！给后代做了榜样，也给咱们大利村人做了榜样！"这位独臂的退役军人张斌，也坚定地加入了支持派的行列。

一个小小的大利村，因为这点事沸腾了。林凤鸣的婆婆是个大嗓门，她和韩赖子要去吴麻子家讨说法的事，很快就在村子里传开了。村民们纷纷涌出来看热闹。

304

少了一只胳膊的张斌走在最前面，虽然身体残疾，但依然不失军人的威严。大利村的人一向敬重军人和军属，这或许是从二离的祖奶奶那位军烈属开始就形成的传统。张斌和林凤鸣的哑巴姑姑结合后，大部分时间都住在大利村，村里人都知道他是立过军功的残疾军人，自然而然地给他让开了一条路。林凤鸣的婆婆和韩赖子紧随其后，其他看热闹的村民也都跟了过来。

村里的人，就这样分成了三派：支持派、中立派、反对派。

支持派里有年轻麻利的小伙子，骑着摩托车跑到镇上的图文社，印了几个大字条幅，上面写着："吴麻子是小人，破坏修水库！""吴麻子不是大利村人，滚！滚！滚！"支持派人多势众，自发地打着条幅，把吴麻子家的大门堵了个严严实实。看到他家大门紧锁，以为吴麻子是怕事躲起来了，就把他家院子围了起来，齐声高喊："吴麻子！你出来！破坏建水库就是坏人！滚出大利村……"

李刚他大舅赶紧给李刚打电话，让他给去市里女儿家的吴麻子捎信儿。他自己也锁好大门、屋门，翻墙跑到了李国忠老书记家躲了起来。吴麻子的闺女吴洋在单位接到了政府同学的电话，意识到她爸把事情闹大了，不能再等到星期天休息了。她立刻拉着吴麻子就往大利村赶。

吴洋开车回到村口，看到自家大门口的情形，果然和她同学说的一样，甚至比描述的还要严重，她同学可没说还有人拉着这样的条幅。吴洋不愧是国家干部，她把检察院的车远远地倒退了一百多米停下，让她爸先别下车。她自己则脱掉了检察院的制服，快步跑到自家大门口，高声喊着："大家静一静！听我说！这里面有误会！听我说！"

"吴洋！有话快说！别拿你检察院的身份压我们！我们不怕！"支持派里有人回应道，继续喊着吴麻子的名字。

"吴洋！你爸破坏咱们大利村修水库！我们不容他！"支持派的呼声很高。

"吴洋！是不是你撺掇你爸多要补偿款的？"

吴洋再次大声喊道："老少爷们儿！大娘婶子们！请听我说！我吴洋是在大利村生、大利村长大的！是大利村养育了我！没有大利村就没有我的今天！"她一边说，一边像个男人一样，双手抱拳，向周围的乡亲们作揖，"我绝不会让我爸扰乱修水库的大计！我爸是一时贪财，做了糊涂事！我在这里替他给大家赔礼了！"吴洋深深地给大家鞠了一躬。这时候，场面才渐渐安静下来。

林凤鸣的婆婆说："吴洋，你说了不算！让你爸出来！当着大家的面给我们做个保证！"吴洋回到车里，扶着她父亲走到了支持派的众人面前。

韩赖子当面质问吴麻子："当年你要饭逃荒到咱们大利村，是不是我没留你？是不是你带着孩子给各家各户磕头？是不是李书记把你安排到我们小队的？让你住了下来，村民们心善，三天就给你盖起了两间土坯房！眼下林凤鸣带头建水库，难道是我家的私事吗？"

吴麻子羞愧地说："不是私事，是为了咱们大利村。"他向大家连连作揖赔不是，也说出了背后的始作俑者："是……是李刚他大舅，他说这次修水库也有公家的钱，让我们多要点。还说，下届选举的时候，只要帮李刚拉选票，让李刚选上村书记，以后还会有好多好处……我闺女给我讲明白了，我……我给大家做保证，再也不犯浑了！"

张斌说："凡事还是得以合同为准！"支持派的人便要去村部拿合同，却发现村部没人，大家这才反应过来，七嘴八舌地说："得先把林书记保出来啊！""咱们去镇政府要人去！"

这当口，林凤鸣的婆婆又开始数落吴麻子："你这个人真是没良心！那年你家那土坯房被山洪冲倒了，是不是我家凤鸣看你可怜，把砖赊账给你的？砖都拉到你家一年了，你都盖不起来，是不是我家凤鸣又带着木片厂的工人，去帮你家干了三天才盖完的？俺家凤鸣可没要你一分工钱！你家离村子那么远，一到下大雪，路都被封了，是不是我家凤鸣又带着村干部去给你家清雪？"

吴麻子开始听到林凤鸣婆婆数落林凤鸣帮他盖房子的事，心里还十分愧疚。可听到说林凤鸣带村干部帮着扫雪的事，却忍不住回怼了一句："林凤鸣是村书记，带着村干部扫雪那是她应该做的！"

林凤鸣的婆婆一下子火了："吴麻子！你的良心真是让狗吃了！帮你家拉砖盖房子的时候，我家凤鸣还不是村书记呢！那时候我家还欠着饥荒呢！"

村里人最讲究有恩报恩，听到吴麻子这么说，都七嘴八舌地指责起他来。

"你个外来户！谁帮你不是看林凤鸣的面子？"

"林书记不是开村民大会让你搬到村里住吗？是你自己舍不得花煤气罐钱，想从山上拉柴火方便，才不肯搬的！"

"那么厚的雪，就你家那个上大学的儿子，瘦得跟白面书生似的，两手无缚鸡之力，他能一天把路扫完？"

"林书记把心都掏给咱们大利村了！吴麻子，你这是恩将仇报！……"

村里人最怕被人说人品不好。吴麻子看着村里人都编排自己，知道理亏，声音也小了下去："林书记带工人给盖房子，那是私事，我王麻子感激一辈子。扫雪是公事。公事和私事你得分开说。"但他还是给林凤鸣的婆婆赔了不是。

林凤鸣的婆婆这才原谅了他，指着吴麻子骂道："要是再敢破坏建水库，小心我下次在你那光头上打爬犁！"她婆婆一头银发，在阳光下闪着光，自有一股威严。吴麻子摸着自己光溜溜的脑袋，讪讪地说："老嫂子，我……我回头给您做个铁爬犁。"

支持派的人又喊了起来："我们的林书记还没回来呢！"

"对！咱们得去镇里接林书记！"

村里人想法单纯，又闹哄哄地要去镇政府。他们把组织审查这么严肃的事情，看成了跟打架分对错一样简单。

先前村民们呼啦啦去找吴麻子的时候，不知道是谁报了警。派出所来了两辆警车，看到事情已经自行平息了，正跟领导汇报完情况，准备回去，却看到这一大群老百姓又要往镇政府去，立刻上前拦住。

这时，吴洋从车上下来，对村民们说："大家先别激动！我出个主意，咱们派两个代表去镇里问问情况。我们要相信党，相信检查组，他们一定会查明真相，把你们的好书记还回来的！"

支持派与反对派的风波总算平息了。中间派没能捞到什么好处，有些不甘心，又出来"作妖"。

他们跑到支持派那边去吹风："咱们可得坚定地支持林老书记把水库建成啊！"支持派的人接受了他们的"好意"，也把他们写进了功劳簿。

他们又跑到反对派那边去煽动："看书记那霸道的性格，这水库她肯定是非建不可！你们得坚持到底！多要一分是一分！"可反对派这次是铁了心不再掺和了，直接怼了回去："你们这是咸吃萝卜淡操心！该干吗干吗去！别拿我们当枪使，你们好看热闹！我们要是再犯傻，就是吴麻子的下场，被全村人戳脊梁骨！"

村干部回来了三个，但吕强和林凤鸣还没回来。李刚他大舅看事情平息了，跑到李刚家，说李国忠老书记快不行了，想见林凤鸣最后一面。李刚说："这事我可办不到。我也不知道林书记他们被关在哪儿，往哪儿打电话啊？"林凤鸣和吕强的手机都关机了。"大舅，"李刚说，"你们举报这事儿办得太不地道了！我看你还是去找那几个回来的村干部问问吧，打听打听他们到底在哪儿？是不是在沿河市政府那边？"

李刚他大舅尴尬地走了。他硬着头皮去找了那几个回来的村干部，把李国忠老书记的话捎到了。最终，林凤鸣由两个检查组的工作人员陪同着，去见了老书记最后一面。李国忠老书记已经到了弥留之际。他用尽最后一丝力气，只说了一句话："一定……一定把水库修成！"

林凤鸣含泪答应："李书记您放心！我一定克服种种困难，一定把水库建成！绝不能因为个别人的贪心，就心灰意冷，放弃修水库！我以一个共产党员的身份向您保证！"

两个陪同的检查组工作人员看到这样的情景，深受触动，如实向上级做了汇报，还特意加了一句："党的最基层组织，依然保持着党的优良传统，还是在真心真意地为老百姓服务。一代传一代，这么任劳任怨，真是难得呀！"

当天夜里，李国忠老书记去世了。他的遗体上覆盖上了一面鲜红的党旗，是镇党委书记二离亲自为他盖上的。这位老党员，一辈子对党忠诚，一辈子服务大利村百姓，在生命的最后一刻，还在为大利村的事业操心，他配得起这面党旗。

检查组在解除对林凤鸣的调查之后，建议给她一个月的休息时间。但林凤鸣不同意，只比吕强晚了两天就回到了大利村。不同的是，这次是由市政府的两名领导、镇政府的二离书记等人一起陪同着回来的，阵仗搞得像是到大利村视察工作一样。

吴麻子的闺女吴洋和她在政府工作的同学，后来又做了一件令人敬佩的事：她们联合了历年来从大利村走出去、在外面工作并且小有成就的人，发起了捐款倡议，号召大家支持家乡建设水库。

五十多万元的个人捐款——这些都是大利村的后代们自发、自愿捐赠的。当吴洋等几个代表把这笔钱送到大利村、交到林凤鸣面前时，林凤鸣激动得用手捂着脸，半天说不出话来。

还是吕强替她说道："谢谢孩子们！谢谢大家！这笔钱是咱们预算外的。"吴洋说："先给村里备着吧。具体怎么用，就由村里决定。这是咱们大利村所有后人的一份心意。"

吴洋走后，吴麻子是真心后悔了。他去找李刚他大舅，商量着要亲自去给林书记赔礼道歉。李刚他大舅也懊悔地说："我那些馊主意，都是从手机上看到的、想出来的。手机里那些人没感情，就教咱们怎么要钱，根本不讲道德！"他朝着自己的手机狠狠瞪了几眼。两人便一起去找林凤鸣赔不是。李刚的表姐告诉他们，林书记去省里水利局还是设计院开会去了，她也不清楚，反正人没回来。吴麻子和李刚他大舅，就这样从反对派变成了先进派。

这场风波总算是过去了。

大家又重新团结一心，就像三十年前一起盖大瓦房那时一样。男人们轮流出工，女人们轮流做饭。不同的是，这次林凤鸣告诉村会计，所有出工的人都要支付工资。那些外包工程队的钩机、推土机、翻斗车的司机们都说，现在的经济社会，很少见到像大利村这样的人了，干活儿就像是给自己家干活一样认真，那么起劲儿。来得早的早点开工，走得晚的多干一会儿，没有一个人计较工钱多少。他们都为自己是大利村的村民感到自豪："俺们村林书记自己掏钱修水库，是为了咱们大利村的子孙后代！俺们也不能落后！"仿佛能参与到这项工程中，就是沾了大利村的光。这不再是为了堵住谁的嘴，而是发自内心的骄傲。

大利村村民人心所向，在外工作的后代们呐喊助力，大家齐心协力建设龙凤水库。

五千五百万的专项资金，与其配套的水库图纸，在林凤鸣老书记的主持下，在市党委、镇政府的大力支持下，在下游五个村的村干部和村民们的共同努力下，经过两年零八个月的艰苦奋战，龙凤水库终于顺利建成了！

只是，因为要延伸到朝阳村的水渠和改造水田的工程量增加，又额外投入了两千多万元。林凤鸣把自己先前买金条存下的一千万取了出来，又从食品厂的账上支付了一千万。林凤鸣几乎花光了家里的所有积蓄，倾注了全部心血。

当林凤鸣觉得终于可以松一口气的时候，村民们的议论声却又悄悄响了起来。

开始，一部分村民说："林凤鸣真是能人啊！修了那么大的一个水库！"但也有一部分人私下嘀咕："那么大的水库，得猴年马月才能蓄满水啊？我看就是有钱烧的，显摆呗！"这些话当面没人说，可孩子们听到了，老人们也开始担心地问。

孩子们从幼儿园回来，嘴里念叨着不知从哪儿学来的顺口溜："林凤鸣，本领大，修个水库空架架。一没水，二没田，盼着猴年盼马年。天老爷，不长眼，气得凤鸣干瞪眼！"

林凤鸣的婆婆也担心地跟她说，她在敬老院里，听到一些行动不便的老人也在担心，修了那么大的水库，万一蓄不上水可怎么办？他们开始还挺高兴，说大利村终于有水库了，下游的地就能改成水田了。可后来听家里人说水库里没水，他们自己又走不动，上不了山，看不到实情，都急得张罗着想让人带他们去看看。

林凤鸣心里有底，水库的选址和设计是经过省水利厅和国土资源厅专家反复勘察论证的，她只需要耐心等待雨季的到来。

七月中旬，暴雨如注，雷电交加，接连下了好几天。因为雨下得太急，村里不少人家的院子里都积了水，深的地方能没过脚踝。一些靠河边有地的村民，担心自家的庄稼被洪水冲走，雨稍微小了一点，还没完全停，就扛着铁锹、拿着编织袋，急匆匆地往地里赶。结果到了河边一看，却像是老天爷开了个玩笑：河里的水只有浅浅的一层，跟他们院子里的积水差不多深。往年汛期那种浊浪翻滚、卷着泥沙、看着吓人的山洪竟然不见了！他们又顺着河堤往上游的龙凤水库方向走去。这下他们明白了，原来洪水都被林凤鸣修的水库给截住了！远远望去，只见几个山坳里的积水，像脱缰的野马一样，翻滚着、咆哮着、奔腾着涌向水库。水库里原本因为干旱而龟裂的地面，已经被奔腾而来的山洪覆盖了。他们像是着了魔一样，站在水库的大坝上，呆呆地看着。不知道是谁第一个喊了起来："咱们的水库有水啦！"其他赶来的人也跟着兴奋地大声呼喊："咱们的水库有水啦！"他们激动地扔掉了雨伞，脱掉了身上的雨衣，在淅淅沥沥的小雨中跳跃着，欢呼着。雨水和泪水交织在一起，从他们黝黑的脸上尽情地流淌下来。

不建这座水库，他们永远不会知道，原来每年有这么多的水都白白地流走了！他们彻底心服口服了，语气也完全变了，纷纷夸赞林凤鸣书记有远见。大家又呼啦啦地跑去给林凤鸣书记报喜去了。

九月份，选了一个秋高气爽的好日子，林凤鸣让邵焱焱带领村干部们去敬老院，行动方便的用车拉，行动不便的用人抬，把老人们都请到了水库大坝上。

水库被苍翠的青山环抱着，经过一段时间的沉淀，蓄满的库水变得清澈碧绿。山风吹过，水面泛起粼粼波光，闪耀着银色的光芒。水库的工作人员耐心地给老人们讲解着：什么是安全水位线，什么时候可以开闸给下游的水田放水，以后还计划在水库里投放鱼苗，林书记还规划在水库下方挖掘鱼塘养殖冷水鱼……

老人们亲眼看到了这壮观的景象，饱了眼福，悬着的心也彻底放下了，都夸林凤鸣真是做了一件造福子孙后代的大好事，纷纷要当面谢谢她。焱焱告诉老人们，林书记最近腿病犯了，去市里治腿去了。老人们听了，又开始担心起林凤鸣的身体来。她是老人们的主心骨啊！

村民李刚，看到水库建成了，动了心思，想承包水库养鱼。

林凤鸣书记没有立刻答应。她说："这事儿得慎重。要先看看下游两个村水田的实际用水情况，第一要保证农业灌溉用水。我得从实际出发，等明年看看具体情况再说。"

李刚以为林书记是不想把水库承包给他，就想到了走"人情"路线。他先是撺掇焱焱的大舅、二舅去说情，可林凤鸣还是没有松口。李刚不死心，又怀疑是不是因为徐家兄弟当年打过林凤鸣，她心里记仇。于是，他又悄悄找到了邵明德的弟弟邵明礼，也就是邵焱焱的亲叔叔。他想，邵明德是为了救林凤鸣才牺牲的，邵家的人出面说话，林凤鸣总得给点面子吧？邵明礼现在正在山上给林凤鸣看林子，顺便养着野鸡。李刚觉得邵明礼出面肯定能成。

没想到，邵明礼是个实诚人，直接对李刚说："你别想太多了，这事儿就得听林书记的。你想养鱼，是为了你自己挣钱；林书记建水库，是为了大家伙儿。大利村、朝阳村，这么多双眼睛看着呢，你别再给林书记出难题了。"几句话就把李刚给怼了回来。

李刚气鼓鼓地回到家，正骂着林凤鸣"老顽固、没人情味儿"的时候，邵焱焱和另一位村干部李娜找上门来了。李刚爱答不理的样子。邵焱焱笑着把一份盖着大利村村委会公章的合同递给李刚看。

李刚一脸疑惑："林书记不是不同意吗？你们俩敢自己做主？"焱焱说："就是林书记让我俩来的。林书记为了你承包水库养鱼的事，还专门开了一个会呢。你先看看合同吧。"李刚这才不好意思起来，知道自己错怪林书记了。焱焱接着说："林书记还夸你脑子活泛，有胆量呢。开完会后，我们专门去市里找了水利局和农业局的技术人员，经过反复论证，才拟定了这份承包合同。林书记之前的担心是有道理的，水库的蓄水量和下游的灌溉需水量之间是有比例关系的，不能盲目上项目。"

合同上有一条，李刚看得特别仔细：前期，村委会将从村集体创业基金中，无息支持承包户二十万元用于购买鱼苗和设备。他看到这一条，激动得半天说不出话来，看了很久很久。他连忙让他媳妇多做几个菜，要留焱焱和李娜在家里吃饭。

焱焱和李娜说今天没时间了，还得回去给村民们发种子和化肥呢，等签合同的时候再跟老书记一起吃"喜饭"。李刚知道，这是大利村多年来的传统：从林凤鸣当书记开始，大利村的种子、化肥都是由村干部统一统计、统一购买，从来没有出现过假种子、假化肥坑害村民的事。这位老太太，真是把心都掏给了大利村。

李刚对他媳妇说："我也不吃饭了！我得赶紧去给老书记赔个不是去！"他媳

妇撇撇嘴，说他还是那个急脾气。

路上，李娜悄悄对焱焱说："老书记提出的那个'思想健康'条例，还真管用！"焱焱说："是啊。从我被选上村支书那天起，林书记就跟我说，思想健康最重要。咱们村68名党员，要做思想工作；五个自然屯，四百多户村民，每一户都要做思想工作。要让大家爱咱们的党，爱咱们的国家，爱咱们大利村这个大家园，这些都是顶重要的事。只有做通了思想工作，老百姓心里才会暖和起来，才不会有怨气，咱们的工作才算合格。"

接着，村里又有人开始琢磨养林蛙的，养冷水鱼的，还有人计划建水稻加工厂……林凤鸣建的这座水库，给大利村的村民们带来了新的希望和活力，又有一批人开始积极主动地寻找致富门路，干起了事业。别人看到的是林凤鸣的能力和贡献，是她在大利村和朝阳村无与伦比的影响力；而林凤鸣自己，却终于在这一切欣欣向荣的景象中，明白了郭保军当年留下那笔巨款，甚至不惜牺牲生命的真正意义。

大利村，也由此从一个普通的村落，一跃成了沿河市远近闻名的第一富裕村。

第二十五章　回家乡，做主人

　　让人敬仰的，不是拥有多少财富；让人纪念的，是为乡亲们做了多少实事。

　　2022年，林凤鸣迎来了她的六十岁生日。生日宴由大利村现任村支书邵焱焱主办，地点选在了龙凤水库西岸新建的"悠闲居"山庄。基于林凤鸣对大利村的卓越贡献，村支部特意为这位老书记送来一块匾额，上书："带头致富第一人"；镇里则送来一幅字："巾帼楷模"。

　　此时镇里的党委书记，正是林凤鸣的干儿子二离（夏继成）。这还得从大利村选举村书记说起。二离从部队正团级转业回来后，先是在镇政府工作。工作三年后，经过组织考察，被提拔为镇党委书记。但后来，在他与邵焱焱结婚之后，涉及选举大利村书记、接替林凤鸣的问题时，却发生了一些意见不统一。二离担心会有闲言碎语，不希望邵焱焱去竞选村书记。林凤鸣却坚持"举贤不避亲"，认为焱焱一定能干好，有能力带领大利村继续发展，并且当时只有焱焱是她最信得过、能够放心交接的人选，她自己也才能真正放心地退出。

　　林凤鸣说："我当了三十多年的村书记，难道不想早点把担子放下，专心经营自己的食品厂生意吗？可是镇里找我谈话，市里也找我谈话，都不让我卸下这个担子。为什么？就是因为我心里没有找到合适的接班人。外来的干部跟咱们大利村的村民不亲近，村民们不服气，到时候遇到问题还得来找我。现在好了，焱焱大学毕业回来了，她热爱自己的家乡，愿意扎根农村。她有文化，学的又是农业专业，在我身边跟着我干了两年多，积累了实际工作经验，办事靠谱，大家也都看在眼里。"

　　二离当时提出，候选人里还有李刚。

　　林凤鸣却说："李刚这个人，爱拉帮结派，私心重，耳朵根子软，遇事自己没主张，没有焱焱那股子决断劲儿。他带不好大利村。"

　　她把前些年大利村修桥时买水泥的事，又跟二离讲了一遍。"就是连接榆江公路的那座桥，不是咱们村里自己那座小桥。当时预算是三百万。他（指李刚）借了咱们村部的院子打过桥梁。钢筋先进来了，然后是水泥。结果水泥一下子就进了两种不同型号的。我知道，型号不同，价格肯定也差着呢。我就去找他谈话，问他是不

313

是以次充好了？他承认了。我跟他谈了好几天，告诉他这是百年大计，不能马虎。他开始还不同意换，说换了要少挣二十多万。最后我说，那我就得以一个党员的身份去阻止你，我去质量检查部门找你谈话！他看我态度坚决，这才同意换成了高标号的水泥。把大利村交到他手里，我不放心啊！"

"再论能力，就说旱田改水田这个项目。那段时间我因为身体的原因，大多时候去不了现场，都是邵焱焱夏天顶着烈日，冬天冒着严寒，带着工程队和村民们一起干的。她就像个男人一样！咱们年轻一代里，像焱焱这样的真是太少了。还有，咱们村引进的第一批优良水稻种子，也是焱焱跑到省里，找她的老师，又找农科院的专家，根据咱们村的实际情况，才选出来的这么好的稻种。现在村里人都夸焱焱能干呢！"

最后，二离被林凤鸣说服了，同意了"举贤不避亲"。邵焱焱顺利当选为大利村新一任村书记。

林凤鸣在村民大会上宣布辞去村书记职务时，台下的一些妇女忍不住哭了起来，她们的眼泪也惹得一些在场的男人红了眼圈。

在水库下方的河边，林凤鸣带着孙子和外孙子在戏水玩耍，给他们讲着愚公移山的故事。

两个孩子又拍着手唱起了新的顺口溜："林凤鸣，大功劳，龙凤水库建得好！能养鱼，能种田，年年都是丰收年！致富路上永向前！"

林凤鸣照例没有追问这顺口溜是从哪里传出来的。看着眼前的绿水青山，听着耳畔的鸟语蛙鸣，她心里感慨万千：这不就是我们美丽的家园吗？一代又一代，在这里生生不息。自己所选择的奉献、付出和割舍，都是值得的。

林凤鸣的脑海里，不由自主地浮现出三十多年前，自己因粮食被没收而跳江，被郭保军救起后的情景，以及在医院时与郭保军的那段对话。

郭保军当时盯着她的眼睛，问："你……你完全恢复了吗？"

林凤鸣拍了拍打着石膏的胳膊，笑着点点头："我真的好了，也想通了。你说多悬啊，我死了也就死了，你还说要陪着我一起死，多不值得。"

郭保军表情怪怪的，仍然盯着她的眼睛，说："我为你死，值得。"

林凤鸣也不笑了。那一刹那，仿佛有一股强大的暖流涌遍全身，她的心开始剧烈地跳动，是那种无法抑制的悸动。她渴望投入保军的怀抱，心中充满了难以言说的情感。她开始微微颤抖，闭上了眼睛，感觉到郭保军的呼吸离自己越来越近，那温热的气息喷洒在脸上，既舒畅又让人心旌摇曳。她不敢动，也不敢睁开眼睛。过了好一会儿，那股热浪渐渐退去，她慢慢睁开眼睛，看到郭保军已经退到了两米开外，但额头上却渗出了细密的汗珠。她觉得郭保军一定还有话想说，但她也明白这个年轻小伙子内心的挣扎。她终于控制住了自己，连忙阻止道："保军，我们是一辈子的亲人。你好好的，我也好好的。"

郭保军控制住自己的情感，痛苦地转过身，离开了病房。在郭保军离去的那一刻，林凤鸣为他哭了。

今天清晨，太阳还没完全出来，林凤鸣就悄悄地一个人来到了郭保军的坟前。

环顾四周，山林随着春日的回暖，已是一片翠绿，漫山遍野的杜鹃花正在绚烂地盛开。林中的布谷鸟不知疲倦地啼鸣着，宣告着生命的怒放。寒冷的冬天终究无法阻挡生命的脚步，那些被冰雪覆盖的生命，只是暂时褪去了旧的躯壳，换了一种新的形式继续存在着，年年岁岁，生生不息。

她把带来的祭品一一放下，静静地在墓碑前坐下，默默地流着眼泪，心中有千言万语想要倾诉。她说："保军，今天是我生日，也是你的生日。你这只'老虎'已经上山了。过完这个六十岁生日，我也该去享受享受生活了。你不在的这五年，我太累了。还好，我最终完成了咱们共同的心愿。你看得到吗？龙凤水库建得好好的，水渠也延伸到了朝阳村，朝阳村也有了自己的水田，比咱们当初预想的还要完美。水库边上还开了山庄，好多城里人也来这边游玩了。这是我最自豪的事情，要说给你听。对呀，你这个'城里人'，就永远留在这里了。这里多好！多美啊！"

林凤鸣在地上坐了很久很久。她甚至出现了幻觉：仿佛看到了年轻时候的郭保军，扛着刚割回来的猪草，正朝着她憨厚地笑着；又仿佛看到了后来事业有成的郭保军，穿着高档的西装，意气风发地回家的样子……

"你说过的话，就如山坡上的杜鹃花，在我心里静静地开呀……还记得那一天，你和我走在这山间小路上，溪水潺潺，小鸟脆啼，谈着建设家乡的计划，构成一幅多么温馨的图画……"

林凤鸣再一次回忆起三十多年前，她跳江那次。在救护车上，郭保军缓缓脱掉她已经结冰的棉鞋，把她冰冷的双脚放在自己的胸前，用他仅有的体温为她暖脚。她当时就那样闭着眼睛，任凭泪水从眼角无声地滑落。那一刻，那一次，是他们今生仅有的一次最亲密的接触，却成了林凤鸣一生的回忆，一生的执念。那是郭保军第一次用自己的生命救她。还好，他们都活过来了。这份救命之恩，林凤鸣总觉得无以为报。该怎么报答呢？而这一次，他再次用自己的生命换回了她的生命，她却连报答的机会都没有了。林凤鸣把自己的脸颊贴在冰冷的墓碑上，慢慢地抚摸着，她心里的痛，心里的悔，又有谁能说得清？泪水模糊了她的双眼，一串串地滚落下来……

林凤鸣伏在墓碑上放声大哭起来，再也无所顾忌。她把三十多年来深深压抑在心底的那份对郭保军的特殊情感，全部倾泻出来，仿佛连周围的山林都在为她同悲！

这个干了大半辈子实事的女人，她割舍掉的感情，一直深埋在心底。那些对活着的郭保军不敢说出的话，此刻对着冰冷的墓碑，她都可以毫无保留地倾诉了。"郭保军啊！郭保军！你为什么不等我清醒过来，再见我一面啊！留下的，是这无边无际的思念的苦楚，你的一颦一笑，都成了刺痛我心的利刃！"

过了好一会儿，林凤鸣才悲怆地说："你干吗要用你的命来换我醒来？我宁愿一辈子都不醒来，就那样糊里糊涂地死去……你唤醒了我，却又让我背负着如此沉重的愧疚！我明白了，我们俩就像两条永远无法交汇的平行线，注定要在错位中走向终点。错过了一辈子的姻缘，错过了一生的爱情，错过了，终究是错过了！在这人世间，我再也不能见到你了……"林凤鸣哭着，那眼泪扑簌簌地往下掉。

她回忆起，五年前自己神志清醒后的一段时间里，一直没有郭保军的任何消息。她觉得蹊跷，那么多人来看望自己，唯独保军连个电话都没有。她忍不住问郭保喜："怎么一直没见着保军呢？"郭保喜总是搪塞她说："人家是大老板，忙呗！"林凤鸣觉得郭保军不是那样的人，又去问家里的其他人："保军是生意上忙得脱不开身吗？"一家人都沉默了。

最后，还是郭玉英告诉了她实情。那天早上，林凤鸣一夜未眠，总觉得有什么事要发生，心里惴惴不安。她早早来到办公室，在屋里踱来踱去。听到玉英来了，她把玉英叫进了办公室，开口就问："玉英，你实话告诉我，你二哥是不是遇到什么坎儿了？这么久都不回来看咱妈。咱们是一家人，有什么事就实话实说，我不会看笑话的。"

"我二哥……我二哥他……死了！"郭玉英最终还是说出了实情，眼泪随即涌了出来。

林凤鸣开始以为是自己病还没好利索，耳朵出了毛病。她晃了晃脑袋，把耳朵往玉英面前凑了凑，很不情愿地又问了一遍："玉英，你二哥得罪你了？你不是跟你二哥关系最好吗？怎么说出这么狠的话，咒他死？"

玉英一下子抱着林凤鸣大哭起来。林凤鸣拉着玉英坐下。玉英流着泪，把事情的经过原原本本地告诉了林凤鸣。

"二哥是那年开春没多久没的，就在你清醒前一个月。他是淹死的，趴在水里淹死的，就在……就在建水库前咱们村边那条小河里。那河水很浅，刚刚没过脚踝。谁也想不通，怎么就能淹死他呢？他可是当年咱们全公社有名的游泳健将啊！人们都不知道二哥真正的死因，只说是他喝了好多酒，猜测是喝醉了，不小心摔倒在水里，脸朝下起不来了，时间长了就憋死了。后来……后来你爸和宋婶来看的时候，说是被毒蛇咬的，说二哥一条腿上有蛇咬的牙印，腿都发青了。我大哥给杨思哲院长打电话，杨院长也说是毒蛇咬的。但杨院长说，二哥的车就停在山下，他完全可以开车去医院，有足够的时间救治。现在治疗蛇毒的药都很先进了，完全可以不死人的。杨院长也觉得很奇怪，不能理解！二哥身边还散落着水库的规划草图，他肯定是为建水库的事才上的山，才会被毒蛇咬到的。"

"咱妈不相信是被毒蛇咬死的，说肯定是我二哥先摔倒了，后来才被毒蛇咬的。我们怎么劝也拦不住，她非要去请大仙给算算。大嫂，你也知道，那些大仙就是装神弄鬼糊弄人的。那大仙故弄玄虚，说了些什么鬼附身之类的话，折腾了好一阵子，最后说，是水鬼缠身，二哥是欠了水鬼一条命。咱妈追问水鬼是谁，大仙又不肯明说，让咱妈自己去想。咱妈就想到了邵明德是在海上死的，所以对大仙的话深信不疑。回来就念叨，说那是欠了邵明德的命，邵明德是为了救你和大哥才死的。可咱妈又说，就算要还命，也该是保喜还啊，怎么也不该轮到保军还！是保喜惹的祸！再说，邵明德那是自找的，跟保喜同罪！我们当时都在失去二哥的悲痛中，心情都不好，也不敢惹咱妈生气，更不敢跟她争辩，就只能任由咱妈那么说。妈还说，现在你大嫂都疯了，郭家也算是付出代价了，怎么就找到保军身上去了呢？咱妈说了好几遍'怎么就找到保军身上去了'。保军现在是大老板了，干着那么大的事业……唉！水鬼不是人，也不讲人的道理。你大嫂和你二哥同岁，都属虎，可你大嫂是女的，你二哥是男的，一定是那无常水鬼弄错了……"

林凤鸣没有再听清玉英后面的话。在确认郭保军死了是事实的那一刻，她再也说不出一个字，只是呆呆地站着。巨大的悲伤如潮水般瞬间将她淹没，她感到一股无法抗拒的力量压了过来。她感到四周的一切都开始模糊，胸口憋闷得厉害，猛地喷出一口鲜血，"咣当"一声，直挺挺地倒在了地上。

玉英吓坏了，声嘶力竭地大声喊道："来人啊！快来人啊！快救救我大嫂！"这是郭玉英第二次亲眼看到林凤鸣吐血。第一次是她告诉林凤鸣大哥出轨王美玲的事，可那次大嫂挺住了，并没有倒下。而大嫂最初吐血，是因为粮食被工商局没收那次，她是听家人说的，没有亲眼见到。她跪在地上，抱起林凤鸣的头，语无伦次地说："对不起！对不起！我不该告诉你！我该瞒着你的……"高余的办公室离林凤鸣的办公室最近，听到喊声，第一时间赶了过来，立刻拨打了120急救电话，并赶紧给郭保喜打手机。

郭保喜当时正在仓库看着工人装货。自从林凤鸣病好之后，他就像变了一个人，对厂子里的事几乎事必躬亲，从仓库出货到车间生产，从原材料购进到各个销售网点的维护，他都尽量参与。有时客户来了，他也尽量陪在林凤鸣身边，在酒桌上主动替她挡酒。接到高余经理的电话，他立刻朝林凤鸣的办公室跑去。他从郭玉英怀里抱起林凤鸣，就往楼下冲。高余经理告诉他已经打了120。

郭保喜没有理会，让高余把那台商务车开过来。他把林凤鸣放到车上，就直接往医院开去。刚开出大利村不远，就遇上了赶来的120救护车。郭保喜听从了医护人员的建议，小心地把林凤鸣转移到了救护车上。郭保喜跟着上了救护车，高余经理则开着商务车紧随其后。

林凤鸣平安地醒了过来。只是这一次，她被转到了市医院，又住了十天院。杨思哲院长每天都亲自过来查房。

林凤鸣觉得自己好可怜，像个累赘。在自己不清醒的时候可怜，被许多人同情和可怜，包括杨思哲；在自己清醒的时候，也可怜，欠着活人的情谊无法偿还，欠着死人的恩情更是永远还不上了。

在医院陪护的时候，趁着没其他人，玉英又跟林凤鸣讲了一些二哥在她生病期间的事情。"二哥那段时间回来的次数明显多了，也上过好几次山……"

林凤鸣静静地听着，最后轻声说："你二哥……是值得让家人骄傲的人。非常有本事。从农村出去，到繁华的大城市里打拼，一个人在房地产行业闯出那么大的事业，多么不容易，多么风光……唉，都怪我的病……"

玉英笑了，说："大嫂，这里没外人，我懂你，懂你和二哥之间的那份情谊。从我二哥没了以后，你就再也没有真正开怀大笑过。即使遇到再开心、再高兴的事，你也只是微微笑一下。你自己可能没觉得，但我留意到了你性情上的变化。我总觉得，你就好像再也没有真正开心过。以前的你，是多么率真、多么爱笑的一个人啊！"

318

林凤鸣刚想辩解说，生病后，人的性情总会有些变化的，却被玉英打断了。"我懂你的悲伤。我二哥救过你的命，在你事业和生意上遇到坎坷的时候，我二哥总是第一个站出来，想方设法支持你。你是干大事的女人，能遇到我二哥这样的知己，是你的幸福。你别再内疚了，好好活着。我二哥能有你这样一个知己，他……他死得也值了。"

郭玉英像一个灵魂的摆渡人，不经意间就触碰到了林凤鸣内心深处那不为人知的一面。她没有点破，但女人之间那点微妙的心思，有时是相通的。她说："每个人的命都是天注定的，谁也阻挡不了。"

林凤鸣纵然伶牙俐齿，此刻也无话可辩，她只能掩饰着说："玉英，你真是个小说家。"

林凤鸣出院后，郭玉英又一次过来，郑重地向林凤鸣道歉，为自己之前没能瞒住二哥去世的消息。林凤鸣微笑着说，不怨她，这件事早晚她都会知道，长痛不如短痛。郭玉英这才把后面的事情，跟林凤鸣详细讲完。

"二嫂鲁博来了，是郭辉开着车送来的。她交给我一张银行卡。二嫂说，是在整理二哥遗物时，在他办公桌的抽屉里发现的。她跟我说：'等大嫂身体恢复过来了，就把这个交给大嫂。你二哥做这么多年房地产，没跟人争抢过什么，在行业里口碑一直很好。就是2008年汶川地震那年，他捐了不少款，很多人都佩服他。他跟大嫂一样，没什么仇家，应该不是他杀。我跟你二哥一直相亲相爱，但总觉得，你二哥有很多事情瞒着我，我并不完全了解他。你二哥的离世，我猜想……可能是他的压力太大了。他新购置了一块地皮，建了五十栋别墅。可现在国家政策变了，先前那些想买别墅的当官的、有钱人，都开始打退堂鼓了。那五十栋别墅，一栋都没有卖出去，就那么空置着。现在整个房地产行业都在走下坡路。而你二哥又是个理想主义者……唉，他可能是不想辜负我父亲的期望，又不知道该怎么面对，所以才选择了逃避吧。'"

"二嫂的意思是，二哥是自杀的。她当时眼里含着泪水，那是夫妻之间情真意切的不舍。当时，我也沉浸在失去二哥的痛苦中，拉着二嫂的手，也不知道该怎么安慰她。停了好久，二嫂才又递给我一张银行卡和一个银白色的口琴。她说：'你二哥把这张卡做了特别的标记，说是留给郭家的当家人大嫂的，卡里的存款由大嫂一人支配。可是奇怪的是，你二哥那么精明的一个人，怎么会不留下密码呢？我还去工商银行试过几次，我所知道的所有可能的密码都不对。我也不知道里面到底有多少钱。也许……也许他跟大嫂说过密码吧，等大嫂清醒了再说吧。这个口琴，说是留给郭亮的，郭亮从小就跟他亲。唉，他的压力实在是太大了。现在房地产过了那个泡沫期，我父亲又去世了，你二哥连个商量的人都没有。也怨我，我不喜欢生意上的事，只知道画画，出国的次数也多……'大嫂，我想，你一定知道这张银行卡的密码吧？"

　　林凤鸣接过那张银行卡，感觉重若千斤。她看着卡片，一时不知道该说什么。郭保军的死，对她来说，如同刮骨剜心一般疼痛。她清醒了，一切也都明白了。表面上看，她的清醒是个喜剧；但在她内心深处，这却是一场沉重的悲剧。她多么希望保军仍然活着，好好地活着……

　　林凤鸣知道郭保军的死因，绝不是什么酒醉淹死，也不是毒蛇咬死。他先前托付自己修建水库的事，因为自己得病而耽搁了，他一定是一心想去完成这个心愿。所谓的被毒蛇咬，或许只是一个借口。郭保军是用自己的生命，换回了她的清醒，换回了她的生命，就像三十年前跳江那次一样。只是，林凤鸣不能把郭保军真正的死因公之于众，不能毁掉他一生情深义重的好名声。她走到那张五十岁生日时与郭保军一同照的全家福前面，凝视着照片上郭保军的身影，仿佛感觉到他正一心一意地看着自己。这让她内心那撕裂般的疼痛再次袭来。

　　林凤鸣看到郭保军用一个特制的、带有一朵郁金香图案的信封装起来的工商银行卡，她立刻就猜到了密码。那一定是他俩生日的折中日——520521。保军曾在电话里说过："你过520生日，我过521生日。"那是郭保军和林凤鸣同是五十岁的那一年。当时，郭保军事业有成，林凤鸣的食品厂也生意兴隆。就在过生日的前一天，郭保军偏偏从春城开了三个半小时的车，跑回大利村给她过生日。他那天像喝多了酒一样，硬是拉着林凤鸣去了镇里最高档的饭店庆祝生日。他表现得像个十八九岁的毛头小子，说："我在大利村的家里待两天，5月20号给大嫂过生日，5月21号给我自己过生日。今天晚上这顿，我单独请！"他开车拉着林凤鸣，直奔镇里最好的那家酒店。

　　服务生看他俩穿着高档、气质不凡，认定不是一般人，想给他们安排一个包房。林凤鸣却选了大厅里一个靠窗的方桌坐下。

　　郭保军问："大嫂，你想吃点啥？"

　　林凤鸣回答："吃啥都行！我骨头硬，牙口好！"

　　郭保军笑了起来："这么些年了，你还是一点儿都没变啊！"

林凤鸣疑惑地问："哪方面没变？"她的眼睛还是那么明亮，闪烁着光芒。

"性格，还是那么乐观。真希望……咱俩要是亲哥俩就好了。"

林凤鸣沉默了，把脸转向了窗外。

郭保军看着她，显得有些局促，一时不知道该说些什么好。

"不是哥俩的缘分，是生死的缘分。"过了半晌，林凤鸣转过脸，轻轻地说了这么一句。

郭保军盯着林凤鸣的眼睛看，从她的瞳孔里，看到了一个鬓角已经有些花白的小老头。那曾经火辣辣的情愫，似乎已经随着二十多年的时光流逝而渐渐褪去，沉淀下来。只是岁月并未老去，真情依然深埋心底。

郭保军打开一瓶白酒，倒了两杯，递给林凤鸣一杯，换了个话题："一杯……没问题吧？"

"一杯？哈哈！我还是喜欢喝酒，特别是白酒！咱俩就把这一瓶茅台都干了吧！你可别心疼！"林凤鸣见到酒，立刻高兴起来。

"二十多年了。"郭保军没看林凤鸣，只是看着自己手里的酒杯，低声说了一句。

"是啊，二十多年了。确切地说，是二十七年了。"林凤鸣知道保军指的是他们第一次见面的情景。他说的每一句话，她都明白其中的含义。郭保军一下子说出"二十多年"，那是沉淀在他心底的时间，与喝酒本身并无关系。

喝酒的时候，郭保军说了许多过去的事，话里话外，也透露出当年离家出走的原因，以及之后好几年的痛苦挣扎。

林凤鸣喝完第一杯白酒后，似乎下了很大的决心，说："我看到你当年离开家时给我写的那封信了，那封只写了称呼的信。我是女人，我什么都懂。"

郭保军内心猛地一震。他当时心里非常苦闷，也非常矛盾，最终选择离家出走，是为了平息村里的谣言，保全林凤鸣的名声，但他又十分舍不得离开家，离开亲人。他更不知道，自己当时随手扔掉的那封没有勇气写下去的信，竟然会被林凤鸣看到。时间过去了这么久，林凤鸣还能如此清晰地记得。他不得不相信，林凤鸣和他一样，在心里也珍藏着一份深情厚谊。他的这份深情，林凤鸣是有感应的。想到这里，他感到很知足，也释然了许多，说："我不敢想象，如果当年我不离开家，会是什么样子。"

林凤鸣却坚定地说："就是现在这个样子。"

郭保军苦涩地笑了笑。他也一直认为，自己现在事业上的成功，或许也与当年

321

离开林凤鸣、远走他乡有关。

林凤鸣没有计较郭保军语气中的那丝怨怼，或许因为自己比郭保军大一天吧。她心知肚明，无论如何，自己都不能放任情感，必须把责任扛在肩上。这辈子，她和郭保军就只能是叔嫂关系。到了这个年纪，也该把感情看得风轻云淡了。这顿两个人的生日宴，两人都在极力地把内心渴望的东西往外推，说着违心的客套话，即使这样，还是需要借着酒力才能说出口。

酒店老板杜涛，原本就是大利村的人，自然认得林凤鸣和郭保军。他从外面进来，看到他俩，便走了过来，从服务生手中接过水果盘，亲自放到了林凤鸣面前，开玩笑地说："两位大老板在这里密谈什么大项目呢？"在他心里，这两位资产过千万的成功人士，绝不会弄出什么桃色新闻来，一定是在密谈什么发财的大项目。他知道，村里人都说，林凤鸣就是个只会挣钱的人，要想发财，就得跟着林凤鸣走。

正当林凤鸣担心郭保军会在杜涛这种熟人面前，借着酒力说出什么出格的话来时，郭保军却把椅子往前移了移，将酒杯举到林凤鸣面前，眼睛紧紧地盯着她看。林凤鸣的心跳瞬间加快，脸颊也涨得绯红。

沉默了一会儿，郭保军开口说："大嫂，有件事，我想了很久了……"

杜涛虽然礼貌地离开了，但好奇心还是驱使他竖起了耳朵，想听听到底是什么事。"我现在心里升起了一个新的目标，就是想为家乡做点事。我想在大利村西山，就是咱家承包的那片山地上，建一座水库。我来投资，你来负责。"

林凤鸣顿时松了一口气，感觉像是虚惊一场。她用纸巾擦了擦额头上的汗，声音高亢而激动地说："这……这也是我三十年来的心愿啊！保军！太好了！咱俩想到一块儿去了！我正准备自己筹集资金呢！"她端起酒杯，先跟郭保军的酒杯碰了一下，然后一饮而尽。

杜涛原本竖着耳朵想听出什么发财的秘密大生意，结果大失所望，原来是要建水库。但这可是个人人皆知、无法掩盖的大项目啊！杜涛吃惊不小，他相信，这事儿一旦传出去，不仅在大利村，甚至在整个沿河市都会是特大新闻。他自言自语地说："有钱人就是豪横！建水库，那可不是一笔小钱啊！"

郭保军看到林凤鸣瞪大了眼睛、脸色绯红、激动不已的样子，似乎受到了极大的赞许和鼓励，继续说道："其实，我暗地里为这件事已经准备了两年了。但是城里的房地产市场正是火热的时候，我实在太忙，脱不开身。你这边食品厂也忙。但我还是想拜托你来主管这件事。我出资金，你出力，咱们俩共同为家乡做成这件事。

322

这也是我年轻时候就有的心愿。希望你能同意！"说完，他又把椅子向后移回了原来的位置，脸上露出了释然的表情。

林凤鸣的情绪彻底开朗起来，眼睛睁得更大了。这双眼睛，仿佛能看透一切困难，把所有难题都化解于无形。建水库，那是她二十多年前承包荒山时就埋下的心愿啊！郭保军呀，郭保军，你真是跟我想到一块儿去了！

杜涛比他俩更高兴。他为自己的村子能出这样有能力、有担当的人物而感到自豪。他立刻跟前厅经理交代了一下，表示要亲自开车把他俩送回大利村。

林凤鸣正要上车的时候，听到身后有个男人喊："凤鸣姐！"

林凤鸣停下脚步，回头一看，原来是朝阳村的村书记梁向宇一行几位。他们刚刚也从杜涛的酒店包间里出来。林凤鸣转身迎了过去，郭保军和杜涛也跟了过来。相互寒暄搭话的时候，同行中有一个中年男子看着郭保军说："凤鸣姐，这位……是保军二哥吧？"林凤鸣赶紧给郭保军介绍："这是朝阳村的王冬青，朝阳村石场的老板。他爸年纪大了，现在由他接管石场。"

王冬青连忙说："保军二哥！多年不见，您现在可是房地产大老板了！"

郭保军也想起来了，当年他用邵明德的拖拉机往朝阳村石场送跛子叔编的筐头时，确实见过这孩子几次。那时候王冬青还是个小学生呢，帮着大人数筐头的数量。郭保军主动伸出手，跟王冬青握了握手，关切地问起石场的运营情况。王冬青叹了口气说，现在只是勉强维持。他的石场产的是玄武岩碎石，不是花岗岩或者大理石，现在建筑上用得不多了。"何大柱先前做空心砖的时候，那还是凤鸣姐给联系的生意，那阵子销路还行，还能用一些。现在农村基本没人盖房子了，就是沿河市里也很少用了。这不，我正请梁书记给出出主意，看看下一步该干点什么呢？"

郭保军转头看向林凤鸣，嘴角微微露出一丝笑容。

"大嫂！你这真是想干啥就来啥啊！我真服你了！"

梁书记、王冬青等人一时都丈二和尚摸不着头脑，相互看了看，最后都把目光投向了林凤鸣。

大家异口同声地问："凤鸣姐，又有什么大生意了？"

杜涛抢着回答："我们大利村要建水库！"

"啊？！真的啊？"梁书记和王冬青等一行人都瞪大了眼睛，看看林凤鸣，又看看郭保军这两个大老板，一下子都兴奋起来。

林凤鸣高兴极了！自言自语地说："我还没想到石料的事呢！"她开始夸赞郭

保军："保军，你的智慧，真是超过我十倍！"

王冬青立刻意识到这是个难得的机会，绝不能错过，非要拉着郭保军重新回到杜涛的酒店再喝几杯。郭保军说已经喝过了，正准备回去。王冬青赶紧给梁向宇使眼色。梁向宇忙上前跟林凤鸣说："凤鸣姐，选日子不如撞日子，就再坐坐吧，难得你出来喝一次酒。"林凤鸣碍于梁向宇的情面，只好说："那好吧，保军，咱们就听梁书记的安排吧。"

再次回到酒桌上时，气氛比刚才更加热烈激动。郭保军提议，修建水库时，可以优先考虑使用王冬青石场的石头。而林凤鸣则更加干脆利落，当场就拍板定了下来。

她说："冬青！石料就用你石场的了！等今年秋收完了，咱俩就签合同！我先给你打二百万定金……"林凤鸣虽然年岁渐长，但性格还是那样爽快果决。她那份豪横的气度，令在座的男士们都暗自佩服。林凤鸣心里明白，郭保军刚才说话留有余地，就是想把这个机会让给她，为她在本地积攒更多的人气和威望。

王冬青激动地保证道："这是为家乡建水库！我一定给最优惠的价格！保证保质保量！请梁书记作证！"

林凤鸣用手搓了搓脸，向上伸出双手，兴奋地喊道："哈哈！真是天助我也！刚想着要建水库，这打底的碎石就有着落了！"

梁向宇也感慨道："凤鸣姐这性格，真是干啥啥行！"她那乐观向上的情绪，总是能深深地感染着身边的人。

这些先富起来的人，大多都是有良知的人，他们都愿意为自己的家乡做些贡献。或许也正因为如此，他们才得到了上天的眷顾和庇护吧。

回大利村的路上，林凤鸣坐在副驾驶座上，沉醉着。是的，是沉醉，而不是酒醉。她沉醉在与保军这二十多年的情谊里，回忆着过往的点点滴滴。车窗外闪烁的路灯，仿佛在不断地照射、剖析着她心中那份难以启齿的、复杂的情感。

郭保军坐在后排，从车内的后视镜中，看到林凤鸣眼角悄悄溢出的泪水。他同样也在回忆着这二十多年的往事，他闭上眼睛，看上去像是真的喝醉了。

林凤鸣赶紧告诉玉英，通知家里人，自己五十岁的生日宴往后顺延一天。

玉英笑呵呵地说："行啊！你们两个大老板一起过五十岁生日，那得请个乐队来助助兴！还有好几个客户，听说你今年过五十岁生日，都跟我说了，一定要来贺喜呢！朝阳村的梁向宇书记也已经说了，他们村干部肯定会来一桌的。森森也跟我说，森森要跟保国叔带人回来表演节目庆祝呢！我看啊，这回我二哥是沾了大嫂你的光了！那咱们就按两天来安排吧！"

在寿宴上，玉英问大嫂林凤鸣和二哥郭保军有什么生日心愿。

林凤鸣重新提起了建水库的话题，但她巧妙地掩饰了与郭保军的约定，只是说："咱们村西头儿那片山上，就是当年学大寨那会儿，老辈人就规划过要建的那座中型水库。等我以后有钱了，就在那儿建一座水库，把咱们村靠河边的那些旱田，都改成水田。再过五年，等我五十五岁了，我就不当这个书记了，也算是给村里人留个念想。等到咱们六十岁过生日的时候，那该多光彩啊！"

保军也很高兴，同样掩饰着内心的激动，随口附和道："大嫂，我支持你！我也是从大利村出去的人，这事儿一定得算我一份！"那时的郭保军已经有些发福，肚子微微前挺。他端起白酒杯，和林凤鸣碰了一下，就算达成了约定。林凤鸣透过晶莹的白酒杯，看到郭保军修长的手指在微微晃动，她的心神也有些恍惚。而郭保军看着林凤鸣那有些变形的手关节，关切地问："大嫂，你这手关节还疼吗？"林凤鸣竟然像少女般羞涩起来，缓缓地把手垂下，背到了身后。这个下意识的动作，郭保军看在眼里，他把脸扭向别处，抿了一下嘴，但嘴角还是忍不住露出了一丝笑容。看到林凤鸣恢复了常态，他又叮嘱道："大嫂，为了建水库，您可一定得保重身体。"

在场的家人们都为他们鼓起了掌。玉英、玉杰都说要给他们作证。致远也带着媳妇来给姐姐过五十岁生日，当然也发言表示支持："姐，保军哥，建水库可是件大事！设计方面的事，我找人给你们办！最好啊，能让咱们朝阳村也借上光！"林凤鸣借着酒劲儿说："那就在两村中间那个沙场那儿建！"

孩子们摆上了生日蛋糕，让林凤鸣和郭保军一同许愿。两人相视一笑，都把修建水库当成了彼此共同的心愿！

生日宴上的节目开始了，小叔郭保国带着侄女淼淼亲自登台，演唱了一段二人转《喜事盈门》。随后，其他二人转演员也纷纷上台表演了精彩的节目，乐队也演唱了当时流行的歌曲……

林凤鸣从回忆中抽离出来，脸上还挂着泪痕。她把那把银色的口琴小心翼翼地收起来。她知道这把口琴背后蕴含的深情，她知道这把口琴所代表的温情。现在的年轻人，大概不会再喜欢口琴这种乐器了吧。

山谷里湿气很重，太阳一出来，就有一缕缕淡蓝色的雾气升腾起来，缥缥缈缈。林凤鸣仿佛又闻到了那雾气中带着的苦涩味道。是的，只有她，才能品味到那深入骨髓的苦楚。

郭保军，我的知己，你没能回头再看我最后一眼，我却投入了全部心力，替你完成了心愿。安息吧！

郭玉英的话里其实藏着深意，但她想到大嫂刚刚恢复，不忍心再刺激她，便没再多说什么，只说自己要忙着写小说，转身回到了自己的屋里。

林凤鸣又马不停蹄地把车开向朝阳村，去给梁向宇书记解释情况，去见王冬青，给他赔不是。

远远地，她看到朝阳村东山石场上，依然堆放着许多早已准备好的玄武岩碎石。

这三年来，王冬青顶着多大的压力啊！他知道林凤鸣得了"疯病"，却一次都没有去找过她催问建水库的事，更没提过他早已备好、却积压在此的几千立方米石子的事。

王冬青见到林凤鸣，激动地抱着她哭了起来，哽咽着说："凤鸣姐！我就知道你一定会好起来的！一定会好起来的！"

林凤鸣看到他的鬓角也生出了许多白发，仿佛一下子苍老了许多。

办完这一切，林凤鸣感觉像是喝醉了酒一样，身子都快散了架子。她把自己关在办公室里，整整一天没有出来。

郭保喜叫不开门，担心她出事，就报了110。当警察打开林凤鸣办公室的门时，发现林凤鸣正盘腿坐在地上，手里紧紧握着郭保军留下的那把银色的口琴，神情憔悴。郭保喜看到她这个样子，心里一沉，以为林凤鸣的病又犯了……

流不尽的眼泪，但这一次，林凤鸣的头脑是清醒的。

太阳升起来了，刚才天空中飘浮的乌云已经散去，曙光照在林凤鸣满是泪痕的脸上。她慢慢起身，擦干眼泪，整理了一下衣服，对着郭保军的墓碑深深地鞠了一躬，然后说："保军，你不是最佩服我的坚强吗？我一定好好活着，用我们两个人的生命好好活着！把孩子们带好，把这个家撑好，把大利村建设好，把水库守护好！咱们共同的心愿，我一定会完成！……"她离开郭保军坟前的时候，目光异常坚定，脚步也变得沉稳有力。山间的小河，就是那条曾经见证了他们青春岁月的小溪，清澈的溪水哗哗地流淌着，冲刷着河底黑色的山石。

林凤鸣又转到奶奶婆的墓碑前，跪下，磕了三个头。"奶奶，保军去陪您了。您告诉他，别再那么累了，也别再牵挂我了。奶奶您给我作证，我一定带着家人好好活着！"

林凤鸣看着在不远处草地上嬉闹的孩子们，耳边仿佛又响起了郭保军的声音：

"豆苗，你是咱家的顶梁柱，不能垮掉！我用我的命换回你！你是大利村人的主心骨，快些清醒过来！我用我的命换回你！"那声音仿似天籁，在山坳间蓝色的晨雾里回旋、飘荡，然后慢慢散开，消逝在山谷之中，最终化作晶莹的泪珠儿，落在青草的叶片上，落在翠绿的树枝上，落在清澈的水库湖面上，也深深地烙印在林凤鸣的心里。这一生，她与郭保军之间那份特殊的情感，那种说不清道不明的牵挂，一直在彼此心间萦绕。互相惦记，甚至以命相赠……这种空灵而沉重的感觉，是林凤鸣在"疯病"之后，最深刻的感悟。

林凤鸣自言自语道："郭保喜，是你的任性，你的随心所欲，害死了邵明德和郭保军这两个好男人吗？也许……也许不是。那一定是我，是我害死了他们。男人心中若是有了执念的爱意，便会如飞蛾扑火，不畏生死，最终落得一地心碎。唉！这或许就是所谓的红尘劫吧。"

修建水库期间的那个暑假，鲁博回来了。她想在郭保军出事的那段河边画一幅画，林凤鸣便陪着她。妯娌二人在水库边上坐了下来。鲁博坐在自带的小画凳上，林凤鸣则坐在一块大石头上。

鲁博问："大嫂，你是当家人，郭保军把银行卡留给你，我能理解。可是，他为什么不告诉我密码，却让你知道呢？"

林凤鸣的回答很直接。

她说："保军一直认为，他是从咱们大利村走出去的最有出息的一个，所以总想着要为家乡做点事。他过五十岁生日那天，跟我约定要建水库的事，你知道吧？当时保军说他出资，我来负责管理。可是，后来因为你大哥赌博的事，我突然疯了三年，耽误了保军的计划。三年时间不短，保军心里一定很着急。听玉英说，那段时间保军一有空就往山上跑。可他城里的房地产事业又脱不开身。但保军坚信我一定会清醒过来，所以他就提前把这笔钱准备好了，专款专用。他不告诉任何人密码，就是笃定我一定会醒过来，替他完成修建水库这个心愿。至于密码，我开始也不知道。但既然这笔钱是用于建水库的，我就猜想，密码会不会就是我们俩约定建水库的那个日子。当然，就算我一直醒不过来，你最终也一定会想办法把钱取出来的。"

鲁博点点头，说："我知道了。郭保军知道大嫂你有能力，也知道我性子清闲，不爱管事，又怕我挪用这笔钱吧。"

林凤鸣笑了："那时候我还是个疯子呢。"

鲁博认真地说："大嫂，你的担子重啊！一定要完成保军的心愿，一定把水库建

327

好，管理好。"

对于大多数女人来说，安逸、清闲、吃喝无忧或许就是幸福。她们觉得干事业是男人的事，女人倚靠男人养着也是天经地义。她们一天天过着平淡无奇却也心安理得的日子，单是养育孩子、传宗接代这一项，就足以让她们泛泛地认为自己是伟大而功不可没的。可林凤鸣不是这样的人。她认为，养育孩子是女人的本分，而能给身边的人带来幸福，才活得更有意义。个人的情感，又怎能与身上沉甸甸的担子相比呢？

"奶奶！我们闻到烤羊肉的香味了！我们回去吧！奶奶，您怎么哭了？"孙子们跑过来，拉起林凤鸣的手，那双因常年劳作而关节变形的手。

林凤鸣慢慢站起来，对孙子们说："一定是烤全羊烤好了，都馋了吧？啊！奶奶没哭，奶奶的眼睛是被山风吹的。"

林凤鸣刚想站起来，却一下子又坐了回去。她的老寒腿，已经不太听使唤了。走路时间长了，脚踝就会肿胀，到了晚上更是疼得厉害。她也不知道自己是什么时候得的这风湿病，但肯定是很久以前的事了。两个膝盖总是冰凉冰凉的，可头上却常常冒热汗，然后是满脖子的汗水，擦掉一层，又冒出一层。开始，她以为是更年期反应，一直硬挺着。后来，杨思哲给她开了熏蒸的中药方子，她正在试着用，但时间还短，暂时看不出什么效果。杨思哲说："亲家，你年轻的时候太不注意自己的身体了。这病去如抽丝，得慢慢调理啊。"

几处烤全羊的青烟正一缕缕地向山间弥漫散去，仿佛是九曲回肠的思念，带着恋恋不舍的情愫。林凤鸣忽然相信，这宇宙之间，一定存在着某种灵魂相通的感应。

邵焱焱，这位新任的村书记，用她洪亮清脆的声音，通过无线的扩音器麦克风说道："今天，是我们大利村的老书记林凤鸣同志的六十岁生日！同时，今天也是我们'林凤鸣大讲堂'的第一次开讲日！我们老书记今天讲堂的主题是——'回家乡，做主人'！稍后，我们还有一个临时策划的节目评选环节，评选的题目是'女人是什么？'设有奖项，希望大家踊跃参与！"

一阵喜庆的鞭炮声过后，焱焱恭敬地请老书记林凤鸣讲话。

林凤鸣首先提到了郭保军投资修建水库的事。她说："郭保军，大家都还记得吧？他是农民的儿子，他始终记得自己是从咱们大利村走出去的人。他热爱自己的家乡，总想着能为家乡做点事。我希望大家都能向他学习，永远记住他。"

林凤鸣决定开设这个大讲堂，是因为她觉得自己肩膀上的责任还不能完全卸下。

那是二离当上镇党委书记后，有一次和干妈林凤鸣深谈时提出来的。

　　二离说："妈，您身上的担子还不能完全卸下来。带领大家致富的担子可以交给下一代了，但思想建设的担子，您还得继续挑着。"他谈到了镇里其他一些村子的情况，并不都像大利村这么红火。"现在很多村子的年轻人都纷纷离开家乡，跑到城市里去了，村里只剩下老人和孩子。好多人家甚至举家迁往城里。长此以往，谁来建设咱们的农村呢？无论到什么时候，农村都是国家的根本啊，是它支撑着城市的建设和发展。乡村振兴，迫在眉睫啊！"

　　林凤鸣问二离有什么具体的计划。

　　"女人是家。所以，首先要唤醒女人的思想和力量。"

　　"唤醒女人？"

　　"对，就是女人的思想观念。如果一个地方的女人荣辱不分，金钱至上，丢弃了自尊自强、勤劳善良的传统美德，那她们会把我们的孩子引向何方？这就会动摇国家的根本。我们一定要教育好下一代，让他们懂得'仁义礼智信'，崇尚爱国，崇尚英雄。我们要讲科学种田，发展多种经营，做到惠民利民，富民安民。我们要让大家换掉破衣烂衫，更要换掉麻将桌前那种得过且过的懒散思想！让我们的家园变得更加宽敞美丽。我们还要培养我们的后代，让他们有能力去为国家做事，让我们的国家不再受外来列强的欺凌和'卡脖子'……"

　　林凤鸣用右手捂住脑袋，笑着说："二离啊，你讲得可真好！真是部队锻炼人啊！你让妈好好消化消化。"

　　二离站起身，走到林凤鸣身后，给她轻轻按摩着头部，像个孩子似的调皮地说："妈，您还记得吗？小时候我总爱烂嘴角，您不是总给我抹紫药水嘛，所以我现在嘴皮子才这么好使！妈，您的影响力可比我这个当书记的高多了，在乡亲们中间有威信，您一定得帮我！"二离从当兵入伍时起，就一直管林凤鸣叫"妈"了。

　　从那以后，二离一到星期天，就回来给林凤鸣讲省里的红头文件精神，讲"乡村振兴，巾帼行动"的部署。这位年轻的镇党委书记，就这样给老村支书上起了"思想课"，让林凤鸣这位曾经的"经济脑瓜"，开始转向思考更深层次的"思想建设"问题。

　　林凤鸣大讲堂第一讲：做乡村的主人。

　　她对着台下黑压压的人群，特别是对着妇女们讲道：

　　"姐妹们，朋友们：请你们热爱我们脚下这片美丽的乡村！请你们眷恋这片养育了我们的黝黑的土地！女人是家庭的基石。我希望你们能重新拾起我们女人勤劳、坚强的优良品格。离开那喧闹拥挤的城市吧，回到我们的家乡来，做我们家乡真正的主人！"

"我希望你们能为家乡的建设贡献自己的一份力量，和大家一起，走向共同富裕的康庄大道！让我们这片幅员辽阔的乡村，开出更加绚丽的花朵！"

"人活着，就要活出一份光彩！我们女人，也能书写出彩虹一般的人生！"

开始，台下的村民们有些交头接耳，窃窃私语，觉得林凤鸣是在讲大话、讲空话。但慢慢地，大家听得入了心，渐渐安静下来。

"我们富饶美丽的乡村，现在有了很好的基础：黑木耳作为我们多年的基本副业，一直由汪艳华负责管理得很好。现在我们又发展了灵芝种植，还和省农科院合作，共同开发灵芝孢子粉和灵芝口服液。这就是一项非常好的创新！"

"徐大海兄弟俩创办了水稻加工厂，这也是自谋出路的好榜样。大家都知道，大海以前是给我管理木片厂的，现在木片厂效益不行了，他们就自己想办法，闯出了一条新路，这很好嘛！"

"我是农民，是和土地打交道的。我们在这片黝黑的土地上种玉米、种大豆、种水稻。但我们不能只守着这点地，要发展多种经营，要创办副业。靠山的村民，可以多种植药材，多种植山野菜；靠水库、靠河边的，可以搞水产养殖，养鱼养鸭。我们要把咱们的村子，按照区域优势，发展成集养殖、种植、加工于一体的'一条龙'式村办企业！把咱们村走出去的人都吸引回来，一起建设咱们的新农村！"

"咱们村现在，65岁以上的老人可以进养老院安享晚年，3岁以上的小孩可以进幼儿园接受启蒙教育，基本实现了自给自足。上小学的孩子，有校车接送到镇里。高中毕业、技校毕业、大学毕业的年轻人，如果愿意回村里发展，可以安排到村办的工厂里当管理员、当技术工人。各个工厂可以按屯为单位设立，但要归村里统一管理。"

"第二点，我想说的是：我是农民，我自豪！"

台下开始响起了掌声，有年轻人甚至吹起了响亮的口哨。

林凤鸣喝了一口桌上的矿泉水，接着讲："比方说，镇里在咱们村西头儿办的那个矿泉水厂，用的就是咱们大利村的资源。有人说，只要山上还在流水，咱们大利村就有钱花。我告诉大家，这种想法是目光短浅！资源总有枯竭的一天。我们不能坐吃山空，不能变成游手好闲的懒汉！任何时候都不能懒惰！不能染上赌博、酗酒这些坏风气，更不能触犯国家的法律！思想健康是非常重要的！咱们的村规民约里就写着呢，对于那些不务正业、屡教不改的人，要召开村民大会讨论，甚至可以开除出大利村！"

"我们都知道，贫瘠的土地长不出好庄稼。同样的道理，一个人如果灵魂贫瘠，思想空虚，没有目标，那将是更可怕的事情！现在国家号召文化振兴，我们也要用脑子好好想想，我们该怎么做。"

"不要总是抱怨自己穷，过不上好日子。国家给的好政策对大家都是一样的，我们所处的和平安定的环境也是一样的。在这里，我特别想对咱们大利村的年轻人说几句：要拿出你们超常的毅力，拿出你们的胆识和智慧，去完成老一辈人没有完成的事业！把咱们的大利村建设得更加美好！"

林凤鸣讲完这些，把话筒递给了主持人邵焱焱。

最后一项活动是现场评选。经过现场亲朋好友的积极参与，评选出了关于"女人是什么？"这个问题的几个优秀答案。

焱焱拿起一张纸条念道："女人是泔水缸，好事、坏事都得往里装。"焱焱看了一眼桌号，是一号桌写的，朝一号桌的方向撇了撇嘴。会场里好多人都笑了起来。

她又抽出另一张，是九号桌写的："女人是一幅美丽的画。"台下九号桌有位年轻的女宾客立刻喊道："这个好！女人，女人真美丽！"会场气氛有些骚动。焱焱继续往下念："女人是大地，繁衍后代；女人是福星，但有时也是惹祸的根苗；女人是家，有女人的地方才是家……"

焱焱拿到了最后一张纸条，看到上面写的字，却停顿了一下。

台下有人催促："快读啊！快说！别卖关子了！女人到底是什么？"

"女人是歌！"

就在这时，郭玉英突然在台前的亲人席座位上站了起来，激动地说："我的小说有名字了！"然后，她一瘸一拐地快步走向主持台。因为走得太快，身体摇晃得厉害，身上那条墨绿色的裙子也随之忽闪忽闪，就像风雨中飘摇的荷叶。邻座的人都莫名其妙地看着她。郭玉英还没等焱焱讲完话，就急切地从她手中抢过话筒："乡亲们！亲人们！"玉英因为激动，还有些气喘，"你们可能不知道，我三年前就已经加入了吉林省作家协会，是一名有证的吉林省作家了！"她激动得声音都开始有些颤抖。

焱焱担心地扶住了她，说道："姑姑，恭喜您！"

原来，郭玉英一直在写一部关于女性的小说。开始，她笔下写的都是对女性的赞美之词：美丽、善良、干净、爱情专一、吃苦耐劳等，她恨不得把所有能想到的夸奖女人的好词都用上。可现实却一次次"啪啪打脸"：生活中确实存在着一些不知廉耻、不洁身自好、爱慕虚荣、贪图富贵、自私自利、懒惰拖沓、毫无生活目标的女人……这让她感到非常矛盾和痛苦，觉得无论只写女人的好，还是只写女人的坏，都无法真实地反映现实，这种内心的撕裂感折磨了她很久。后来，她终于转变了观念，决定尊重事实去写，把评判的权利交给读者。

这时，台下的宾客全都安静下来，目光齐刷刷地投向了她。

郭玉英在台上继续讲着，语气急促："我是土生土长的大利村人！我眼见着我的家乡从贫穷走向富裕！眼见着大利村的乡亲们，都过上了好日子！这两年，我一直在写小说，写咱们家乡的变化，写咱们在党的富民政策指引下的农村新生活！我庆幸自己生在农村，庆幸自己能在有生之年，看到大利村贫瘠的山上长满了郁郁葱葱的大树！庆幸大利村有了自己的水库，有了自己的水田！我的小说主人公，就是咱们村的致富带头人——林凤鸣！也就是我的大嫂！可是，这部小说一直没有找到一个合适的名字。今天！今天终于有了！我太高兴了！'女人是歌'！对！《女人是歌》这就是我这部小说的名字！歌里有苦，有乐，有深情，也有薄情，它就像那巍巍的群山，像那滔滔的江河，是描绘这人世间百态的一幅完整的画卷啊！"

玉英停顿了一下，目光扫过台下的宾客，最后声音高昂地说道：

"在绿水青山之间，谱写出农村女性的善良、坚强与担当；在爱情和道义的纠葛之中，认识到女性的平凡与伟大！让我们一起唱响这首'女人之歌'！在座的各位女性朋友，愿你们，都能活成一首快乐的歌！"

"女人是歌，在生命的长河，

酸甜苦辣咸，都未曾将她淹没。

不要哭泣，不要脆弱，跌倒了，站起来，

勇敢地去生活。

啊，女人，天地间的女人，你承载着人类传承的使命，

你无私奉献，孕育儿女慢慢长大。

脚踏大地，迎着朝阳，你微笑着，抬起头，

做真、善、美的自己，做真、善、美的自己！"

（全文完）